神曲

1 地獄篇

La Divina Commedia

Inferno

但丁·阿利格耶里 著

Dante Alighieri

黃國彬 譯註

九歌文庫 927

目　錄

DANTE ALICHIERI

但丁·阿利格耶里

譯者序

　　由當年計劃漢譯《神曲》，到此刻譯註工作完成，開始校對，寫譯者序，為譯本挑選古斯塔夫・多雷(Gustave Doré)的插圖，經歷的時間已超過二十年。二十多年的大部分時間，譯稿一直跟著我東西游走；其中部分完成於香港，部分完成於多倫多，也有一小部分，完成於太平洋之上三萬呎的高空，在香港飛北美、北美返香港途中。

　　《神曲》的漢譯工作，始於一九八四年。當時迫不及待，要到最高天窺看神的容顏，先譯了《天堂篇》第三十三章，然後再返回《地獄篇》第一章，從黑林出發，斷斷續續，一行一行地緩進。一九八六至一九九二年在多倫多期間，斷的時間遠比續的時間多；其中有兩年半，即一九八九年九月至一九九二年三月，因忙於其他工作，暫時把《神曲》擱在一邊。一九九二年八月返港後，《神曲》漢譯的步伐漸漸加快；到了完稿前數年，除了教書、行政、寫學術論文、出席學術會議，時間幾乎全放在《神曲》漢譯的工作上，結果一向受寵的寫作和文學評論活動，遭到前所未有的冷遇。

　　這樣筆不停揮，到一九九六年十二月三十一日，完成了《神曲》漢譯初稿。一九九九年十一月三十日，譯稿修飾、打印完畢。二零零零年二月十二日，開始註釋工作。二零零二年七月四日，在第十七屆世界盃足球賽結束後四天，註釋工作完成。

　　與文字結緣以來，由於自娛、讀書、教書、評論、寫作需要，有機會與不少作家長時間神遊，其中包括尹吉甫（《詩經》

作者）、莊子、屈原、陶淵明、李白、杜甫、曹雪芹、莎士比亞、米爾頓、葉慈、艾略特……。這些作家所以吸引我，是因為他們的宗廟宏富，風格獨特，叫我動了偷師之念。偷師的途徑極多：當大學本科生時，修讀系內開設的有關課程，「借力打力」，讓考試的壓力強迫自己熟讀大師的作品，是其一。當教師時，教你喜歡教的作家，備課時「心懷不軌」，設法研究這些作家的武功，是其二。唸研究院時，論文以你喜歡的作家為題目，日夕與他們相對，細讀你心目中的武林秘笈，是其三。寫評論時，選真正有分量的作家來評，動筆前設法窺探他們的看家本領，是其四。

由於我「居心叵測」，常常為自己製造機會，多年來乃能藉文字之橋，親承上述前賢的謦欬。不過這些前賢之中，沒有一位能像但丁那樣，一直在我桌上或身邊與我相處，長達十又八年，且多次伴我飛越浩瀚的太平洋，在香港和北美洲之間來往。十又八年，與奧德修(’Οδυσσεύς, Odysseus)闊別佩涅蘿佩(Πηνελόπη, Penelope)的時間只差兩年。十八年來，我跟著但丁一步步地走入地獄，然後攀登煉獄山，最後以天火脫雲的高速飛升月亮天、水星天……穿過恆星天、原動天直沖億萬兆炯光齊聚的最高天，看「高光深邃無邊的皦皦／本體，出現三個光環；三環／華彩各異，卻同一大小。／第二環映自第一環，燦然／如彩虹映自彩虹；第三環則如／一二環渾然相呼的火焰在流轉」；同時也跟但丁讚嘆：

Oh quanto è corto il dire e come fioco
　　al mio concetto! e questo, a quel ch'i' vidi,
　　è tanto, che non basta a dicer 'poco'.

O luce etterna che sola in te sidi,

　　sola t'intendi, e da te intelletta

　　e intendente te ami e arridi!

言語呀，是那麼貧乏，不能描述

　　我的情懷！我的情懷與所見

　　相比，説「渺小」仍與其小不符。

永恆之光啊，你自身顯現，

　　寓於自身；你自知而又自明；

　　你自知，自愛，而又粲然自晒！

　　由此可見，在文字的旅程中，我與但丁所結之緣，深於上述任何一位作家。

　　要認識一位作家，最全面、最徹底的方法是翻譯他的作品。而翻譯一位作家的作品，又是偷師大法中的大法，境界比上面提到的四種方法都要高，對偷師者的要求也嚴苛多倍。翻譯，用流行的術語説，是「全方位」活動，不但涉及兩種語言，也涉及兩種文化，涉及兩個民族的思維；宏觀、微觀，兼而有之。翻譯時，你得用電子顯微鏡諦觀作品；作品也必然用電子顯微鏡檢驗你的語言功力，絕不會讓你蒙混過關。就文字工作而言，論挑戰之大，除了創作，大概沒有其他活動比得上翻譯了。由於這緣故，我與但丁的讀者—作者關係，也遠比我與上述大師中任何一位的關係密切。我這樣説，並無薄彼厚此、賤遠貴近的意思；凡是給我啟發過的巨匠，在我心中的萬聖殿(Pantheon)裏都有一個神龕。阿格里巴(Marcus　Vipsanius Agrippa)在古羅馬建造的萬神殿會遭雷電轟擊；我心中的萬神殿，卻始終有心香繚繞，無畏於暴雨烈風。不過，如果有人問我，殿中的萬神，

誰跟我同遊的時間最長，我會不假思索地回答：「《神曲》作者」。

為了翻譯《神曲》的一個字，有時會花去一整個晚上。在這樣的一個晚上，我會翻閱多種註本、多位論者的著作、多種語言的工具書。在《半個天下壓頂——在<神曲>漢譯的中途》一文裏，我曾經說過：

> 二十年前，我決定譯《神曲》而放棄另一「至愛」《失樂園》，也許沒有錯。現在回顧，也沒有後悔的意思。不過光就時間的投資而言，如果我能夠重返七十年代，有再度選擇的自由，我大概會選《失樂園》，甚至《伊利昂紀》來翻譯；因為這樣，我的英語史詩或古希臘史詩漢譯，一定比《神曲》漢譯出版得早一些[1]。

早多少呢，大概早五年、六年，甚至七年、八年吧？

差別會這麼大嗎？會的。其中的一些原因，諸如超長句之絞腦，三韻體(terza rima)之纏心，我在《半個天下壓頂——在<神曲>漢譯的中途》、《以方應圓——從<神曲>漢譯說到歐洲史詩的句法》、《自討苦吃——<神曲>韻格的翻譯》、《兵分六路擒仙音——<神曲>長句的翻譯》、《再談<神曲>韻格的翻譯》幾篇長短不一的論文裏已經談過[2]；現在稍加補充。

一般詩歌，翻譯的工作完成，就可以付印了；《神曲》卻

---

[1] 此文見拙著《語言與翻譯》（台北：九歌出版社，二零零一年十月），頁一六九—八三。

[2] 這些論文，已收入拙著《語言與翻譯》裏。

另有文章：需要譯者跑完了馬拉松之後，立刻跑另一次馬拉松——為譯稿註釋。上文說過，拙譯的註釋工作由二零零零年二月十二日開始，到二零零二年七月四日，即第十七屆世界盃足球賽結束後四天才完成。談註釋而說到世界盃，是因為拙譯的註釋工作，有點像世界盃的結尾階段。到了這一階段，已身歷多個回合的苦戰。不過，到了這階段就不再出賽，也就是說，譯稿完成而不加註，加註而不詳盡，也只算為山九仞。

　　註釋《神曲》，至少有兩個目標：第一，給初涉《神曲》的漢語讀者必需的方便，讓他們經翻譯之門，走進一個前所未見的世界。第二，給學者（尤其是翻譯學者、比較文學學者）提供各方面的資料。要達到第一個目標，困難並不大；要達到第二個目標，就得像赫拉克勒斯(Ἡρακλῆς, Heracles)決意接受十二件苦差了。因為，即使在世界的偉大詩人群中，但丁仍是博大中的博大、精深中的精深；註他的《神曲》，有如註一部百科全書：天文、地理、歷史、社會、神話、風俗、政治、神學、哲學、醫學、生物學、語言、文學、文學批評……都不能迴避[3]。於是，在註釋過程中，要翻看的註本、評論、工具書

---

[3]　翻開有關但丁的評論集，我們會發覺，下列一類題目多不勝數：《但丁與神學》、《但丁與宗教》、《但丁與天文》、《但丁與占星學》、《但丁與政治》、《但丁與經濟》、《但丁與形而上學》、《但丁與物理》、《但丁與醫學》、《但丁與地理》、《但丁與算術》、《但丁與維吉爾》、《但丁與奧維德》、《但丁與斯塔提烏斯》、《但丁與亞里士多德》、《但丁與奧古斯丁》、《但丁與阿奎那》……。光從這些題目，我們就可以看出，但丁的涉獵有多廣。參看 Fallani, *Dante: Poeta teologo*; Moore, *Studies in Dante* (First-Fourth Series); Singleton, *Dante Studies* (1 and 2); Iannucci, *Dante: Contemporary Perspectives*。詹安東尼奧(Giannantonio)在 *Dante e l'allegorismo* 一書(187)裏所說，撮述了但丁的這一特點：「但丁無疑有廣博的文化經驗。」("Dante, non c'è dubbio, fruiva di una vasta esperienza culturale.")正因為如此，德桑

雖然未必「充棟」，卻至少可以「汗牛」，——或者「汗人」，
「汗」我這個不再力壯年輕的人。也許正是這個緣故吧，不少
《神曲》譯者譯畢全詩，就會把註釋工作交給另一人或另一些
人去完成[4]。

　　任何有分量的古典長詩，譯成另一語言後，通常都需篇幅
頗長的註釋。面對《伊利昂紀》、《奧德修紀》、《埃涅阿斯
紀》、《失樂園》，哪一位嚴肅譯者能逃過註釋之「厄」呢？[5]然
而就註釋所花的時間而言，這幾部偉著都要屈居《神曲》
之下。

　　荷馬的史詩，是論者所謂的「第一期史詩」("primary epic")，
不太引經據典，對於註釋者的要求不算太苛。維吉爾的《埃涅

提斯(De Sanctis, 73)才說：《神曲》是「人類心靈所構思的最龐大的統一
體系」("la piú vasta unità che mente umana abbia concepita")。穆爾(Moore,
Studies in Dante: Series 1: Scripture and Classical Authors in Dante, 2)直接
提到「但丁學問和研究的百科全書式特徵」("the encyclopaedic character of
Dante's learning and studies")；認為「〔但丁〕作品所涵蓋的學科廣度，在
作家當中，恐怕前無古人，迄今亦無來者；在極巨的巨匠當中，他肯定
無人可及」("〔his〕works cover…a wider range of subjects than perhaps any
other writer, certainly any other very great writer, ever attempted")。這一論
點，基門茲(Siro A. Chimenz)也有論及。參看 Siro A. Chimenz, a cura di, *La
Divina Commedia di Dante Alighieri* (Torino: Unione Tipografico-Editrice, n.
d.), pp. xi-xii。

[4]　譬如曼德爾鮑姆(Mandelbaum)的英譯本，註釋工作由六位學者（包括譯
者）完成；而西森(Sisson)把《神曲》譯成英文後，註釋工作就交與希根
斯(David H. Higgins)。

[5]　《伊利昂紀》、《奧德修紀》、《埃涅阿斯紀》的書名為楊憲益漢譯。參看
《中國大百科全書》，第一冊，頁四二零—二三，「荷馬」條；第二冊，
頁一零四五—四六，「維吉爾」條。《伊利昂紀》、《奧德修紀》、《埃涅阿
斯紀》幾個書名譯自原文，比轉譯自英語 *Iliad*、*Odyssey*、*Aeneid* 的《伊
利亞特》、《奧德賽》、《埃涅伊德》準確。

阿斯紀》和米爾頓的《失樂園》，是所謂的「第二期史詩」
("secondary epic")[6]，開始大引經典，不斷與前人呼應，與第一期
史詩迥異[7]。因此，就註釋而言，《埃涅阿斯紀》和《失樂園》
的要求遠苛於《伊利昂紀》和《奧德修紀》；但是和《神曲》
比較，《埃涅阿斯紀》和《失樂園》又「仁慈」多了。以《失
樂園》為例，德格勒斯・布什(Douglas Bush)註本裏的註釋[8]，即
使擴而充之，所需的時間也頗為有限。米爾頓和杜甫一樣，都
是淵博型大詩人；其作品需要大量註釋，誰都不感意外。可是
就註釋的工作量而言，《失樂園》和《神曲》比較，又頗像泰
山之於崑崙。正如上文所說，註釋《神曲》，有點像註釋百科
全書；結果譯文的一行，甚至一字，常會花去一整個晚上[9]。

　　在註釋拙譯的過程中，我參考了各種註本、評論、工具書；
然後直接徵引或間接轉引；直接徵引或間接轉引時先錄原文（包

---

[6]　有關"primary epic"和"secondary epic"的說法，參看 C. S. Lewis, *A Preface to Paradise Lost* (New York: Oxford University Press, 1961), pp. 13-51。

[7]　有興趣的學者，可以按姝莉亞・克里斯特瓦(Julia Kristeva)的文學理論，全面研究第二期史詩和第一期史詩的互文關係(intertextualité)。有關但丁《神曲》的互文關係，參看 Jürgen Wöhl, *Intertextualität und Gedächtnisstiftung: Die* Divina Commedia *Dante Alighieris bei Peter Weiss und Pier Paolo Pasolini* (Frankfurt am Main / Berlin / Bern / New York / Paris / Wien: Peter Lang, 1997)。

[8]　見 John Milton, *Poetical Works*, ed. Douglas Bush (London: Oxford University Press, 1966), pp. 201-459。

[9]　翻譯如是，註釋過程亦如是。不過與但丁學者的工作比較，我的註釋只算小巫。譬如"carità"這一詞條，在 *Enciclopedia dantesca* 一書裏佔了三頁(vol. 1, pp. 831-33)；"virtù"佔了十頁(vol. 5, pp. 1050-59)。此外如 Benvenuto 的 *Benvenuti de Rambaldis de Imola Comentum super Dantis Aldigherij Comoediam*，洋洋灑灑，厚達五巨冊，也足以叫一般讀者卻步。

括意大利文、英文、法文、德文、西班牙文、拉丁文、古希臘文），然後把原文譯成中文。這種做法，又是另一次「自討苦吃」[10]，結果註釋工作所耗的時間超過了兩年；註釋文字所佔的篇幅，也超過了正文。這項工作如何繁重，譯本第三冊所附的參考書目，以至每章之後的註釋，都是具體而詳細的說明。

　　一九七七年夏天，乘火車首次越過南嶺到中國大陸各省旅行。最辛苦的經歷，全發生在最初的一段時間：從廣州到杭州，從上海到北京，從鄭州到西安，都在硬座和硬臥車廂中修煉正果，在接近四十度的高溫中受炙熬；尤有甚者，是以自苦為極：旅程中不管是晝是夜，一律像百眼巨怪阿爾戈斯(῎Αργος，Argus)那樣，拒絕睡眠。旅程的最後階段，是從南京乘軟臥列車南下無錫，悠然滑行在江南的涼風中。經過挫骨勞筋的大苦之後，這段旅程的輕鬆、舒服竟無與倫比，叫我覺得，在地球上馳行的交通工具之中，沒有一種比得上江南的火車。

　　十八年的漢譯工作結束；此後，我的翻譯旅程，應該是南京到無錫的涼風了吧？

二〇〇二年十月八日

---

[10] 第一次「自討苦吃」，指譯者以三韻體翻譯《神曲》。參看拙文《自討苦吃──<神曲>韻格的翻譯》，見《語言與翻譯》，頁七三—七七。

譯本前言

《神曲》——上帝之曲

意大利詩人但丁‧阿利格耶里(Dante Alighieri)，於一二七四年與貝緹麗彩‧坡提納里(Beatrice Portinari)相遇。當時，但丁將近九歲，貝緹麗彩剛滿八歲。九年後，兩人再度相遇。這兩次相遇，只算是驚鴻一瞥（充其量是驚鴻二瞥）。然而就因爲這驚鴻一瞥，但丁不由自主地受到愛情的偉力推動，寫成了名著《新生》(*Vita Nuova*)。在《新生》的結尾，但丁爲自己許下宏願：「希望能歌頌〔貝緹麗彩〕；希望在此之前，這樣的歌頌沒有施諸任何女子[1]。」這一願望，多年後終於形諸文字，成爲世界上數一數二（也許是數一）的偉大長詩《神曲》(*La Divina Commedia*)[2]。

但丁以意大利語創作《神曲》之前，當代的一位詩人兼學者卓凡尼‧德爾維吉利奧(Giovanni del Virgilio)用拉丁文寫信給他[3]，勸他

---

[1] "…io spero di dicer di lei quello che mai non fue detto d'alcuna." *Vita Nuova*, XLII, 2。

[2] 丹尼爾‧哈爾彭(Daniel Halpern)對但丁有這樣的說法："Dante came as close as any poet ever has to God's word, that ineffable tongue beyond our own…"（「古往今來，沒有任何詩人的語言比但丁的語言更接近神的語言——那超越凡語、無從言說的語言。」）見 Daniel Halpern, ed., *Dante's Inferno: Translations by Twenty Contemporary Poets* (Hopewell: Ecco Press, 1993), p. x。

[3] 維吉利奧曾在波隆亞(Bologna)教大學，是研究維吉爾的學者（其名字 Virgilio 是「維吉爾」的意大利語拼法），評過奧維德(Publius Ovidius Naso)

寫作時用拉丁文；認爲只有這樣，才會揚名後世。但丁沒有接受卓
凡尼・德爾維吉利奧的建議[4]；因爲他熱愛母語，對母語有信心，認
爲母語不遜於拉丁語[5]，也不遜於其他當代語言（如普羅旺斯語）[6]。
由於這一遠見和信心，今日的意大利人（以至世界的其他民族），
才會有《神曲》這一偉著。

　　《神曲》成詩時，作者只稱爲 *Commedia*（但丁本人唸
"Comedía"），原意爲「喜劇」[7]；"Divina" 一詞，是後人所加[8]。但

的著作。

[4] 參看 *Egloghe*, II〔Dantes Alagherii Iohanni de Virgilio. Ecloga I〕。見 *Le opere di Dante*, pp. 420-22。

[5] 但丁在《筵席》裏提到自己「對母語的自然熱愛」("naturale amore a propria loquela")。參看 *Convivio*, I, v, 2。見 *Le opere di Dante*, p. 151。

[6] 在《筵席》裏，但丁說："〔naturale amore a propria loquela〕Mossimi ancora per difendere lui da molti suoi accusatori, li quali dispregiano esso e commendano li alri, massimamente quello di lingua d'oco, dicendo che è più bello e migliore quello che questo; partendose in ciò da la veritate. Ché per questo comento la gran bontade del volgare di sì〔si vedrà〕; però che si vedrà la sua vertù, sì com'è per esso altissimi e novissimi concetti convenevolemente, sufficientemente e acconciamente, quasi come per esso latino, manifestare…"（「〔出於對母語的熱愛，〕我也會駁斥許多低貶意大利語、揄揚其他方言（尤其是普羅旺斯語）的批評者。揄揚普羅旺斯語的批評者指出，該語言比意大利語美麗，也比意大利語優勝，結果乖離了事實。因爲，從這篇述評〔指《筵席》的意大利語述評〕可以看出，意大利語如何卓越；意大利語的優點可以從中得睹：像拉丁語一樣，意大利語能把最崇高、最新穎的概念表達得恰到好處。」）參看 *Convivio*, I, X, 11-12。見 *Le opere di Dante*, p. 159。

[7] 正因爲如此，今日仍有不少意大利文《神曲》版本，以 *Commedia* 爲書名。參看 Leonardi、Pasquini e Quaglio、Petrocchi 的版本。

[8] 一五五五年，《神曲》的一個版本開始在 "Commedia" 之前加上 "Divina" 一詞。參看 C. H. Grandgent, *La Divina Commedia di Dante Alighieri* (Boston: D. C. Heath and Company, 1933), p. xxxvi。

丁何時動筆寫《神曲》，迄今仍無定論；大概始於一三零二年作者
流放之後，也許在一三零四和一三零七年之間；成詩的日期，大約
是但丁去世的一年，即一三二一年[9]。作品稱爲"Commedia"，有兩
大原因，但丁的《書信集》(*Epistole*)第十三封（致坎‧格蘭德的信）
曾經提及：第一，作品與悲劇(tragedia)不同：悲劇始於喜而終於悲；
《神曲》始於悲而終於喜。第二，悲劇的語言高華；《神曲》的語
言平易[10]。但丁創作《神曲》，除了要歌頌貝緹麗彩，也要寫人類
的罪惡和救贖過程，「把活在世上的人從苦境中解放出來，把他們
帶往福樂[11]」。

　　《神曲》的情節，許多讀者已經耳熟能詳：旅人但丁在黑林裏
迷路，因聖母瑪利亞、拉結、貝緹麗彩之助而獲維吉爾搭救，隨維
吉爾進入地獄，目睹各種受刑的陰魂，包括背叛上帝的撒旦。然後
穿過地心，走出地獄，在南半球攀登煉獄山，看一批批的亡魂升天
前滌去前生的罪孽。煉獄的旅程將盡時，象徵人智的維吉爾把但丁
交給象徵天啓的貝緹麗彩。到了煉獄山之頂，但丁隨貝緹麗彩飛
升，一層層地穿越諸天，看上帝所寵的福靈如何安享天福；最後經
恆星天、原動天到達最高天，藉聖貝爾納的禱告和聖母瑪利亞的轉
求，在神思不能到達的高度蒙神恩眷寵，得睹凡眸無從得睹的三位
一體；自己的意志，也像均勻的轉輪，見旋於動日迴星的大愛[12]。

---

[9]　有關但丁作品的寫作日期，參看本冊頁七九－八七的《但丁簡介》。

[10]　詳見 *Epistole*, XIII, 28-31。

[11]　"…removere viventes in hac vita de statu miserie et perducere ad statum
felicitatis." *Epistole*, XIII, 39。

[12]　Grandgent (*La Divina Commedia di Dante Alighieri*, xxvii-xxviii)指出，《神
曲》「細加分析，至少可分爲六個不同的部分，而這六個部分又經作者的
天縱之資熔鑄爲一部傑作」("resolves itself, upon careful analysis, into six

這樣的故事，何以能成為驚世的偉著呢？要在短短的前言盡道
《神曲》之妙，無異要水文工作者用三言兩語盡描太平洋的浩瀚、
深廣[13]。當然，一定要概括言之，也無不可；二十世紀最具影響力的
大詩人兼大評論家艾略特(T. S. Eliot)[14]，在《但丁》("Dante")一文裏
綜述但丁和《神曲》如何偉大時，已經做了這項工作，而且做得比
誰都好，叫喜愛西方文學的讀者擊節稱善：

> The *Paradiso* is not monotonous. It is as various as any poem. And
> take the *Comedy* as a whole, you can compare it to nothing but the
> *entire* dramatic work of Shakespeare....Dante and Shakespeare
> divide the modern world between them; there is no third.[15]

---

diverse elements, fused by genius into a single masterpiece")；同時還指出
（xxxii-xxxvi），《神曲》有四重意義：表面(literal)意義、寓言(allegorical)
意義、道德(moral)意義、神秘(anagogical)意義。

[13] 《神曲》的意義豐繁，既有表面情節的層次，也有寓言層次、神話層次、
象徵層次；既講人類的罪惡，也講人類的救贖；既微觀，也宏觀。談到
但丁的作品時，雅姆‧多芬內(James Dauphiné)說過："Traiter des dieux, des
sphères célestes, des éléments de l'univers, n'était pas l'unique objectif de
Dante."（「但丁的目的，不僅是論述諸神、諸天以及宇宙的各種力量。」）
拿這話來形容《神曲》，至為切當。見 James Dauphiné, *Le cosmos de Dante*,
p. 95。有關《神曲》的寓言層次，參看 Pompeo Giannantonio, *Dante e
l'allegorismo* (Firenze: Leo S. Olschki Editore, 1969); Rocco Montano,
Storia della poesia di Dante, vol. 1 (Napoli: Quaderni di Delta, 1962), cap.
III —— L'allegorismo medievale e il simbolismo dantesco", Cap. IV ——
L'introduzione allegorica。有關《神曲》的神話和象徵層次，參看 Marthe
Dozon, *Mythe et symbole dans la* Divine Comédie (Firenze: Leo S. Olschki
Editore, 1991。

[14] 一九九九年，艾略特獲《時代》(Time)雜誌推選為二十世紀最具影響力
的詩人，凌駕了愛爾蘭大詩人葉慈(W. B. Yeats)。

[15] T. S. Eliot, *Selected Essays*, pp. 265。該論文是但丁研究的經典之作，在二

《天堂篇》並不單調；其變化不遜於任何詩作。整部《神曲》合而觀之呢，則只有莎士比亞的全部劇作堪與比擬。⋯⋯現代天下，由但丁和莎士比亞均分，再無第三者可以置喙。

一部《神曲》，竟「只有莎士比亞的全部劇作堪與比擬」[16]；其分量有多重，就不難想像了[17]。

那麼，《神曲》有甚麼特色，能叫本身是大師的大詩人兼大評論家艾略特毫不保留地加以推崇呢？細讀《但丁》全文，就可以找到答案。爲了方便未讀過這篇鴻文的讀者，在這裏姑且撮引文中的一些論點，並稍述個人意見。

艾略特說過：「莎士比亞所展示的，是人類感情的至廣；但丁所展示的，是人類感情的至高和至深[18]。」這句話又是評論家艾略特的拿手好戲：一語中的，觸到了笨拙論者花數十萬言仍觸不到的核

十世紀的英語世界中，論但丁的文章，再沒有任何一篇能出其右，無論是初識但丁還是已識但丁的讀者，都不應錯過。"Dante"一文，我在《半個天下壓頂──在〈神曲〉漢譯的中途》一文中已經引述並詳談過。爲了方便未看拙文的讀者，在此再度複述。著名的但丁學者 C. H. Grandgent 對但丁有類似的崇高評語："Especially when we consider the poverty of the poetic idiom before Dante, does the master's creative power seem almost beyond belief." (「在但丁之前，意大利詩歌的語言貧瘠。鑒於這一因素，我們尤其會覺得，這位大師的創造力簡直匪夷所思。」) 見 Grandgent, ed., *La Divina Commedia di Dante Alighieri*, pp. xxxvi-xxxvii。

[16] 艾略特原文特別以斜體強調"entire"（「全部」）一詞。

[17] 二十世紀結束時，莎士比亞獲選爲過去一千年（即公元第二個一千年）之中全世界最偉大的詩人。但丁和莎士比亞一樣，都是大師（如艾略特）的大師。參看註三七。

[18] "Shakespeare gives the greatest *width* of human passion; Dante the greatest altitude and greatest depth." T. S. Eliot, *Selected Essays*, p. 265。

心[19]。讀畢《地獄篇》、《煉獄篇》、《天堂篇》,我們會深覺此言不假。在《神曲》中,但丁的神思像《般若波羅蜜多心經》所寫的觀自在菩薩那樣:「行深般若波羅蜜多」,在最高、最深而又最精、最微處潛行,穿過凡智無從穿越的大寂靜,最後到達至遼至夐的彼岸。是的,但丁的神思,在《神曲》一萬四千二百三十三行裏入仄穿幽,「行深般若」,在智慧的至深處行進,最後是 Pāramitā——到彼岸,度無極。而這一「無極」,在凡塵之中,只有但丁這樣的大智能夠到達。以基督教和《神曲》的語言說:但丁的神思像神靈運行於大水之上,深入無邊的黑暗,再在無邊的黑暗裏呼光而有光:

Ne la profonda e chiara sussistenza
　de l'alto lume parvermi tre giri
　di tre colori e d'una contenenza;
e l'un da l'altro come iri da iri
　parea reflesso, e 'l terzo parea foco
　che quinci e quindi igualmente si spiri.
　　　　　　　(*Paradiso*, XXXIII, 115-20)

在高光深邃無邊的皦皦
　本體,出現三個光環;三環
　華彩各異,卻同一大小。
第二環映自第一環,燦然
　如彩虹映自彩虹;第三環則如

---

[19] 當然,要說這樣的話,論者至少得具備兩個條件:第一,有超凡的睿智和識見;第二,能看通、看透世界文學的形勢,清楚知道世界作家群中誰低誰高,不爲錯誤的流俗或暫時被「炒高」的行情所左右,就像置身於衛星裏俯察地貌,既準確,又客觀。

一二環渾然相呼的火焰在流轉。

（《天堂篇》，第三十三章，一一五—二零行）

這樣的視境，神思高騫至凡眸不能到達處才能得窺[20]。因此，艾略特的名言，在這裏不妨加以引申：現代天下的坐標系，由但丁和莎士比亞組成，再無第三者可以置喙。但丁的至高和至深是縱坐標(y)；莎士比亞的至廣是橫坐標(x)。任何一位作家，一進入這個坐標系，就馬上獲得準確的定位，一如飛機落入龐大的雷達網[21]。

在《但丁》一文中，艾略特還指出了但丁的另一絕招：

One can feel only awe at the power of the master who could thus at every moment realize the inapprehensible in visual images [22].

---

[20] 當然，讀者要進一步找印證，最好細讀《神曲》全詩。

[21] 今日，不少文學理論家、文學批評家喜歡向科學看齊，動輒訴諸圖解和貌似科學、架勢十足的大術語，因此筆者願意「成人之美」，建議這些文學理論家、文學批評家衡量、評價一位作家時不必多費筆墨，直截了當地採用「但—莎坐標系」。在這一坐標系中，縱（但丁）、橫（莎士比亞）坐標值均爲"0"至"10"。詩人甲進了「但—莎坐標系」，所得的結果是「但5莎4」；小說家乙的坐標，是「但4.63莎4.28；戲劇家丙嗎？是「但0.7莎1.5」……照此類推。

[22] T. S. Eliot, *Selected Essays*, p. 267。Grandgent (*La Divina Commedia di Dante Alighieri*, xix)有類似的說法："One other gift he〔Dante〕possessed that belongs to no period, but is bestowed upon the greatest artists of all times—the power of visualization, the ability to see distinctly in his mind's eye and to place before the mental vision of the reader not only such things as men have seen, but also the creations of a grandiose imagination, and even bodiless abstractions."（「他〔但丁〕還有另一天賦的本領——想像實景的能力。這一能力，可以藉想像把景物清晰地形諸視覺，然後呈現在讀者的心眸前。呈現的景物不僅包括凡目所見，也包括想像所創造的偉景，

但丁就有這樣的本領，可以隨時把無從捕捉的經驗形諸視覺意
象。對於這樣一位大師的功力，我們只能既驚且佩。

艾略特在文中所舉的例子，在此不必重複，因爲《神曲》中類似的
片段多不勝數；「把無從捕捉的經驗形諸視覺意象」的本領，但丁
能「隨時」（不是偶爾）展示，隨手拈來。先看《地獄篇》的陰魂
如何遭颶風疾捲、吹颺：

Io venni in luogo d'ogni luce muto,

　　che mugghia come fa mar per tempesta,

　　se da contrari venti è combattuto.

La bufera infernal, che mai non resta,

　　mena li spirti con la sua rapina:

　　voltando e percotendo li molesta.

Quando giungon davanti a la ruina,

　　quivi le strida, il compianto, il lamento;

　　bestemmian quivi la virtù divina.

Intesi ch'a così fatto tormento

　　enno dannati i peccator carnali,

　　che la ragion sommettono al talento.

E come li stornei ne portan l'ali

　　nel freddo tempo a schiera larga e piena,

　　così quel fiato li spiriti mali:

甚至包括抽象而虛無的事物。這種本領，並不是個別時期的技巧，而是
上天所賜的才華，屬於古往今來最偉大的藝術家。」）

di qua, di là, di giù, di su li mena;

　　nulla speranza li conforta mai,

　　non che di posa, ma di minor pena.

E come i gru van cantando lor lai,

　　faccendo in aere di sé lunga riga,

　　così vidi venir, traendo guai,

ombre portate da la detta briga……

　　　　　　　　(*Inferno*, V, 28-49)

我來到一個眾光喑啞的場所，

　　聽見咆哮如大海在風暴中盪激，

　　並遭兩股相衝的烈風鞭剝。

地獄的颶風，一直在吹颭不已，

　　用狂暴的威力驅逐著那些陰魂，

　　把他們疾捲、折磨，向他們攻襲。

這些陰魂逃到崩陷的土墩，

　　就在那裏尖叫、哀號、痛哭，

　　並且破口辱罵神武的至尊。

我知道，受這種刑罰折磨的人物，

　　生時都犯了縱慾放蕩的罪愆，

　　甘於讓自己的理智受慾望擺佈。

恍如歐椋鳥一雙雙的翅膀，在寒大

　　把他們密密麻麻的一大群承載，

　　狂風也如此把邪惡的陰魂驅掀。

他們被吹上、吹下、吹去、吹來，

　　得不到希望的安慰；不要說稍息，

　　想減輕痛苦也無望啊，唉！

恍如灰鶴唱著歌曲在鼓翼，

　　在空中排成一列長長的隊伍，

　　只見眾幽靈哀鳴不絕，一起

被那股烈風向我這邊吹拂。

　　　　　（《地獄篇》，第五章，二八—四九行）

「颶風」、「歐椋鳥」、「灰鶴」等意象，把凡間所無的經驗具體
而鮮明地傳遞給讀者，絕不模糊浮泛。

　　再看詩人如何寫天使駕飛舟向旅人但丁駛來：

Ed ecco qual, sul presso del mattino,

　　per li grossi vapor Marte rosseggia

　　giù nel ponente sovra 'l suol marino,

cotal m'apparve, s'io ancor lo veggia,

　　un lume per lo mar venir sì ratto,

　　che 'l mover suo nessun volar pareggia.

　　　　　（*Purgatorio*, II, 13-18）

之後，突然間，如將近黎明的時辰，

　　低懸在西方海面之上的火星

　　閃耀，紅彤彤射穿濃厚的霧氛，

一道光，疾掠入眼簾——能再睹這奇景

　　就好了——並射過海面，速度之快，

　　遠勝過任何方式的翱翔飛凌。

　　　　　（《煉獄篇》，第二章，十三—十八行）

但丁所寫，是凡間經驗所無；可是，這凡間所無的經驗，卻能藉凡間事物變得準確而深刻。

關於《神曲》的視覺形象，畫壇人士嘯聲也有類似的好評：

> 《神曲》是可視的。並不是任何一件文學作品都可以被藝術家接過去作畫的；藝術家自有其嚴格的選擇。對藝術家來説，《神曲》最重要之處，在於它的可視性。用現成的中國説法，就是「詩中有畫」。《神曲》的讀者都有這種共同的感受：讀《神曲》，如讀長卷圖畫，如看系列電影。但丁不愧爲用文字寫形狀景的大師[23]！

光就「可視性」而言，但丁的確勝過另一位大詩人米爾頓(John Milton)[24]。正因爲如此，波提切利(Sandro Botticelli)、米凱蘭哲羅(Michelangelo Buonarroti)、弗拉克斯曼(John Flaxman)、布雷克(William Blake)、羅塞蒂(Dante Gabriel Rossetti)、科赫(Koch)、多雷(Gustave Doré)、羅丹(Auguste Rodin)、納蒂尼(Natini)、李少文等畫家、雕刻家才會揮動彩筆和雕刻刀，爲《神曲》的人物、場景一一賦形，留下精彩的藝術品[25]。

---

[23] 嘯聲編，《〈神曲〉插圖集》（上海：上海人民美術出版社，一九九四年十月第一版），頁五二。

[24] 艾略特在"Milton I"一文中，對米爾頓有偏見；不過，以但丁和莎士比亞這兩位詩國至尊爲衡量標準，艾略特的下列論點，也許不無道理："At no period is the visual imagination conspicuous in Milton's poetry."（「在任何時期，米爾頓詩中的視覺想像都未曾突出過。」）見 Eliot, *On Poetry and Poets*, p. 139。艾略特說完這話，馬上舉莎士比亞的作品爲例，以證明米爾頓的「不足」。是的，現代天下，除了但丁，有誰能與莎士比亞匹敵呢？

[25] 參看嘯聲編的《〈神曲〉插圖集》。

　　《神曲》的視覺想像，只是但丁想像的一小部分。但丁的整個想像世界，是瓊樓玉宇，萬戶千門；要盡觀其宏富，得細讀全詩。而且每讀一次，就往往有新的發現。因為但丁的世界不僅宏富，而且細密，頗像上帝的作品：其大無盡，以宇宙邊陲的類星體叫人魂迷；其小無窮，以原子深處的輕子(lepton)叫人魄醉。關於這點，但丁學者格蘭眞特(C. H. Grandgent)有這樣的評語：

Of the external attributes of the *Divine Comedy*, the most wonderful is its symmetry.　With all its huge bulk and bewilderingly multifarious detail, it is as sharply planned as a Gothic cathedral.　Dante had the very uncommon power of fixing his attention upon the part without losing sight of the whole: every incident, every character receives its peculiar development, but at the same time is made to contribute its exact share to the total effect. The more one studies the poem, the clearer become its general lines, the more intricate its correspondences, the more elaborate its climaxes.[26]

就《神曲》的外在特點而言，最奇妙的莫過於作品的勻稱結構。《神曲》雖是長篇鉅製，各種各樣的細節多得叫人眩惑，其構思卻準確得像一座哥特式大教堂。但丁有非常罕見的本領，能把注意力集中於局部，而又不忽視整體：每一事件、每一角色，在他的筆下都能按本身的需要發展，同時又為整體效果服務，而且恰到好處。這部作品越是細讀，其輪廓就越見清晰，其呼應就越見精微，其高潮也越見細密。

---

[26] Grandgent, *La Divina Commedia di Dante Alighieri*, p. xxxvii。

《神曲》，是個採之不盡的金礦，每論是進去自娛的讀者還是進去偷師的作者，每次出來，總會有新的收穫，發現前所未見的金子[27]。《神曲》，《神曲》，上帝之曲[28]！汝名豈有虛哉？豈有虛哉？

《神曲》的一般讀者，大概最喜歡《地獄篇》，因爲《地獄篇》動魄驚心，萬怪惶惑，冶哥特式小說、魔幻、恐怖、動作、特技電影於一爐，彷彿是瑪麗·雪萊(Mary Shelley)、埃德加·愛倫·坡(Edgar Allan Poe)、希契科克(Alfred Hitchcock)[29]、斯蒂芬·史畢堡(Steven

---

[27] 在二十世紀，因《神曲》而獲益的，大概沒有人能夠超過艾略特了。艾略特能成爲大詩人，固然因爲他是天才；也因爲他善於吸收。在他成爲大師之前，給他啓發最大的，莫過於但丁。有一次，艾略特出席美國小說家斯科特·菲茨傑拉德(Scott Fitzgerald)的一個宴會，與一位女士交談。艾略特問這位女士，最近看過甚麼書。這位女士說："I have just finished reading the *Divine Comedy*."（「剛讀完《神曲》。」艾略特聞言，微笑著說："You have just begun."（「你不過剛開始。」）言下之意是：《神曲》博大精深，要讀「完」《神曲》，眞是談何容易！在艾略特的心目中，一部《神曲》的分量，旣然相等於莎士比亞的全部劇作，有誰可以輕易說「讀完」呢？大詩人蘇軾有《讀孟郊詩》二首，其一有這樣的句子評孟詩：「夜讀孟郊詩，細字如牛毛。寒燈照昏花，佳處時一遭。初如食小魚，所得不償勞。又似煮彭蠘，竟日持空螯。……人生如朝露，日夜火消膏。何苦將兩耳，聽此寒蟲號。不如且置之，飲我玉色醪。」見《蘇軾詩集》，第三冊（北京：中華書局，一九八二年二月第一版），頁七九六—九八。蘇軾言下之意是：孟詩佳處不多；讀孟詩，好像吃小蟹，所花的精神和收穫不成正比。坡公如果晚生三百年，有機會讀到《神曲》，大有可能把這部偉著喻爲香港老饕的至愛——「膏蟹」。他的《讀但丁詩》，一定有「竟日嚐腴膏」之句（東坡喜歡食肉，詩中一定有「膏」字）。

[28] 有些德語譯者（如 George、Gmelin、Kannegießer、Philalethes），把 *Divina Commedia* 譯爲 *Göttliche Komödie*。按德語 *Göttliche Komödie* 中的"*Göttliche*"，由"Gott"（「神」，「上帝」）字派生，因此像漢語《神曲》中的「神」字一樣，更能強調「上帝」這一語義。

[29] "Hitchcock"，香港人叫「希治閣」。以粵語唸，「希治閣」比普通話的「希契科克」更接近原音，傳神多了，——不，傳音多了。普通話就聲母、

Spielberg)、詹姆斯・卡梅倫(James Cameron)的集體創作。《地獄篇》是但丁手筆,自然不同凡響;任何一位作者能寫出這樣的鴻篇,就可以航向不朽。不過,但丁的神功,在《地獄篇》裏面還未臻至高境界;要瞳然極目而不見其極,讀者得攀登煉獄,飛升天堂。美國前總統雷根雄才偉略[30],第一任結束時,已一洗卡特的庸頹、軟弱;同時因舌動風雷間有手揮目送的從容,獲傳媒冠以「大說客」("The Great Communicator")的美稱。然而雷根知道,他心目中還有更大的偉業要完成[31]。因此在第一任結束,第二任開始時,他再度展示了「大說客」的風範,笑語美國人民:"You ain't see nothing."(「好戲還在後頭呢。」)《地獄篇》的讀者跟但丁目睹了撒旦,從宇宙最深的坎窞「一出來,……再度看見了群星」(《地獄篇》第三十四章一三九行)時,但丁也會對他們說:「好戲還在後頭呢。」

　　《神曲》的「好戲」為甚麼「在後頭呢」?因為《地獄篇》雖然出色,畢竟還有維吉爾《埃涅阿斯紀》(*Aeneis*)、奧維德《變形記》(*Metamorphoses*)的痕跡。在《地獄篇》裏面,但丁還未展示戛戛獨造之境[32]。到了《煉獄篇》,特別是到了聖光輝耀的《天堂篇》,但丁的神思才像飛得興酣的大鵬,簸鴻濛,扇星斗,把翼展擴到至大

韻母而言,不若粵語豐繁,更沒有管用的入聲,譯英語之音往往左支右絀。粵語「希治閣」的「閣」字,譯起英語"Hitchcock"的"-cock",會叫普通話的「科克」顯得笨口拙舌,囁嚅了大半天仍囁嚅不出個所以然來。

[30] 雷根(Ronald Reagan),香港人叫「列根」。

[31] 雷根心目中的偉業是甚麼,我們無從猜測。不過今日回顧,發覺他在第二任期間的工作,直接加速了蘇維埃社會主義共和國聯盟及其附庸的解體,把多國人民從極權中解放出來,功勳蓋世,要斷定何者為雷根的偉業,就不太困難了。

[32] 維吉爾《埃涅阿斯紀》第六卷,對《地獄篇》的影響特別深。關於這點,譯本的註釋會有詳細交代。

至廣，直狖其他巨鳥不曾到過的空間。但丁的《天堂篇》，是整部《神曲》的高潮；而且前無古人，完全是自出機杼的驚世之作。[33] 眞正的《神曲》愛好者，固然會喜愛《地獄篇》，就像喜愛貝多芬《第五交響曲》、莫扎特《安魂曲》的愛樂人士那樣，會喜愛這兩首樂曲的每一部分[34]；但是最叫他們神馳天外，有神靈附身之感的，是兩首樂曲的最高潮。貝多芬、莫扎特的絕世本領，是到了最高潮仍能在高處長時間怒飛、大飛，不但毫無倦態，而且變中生變，越飛越勇，越飛越盛。在藝術領域中，不管是中國還是外國，不管是當今還是上古，這一本領，只爲極少數的大宗師所擁有；眞正是「雖在父兄，不能以移子弟」[35]；雖在明師，不能以授門徒。在《天堂篇》裏面，尤其在《天堂篇》的最後幾章——尤其在《天堂篇》的最後一章，讀者所經歷的，就是這樣的至高境界——古今世界文學的至高境界。關於這點，約翰・辛克萊(John D. Sinclair)說得好：

Nowhere else does Dante attain to the greatness of the last canto of the *Paradiso*, and in it more than any other it must be remembered that a *canto* is a *song*. Here his reach most exceeds his grasp, and nothing in all his work better demonstrates the consistency of his

---

[33] 當然，創作世界的情形，也可以用約翰・德恩的名言來形容："No man is an island"（「誰也不是孤島一座」）。但丁的《煉獄篇》和《天堂篇》，也吸納前人的作品；不過這一吸納是推陳出新，換骨脫胎，比《地獄篇》更進一步。有關《煉獄篇》和《天堂篇》與前人作品的關係，參看 Grandgent, *La Divina Commedia di Dante Alighieri*, pp. xxviii-xxx。

[34] 因爲結構精絕的作品，高潮與非高潮部分往往相輔相成；高潮要靠非高潮來襯托，方能充分發揮其高潮作用。以貝多芬的《第五交響曲》爲例，高潮中的大聲音，如果沒有高潮前的大寂靜與之對比，效果必大打折扣。

[35] 曹丕，《典論・論文》。

imagination and the integrity of his genius. In the culmination of his story he reports his experience with such intensity of conviction, in a mood so docile and so uplifted, and in terms so significant of a vision at once cosmic and profoundly personal, that we are persuaded and sustained to the end. [36]

無論在其他任何片段，但丁都不曾升至《天堂篇》末章(canto) 的崇偉境界。我們不要忘記，"canto"是「歌」的意思；而這一定義，拿來描寫末章比描寫其他任何一章都要貼切。在這一章，但丁力有不逮的現象至為明顯。在他所有的作品中，沒有任何一處能像這一章那樣，確切無訛地證明：他的想像一以貫之；他的天縱之資穩牢可靠。在故事升向高潮間，他複述本身的經驗，複述時信念篤切，心境柔順而昂揚，所用的語言叫人想起涉及全宇宙、而又無比個人的境界。結果我們也受到感染而深信不疑，直到篇終。

到了這一境界，頻率與大宗師相接的讀者會欲罷不能，既像葉慈所說，完全「沉醉於節奏」("rhythm-drunk")；又像一小點鐵屑，落入了無所不嚋的大磁場，叫上帝之曲完全震懾、征服，不由自主地與但丁一起歌頌：

A l'alta fantasia qui mancò possa;
ma già volgeva il mio disio e il velle,
sì come rota ch'igualmente è mossa,

---

[36] John D. Sinclair, trans., *The Divine Comedy of Dante Alighieri: III Paradiso* (London / Oxford / New York: Oxford University Press, 1971), p. 487。

l'amor che move il sole e l'altre stelle.

(*Paradiso*, XXXIII, 142-45)

高翔的神思，至此再無力上攀；

　　不過這時候，吾願吾志，已經

　　見旋於大愛，像勻轉之輪一般；

那大愛，迴太陽啊動群星。

（《天堂篇》，第三十三章，一四二—四五行）

　　在西方文學中，但丁是大師的大師[37]，可以給寫作的人無窮的啓示。這位大師的大師，除了上述神功，還有說不完的絕技，在這裏姑且略舉數端。

　　第一，像大畫家一樣，但丁施彩總恰到好處，半筆都不會浪費。細讀他的作品，我們會叫裏面直接、經濟而又準確的語言所吸引：

Quale per li seren tranquilli e puri

　　discorre ad ora ad or subito foco,

　　movendo li occhi che stavan sicuri,

e pare stella che tramuti loco,

　　se non che da la parte ond'el s'accende

　　nulla sen perde, ed esso dura poco;

tale dal corno che 'n destro si stende

　　a piè di quella croce corse un astro

---

[37] 艾略特說過，在他的創作生涯中，對他影響最大的是但丁。細讀艾略特的作品，我們不難看出，這位大師級的詩人，受但丁的影響如何深遠。因此稱但丁爲「大師的大師」，至爲恰當。

de la costellazion che lì resplende.

Né si partì la gemma dal suo nastro,

ma per la lista radial trascorse,

che parve foco dietro ad alabastro.

(*Paradiso*, XV, 13-24)

有時候，當夜空明淨，毫無雲霾，

廣漠中會突然有炯焰劃過，

倏地把凝定不動的目光引開，

彷彿一顆星子由原位移挪；

不過光亮只閃耀於短暫的瞬息，

原來的天域沒有一顆星會失脫。

十字架的情形也如此：那座熠熠

發光的星宿中，一顆亮星從伸向

右方的一端射向十字的腳底。

那寶石，沒有脫離飾帶而飛揚，

卻沿著徑向的直線激射而去，

如光焰在雪花石膏後發亮。

（《天堂篇》，第十五章，十三——二四行）

這節文字寫但丁的高祖卡查圭達(Cacciaguida)在火星天看見了但丁，在光十字上飛射來迎，用字剔透，完全是歸真返璞的大師手筆。

上引的例子，既印證了但丁用字之功，也說明了他的意象如何透明[38]。再看下面一例：

---

[38] 但丁的"quale—tale"或"come——si"的比喻格式，在《神曲》裏一再出現，是極重要的修辭技巧，筆者在"Translating Garcilaso de la Vega into Chinese:

Parev'a me che nube ne coprisse

　　lucida, spessa, solida e pulita,

　　quasi adamante che lo sol ferisse.

Per entro sé l'etterna margarita

　　ne ricevette, com'acqua recepe

　　raggio di luce permanendo unita.

　　　　　　　　(*Paradiso*, II, 31-36)

這時，我覺得光雲把我們覆裹，

　　緻密、堅穩、光滑，皓輝靜舒，

　　與陽光照射的鑽石相若。

這顆永恆的珍珠，把我們接入

　　體內，就像一滴晶瑩的水，

　　接入一線光芒後仍完整如故。

　　　　　（《天堂篇》，第二章，三一—三六行）

白描式的文字不用曲筆，不抄秘道，是「坦蕩蕩」的中鋒，與莎士比亞的作品大異其趣[39]，卻頗像杜甫傑作《月》中的「四更山吐月，殘夜水明樓」這一名句，是作者直觀事物，到了入神處方能創造的珠璣。就詩法而言，這樣的中鋒有跡可循，是詩國的正道，容易給後來者啓發；後來者即使學虎不成，也鮮會類犬。不像莎士比亞的詩筆那麼神幻無方，輕輕一揮就霧聚雲屯，文成八陣，叫後來者望陣興嘆，欲學無從；不揣才疏而勉強模仿的，會隨時出

With Reference to 'His Égloga Primera'"一文中有詳細的討論，可參看。見 *Translation Quarterly*, Nos. 21 & 22 (2001), pp. 11-33。

[39] 有關但丁意象和莎士比亞意象的分別，可參看艾略特"Dante"一文。

盡洋相[40]。

但丁的語言，高升時可以升到至高；下降時又可以降到至低。這裏所謂的「低」，並非「低下」、「低微」的「低」，而是指語言平易，有時甚至「平凡」、「俚俗」。為了取得所需的藝術效果，但丁會採用音域較狹的詩人不敢採用的意象。譬如《煉獄篇》第六章開頭的一節，寫亡魂紛紛趨前，求旅人但丁回到陽間後向他們的親人傳遞信息[41]，所用的賭場意象就屬這類：

Quando si parte il gioco de la zara,

    colui che perde si riman dolente,

    repetendo le volte, e tristo impara:

con l'altro se ne va tutta la gente；

    qual va dinanzi, e qual di dietro il prende,

    e qual da lato li si reca a mente:

el non s'arresta, e questo e quello intende;

    a cui porge la man, più non fa pressa;

    e così da la calca si difende.

Tal era io in quella turba spessa,

    volgendo a loro, e qua e là, la faccia,

---

[40] 有關但丁可學、莎士比亞不可學（至少是難學）的論點，可參看"Dante"一文。在這篇經典論文中，艾略特說過以下的名言："If you follow Dante without talent, you will at worst be pedestrian and flat; if you follow Shakespeare…without talent, you will make an utter fool of yourself."（「無才而學但，大不了是平凡沉悶；無才而學莎……你會出盡洋相。」）。

[41] 在《神曲》中，作者（詩人）但丁與旅人但丁有別。關於這點，參看《地獄篇》第一章第一行註。

e promettendo mi sciogliea da essa.

          (*Purgatorio*, VI, 1-12)

> 在賭場裏，擲骰賭博結束，
>   輸了的一個就會留下來，憮然
>   重擲，沮喪地從中吸取啓悟。
> 勝利者則離開，並獲眾人隨伴；
>   這個在前，那個在後面拉他，
>   另一個自稱故友的在旁邊侃侃。
> 他一邊前行，一邊聽各人講話；
>   手伸向誰，誰就停止苦索。
>   就這樣，他把周圍的人群打發。
> 那堆擁擠的亡魂，也這樣纏著我。
>   我在人群中把臉孔左轉右移，
>   答應著請求才能把他們擺脫。

        （《煉獄篇》，第六章，一一十二行）

亡魂的神態、動作，以至但丁應付亡魂時的情景，像電影一樣向讀者栩栩呈現。其所以如此，全因作者能藉日常事物描寫凡間所無的經驗。

    在敘事和語言的速度上，但丁也極盡變化之能事。但丁可以遙應荷馬，利用單刀直入法(in medias res)[42]，一開始就把讀者捲進故事

---

[42] "in medias res"是拉丁文（英譯"in the middle of things"），意爲「直入事件（或動作）的中心」，是羅馬作家兼批評家荷拉斯(Quintus Horatius Flaccus，公元前六五—公元前八)在《詩藝》(*Ars poetica*)裏的術語，用來形容荷馬的敘事手法。《詩藝》是荷拉斯的《書札》之一，「用六音步揚抑抑格詩體寫成」(《中國大百科全書·外國文學》，第一冊，頁四二四)。

的中心：

> Nel mezzo del cammin di nostra vita
> mi ritrovai per una selva oscura,
> ché la diritta via era smarrita.
> (*Inferno*, I, 1-3)

我在人生旅程的半途醒轉，
發覺置身於一個黑林裏面，
林中正確的道路消失中斷。

（《地獄篇》，第一章，一—三行）

也可以在必要時極盡迂迴，帶讀者觀完千帆，方至滄海。譬如《天堂篇》第三十章開頭的九行：

> Forse semilia miglia di lontano
> ci ferve l'ora sesta, e questo mondo
> china già l'ombra quasi al letto piano,
> quando il mezzo del cielo, a noi profondo,
> comincia a farsi tal, ch'alcuna stella
> perde il parere infino a questo fondo;
> e come vien la chiarissima ancella
> del sol più oltre, così 'l ciel si chiude
> di vista in vista infino a la più bella.

大約在六千英里以外的遠方，
第六時在燃燒。在我們所處的空間，
地球的陰影差不多已經平躺。

> 這時候，在深宵莫測的中天，
>> 已經出現了變化：一些星星，
>> 陸續在穹窿深處消失隱潛。
> 在太陽最明亮的婢女盈盈
>> 移近的剎那，天空就逐一關燈；
>> 末了，最美的一盞也失去了光明。

要表達的意思不過是：「將近黎明的時辰」；間接處和《地獄篇》第一章一至三行完全相反[43]。同樣是交代時辰，《地獄篇》第一章一至三行開門見山；這裏卻旋繞盤曲，目的何在呢？在於放慢速度，讓讀者先受宏大的場景、莊嚴的氣氛震懾，叫他隱隱覺得這一時辰重要，預感到非同小可的事件即將發生。在《地獄篇》的開頭，敍事者還未把讀者帶進主題深處，因此要力求經濟，直截了當地交代時間，以收一語定音之效；在這裏，讀者已經知道，《神曲》的主題是大主題，短短的一個時辰，牽涉的範圍極廣，因此要提到「六千英里以外的遠方」，提到「第六時在燃燒」，提到「地球的陰影差不多已經平躺」，「中天」「深宵莫測」。這樣一來，故事的重量大大增加，但丁個人的故事乃變為全人類——甚至全宇宙——的

---

[43] 有些譯者，讀了《神曲》裏某些快速片段，容易遽下定論，以為快速是《神曲》的唯一速度，並且把這一錯誤的理解付諸實踐；結果全詩有快無慢，缺乏變化之姿。譬如西森(Sisson)的英譯，就有這一傾向。其實，但丁的語言可快可慢，變化無窮，速度完全為全面的藝術效果服務。《貝爾武夫》(*Beowulf*)、《羅蘭之歌》(*La Chanson de Roland*)、喬叟(Chaucer)的《坎特伯雷故事集》(*The Canterbury Tales*)、亨利‧詹姆斯、海明威等作家的語言或敍事速度，也許（僅是「也許」而已）可以一言以蔽之；但丁的語言速度，像莎士比亞的語言速度一樣，絕不容我們這樣簡化、概括。

故事。而實際上，這個故事的確重要，因爲它涉及眾生，涉及天上的福靈，也涉及至高無上的三位一體。

再看下面一節：

Quando ambedue li figli di Latona,
　　coperti del Montone e de la Libra,
　　fanno de l'orizzonte insieme zona,
quant'è dal punto che 'l cenit inlibra,
　　infin che l'uno e l'altro da quel cinto,
　　cambiando l'emisperio, si dilibra,
tanto, col volto di riso dipinto,
　　si tacque Beatrice, riguardando
　　fisso nel punto che m'avea vinto.
　　　　　　　(*Paradiso*, XXIX, 1-9)

麗酡所生的兩個孩子，被白羊
　　和天秤覆蓋時，會一起把地平
　　拉成長帶。一瞬間，天頂會等量
牽引他們，直到此端上凌，
　　彼端下墮，雙方變換半球間
　　在帶上失去平衡。在同樣的俄頃，
貝緹麗彩露出光輝的笑顏，
　　同時在沉默不語的刹那，妙目
　　凝神，瞻望著把我震懾的一點。
　　　　　　　（《天堂篇》，第二十九章，一一九行）

所表達的意思也十分簡單。一至七行要說的不過是：「爲時約一分鐘，貝緹麗彩展露了光輝的笑顏。」可是，這樣快言快語，「簡義簡說」，貝緹麗彩的笑顏就只是無關宏旨的孤立事件，升不到史詩或寓言層次；詩人迂迴言之，則不但能說明時間之短，而且能給主題增加重量，給場景、人物增添肅穆、莊嚴，結果其重要性乃擴至整個宇宙[44]。

　　除了上述各點，《神曲》還有許多特色，非其他作品可及。不過在短短的一篇前言中，這些特色難以一一縷述。讀者要盡覽全豹，就得細細欣賞這長達一百章的上帝之曲了。

《神曲》的格式和結構

　　《神曲》分爲三篇，即《地獄篇》、《煉獄篇》、《天堂篇》。《地獄篇》三十四章，《煉獄篇》和《天堂篇》各三十三章，共一百章[45]。《地獄篇》第一章是全詩的總序("proemio generale al

---

[44] 《神曲》中迂迴修辭法的例子極多，產生的效果也不盡相同，這裏所舉只是其中之一。

[45] 「章」的意大利原文是"canto"，複數"canti"，原意爲「歌」，用作《神曲》的單元，是「章」的意思。「篇」的意大利原文是"cantica"，複數"cantiche"。就譯者所知，"canto"的漢譯迄今有三種：「篇」（王維克譯）、「歌」（朱維基譯）、「首」（黃文捷譯）、「章」（田德望譯）。其中以「章」較符合意大利文原義。據 *Dizionario Garzanti della lingua italiana*（頁二九三）的定義，"canto"雖然有「歌」、「樂曲」、「詩歌」的意思，但用作長詩的單元，應取該詞第六義中的第二分義："ciascuna delle parti componenti un poema o una cantica"（「組成一首詩或《神曲》三篇（部）中每一篇（部）的每一部分」）。因此該譯爲「章」。法語譯者（如 Alexandre Masseron、Jacqueline Risset）、德語譯者（如 Philalethes、Rudolf Borchardt）把"canto"譯爲法語的"chant"、德語的"Gesang"，是因爲"chant"和"Gesang"兩個詞像意大利語的"canto"一樣，兼有「歌曲」和「章」的意思。據 Abel Chevalley and

poema)[46]，因此嚴格說來，《地獄篇》也是三十三章。這一安排，與但丁重視「三」，重視「十」（包括「十」的倍數），重視對稱的態度吻合[47]。《神曲》旨在歌頌上帝，歌頌上帝的三位一體，因此詩人自創三韻格(terza rima)的押韻方式[48]，每三行自成單元，韻格爲aba，bcb，cdc……[49]。每一單元的第一行與第三行相押，第二行與前一單元的第三行、後一單元的第一行相押；每章的末行只與倒數的第三行相押，就像每章的第一行只與每章的第三行相押一樣；開

Marguerite Chevalley 所編的 *The Concise Oxford French Dictionary*（頁一五一），"chant"的定義包括："song"…；…poem, division of epic poem; canto"。據 Harold T. Betteridge 編的 *Cassell's Cerman & English Dictionary*（頁一九零），"Gesang"的定義也包括"song"和"canto"。西班牙語的"canto"，更和意大利語的"canto"同源、同義，而且是同一拼法；除了解作「歌曲」外，也可解作「詩歌」或「（史詩的）章」（《新西漢詞典》，頁一八七"canto"條）。因此三國譯者都有一個兼具雙義的詞來翻譯意大利語的 "canto"，方便而省力。漢語的「歌」，卻沒有這樣的雙重身分，用來譯意大利語的"canto"仍嫌生澀。至於「首」字，則會引起讀者的誤解，以爲「首」是獨立單元，不像"canto"那樣彼此連貫。王維克的「篇」字比「歌」、「首」稍勝，但以「篇」譯"canto"，更大的單元"cantica"就恐怕別無選擇，只能譯爲「部」了。

[46] Bosco e Reggio, *Inferno*, p. 1。

[47] 中世紀的人，視「十」爲完美之數、吉祥之數。

[48] terza rima 有不同的譯法。鄭易里的《英華大詞典》譯爲「三行詩隔句押韻法」，三聯書店版《新英漢詞典》譯爲「三行詩押韻法」，陸谷孫主編的《英漢大詞典》的譯法與鄭易里《英華大詞典》的譯法相同：「三行詩隔句押韻法」。這些譯法，在某一程度上都描述了 terza rima 的特點；可惜太長，像解釋而不像翻譯。terza rima 如果就全詩而言，可以稱爲「三韻體」；就每三行一節的單位而言，可以稱爲「三韻格」或「三韻式」，至於三韻格或三韻式如何押韻，可以進一步詳作解釋；就像意大利語的"terza rima"一樣，也需解釋，讀者才知道詳細的押韻方式是甚麼。

[49] 韻格，英語 rhyme scheme，有的論者稱爲「韻式」或「（詩的）韻律安排」（三聯書店版《新英漢詞典》，頁一一五八）。

頭和結尾，如鏡像互映，形成中外文學史上絕無僅有的均衡對稱。

至於詩行的音步形式[50]，是每行十一個音節，意大利語稱爲 endecasillabo[51]，英語稱 hendecasyllable，漢譯「十一音節詩句」（鄭易里，《英華大詞典》），是意大利詩歌常用的音步形式。《地獄篇》原詩第一章第一行，是這種形式的代表：

Nel / mez/zo / del / cam/min / di / nos/tra / vi/ta….

在這一形式中，每行最末的一個重音必須落在第十個音節（即倒數第二個音節）[52]。其餘重音的位置則可自由變化。最常見的重音分佈方式大致有四類：第二、第六、第十音節；第三、第六、第十音節；第四、第八、第十音節；第四、第七、第十音節[53]。

---

[50] 英語叫 "metre"，或譯「格律」、「韻律」。

[51] 此詞源出拉丁語 hendecasyllabi，而拉丁語 hendecasyllabi 又源自古希臘語 ἐνδεκασύλλαβοι。

[52] 在上引的詩行中，最末一個重音落在 "vita" 的 "vi"。

[53] 參看 *Dizionario Garzanti della lingua italiana*，頁六零六，"endecasillabo" 條。意大利的十一音節音步形式，異於古希臘語和拉丁語的十一音節音步形式。前者以音節的抑揚（或輕重）爲準，英語稱 "accentual"；後者以音節的長短爲準，英語稱 "quantitative"。有關古希臘詩歌（如荷馬的《伊利昂紀》）的韻律，可參看 Clyde Pharr, *Homeric Greek: A Book for Beginners*, revised by John Wright (Norman / London: University of Oklahoma Press, 1985), pp. 29-32；有關拉丁語詩歌（如維吉爾、卡圖盧斯、馬爾提阿利斯的作品）的韻律，可參看 Peter V. Jones, and Keith C. Sidwell, *Reading Latin: Grammar, Vocabulary, and Exercises* (Cambridge / New York / New Rochelle / Melbourne / Sydney: Cambridge University Press, 1986), pp. 313-21, pp. 419-21, pp. 446-47。不過，但丁的十一音節音步形式，也有變化。有時候，第十一個音節（輕音音節）可能省去，以重音殿一行之末。這樣的詩行稱爲「斷音」（"tronco"）詩行。有時候，但丁可能在一行之

　　對於處理《神曲》格律的意見，大致可分兩派：第一派主張以
自由詩譯格律[54]；第二派主張以格律譯格律。我個人屬第二派。因為
我覺得，譯格律詩而放棄格律，等於未打仗就自動放棄大幅疆土；
而放棄了大幅疆土後，所餘的疆土未必會因這樣的「自動放棄」、
「自動退守」而保得更穩。某些譯者放棄（有時是逃避）格律時，
所持的理由往往是：「格律會扭曲詩義。」其實，這一說法並不準
確。所謂「詩義」，至少包括兩種：語義(semantic)層次的詩義和語
音(phonological)層次的詩義（包括音步、押韻所產生的種種效果）；
兩者的比例究竟是多少，往往因人而異。就英詩而言，在蒲柏
(Alexander Pope)和坦尼森(Alfred Lord Tennyson)的作品裏，語音層
次的詩義比例較高；在拉金(Philip Larkin)的作品裏，語音層次的詩
義比例較低。在格律詩中，格律是詩義的重要部分；放棄格律，差
不多等於在語音層次的詩義上甘心拿零蛋。可是，拿了這個零蛋，
就會在語義層次的詩義上自動拿高分嗎？恐怕未必。綜觀歷來的實
踐，許多由格律譯過來的「自由詩」，即使在語義層次上也不見得
怎麼出色；不但不出色，而且往往遜色於高手的格律譯法[55]。

末加一個輕音，成為十二個音節，最後三個音節組成一個揚抑抑音步。
這樣的詩行，稱為「揚抑抑結尾句」（"sdrucciolo"）。"sdrucciolo"一詞，
《意漢詞典》（頁七一五）譯為「重音落在倒數第三個音節的……詩句」。
此外，參看 Grandgent, ed., *La Divina Commedia di Dante Alighieri*,
xxxviii-xxxix。

[54] 自由詩，英語稱 "free verse"，法語稱"vers libres"。

[55] 何以有這一現象呢？恐怕不容易找到定論。譯者放棄了格律，在其他方
面也開始鬆懈，應該是原因之一。除了個別例外，我們甚至可以說，不
敢接受格律挑戰的都是低手；既然是低手，則無論譯甚麼，無論怎麼譯，
都難有出色表現。因為所有低手，不管是作者還是譯者，都有一個共通
的特點：手頭的語言資源十分有限，所懂也不過是那麼兩三度的板斧。
這類作者或譯者一出手，就馬上叫人暗忖：「本來是多姿多采、變化無窮、

　　以一張要求考生答兩題的試卷為例，答兩題的考生，成績通常比答一題的考生高。譯格律詩時既譯語義層次，也譯語音層次，等於兩題皆答；兩題各拿四十分的考生，總分會高於答一題而拿滿分的考生[56]。譯格律詩時，譯者由於照顧格律，也許要語義稍微遷就語音，並因此在語義上稍微失分；但如果這「稍微失分」，能幫助譯者在語音方面大大得分，有時還是划得來的[57]。

　　由於這些原因，在《神曲》漢譯裏，我保留了三韻格[58]。因為對於但丁，三韻格至為重要：不但象徵三位一體牢不可破，點出了三位一體的「三」，而且在韻律和結構上同時發揮作用：一方面叫音聲彼此呼應；一方面叫詩行互相緊連；一如等軸晶系之於金剛石[59]。

　　彈性十足的語言，居然可以寫得這麼笨拙、單調、乏味、呆板、僵硬，真的服了他！」是的，要寫這類文字，必須具備「別才」。

[56] 除了少數例外，沒有能力接受格律挑戰的譯者，即使避過了「畏途」而走他們的「康莊」，成績也不見突出。

[57] 我的這一論點，比起其他論者所提出的，已經十分溫和。譬如休利特(Maurice Hewlett)就認為，《神曲》譯者，「只有兩種選擇：譯出原詩的三韻格；否則等於沒譯」("can only choose between *terza rima* or nothing")。塞耶斯(Dorothy Sayers)也支持這種說法。引自 Angel Crespo, "Translating Dante's *Commedia*: *Terza Rima* or Nothing", in Giuseppe di Scipio and Aldo Scaglione, ed., *The* Divine Comedy *and the Encyclopedia of Arts and Sciences: Acta of the International Dante Symposium, 13-16 November 1983, Hunter College, New York* (Amsterdam / Philadelphia: John Benjamins Publishing Company, 1988), pp. 373-85。此文對三韻格的重要性說得詳細而透闢，可參看。

[58] 有關三韻格，我在《自討苦吃——<神曲>韻格的翻譯》和《再談<神曲>韻格的翻譯》兩篇論文裏已經談過。兩篇論文，見拙著《語言與翻譯》(台北：九歌出版社，二零零一年十月)；頁七三—七七，頁一二九—三三。譯三韻格如何困難，我在《半個天下壓頂——在<神曲>漢譯的中途》一文裏已經談過。此文見《語言與翻譯》，頁一六九—八三。

[59] 「寶石的晶系分等軸系、三方系、六方系、單斜系、三斜系、正方系、

至於音步形式[60]，除了某些詩行由於專有名詞太多，音節難以化繁爲簡外，我的漢譯，每行都有五個音步（也就是五頓），每個音步有一至四個音節不等。譬如《天堂篇》第一章一至六行，展示的就是這樣的音步形式：

萬物的／推動者，／其／榮耀的／光亮
　照徹／宇宙；／不過／在／某一區
　會／比較弱，／在／另一區／比較強。
此刻／我置身／神光／最亮的／區域，
　目睹了／那裏的／景象，／再降回／凡間，
　就不能／──也／不懂得／──把經驗／重敍。

當然，這不過是韻律分析(scansion)，看起來有點機械[61]，朗誦時未

斜方系、非晶質八種。金剛石屬等軸系；晶格中每個碳原子直接與其他四個碳原子以堅強的共價鍵相結合，每一個原子的中心，和相鄰的任何一個原子的中心距離相等。對每一個原子而言，其餘四個相鄰原子都排列在『正四面體』的四個頂點上，原子結合得特別牢固；因此也特別堅硬，不導電，不易傳熱；比重大，達三・五到三・六。」見拙著《微茫秒忽》（香港：天琴出版社，一九九三年十二月），頁三一。這段文字，撮述自梁永銘著的《寶石和玉石》（北京：地質出版社，一九七九年十二月北京第一版）。

[60] 新詩的音步概念，源出西方詩律學的 foot，經卞之琳等詩人的實驗，過去幾十年已有長足進展。可惜許多詩人誤解了自由詩的所謂「自由」，寫起詩來，再也不注意節奏、韻律，一切皆任意爲之，把一切交給「偶然」，頗像香港的六合彩攪珠。

[61] 無論是漢語還是外語詩歌，其韻律分析起來都有點機械；朗誦時就得靈活處理，不能再像節拍器(metronome)那樣數節拍。譬如英國詩人雪萊(Percy Bysshe Shelley)《西風頌》("Ode to the West Wind")的名句: "If Winter comes, can Spring be far behind？"，是標準的抑揚五步格(iambic

必要像分析時那樣一板一眼地緊跟。有時候，一個單音節音步由於節奏、詩意等種種因素的影響，可以跟一個雙音節音步合而爲一，變成一個三音節音步。有時候，一個四音節音步，也可以化爲兩個雙音節音步。在西方詩歌（如英詩）的傳統中，即使最嚴謹的韻律，也有類似的破格。至於緊隨原詩的格律，在翻譯過程中要接受怎樣的挑戰，我在《語言與翻譯》所收錄的幾篇文字裏已經討論過，在此不再重提。

放棄或逃避格律的譯者也許不知道，格律能給譯者適當的挑戰，然後讓藝高者駕馭之，利用之，並且在駕馭、利用的過程中創造變化無窮的音樂效果。足球和籃球有球例要參賽者遵守，足球場上才有比利，籃球場上才有喬丹。奧林匹克運動會如果拆掉單杠、雙杠，世人就看不到精彩絕倫的體操。一頭牛，如果沒有大郤、大窾，我們也看不到庖丁解牛的絕技。對於有能力接受挑戰的詩人、譯者，格律是大郤、大窾，是奧運中的單杠、雙杠，是籃球和足球的球例；對於杜甫、但丁這樣的大宗師，更是列子所御而泠然稱善之風。

超近親翻譯、近親翻譯、遠親翻譯、非親翻譯

按語言學家雅科布森(Roman Jacobson)的分類，翻譯有所謂語際翻譯(interlingual translation)和語內翻譯(intralingual translation)[62]。按

---

pentameter): "If ´win/ter ´comes, / can ´Spring / be ´far / be´hind？"（引文的重音符號爲筆者所加），每一音步(foot)的第一音節是輕音（抑），第二音節是重音（揚）；但眞正朗誦時，五個音步的快慢、輕重、緩急，仍可視情感、詩義而變化。

[62] 參看 Roman Jacobson, "On Linguistic Aspects of Translation." *On Translation*, ed. Reuben A. Brower. New York: Oxford University Press,

照這樣的分類，意譯漢、意譯英、意譯法……都是語際翻譯。不過
這樣分類，仍未能盡道《神曲》翻譯的各種差別。為了把《神曲》
翻譯的差別說得更精確，不妨增加方言翻譯(interdialectal translation)
一類，用來形容《神曲》譯成其他意大利方言的過程[63]。以親屬關係
為喻，《神曲》翻譯可分為超近親翻譯、近親翻譯、遠親翻譯、非
親翻譯四種。由托斯卡納語（今日的標準意大利語）翻成威尼斯語
或拉丁語[64]，是超近親翻譯；翻為西班牙語、法語等羅曼語(Romance
languages)，是由超近親關係轉向近親關係；翻為英語、德語，是遠
親翻譯，因為意大利語、英語、德語同為印歐語，彼此雖有距離，
但仍是親屬；至於由意大利語翻成漢語，則屬距離最遠的非親翻譯
了。

　　這幾種翻譯之中，以超近親翻譯最容易，原詩的意義、神韻可
以大量保留。試看路易吉・德佐爾吉(Luigi de Giorgi)的威尼斯語《神
曲・天堂篇》第三十三章最後四行的翻譯：

　　E qua me xe mancà la fantasia.

　　　Ma la brama e el voler, come rodele

　　　spenzea, che in modo egual le core via,

　　l'Amor che move el sol e le altre stele.

　　　　(de Giorgi, 479) [65]

1966. pp. 232-39。

[63] 《神曲》所用的意大利語，本為托斯卡納郡(Toscana)方言，後來成了標
　　準意大利語。

[64] 如果視托斯卡納語為意大利的方言之一，則《神曲》翻成威尼斯方言的
　　過程，是方言之間的翻譯，即上文所提的方言翻譯。

[65] 此外，Luigi Soldati 的意大利羅馬亞方言(romagnolo)譯本 La Cumégia (La

再看原詩：

> A l'alta fantasia qui mancò possa;
> ma già volgeva il mio disio e il velle,
> sì come rota ch'igualmente è mossa,
> l'amor che move il sole e l'altre stelle.

讀者就會發覺，兩個文本口面畢肖，幾乎像攣生兄弟：譯文與原文的分別微乎其微；譯文的元音、輔音都是原文的高度傳眞。

如果威尼斯語和托斯卡納語的關係是攣生兄弟，那麼，拉丁語和意大利語的關係，就相等於父子了。父子的血緣親密，因此把《神曲》翻成拉丁語而要避免失眞，也是輕而易舉的事。請看《地獄篇》第三章一——六行的原文和拉丁語翻譯：

> 《Per me si va ne la città dolente,
> per me si va ne l'etterno dolore,
> per me si va tra la perduta gente.
> Giustizia mosse il mio alto fattore;
> fecemi la divina potestate,
> la somma sapienza e 'l primo amore.》

> Per me itur in civitatem dolentium,
> Per me itur in eternum dolorem,
> Per me itur intra perditam gentem.

Divina Commedia)也可參看。

Iustitia movit meum altum Factorem;

　Fecit me divina potestas,

　Summa sapientia et primus amor.

　　　(Iohannis de Serravalle, *Translatio et comentum totius*

　　　libri Dantis Aldigherii, 50-51)

這是地獄入口的告示。原詩字字千鈞；進了拉丁語後，重量沒有稍減，有如老爹重演兒子的武功，絕不讓兒子專美。說得準確點，是虎父見虎子發虎威，一時技癢，跳上了舞台，讓觀衆知道，虎子的虎威來自哪裏。

　　進了西班牙語、法語，傳眞程度仍高[66]，因爲這兩種語言像意大利語一樣，都是拉丁語的兒子。由西班牙語、法語到英語、德語，近親關係變爲遠親，語義、句法、詞序等要素仍不難保留，音韻效果的失眞程度卻漸漸增加。試看赫爾曼・格梅林(Hermann Gmelin)德譯《天堂篇》第三十三章最後四行：

Die hohe Bildkraft mußte hier versagen,

　Doch schon bewegte meinen Wunsch und Willen,

　So wie ein Rad in gleichender Bewegung

Die Liebe, die beweget Sonn und Sterne.

　　(Gmelin, *Das Paradies*, 401)

語義以至原文 "volgeva…/l'amor" 中及物動詞 ("volgeva") 和主詞

---

[66] 參看第三册書末參考書目所列的《神曲》西班牙語、法語譯本。

("l'amor")的倒裝都譯出了[67]；但是意大利語的和諧天籟，德語卻礙於先天之別，重奏維艱：原詩"alta fantasia"抑揚起伏，變成德語的"hohe Bildkraft"後，悅耳效果蕩然無存。"ma già volgeva il mio disio e il velle"中"a"、"o"、"e"、"i"的滑動交響，進了德語音域，全在喉音"-ch"("Do**ch**")、擦音"sch"或"-sch-"("**sch**on"、"Wun**sch**")和濁音"W"("be**w**egte"、"**W**unsch"、"**W**illen")裏消失[68]。意大利語圓潤的"rota"(「轉輪」)，譯爲德語後，竟變成裂帛的"Rad"，眞是不忍卒聽。原詩末行("l'amor che move il sole e l'altre stelle")，則以"a"、"o"、"e"等元音奏出動聽的天樂，彷彿大愛在旋動諸天，在高度和諧中把《神曲》一百章的一萬四千二百三十三行收結，成爲西方詩史中大名鼎鼎的殿後之句，不愧爲高潮中的高潮。這一名句進了德語，卻再無類似的元音和諧呼應、交響，去叫讀者隨神的大愛柔和地旋動，如均勻的轉輪；代之而來的是刺耳的"Sonn"和"Sterne"；"Sonn"的濁音"S-"和"Sterne"的擦音"S-"，彷彿兩把鋼刀狠劃過玻璃，在險急的音聲中叫讀者耳坼魂裂。德語有取之不竭的喉音和擦音，最善於「切齒咬牙」[69]，與意大利語有極大的分別，完全是另一種樂器；要奏《神曲》終卷的和諧天籟，眞是欲奏無從。

　　除了意大利方言，在歐洲的主要語言中，最能重奏《神曲》而又能保留原詩天籟的，是西班牙語。讀者只要朗誦《神曲·天堂篇》第三十三章最末四行的西班牙語翻譯，即可聽出，西班牙語和意大

---

[67] 德譯是"bewegte……/Die Liebe"("bewegte"是及物動詞；"Die Liebe"是主詞)。

[68] 黑體爲筆者所加。

[69] 這一特色，歌德在"Prometheus"一詩中善加利用，創造了其他歐洲語言難以複奏的音響效果。見 Goethe, *Gedichte*, Herausgegeben und kommentiert von Erich Trunz (München: Verlag C. H. Beck, 1981), pp. 44-46。

利語在頻率上接近到甚麼樣的程度：意大利語動聽；西班牙語同樣動聽。意大利語和諧；西班牙語同樣和諧：

> ya mi alta fantasía fué impotente;
>> mas cual rueda que gira por sus huellas,
>> el mío y su querer movió igualmente,
>
> el amor que al sol mueve y las estrellas.
>> (Mitre, 307)[70]

即使就拼寫和發音而言，譯文也與原文相近，甚至相同。德語譯者格梅林、菲拉雷特斯(Philalethes)、博爾夏特(Borchardt)見了，會一邊羨慕西班牙語譯者有"rueda"（「輪子」）一詞來譯意大利語的"rota"；一邊厭惡德語的"Rad"，覺得它聲啞如鴉，在黃鶯"rueda"之前自慚聲穢。在翻譯上，這是無可奈何的事；意大利語和西班牙語是同胞姐妹，血型相同，心臟移植時互不排斥；德語譯者呀，你們要覓相近的頻率，就到日耳曼語支(German branch)裏去吧；意大利語支(Italic branch)的世界，實在「非公世界」[71]！

---

70 參考書目所列的《神曲》西班牙語譯本，雖有高下之分，但複奏《神曲》的意大利語時，都有先天的優勢，非日耳曼語支中的德語、英語可比。譬如 Arce 的西班牙語譯本，用的雖是散文，結尾的音樂仍拜西班牙語和意大利語的血緣關係之助，保留了《神曲》的不少天籟："Pero a mi fantasía faltó fuerza; y ya deseo y voluntad giraban como rueda con uniformidad, impulsados por el Amor que mueva al sol y a las demás estrellas" (Arce, 451)。

71 「非公世界」一語，出自唐人杜光庭的傳奇《虬髯客傳》，是道士對虬髯客所說的話。原文有這樣的描寫：「虬髯默然居末座，見之〔指李世民〕

心死。」，其後，虬髯客請來道士，暗中看李世民的相。道士見了李世民後，對虬髯客說：「此世界非公世界。他方可也。」意爲：「李世民是眞命天子，天下注定是他的；你虬髯客雖有逐鹿之心，卻注定無望。這個世界不是你的世界；到別的地方去吧。」筆者引述《虬髯客傳》，無意揚意語，抑德語，因爲翻譯另一些情調和場景時，德語又非意大利語可及。在《地獄篇》第三十二章，但丁要寫地獄第九層的慘狀時，說過以下的話（一—六行）：

S'io avessi le rime aspre e chiocce,
    come si converrebbe al tristo buco
    sovra 'l qual pontan tutte l'altre rocce,
io premerei di mio concetto il suco
    più pienamente; ma perch'io non l'abbo,
    non sanza tema a dicer mi conduco…
眼前陰沉的深坑，所有的巨石
    都壓向那裏。如果我的詩夠嘶啞，
    夠刺耳，描寫深坑的情景時稱職，
我會榨盡印象的精髓，記下
    當時所見；但我沒有這詩才，
    敘述起來不免恐懼倍加。

意大利語當然也有嘶啞的字。譬如"scacazzare"("defecare con frequenza o qua e là (detto spec. di animali)"——*Dizionario Garzanti della lingua italiana*, 1542;「大小便很勤，到處拉尿（尤指動物）」——《意漢詞典》，頁六九二）一詞，音、義俱「醜」，有借音達意、借音輔意之妙；不過與粵語的入聲字和德語的喉音、擦音比較，還是技遜一籌。但丁是標準意大利語之父，又是意大利詩人中的至尊，耳朵比所有同行都敏銳，說意大利語不夠嘶啞，不夠刺耳，有無上的權威。而讀者朗誦上引的《神曲》原詩時，大概也會同意但丁的論點。以超現實語言說，但丁寫這幾行詩時，會羨慕晚生數百年的歌德；或羨慕押入聲韻的中國古典詩詞作者。試看南宋蕭泰來的詞——《霜天曉角—梅》：「千霜萬雪。受盡磨折。賴是生來瘦硬，渾不怕，角吹徹。　清絕。影也別。知心惟有月。原設春風情性，如何共，海棠說。」蕭泰來的詞（尤其是「雪」、「折」、「徹」、「絕」、「別」、「月」、「說」等字），用粵語來唸，不但「夠嘶啞」、「夠刺耳」，

　　以西班牙語譯意大利語的譯者，還有獨一無二的優勢，用英語、德語、法語為譯入語的同行絕難望其項背，那就是：採用三韻格(terza rima)時，西班牙語的韻腳能完全緊跟《神曲》原詩。稍微涉獵過《神曲》原詩的讀者都知道，這首詩的韻格是 aba，bcb，cdc……。一般譯本（包括拙譯）隨原詩押韻時，都採用這一韻格。跟隨《神曲》押韻會如何艱難，我在《語言與翻譯》所收錄的多篇文字裏已經談過。不過押韻時，哪一種語言最能高度傳真呢，還不曾深入討論，因此在這裏稍加補充。

　　《神曲》譯本的三韻格，通常只在每行最後的一個音節押韻，也就是說，押陽性韻(masculine rhyme)[72]。比克斯特斯(Geoffrey L. Bickersteth)的譯本，就屬這類：

> 　　　　　　　　　　　　···whose light
> 　　　　　···········
> Then did the fear a little lose its might,
> 　　which in my heart's deep lake had bided there
> 　　through the long hours of such a piteous night.
> And as a man, whom, gasping still for air,
> 　　the sea lets scape and safe on shore arrive,
> 　　turns to the dangerous water, and doth stare,
> so did my spirit, still a fugitive,

而且夠險急、夠慘烈；寫《地獄篇》第三十二章的但丁聽了，怎能不羨慕？

[72] "masculine rhyme"，又稱"male rhyme"或"single rhyme"（「一音韻」）。見三聯書店版《新英漢詞典》頁一一五八 "rhyme" 條。"single rhyme" 又譯「單韻」。見鄭易里，《英華大詞典》頁一一九二 "rhyme" 條。

turn back to view the pass from whose fell power

no person ever yet escaped alive.

(Bickersteth, 3)

各行之末，只有一個音節與其餘兩行最末的音節押韻(**"light"**、**"might"**、**"night"**……)。儘管如此，譯者還被迫採用不算全韻的視韻(eye rhyme)："arrive"、"fugitive"、"alive"[73]。英譯押韻，通常比漢譯押韻困難，因爲英語中可押的韻腳少於漢語，更遠遜於意大利語。正因爲這樣，翻開三韻體的英譯[74]，我們不難發覺，英語譯者要緊跟原詩的韻格時舉步維艱，常要令詩義過分地遷就韻腳。數百多年前，英國大詩人米爾頓用無韻體寫《失樂園》，實在是明智之舉；穆薩(Mark Musa)有鑒於英語押韻之難，譯《神曲》時捨難趨易，也無可厚非[75]。

可是，英語、法語、德語、漢語譯者費盡九牛二虎之力才能取得的一點點「成績」（即這些譯本中的三韻格），以《神曲》原詩的韻格衡量，就顯得微不足道了；因爲「原汁原味」的三韻格，是每行最後兩個音節與其他兩行最後兩個音節押韻的，也就是說，押二重韻(double rhyme)，即陰性韻(feminine rhyme 或 female rhyme)[76]：

---

[73] 黑體爲筆者所加。"eye rhyme" 又譯「不完全韻」（見鄭易里，《英華大詞典》，頁四八零）。

[74] 如 Anderson、Binyon、Sayers 的譯本。

[75] 不過，穆薩爲自己放棄三韻格而辯護時，說三韻格沒有甚麼藝術效果，其論點就不能成立。參看 Musa, *Inferno*, 61-63。

[76] 參看三聯書店版《新英漢詞典》頁一一五八和鄭易里《英華大詞典》頁一一九二 "rhyme" 條。

ma non eran da ciò le proprie **penne**:

se non che la mia mente fu per**cossa**

da un fulgore in che sua voglia **venne**.

A l'alta fantasia qui mancò **possa**;

ma già volgeva il mio disio e il **velle**,

sì come rota ch'igualmente è **mossa**,

l'amor che move il sole e l'altre s**telle**. [77]

(*Paradiso*, XXXIII, 139-45)

要英語、法語、德語、漢語譯者押這樣的三韻格，不啻要他們登天。
但是，請看米特雷（Mitre)的西班牙語翻譯：

Con mis alas tan alto no vo**laba**,

cuando repercutir sentí en la **mente**

un fulgor que su anhelo conden**saba**:

ya mi alta fantasía fué impo**tente**;

mas cual rueda que gira por sus hu**ellas**,

el mío y su querer movió igual**mente**,

el amor que al sol mueve y las est**rellas**. [78]

(Mitre, 307)

---

[77] 黑體爲筆者所加。

[78] 黑體爲筆者所加。Borchardt 的德譯本也押二重韻，可惜語義因遷就韻格
而大受委屈，效果不能與西班牙譯本相提並論。

目睹西班牙語譯者輕而易舉地筆到韻來，一萬四千二百三十三行中行行如是[79]，英、法、德、漢的譯者只有羨慕的份兒。是的，意——西血緣，勝過意——英或意——德，也勝過意——法[80]。意大利語要換心、換腎，在芸芸的歐洲語言中，最有資格捐心、捐腎的，是西班牙語[81]。在《筵席》(Convivio)裏，但丁說過：

E però sappia ciascuno che nulla cosa per legame musaico armonizzata si può de la sua loquela in altra transmutare, sanza rompere tutta sua dolcessa e armonia[82].

不過誰都知道，藉繆斯音律來調諧的作品，都不能由原文的語言譯為另一種語言；一旦譯為另一種語言，原作的婉麗、和諧就蕩然無存。

但丁的話深中肯綮，指出了翻譯的難處。不過把《神曲》譯為西班牙語，但丁所提到的損失可以降到最小。原作的「婉麗、和諧」，不至於「蕩然無存」。這一結果，大概是《神曲》作者所樂見的。

在句法上，上述的歐洲語言，追隨《神曲》的意大利語時大致沒有困難。歐洲譯者，譯起但丁的句法，一般都能跟著詩人左迴右旋，顛前倒後，因此不少歐洲語言的譯本，行序幾乎與原詩相同。

---

[79] 《神曲》全詩，共一萬四千二百三十三行，行行押韻。

[80] 法語、意大語、西班牙語雖然同為拉丁語所出，屬現代意大利語支，但意、西的關係又遠勝意、法。因此意大利語和西班牙語的許多詞，在音義和拼寫方面都十分接近，甚至完全相同。漢語屬另一語系（漢藏語系）。對於這樣的一個「非我族類」，意大利語當然會「視同陌路」了。

[81] 葡萄牙語和西班牙語也十分接近。惟筆者不懂葡萄牙語，不敢就葡萄牙語的捐心、捐腎資格妄加論斷。

[82] *Convivio*, I, VII, 14。

這一特點，法國譯者馬塞洪(Alexandre Masseron)談到自己的譯本時
就曾經指出：

> Comme Henri Hauvette, j'ai traduit tercet par tercet, et non pas
> vers par vers, et, dans l'intérieur de chaque tercet, je me suis
> permis toutes les inversions qui m'ont paru de nature à rendre la
> phrase française plus claire, plus facilement intelligible.
> Contrairement à Hauvette, j'ai préféré appliquer cette méthode
> avec rigueur, même lorsqu'elle m'a obligé à introduire dans ma
> traduction quelques《contorsions qui répugnent》à notre langue…
> (Masseron, *La Divine Comédie:Enfer*,iv-v)
> 像昂利‧奧維特一樣，我的譯文也以三行一節爲單元，而不以
> 每行爲單元。在每節之內，我會視法語特性而因時制宜，運用
> 所需的各種倒裝，儘量把詞句譯得清晰易明。與奧維特不同的
> 是：我採用這一譯法時不會破格，──儘管嚴守這樣的原則，
> 某些語句會違背法語習慣。

馬塞洪能夠「以三行一節爲單元」來翻譯，是因爲法語像許多印歐
語一樣，句法的彈性與意大利語相差不大，可以隨原詩迴環扭擺[83]；
即使偶爾受調整，調整的工程也可在三行的乾坤內完成。

　　漢譯《神曲》的意大利語時，上述音聲和句法的方便，漢語譯
者完全沾不到邊，因爲，不巧得很，漢語與意大利語的關係，完全

---

[83] 有關印歐語的句法與《神曲》翻譯的關係，參看拙文《以方應圓─從<神
曲>漢譯說到歐洲史詩的句法》、《兵分六路擒仙音──<神曲>長句的翻
譯》。二文均收錄於拙著《語言與翻譯》(台北：九歌出版社，二零零一
年十月)。

是「非親非故」。因此漢語譯者譯《神曲》時要「自求多福」，不能靠親屬關係佔便宜。翻譯韻律，固然如是；翻譯句法（尤其是長達十多行的長句），也常要覆地翻天，顛陰倒陽。結果但丁的原著進了漢語世界後，往往是星移斗轉，叫從事近親翻譯的同行難以想像。[84]

神名、人名、地名的翻譯

神名、人名、地名是專有名詞。專有名詞的翻譯看似容易，在《神曲》中出現，卻不易討好。首先，譯者要知道，所譯的專有名詞本來屬哪一種語言。屬意大利語的專有名詞（如 Beatrice（貝緹麗彩）、Guido（圭多）、Farinata（法里納塔））比較簡單，直接按意大利語發音去翻譯就十拿十穩了。但是《神曲》有許多專有名詞，本來屬古希臘語、拉丁語、法語、德語、西班牙語……，在但丁的作品中出現，已經繞了個圈子，變成了古希臘語、拉丁語、法語、德語、西班牙語……的意大利語翻譯。為了力求精確，在漢譯過程中，譯者得追本溯源，直接翻譯原文的發音。譬如《天堂篇》第一章第六十八行的"Glauco"，是古希臘語Γλαῦκος的意大利語翻譯，拉丁語和英語均譯為 Glaucus，漢譯應該是「格勞科斯」，不應由意大利語轉譯為「格勞科」，或者由拉丁語轉譯為「格勞庫斯」，由英語轉譯為「格羅克斯」。《天堂篇》第三十一章的"Bernardo"，按意大利語可譯為「伯爾納多」或「貝爾納多」。但是"Bernardo"是意大利語的說法，譯自法語 Bernard。Bernard 是法國楓丹(Fontaines)人，明谷(Clairvaux)隱修院院長，又叫"Bernard de Clairvaux"。要譯

---

[84] 有關《神曲》長句的翻譯，參看拙文《以方應圓——從<神曲>漢譯說到歐洲史詩的句法》、《兵分六路擒仙音——<神曲>長句的翻譯》。在此不贅。

得準確，譯者就得揚棄譯自意大利語的「伯爾納多」或「貝爾納多」，而採取譯自法語且早已約定俗成的「貝爾納（明谷的）」。此外，又如《天堂篇》原文第三章第一一九行的"Soave"，是德語 Schwaben 的意大利語翻譯，英譯是"Swabia"。面對這樣的一個地名，直接翻譯《神曲》原文的譯者，如果不知道這個字原爲德語，就可能按意大利語發音譯爲「索阿維」。由英語轉譯《神曲》的，也許會譯爲「斯維比亞」。而兩種譯法，都不若譯自德語的「施瓦本」準確。「特洛伊」一名，譯自英語的 Troy，而 Troy 本身又譯自古希臘語的Τροία；因此譯爲「特洛亞」比較接近原音。希臘神話裏眾神的居所，有的人稱爲「奧林匹斯」，有的人稱爲「奧林波斯」，有的人稱爲「奧林匹克山」。這些譯名，揆諸古希臘原文的῞Ολυμπος（拉丁文和英文叫"Olympus"），都不算準確[85]。因此不妨譯爲「奧林坡斯」。

譯名既以原音爲準，一些不常見的譯名，如果與原音相差太遠，我會加以調整。譬如希臘神話中的報信之神，原文爲῾Ερμῆς，《希臘羅馬神話詞典》和其他不少詞典都譯爲「赫爾墨斯」。其中「墨」字是原文"-μῆ-"的漢譯。按"η"在古希臘語的發音相等於國際音標中的/ε:/，譯爲「梅」較近原音，因此我把῾Ερμῆς譯爲「赫爾梅斯」。Περσεφόνη（拉丁語和英語爲 Persephone），《希臘羅馬神話詞典》譯爲「珀爾塞福涅」。按古希臘原文第一個音節的"ε"該唸/e/，譯爲「珀」（漢語拼音 pò），與原音相差太遠，因此譯爲「佩」。法語 Charles 一名，許多人都當作英語，譯成「查理」。

---

[85] 原文"῞Ολυμπος"的"π"送氣，「奧林波斯」的「波」不送氣，因此未臻完善。「奧林匹克」，譯自英語 Olympic，用粵語唸，「匹」、「克」兩個入聲字緊跟英語的 "-pic"，如響斯應，十分傳神，可惜兜了英語這個圈子，未能直傳古希臘原音，有違專業翻譯的原則。

按法語的 Charles 唸/ʃarl/，譯爲「沙爾」較爲恰當。

不過這原則不可以一成不變；一些早已成俗的譯名，即使與原音相差極遠，我也會竭力按下「不服氣」的心情，低首下心地隨俗。譬如希臘神話中至尊之神「宙斯」，譯自英語的 Zeus，而 Zeus 又譯自古希臘語的Ζεύς，唸/z'deus/，譯爲「斯得烏斯」會更準確[86]。奧林坡斯山的另一個神祇阿波羅，古希臘語的原名是᾽Απόλλων。按古希臘語的發音，可譯爲「阿坡隆」或「阿坡倫」；常見的「阿波羅」，近拉丁語或英語的 Apollo 而不近古希臘語的᾽Απόλλων。不過「阿波羅」既已成俗，也就只好按「行規」隨俗了。常見的文藝、詩歌、音樂女神「繆斯」，是英語"Muse"、"Muses"的漢譯。這位女神(或九位女神)的名字，源出希臘神話，古希臘語爲Μοῦσα(唸/'mu:sa/)，複數Μοῦσαι(唸/'mu:sai/)，譯爲「穆薩」比「繆斯」更近原音。法語 Charlemagne，唸/ʃarləmaɲ/，譯爲「沙勒曼亞」較近原音；不過這一人名已經成俗，在漢語世界成了人所共知的「查理大帝」或「查理曼」，譯者要另起爐灶，必招「無事生非」之訕。何況大家互不服氣，各擁新譯以自重，勢必天下大亂。因此我調整前人的譯音時，雖然發覺許多約定俗成的譯名與原文的發音相差太遠，有重譯的餘地[87]，可是也儘量做到適可而止，以避免另一場「文化大革命」。至於「適可而止」的「止」以甚麼爲標準，自然是見

---

[86] 這裏的「得」字，該唸「我得走了」的「得」(漢語拼音 děi)。

[87] 叫我一直耿耿於懷的，自然是《神曲》漢譯中最重要的專有名詞 Dante(但丁)了。"Dante"的"-te"，明明沒有/ŋ/音，卻變成了含有/ŋ/音的「丁」，用普通話唸；耳朵聽了雖然不舒服，卻又無可奈何。誰叫當年說標準普通話的人不捷足先登，結果讓不說標準普通話的人躗足先登，佔據了絕對優勢，把"-te"亂譯成「丁」字？後來的衆英雄，也只好逆來順受，無話可說了。「譯權」像政權一樣，要掌握在賢者之手，大家才會有好日子過。

仁見智，多少有點主觀了。

　　漢字（指現代楷書中文）是意音文字；歐洲文字大致是表音文字。以意音文字譯表音文字，往往言人人殊，不若以表音文字譯表音文字那麼方便、準確，更不若表音文字譯表音文字時那麼容易統一。譬如意大利人名 Giacomo，漢語譯者可以譯爲「賈科摩」，也可譯爲「賈科莫」、「賈科磨」、「賈科摸」、「賈科謨」、「賈科魔」、「賈科墨」……，因爲「摩」、「莫」、「磨」、「摸」、「謨」、「魔」、「墨」……都準確地傳遞了"-mo"的發音[88]。正因爲如此，一個外語人名，在一百個漢語譯者的筆下，可以化作一百個不同的身分，頑皮如齊天大聖的仙毛，無理如一夫多妻的陋制。由於誰也不服誰，一個簡單的 Clinton 可以變爲「克林頓」、「柯林頓」、「科林頓」、「可林頓」……；在故意不敬的譯者筆下，更可以變爲「克林吞」、「刻客吞」[89]。結果，漢語譯名往往「百花齊放」得叫人眼花繚亂。爲了避免這樣的「繚亂」，中國大陸多年前乃推行一音（包括音節和音素）一字的人名、地名翻譯法：不管譯任何外語，譯者只要按國際音標表找出原文的發音，就可以在漢語譯音表裏找到所需的字。這種翻譯法推行後，所有音節和音素有了固定的漢字相配，外語譯名有了統一規範，讀者也可以按字索音，

---

[88] 此外，"Gia-"和"-co"也可以生出不同的譯音。譬如"-co"這個音節，就可以譯爲「可」，也可以譯爲「克」、「恰」、「柯」、「珂」、「客」。

[89] 英語的 Toronto，漢譯早已固定爲「多倫多」，可是多倫多市中心的一家華人商店，仍堅決稱 Toronto 爲「托朗托」，可見漢語譯外語的專有名詞時，不容易統一規範。全世界的華人都稱美國首都爲「華盛頓」嗎？慢來。只要一頭悍小牛(maverick)闖進譯界，「華盛頓」就可以變成「沃星屯」。這頭小牛冒天下之大不韙，你也不能怪他，因爲就發音而言，「沃星屯」的確更接近 Washington，而且也更有「詩意」。

得到不少方便[90]。

　　不過這一原則只適用於新聞或類似的翻譯，不宜施諸文學翻譯。因為按一音一字的原則翻譯文學中的人物，有時會大煞風景。譬如古希臘語的愛神’Αφροδίτη（英語譯為“Aphrodite”，即羅馬神話中的 Venus），《希臘羅馬神話詞典》譯為「阿佛洛狄忒」，把附於原文所有的美麗聯想一筆勾銷。此外又如Λητώ（英譯“Leto”），是宙斯之美妾（也可說「情人」），太陽神阿波羅和月神阿爾忒彌斯的母親；《希臘羅馬神話詞典》譯為「勒托」，也把這位大名鼎鼎的人物「漂洗」得面目全非，淡乎寡味。到了這地步，我會「忍無可忍」，不再低首下心，決意「逆反」，把“’Αφροδίτη”譯為「阿芙蘿狄蒂」，把“Λητώ”譯為「麗酡」。漢字不若表音文字：表音文字除了某些擬聲詞或經過詩人點化的聲音，所表的音節、音素通常都屬中性，沒有甚麼語義；各種聯想要經過頗長的時間方會在名字上累積。比如說，愛神’Αφροδίτη中的“φ”，本身不褒不貶，化為英語的“ph”後，同樣不褒不貶，始終屬中性；譯成漢字中的「佛」，漢語讀者不必等時間累積聯想，「神思」就飛到了彌勒「佛」、大肚「佛」、大頭「佛」那邊去，要自我約束也約束不來。看過波提切利(Sandro Botticelli)名畫《維納斯誕生》的讀者，怎能忍受這樣的聯想呢？同樣，“Λητώ”的“Λη”（唸/lε：/），也屬中性，譯成「勒」後，卻馬上驅讀者想起「勒」索、「勒」斃、希特「勒」……。在新聞翻譯的課程中，教到人名翻譯時，筆者一向叫學生遵守一音一字的原則。可是到了文學翻譯的領域，為了避免毀凡間女子或天

---

[90] 參看辛華編，商務印書館出版的各種譯名手冊，如《英語姓名譯名手冊》、《意大利姓名譯名手冊》、《德語姓名譯名手冊》、《西班牙語姓名譯名手冊》等等。

上女神之容，筆者只好與辛華分道揚鑣了。因此，在筆者的《神曲》漢譯裏，女主角叫「貝緹麗彩」，而不叫「貝亞特里切」[91]。

在《神曲》裏，有關基督教的人名極多。在這方面，譯者要處處跟隨流行的《聖經》，一點自由也沒有，儘管我不喜歡「巴多羅買」、「以馬忤斯」、「各各他」、「蛾摩拉」、「非拉鐵非」、「拿細耳人」、「推雅推拉」、「摩押地」、「辣黑耳」……[92]。然而，儘管我不顧個人尊嚴，願意硬著頭皮，跟隨當年的《聖經》譯者去滑稽，問題仍未解決；因為在跟隨之前，我要面臨抉擇：跟隨天主教譯者還是新教譯者去滑稽呢？常見的《聖經》漢譯，無論是天主教思高聖經學會本還是新教的和合本，都未如理想，有待精於希伯來語、希臘語和漢語的譯者重譯或修飾。翻譯和註釋時，我既然要引錄《聖經》，自己又不能重譯所有的原文，自然要依靠現有的《聖經》漢譯了。現有的《聖經》漢譯，該選哪一本呢？幾經考慮，終於選了和合本。但丁寫《神曲》時，基督教改革運動還未發生，新教還未成立；按理，引錄《聖經》時應該以天主教思高聖經學會的譯本為準，何況思高本的譯者翻譯時「依據原文，即希伯來、

---

[91] 「貝亞特里切」是按一音一字的原則產生的規範化譯名。見辛華編，《意大利姓名譯名手冊》，頁六零。

[92] 到澳門旅遊，隨處可以看見滑稽的葡語漢譯街道名。你一邊走，一邊會忍俊不禁，心中納罕：「當年的譯者，有那麼多的漢字可用，卻擱著不用，偏要選這些怪字，是甚麼原因呢？」稍微尋思，你想起了一九六七年香港「前進分子」的「光輝抗暴行動」，不禁恍然大悟：「啊，是當年的譯者以文字跟「帝國主義」「抗爭」，因此遠在一九六七年之前，就在澳門進行「地下工作」，故意把統治階級的街道醜化。」看了《聖經》的漢語譯名，你也有類似的感覺，認為當日翻譯《聖經》的神職人員，故意跟上帝開玩笑，或者惡意「柴上帝的台」（粵語，意為「拆上帝的台」，「搞上帝的蛋」）。

阿拉美和希臘文」[93]？而和合本卻轉譯自英語。不過在漢語世界裏，和合本的譯名似乎比思高本的譯名更普遍。讀者以和合本的「阿伯拉罕」、「摩西」、「約書亞」、「約翰」、「提摩太」、「雅各」、「彼得」和思高本的「亞巴郎」、「梅瑟」、「若蘇厄」、「若望」、「提茂德」、「雅各伯」、「伯多祿」比較，就會同意這一論點。你提到《出埃及記》（和合本漢譯），一般人大概知道你指甚麼；說《出谷記》，非天主教徒就未必摸得著頭腦了。基於這一考慮，拙譯所錄的《聖經》漢譯，除非另有註明，均出自和合本。至於但丁原詩的"Dio"，進了漢語後，可以是「上帝」，也可以是「神」、「上主」、「天主」，再無天主教和新教之別。拙譯的讀者當中，也許有天主教徒和新教徒，不過非教徒的比例應該較高。而非教徒大概不介意你以天主教還是新教的語言向神祈禱；大家心中所想，是同一所指(signifié)就夠了；能指(signifiant)是甚麼[94]，已經不太重要。

《神曲》翻譯概況

《神曲》翻譯，有悠久的歷史。據恩佐・埃斯坡斯托(Enzo Esposito)的研究，今日的《神曲》翻譯，牽涉多種語言，其中包括：阿爾巴尼亞語、阿拉伯語、保加利亞語、捷克語、漢語、朝鮮語、丹麥語、希伯來語、世界語、佛拉芒（一譯「佛蘭芒」）語、芬蘭語、法語、蓋爾語、日語、希臘語、英語、愛爾蘭語、挪威語、波

---

[93] 思高聖經學會本《聖經》，頁 iii。

[94] 法語"signifié"（英譯"signified"）和"signifiant"（英譯"signifier"）是西方語言學、符號學的術語，最初見於瑞士語言學家德索胥(Ferdinand de Saussure)的《綜合語言學課程》(*Cours de linguistique générale*)一書。

蘭語、羅馬尼亞語、俄語、塞爾維亞語、克羅地亞語、斯洛文尼亞語、西班牙語、瑞典語、德語、土耳其語、匈牙利語,其中以英語、法語、德語、西班牙語的翻譯最盛[95]。

　　就英語世界而言,據吉爾伯特‧坎寧安(Gilbert F. Cunningham)[96]的 *The Divine Comedy in English：A Critical Bibliography 1782-1900* 一書所提供的資料,一七八二——九零零年間,英語世界共有八十二位譯者,譯了一百七十九篇(cantiche)[97]。《神曲》的第一本英譯於一七九二年出版時,西班牙語、法語、德語已有多個譯本,其中以西班牙語的《神曲》翻譯最為蓬勃。八十二位譯者當中,譯整部《神曲》的有四十六位,譯其中兩篇的有五位,只譯《地獄篇》的有二十二位,只譯《煉獄篇》的有六位,只譯《天堂篇》的有三位(以上資料見該書頁一),可見《地獄篇》最受英語譯者歡迎。

　　至於譯文形式,有散文、韻文、無韻詩(blank verse)、六行一節押韻體(rhymed six-line stanzas)、四行一節不規則押韻體(quatrains

---

[95] 參看 Enzo Esposito,"Traduzioni di opere dantesche", in Umberto Parricchi, a cura di, *Dante* (Roma: De Luca Editore, 1965), pp. 257-72。

[96] 「吉爾伯特」的「吉」字,譯不出"Gilbert"中的"G"(輔音/g/);因此不妨改為「格爾伯特」。

[97] 按翻譯的分量劃分,《神曲》譯者大致分為三類:第一類三篇(《地獄篇》、《煉獄篇》、《天堂篇》)俱譯;第二類只譯其中一篇或兩篇;第三類只譯某些章節。《神曲》洋洋一萬四千二百三十三行,翻譯需時,自不待言。由於種種原因,譯者(尤其是另有「正業」的非專業譯者)只能譯出作品的一部分,或者只選一部分來翻譯,完全可以理解。譬如著名的英語譯者多蘿西‧塞耶斯(Dorothy Sayers),只譯了第一、二篇(《地獄篇》和《煉獄篇》),第三篇《天堂篇》尚未譯完,就不幸辭世,由巴巴拉‧雷諾茲(Barbara Reynolds)續譯。丹尼爾‧哈爾彭(Daniel Halpern)所編的 *Dante's Inferno: Translations by Twenty Contemporary Poets* (Hopewell: Ecco Press, 1993),由二十位英語詩人合譯,則是另一有趣的新嘗試了。

and irregular rhyme)、不規則押韻體(irregular)、三行一節無韻體(blank terzine)、馬維爾詩節(Marvellian stanzas)、斯賓塞詩節(Spenserian stanzas)、三韻體(terza rima)……。其中以三韻體最受歡迎，儘管三韻體對譯者的挑戰最大[98]。根據坎寧安的另一書——*The Divine Comedy in English: A Critical Bibliography 1901-1966*，由一九零一至一九六六年出版的《神曲》英譯中，也以三韻體最受歡迎。

至於譯者，據坎寧安的劃分，有律師、醫生、神職人員、學者、作家五類[99]。其中以律師的成績最差：除了威廉‧達格代爾(William Stratford Dugdale，1828-1882)，沒有一個律師在《神曲》英譯史中有堪陳之善。最成功的譯者，都出自學者和作家群中。

《神曲》英譯，雖然起步較晚，落後於西班牙語、法語、德語翻譯[100]，但後來居上，很快就開始領先。今日，幾乎每隔兩三年，

---

[98] 坎寧安(Cunningham)指出（同書頁二），三韻體之外，又有「不完整三韻體」("defective terza rima)，用來形容施萊格爾(Schlegel)的押韻方式，即每三行組成的押韻詩節（意大利語叫"terzina"，英語叫"tercet"）中，只有第一、第三行押韻，第二行不押韻。這一押韻方式對譯者的要求較寬，因此有不少人採用。

[99] 坎寧安指出（頁二），五類譯者有時會重疊。譬如有些作家，往往又是學者。

[100] 就筆者所接觸的《神曲》法譯而言，以莫赫爾(C. Morel)編的 *Les plus anciennes traductions françaises de la Divine Comédie*, 3 vols. (Paris: Librairie Universitaire, 1897) 面世最早。這一法譯，收錄了兩個版本：一個是都靈版(Manuscrit de Turin)，一個是維也納版(Manuscrit de Vienne)。前者只有《地獄篇》；後者有《地獄篇》、《煉獄篇》、《天堂篇》。這兩個譯本的法語，在拼寫上與雅克琳‧里塞(Jacqueline Risset)等人的現代法語譯本有別。都靈版《地獄篇》第一章一至三行是："Au millieu du chemin de la vie presente / Me retrouvay parmy une forest obscure, / Ou m'estoye esgaré hors de la droicte sente" (vol 1, 3)。里塞譯本《地獄篇》第一章一至三行是："Au milieu du chemin de notre vie / je me retrouvai par une forêt obscure /

甚至一兩年，就有一種——甚至數種——《神曲》英譯面世，叫讀者目不暇接。

在漢語世界，《神曲》翻譯仍然寂寞。就坊間所見，目前只有王維克、朱維基、田德望、黃文捷的四種譯本。就譯者數量而言，但丁受注意的程度似乎遠遜於莎士比亞，儘管「現代天下」由兩位超級大師「均分」，「再無第三者可以置喙」。

但丁研究簡介

就文學研究而言，在西方的學術界，論規模之大，參與人數之多，能夠與但丁研究相比的，大概只有莎士比亞研究[101]；在漢語世界，則只有紅學堪與並論相提。就研究對象而言，但丁比莎士比亞和曹雪芹「可靠」。因爲但丁的主要著作《神曲》，各種版本雖有出入，但這些出入只屬小節，不像莎士比亞，連身分仍在漂移；也不像曹雪芹，一百二十回的小說，竟有四十回的著作權遭人質疑[102]。

---

car la voie droite était perdue"(*L'Enfer*, 25)。拼寫的差別顯而易見。

[101] 如果視《聖經》爲文學而不僅視爲宗教典籍，則《聖經》研究應該是所有文學研究之冠。

[102] 筆者並非考證家，更非紅學家，但就個人讀《紅樓夢》的經驗以及所讀過的紅學論文而言，倒相信《紅樓夢》一至一百二十回是同一人的手筆；至於有沒有人參與潤色工作，則是另一回事。認爲後四十回是高鶚所續的學者和考證家所寫的論文、所舉的例證（其中包括各種解釋、統計），都欠缺說服力。讀《紅樓夢》的人如果不是先入爲主，展卷前沒有聽過「後四十回爲高鶚所續」或「紅樓夢未完」的說法，大概不會覺得後四十回是「狗尾」。後四十回的許多描寫（如一百二十回寶玉出家後在毗陵驛與賈政相見的一節），絕對不遜於前八十回的精彩片段。筆者覺得，續寫別人的作品，由於種種局限、種種牽掣，通常比自出機杼、自由創作

　　但丁有血有肉，其生平事跡彰彰可考，卒後還有長子皮耶特羅(Pietro)為整部《神曲》寫拉丁文評註，有次子雅科坡(Jacopo)為《地獄篇》寫意大利文評註[103]，絕不像莎士比亞那麼迷離[104]。史家維蘭尼(Villani)、作家薄伽丘(Boccaccio)，在時間上與但丁相距不遠，都一一為大詩人「作了證」。由於這緣故，研究但丁肯定比研究莎士比亞和曹雪芹「實在」[105]。

　　幾百年來，有關但丁的研究浩如煙海[106]，所用文字不限於意大

困難多倍。高鶚如果能「續出」《紅樓夢》後四十回，本身就是個曹雪芹，甚至是個高於曹雪芹的高手。 這樣的高手，會放棄自求不朽的良機，而浪費寶貴的時間去續別人的作品嗎？有些論者就前八十回和後四十回所用的某種詞類比例立論，也不見得怎樣可靠。就以現代的作家為例吧，我們能因《邊城》後半部的「的」字比前半部的「的」字多（或少），就率爾斷定，後半部並非沈從文手筆嗎？考證時迷於細節而看不到大體，所得的結論往往不可靠。就文學作品而言，「局外人」有時反而會旁觀者清。英人韋里(Arthur Waley)讀《詩經》，就是一例。韋里不是中國的詩經學者，是個「局外人」，不，域外人，沒有「先入」之「主」，沒有被「后妃之德」一類廢話迷惑、毒害，詮釋《詩經》時反而更接近真貌；不像先入為主而又窮畢生精力於《詩經》的古今學者，在《毛詩序》、《詩集傳》的八陣圖裏打轉，著書百萬言、千萬言後，仍在閉目摸象。這樣研究《詩經》，真是「雖多，亦奚以為？」有關《詩經》的真貌，參看拙文《石破天驚識吉甫—李辰冬的<詩經通釋>、<詩經研究>、<詩經研究方法論>讀後》，見拙著《文學的欣賞》（台北：遠東圖書公司，一九八六年三月），頁一三五—五零。

[103] 參看 Grandgent, ed., *La Divina Commedia di Dante Alighieri*, p. xli。

[104] 當然，我們也可以說，正因為莎士比亞身分迷離，研究起來會更有趣，更加欲罷不能。

[105] 這裏所謂「實在」，當然也是相對的；因為與現當代作家比較，但丁仍頗為「迷離」。正如格蘭真特(C. H. Grandgent)所說，「有關但丁的履歷，我們所知不多。」("We know little of his career.")見 Grandgent, ed., *La Divina Commedia di Dante Alighieri*, p. xii。

[106] 根據格蘭真特的說法，在但丁研究史上，最早的箋註於一三二四年出版，

利文;本書的參考書目所列,只是筆者所接觸到的一部分。不過這些書籍,可以為喜歡但丁的讀者提供基本的參考。研究但丁的最佳途徑,是閱讀其作品的意大利文版本、有關的意大利文論文、意大利文典籍。但丁作品的版本當中,以意大利但丁學會(Società Dantesca Italiana)的《但丁全集》(*Le opere di Dante*)最為可靠。波斯科和雷佐(Boso e Reggio)、佩特羅基(Giorgio Petrocchi)、薩佩約(Sapegno)的版本也有權威[107]。至於有關但丁本人及其作品的資料,由翁貝托‧博斯科(Umberto Bosco)等學者主編、皇皇五大巨冊的《但丁百科全書》(*Enciclopedia dantesca*)是首選。如要追蹤意大利但丁研究的潮流,則可參考意大利但丁學會在翡冷翠出版的《但丁研究》(*Studi danteschi*)。

　　意語世界之外,其他各國(如英、美、法、德)的但丁研究也有傑出的成就。其中以美國但丁學會(The Dante Society of America)出版的《但丁研究》(*Dante Studies*)、德國但丁學會(Der Deutschen Dante-Gesellschaft) 出 版 的 《 德 國 但 丁 年 報 》 (*Deutsches Dante-Jahrbuch*)為代表。此外,英國的牛津、法國的巴黎、荷蘭的

註者為格拉茲奧洛‧德巴姆巴利奧利(Graziolo de' Bambaglioli)。參看 Grandgent, ed., *La Divina Commedia di Dante Alighieri*, p. xl。

[107] 近年來,佩特羅基的版本越來越受歡迎。不過,這版本雖然「根據古本」 ("secondo l'antica vulgata")定稿,但筆者在翻譯過程中,發覺就文理和詩義而言,佩特羅基版往往比不上意大利但丁學會版。據格蘭真特(*La Divina Commedia di Dante Alighieri*, xxxix)的說法,今日流傳的《神曲》手稿,差不多有六百本;而眾多的手稿當中,沒有一本出自但丁之手。即使在但丁卒前,《神曲》在傳抄中已大有可能出現舛訛或異文。因此,《神曲》的版本雖然比莎士比亞的劇作和曹雪芹的《紅樓夢》可靠,但沒有一本可以自栩為絕對的權威。由於這緣故,各譯者翻譯時仍有選擇的餘地。

奈梅亨(Nijmegen)、阿根廷的布宜諾斯艾利斯，也設有但丁學會[108]。
與這些文獻、學會保持聯絡，讀者就可以掌握但丁研究的發展大勢
了[109]。

二〇〇二年十月八日

---

[108] 牛津、巴黎、奈梅亨、布宜諾斯艾利斯的但丁學會，分別叫 Oxford Dante
Society、Società Dantesca Francese、Nederlands Dante-Genootschap、
Sociedad Argentina de Estudios Dantescos。參看 Umberto Parricchi, a cura
di, *Dante*, p. 349。

[109] 不過所謂「掌握」，也只是粗略的掌握而已。至於原因，格蘭眞特(*La Divina
Commedia di Dante Alighieri*, xli) 早已說過："To keep well abreast of the
Dante literature that now appears from year to year would require a man's
whole time." (「要眞正追上每年出現的但丁文獻，得窮一個人的畢生時
間。」)格蘭眞特的話說於一九三三年；六十九年後的今天，但丁文獻的
出現速度，不知增加了多少倍。那麼，有誰敢說，他已經「掌握」但丁
研究的大勢呢？

譯本説明

一　譯本原文，以 Barbi, M., E.G. Parodi, F. Pellegrini, E. Pistelli, P. Rajna, E. Rostagno, e G. Vandelli. Alighieri, Dante, *Le opere di Dante: testo critico della Società Dantesca Italiana.* Seconda Edizione(Firenze: Nella Sede della Società, 1960)爲準[1]，並參考其他意大利語版本。各版本有分歧時，譯者視文意加以取捨[2]。但丁其他作品的引文、譯文，也以此版本爲準。

二　漢譯中每章開頭前的楷體撮要，爲譯者所加。

三　每章行序爲漢譯行序，未必與原詩行序相符。

四　註釋以詩行爲序；正文不加註釋標記，以免干擾讀者。

五　註釋涉及兩行或兩行以上的正文時，行序以橫線（即"-"）相連。例如第一章註釋中的"1-6"，指註釋内容與第一至第六行有關。爲了方便讀者，六行並註。如註釋只與正文中單獨一行有關，則只列該行行碼。

六　每章註釋參考各種註本、評論、工具書。註釋中的資料，或直接徵引，或間接轉引。參考書目詳見第三册（《天堂

---

[1] 此版一般稱爲「意大利但丁學會版」。但丁的《神曲》(*La Divina Commedia*) 在書中頁四四五—七九八，由 Giuseppe Vandelli 編。

[2] 比如說，《煉獄篇》原文第二章第四十四行，意大利但丁學會版爲"tal che parea beato per iscripto"; Giorgio Petrocchi 版爲"tal che faria beato pur descripto"。就詩義而言，後者不若前者鮮明，故棄後者而取前者。Petrocchi 版雖然從之者衆，但就詩義而言，大致遜於意大利但丁學會版。

篇》）書末。參考書目的作者姓名以原文爲準。例如希臘詩人荷馬，先列古希臘文 Ὅμηρος，再在方括號內附英文名字 Homer；羅馬作家維吉爾，先列拉丁文 Vergilius, Publius Maro，再在方括號內附英文名字 Virgil。至於書名，也以原文爲準。譬如荷馬古希臘文原著《伊利昂紀》，先列古希臘文書名 Ἰλιάς，再在方括號內附英文書名 Iliad；《奧德修紀》，先列古希臘文書名 Ὀδύσσεια，再列英文書名 Odyssey；維吉爾的《埃涅阿斯紀》，先列 Aeneis，再附 Aeneid。

七　　註釋中的古希臘神名、人名、地名，先列希臘文名字，再附加拉丁文和英文名字，以方便讀者查閱、對照。拉丁文和英文名字相同時不附說明；拉丁文和英文有別時，分別附加拉丁文和英文名字。

八　　註釋中的古希臘神名、人名、地名，以 Pierre Grimal 的 *A Concise Dictionary of Classical Mythology* 和 *Cassell's Latin Dictionary: Latin-English / English-Latin* 爲準，並參考其他同類詞典。

九　　引文儘量先引原文，然後附加漢譯。

十　　《聖經》引文，以《拉丁通行本聖經》（即西方所謂的 Vulgate，也就是但丁所用的《聖經》）爲準。《拉丁通行本聖經》各版有別時，譯者有所取捨[3]。

---

[3]　《拉丁通行本聖經》(Vulgate)，於公元一五六四年十一月十三日，由「教皇庇護四世根據特蘭托大公會議的決議宣佈……爲天主教會法定本《聖經》，是信仰的正確、可靠的泉源」（《基督教詞典》，頁二八九）。不過《拉丁通行本聖經》也有不同的版本。一九七九年由梵蒂岡出版的 *Nova Vulgata Bibliorum Sacrorum editio*，是譯者所見到的最新版。

十一 《聖經》漢譯，錄自《和合本聖經》。

十二 《聖經次經》漢譯，錄自趙沛林、張鈞、殷耀合譯的《聖經次經》。

十三 註釋中的古希臘文和拉丁文古典作品引文，以 The Loeb Classical Library 版爲準；部分引文也參考其他版本。這些古典作品的引文，各版本的出入不大，引錄時一般按西方習慣，只列卷數、章數、行數。

十四 譯名儘量按原文發音翻譯。已經約定俗成的譯名，即使與原文發音相違，也儘量採用，避免引起混淆。

十五 譯本的但丁像和插圖，複製自美國紐約 Dover Publications, Inc.出版的 *The Doré Illustrations for Dante's Divine Comedy:136 Plates by Gustave Doré*。在此謹向 Dover Publications, Inc.及該出版社版權部的 Terri Torretto 女士致謝。古斯塔夫・多雷(Gustave Doré)是法國十九世紀的大插圖家[4]，一百三十六幅木刻作品，盡展但丁原作的神韻，大大擴闊了讀者的想像空間；就譯者見過的《神曲》插圖而言[5]，堪稱神品。在多雷的木刻中，看似簡單不過的黑白線條，竟能神乎其技，變化無窮，勾盡地獄、煉獄、天堂的神韻；要光有光，要暗有暗，要光暗之間的微明，微明就應筆而至；而且能隨時喚起驚怖、震恐、欣悦、崇敬之情和難以言宣的非凡之念、神秘之感，溫馨、細密、雄偉、壯麗，兼而有之；把觀者從凡間經驗的邊陲

---

[4] Doré是法語，譯爲「多黑」會更近原音，不過「多雷」既已成俗，在此只好從俗。

[5] 譯者所見過的插圖，包括波提切利(Sandro Botticelli)、布雷克(William Blake)、羅丹(Auguste Rodin)等大師的作品。

帶到另一度空間，叫他們魂搖魄蕩，嘖嘖稱奇。由黑林到
卡戎到吹颺不已的地獄颶風到保羅和芙蘭切絲卡……到
最高天的萬光齊聚，觀者神迷目眩，氣也透不過來，恍恍
惚惚間被捲進貝多芬《第五交響曲》、《第九交響曲》、
莫扎特《安魂曲》、米凱蘭哲羅《創世記》和《最後審判》
的境界——當然，也捲進了但丁的上帝之曲[6]，完完全全
叫魔術無邊的黑白線條征服，愕視駭矚間如夢似幻地嘆爲
觀止。在《神曲》的插圖史上，知但丁者莫若多雷；在中
外繪畫史上，能夠把黑白線條發揮到無所不能，完全超越
黑白局限的，捨多雷外，也不作第二人想。正如嘯聲所說：
「多雷的木刻與但丁的詩歌，稱得上珠聯璧合[7]。」怪不得
二百多年來，就《神曲》版本的插圖而言，以多雷的作品
最受歡迎。據嘯聲的說法，多雷的一百三十六幅木刻插圖
完成時，「沒有受到當時法國畫壇的重視，反而是英國首
先出版了他的插圖集《多雷畫廊》。可是，他的才華和成
就畢竟得到舉世公認，許多國家的《神曲》譯本（包括我
國的兩種譯本）都喜歡選擇多雷的插圖作裝幀[8]。這是世

6　《創世記》，又稱《創世紀》。由於拙譯引錄《聖經》時以和合本爲準，
　　這裏捨「紀」取「記」。
7　嘯聲編，《〈神曲〉插圖集》（上海：上海人民美術出版社，一九九四年十
　　月第一版），頁二九。
8　就譯者所見，王維克、朱維基、田德望、黃文捷的《神曲》漢譯都採用
　　了多雷的插圖。可見多雷是衆望所歸。多雷的精彩作品，筆者最初見於
　　John D. Sinclair 英譯本的封面，印象深刻。現在獲九歌出版社社長蔡文甫
　　先生大力支持，在譯本中收入多雷的全部插圖（包括但丁像）一百三十
　　六幅，數目遠高於其他譯本，爲漢語讀者呈獻前所未有的視覺空間。在
　　此謹向蔡先生致謝。

人對他的插圖藝術所給予的最高評價了[9]。」在此謹向大
插圖家兼但丁的大知音多雷致敬,也希望漢語讀者能藉這
位丹青手的妙筆[10],對《神曲》世界了解得更透徹。

十六　譯本的《地獄結構圖》、《煉獄結構圖》、《天堂結構圖》,
複製自 Celestina Beneforti 編的 *Inferno:canti scelti*
(Roma:Bonacci Editore, 1996); *Purgatorio:canti scelti*
(Roma:Bonacci Editore, 1996); *Paradiso:canti scelti*
(Roma:Bonacci Editore, 1996)。在此謹向版權持有人
Alessandra Bonacci 女士衷心致謝。二零零二年十月,譯
者去信羅馬 Bonacci Editore 查詢版權事宜,很快就收到
Bonacci 女士的答覆,獲准複製插圖,不須付任何費用。
Bonacci 女士的慷慨,是江南以外的惠風,由羅馬吹來。

十七　《地獄篇》的《但丁旅程時間示意圖》、《煉獄篇》的《安
色爾字體 M 與人類臉龐關係示意圖》、《黃道帶示意圖》、
《天堂篇》的《赤道圈、黃道圈、分至圈、地平圈示意圖》、
《眾光靈組成 M、百合、神鷹過程示意圖》、《但丁心
目中將近黎明的天空示意圖》、《天堂玫瑰示意圖》,獲
美國普林斯頓大學出版社(Princeton University Press)准
許,複製自該出版社出版的 Singleton, Charles S., trans.,
with a commentary, *The Divine Commedy*, by Dante
Alighieri, *Inferno 2: Commentary*, 1970, *Purgatorio 2:*

---

[9]　嘯聲,《〈神曲〉插圖集》,頁三零。

[10]　多雷的木刻只有黑白二色。「丹青」的原意爲「紅色和青色的顏料」。不
過「丹青」旣然「借指繪畫」,「丹青手」是「畫師」的意思(《現代漢語
詞典》,繁體字版,頁二二二),在此也不必拘泥於「丹青」的原義或字
面意義了。

Commentary, 1973, *Paradiso 2: Commentary,* 1975。在此謹
向普林斯頓大學出版社、該出版社版權部 Loan Osborne
女士、《神曲》譯者兼評註者 Charles Singleton 教授致謝。

但丁簡介

　　但丁，全名但丁・阿利格耶里(Dante Alighieri)[1]，中世紀意大利托斯卡納郡(Toscana)人，一二六五年五月底在翡冷翠(Firenze)聖彼耶羅門城區(Porta San Piero)出生[2]，屬雙子座，一三二一年九月在拉溫納(Ravenna)去世。高祖父為卡查圭達(Cacciaguida，約一一八九—約一一四七)。「阿利格耶里」一姓，源出高祖母阿利格耶拉・德利阿利格耶里(Alighiera degli Alighieri)[3]。父親阿利格耶羅二世(Alighiero II，全名 Alighiero di Bellincione d'Alighiero)和母親伽布麗艾拉(Gabriella)[4]，生長子但丁、次子弗蘭切斯科(Francesco)、幼女妲娜(Tana)。但丁的先人本為望族。不過但丁出生時，家道已經中落，

---

[1]　"Dante"是"Durante"的縮寫。見 C. H. Grandgent, ed., *La Divina Commedia di Dante Alighieri* (Boston: D. C. Heath and Company, 1933), xiii。"Alighieri"，一譯「阿利吉耶里」。「吉」字的韻母 /iː/與/"-ghi-"/中的/iː/相同，聲母卻譯不出"-gh-" (/g/)。「格」的韻母/ə/雖然異於/iː/，但相差不算太遠；其聲母/g/卻完全譯出了"-gh-"。故捨「吉」取「格」，譯為「阿利格耶里」。

[2]　「翡冷翠」為詩人徐志摩的漢譯，較近 Firenze 原音。另一漢譯「佛羅倫薩」，大概是該城的拉丁名字 Florentia 英語化(Anglicized)發音(〔/flɔːˈrenʃə/ 或/flɔːˈrenʃɪə/)的漢譯。如按 Firenze 的早期意大利語拼法——Fiorenze，則可譯為「翡奧倫薩」或「翡奧倫澤」，不該譯為「佛羅倫薩」，因為 Fiorenze 沒有/l/。按拉丁文 Florentia 的正確發音，該譯為「佛羅倫提亞」或「弗羅倫提亞」。至於同一城市的另一名字「佛羅倫斯」，則譯自該城的英文名字 Florence。

[3]　"Alighiera degli Alighieri"也可意譯為「阿利格耶里家族中的阿利格耶拉」。

[4]　但丁的母親又名貝拉(Bella)。在作品中，但丁只提到母親，沒有提到父親。

家聲也不復往昔[5]。

中世紀的翡冷翠，商業、金融、貿易、手工業蓬勃，物質富庶，是歐洲的名城；一二五二年發行的弗羅林金幣(fiorino)，是信譽昭著的歐洲通貨，為不少國家所仿造。由於經濟強大，翡冷翠吸引了各行各業的俊傑，不但是商貿、文化、藝術的中心，也是培養偉人之地。正如格蘭真特(C. H. Grandgent，*La Divina Commedia di Dante Alighieri*，xi)所說，「這個迅速發展的城市，其大剛好為各種人才提供施展身手的場所；其小則足以讓大家成為鄰居，結果卓越的成就鮮會不獲賞識」[6]。

一二一五年，由於阿米德伊(Amidei)和博恩德爾蒙提(Buondelmonti)兩個家族衝突，翡冷翠分裂為吉伯林黨(ghibellino)和圭爾佛黨(guelfo)[7]，把多個家族捲入糾紛中。這些家族，主要包括：

---

[5] 本簡介的部分資料，引自恩佐·埃斯坡西托(Enzo Esposito)的《但丁生平及其時代大事年表》("Prospetto cronologico della vita di Dante e dei tempi suoi")。見 Umberto Parricchi, *Dante* (Roma, De Lucca Editore, 1965), pp. 23-27。有關但丁先世的詳細資料，可參看 Umberto Bosco et al., ed., *Enciclopedia dantesca*, vol. 2, pp. 125-30, "Alighieri (Alaghieri)"條。

[6] 原文為："…the swiftly growing town was big enough to afford a field for all kinds of talent, and yet so little that all were neighbors and merit could scarcely go unrecognized."在世界史上，沒有一個城市能夠像翡冷翠那樣，在二百年左右的時間，出三個超級天才：但丁、雷奧納多·達芬奇(Leonardo da Vinci，一四五二—一五一九)、米凱蘭哲羅(Michelangelo Buonarroti，一四七五—一五六四，又譯「米開朗琪羅」或「米開朗基羅」)。這三位巨匠有這樣的成就，固然因為他們有天縱之資，也因為他們的天縱之資獲翡冷翠的理想環境培養。

[7] 「吉伯林」的意大利文 ghibellino 源出中世紀高地德語 Wībelingen，而 Wībelingen 又派生自 Wībeling。Wībeling 是霍亨斯陶芬(Hohenstaufen)王室一個城堡的名稱。「圭爾佛」又譯「歸爾甫」(見《意漢詞典》，頁三五六)，源出中世紀高地德語 Welf（巴伐利亞一個公爵的名稱）。參看

阿米德伊、烏貝爾提(Uberti)、博恩德爾蒙提、多納提(Donati)。阿米德伊和烏貝爾提屬吉伯林黨；博恩德爾蒙提和多納提屬圭爾佛黨。吉伯林黨「主要代表封建貴族」[8]，支持神聖羅馬帝國的皇帝，反對教皇干政，因此又稱「皇帝黨」。圭爾佛黨「主要代表新興的市民階級和城市小貴族」[9]，主張城市國家(comune)自主，擁護教皇，因此又稱「教皇黨」。但丁的家庭雖屬圭爾佛黨，但丁本人卻反對教皇干政，支持神聖羅馬帝國的皇帝。其後，圭爾佛黨分裂爲黑、白二黨。但丁是白黨成員，與黑黨鬥爭失敗，於一三零二年被放逐[10]。其後雖設法重返故城，卻沒有成功，結果客死拉溫納。

在翡冷翠期間，但丁曾積極參與政治。一二九五年十一月一日至一二九六年四月三十日，任市民特別議會委員；一二九五年十二月十四日任城中各區賢人諮詢委員會委員，負責就選舉執政長官事宜提出意見；一二九六年五月至九月，任百人諮詢委員會委員，負責商討市中財政及其他重要事務。一三零零年五月，出使聖吉米亞諾，助托斯卡納郡的圭爾佛黨再度締盟。一三零零年六月十五日至八月十五日，任翡冷翠執政長官之一，反對教皇干政。同年六月二十三日，黑、白二黨內爭。爲了表示公平，但丁提議放逐兩黨的領

Dizionario Garzanti della lingua italiana, "ghibellino"和"guelfo"條；*The Random House Dictionary of the English Language* (second edition, unabridged), "Ghibelline"和"Guelf"條。

[8] 見《中國大百科全書・外國文學》，第二冊，頁二一六，田德望：「但丁・阿利吉耶里」條。

[9] 見《中國大百科全書・外國文學》，第二冊，頁二一六，田德望：「但丁・阿利吉耶里」條。

[10] 但丁遭翡冷翠人放逐，薄伽丘(Giovanni Boccaccio)爲之憤慨不已。參看 Giovanni Boccaccio, *Il comento alla* Divina Commedia *e gli altri scritti intorno a Dante*, Volume Primo, p. 4。

袖各七名，其中包括其好友兼白黨領袖圭多・卡瓦爾坎提(Guido Cavalcanti)。

　　但丁不僅從過政，而且參過軍，有實際的作戰經驗。一二八九年六月十一日，在坎帕爾迪諾之役(Battaglia di Campaldino)[11]中，是個輕騎兵。同年八月，在翡冷翠人與比薩人的戰役中，再度為故城效命。

　　一二七七年，但丁娶傑瑪・迪馬涅托・多納提(Gemma di Manetto Donati)，生二子、一女：皮耶特羅(Pietro)、雅科坡(Jacopo)、安東尼婭(Antonia)[12]。不過但丁畢生最戀慕的女子，並不是妻子傑瑪，而是《神曲》的女主角貝緹麗彩(Beatrice)。貝緹麗彩本名貝彩(Bice)，姓坡提納里(Portinari)，與但丁見過兩次面。第一次在一二七四年。當時但丁未滿九歲，貝緹麗彩剛滿八歲。第二次在九年後。然而，就因為驚鴻一瞥（或者應該說「兩瞥」），但丁對貝緹麗彩無限鍾情，並因此寫成《新生》(Vita Nuova)和《神曲》(La Divina Commedia)兩部傑作。

　　貝緹麗彩的姓，但丁在作品中沒有提及。不過大多數論者認為，現實生活中的貝緹麗彩，是佛爾科・德坡提納里(Folco dei Portinari)的女兒，出身翡冷翠望族；其後嫁銀行家西莫內・德巴爾迪(Simone dei Bardi)，去世時（一二九零年）只有二十四歲。但丁

---

[11] 翡冷翠人與阿雷佐(Arezzo)人之戰。

[12] 據論者考證，安東尼婭後來出了家當修女，改名貝亞特里切(Beatrice)。參看 Paget Toynbee, revised by Charles S. Singleton, *A Dictionary of Proper Names and Notable Matters in the Works of Dante* (Oxford: At the Clarendon Press, 1968), p. 686。 "Beatrice"，與《神曲》主角貝緹麗彩(Beatrice)一名的拼法相同。為了避免混淆，但丁女兒的名字按辛華的《意大利姓名譯名手冊》譯為「貝亞特里切」。

驚聞貝緹麗彩的噩耗後，傷心不已，一度意志消沉，埋首哲學和神學以尋求慰藉[13]。

但丁博覽群書[14]，在哲學和神學方面，亞里士多德（公元前三八四—公元前三二二）、奧古斯丁（Aurelius Augustinus，三五四—四三零）、彼德·郎巴德（Petrus Lombardus，約一一零零—一一六零）、大阿爾伯特（Albertus Magnus，約一二零零—一二八零）、雨格（Hugues de St-Victor，約一零九七—一一四一）、波拿文都拉（Bonaventura，約一二一七—一二七四）、托馬斯·阿奎那（Thomas Aquinas，約一二二五—一二七四）……等名家都是他挹取的對象[15]。哲學家之中，以亞里士多德對他的影響最大，因此在《地獄篇》裏面，地位高出同儕。至於神學，除了《聖經》，以托馬斯·阿奎那對但丁影響最深；在《神曲》裏，其思想、學說隨處可見[16]。

---

[13] 這一時期，但丁喜歡讀波伊西烏(Boethius)的《論哲學的慰藉》(*De consolatione philosophiae*)和西塞羅(Cicero)的《論友誼》(*De amicitia*)；同時經常到聖十字(Santa Croce) 教堂和新聖瑪利亞(Santa Maria Novella)教堂研習神學。

[14] 有關但丁在學問上用力之勤，參看 Giovanni Boccaccio, *Il comento alla Divina Commedia e gli altri scritti intorno a Dante*, Volume Primo, pp. 8-10. 維蘭尼(Giovanni Villani)指出，但丁「幾乎嫻於每一門學科」("fu grande letterato quasi in ogni scienza")。參看 Giovanni Villani, *Cronica di Giovanni Villani a miglior lezione ridotta coll' aiuto de' testi a penna*, Tomo IV, p. 129。

[15] 有關但丁思想的發展，參看 Bruno Nardi, "Sviluppo dell'arte e del pensiero di Dante", in Umberto Parricchi, a cura di, *Dante* (Roma: De Luca Editore, 1965), pp. 91-109。

[16] 有關但丁的宗教和神學思想，參看 Giorgio Petrocchi, "L'esperienza religiosa di Dante", Umberto Parricchi, a cura di, *Dante* (Roma: De Luca Editore, 1965), pp. 131-35; Giovanni Fallani, "Il pensiero teologico di Dante", Umberto Parricchi, a cura di, *Dante*, pp. 137-47。

在文學和歷史方面，對但丁有過影響的作家包括西塞羅
（Marcus Tullius Cicero，公元前一零六—公元前四三）[17]、維吉爾
（Publius Vergilius Maro，公元前七零—公元前一九）、賀拉斯
（Quintus Horatius Flaccus，公元前六五—公元前八）、奧維德
（Publius Ovidius Naso，公元前四三—公元前一八）、盧卡努斯
（Marcus Annaeus Lucanus，三九—六五）、斯塔提烏斯（Publius
Papinius Statius，約四五—約九五）、李維烏斯（Titus Livius
Patavinus，公元前五九—公元一七）……。有關但丁和古典作家的
關係，帕拉托雷(Ettore Paratore)在《但丁與古典世界》("Dante e il
mondo classico")一文中說過：「……與古典文化（尤其是拉丁文化）
接觸時，但丁恰到好處、完美無瑕地踵武了當代的文化潮流[18]。」但
丁不懂古希臘文；卻嫻於拉丁文，能以拉丁文寫作[19]，儘管他的拉丁
文「沒有他的意大利文那麼流暢出色」[20]。此外，但丁也懂法語。至

---

[17] 「西塞羅」的「西」字，譯不出拉丁文"Cicero"中的"Ci-"。不過由於普
　　通話沒有/kɪ/這一音節，「西」字雖有「缺陷」，也只好接受了。有關"Cicero"
　　一名的譯法，參看拙文《兵分六路擒仙音——<神曲>長句的翻譯》註十
　　三。見拙著《語言與翻譯》，頁一一六。

[18] "…nei suoi contatti con la cultura classica e specialmente latina Dante non è
　　stato niente più e niente meno di un perfetto seguace degli orientamenti
　　culturali dell'età sua." 見 Umberto Parricchi, a cura di, *Dante* (Roma: De
　　Luca Editore, 1965), p. 113。有關但丁所涉獵的作家，參看 Grandgent, ed.,
　　La Divina Commedia di Dante Alighieri, pp. xxvi-xxvii。

[19] 但丁的《俗語論》(*De vulgari eloquentia*)、《帝制論》(*Monarchia*)、《書信
　　集》(*Epistole*)、《牧歌集》(*Egloghe*)，都是拉丁文作品。《水土探究》(*Questio
　　de aqua et terra*) 一書，也用拉丁文寫成，不過此書是否但丁手筆，迄今
　　尚無定論。

[20] 參看 Grandgent, ed., *La Divina Commedia di Dante Alighieri*, p. xxvii:
　　"Latin, of the rhetorical, mediaeval sort, he wrote well, but with less ease and
　　brilliancy than Italian." (「論辯式、中世紀式的拉丁文，他〔但丁〕寫得很

於普羅旺斯語(Provençal)，他既能閱讀，也能書寫[21]。

　　但丁流放後，到過提貝里納谷(Val Tiberina)、盧卡(Lucca)、韋羅納(Verona)，最後在拉溫納(Ravenna)定居。在韋羅納、拉溫納期間，分別獲大公坎‧格蘭德‧德拉斯卡拉(Can Grande della Scala)、圭多‧諾維洛‧達坡倫塔(Guido Novello da Polenta)厚待。對於兩位恩公，但丁曾在作品中表達感激之情。

　　但丁流放後，一直想重返翡冷翠[22]，卻沒有成功。這一遭遇對他的打擊極大；結果在作品中，他深刻地描寫了流放之苦，並對翡冷翠的墮落、腐敗加以撻伐；聲稱自己的籍貫雖屬翡冷翠，「性格上卻不是翡冷翠人」，流露了「恥與翡冷翠人為伍」的鄙夷[23]。

　　但丁卒前，已有文名。年輕時是可喜新風格(dolce stil nuovo)一派的成員，在作品中曾按照這一風格歌頌愛情，認為愛情有昇華作

不錯，只是沒有他的意大利文那麼流暢出色。」)

[21] 參看 Grandgent, ed., *La Divina Commedia di Dante Alighieri*, p. xxvii。

[22] 在《神曲》裏，但丁經常提到翡冷翠：或歌頌淳樸的往昔；或詛咒墮落的當代；同時也表達了重返翡冷翠的願望。有關但丁和翡冷翠的關係，參看 Michele Barbi, "Dante e Firenze", *La Divina Commedia nella critica: introduzione e saggi scelti ad uso delle scuole: I L'Inferno*, ed. Antonino Pagliaro (Messina / Firenze: Casa Editrice G. D'Anna, 1968), pp. 65-67。

[23] 但丁在《書信集》裏自道：「但丁，籍貫翡冷翠，性格上卻不是翡冷翠人。」("Dantis Alagherii, florentini natione, non moribus.") 見 *Epistole*, XIII, 28。有關但丁的生平和同代歷史，參看 Giovanni Boccaccio, *La vita di Dante,* ed. Macri-Leone (Firenze, 1888); Lionardo Bruni Aretino, *La vita di Dante*, in Lombardi, ed., *Divina Commedia*, vol. 5 (Padua, 1822); F. Villani, *Liber de civitatis Florentiae famosis civibus*, vol. 5, ed. Galetti (Firenze, 1847); M. Barbi, *Vita di Dante* (Firenze: Sansoni Editore, 1965); Umberto Parricchi, *Dante* (Roma: De Luca Editore, 1965)。有關但丁及其時代，可參看 Indro Montanelli, *Dante e il suo secolo* (Milano: Rizzoli, 1968)。

用，能使人變得高潔[24]。薄伽丘（Giovanni Boccaccio，一三一三——一三七五）說：但丁「在塵世已經是神」[25]。帕羅迪(E. G. Parodi)認爲，但丁在意大利的地位，莎士比亞之於英國，歌德之於德國，維吉爾之於古羅馬，甚至荷馬之於古希臘，都無從比擬[26]。在意大利人的心目中，但丁是「詩人、哲學家、神學家、法官、改革家、預言家」[27]。一人而兼負多個重要角色，的確非其他巨匠可及。

　　但丁卒後，長子皮耶特羅(Pietro)以拉丁文評註整部《神曲》[28]，

---

[24] 有關可喜新風格，參看 E. G. Parodi, *Poesia e storia nella* Divina Commedia: *studi critici* (Napoli: Società Anonima Editrice F. Perrella, 1920), pp. 213-29。

[25] "…fosse in terra divenuto uno iddio." Giovanni Boccaccio, *Il Comento alla Divina Commedia e gli altri scritti intorno a Dante* (Bari: Gius, Laterza & Figli, 1918), p. 24。

[26] "Dante Alighieri è uno dei tre o quattro massimi poeti dei tempi antichi e moderni, i quali, anche soltanto per la gloria del loro nome, è naturale siano stati assunti a simboleggiare e quasi incarnare le loro patrie. Ma nessun poeta, non Shakespeare e tanto meno Goethe, non Virgilio, e per certi rispetti neppure il greco Omero, fu per un populo cosí compiutamente e degnamente il suo simbolo com'è per gli italiani Dante." (「但丁・阿利格耶里是古今最偉大的三四位詩人之一。這些詩人，僅憑赫赫之名，就自然而然在衆人的心目中成爲祖國的象徵，體現祖國的精神。可是，沒有一位詩人，能像但丁之於意大利民族那樣，在本民族的心目中完完全全地成爲該民族的象徵，而又當之無愧。莎士比亞不能，歌德更不能，維吉爾也不能；就某些方面而言，即使希臘的荷馬也難臻此境。」)參看 E. G. Parodi, *Poesia e storia nella* Divina Commedia, p. 611。

[27] "…poeta, filosofo, teologo, giudice, banditore di riforme e profeta…" Benedetto Croce, *La poesia di Dante* (Bari: Gius. Laterza & Figli, 1966), p. 1。

[28] 參看 Pietro di Dante, *Petri Allegherii super Dantis ipsius genitoris Comoediam Commentarium*, a cura di V. Nannucci (Firenze, 1845); *Il 《Commentarium》 di Pietro Alighieri* nelle redazioni Ashburnhamiana e Ottoboniana。

次子雅科坡(Jacopo)以意大利文評註《地獄篇》，對但丁研究的貢獻
頗大。

但丁的作品有：《新生》(*Vita Nuova*)、《詩歌集》(*Rime*)、《筵
席》(*Convivio*)、《俗語論》(*De vulgari eloquentia*)、《帝制論》
(*Monarchia*)、《書信集》(*Epistole*)、《牧歌集》(*Egloghe*)、《水土探
究》(*Questio de aqua et terra*)、《神曲》(*La Divina Commedia*)[29]。《神
曲》分三篇：《地獄篇》(*Inferno*)、《煉獄篇》(*Purgatorio*)、《天
堂篇》(*Paradiso*)。至於寫作日期，可考的包括：一二九二——一二九
三年寫《新生》；一三零四——一三零八年寫《地獄篇》、《俗語論》、
《筵席》；一三零七——一三零八年寫《帝制論》；一三零八——一三
一二年寫《煉獄篇》；一三一六——一三二一年寫《天堂篇》。

---

[29] 這些作品，都收錄在 M. Barbi et al., *Le opere di Dante: testo critico della Società Dantesca Italiana* (Firenze: Nella Sede della Società, 1960)；其中《地獄篇》(*Inferno*)和《煉獄篇》(*Purgatorio*)、《天堂篇》(*Paradiso*)合爲《神曲》(*La Divina Commedia*)。但丁的《神曲》，作者只稱爲"*Commedia*"（但丁本人唸"Comedía"）；"Divina"一詞，爲後人所加，今日一直沿用。

《神曲》的地獄、煉獄、天堂體系

　　但丁的宇宙體系，屬中世紀流行的托勒密體系(Ptolemaic system)[1]。根據這一體系，地球固定不動，位於宇宙中央，日、月、星辰繞地球運行。《神曲》中的地獄、煉獄、天堂體系，從托勒密體系推演而來，有濃厚的基督教色彩。

　　《神曲》的地獄、煉獄（一譯「淨界」）[2]、天堂體系中，地球分爲南、北半球。北半球是陸地所在，爲人類所居；南半球除了極南的島嶼煉獄山外，全是大海。在北半球，耶路撒冷（耶穌受難處）是大地中央。地殼之下是地獄[3]。《神曲》的地獄是個龐大的深坑，形如漏斗或倒置的錐體，共有九層（其中第七層分爲

1　托勒密（Claudius Ptolemaeus，約九零－一六八，又譯「托勒玫」，舊譯「多祿某」）。古希臘天文學家、數學家、地理學家；生於埃及，公元一二七－一五一年在亞歷山大城研究天文，吸收了前人（包括古希臘的喜帕恰斯、阿波隆尼、埃及的亞歷山大學派）的天文學說，建立地心體系，主張地球位於宇宙中心，固定不變，其餘天體（日、月、星辰）均環繞地球運行。這一學說，上承亞里士多德，在哥白尼（Nicolaus Copernicus，一四七三－一五四三）提出日心說前，一直是歐洲天文學的主流學說。由於托勒密的學說主張地球爲宇宙中心，因此又稱「地心說」。托勒密的著作包括《天文學大成》十三卷、《地理學指南》八卷、《光學》五卷。參看《中國大百科全書・天文學》，頁四二三－二四，「托勒密」條；《辭海》，上冊，頁一二三五，「托勒密」條。

2　參看王維克譯本《神曲》，頁一六九。

3　有關地獄的詳細討論，參看 *Enciclopedia dantesca*, vol. 3, 432-35，"Inferno" 條。

三圈。第八層分爲十囊，第九層分爲四界）。九層均爲同心圓，用來懲罰不肯悔改的罪魂。地獄各層越是向下，圓周越小，陰魂所受的刑罰也越重。第九層之底是地獄中心，也是地球中心。在這裏，撒旦永遠在咬嚼罪大惡極的猶大、布魯圖、加西烏。地獄中心離上帝最遠，象徵撒旦、猶大、布魯圖、加西烏最得不到上帝的聖恩，最爲上帝所鄙棄。在《神曲》中，詩人但丁沒有描寫旅人但丁如何進入地獄，只簡略地告訴讀者，旅人但丁循地獄的過道來到地獄第一層，也就是幽域（又稱「地獄邊境」）[4]。在幽域棲遲的，是卒前沒有機會領洗的亡魂（因爲當時基督尚未降生），其中包括維吉爾、荷馬、亞里士多德等賢者和夭折的嬰兒。

但丁隨維吉爾進入地獄後，目睹了各層的景象，最後經地心到達南半球的煉獄山（參看頁九四《煉獄結構圖》）。[5]煉獄山是個海島，位於南半球之頂（也可說「南半球之底」），是耶路撒冷的對蹠地(antipodes)，與地獄、耶路撒冷處於同一軸線，在南半球的大海中矗起；山麓的海灘，是亡魂登陸之所。煉獄前區的亡魂，因在生未能及時懺悔，結果滌罪的時辰被延遲，要在這裏等候一段時間方能登山。過了煉獄前區，就是煉獄之門。其上有七層平台（也就是七層煉獄），爲亡魂洗滌七大重罪：驕傲、嫉妒、憤怒、懶惰、貪婪、貪饕、邪淫。平台之間由岩石的梯階相連。亡魂滌罪完畢，就會升到煉獄山之顛的伊甸園（Paradiso terrestre,

---

[4] 幽域的原文爲 "Limbo"，意爲 " ' orlo ', ' zona marginale' dell ' Inferno"（「地獄之『緣』或『邊緣地帶』」）。見 *Enciclopedia dantesca*, vol. 3, 651；並參看 651-54，"Limbo" 條的詳細討論。

[5] 有關煉獄的詳細討論，參看 *Enciclopedia dantesca*, vol. 4, 745-50，"Purgatorio" 條。

又譯「地上樂園」），在那裏飛向天堂。

旅人但丁隨維吉爾攀登了七層煉獄後，到達伊甸園。在伊甸園，維吉爾消失，貝緹麗彩出現。但丁喝了亡川和憶潤之水後，就由貝緹麗彩帶引著飛升天堂（參看頁九五的《天堂結構圖》）。

《神曲》的天堂共有九重天，由地球向外擴散，依次是月亮天（第一重天）、水星天（第二重天）、金星天（第三重天）、太陽天（第四重天）、火星天（第五重天）、木星天（第六重天）、土星天（第七重天）、恆星天（第八重天）、原動天（第九重天）。在第一至第七重天裏，但丁看見了各種福靈，並和他們對話。之後是瑪利亞和福靈凱旋於第八重天；天使凱旋於第九重天。第九重天（原動天）全部透明，眼睛無從得睹，因此又稱「水晶天」。水晶天藉上帝的大愛，以無窮的高速運行，並且推動其下的各重天（說得準確點，是「推動由其包覆的各重天」），使它們以較慢的速度旋動。水晶天之上（也可以說「之外」）是最高天[6]。最高天是上帝、天使、福靈的永恆居所，充滿了純光，位於時間和空間之外。最高天的福靈分為兩類：一類信仰將臨的基督；一類信仰已臨的基督。兩類福靈，都列坐於天堂玫瑰之中，並在凝瞻上帝的聖光間永享天恩。在天堂玫瑰之上，是九級天使，由外向內地繞著三位一體的上帝運行；越是接近上帝，品級越高，運行的速度也越快。由外向內，他們依次是奉使大神、宗使天神、統權天神、大能天神、異力天神、宰制天神、上座天神、普智天神、

---

[6] 有關最高天的性質、結構，參看 *Enciclopedia dantesca*, vol. 2, 668-71，"Empireo" 條。

熾愛天神，分別掌控第一至第九重天。由天使掌控的諸天以及諸
天之內的天體，具有大能和精神力量，可以影響凡人的稟賦和運
程。

地獄結構圖

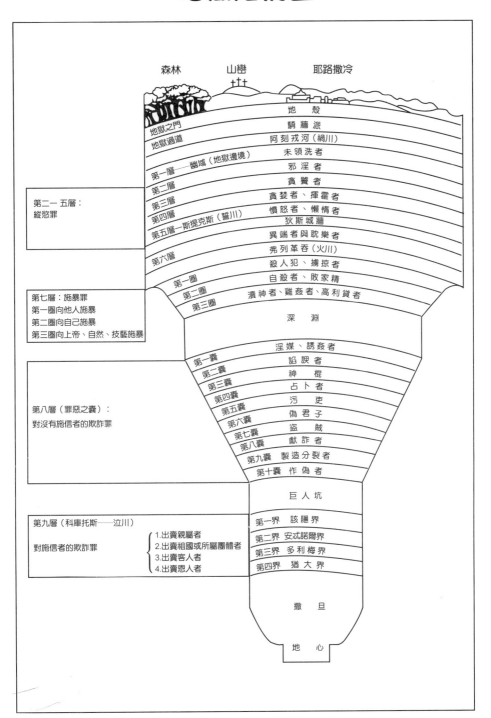

煉獄結構圖

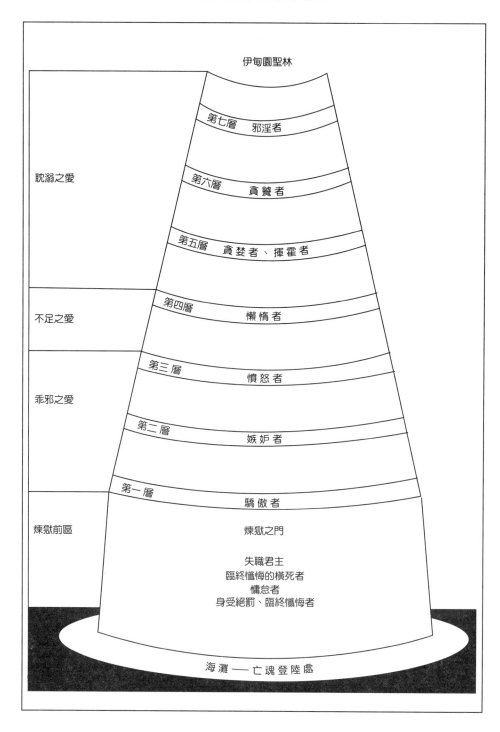

伊甸園聖林

第七層　邪淫者

耽溺之愛

第六層　　貪饕者

第五層　貪婪者、揮霍者

第四層　　　懶惰者

不足之愛

第三層　　　憤怒者

乖邪之愛

第二層　　　嫉妒者

第一層

驕傲者

煉獄前區

煉獄之門

失職君主
臨終懺悔的橫死者
慵怠者
身受絕罰、臨終懺悔者

海灘──亡魂登陸處

天堂結構圖

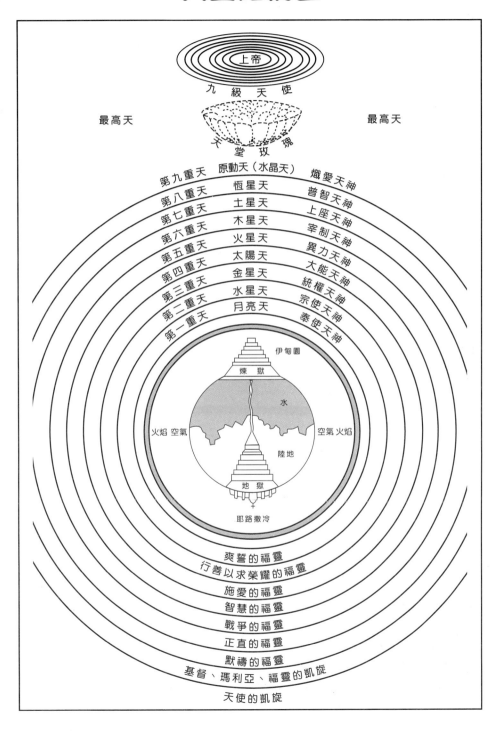

第一章

在人生的中途，旅人但丁醒轉，發覺置身於一個黑林裏。走著走著，
見到一座山，披上了太陽的光輝。正想上攀，卻先後遭一隻猛豹、
一隻獅子、一隻母狼阻擋；母狼更把他逼向沒有陽光處。走投無路
間，但丁獲維吉爾搭救。維吉爾告訴但丁，要到達陽光，必須走一
條通過地獄和煉獄的路；並且答應當他的嚮導。於是維吉爾前行，
但丁在後面跟隨。

我在人生旅程的半途醒轉，

　　發覺置身於一個黑林裏面，

　　林中正確的道路消失中斷。　　　　　　3

啊，那黑林，真是描述維艱！

　　那黑林，荒涼、蕪穢，而又濃密，

　　回想起來也會震慄色變。　　　　　　6

和黑林相比，死亡也不會更悲淒；

　　為了複述黑林賜我的洪福，

　　其餘的景物我也會一一敘記。　　　　9

老實說，迷途的經過，我也說不出。

　　我離開正道，走入歧途的時候，

　　已經充滿睡意，精神恍惚，　　　　　12

不知不覺間走完了使我發抖

　　心驚的幽谷而到達一座小山。

黑林
我在人生旅程的半途醒轉，／發覺置身於一個黑林
裏面，／林中正確的道路消失中斷。
（《地獄篇》，第一章，一一三行）

面對山腳，置身於幽谷的盡頭　　　　　15
仰望，發覺這時候山肩已燦然
　　披上了光輝。光源是一顆行星，
　　一直帶領眾人依正道往返。　　　　18
這時候，驚悸中我才稍覺安寧。
　　在我淒然度過的一夜，驚悸
　　一直叫我的心湖起伏不平。　　　　21
像個逃亡求生的人，喘著氣，
　　從大海脫得身來，一到岸邊
　　就回顧，看浪濤如何險惡凌厲；　　24
我的神魂，在繼續竄遁間，
　　也轉向後面，再度回望那通路，
　　那從未放過任何生靈的天險。　　　27
我讓倦軀稍息，然後再舉步，
　　越過那個荒涼無人的斜坡。
　　途中，著地的一足總踏得穩固。　　30
哎喲，在靠近懸崖拔起的角落，
　　赫然出現了一隻僄疾的猛豹，
　　全身被佈滿斑點的皮毛覆裹。　　　33
豹子見了我，並没有向後逃跑，
　　卻擋住去路，叫我駭怖驚惶，
　　且多次轉身，要向後面竄逃。　　　36
當時正值早晨之始的昧爽，
　　太陽剛和眾星開始上升。
　　當神聖的大愛旋動美麗的三光，　　39
那些星星已經與太陽為朋。

猛豹

哎喲，在靠近懸崖拔起的角落，驀然出現了一隻
儇捷的猛豹，／全身披佈滿斑點的皮毛覆裹著。
（《地獄篇》・第一章・三一一三三行）

這樣的良辰，加上美好的時令，
　　叫我充滿了希望，結果乍逢　　　　　42
皮毛斑斕的野獸也感到欣幸。
　　可是，當我見一隻獅子在前邊
　　出現，我再度感到惶恐心驚。　　　　45
那隻獅子，餓得兇相盡顯，
　　這時正仰著頭，彷彿要向我奔來，
　　剎那間，空氣也彷彿為之震慄。　　　48
然後是一隻母狼，骨瘦如柴，
　　軀體彷彿充滿了天下的貪婪。
　　就是她，叫許多生靈遭殃受害。　　　51
這頭母狼，狀貌叫人心寒。
　　見了她，我就感到重壓加身，
　　不敢再希望攀爬眼前的高山。　　　　54
因為贏了錢而感到歡喜的人，
　　時運轉變時把贏到的錢輸光，
　　悲痛間就會變得意志消沉。　　　　　57
面對那畜生，我也失去了希望。
　　他來勢洶洶，一步一步地慢慢
　　把我驅向太陽不做聲的地方。　　　　60
當我跌跌撞撞地俯衝下山，
　　眼前出現了一個人。他的聲音，
　　因久不運用而顯得微弱不堪。　　　　63
廣闊的荒漠中，我見他向我走近，
　　就大聲呼喊：「不管你是真人
　　還是魅影，我都求你哀憫！」　　　　66

獅子

那隻獅子,餓得兇相盡顯,／這時正仰著頭,彷彿
要向我奔來⋯⋯

(《地獄篇》,第一章,四六—四七行)

來者說：「我不是人；那是我前身。
　　倫巴第是我父母的祖籍。
　　他們倆生於曼圖亞這個城鎮。　　　　69
我生時，適值凱撒王朝的末期，
　　在仁君奧古斯都之下的羅馬生活。
　　那時候，世人爲誑僞的神祇著迷。　　72
我在凡間是個詩人，歌頌過
　　安基塞斯正直的兒子。兀傲的伊利昂
　　被焚後，他離開特洛亞，到他方逃躲。　75
你呢，怎麼還重返痛苦的地方？
　　那座宜人的山，怎麼不攀登？
　　百福哇，都在那裏誕生萌長。」　　　78
「你就是維吉爾嗎？那沛然奔騰
　　湧溢的詞川哪，就以你爲源頭流盪？」
　　我回答時，臉上愧赧不勝。　　　　　81
「啊，你是眾詩人的榮耀和輝光，
　　我曾經長期研讀你，對你的卷帙
　　孜孜。但願這一切能給我幫忙。　　　84
你是我的老師──我創作的標尺；
　　給我帶來榮譽的優美文采，
　　全部來自你一人的篇什。　　　　　　87
你看這畜生，逼得我要折回來。
　　大名鼎鼎的聖哲呀，別讓她傷害我。
　　她使我的血脈悸動加快。」　　　　　90
「這裏的處境險惡，你如果想逃脫，」
　　維吉爾見我哭了起來，就答道：

母狼

「你看這畜生，逼得我要折回來。／大名鼎鼎的聖
哲呀，別讓她傷害我。」

（《地獄篇》，第一章，八八—八九行）

「得走別的路——這樣你才能藏躲。　　93
這隻畜生，曾令你驚叫呼號。

　　她守在這裏，不讓任何人上路。

　　過路的會遭她截殺，不得遁逃。　　96
這畜生的本性，兇險而惡毒，

　　貪婪的胃口始終填塞不滿，

　　食後比食前更飢餓，更不知饜足。　　99
跟她婚媾的畜生數目紛繁。

　　後來者還有很多。到一隻獵狗

　　叫她慘死，她才會完蛋。　　102
這獵狗，不吃土地，不吃銅臭，

　　卻以智慧、仁愛、果敢爲食糧。

　　二菲之城，在其國度的兩頭。　　105
爲低地意大利，卡美拉那未婚姑娘

　　跟歐律阿羅斯、圖爾諾斯、尼索斯曾因傷犠牲。

　　這獵狗，必爲意大利解除災殃。　　108
他會把這頭母狼逐出衆城，

　　把她趕回地獄才不再窮追。

　　母狼由首妒放出後，就這樣專橫。　　111
因此，爲你的利益著想，我認爲

　　你最好跟著我，讓我做你的嚮導，

　　帶你從這裏穿過無盡的幽昧。　　114
幽昧中，你會聽到淒厲的尖嚎，

　　看見古時的幽靈痛苦殘存，

　　各爲本身的第二次死亡悲咷；　　117
然後看別的亡魂，雖然被困

　　　火中，卻安泰柔順，希望有一天

　　　　能加入那些受神恩眷寵的群倫。　　　　120

　　那時候，如果你要向他們高騫，

　　　　自有比我勝任的福靈引導你。

　　　　臨別時，我會把你留在她身邊。　　　　123

　　這是因爲統治天界的皇帝，

　　　　見我昔日違背了他的律法，

　　　　不許我進入他的聖城帝畿。　　　　　　126

　　統治上下、管轄四方的都是他。

　　　　上面就是帝京和崇高的御座。

　　　　獲他選進聖城的，是多麼幸福哇！」　　129

　　我答道：「詩人哪，我向你祈求拜託；

　　　　你不識上帝，也請你看在他分上，

　　　　帶我離開這困厄和更大的災禍，　　　　132

　　帶我走向你剛才提到的地方，

　　　　讓我親眼看到聖彼得之門，

　　　　目睹你所描述的眾生苦況。」　　　　　135

　　維吉爾一啓程，我就在後面緊跟。

註　釋：

1-6.　　**我在人生……震慄色變**：Mandelbaum (*Inferno*, 344)指出，

　　　　《神曲》的寫作日期，現在已無從考證。一般論者認爲，

　　　　但丁被逐出翡冷翠的時候，《神曲》還未完成，甚至還未

　　　　開始。詩中旅程發生的日期，一般學者認爲是濯足節（復

維吉爾與但丁

維吉爾一啟程，我就在後面緊跟。

（《地獄篇》，第一章，第一三六行）

活節前的星期四）之夜，也就是耶穌受難日的前一夜（即一三零零年四月七日晚上）。這一晚，但丁碰見三隻野獸，進退維谷間獲維吉爾搭救。到了第二章開頭，敘事人進入地獄邊境時，已經是耶穌受難日（四月八日）黃昏。在詩中，到了第二十一章——二——四行，作者才說出故事發生的虛構日期（參看有關註釋）。虛構日期置於但丁流放前，可以讓敘事者「預知」未來，因爲故事中的「未來」，在但丁撰寫《神曲》時已變成「過去」。

古羅馬詩人兼評論家賀拉斯（Quintus Horatius Flaccus，公元前六五年—公元前八年）評荷馬的作品時，談到單刀直入法(in medias res)。所謂「單刀直入法」，指作品不兜圈子，一開始就把讀者帶進事件或情節的核心。《神曲》啓篇，明快而直接，也有同樣的效果。

1. **我在人生旅程的半途醒轉：我**：Musa (*Inferno*, 72) 指出，在《神曲》裏，但丁以兩重身分出現：有時是作者（或詩人）但丁；有時是旅人但丁、敘事者但丁。旅人但丁、敘事者但丁是作者但丁所塑造的人物。這裏的「我」指旅人但丁、敘事者但丁。Vandelli (3)指出，「醒轉」有象徵意義，不僅指字面上的「醒轉」。**人生旅程的半途**：「人生」在原文爲"nostra vita"（直譯是「我們的一生」）；旣指但丁的一生，也指大眾或「普通人」（如十五世紀英國道德劇 *Everyman* 的主人公）的一生；象徵意義顯而易見。在基督教傳統中，人的一生是七十歲。《舊約聖經・詩篇》第九十篇（《拉丁通行本聖經》第八十九篇）第十節說："Dies annorum nostrorum in ipsis septuaginta anni."（「我們一生的年日是七十歲。」）在《筵席》(*Convivio*, IV, XXIII,

6-10)裏，但丁按照這一傳統把三十五歲定爲人生的中途。但丁生於一二六五年，一三零零年（即《神曲》故事發生的一年），但丁三十五歲，正在人生的中途，符合《聖經》傳統。參看《以賽亞書》第三十八章第十節："in dimidio dierum meorum vadam ad portas Inferi."（「正在我中年之日／必進入陰間的門。」）參看 Anonimo fiorentino, Tomo I, 12; Tommaseo, *Inferno*, 3。這行的旅程意象，兼具現實和象徵意義，因爲中世紀的人常把人生視爲走向上帝、走向天堂的旅程。「醒轉」一詞，既指敘事者在黑林中「醒轉」，也指他覺今是而昨非，從罪惡和無知中醒悟過來。

　　《地獄篇》共有三十四章。一般論者視第一章爲《神曲》的引子或序言（Bosco e Reggio, *Inferno*, 5 稱爲 "Proemio generale"（總序））。這樣算來，《地獄篇》、《煉獄篇》、《天堂篇》各有三十三章，加上《地獄》的引子第一章，共一百章。「三」和「三」的倍數、「十」和「十」的倍數，在中世紀都是重要數字：「三」與三位一體有關；「十」則象徵完美。因此但丁自創三韻體(terza rima)，用來在《神曲》裏寫三位一體；同時把《神曲》分爲三篇，每篇三十三章，共一百章。

2.　　**一個黑林**：維吉爾（Publius Vergilius Maro，公元前七零—公元前一九）的《埃涅阿斯紀》(*Aneis*)有類似的描寫，例如第六卷七—八行："pars densa ferarum tecta rapit silvas"（「有的攻掠密林—野獸的隱伏處」）；一七九行："itur in antiquam silvam, stabula alta ferarum…"（「他們進入遠古的森林—衆獸的深窩……」）；一八六行："aspectans silvam immensam, et sic…precatur…"（「〔埃涅阿斯〕望著看不到盡頭的森林……

這樣祈告……」）《筵席》(Convivio IV, XXIV, 12) 也說："la selva erronea di questa vita"（「此生的歧林」）。「黑林」在這裏象徵歧途，象徵罪惡，象徵人類的墮落，以至教會的腐敗。參看 Benvenuto, Tomus Primus, 25; Bosco e Reggio, *Inferno*, 5; Sapegno, *Inferno*, 5; Mandelbaum, *Inferno*, 344。

　　《神曲》三篇，啓篇的時間不同（《地獄篇》始於黑夜，《煉獄篇》始於黎明，《天堂篇》始於正午），也有象徵意義。大致說來，黑夜象徵死亡；黎明象徵希望；正午象徵光芒大盛的時刻（但丁在正午飛向天堂的大光芒，至爲恰當）。

3.　　**正確的道路**：有字面和象徵意義。有關「正確的道路」，參看 Torraca, 1。

8.　　**黑林賜我的洪福**：指黑林的經歷，最終會給但丁帶來洪福。「洪福」既指但丁獲維吉爾拯救，也指他最終獲得超升。

12.　　**睡意**：「睡意」也有象徵意義，指罪惡的生活中，人類會忘記善性。

14.　　**小山**：象徵向善、向上之途。

17.　　**披上……行星**：這行所寫的時間，是耶穌受難日的早晨。「行星」指太陽。在但丁時期的天文體系（即古希臘天文學家托勒密體系）中，「太陽」繞地球旋轉，是「行星」之一。在這裏，太陽象徵上帝的光明，能引導世人向善。

18.　　**正道**：參看第十一行的「正道」。

21.　　**心湖**：根據但丁時期的生理學，「心湖」("lago del cor")指心臟的内室，是恐懼之所由生。

22-27.　　**像個逃亡求生的人……天險**：這幾行也可象徵但丁逃離罪惡的一生。**天險**：也可以指上文黑林中的險惡處境。

30.　　**著地的一足總踏得穩固**：此行有多種詮釋。Singleton

(*Inferno 2*, 9-10)認為：在歐洲傳統裏，人的官能常以雙足爲喻。據亞里士多德的說法，所有的動作都始於右方。於是大家相信，一個人通常以右足起步，起步時左足停留不動。左足是「較穩的一足」(pes firmior)。其後，這種觀念爲基督教採用。波拿文都拉(Bonaventura)等人認爲，首先移動的一足（即右足）是理智(apprehensivus)；另一足（即左足）是意志（affectus 或 appetitivus）。亞當犯罪後，理智（右足）受無知之傷；意志（左足）受欲念之傷，結果犯了原罪後的人類是個瘸子(homo claudus)。由於原罪之傷(vulneratio)主要是欲念之傷，因此人類的左足瘸得特別嚴重。Musa (*Inferno*, 73)認爲：人的雙足，一足代表他對上帝的愛；另一足（即穩固的一足(piè fermo)）代表他對現世的愛。在旅程的這一階段，旅人但丁對現世的愛顯然強於他對上帝的愛。此外，較強的一足趨下，結果總處於較低的位置。要向上帝飛升，但丁必須努力把較強（也就是較低）的一足拉起。此外，參看 Anonimo fiorentino, Tomo 1, 14; Bosco e Reggio, *Inferno*, 8; Sapegno, *Inferno*, 7-8。

Singleton (*Inferno 2*, 9-10)指出，在《地獄篇》第一章的開頭，旅人但丁想攀向山上的光輝，卻發覺自己有瘸子的弱點：看到了光明（右足司視），可是意志（左足）受了欲念之傷，「較穩的一足」(pes firmior)變成了「較不穩的一足」，結果只能一瘸一拐地前行。

32.　**猛豹**：象徵淫慾或克制力的不足。猛豹和下文的獅子、母狼都出自《耶利米書》第五章第六節："Idcirco percussit eos leo de silva, lupus ad vesperam vastavit eos, pardus vigilans super civitates eorum…「因此，林中的獅子必害死他們；/ 晚

上的豺狼必滅絕他們；／豹子要在城外窺伺他們……」《約翰一書》第二章第十六節又說：" omne quod est in mundo, concupiscentia carnis, et concupiscentia oculorum est，et superbia vitae: quae non est ex Patre, sed ex mundo est.") 「因爲，凡世界上的事，就像肉體的情慾、眼目的情慾，並今生的驕傲，都不是從父來的，乃是從世界來的。」

37-43. **當時正值……感到欣幸**：詩中描寫的時間是春天。太陽於春分（大約是三月二十一日）進入白羊宮。據說上帝創造世界、旋動諸天時，正值春天，太陽正在白羊宮；道成肉身也在春天（三月二十五日）。因此，在傳統中，春天一直是希望的季節。但丁的旅程在春天開始，有重要的象徵意義。參看 Norton, 3。

40. **那些星星**：指白羊座。

44. **獅子**：象徵驕傲、惡意或暴力。暴力是地獄中受罰的第二種罪過。

55-57. **因爲……消沉**：《神曲》有許多意象，都訴諸讀者熟悉的日常經驗。這幾行以賭博爲喻，是第一例。

60. **太陽不做聲的地方**：指黑暗處，也象徵上帝的光芒照不到的地方。在這一意象裏，視覺（「太陽」）和聽覺（「不做聲」）交融，是通感(synaesthesia)手法，和《地獄篇》第五章二八行類似：「衆光暗啞的場所」("luogo d'ogni luce muto")。

62. **一個人**：嚴格說來，應該是「一個陰魂」或「一個幽靈」。指維吉爾。Musa (*Inferno*, 74) 指出，在《神曲》裏，維吉爾象徵凡人的智慧、文化、理性、詩歌、藝術，其成就是人力所臻的最高境界，因此能在行動和意識世界裏當但丁

的嚮導。不過要繼續向上，就得依靠大愛，依靠上帝的恩典。因此到了後來，嚮導的任務要交給貝緹麗彩和貝爾納（一譯「伯爾納」）。在詩中，貝緹麗彩象徵愛，象徵啟示，象徵更高的知見能力；貝爾納則象徵直覺。至於但丁在飛升天堂前爲甚麼以維吉爾爲嚮導，Musa (*Inferno*, 75) 認爲，維吉爾是詩人，又是意大利人；其史詩《埃涅阿斯紀》有主人公埃涅阿斯進地獄的描寫。此外，在中世紀，由於維吉爾的《牧歌》第四篇有詩句提到和平、繁榮的黃金時代，後人附會爲基督降臨的預言，結果作者被視爲先知；在但丁心目中介乎帝國羅馬和使徒開始傳道後的羅馬之間。但丁的《帝制論》(*Monarchia*)所反映的，正是維吉爾作品中有關羅馬帝國的觀念。

68-69. **倫巴第……曼圖亞**：但丁時期的倫巴第，泛指意大利北部地區。維吉爾的出生地（曼圖亞附近的安德斯(Andes)），位於意大利北部，因此倫巴第也算是維吉爾的祖籍。

70. **我生時，適值凱撒王朝的末期**：凱撒（Gaius Julius Caesar，公元前一零零—公元前四十四年），即凱撒大帝。維吉爾生於公元前七十年。公元前四十四年凱撒被布魯圖、卡西烏爲首的元老派貴族刺殺時，維吉爾只有二十五歲，尚未寫不朽的史詩《埃涅阿斯紀》(*Aeneis*)。

71. **奧古斯都**：Augustus，公元前六十三—公元十四年，首位羅馬帝國皇帝（公元前二十七—公元十四年）。凱撒的甥孫兼養子。原名蓋約・屋大維(Gaius Octavius)，獲凱撒收養後，改名蓋約・尤里・凱撒・屋大維安努斯(Gaius Julius Caesar Octavianus)。凱撒被刺後，與馬可・安東尼(Marcus Antonius)、李必達(Marcus Aemilius Lepidus)組成三頭政治

(Triumviratus)，打敗元老院貴族。其後，與安東尼決裂。公元前三十一年打敗安東尼，乘勝攻埃及，滅托勒密王朝。公元前二十七年獲元老院奉以 Augustus（拉丁文，「神聖」、「莊嚴」的意思）的稱號。在位期間，文治武功煊赫，史稱「黃金時代」。參看 Toynbee, 73-74, "Augusto²" 條；《世界歷史詞典》和《辭海》「奧古斯都」條。

72.　**詆僞的神祇**：原文"dei falsi e bugiardi"，意思與奧古斯丁（Aurelius Augustinus，三五四—四三零）《上帝之城》的 "deos falsos fallacesque" (*Ad Marcellinum De civitate Dei contra paganos*, II, xxix, 2)相近。

74.　**安基塞斯正直的兒子**：指維吉爾的史詩《埃涅阿斯紀》所詠的英雄埃涅阿斯 (Aeneas)。埃涅阿斯是安基塞斯 (Anchises)和愛神維納斯的兒子，羅馬人的祖先。**伊利昂**：拉丁文 Ilion 或 Ilium，古希臘文爲 ῎Ιλιον，即特洛亞（拉丁文 Troia，源出古希臘文 Τροία；另一漢譯「特洛伊」源自英文"Troy"），在荷馬的長篇敘事詩《伊利昂紀》(᾿Ιλιάς)中，與希臘鏖戰多年後陷落。

77.　**宜人的山**：指山頂。

78.　**百福**：「百福」是甚麼，下文會有交代。

79.　**維吉爾**：Publius Vergilius Maro （公元前七零年—公元前十九年），古羅馬詩人，著有《牧歌集》(*Bucolica*)、《農事詩集》(*Georgica*)、《埃涅阿斯紀》(*Aeneis*)。對但丁有極大的影響。在《地獄篇》、《煉獄篇》裏，維吉爾是但丁的導師，象徵智慧。

83.　**你的卷帙**：指《埃涅阿斯紀》。

86.　**優美文采**：一三零零年之前，但丁仿維吉爾的風格寫過一

些詩歌。這些詩歌,曾給他帶來榮耀。

88. **這畜生**:指母狼。

89. **聖哲**:就但丁及其時代而言,古代的大詩人是聖哲,既有智慧,也有學問,其作品是智慧之書。因此,在《神曲》中,但丁把荷馬(Ὅμηρος)、維吉爾、賀拉斯(Quintus Horatius Flaccus)、奧維德(Publius Ovidius Naso)、盧卡努斯(Marcus Annaeus Lucanus)稱為「聖哲」(《地獄篇》第四章第一一零行)。

93. **得走別的路**:Musa (*Inferno*, 75)指出,此語也有象徵意義:但丁要揚棄罪惡,幡然改途,才能到達聖光境界。

94-102. **這隻畜生……才會完蛋**:母狼象徵貪婪(cupiditas),是三大重罪之一。《提摩太前書》第六章第十節對這種罪過有以下的說法:"Radix enim omnium malorum est cupiditas; quam quidam appetentes erraverunt a fide, et inseruerunt se doloribus multis." (「貪財是萬惡之根。有人貪戀錢財,就被引誘離了真道,用許多愁苦把自己刺透了。」) **一隻獵狗**:有關「獵狗」的身分,不同的論者有不同的說法,迄今仍沒有定論。可以指理想中神聖羅馬帝國的皇帝,可以指某位教士,可以指基督,可以指韋羅納(Verona)總督坎・格蘭德・德拉斯卡拉(Can Grande della Scala,一二九零—一三二九)、亨利七世(一二零八年十一月二十七日獲選為神聖羅馬皇帝)、沙爾・瑪特(Charles Martel),甚至但丁本人。正如 Bosco e Reggio (*Inferno*, 14)所說,由於但丁在預言,所指隱晦難明,是理所當然。Sapegno(*Inferno*, 13)也認為,「獵狗」是歷史上哪一位人物,很難斷定。儘管如此,Musa(*Inferno*, 76)的論點似乎言之成理:「獵狗」指

韋羅納總督坎・格蘭德・德拉斯卡拉，其出生地韋羅納位
於菲爾特羅(Feltro)和蒙特菲爾特羅(Montefeltro)之間，而意
大利文 cane 是「狗」的意思；加以德拉斯卡拉是但丁的恩
公，以「智慧、仁愛、果敢」（第一零四行）著稱；但丁
在作品中加以揄揚，也有可能。不過，無論「獵狗」指誰，
維吉爾的預言可視爲但丁的理想：一個精神世界會在凡間
建立，以智慧、仁愛、果敢等德性取代獸性。「獵狗」象
徵絕對公正、賢明的力量。

103.　**不吃土地，不吃銅臭**：這隻獵狗不會求地，也不會貪財。
「銅臭」，原文是"peltro"，直譯是「白鑞」（錫基合金），
通常用來製餐具。

105.　**二菲之城**：原文" Feltro e Feltro"。這行的解釋，也是言人
人殊。有的論者認爲，「二菲之城」，指菲爾特雷(Feltre)
和蒙特菲爾特羅(Montefeltro)，是德拉斯卡拉統轄的界限。
Sapegno (*Inferno*, 13)認爲此語泛指獵犬出身卑微。Allen
Mandelbaum 認爲，Feltro 應該小寫(feltro)，是「氈」或「氈
帽」的意思；指選舉神聖羅馬皇帝時所用的器皿（器皿以
氈爲襯裏）。因此，第一零一行的「獵狗」應該指神聖羅
馬皇帝。Singleton (*Inferno 2*, 18)則認爲，原文的"nazion"
如果指「誕生」，則"tra feltro e feltro"可以指「獵狗」誕
生的時間屬雙子座，因爲雙子星卡斯托爾(Κάστωρ, Castor)
和波呂丟克斯(Πολυδεύχης, Polydeuces)在傳統中都戴氈
帽，古羅馬人稱爲"pilleati fratres"（「戴氈帽的兄弟」）。

106.　**低地意大利**：原文"umile Italia"和《埃涅阿斯紀》第三卷五
二二—二三行的"humilemque videmus Italiam"（「我們看
見地勢低下的意大利」）有別：前者有象徵意義，指意大

利道德卑下；後者僅指地理位置）。**卡米拉**：Camilla，普里維努姆城(Privernum)之君梅塔布斯(Metabus)之女，助圖爾諾斯(Turnus)與埃涅阿斯爲敵，被阿倫斯(Arruns)殺死。見《埃涅阿斯紀》第十一卷七五九—八三一行。

107. **歐律阿羅斯、圖爾諾斯、尼索斯**：意文"Eurialo"、"Turno"、"Niso"，均爲《埃涅阿斯紀》中的人物。歐律阿羅斯(Euryalus)、尼索斯(Nisus)爲特洛伊人，隨埃涅阿斯往意大利，在戰爭中喪生。見《埃涅阿斯紀》第九卷一七六—四四九行。圖爾諾斯(Turnus)爲魯圖路斯(Rutulus)族君主，死於埃涅阿斯手下。

111. **首妒**：最初的嫉妒。指撒旦對上帝的嫉妒。撒旦墮落前稱爲「曉星」、「明亮之星」、「早晨之子」，英文"Lucifer"。Lucifer 源出拉丁文 lux/fero，有「帶光」之意。

114. **無盡的幽昧**：原文爲"luogo etterno"（直譯是「永恆的處所」），指地獄。地獄的刑罰永遠不變，所以說「無盡」。

117. **第二次死亡**：指判入地獄受永無休止的刑罰。參看《啓示錄》第二十章第十四節："Et infernus et mors missi sunt in stagnum ignis: haec est mors secunda."（「死亡和陰間也被扔在火湖裏；這火湖就是第二次的死。」）《啓示錄》第二十一章第八節："Pars illorum erit in stagno igne et sulphure: quod est mors secunda."（「……他們的分就在燒著硫磺的火湖裏；這是第二次的死。」）有關這行的其他解釋，參看 Anonimo fiorentino, Tomo 1, 25-26; Bosco e Reggio, *Inferno*, 16。

118. **別的亡魂**：指煉獄的亡魂。

119. **火中**：指煉獄中滌罪之火，與地獄中「永恆之火」("l'etterno

foco")相對。在《煉獄篇》第二十七章第一二七行，滌罪之火又稱爲「短暫的烈火」("Il temporal foco")。參看 Singleton, *Inferno* 2, 20。

120. **受神恩眷寵的群倫**：指天堂的福靈。

122. **比我勝任的福靈**：指貝緹麗彩(Beatrice)。飛升天堂的旅程，非維吉爾所能勝任。參看第六十二行的註釋。貝緹麗彩，一二六六年（晚但丁一年）出生。但丁九歲，一見貝緹麗彩而鍾情。一二九零年，貝緹麗彩卒。其後，但丁寫《新生》(*Vita Nuova*)歌頌她。據薄伽丘和十四世紀意大利的評論家考證，貝緹麗彩是佛爾科・坡提納里(Folco Portinari)之女，嫁西莫內・德巴爾迪(Simone dei Bardi)。參看 Toynbee, 83-85, "Beatrice[2]"條。

124. **天界的皇帝**：指上帝。上帝住在最高天（一譯「淨火天」），也就是第十重天。

126. **不許我進入他的聖城帝畿**：「聖城帝畿」，指天堂。從但丁的觀點看，只有信仰基督的人方能進天堂。維吉爾卒時，基督的教義還未傳到羅馬，無緣沾基督之恩，所以不能進天堂。在《神曲》（尤其是《地獄篇》）裏，羅馬帝國（參看《地獄篇》第二章十三—二十四行）常與上帝之城相提並論。

134. **聖彼得之門**：即煉獄之門。參看《煉獄篇》第九章第七十六行及其後的描寫。《神曲》一共描寫了三道門：地獄之門（見《地獄篇》第三章一—十一行）；冥王狄斯之門（見《地獄篇》第八章七九——一五行，第九章八九—九零行）；這裏所提的煉獄之門。

第二章

白天退隱，但丁開始猶疑，不知道能否勝任埃涅阿斯和保羅經歷過
的旅程。維吉爾責但丁怯懦；並且告訴他，聖母瑪利亞出於哀憐，
乃叫露妼吩咐貝緹麗彩施以援手；貝緹麗彩受了露妼的遣派，就降
落地獄邊境，請維吉爾相助。但丁聽了維吉爾的解釋後，恢復了信
心，於是跟著維吉爾走入深邃的荒途。

　　白天在退隱，晦冥的暮色黯默，
　　　　正讓大地之上的芸芸眾生
　　　　停止勞碌。只有我，一個人，孑然　　　3
　　準備去面對一場將臨的鬥爭：
　　　　既畏前路，又為所見而憫惻。
　　　　這場鬥爭，由無訛的記憶來吟諷。　　　6
　　繆斯呀，超邁的詩思呀，立刻幫助我。
　　　　記憶呀，是你記錄了我的觀察，
　　　　這裏就是你表現才華的場所。　　　9
　　於是我這樣說：「指引我的詩人哪，
　　　　請先看我有沒有勝任之力，
　　　　再讓我向艱難的前路進發。　　　12
　　你說過，西爾維烏斯的父親，肉體
　　　　未脫離死亡而仍屬朽敗的一群，
　　　　就憑凡軀走進了永恆之地。　　　15

維吉爾與但丁
白天在退隱……
(《地獄篇》,第二章,第一行)

如果那鎮伏萬惡的上主答允，

　　而且考慮到該旅程的崇高宏謨，

　　考慮到其苗裔是什麼樣的賢俊，　　　18

明理的人就不會覺得這決定欠妥。

　　因為，他早已獲得最高天的選派，

　　去開創輝煌的羅馬及其帝國。　　　21

該城、該國——如要把真相說出來——

　　早已建立，成了神聖的領土，

　　是著名的彼得傳授衣鉢所在。　　　24

他的旅程，你曾經頌之於書。

　　他在旅程中所獲的見聞、經驗

　　使他凱旋，並制定教皇的聖服。　　27

後來，獲選的器皿也去了一遍，

　　目的是證實、鞏固那宗教的信仰——

　　導蒼生走上救贖之路的起點。　　　30

至於我，去幹嗎呢？誰給我力量？

　　我不是埃涅阿斯，不是保羅，

　　能勝任嗎？我跟別人都不會這樣想。　33

因此，我要是為這次旅程許諾，

　　恐怕行動只會是魯莽之舉。

　　你是智者；我不必說，你也能揣摩。」　36

一個人，立了志仍會後悔猶豫，

　　三思之後會改變原來的目標，

　　結果全身而退，剛啓程已不再繼續。　39

幽坡上，我的初衷也這樣動搖，

　　因為我的旅程開始得太倉猝，

現在一想，就馬上把計劃打消。　　　42
「你講的話，要是我了解無誤」──
　　那個偉大心靈的影子回答說：
　　「顯示你的心已經遭怯懦征服。　　45
怯懦常會羈絆人，使他躓踣，
　　使他面對壯舉也趑趄不前，
　　就像牲畜，因錯覺而受驚後躲。　　48
爲了幫你擺脫恐懼的意念，
　　我且告訴你，我爲何來此；最初
　　萌生哀矜時，聽到過什麼傳言。　　51
我本來跟其他亡魂飄忽爲伍。
　　有一天，一位聖美的女士喚我。
　　我就回答說：『有事請儘管吩咐。』　　54
她的眸子，比星辰明亮得多，
　　開始說話時，聲調婉柔而優雅，
　　一如天使在發言。她這樣對我說：　　57
『曼圖亞的靈魂哪，你溫文可嘉，
　　美名仍然在世上流傳不朽，
　　此後會與世同壽，傳誦邇遐。　　60
吾友運蹇，此刻正遭逢災咎，
　　在荒蕪的山坡遇到了險阻
　　而怵然轉身，不敢在旅途上稍留。　　63
據我在天上所聽到的描述，
　　我現在搭救他，恐怕已經太晚，
　　恐怕此刻他早已深入歧路。　　66
因此，請你快點用嘉言的婉轉

或足以助他脫險的其他方法
　　幫他。這樣，我才會轉愁爲歡。　　　69
我是貝緹麗彩，來請你搭救他。
　　我離開了居所，現在就要回去。
　　出於仁愛，我把這信息轉達。　　　72
我一旦返回我的上主所居，
　　就會經常讚頌你的嘉美。』
　　說到這裏，就沉默不語。　　　　　75
於是我說：『賢慧的娘娘啊，人類
　　完全因爲您才能超越凡生，
　　從諸天最小的圈子向上凌飛；　　　78
您差遣的任務，我樂於擔承。
　　命令刹那間履踐，我仍嫌太遲。
　　尊意一宣，我馬上就會遵奉。　　　81
告訴我，您爲何會來此審視，
　　肯從您此刻亟要回歸的廣居
　　降落深穴，直達核心的位置。』　　84
『你對事情既然有這樣的興趣，』
　　貝緹麗彩說：『我不妨簡單地說一回。
　　我降落這裏，不怕置身異域，　　　87
是因爲我們只害怕能夠作祟
　　害人的東西；除此之外，再不怕
　　別的；別的東西並不可畏。　　　　90
我藉神恩而超升啊——，感謝他——
　　你們的苦痛再也觸不到我。
　　這裏的火焰，也不能向我攻伐。　　93

貝緹麗彩與維吉爾
「我是貝緹麗彩，來請你搭救他。」
(《地獄篇》，第二章，第七十行)

我請你搭救的人在中途受挫，

　　天上高貴的娘娘對他哀憐，

　　乃把那裏嚴峻的天條打破；　　　　96

並且把殉教的露　姹喚到身邊，

　　對她說：「這一刻，你的信徒需要你，

　　請你幫助他脫離所處的險艱。」　　99

於是，露姹──一切殘忍的夙敵──，

　　起立，來到我跟前。我的座位

　　在拉結的一旁。（她是天上的宿耆。）　102

「貝緹麗彩呀，你是神的眞輝，」

　　露姹說：「爲什麼不搭救那個曾經

　　愛你的人呢？爲了你，他離開了俗類。　105

你聽不見他可憐的哭泣嗎？比滄溟

　　還洶湧的大水上，死亡正在侵襲他。

　　難道你看不見？」露姹的話剛停，　　108

我就從福樂之座下降，一剎那

　　來到了這裏。世人在凡塵

　　趨吉避凶，也不會這麼快就到達。　　111

我從福樂之座下降，因爲我信任

　　你高華的言辭。它給你榮譽；

　　你的聽衆也享受它的清芬。」　　　114

貝緹麗彩說出了自己的心緒，

　　明眸就流著淚，望向別的地方，

　　叫我前來的心情更加匆遽，　　　　117

叫我按她的意思來到你身旁。

　　那猛獸，阻擋了捷徑，叫你上不了

美麗的山峰。我已經給你幫忙，　　　　120
你現在還怕什麼？為甚麼還要
　　拖延？你的心怎麼充滿了怯懦，
　　沒有一點半點的豪放驃驍？　　　　123
何況此刻，三位娘娘在天國
　　眷顧你，在天庭裏給你庇蔭；
　　眾多的福樂我已經為你預說。」　　126
恍如小花遭黑夜的寒霜凜凜
　　禁閉、壓彎，然後因受照於曙光
　　而全部翹首開放，在莖上欣欣　　　129
向榮，我的力量也恢復了原狀，
　　浩浩的勇氣沛然流入了心中。
　　於是我釋然說話，不再驚惶：　　　132
「救我的女士呀，她的慈悲真淵泓！
　　你也真仁厚，這麼快就已經
　　把她所說的嘉言付諸行動！　　　　135
你的話，使我的心裏充滿豪情，
　　熱切要上路，繼續向前的步伐。
　　原來的計劃，我此刻再希望實行。　138
我們兩人一心，現在就出發吧——
　　由你當我的領導、賢主、老師。」
　　我對維吉爾說完了這番話，就跟他　141
走入深邃的荒途，沒有再停滯。

註　釋：

1-3.　　**白天……孑然：** 這幾行與《埃涅阿斯紀》描寫黑夜的片段
　　　　相呼應 (*Aeneis*, III, 147; IV, 522-28; VIII, 26-27; IX,
　　　　219-220)。

1.　　　**白天在退隱，晦冥的暮色黯默：** 參看《埃涅阿斯紀》第三
　　　　卷一四七行：“Nox erat et terris animalia somnus habebat.”
　　　　（「黑夜降臨，大地上，睡眠統御了眾生。」）旅人但丁，
　　　　從日出走到日落，希望攀登第一章提到的那座山；此刻，
　　　　已經是暮色晦冥。

2.　　　**芸芸眾生：** 既指動物，也指人類。

3.　　　**只有我，一個人：** 維吉爾只是幽靈，不是人，所以但丁說
　　　　「只有我，一個人」。

4.　　　**鬥爭：** 指此後的旅程。

5.　　　**憫惻：** 指路上所見，會引起但丁的悲憫愁惻。

7.　　　**繆斯呀：** 詩人開始向繆斯祈求。在西方的史詩傳統中，詩
　　　　人啟篇時都有向繆斯祈求的慣例。這慣例可以上溯到荷馬
　　　　的《伊利昂紀》第一卷第一行：“Μῆνιν ἄειδε, θεά,
　　　　Πηληϊάδεω 'Αχιλῆος”（「女神哪，請你吟詠佩琉斯之子
　　　　阿喀琉斯的憤怒」）；《奧德修紀》第一卷第一行：“"Ανδρα
　　　　μοι ἔννεπε, Μοῦσα, πολύτροπον”（「繆斯呀，請為我講
　　　　述足智多謀的好漢」）；《埃涅阿斯紀》第一卷八—十一
　　　　行：“Musa, mihi causas memora, quo numine laeso /quidve
　　　　dolens regina deum tot volvere casus / insignem pietate
　　　　virum, tot adire labores/impulerit. tantaene animis caelestibus
　　　　irae?”（「告訴我事情的原委呀，繆斯。何事忤逆了／天后
　　　　之意，何事激怒了她，叫她驅／這仁厚男兒經歷這麼多的
　　　　風險，面對／這麼多的艱辛？天神的胸懷，有這樣的深

仇？」）；米爾頓(John Milton)的《失樂園》(*Paradise Lost*)
第一—六行："Of man's first disobedience… / Sing Heav'nly
Muse…"（「人類最初違背神旨……這一切，請你吟詠啊，
天神繆斯……」）在《煉獄篇》和《天堂篇》的開頭，也
有同樣的祈求。Sapegno (*Inferno*, 18)指出，第二章是《地
獄篇》的真正開端，所以詩人向繆斯的祈求在這裏出現。
《煉獄篇》（第一章七—十一行）和《天堂篇》（第一章
十三—三十三行），也有類似的公式。

13-21. **你說過……帝國**：埃涅阿斯離開特洛亞後，與從屬來到意
大利，最後建立羅馬。不過在偉業完成之前，先要經歷地
獄之旅。

13 **西爾維烏斯**：Silvius，埃涅阿斯的兒子。埃涅阿斯進地獄
時，父親安基塞斯告訴他，他會跟第二位妻子拉維尼亞（拉
丁諾斯之女）生下最後一個兒子（西爾維烏斯）。《埃涅
阿斯紀》卷六有主人公進地獄的描寫。

14. **朽敗的一群**：指未能脫離死亡的凡人。

15. **永恆之地**：既指天堂，也指地獄。Singleton(*Inferno 2*, 25-26)
指出，古書《聖保羅所見》(*Visio Sancti Pauli*)，有聖保羅
升天的描寫。但丁可能認識此書。

25. **頌之於書**：指維吉爾在《埃涅阿斯紀》裏吟頌上面提到的
事跡。

27. **制定教皇的聖服**：基督教日後會在埃涅阿斯創立的羅馬帝
國建立。教皇是一教之首，標舉教皇等於標舉教會。

28. **獲選的器皿也去了一遍**：「獲選的器皿」指保羅。原文為
"Vas d'elezione"，拉丁文《聖經》為"vas electionis"。《使
徒行傳》第九章第十五節說："Dixit autem ad eum

Dominus：Vade, quoniam vas electionis est mihi iste, ut portet nomen meum coram Gentibus et regibus et filiis Israel."（「主對亞拿尼亞說：『你只管去！他是我所揀選的器皿，要在外邦人和君王，並以色列人面前宣揚我的名。』」）「去了一遍」，指保羅「被提到樂園裏」（《哥林多後書第十二章第四節》。Sinclair (*Inferno*, 44)指出，在《神曲》裏，但丁常把《聖經》和基督教以外的古代神話、典故、歷史人物並舉，表示教內、教外的一切都服務於天命。作者在這一章把埃涅阿斯和保羅並論相提，是眾多例子之一。

30.　**導蒼生走上救贖之路的起點**：《希伯來書》第十一章第六節："Sine fide autem impossibile est placere Deo…"（「人非有信，就不能得神的喜悅……」）

40.　**幽坡**：「幽」，指黑暗，沒有光明，也有字面和象徵意義：一方面指天色黑暗；一方面指但丁心中充滿疑慮。

44.　**偉大心靈的影子**：指維吉爾。由於維吉爾是亡魂，所以稱爲「影子」("ombra")。

50-51　**最初／萌生哀矜時**：指維吉爾最初對但丁產生憐憫之情時。

52.　**飄忽**：原文爲"sospesi"，指維吉爾和其他有德行的亡魂置身地獄邊境，飄忽於天堂的至樂和地獄的至苦之間，「沒有憂戚或喜樂」（《地獄篇》第四章第八十四行）；想見上帝的心願永難實現。

53.　**聖美的女士**：指下文的貝緹麗彩。這是《神曲》中貝緹麗彩的首度出現。Sinclair(*Inferno 2*, 44)指出，貝緹麗彩代表理想的教會，維吉爾代表理想的帝國。但丁認爲，教會與帝國合作無間，天下才會太平。正因爲如此，但丁的旅程才由維吉爾和貝緹麗彩共同促成。

66.　　**歧路**：有字面和象徵意義。

70.　　**我是貝緹麗彩**：第一章第一二二行首次提到貝緹麗彩（即
　　　　該行所指的「福靈」）。

71.　　**居所**：指天堂。爲了拯救但丁，貝緹麗彩從天堂進入幽域
　　　　（即地獄邊境）找維吉爾。

73.　　**上主**：指上帝。

76-78.　**賢慧的娘娘啊……向上凌飛**：這幾行所表現的，並非基督
　　　　教思想。在維吉爾的心目中，貝緹麗彩對全人類都重要。
　　　　有了她，人類才能超越凡軀的局限，飛升天堂。(Musa,
　　　　Inferno, 86-87)在《神曲》的天文體系（大致與托勒密的地
　　　　心體系相同）中，地球位於宇宙中心，靜止不動。繞著地
　　　　球運轉的，依次是月球、水星、金星、太陽、火星、木星、
　　　　土星、恆星天、原動天。從月球到恆星天的所有天體，都
　　　　由原動天推動。原動天外是最高天（或稱「淨火天」）。最高
　　　　天是上帝、天使和衆福靈所居，無邊無際，無始無終，存
　　　　在於時間和空間之外。「最小的圈子」，指月亮的軌跡；
　　　　由於軌跡裏只有地球，所以稱「小」。有關地心體系，參
　　　　看《中國大百科全書・天文學》，頁六零—六一。

83-84.　**肯從……位置**：「廣居」(“ampio loco”)，指最高天。最高
　　　　天在所有天體之外，廣闊無邊，所以稱爲廣居。「核心」，
　　　　指地獄，在這裏有貶義；因爲根據《神曲》的天文體系，
　　　　地球在宇宙中心，離上帝最遠，地位最低；而地獄在地球
　　　　的中央，更是遠中之遠、低中之低，最被上帝鄙棄。

91-93.　**我藉神恩……攻伐**：光看這幾行，讀者會覺得貝緹麗彩冷
　　　　酷無情，對地獄和幽域的苦痛無動於衷。但丁在這方面的
　　　　態度，主要受托馬斯・阿奎那(Thomas Aquinas)的影響。在

《神學大全》(*Summa theologica*, III, Supplementum, qaestio 94, articulus 2, respondeo)裏，阿奎那說：" Et ideo beati qui erunt in gloria nullam compassionem ad damnatos habebunt." （「因此，置身榮耀中的福靈不會同情被上帝罰入地獄的人。」）這種態度，其實言之成理，因爲據《聖經》的說法，上帝絕對公證。那麼，被罰入地獄或幽域的亡魂得不到上帝的恩寵，是罪有應得，不值得天堂的福靈同情。參看 Vandelli, 20。

92.　　**你們的苦痛再也觸不到我**：上文（第八十五行）用「你」，僅指維吉爾；這裏用「你們」，指地獄所有的亡魂。

93.　　**火焰**：指地獄的懲罰。

95-96.　**天上高貴的娘娘……天條打破**：「天上高貴的娘娘」 指聖母瑪利亞。在天堂，聖母瑪利亞一直居中爲人類祈禱，上帝嚴峻的天條乃變得寬厚。參看《天堂篇》第二十章九四—九九行。在《地獄篇》裏，但丁只用間接手法提述聖母和聖子。

97-98　**並且……需要你**：「露姹」，錫臘庫扎(Siracusa)貞女聖露姹，公元三世紀殉教，是視力的主保聖人。在這裏，露姹象徵啓蒙的力量和普照的恩寵。《煉獄篇》第九章第六十一行提到露姹「秀美的眼睛」；《天堂篇》第三十二章一三七—二八行複述露姹當日如何遣貝緹麗彩營救但丁。

102.　　**拉結**：亦譯「辣黑耳」。《聖經》人物。據《創世記》第二十九、三十、三十五章所載，拉結是拉班的次女，利亞的妹妹。雅各先娶利亞，後娶拉結。拉結初嫁時未能生育，向耶和華求告而生約瑟；生第二個兒子便雅憫時死於難產。在《神曲》裏，拉結象徵沉思、瞻想、默禱、嫻靜；

利亞則象徵活躍。用現代心理學的術語說，拉結內向，利亞外向。在天堂，貝緹麗彩坐在拉結旁（參看《天堂篇》第三十二章第九行）。**宿耆：**原文是"antica"（直譯是「古代的」），帶有尊敬之意。拉結是《舊約》人物，因此以"antica"一詞來形容。

103. **神的眞輝**：原文爲"loda di Dio vera"，指神的光輝、榮耀藉貝緹麗彩來彰顯。在《新生》(*Vita Nuova*)第二十六節裏，但丁說過，許多人見了貝緹麗彩，都說："Questa non è femmina, anzi è uno de li bellissimi angeli del cielo."（「這不是凡間女子；簡直是至美的天使之一。」）

104-05. **那個曾經／愛你的人……離開了俗類**：「愛你的人」，指但丁。這句的意思是：但丁爲了貝緹麗彩，在精神和肉體上都變得脫俗超群。

106-07. **比滄溟／還洶湧的大水上，死亡正在侵襲他**：這裏的「大水」（原詩一零八行的"fiumana"）基本上與第一章二二—二七行所寫的「大海」("pelago")無異；指罪惡激盪的塵世生命。由於這條大水（或大河）不是一般的大水，不會流入大海，因此比大海（「滄溟」）還洶湧。「死亡」，指精神死亡。

119. **那猛獸**：指第一章所寫的母狼。

第三章

但丁和維吉爾來到地獄之門，目睹門上可駭的文字，聽到嘆息、慟哭、嚎咷在沒有星星的空中迴盪旋湧。維吉爾告訴但丁，這裡受罪的亡魂，在世上不招閒言，也無令譽可矜。接著，他們看見一群亡魂追隨著一面旗幟。但丁認出了一些人，看見他們遭馬蜂和大黃蜂刺螫；然後見卡戎把亡魂收扣，渡向冥河的另一邊。晦冥的平原劇震間，但丁昏了過去。

「由我這裏，直通悲慘之城。
　　由我這裏，直通無盡之苦。
　　由我這裏，直通墮落眾生。　　　　　3
聖裁於高天激發造我的君主；
　　造我的大能是神的力量，
　　是無上的智慧與眾愛所自出。　　　6
我永遠不朽；在我之前，萬象
　　未形，只有永恆的事物存在。
　　來者呀，快把一切希望棄揚。」　　9
我所見到的文字，毫無光彩，
　　用暗色刻在地獄之門的高處。
　　於是我說：「老師呀，講得真可駭。」　12
如識途之人，維吉爾這樣答覆：
　　「一切疑慮，必須在這裏擺脫。

地獄之門

「來者呀，快把一切希望棄揚。」

（《地獄篇》・第三章・第九行）

　　一切怯懦，必須在這裏結束。　　　　　　15
這個地方，我已經向你解說。
　　悲慘的群倫，你會在這裏看見。
　　他們都享受不到心智的成果。　　　　　　18
維吉爾說完，就按著我的手，其和顏
　　使我放心。然後，他把我帶到
　　凡眸不能目睹的景物之前。　　　　　　　21
那裏，嘆息、慟哭、淒厲的嚎咷
　　在星光全無的空中迴盪旋湧。
　　起先，這景象使我哭泣哀號。　　　　　　24
陌生的語言、可怕的話聲、各種
　　充滿痛苦的言辭、憤怒的腔調、
　　尖厲而沙啞的嗓子和眾手亂動　　　　　　27
亂打的巨響，在騷然渦轉咆哮，
　　在無始無終的幽冥中永不休止，
　　就像風沙在迴飆裡疾旋急攪。　　　　　　30
我的腦子被驚恐包圍。於是
　　說道：「老師呀，這是什麼聲音？
　　聽起來好像有人在受著凌遲。」　　　　　33
維吉爾答道：「這些人處境可憫，
　　他們都是可憐的亡魂，在世上
　　不招閒言，也無令譽可矜。　　　　　　　36
他們跟一群卑鄙的天使同黨。
　　這些天使，不是上帝的叛徒
　　或信徒；他們為私利而自成一幫。　　　　39
天穹嫌他們不夠好，把他們放逐；

深坑呢，又不願給他們棲身之地，
怕壞人因此而顯得光榮突出。」　　42
於是我說：「老師呀，是什麼悲戚，
使他們哀悼慟哭得這麼厲害？」
維吉爾答道：「扼要簡單地告訴你：　　45
他們想死而無望，要死也死不來。
他們盲目的一生又這麼卑下，
覺得處境比誰都更加可哀。　　48
世間容不了他們的聲名或評價。
他們不值得憐憫，不值得審判。
別談他們了，小心往前去呀！」　　51
我舉目前望，見一面旗幟招展，
旋轉飛馳間，速度是那麼迅疾，
彷彿永遠都不能停留轉慢。　　54
在旗幟之後，一列陰魂在逶迤
而來。如非目睹，我真的不肯
相信，這樣的一大夥，因死亡而毀棄。　　57
行列當中，我認出了一些人，
然後看見一個熟悉的幽靈。
由於怯懦，他生時拒絕獻身。　　60
於是我猛省，而且可以肯定，
這，就是那敗壞而邪惡的一夥，
不受上帝和上帝的仇敵歡迎。　　63
這班卑鄙的傢伙，從沒有生存過。
此刻，他們正裸著身體，在那裏
遭牛虻和馬蜂狠狠刺螫折磨。　　66

鮮血從他們的臉龐流淌下滴，
　　和眼淚混在一起滴落腳邊，
　　再遭令人噁心的蛆蟲吮吸。　　　　69
之後，我的目光再望遠一點，
　　只見人群聚在大河之畔。
　　　於是我說：「老師呀，請為我明言，　72
他們是誰，受什麼律令驅趕，
　　要這麼行色匆匆，急於擺渡？
　　　冥暗中，他們好像在紛紛前趨。」　75
維吉爾答道：「一會兒，待我們駐足，
　　在慘惻的阿刻戎河邊稍停，
　　　事情的真相你就會一清二楚。」　78
我聞言，不禁赧然垂下了眼睛，
　　生怕說話魯莽，叫老師不快；
　　　於是默默向河岸那邊前行。　　　81
哎喲，一隻小舟駛了過來，
　　一個頭髮斑白的老人在上面
　　　大喊：「邪惡的陰魂哪，活該當災！　84
你們不要再指望見到藍天。
　　我此來，是要把你們渡往對岸，
　　　渡入永冥，渡入冰霜和烈焰。　　87
那個活著的人哪，你得幡然
　　離開，別在這裏當亡魂的侶儔。」
　　　可是，當他看見我仍在久舫，　　90
就說：「循別的道路、別的渡頭，
　　你才會找到通往出口的水濱。

卡戎與阿刻戎河

哎喲，一隻小舟駛了過來，／一個頭髮斑白的老人
在上面／大喊：「邪惡的陰魂哪，活該當災！」

（《地獄篇》，第三章，八二——八四行）

　　你搭乘的，該是輕一點的小舟。」　　　　93
於是，我的導師說：「卡戎，別操心！
　　這是上方的旨意。上方皇皇，
　　要怎樣就怎樣；別再問原因。」　　　　96
這個船夫，兩顎蓬鬆，兩眶
　　圍燒著火焰，專管青黑的沼澤。
　　他聽了這話，下巴不再攣張。　　　　99
可是，疲倦而赤裸的亡魂，聽了
　　維吉爾所說的殘忍言辭，無不
　　咬牙切齒，突然間變了臉色。　　　　102
他們辱罵上帝，辱罵父母，
　　辱罵人類，辱罵自己的時辰、
　　八字、老家，以至生命之所出。　　　　105
之後，他們聚在一起，紛紛
　　痛哭著向那可憎的凶岸趑趄。
　　那凶岸，等待著所有不畏神的人。　　　　108
惡魔卡戎，紅炭般的眼睛睢盱，
　　打著手勢把他們一併收扣。
　　稽延不前的，他就揮槳打過去。　　　　111
在秋天，樹上的葉子會嗖嗖
　　零落，一片接一片的，直到枝榦
　　目睹所有的敗葉委墮於四周。　　　　114
亞當的壞子孫見召，也這樣從河岸
　　一個接一個的向船裏投撲下墜，
　　恍如鷹隼聽到了主人的呼喚。　　　　117
他們就這樣出發，航入冥水。

亡魂登船

惡魔卡戎,紅炭般的眼睛睜盹,／打著手勢把他們一併收扣。／稽延不前的,他就揮槳打著過去。

(《地獄篇》‧第三章‧一零九~一一一行)

在冥河的另一邊，船還没有停泊，
　讓他們登陸，這邊又聚滿了一堆　　　　120
亡魂。「孩子呀，」和藹的老師說：
　因招惹神怒而亡的一切死者，
　從各地擁來，在這裏聚成一夥；　　　　123
而且都急於渡過這條冥河，
　因爲天上的律法鞭笞他們，
　使恐懼變成了慾望，不可阻遏。　　　　126
取道這裏的，没有一個好人。
　因此，卡戎雖然没有言宣，
　他何以訓你，你現在應能明審。」　　　129
維吉爾的話剛說完，晦冥的平原
　就劇烈震動。想起當時的驚悸，
　滿身的冷汗仍會流淌如泉。　　　　　　132
含淚的土地把一陣陰風吹起，
　霍然閃出一道朱紅的光芒，
　嚇走我所有的知覺，使我昏迷　　　　135
不醒，像沉睡的人倒在地上。

註　釋：

1-9.　　**由我這裏……希望棄揚**：這幾行是刻在地獄之門的文字，
　　　　猶第十一章第八—九行是刻在墳墓之上的文字。一至三
　　　　行，句式相同（「由我這裏，直通……」），開門見山，
　　　　而且一再重複，有雷霆萬鈞之勢，彷彿地獄在說話；有「地

獄之門常開」的意思。其主題與《埃涅阿斯紀》第六卷一
二七行所寫的相同："Noctes atque dies patet atri ianua
Ditis."（「冥冥狄斯，其門日夜常開。」）

1.　　　**悲慘之城**：泛指地獄，也專指狄斯(Dis)之城，是上帝之城、
　　　　天堂之城的反面。狄斯即冥王，相當於中國神話中的閻王
　　　　或閻君、希臘話中的哈得斯("Aιδης, Hades)或普路托
　　　　(Πλούτων, Pluto)。

4.　　　**造我的君主**：指「上帝」。地獄由上帝創造，用來懲罰叛
　　　　變後的撒旦及跟隨撒旦的墮落天使。地獄完成的時間先於
　　　　人類。撒旦墮落前稱爲「明亮之星」、「早晨之子」(Lucifer)。

5-6.　　**造我的大能……所自出**：這兩行所描寫的是三位一體：聖
　　　　父、聖子、聖靈，分別代表「神的力量」("divina potestate")、
　　　　「無上的智慧」("somma sapienza")、「衆愛所自出」("primo
　　　　amore")。參看《筵席》第二卷第五章第八節："la potenza
　　　　somma del Padre…la somma sapienza del Figliuolo…la
　　　　somma e ferventissima caritate de lo Spirito Santo"（「聖父
　　　　的無上大能……聖子的無上智慧……聖靈熾烈而無上的
　　　　慈愛」）。

7-8.　　**我永遠不朽……事物存在**：諸天、天使、原始物質，直接
　　　　由上帝創世時造就，因此永恆不滅（參看《天堂篇》第二
　　　　十九章二二—四八行）。之後，撒旦及其隨從叛變，上帝
　　　　再創造地獄去囚禁這批壞天使；因此地獄也永恆不滅。參
　　　　看《馬太福音》第二十五章第四十一節："Tunc dicet et his
　　　　qui a sinistris erunt：Discedite a me, maledicti, in ignem
　　　　aeternum, qui paratus est diabolo et angelis eius."（「王又要
　　　　向那左邊的說：『你們這被咒詛的人，離開我！進入那爲

魔鬼和他的使者所預備的永火裏去！』」)(Singleton, *Inferno 2*, 41)。

11. **暗色**：此詞有兩重意義：既指文字用黑色寫成，也指文字死氣沉沉。

14-15. **一切疑慮……結束**：原文"Qui si convien lasciare ogni sospetto; /ogni viltà convien che qui sia morta"；用了修辭學所謂的交叉法(chiasmus)。Singleton (*Inferno 2*, 41)指出，就內容而言，這兩行遙呼《埃涅阿斯紀》第六卷二六一行："nunc animis opus, Aenea, nunc pectore firmo." (「埃涅阿斯呀，此刻要勇敢，要堅定。」)

18. **他們都享受不到心智的成果**：思索真理，對心智有好處；思索至高的真理，對心智有最大的好處；上帝是至高的真理，思索上帝對心智有最大的好處。最高天的福靈得睹上帝的聖顏，所以能享受心智的成果。地獄的陰魂犯了罪，又不肯改悔，結果永遠不能認識上帝，享受不到心智的成果。思索真理，對心智有好處這一論點，源出亞里士多德的《倫理學》。參看《筵席》第二卷第十三章第六節。(Singleton, *Inferno 2*, 41-42)

21. **凡眸不能目睹的景物**：地獄非一般凡人可以到達，裏面的景物不是凡眸所能目睹。

23. **星光全無**：星星象徵光明。星光全無的境況，是地獄的一大特徵。此句遙應《埃涅阿斯紀》第六卷五三三—三四行："quae te fortuna fatigat, / ut tristes sine sole domos…adires?" 「是甚麼樣的命運逼迫你，／要你來到沒有陽光的慘地……？」)

29. **無始無終**：地獄直接由上帝創造，永恆不滅，存在於時間

之外，所以無始無終。

31.　**驚恐**：原文"orror"（驚恐）；有的版本（包括 M. Barbi 等學者所編的意大利但丁學會版）為"error"（錯誤）。不過根據原詩的上下文，"orror"更能配合但丁當時的處境。《神曲》描寫地獄的片段，受《埃涅阿斯紀》的影響極大；看了下列《埃涅阿斯紀》的句子，讀者也許覺得，"orror"更能配合文理：第二卷五五九行："at me tum primum saevus circumstetit horror"（「於是，我首度遭無名的恐慌征服」）；第四卷二七九——八零行："at vero Aeneas aspectu obmutuit amens, / arrectaeque horrore comae, et vox faucibus haesit"（「埃涅阿斯目睹此景，嚇得目瞪口呆，／頭髮悚然，聲音梗塞在喉嚨中」）；第六卷五五七—五九行："hinc exaudiri gemitus, et saeva sonare / verbera： tum stridor ferri, tractaeque catenae./constitit Aeneas strepitumque exterritus hausit"（「裏面傳來清晰的呻吟聲和殘酷的／拷打聲；然後是鐵鏈被拖曳的噹啷聲。／埃涅阿斯駐足，駭然傾聽著巨響和吼聲」）。(Chiappelli, 37)

35-42.　**他們……突出**：這裏描寫的，是卑怯、膽小、不敢承擔、不熱不冷、「明哲保身」的騎牆派陰魂，其中包括撒旦叛變時沒有鮮明立場的天使。這些陰魂既上不了天堂，也下不了地獄；由於地獄也瞧不起他們，他們只能置身於地獄外的過道。這八行的字裏行間，充滿了但丁的鄙夷。但丁有這種態度，主要是性格使然：但丁為人正直，面對是非、善惡時態度分明，恰與這些陰魂相反。也因為這個緣故，他才會介入政治紛爭，最後被逐出翡冷翠。這幾行表達的主題，可以上溯《聖經》。參看《啓示錄》第三章第十五—

十六節對老底嘉(Laodicea)教會的描寫：

> "Scio opera tua, quia neque frigidus es neque calidus;
> utinam frigidus esses aut calidus! Sed quia tepidus es, et
> nec frigidus nec calidus, incipiam te evomere ex ore
> meo."
> 「我知道你的行爲，你也不冷也不熱；我巴不得你或
> 冷或熱。你既如溫水，也不冷也不熱，所以我必從我
> 口中把你吐出去。」

本章三五—四二行所表現的鄙夷，和「我必從我口中把你
吐出去」一句分量相當。

46. **他們想死而無望，要死也死不來**：這些陰魂，覺得死比現
狀勝一籌。當然，進了地獄，「死」了仍要受永恆的刑罰。
《啓示錄》第九章第六節有類似的描寫："Et in diebus illis
quaerent homines mortem et non invenient eam, et
desiderabunt mori et fugiet mors ab eis."（「在那些日子，人
要求死，決不得死；願意死，死卻遠避他們。」）這一觀
點，佩特羅尼紐(Gaius Petronius Arbiter，？—公元六六)的
《薩蒂利孔》(Satyricon)第四十八章也提過："Nam Sibyllam
quidem Cumis ego ipse oculis meis vidi in ampulla pendere,
et cum illi pueri dicerent：Σίβυλλα τί θέλεις; respondebat
illa：ἀποθανεῖν θέλω."（「我親眼看見那個女預言家，掛
在庫邁的一個瓶子裏。當孩子們問她：『女預言家呀，你
要甚麼？』她就會說：『我要死。』」）這段文字，艾略特
在《荒原》(The Waste Land)裏用作卷首引語。引文中說話

的人是特里瑪爾基奧(Trimalchio)。

49-51.　**世間……小心往前去呀**：這幾行所表現的極度鄙夷，即使在整部《神曲》裏也不易找到。

50.　　**不值得審判**：從某一角度看，連審判也不值得，就連地獄的其他陰魂也不如了。對地獄裏罪大惡極的陰魂，但丁也鮮會這麼鄙夷。

52-56.　**我舉目……而來**：《地獄》第二十八章一四二行有「報應」(contrapasso)一詞，指亡魂生時積甚麼善，犯甚麼罪，死後就會接受相應的賞懲。在但丁《致坎・格蘭德的信》(*Epistole* XIII, 33)中，這種報應稱爲「靈魂死後的狀態」("status animarum post mortem")。在凡間或天堂沒有立場、避免表態的人或天使，死後就這樣跟著一面無名的旗幟奔走，漫無目的。(Singleton, *Inferno 2*, 47)

59-60.　**然後……獻身**：大多數箋註家，包括但丁的兒子皮耶特羅(Pietro di Dante)，都認爲這兩行所寫，是教皇西萊斯廷五世(Celestine V)。西萊斯廷五世於一二九四年上任，當了五個月零九天教皇就遜位；數天後，即一二九四年十二月二十四日，奸險狡詐的本內送托.卡耶塔尼(Benedetto Caetani)接任教皇，成爲卜尼法斯八世(Boniface VIII)。據史家記載，卡耶塔尼是靠陰謀詭計把教皇之位奪來的。有些論者認爲，這兩行另有所指：諸如以掃、於三零五年遜位的古羅馬皇帝戴克里先(Gaius Aurelius Valerius Diocletianus)、西方末任羅馬皇帝羅慕路斯・奧古斯圖路斯(Romulus Augustulus)、彼拉多、翡冷翠白黨的無能領袖維耶利・德切爾基(Vieri de' Cerchi)等等。參看 Bosco e Reggio, *Inferno*, 39-40; Sapegno, *Inferno*, 34; Vandelli, 27; Singleton, *Inferno*

2, 47-52。不過就但丁的生平事跡而言，但丁兒子的說法最可信，因爲西萊斯廷五世不遜位，本内迭托・卡耶塔尼就不會當教皇；本内迭托・卡耶塔尼不當教皇，但丁就不會受盡放逐之苦。

61-64. **於是……生存過**：他們的靈魂沒有生存過，因此置身世上，也等於行屍走肉。這幾行的鄙夷更強。這伙亡魂，不爲上帝、凡人、天堂、地獄所歡迎。

65-69. **此刻……吮吸**：這是《地獄篇》第一段描寫刑罰的文字，也首次展示了但丁的匠心。在《地獄篇》裏，所有的刑罰都和陰魂的罪過相稱。「蛆蟲」吸吮之景叫人毛骨悚然，強調了這些陰魂的卑下低劣。

70. **之後……再望遠一點**：從這行開始，描寫的細節和《埃涅阿斯紀》第六卷二九五行以後寫埃涅阿斯地獄之旅的片段相近。但丁景仰維吉爾，受他的影響是自然不過的。

71. **大河**：指阿刻戎河('Aχέρων, Acheron)，但丁在七十一和八十一行稱爲"fiume"；維吉爾在《埃涅阿斯紀》第六卷三一八行稱爲"amnis"，是冥界五河之一，又叫禍川。在這裏，船夫卡戎把亡靈渡往冥府。冥界的其餘四河爲泣川科庫托斯(Κωκυτός，拉丁文 Cocytos 或 Cocytus)、忘川勒忒(Λήθη, Lethe)、火川弗列格呑(Φλεγέθων, Phlegethon)、誓川斯提克斯(Στύξ, Styx)。斯提克斯稱爲誓川，是因爲眾神常指此河發誓。參看張霖欣編譯《希臘羅馬神話辭典》，頁二五；《埃涅阿斯紀》第二卷；米爾頓的《失樂園》第二卷。《埃涅阿斯紀》第六卷二九五—三三零行對阿刻戎河及亡魂有詳細的描寫；三一七—三二零行寫埃涅阿斯詢問庫邁(Cumae)的女預言家時有下列敘述：

Aeneas miratus enim motusque tumultu，

"dic，" ait，"o virgo，quid vult concursus ad amnem?

quidve petunt animae? vel quo discrimine ripas

hae linquunt，illae remis vada livida verrunt?"

於是，埃涅阿斯驚視著混亂的騷動，

說：「姑娘啊，告訴我，爲甚麼都擁往河上？

這些亡魂要找甚麼？他們何以會離岸？

那些人又何以用船槳掃刮這青黑的河流？

83. **頭髮斑白的老人**：指卡戎(Χάρων, Charon)，冥神之一，黑暗之神厄瑞玻斯(Ἔρεβος, Erebus)和夜女神尼克斯(Νύξ, Nyx)之子，負責把亡靈擺渡過冥河，使其能去冥府。在希臘神話裏，只有舉行過葬禮的亡魂才能獲他擺渡，否則要在冥河之岸遊蕩一百年方能上船。少數的例外，包括色雷斯 (Θράχη, Thrace) 的著名樂師奧爾甫斯 (Ὀρφεύς, Orpheus)、赫拉克勒斯 (Ἡρακλῆς, Heracles)、奧德修 (Ὀδυσσεύς, Odysseus)、埃涅阿斯(Αἰνείας, Aeneas)。參看《希臘羅馬神話辭典》頁一九一。但丁的描寫（九七—九八行的「兩顎蓬鬆，兩眶／圍繞著火焰」；一零九行的「紅炭般的眼睛」）大致模仿維吉爾的《埃涅阿斯紀》第六卷二九八—三零四行）。參看 Singleton, *Inferno 2*, 53。米凱蘭哲羅(Michelangelo Buonarroti)在意大利梵蒂岡西斯提納教堂所繪的壁畫《最後審判》有卡戎像。據專家考證，壁畫的人物以但丁在此章的描寫爲藍本。

88-93. **那個活著的人哪……輕一點的小舟**：卡戎認出了但丁，而且知道他是活人，預言他將來死後不會進地獄，卻會乘較

輕的船去煉獄。《煉獄篇》第二章十一—五一行就描寫了這艘「輕一點的小舟」。卡戎的話，頗受《埃涅阿斯紀》第六卷三八八—九一行影響：

> "quisquis es, armatus qui nostra ad flumina tendis,
> fare age, quid venias, iam istinc, et comprime gressum.
> umbrarum hic locus est, somni noctisque soporae;
> copora viva nefas Stygia vectare carina."
> 「武裝來到這條河的，不管你是誰，
> 都要停下來，說明來意，不要再前行。
> 這是亡魂之地，屬於睡眠和大寐之夜。
> 把生人擺渡過斯提克斯會冒犯天條。」

95-96. **這是上方的旨意。上方皇皇，／要怎樣就怎樣**：「上方」，指天堂，代表上帝。「上方的旨意」就是上帝的旨意。上帝要怎樣，就會怎樣。原文("vuolsi così colà dove si puote / ciò che si vuole")的結構錯綜，繁富的音韻一再重複交響，互相呼應，其藝術效果在漢譯裏難以全部保留。

98. **青黑的沼澤**：原文"livida palude"。"livida"是形容詞，可解作「青黑」、「青灰」、「鉛色」、「蒼白」。在《埃涅阿斯紀》第六卷三二零行裏，維吉爾稱這條冥河為"vada livida"（「青黑的河」）。維吉爾的《埃涅阿斯紀》不押韻，用字較自由；但丁在這裏要找一個與一零零行的"nude"（「赤裸」）、一零二行的"crude"（「殘忍」）押韻的字，自由較少，不能再用意大利文的「河」("fiume")字。

106-07. **紛紛／……趑趄**：這裏的描寫和《埃涅阿斯紀》第六卷三

零五行相近：「所有的人群都擁向河岸這邊」（"huc omnis turba ad ripas effusa ruebat"）。

112-17 在秋天……呼喚：在歐洲的史詩傳統中，以葉子比喻人群的意象，最初見於荷馬的《伊利昂紀》第二卷四六七—六八行："ἔσταν δ' ἐν λειμῶνι Σκαμανδρίῳ ανθεμόεντι / μυρίοι ὅσσα τε φύλλα καὶ ἄνθεα γίγνεται ὥρῃ." （「就這樣，他們在斯卡曼德洛斯多花的平原上列陣／密密麻麻，如葉子和繁花盛放。」）；八零零—八零一行："λίην γὰρ φύλλοισιν ἐοικότες ἢ ψαμάθοισιν / ἔρχονται πεδίοιο μαχησόμενοι προτὶ ἄστυ." （「他們操過平原攻城時／像極了密密麻麻的葉子和泥沙。」）但丁這幾行的靈感，則來自《埃涅阿斯紀》第六卷三零九—三一二行（但丁不懂希臘文，不可能直接師事荷馬）：

> quam multa in silvis autumni frigore primo
> lapsa cadunt folia, aut ad terram gurgite ab alto
> quam multae glomerantur aves, ubi frigidus annus
> trans pontum fugat....
> 密如林葉在秋天的初霜下
> 紛紛飄落；或如群鳥，每年
> 被寒冷的氣候驅過大海，
> 向海岸飛聚……

不過但丁在承先之餘，又能創新：「枝幹／目睹……敗葉委墮」、「鷹隼聽到了主人的呼喚」等句子，都別出心裁。同時，詩人還用了擬人法：「枝幹／目睹所有的敗葉委墮

於四周。」參看 Singleton, *Inferno 2*, 55。日後，米爾頓(John Milton)《失樂園》第一卷三零一——三零三行也用類似的意象："His legions, angel forms, who lay entranced, / Thick as autumnal leaves that strow the brooks/In Vallombrosa." (「他的軍團———一個個天使之身———呆躺著，／密集如秋天的落葉，佈滿了／瓦洛姆布羅薩山谷的溪澗。」)

127. **取道這裏的，沒有一個好人**：此行與《埃涅阿斯紀》第六卷五六三行相近："nulli fas casto sceleratum insistere limen" (「潔魂都不可以踏過這道凶門檻」)。

133-34. **含淚的……光芒**：這兩行描寫地震。古人相信，地震由禁錮在地下的蒸汽造成。這股蒸汽化為一陣風，吹起一道紅色的光芒。《煉獄篇》第二十一章五五——五七行也提到地震，可參看。

第四章

但丁在沉睡中被響雷驚醒，置身懸崖之上。崖下是深不見底的痛苦之谷，裏面迴盪著無盡的嚎咷。但丁跟維吉爾繞著深淵的第一圈走向下方，看見沒有犯罪的亡魂，因沒有領洗而失去目睹上帝的希望。接著，他們遇見荷馬等四位古典大詩人，並且獲他們歡迎。然後一起前行，進入一座城堡。穿過了七道門之後，他們在一個翠坪上看見許多古代的偉人，其中包括著名的哲學家和歷史人物。之後，維吉爾和但丁離開城堡，重返無光的地帶。

    一個響雷，把我腦中的沉睡
      轟隆打破。霍然間，我一驚而醒，
      恍如入睡者受擾而醒自夢寐。   3
    我站了起來，以休息後的眼睛
      向四周顧盼，並且凝神細望，
      看看這時我身在何處幽冥。   6
    發覺我原來身在懸崖之上，
      下臨深不見底的痛苦之谷。
      無盡的嚎咷如雷聲在裏面迴盪。   9
    峽谷黑而深，而且濃霧飄忽。
      我向谷底探看，到眼睛疲苶，
      還看不到裏面的任何景物。   12
    「讓我們下去，看看盲目的世界，」

詩人說話時，臉色白如死灰：

　　「我在前，你在後面與我相偕。」　　　15

我見他的臉如此蒼白憔悴，

　　就說：「惶惑時，我一向有你鼓舞；

　　現在連你也害怕，我怎敢跟隨？」　　18

維吉爾答道：「下面這些人，痛苦

　　不堪，慘狀在我的臉容塗上

　　憐憫的顏色，你就誤認為驚怖。　　　21

走吧，路途遙遠，容不得延宕。」

　　就這樣，維吉爾在前面帶著我，一起

　　繞深淵的第一圈走向下方。　　　　　24

就我聽到的聲音而言，那裏

　　沒有任何慟哭，只有欷歔

　　始終不停，一直使空氣盪激。　　　　27

那是無痛的哀嘆。而這種境遇，

　　為數目龐大的一群人共有。這群人

　　包括小孩、成年的男子和婦女。　　　30

我的良師對我說：「怎麼不問問

　　眼前所見的這些幽靈是誰？

　　你離開之前，我要告訴你，他們　　　33

都有優點，而且沒有犯罪。

　　但這樣還不夠；他們沒有領洗，

　　無從向你所信的宗教回歸。　　　　　36

他們在生時，如果基督教未成立，

　　他們對神的崇拜就仍欠理想。

　　而我本身，跟他們並無差異。　　　　39

我們會淪落，非因我們有罪愆；
　　只因我們在這方面有所舛乖，
　　遂苦於有欲望而無希望可講。」　　　42
聽了這番話，我的心充滿了悲哀，
　　因為我認識的一些人，才能
　　超卓，卻要在地獄的邊境徘徊。　　　45
「老師呀，告訴我，告訴我呀，先生，」
　　說時，我希望肯定，我的信仰
　　能贏得每一場與邪惡的鬥爭：　　　48
「有沒有人，靠自己或別人的力量
　　離開這裏而獲得福蔭的呢？」
　　維吉爾聽了，明白我心中所想，　　　51
答道：「初來的時候，我看見一個
　　雄偉顯赫的人曾到此一行。
　　戴的是勝利之冕哪，這位來者。　　　54
從我們當中，他帶走一些豪英：
　　把人類的始祖及其子亞伯解放；
　　還有挪亞和守法的摩西（法令　　　57
都由他頒佈）；有族長亞伯拉罕和大衛王；
　　有以色列及其兒子和父親；
　　有拉結──令以色列辛勞的女郎；　　60
還有眾多的人，都得了福蔭。
　　我要告訴你，在這些人之前，
　　幽靈中從來沒有獲救的生民。」　　　63
維吉爾說話時，和我都沒有流連，
　　卻一直穿越森林，繼續向前走。

幽域——無罪的亡魂

「我們會淪落，非因我們有罪殃……/只因我們在這方面有所虧欠，/遂吉於有欲望而無希望可講。」

（《地獄篇》·第四章·四零一四三行）

（所謂森林，指幽靈聚集連綿。）　　66
離開我剛才入睡的地點没有
　　多遠，就看見一朵火在燃燒不熄，
　　半球形的亮光，把黑暗摒於外頭。　　69
我們和火焰間雖有一段距離，
　　但不算太遠，因此我隱約看得出，
　　那裏有一群可敬的賢良聚集。　　72
「啊，你一向尊崇科學和藝術。
　　這些人是誰？榮耀這麽昭懋，
　　而且境況獨特，不與他人爲伍。」　　75
維吉爾答道：「他們爲世人稱道，
　　美名在你們上面的陽間傳播
　　而獲天恩，地位乃得以提高。　　78
這時候，有聲音傳入我的耳朵：
　　「致敬啊，向地位崇高的詩靈。
　　他一度離開了我們的魂魄　　81
回來了。」話聲停止後，剩下寂靜。
　　我看見四個人走來，身影碩大，
　　容顏没有憂戚或喜樂的表情。　　84
我的良師再一次開始說話：
　　「你看，持劍在手的那位幽魂
　　如君王領先，三人隨後跟著他。　　87
他就是荷馬，詩人當中的至尊。
　　跟在後面的，是諷刺詩人賀拉斯，
　　是奧維德和盧卡努斯等群倫。　　90
由於剛才那聲音獨宣的名字

為他們各人跟我一起所擁有，
　　他們都尊重我，惠然不分彼此。　　　93
就這樣，我看見這些英傑聚首。

　　其領袖在詩歌上踔絕無敵，高騖
　　如蒼鷹，卓然凌駕了其他同儕。　　96
他們共聚商量了一段時間，

　　就轉過身來向我表示歡迎。
　　為了這緣故，老師怡然展顏。　　　99
之後，他們使我更感到榮幸：

　　因為他們竟邀我加入其行列。
　　於是我位居第六，和眾哲齊名。　　102
我們前進著，到了那火光才停歇，

　　途中談著那地方該談的話題。
　　那些話題，此刻就應該終結。　　　105
我們來到一個城堡的腳底，

　　發覺外面有七重高牆環繞，
　　周圍有一條秀水護衛逶迤。　　　　108
我們足履平地般越過城壕，

　　和上述聖哲進城，穿過七道門，
　　來到一個翠坪。翠坪的青草　　　　111
蘢蔥，聚集著目光凝重的人。

　　他們臉上的神情充滿了威嚴，
　　說話不多，語調卻爾雅溫文。　　　114
於是，我們大家都退到一邊，

　　置身於一處高亮而開敞的地方。
　　結果，那些人都映入我們眼簾。　　117

幽域──詩人和英傑

就這樣，我看見這些英傑聚首。／其領袖在詩歌上
踔絕無敵，高翥／如蒼鷹，卓然凌駕了其他同儔。

（《地獄篇》，第四章，九四──九六行）

在我面前，在釉綠的草地上，

　　那些偉大的幽魂都展現無遺。

　　見了他們，我爲之蹈厲昂揚。　　　　120

我看見厄勒克特拉和許多人在一起。

　　當中，我認得出赫克托爾、埃涅阿斯

　　和全副武裝、眸如鷹眼的凱撒大帝。　123

我看見卡米拉和彭忒西勒亞等女子

　　置身另一邊。我看見拉丁諾斯這君主

　　坐著，旁邊是女兒拉維尼亞的席次。　126

我看見驅逐塔昆尼烏斯一族的布魯圖，

　　看見盧克瑞提亞、尤利亞、瑪克亞、科內麗亞，

　　還有撒拉丁，離了群獨自在一處。　　129

當我稍微舉目去望遠察邈，

　　我看見了有識之士的老師

　　坐在那裏，周圍是一群哲學家。　　　132

人人都向他致敬，向他仰止。

　　那裏，我看見蘇格拉底和柏拉圖，

　　先於其他人，和他相距咫尺。　　　　135

德謨克利特——視世界爲偶然的通儒，

　　第歐根尼、阿那克薩哥拉和泰勒斯、

　　恩培多克勒、赫拉克利特和芝諾等人物 138

我看見那位採集草藥的好夫子——

　　我是說狄奧斯科利德斯——以及

　　奧爾甫斯、西塞羅、利諾斯、利用言辭　141

勸世的塞涅卡、幾何學家歐幾里德、托勒密、

　　希波克拉底、阿維森納、蓋侖、

寫下了著名疏論的阿威羅伊。　　　　　　144
我不能逐一描盡所有的亡魂，
　　因爲故事太長，正催我快說，
　　描摹實況時文字常感困頓。　　　　　147
六個人剩下兩個——維吉爾和我。
　　明師帶我循另一條路離開
　　寂靜，進入空氣震顫的角落。　　　　150
然後，我來到一個無光的地帶。

註　釋：

4. **我站了起來……眼睛**：但丁在第三章昏過去的時候，曾倒在
地上，因此要站起來。「休息後的眼睛」，指他的眼睛在沉
睡中獲得休息。

7-8. **發覺……痛苦之谷**：在沉睡中，但丁已渡過冥河；至於怎樣
渡過，作者沒有交代。

13. **盲目的世界**：「盲目的世界」指地獄。Sapegno(*Inferno*, 43)
指出，「盲目」有兩重意義，既指眞正失明，也指黑暗無光。

17. **惶惑時，我一向有你鼓舞**：參看《地獄篇》第一章九一——
二九行；《地獄篇》第二章四三——一二六行。

25. **就我聽到的聲音而言**：地獄黑暗，眼睛看不遠，但丁要靠耳
朵去聽。

29-30. **這群人／包括小孩、成年的男子和婦女**：參看《埃涅阿斯紀》
第六章三零五——三零八行：

huc omnis turba ad ripas effusa ruebat,

matres atque viri, defunctaque copora vita

magnanimum heroum, pueri innuptaeque puellae,

impositique rogis iuvenes ante ora parentum

此地，所有的人群紛紛擁向河岸：

有媽媽，有大漢，有品質崇高、在凡間

完成偉業的英雄，有男孩，有未婚少女，

有雙親眼前被置於火葬柴堆上的幼兒。

在兩段描寫中，但丁受維吉爾的影響顯而易見。在《神曲》原文裏，「成年的男子」是"viri"，源出拉丁文"vir"，含褒義，有「男子漢」的意思。

34. **沒有犯罪**：「犯罪」，指出生後所犯的罪，不是指原罪。「沒有犯罪」，指沒有在塵世犯罪。

35-36. **他們沒有領洗，／……回歸**：原文爲："perché non ebber battesmo, / ch'è porta de la fede che tu credi"。"porta"是門的意思，指領洗是通向信仰之門。佩特洛基(Giorgio Petrocchi)在《神曲・引言》(*La Commedia：I Introduzione*)頁一七零——一七一談到其他例子，並引述奧古斯丁(Aurelius Augustinus)的《懺悔錄》第十三章第二十一節："Non enim intratur aliter in regno caelorum ex illo."（「因爲，再沒有別的道路可以進入天國。」）

38. **他們對神的崇拜就仍欠理想**：Singleton 解釋這一論點時，引述了托馬斯・阿奎那的說法：

Vel dicendum, quod licet infideles bona facerent, non

tamen faciebant propter amorem virtutis, sed propter
inanem gloriam.　Nec etiam omnia bene operabantur,
quia Deo cultum debitum non reddebant.(*In Ioan. evangel.*
III, iii, 5)

或者我們可以說，雖然異教徒可能做了善事，但他們這
樣做，並非因爲他們好善，而是因爲他們慕虛榮。同時，
他們做事時，也不會樣樣都做得好，因爲他們沒盡本分
尊崇上帝。

《約翰福音》第三章第十九節也說："Lux venit in mundum, et
dilexerunt homines magis tenebras quam lucem; erant enim
eorum mala opera." (「光來到世間，世人因自己的行爲是惡
的，不愛光，倒愛黑暗。」) 參看 Singleton, *Inferno 2*, 59。

47.　**我的信仰**：指但丁對基督的信仰。

50.　**離開這裏**：指離開地獄。

52.　**初來的時候**：維吉爾卒於公元前十九年。基督進地獄時，維
吉爾置身幽域（地獄邊境）的時間尚短，是「初來」。

52-53.　**一個／雄偉顯赫的人**：指基督。「基督」之名，在《地獄篇》
裏面從不出現。但丁的這一安排具有深意：不讓地獄沾污「基
督」；也表示地獄配不上「基督」。

54.　**勝利之冕**：指基督頭上的十字光輪。

56.　**人類的始祖**：指亞當。Singleton(*Inferno 2*，61) 指出，這裏
提到的女性只有拉結（六十行），沒有夏娃；因爲夏娃獲救
是理所當然。

59.　**以色列**：即雅各，亞伯拉罕之孫，以撒之子，與亞伯拉罕、
以撒合稱以色列三大聖祖。雅各在毗努伊勒跟天使摔跤，天

使給他改名爲「以色列」（「神的戰士」之意）。參看《創世記》第三十二章第二十二—三十二節。

60. **拉結……女郎**：爲了娶拉結（雅各母舅拉班的次女），雅各「服事」了拉班兩個七年。參看《創世記》第二十九章第九—三十節。

68-69. **一朵火……外頭**：Singleton(*Inferno 2*, 61-62)指出，這朵火象徵理智的自然光輝。基督降臨前，非基徒中的賢者，只能靠這種光輝立德、立功、立言。

78. **得以提高**：指能夠置身光中。

83. **我看見四個人走來，身影碩大**：Singleton(*Inferno 2*, 62)指出，在《神曲》以至中世紀的繪畫和雕刻裏，高大的身型通常象徵崇高、偉大的精神。

86-88. **持劍在手……詩人當中的至尊**：荷馬(Ὅμηρος)，古希臘詩人，拉丁文名字爲 Homerus。但丁本人不懂希臘文，加以中世紀沒有荷馬的全譯本，因此只能從古典作家的引文和敍述特洛亞戰役的一首拉丁詩中，認識荷馬的《伊利昂紀》和《奧德修紀》。荷馬所寫，是特洛亞戰爭的英雄事跡，「持劍在手」一語，跟他的身分配合。參看 Bosco e Reggio, *Inferno*, 59; Sapegno, *Inferno*, 48; Singleton, *Inferno 2*, 62-63。

89. **諷刺詩人賀拉斯**：賀拉斯（Quintus Horatius Flaccus，公元前六五—公元前八），古羅馬詩人兼評論家，生於意大利南部的韋努西亞，曾在羅馬和雅典求學。父親爲奴隸。作品包括《頌詩》四卷、《諷刺詩》二卷、詩體《書簡》二卷、評論《詩藝》。賀拉斯作品的內容包括伊壁鳩魯學派和斯多葛學派的倫理哲學，也有道德說教。最初擁護共和派；其後依從奧古斯都的新政，獲奧古斯都的親信贈送莊園。奉奧古斯

都之命所寫的《世紀之歌》，上半部爲羅馬祝福，下半部歌
頌奧古斯都的政績。賀拉斯的成就不限於諷刺詩。不過他在
《詩藝》裏稱自己爲諷刺作家，而但丁諳熟《詩藝》一書，
稱賀拉斯爲諷刺詩人也順理成章。有的論者認爲，賀拉斯的
作品當中，但丁只認識《諷刺詩》和《書簡》，因此稱他爲
諷刺詩人。參看 Fredi Chiappelli, 43; Toynbee, 477-78,"Orazio"
條；《辭海》和《中國大百科全書・外國文學》有關詞條。

90.　　**奧維德**：Publius Ovidius Naso，（公元前四三—公元一八），
古羅馬詩人，生於意大利中部的小城蘇爾莫(Sulmo)，出身
富裕。曾在羅馬、雅典求學。因得罪奧古斯都而被流放到黑
海托姆地區。一直想重返羅馬而不果，最後死於異鄉。作品
包括《戀歌》(*Amores*)、《列女記》(*Heroides*)、《愛的藝術》
(*Ars amatoria*)、《愛的醫療》(*Remedia amoris*)、《變形記》
(*Metamorphoses*)等。《變形記》受古希臘哲學家「靈魂輪迴」
的理論影響，以希臘、羅馬神話爲素材，有二百五十多個故
事，引人入勝。但丁、莎士比亞、歌德等歌洲詩人都從中取
材或獲得啓發。這種啓發，在《地獄篇》裏面至爲明顯。參
看 Toynbee, "Ovidio"條；《辭海》、《中國大百科全書・外
國文學》有關詞條。

盧卡努斯：Marcus Annaeus Lucanus（公元三九—六五），
生於西班牙科爾杜巴，爲老塞內加之姪。曾在羅馬和雅典受
教育，支持共和制度。在尼祿治下，因參與謀反而自殺。主
要著作有《法薩羅斯紀》（*Pharsalia*，一譯《法薩利亞》）。
《法薩羅斯紀》又稱《內戰紀》(*De bello civili*)，是十卷未
完成的史詩，以公元前四九—公元前四七年凱撒與龐培的內
戰爲題材。內戰中，龐培敗於希臘北部塞薩利亞（Θεσσαλία,

拉丁文 Thessalia，英文 Thessaly）的法薩羅斯(Φάρσαλος,
Pharsalus)城，史詩以該城爲名。但丁《神曲》的史實，有不
少取自《法薩羅斯紀》。參看 Toynbee, 398-99, "Lucano"條。

91-93　**由於剛才那聲音……不分彼此**：在這幾行詩裏，但丁把自己
　　　　與古典詩人同列，表現了極大的自信。所謂「名字」，就是
　　　　「詩人」。

95.　　**在詩歌上踔絕無敵**：原文"de l'altissimo canto"，較直接的翻
　　　　譯是「寫最崇高的詩歌」。「最崇高的詩歌」指史詩。在古
　　　　代的歐洲，史詩在讀者心目中是詩中至尊，地位最崇高。荷
　　　　馬寫了兩首史詩，所以「在詩歌上踔絕無敵」。在《地獄篇》
　　　　（第二十章一一三行），維吉爾提到自己的作品《埃涅阿斯
　　　　紀》時，稱爲「高華的悲劇」("l'alta tragedia")。

97-102.　**共聚……和眾哲齊名**：但丁讓古典大詩人歡迎自己，「加入
　　　　其行列。／……位居第六」，表示自己也是大詩人，其抱負
　　　　可見一斑。

102.　　**眾哲**：在歐洲文學傳統中，詩人一向叫人想到智慧，常與智
　　　　者、哲人、先知相提並論。拉丁文"vates"一詞，原指「先知」
　　　　或「預言家」；自維吉爾開始，兼指「詩人」。但丁稱這些
　　　　大詩人爲「眾哲」，正符合這一傳統。

103.　　**火光**：指六八—六九行的半球形火光。

106-11.　**我們來到……一個翠坪**：辛格爾頓(Singleton)指出，這幾行
　　　　的寓意不易確定，不過顯然受了《埃涅阿斯紀》的影響。參
　　　　看 Singleton, *Inferno 2*, 64-65。穆薩認爲，城堡可能指未經
　　　　啓示的自然哲學。「七重高牆」則象徵七種德行：謹慎、公
　　　　正、堅忍、節制、才智、科學、知識。「七道門」指中世
　　　　紀課程中的七個文科科目：音樂、算術、幾何、天文、語法、

修辭、邏輯。在拉丁文裏，前者稱爲"quadrivium"（「大學的四個高級學科」）；後者稱爲"trivium"（「三學科」）。「秀水」可以指口才，能讓維吉爾一類智者輕易跨越。參看 Musa, *Inferno*, 104。有的論者認爲，「七道門」指哲學的七個部分；「秀水」指經驗。參看 Chiappelli, 44.

115-17. **於是……眼簾**：這幾行遙呼《埃涅阿斯紀》第六卷七五四—七五五行。

121. **厄勒克特拉**：Ἠλέκτρα(Electra)，阿特拉斯("Ατλας, Atlas)之女，與宙斯生下達達諾斯(Δάρδανος, Dardanus)。達達諾斯建立特洛亞城，是特洛亞人的祖先。參看《埃涅阿斯紀》第八卷一三四—三七行。

122. **赫克托爾**："Εκτωρ(Hector)，特洛亞王普里阿摩斯(Πρίαμος, Priam)和赫卡貝(Ἐκάβη, Hecuba)的兒子，安德洛瑪克(Ἀνδρομάχη, Andromache)的丈夫，阿斯提阿那克斯(Ἀστυάναξ, Astyanax)的父親。是特洛亞最善戰的英雄，希臘的許多勇士都死於他手中，其中包括阿喀琉斯(Ἀχιλλεύς, Achilles)的好友帕特洛克羅斯(Πάτροκλος, Patroclus)。不過由於他注定遭阿喀琉斯殺死，因此儘管有戰神阿瑞斯("Αρης, Ares)和太陽神阿波羅(Ἀπόλλων, Apollo)保護，最終仍逃不過劫數。

122. **埃涅阿斯**：Αἰνείας (Aeneas)，維吉爾《埃涅阿斯紀》的主人公。安基塞斯(Ἀγχίσης, Anchises)和愛神阿芙蘿狄蒂(Ἀφροδίτη, Aphrodite)的兒子，阿斯卡尼奧斯(Ἀσκάνιος, Ascanius)的父親。特洛亞英雄，與阿喀琉斯格鬥時處於下風。因爲注定要創立羅馬帝國，獲海神波塞冬(Ποσειδῶν, Poseidon)拯救。其後經歷無數艱辛，終於完成大業。但丁不

懂希臘文，對荷馬的作品認識不深；對拉丁文作品《埃涅阿斯紀》卻十分熟悉；因此，《埃涅阿斯紀》對但丁的啓發至爲重要。

123. **眸如鷹眼的凱撒大帝**：根據綏通紐斯(Gaius Suetonius Tranquillus)的《凱撒列傳》(*De vita Caesarum*, I, xlv, I)，凱撒大帝有「敏銳的黑眼睛」("nigris vegetisque oculis")。參看 Bosco e Reggio, *Inferno*, 62; Singleton, *Inferno 2*, 65。

124. **卡米拉**：見《地獄篇》第一章一零六行註。

124. **彭忒西勒亞**：Πενθεσίλεια (Penthesilea)戰神阿瑞斯之女，阿瑪宗女部族('Αμαζόνες, Amazons)的女王，在特洛亞戰爭中曾幫助特洛亞人，而且戰績彪炳。其後被阿喀琉斯殺死。死時引起阿喀琉斯的愛意。

125. **拉丁諾斯**：意文 Latino，拉丁文 Latinus。意大利拉丁姆(Latium)區的國王，其女拉維尼亞(Lavinia)嫁埃涅阿斯。

126. **拉維尼亞**：Lavinia，拉丁諾斯之女，嫁埃涅阿斯。

127. **塔昆尼烏斯**：驕王塔昆尼烏斯(Tarquinius Superbus)，傳說中羅馬最後的一個君王。與盧克烏斯・塔昆尼烏斯・科拉提努斯(Lucius Tarquinius Collatinus)有別。

127-28. **布魯圖……盧克瑞提亞**：古羅馬有三個布魯圖：L. Iunius Brutus、M. Iunius Brutus、D. Iunius Brutus。這裏指 L.布魯圖。L.塔昆尼烏斯・科拉提努斯之妻盧克瑞提亞(Lucretia)遭塞克斯圖斯・塔昆尼烏斯(Sextus Tarquinius)強姦而自殺。這一罪行，也涉及驕王塔昆尼烏斯。於是 L.布魯圖鼓動羅馬人把他放逐，其後與 L.塔昆尼烏斯・科拉提努斯獲選爲羅馬執政官。

128. **尤利亞**：Julia，凱撒之女，嫁龐培(Gnaeus Pompeius Magnus)。

瑪克亞：Marcia，小加圖（Marcus Porcius Cato，公元前九五──公元前四六）之妻，以賢淑著稱。小加圖是大加圖（Marcus Porcius Cato，公元前二三四──公元前一四九）的曾孫，是斯多亞學派的信徒，支持元老院共和派，反對凱撒。薩普素斯(Thapsus)之役後，在烏提加(Utica)自殺。

科內麗亞：Cornelia，大斯克皮奧（Publius Cornelius Scipio Africanus，公元前二三六──公元前二八四）之女，提貝利烏斯・瑟姆普羅尼烏斯・格拉庫斯(Tiberius Sempronius Gracchus)之妻，提貝利烏斯(Tiberius)、蓋約(Gaius)之母。

129. **撒拉丁**：Saladin (Ṣalāḥ-al-Dīn Yūsuf ibn-Ayyūb)，埃及與敘利亞君主。約於公元一一三八年出生，一一九三年卒於大馬士革。曾與基督教軍隊爭戰。其後攻克巴勒斯坦的阿卡（Akko，英譯 Acre）。被理查一世（綽號「獅心」）打敗後，締結休戰協議。協議締結後一年去世。以寬宏大量見稱。詳見 Sapegno, *Inferno*, 50; Singleton *Inferno* 2, 66-67; Toynbee, 555-56, "Saladino"條。

131. **有識之士的老師**：指柏拉圖的學生亞里士多德（'Αριστοτέλης, Aristotle 公元前三八四──公元前三二二）。在但丁心目中，這位古希臘哲學家的境界，是不靠天啓的人智所能達到的巔峰。

134-35. **蘇格拉底和柏拉圖……和他相距咫尺**：蘇格拉底（Σωκράτης，Socrates，公元前四七零—三九九）和柏拉圖（Πλάτων，Plato，約公元前四二七──公元前三四七〔〕先於亞里士多德。不過希臘哲學家之中，以亞里士〔〕丁的影響最大，因此所有的哲學家都〔向他致敬〕蘇格拉底和柏拉圖的地位稍遜，所以「相距」

這兩位哲學家的認識，主要來自西塞羅(Cicero)的著作。

136.　**德謨克利特**：Δημόκριτος (Democritus)，約公元前四六零
　　　——公元前三七零，古希臘哲學家。原子說的創始人，認爲
　　　宇宙由原子構成；對數學和解剖學都有貢獻；政治思想傾向
　　　民主。馬克思的博士論文以他爲題材。

137.　**第歐根尼**：Διογένης (Diogenes)，約公元前四零四——約公
　　　元前三二三，在小亞細亞的錫諾帕(Σινώπη, Sinope)出生，
　　　因此又稱「錫諾帕的第歐根尼」(Diogenes of Sinope)，以別
　　　於古希臘哲學史家第歐根尼・拉爾修(Diogenes Laërtius，二
　　　至三世紀間)。是古希臘犬儒學派的哲學家，認爲除自然需
　　　要外，其他一切需要都不重要。

　　　阿那克薩哥拉：Ἀναξαγόρας (Anaxagoras)，約公元前五零
　　　零——約公元前四二八，古希臘哲學家。民主派政治家伯里
　　　克利(Περικλῆς, Pericles)和戲劇家歐里庇得斯(Εὐριπίδης,
　　　Euripides)的老師兼朋友。著有《論自然》。

　　　泰勒斯：Θαλῆς (Thales)，約公元前六二四——約公元前五
　　　四七，古希臘哲學家，米利都(Μίλητος, Miletus)學派的創始
　　　人。在數學和天文學上也有成就。是古希臘七哲之一。

138.　**恩培多克勒**：Ἐμπεδοκλῆς (Empedocles)，公元前四九零
　　　——約公元前四三零，古希臘哲學家兼詩人，是研究修辭學
　　　的第一人。倡四根說，認爲宇宙有四種原素：火、水、土、
　　　氣；因愛而構成萬物，因恨而潰散坍毀。著有《論自然》和
　　　《論淨化》。盧克萊修（Titus Lucretius Carus，約公元前九
　　　九——約公元前五五）的《物性論》(*De rerum natura*)曾受
　　　其著作影響。

　　　赫拉克利特：Ἡράκλειτος (Heraclitus)，約公元前五四零

——約公元前四八零與四七零之間，古希臘哲學家，以晦澀難明著稱。認為火是萬物之源，宇宙萬物恆在變化生滅，永不休止。相信萬物既對立，又統一。認為「上升的道路和下降的道路是同一道路」("ὁδὸς ἄνω κάτω μία καὶ ὡυτή")，表示宇宙永遠在變化循環，周而復始。

芝諾：古希臘有三個芝諾(Ζήνων, Zeno)：（一）（季蒂昂的）芝諾(Zeno of Citium)，約公元前三三六——約公元前二六四。古希臘哲學家，生於塞浦路斯島的季蒂昂(Κίτιον)，是斯多亞學派的創始人。（二）（埃利亞的）芝諾(Zeno of Elea)，約公元前四九零——約公元前四三六。古希臘埃利亞學派哲學家，伯里克利的老師。生於埃利亞(Ἐλέα)。以討論「一」與「多」、「靜」與「動」等概念著稱。（三）芝諾，較後期的希臘哲學家。西塞羅和阿提庫斯(Atticus)的老師。屬伊壁鳩魯學派。但丁在詩中指誰，箋註家迄今未有定論；一般認為指季蒂昂的芝諾或埃利亞的芝諾。

140. **狄奧斯科利德斯**：佩達紐斯・狄奧斯科利德斯(Pedanius Dioscorides)，古希臘醫生，當過兵。著有植物學和草藥學的書籍，頗像中國的李時珍。

141. **奧爾甫斯**：Ὀρφεύς(Orpheus)，古希臘神話中的詩人兼樂師。阿波羅和繆斯卡莉奧佩 (Καλλιόπη, Calliope)之子。以阿波羅所贈的豎琴奏樂，能感動禽獸、山河、木石。與仙女歐呂蒂凱(Εὐρυδίκη, Eurydice)結婚後，過著幸福的生活。其後，歐呂蒂凱為了逃避阿里斯泰奧斯(Ἀρισταῖος, Aristaeus)的淫辱而遭毒蛇咬死。於是，奧爾甫斯到陰間拯救妻子。他的音樂使伊克西翁(Ἰξίων, Ixion)之輪停轉，西緒福斯(Σίσυφος, Sisyphus)的巨石懸於虛空，達那奧斯

(Δαναός, Danaus)的女兒忘了向無底水槽注水，坦塔羅斯(Τάνταλος, Tantalus)忘了饑渴。冥王普路托(Πλούτων, Pluto)和冥后佩瑟芙涅(Περσεφόνη, Persephone)答應讓歐呂蒂凱跟奧爾甫斯返回陽間，條件是：旅途中，奧爾甫斯不可以回望歐呂蒂凱。兩人將抵陽間時，奧爾甫斯一時忍不住，回過頭來看妻子；結果功虧一簣，歐呂蒂凱因丈夫一望而永墮陰間。

西塞羅：Marcus Tullius Cicero，（公元前一零六——四三），古羅馬著名演說家、哲學家、政治家。但丁在著作裏一再引述他，稱他爲"Tullio"。

利諾斯：Λίνος (Linus)，希臘神話中的詩人、樂師。其身分有不同的說法。最流行的說法是：利諾斯是阿波羅和舞蹈繆斯忒爾普西科瑞(Τερψιχορή, Terpsichore)之子，奧爾甫斯和赫拉克勒斯的老師。遭赫拉克勒斯用豎琴擊斃。

142. **塞涅卡**：Lucius Annaeus Seneca（約公元前四——公元六五），古羅馬哲學家兼戲劇家，屬斯多亞學派。曾任羅馬暴君尼祿的老師。其後爲尼祿所逼而自盡。想信宿命，認爲人類應接受命運的安排。其戲劇對英國伊麗莎白時代和十七世紀法國的戲劇家都有深遠影響。

歐幾里德：Εὐκλείδης(Euclid)，約公元前三三零——公元前二七五。古希臘數學家，亞歷山大人。對平面幾何的貢獻極大。著有《幾何原本》。

托勒密：Πτολεμαῖος(Ptolemaeus 或 Ptolemy，約公元九零——一六八)，古希臘天文學家、數學家、地理學家。生於埃及，長期在亞歷山大活動。著有《天文學大成》，地心體系以他命名。但丁《神曲》所採用的天文體系主要是托勒密體系。

143. **希波克拉底**：Ἱπποκράτης(Hippocrates)，約公元前四六零
——公元前三七七。古希臘醫師。生於愛琴海科斯(Kôs,
Cos)島。西方奉爲醫學之父。認爲人體由四種體液組成，是
「體液學說」的創始人。著有《格言》等書。其著作對古代
西方的醫學界有重大影響。

阿維森納：（公元九八零——一零三七），阿拉伯哲學家、醫
學家、文學家、自然科學家，原名 abu-'Ali al-Ḥusayn
ibn-Sīna，又稱伊本・西拿(ibn-Sīna)，阿維森納是中世紀歐
洲人對他的稱呼。回教早期最有名的思想家，學問淵博，著
作豐富，受過新柏拉圖主義的啓發，對亞里士多德、蓋侖有
深入研究。本身對十三世紀的經院哲學有深遠影響。重要著
作包括《醫典》、《知識之書》、《隱喻故事》等。

蓋侖：Galen（約公元一三零—二零零），古羅馬的著名醫
師，曾在希臘、埃及行醫，對解剖學、生理學都有貢獻。論
述遍及當時醫學的所有範疇，對西方醫學的發展有深遠影響。

144. **阿威羅伊**：Averroës（公元一一二六——一一九八），原名伊
本・路西德(ibn-Rushd)，Averroës 是他的拉丁名字，是歐洲
人對他的稱呼。生於西班牙的科爾多瓦(Córdoba)，是阿拉
伯的哲學家、自然科學家、法學家。認爲物質和運動永恆存
在，非眞主所創；否定靈魂不朽的說法，是「雙重眞理」的
創始人，曾論析亞里士多德的作品，有「疏論大家」之稱。
對中世紀歐洲的哲學有深遠影響。

148. **六個人剩下兩個**：但丁和維吉爾離開其餘四人，繼續上路。

149-50. **離開／寂靜，進入空氣震顫的角落**：離開城堡，走入充滿欷
歔的空間（即二五一二七行所寫之景）。

151. **無光的地帶**：指地獄第二層。

第五章

但丁和維吉爾從第一層降到第二層，看見亡魂接受地獄判官米諾斯判決。米諾斯以為但丁也來受刑，經維吉爾斥責才明白真相。但丁和維吉爾聽到痛苦淒厲的聲音，然後在黑暗中看見亡魂如歐椋鳥和白鶴遭地獄的颶風疾捲、驅掀。亡魂叢中，但丁和維吉爾認出了謝米拉密絲、蒂朵、克蕾娥帕特拉、海倫、阿喀琉斯、帕里斯、特里斯坦……。最後看見保羅和芙蘭切絲卡這對情侶如鴿子滑翔而來，並且聽芙蘭切絲卡敘述一個淒艷的悲劇。

就這樣，我從地獄的第一層降到
　　第二層。第二層環繞的空間較小，
　　裏面的痛苦卻大得令人嚎咷。　　　　　3
那裏，米諾斯在悍然佇立吼叫。
　　他守著入口，審察亡魂的罪狀；
　　判決、處分，都看他如何繚翹……　　6
我的意思是，當命舛的亡魂到場，
　　就會在他跟前把一切招供；
　　那個洞悉種種罪孽的閻王，　　　　　　9
就知道亡魂該進地獄的哪一重。
　　他會以尾巴盤身；盤繞的次數
　　決定把亡魂向第幾層地獄發送。　　　12
米諾斯前面，總擠著亡魂的隊伍。

米諾斯

那裏，米諾斯在悍然佇立咆哮。／他守著入口，審察亡魂的罪狀……／判決、處分，都看他如何繚翅……

（《地獄篇》・第五章・四一六行）

亡魂一個接一個的接受裁奪，

　　發言、傾聽後，就被擲入深處。　　　　15

「你呀，竟來到這個悲慘的黑窩。」

　　米諾斯見我出現，就馬上丟掉

　　審判亡魂的重大職責，對我說：　　　　18

「來得好，看你把自己向誰託交。

　　啊，別因為進口寬敞而上當！」

　　我的導師說：「怎麼你也要叫囂？　　　21

不要阻擋啊，他注定來到這地方，

　　其他事情別再問。上面的意旨

　　要怎樣就怎樣，容不了半點阻障。」　　24

這時候，痛苦淒厲的聲音開始

　　傳入我的耳朵。接著，在我

　　置身處，嚄咷的巨響把我鞭笞。　　　　27

我來到一個眾光喑啞的場所，

　　聽見咆哮如大海在風暴中盪激，

　　並遭兩股相衝的烈風鞭剝。　　　　　　30

地獄的颶風，一直在吹颳不已，

　　用狂暴的威力驅逐著那些陰魂，

　　把他們疾捲、折磨，向他們攻襲。　　　33

這些陰魂逃到崩陷的土墩，

　　就在那裏尖叫、哀號、痛哭，

　　並且破口辱罵神武的至尊。　　　　　　36

我知道，受這種刑罰折磨的人物，

　　生時都犯了縱慾放蕩的罪愆，

　　甘於讓自己的理智受慾望擺佈。　　　　39

邪淫者

地獄的颶風，一直在吹颳不已，／用狂暴的威力驅
逐著那些陰魂……

（《地獄篇》，第五章，三一──三二行）

恍如歐椋鳥一雙雙的翅膀，在寒天
　　把他們密密麻麻的一大群承載，
　　狂風也如此把邪惡的陰魂驅掀。　　　　42
他們被吹上、吹下、吹去、吹來，
　　得不到希望的安慰；不要說稍息，
　　想減輕痛苦也無望啊，唉！　　　　　　45
恍如灰鶴唱著歌曲在鼓翼，
　　在空中排成一列長長的隊伍，
　　只見眾幽靈哀鳴不絕，一起　　　　　　48
被那股烈風向我這邊吹拂。
　　於是我說：「老師呀，這些人叢
　　是誰，要遭黑風這樣鞭戮？」　　　　　51
「你向我問及的這一群人之中，」
　　維吉爾聞言答道：「第一個是女皇，
　　說各種語言的民族都由她轄統。　　　　54
她在生的時候敗壞放蕩，
　　竟頒佈律令規定淫亂合法，
　　以清洗自己的穢行，免受訕謗。　　　　57
她是謝米拉密絲。記載說她
　　是尼諾斯之妻，繼承了夫君的帝位，
　　統領的土地現在由蘇丹收納。　　　　　60
第二個，因為癡情而把生命摧毀，
　　且對西凱奧斯的骨灰不忠。
　　然後是克蕾婀帕特拉，生時淫頹。　　　63
你看海倫。為了她，災難重重
　　隨歲月運轉。你看，顯赫的阿喀琉斯。

他與愛神交戰而生命斷送。　　　　66

你看帕里斯，看特里斯坦……」他如此

　　邊指邊說，介紹了千多個幽靈。

　　他們喪生，都因爲讓愛慾縱恣。　　69

聽完了老師這樣一一點著名

　　介紹古代的英雄美人之後，

　　我有點眩惑，心中湧起了悲情。　　72

於是說道：「詩人哪，我希望能夠

　　跟這兩位講幾句話。他們一起

　　在風中似乎飛得輕靈而悠遊。　　75

維吉爾說：「等他們和我們的距離

　　近一點再說吧。屆時藉牽引

　　他們的愛來相邀，他們會依你。」　78

於是，當風向一改，把他們吹近，

　　我就高聲喊道：「勞累的幽靈啊，

　　可能的話，請你們過來談談心。」　81

如鴿子受了慾望的呼召牽拉

　　而平展雙翅，向溫馨的鴿巢

　　回歸，在空中乘自己的意志翔滑，　84

幽靈離了群，不再和蒂朵一道，

　　翩過凶邪的冥靄向我們飛來。

　　誠摯的呼喚，竟能把他們感召。　87

「生靈啊，你大方而又充滿友愛，

　　肯穿過黯黯的空間，到這裏探訪

　　我們。我們曾用血把世界沾揩。　90

如果我們的朋友是宇宙的君王，

保羅與芙蘭切絲卡
「詩人哪，我希望能夠／跟這兩位講幾句話。他們
一起／在風中似乎飛得輕靈而悠遊。」
（《地獄篇》，第五章，七三－七五行）

我們必定會求他賜你安寧。

　因為呀，你憐憫我們悲慘的境況。　　　93

你們講的話，我們會細聽；

　喜歡聽的，我們會一一奉啓。

　趁烈風在這裏暫停，且交談半頃。　　　96

在上面的陽間，我的出生地

　位於岸邊。就在那裏，波河

　帶著支流瀉入大海才歇息。　　　　　　99

愛慾，把柔腸迅速攻克，俘虜了

　這男子。俘虜的手段——我的美態——

　已被奪去。為此，我仍感愴惻。　　　　102

愛慾，不容被愛者不去施愛。

　猛然藉此人的魅力把我虜住。

　你看，他現在仍不肯把我放開。　　　　105

愛慾，把我們引向同一條死路。

　該隱界在等候毀滅我們的人。」

　他們就把這番話向我們傾訴。　　　　　108

聽了這些悲慘的亡魂自陳，

　我不禁垂首，垂了頗長的時間。

　「在想什麼呢？」詩人見了就問。　　　111

我回答說：「啊，眞是可憐。

　慾望何其強，柔情密意何其多！

　竟把他們引向這樣的慘變！」　　　　　114

之後，我再度轉身對他們說：

　「芙蘭切絲卡呀，你所受的苦，

　叫我感到悲憫而潸然淚落。　　　　　　117

保羅與芙蘭切絲卡

「愛慾,把我們引向同一條死路。/該隱界在等候
毀滅我們的人。」

(《地獄篇》,第五章,一零六─一零七行)

不過告訴我，在甜蜜的嘆息之初，

　　愛神在什麼時候，用什麼方法

　　叫你體驗到這些危險的情愫？」　　　　120

芙蘭切絲卡答道：「別的痛苦即使大，

　　也大不過回憶著快樂的時光

　　受苦。這點哪，令師早已覺察。　　　　123

不過你既然興趣濃厚，希望

　　知道我們的愛苗怎樣滋延，

　　就告訴你吧——說時會眼淚盈眶。　　　126

有一天，我們一起看書消遣，

　　讀到蘭斯洛特怎樣遭愛情桎梏。

　　那時，我們倆在一起，毫無猜嫌。　　129

那個故事，多次使我們四目

　　交投，使我們的臉色泛紅。

　　不過把我們征服的只有一處。　　　　　132

當我們讀到那引起慾望的笑容

　　被書中所述的大情人親吻，

　　我這個永恆的伴侶就向我靠攏，　　　　135

吻我的嘴唇，吻時全身顫震。

　　書和作者，該以噶爾奧為名。

　　那天，我們再沒有讀其餘部分。」　　　138

當這個幽靈敘述當時的情景，

　　另一個就哭泣。為此，我哀傷不已，

　　剎那間像死去的人，昏迷不醒，　　　　141

並且像一具死屍倒臥在地。

保羅與芙蘭切絲卡
「那天，我們再沒有讀其餘部分。」
（《地獄篇》，第五章，一三八行）

保羅與芙蘭切絲卡

為此，我哀傷不已，／剎那間像死去的人，昏迷不
醒，／並且像一具死屍倒臥在地。

（《地獄篇，第五章，一四零—四二行》）

註　釋：

1.　　**第一層**：意大利文和英文都稱 Limbo，漢譯「幽域」或「地
　　　獄邊境」。在《地獄篇》裏，地獄邊境雖不算正式的地獄，
　　　卻算是地獄的第一層。

2.　　**第二層……較小**：從地獄第二層開始，但丁和維吉爾進入了
　　　本獄本身。《神曲》裏的地獄形如漏斗，從上而下，環繞的
　　　空間由大趨小；越是向下深入，受刑者的罪惡越重。最小、
　　　最深的地帶是撒旦受刑處。在第二至第五層，受罰者是生時
　　　缺乏克制、放縱慾望的陰魂。

3.　　**裏面……嚎咷**：表示裏面的刑罰難以忍受。

4.　　**米諾斯**：Μίνως(Minos)，神話和傳說中的人物，爲宙斯(Ζεύς,
　　　Zeus) 與歐羅巴(Εὐρώπη, Europa) 之子，克里特(Κρήτη,
　　　Crete)的君王。生時執法嚴明，死後成爲冥界三判官之一。
　　　米諾斯這一角色，在《埃涅阿斯紀》的塔爾塔洛斯(Tartarus，
　　　希臘文Τάρταρος)裏也有出現。參看《埃涅阿斯紀》第六卷
　　　四三二—三三行。塔爾塔洛斯是地獄的最底層，在維吉爾的
　　　《埃涅阿斯紀》裏由火川圍繞；在希西奧德（Ἡσίοδος，
　　　拉丁文 Hesiodus，英文 Hesiod）筆下，比黑夜黑數倍。

7.　　**命舛**：原文"mal nata"，指出生不如不生，因爲地獄的陰魂
　　　注定永受苦刑。

9.　　**閻王**：指第四行的米諾斯。

18.　　**重大職責**：米諾斯負責給犯罪的陰魂判刑，身負重責。

19.　　**來得好……託交**：米諾斯以爲但丁是犯罪的陰魂，來地獄接
　　　受判決。

20. **進口寬敞**：這一說法有字面和象徵意義：一方面指米諾斯佇立處寬闊；一方面指通向滅亡之路方便易走。參看《馬太福音》第七章第十三節："Intrate per angustam portam, quia lata porta et spatiosa est via quae ducit ad perditionem, et multi sunt qui intrant per eam."（「你們要進窄門。因爲引到滅亡，那門是寬的，路是大的，進去的人也多……"）《埃涅阿斯紀》第六卷一二七行也有類似的描寫："noctes atque dies patet atri ianua Ditis"（「黑狄斯之門日夜都敞開」）。

23-24. **上面的意旨／……容不了半點阻障**：「意旨」，指上帝的意旨。在《地獄篇》第三章九五—九六行裏，維吉爾也說過類似的話。

28. **眾光喑啞的場所**：這是通感(synaesthesia)手法的另一例子。參看第一章第六十行：「太陽不做聲的地方」。synaesthesia 又譯「聯覺」。

29-33. **聽見……攻襲**：這幾行的描寫相當強烈剛猛，跟第四章所描寫的地獄邊境大不相同。在地獄邊境，「沒有任何慟哭，只有欷歔／始終不停」（二六—二七行）。

34. **崩陷的土墩**：Singleton (*Inferno 2*, 76)指出，但丁暫時不解釋土墩何以崩陷，以營造懸疑氣氛。

36. **神武的至尊**：指上帝。

39. **甘於……擺佈**：但丁的《筵席》也有類似的說法。見 *Convivio* II, VII, 3-4。

40-45. **恍如歐椋鳥……唉！**：但丁在《神曲》裏用了許多鳥兒意象。歐椋鳥是其一。這幾行的描寫，表現出陰魂如何凌亂眾多。

46-49. **恍如灰鶴……向我這邊吹拂**：另一個鳥兒意象。產生的效果跟歐椋鳥意象有別：歐椋鳥意象所展示的是凌亂；灰鶴意象

所展示的是秩序。灰鶴原文爲"gru"，拉丁學名爲 Grus grus。

58. **謝米拉密絲**：Σεμίραμις(Semiramis)，亞述女皇，以美貌和淫蕩見稱，曾立法肯定亂倫行爲。在位四十二年間，攻城略地，戰績彪炳，建立了巴比倫城。最後被兒子殺死。詩中有關謝米拉密絲的描寫，直接引自奧羅修斯(Paulus Orosius)的《攻伐異教的七史書》(*Historiarum adversum paganos libri VII*)。

59. **尼諾斯**：Nίνος(Ninus)，亞述國君，謝米拉密絲的丈夫。

60. **統領的土地現在由蘇丹收納**：伊斯蘭某些國家的統治者叫蘇丹。在但丁時代，埃及由蘇丹統治。亞述帝國內，有一個王國叫巴比倫尼亞。埃及尼羅河上有一座城市叫巴比倫（即古代的開羅）。但丁在這裏顯然未能把兩者區分。這一錯誤，在但丁時期十分普遍。參看 Venturi, Tomo 1, 65; Singleton, *Inferno 2*, 79。

61-62. **第二個……不忠**：「第二個」，指蒂朵（拉丁文 Dido，希臘文Διδώ）。蒂朵，古代巴比倫國王貝羅斯(Bῆλος, Belus)的女兒，嫁給赫拉克勒斯的祭司西凱奧斯(Sichaeus)。西凱奧斯遭內弟皮格瑪利翁(Pygmalion)謀財害命後，向蒂朵託夢。蒂朵得悉眞相後逃往非洲，建立迦太基王國。在《埃涅阿斯紀》第一卷和第四卷裏，蒂朵曾發誓爲亡夫守節，其後卻與埃涅阿斯相戀，結爲夫婦。最後遭埃涅阿斯拋棄，絕望中自殺身亡。

63. **克蕾婀帕特拉**：又譯「克勒奧帕特拉」、「克婁巴特拉」，埃及女王，美艷而淫蕩，凱撒和安東尼的情婦。在艾提烏姆(Actium)之役出賣安東尼，並用詭計把他害死。最後企圖勾引屋大維不遂而自殺。是莎士比亞《安東尼與克蕾婀帕特拉》

(*Antony and Cleopatra*)、約翰・德萊頓(John Dryden)《愛情至上》(*All for Love*)兩個劇本的女主角。

64. **海倫**：希臘文稱赫勒娜（'Ελένη，拉丁文 Helena 或 Helene，英文 Helen），又稱「特洛伊的海倫」(Helen of Troy)，是個絕代佳人，爲拉克代蒙（Λακεδαίμων, Lacedaemon）國王廷達柔斯（Τυνδαρέοs, Tyndareus)之妻麗達（Λήδα或Λήδη, Leda）與宙斯所生，卡斯托（Κάστωρ, Castor) 和波呂丟克斯（Πολυδεύκηs，Polydeuces 或 Pollux）爲其兄弟，與克呂泰涅斯特拉（Κλυταιμνήστρα, Clytemnestra)爲姐妹，是斯巴達（Σπάρτη, Sparta）梅涅拉奧斯（Μενέλαοs, Menelaus）的妻子，赫爾彌奧涅（'Ερμιόνη, Hermione)的母親，與特洛亞王子帕里斯（Πάρις, Paris)私奔而引起特洛亞（又稱特洛伊）之戰。

65. **阿喀琉斯**：'Αχιλλεύs(Achilles)，佩琉斯（Πηλεύs, Peleus）和海洋女神忒提斯（Θέτις, Thetis)之子，特洛亞之戰中最出色的希臘英雄。在荷馬的《伊利昂紀》裏，阿喀琉斯神勇超凡。不過但丁不懂希臘文，對阿喀琉斯的認識主要來自達勒斯（弗里基亞人）(Dares Phrygius)《特洛亞滅亡記》的拉丁文譯本 *De excidio Trojae historia*)和狄克提斯（克里特人）(Dictys Cretensis)《特洛亞戰記》的拉丁文譯本 *De bello Trojano*。在這兩本著作中，阿喀琉斯較爲平凡，因愛上特洛亞公主波麗瑟娜(Πολυξένη, Polyxena)而被赫卡貝和帕里斯用計害死。在本瓦・德聖摩爾(Benoît de Sainte Maure)和圭多・德雷科朗內(Guido delle Colonne)的著作中，阿喀琉斯爲了波麗瑟娜，更不惜出賣希臘軍隊。參看 Toynbee, 4-5, "Achille"條；Singleton, *Inferno 2*, 80。

66. **他與愛神交戰而生命斷送**：原文是："che con amore al fine combatteo"。直譯是「到了最後，他與愛神交戰」。阿喀琉斯因爲愛上了波麗瑟娜而命喪。就象徵層次而言，這是他最後的一場戰爭，對手是愛神。

67. **帕里斯**：Πάρις(Paris)，特洛亞王普里阿摩斯之子，是凡間最英俊的男子。天后赫拉('Ήρα, Hera)、智慧女神雅典娜('Αθηνᾶ, Athena)、愛神阿芙蘿狄蒂('Αφροδίτη, Aphrodite)要他評定，三位女神當中，誰最美麗。愛神答應帕里斯，只要帕里斯選她，她就會把海倫（凡間最美麗的女子）送給帕里斯。帕里斯受賄後，把蘋果（代表最美麗女神的榮銜）交給愛神。在希臘神話中，帕里斯是個紈袴，對情場的興趣多於戰場。在《伊利昂紀》裏，阿喀琉斯死於帕里斯之箭，也象徵這個紈袴只懂暗算，不懂光明磊落的戰爭。

    特里斯坦：Tristan，中世紀（約十二世紀末葉至十三世紀初葉）法國、德國、意大利詩歌或散文傳奇中的人物，圓桌武士之一。與康沃爾(Cornwall)君王馬克(Mark)的妻子伊索爾特(Isolt)通姦，用許多詐僞手段掩飾姦情，其後被馬克用毒矛刺死。Singleton (*Inferno 2*, 81-82)指出，記載特里斯坦之死的古法語著作《特里斯坦傳奇》(*Roman de Tristan*)，大概爲但丁所熟悉。

74. **這兩位**：指芙蘭切絲卡・達坡倫塔(Francesca da Polenta)和保羅・瑪拉特斯塔(Paolo Malatesta)。芙蘭切絲卡是拉溫納(Ravenna)領主圭多・達坡倫塔(Guido da Polenta)的女兒，約於一二七五年因政治原因嫁給里米尼(Rimini)的詹綽托・瑪拉特斯塔(Gianciotto Malatesta)。其後與詹綽托之弟保羅通姦。約於一二八五年，詹綽托識破姦情，把兩人殺死。據薄

伽丘(Giovanni Boccaccio)的說法，詹綽托貌寢而瘸
（Gianciotto 即 Gian ciotto，是「瘸子詹」的意思），其弟
保羅則俊美非凡。芙蘭切絲卡嫁給詹綽托，是受了欺騙，因
此值得同情。但丁流放期間，曾獲小圭多(Guido Novello)之
邀，於一三一七至一三二一年間寄居拉溫納。芙蘭切絲卡是
小圭多的姑母，被殺時但丁在翡冷翠也有所聞，印象深刻。
因此寫得特別悱惻，字裏行間流露了同情。參看 *Enciclopedia
dantesca*, vo1. 2,1-13, "Francesca"條。

81.　**可能的話**：原文爲"s'altri nol niega"。"altri"直譯是「別人」、
　　　「他人」，在這裏指上帝。整句直譯是「如果那一位不禁止
　　　的話」。在《神曲》的地獄裏，除了褻瀆神明的惡魂，誰也
　　　不直呼上帝之名，因此旅人但丁要用"altri"代替。

83-84.　**向溫馨的鴿巢／回歸**：此句與維吉爾的《農事詩集》
　　　(*Georgica*)第一卷第四一四行相近："dulcisque revisere nidos
　　　（「重看它們溫馨的鳥巢」）。

88-107.　**生靈啊……我們的人**：說這段話的陰魂是芙蘭切絲卡。

91.　　**宇宙的君王**：指上帝。

94.　　**你們**：從這行開始，單數「你」變了複數「你們」，指但丁
　　　和維吉爾。芙蘭切絲卡開始對二人說話。

97.　　**出生地**：指拉溫納。拉溫納是意大利城市，位於亞得里亞海
　　　之濱，在波河(Po)和魯比科河(Rubico)之間。「魯比科」，
　　　按拉丁文 Rubico 漢譯；意大利文爲 Rubicone，英文爲
　　　Rubicon，因此又譯「盧比孔」（按照英語發音）。

98.　　**波河**：Po，意大利最長的河流，發源於阿爾卑斯山，橫貫意
　　　大利北境，注入亞得里亞海。

100-06.　**愛慾……一條死路**：在這幾行裏，但丁用了修辭學所謂的「首

語重複法」(anaphora)：「愛慾」在詩行的開頭出現了三次。一零零行的意念源自新體詩人圭多・圭尼澤利(Guido Guinizelli)的詩歌"Al cor gentil rempaira sempre Amore"（「愛神總在柔腸定居」）。參看《新生》第二十首："Amore e 'l cor gentil sono una cosa"（「愛神和柔腸是二而一」）。芙蘭切絲卡所說的話，代表了歐洲所謂的「宮廷愛情」（courtly love，又譯「騎士愛情」或「高雅愛情」）傳統的主導思想。這種傳統源出法國的普羅旺斯(Provence)，其後傳至意大利西西里、波隆亞、翡冷翠，也影響了但丁所屬的新體詩人。「宮廷愛情」的重點，包括：（一）愛情是無可避免、難以逃遁的力量，一個人面對這股力量，就會成爲俘虜。（二）被愛的人要以愛去回報。不過芙蘭切絲卡的這番話，不會獲《神曲》時期的但丁首肯，因爲這時候的但丁，已接受基督教的重要信條：人有擇善拒惡的自由意志，應該善加利用，不應該任慾望驅使。本章第三十九行、第四十三行就間接表現了但丁的後期思想。

101. **這男子**：指芙蘭切絲卡的情夫保羅。

102. **已被奪去**：指芙蘭切絲卡被詹綽托所殺，美態被奪去。**爲此**：指詹綽托的謀殺行徑。

103. **愛慾……不容被愛者不去施愛**：Bosco e Reggio(*Inferno*, 80)指出，這行與安德雷阿斯・卡佩拉努斯(Andreas Capellanus)《論愛情》(*De amore* II, 8)的說法相近："Amor nil posset amore denegari."（「愛絕不能拒絕愛。」）在《煉獄篇》第二十二章十一—十二行，這一觀點再度出現。

107. **該隱界在等候毀滅我們的人**：《聖經・創世記》第四章一—十六節寫該隱謀殺弟弟亞伯，是人類第一宗謀殺親人的案

件，有原型(archetype)意義。「該隱界」是地獄第九層（科庫托斯）的四界之一，專門懲罰出賣親人的陰魂。「毀滅我們的人」，指第七十四行註裏所提到的詹綽托。

123. **令師早已覺察**：「令師」，指維吉爾。整句指維吉爾也敍述過類似的經驗。參看《埃涅阿斯紀》第二卷一——十三行；第四卷六五一行。

124-26. **不過……盈眶**：參看《埃涅阿斯紀》 第二卷十一十三行：

> sed si tantus amor casus cognoscere nostros，
> et breviter Troiae supremum audire laborem，
> quamquam animus meminisse horret luctuque refugit，
> incipiam.
> 不過，如果你真的要知道結局，
> 要聽我略述特洛亞最終的苦痛，
> 儘管想起來會戰慄，且悲傷欲絕，
> 我也會複述的。

128. **讀到……柸桰**：指敍述亞瑟王(King Arthur)和圓桌騎士的古法語傳奇《湖上騎士蘭斯洛特》(*Lancelot du lac*)。

  蘭斯洛特：Lancelot，亞瑟王的圓桌騎士之一，與亞瑟王后莨妮維爾(Guinevere)相戀。為此，他追尋聖杯之舉以失敗告終。英語"Lancelot"一詞進了法語，詞末的"t"不發音，可譯為「朗斯洛」；不過由於名字原為英語，因此仍漢譯為「蘭斯洛特」。

129. **毫無猜嫌**：不虞有壞結果。

133. **引起慾望的笑容**：指莨妮維爾微笑的嘴。

134. **大情人**：指蘭斯洛特。

135. **我這個永恆的伴侶**：指保羅。「永恆」一詞，指兩人一吻，此後要在地獄長期廝守。言者無意，所言卻有反諷味道。

137. **書和作者，該以噶爾奧爲名**：「噶爾奧」，意大利文爲 "Galeotto"。在《湖上騎士蘭斯洛特》一書裏，噶爾奧 (Gallehault)與亞瑟王爭戰，其後因蘭斯洛特的斡旋而媾和。噶爾奧作客亞瑟王的宮廷期間，當起亞瑟王后和蘭斯洛特的媒人，安排二人幽會，並慫恿王后吻蘭斯洛特。就芙蘭切絲卡而言，她的噶爾奧是傳奇及其作者。在今日的意大利語裏，"galeotto"一詞也解作「扯皮條」。

139. **這個幽靈**：指芙蘭切絲卡。

140. **另一個**：指保羅。

第六章

聽完芙蘭切絲卡的故事，但丁昏了過去；醒來，已置身地獄的第三
層，看見凶雨滂沱不絕，三頭狗在剝撕貪饕者的亡魂。三頭狗見了
但丁和維吉爾，就向他們張開大口，噬到了維吉爾擲去的泥土才靜
下來。二人前行間碰到了翡冷翠人恰科。恰科認出了但丁，預測翡
冷翠的未來，並敘述一些翡冷翠人的現況；然後跌倒，不再說下去。
維吉爾告訴但丁，在最後審判之前，恰科會繼續昏睡。接著，二人
談到最後審判，前進間來到財神看守的一層。

那兩個親屬的故事可憐又可哀，
　　使我傷痛欲絕，使我的神志
　　為此而閉塞。我從昏迷中醒來，　　　　3
無論怎樣移動，怎樣掃視，
　　也無論我怎樣轉身，都目擊
　　新的慘狀和新的亡魂受凌遲。　　　　6
此刻，我置身於第三層。那裏，
　　寒冷的凶雨一直在滂沱不絕，
　　雨勢始終不變，也永不稍息。　　　　9
粗大的冰雹、污水以及飛雪
　　從晦冥黯黷的空中澎湃下傾；
　　承受它們的地面則臭氣肆虐。　　　　12
守護冥府的三頭狗——隻既可驚

又兇殘的三頸獸，聲貌和凡犬相似，

　　正居高臨下，狂吠被淹的亡靈。　　　15

它有垢膩的黑鬚、血紅的眸子、

　　龐大的巨腹，手上長著利爪，

　　這時候正把亡魂剝撕抓剌。　　　　　18

大雨使亡魂像群狗一樣厲嗥。

　　這些瀆神的可憐蟲，在不斷翻身，

　　以軀體的這邊爲那邊遮擋雨雹。　　　21

那條三頭的大蟲見了我們，

　　就狠狠張開長著獠牙的大口，

　　全身的肢體無一不在怒震。　　　　　24

於是，我的導師張開雙手，

　　抓起兩把泥土，在拳裏握緊，

　　使勁地擲進那些貪婪的咽喉。　　　　27

一頭惡犬，因求食而猖猖；

　　咬到了食物後，就會靜下來，

　　只管狂吞猛嚥，毫不分心。　　　　　30

三頭狗的穢臉得到了食物，神態

　　也如此。這頭魔狗，吼聲如雷，

　　叫亡魂寧願失聰，變成聾騃。　　　　33

我們繼續前行，越過被雨霂

　　擊倒的陰魂，雙腳所跺的虛幻，

　　彷彿是人的軀體而不是鬼。　　　　　36

全部陰魂都躺在地上。單單

　　有一個，一見我們在他的前面

　　走過，就馬上坐起來，大聲呼喊：　　39

三頭狗

於是，我的導師張開雙手，抓起兩把泥土，在拳裏握緊，／使勁地擲進那些貪婪的咽喉。

（《地獄篇》，第六章，二五一二七行）

「你呀，竟有人帶你穿越陰間。

　看你是否仍能夠把我認出。

　　我還未辭世，你已經在塵世張眼。」　　42

於是我答道「也許你的大痛苦

　改變了你的形象，使我不能

　　記起你。尊顏哪，我好像從未得睹。　45

不過告訴我：你是誰？要來這層

　愁土受這樣的罪。別的刑罰

　　就算更重，也不會這麼可憎。」　　48

「我在陽間的時候，」於是他回答：

　「老家在你的城市。那裏充滿了

　　猜忌，簡直是麻袋裝不下傾軋。　51

你的同鄉，都叫我做恰科。

　你看見啦，我在雨中攤著頹軀，

　　是罪有應得……生時只懂得吃喝。　54

受苦者不止我一個。這些人的境遇

　相同，也因為犯了同樣的罪愆

　　而受刑。」恰科說完，就不再繼續。　57

我答道：「恰科，看見你境遇可憐，

　我為之戚然，心情沉重得想哭。

　　不過，可能的話，請為我明言，　　60

這分裂的城中，居民有什麼前途。

　當中可有義人？同時告訴我，

　　該城遭受分裂，是什麼緣故。」　　63

恰科說：「他們會長期互鬥，結果

　會訴諸流血的戰爭。然後，鄉土派

貪饕者——恰科

「你看見啦，我在雨中攤著頹軀，／是罪有應得……生時只懂得吃喝。」

（《地獄篇》，第六章，五三一五四行）

　　會悍然驅逐同他們為敵的一伙。　　　66
然後，三年內，鄉土派又注定垮台。
　　當年被逐的一派會再度強盛。
　　使這派復興的，此刻在左哄右紿。　　69
勝利的一派會久久厲色盯衡，
　　一直把重壓加諸敵人的頭頂，
　　也不管失敗者怎樣含辱悲哽。　　　72
義人有兩個，說的話大家都不聽。
　　傲慢、嫉妒、貪婪這三種罪孽，
　　是點燃這些壞心腸的三點火星。」　75
至此，他就把慘戚的話語收結。
　　於是我說：「我還想請你見告……
　　請繼續說下去，不要就這樣停歇。　78
法里納塔、特格埃約這兩位英豪，
　　雅科坡・魯斯提庫奇、阿里戈、莫斯卡
　　和致力於善行的其他俊髦，　　　　81
他們的下落和近況，你也說說吧！
　　我極想知道，他們在天堂享福，
　　還是在地獄受著折磨的刑罰。」　　84
恰科說：「他們跟最邪惡的靈魂為伍。
　　種種罪行使他們墜入了地極。
　　往下走，這些人物你就會得睹。　　87
不過，當你返回陽間的福地，
　　請向身在福地的世人提起我。
　　好啦，你再問，我也不再回答你。」　90
語畢，他不再正視，卻以斜睇

睨了我一會，然後頭顱下垂，

整個人跌倒，低如瞎眼的同伙。　　　　93

於是，導師對我說：「他會昏睡

下去的，到天使的號聲響起，

敵法官降臨，才會結束大寐。　　　　96

那時候，眾魂會重見悲哀的窀穸，

各自取回原來的骨肉和體形，

聆聽巨響在永恆裏迴盪不已。　　　　99

就這樣，我們走過雨水和幽靈

相混的污穢，前進時放緩了腳步，

一邊簡略地談論未來的生命。　　　　102

談論時，我說：「老師呀，這些痛苦，

在大審判結束之後會增多

還是減少，還是會嚴酷如故？」　　　　105

維吉爾答道：「請參考你信奉的學說。

根據該種學說，生命越美善，

就越能深切感受快樂和憂悒。　　　　108

這些遭到天譴的人，雖然

從未到達真正圓滿的程度，

卻指望屆時變好，比現在圓滿。」　　　　111

我們拐彎繞過了那條迴旋路，

所談的話，不能一一重提。

然後，我們來到了一個斜谷，　　　　114

在那裏碰見了財神這個大敵。

註　釋：

4-6.　　**無論……受凌遲**：這幾行的語氣，強調了地獄的苦痛，讓讀
　　　　者明白，地獄的刑罰無處不在。

7.　　　**第三層**：這層地獄所懲罰的是貪饕者。但丁昏迷後醒來，發
　　　　覺自己置身於地獄第三層。至於進入第三層的過程，則沒有
　　　　直接交代。這一描寫手法，至少有兩種效果：第一，敘事節
　　　　奏更明快，就像《地獄篇》第一章所說那樣，敘事者「在人
　　　　生旅程的半途醒轉」，就「置身於一個黑林裏面」。第二，
　　　　說明但丁進地獄的旅程出於上帝的旨意，不受物理時空的局
　　　　限。閱讀《神曲》，就像閱讀其他文學作品一樣，要有科爾
　　　　里奇(Samuel Taylor Coleridge)所謂的「姑信之」("suspension
　　　　of disbelief")的心理。Chimenz(55)指出，在《地獄篇》第六
　　　　章第七行，詩人但丁沒有說明旅人但丁如何來到地獄第三
　　　　層，情形就像《地獄篇》第四章第七行、第五章一一二行一
　　　　樣。

8.　　　**寒冷的凶雨**：這一描寫，顯示地獄第三層的刑罰和第二層的
　　　　刑罰有別。

9.　　　**雨勢始終不變**：指凶雨的速度始終如一。

13-18.　**守護冥府的三頭狗……剝撕抓刺**：守護冥府的三頭狗，希臘
　　　　文稱克爾貝羅斯(Κέρβερος, Cerberus)，荷馬的《奧德修
　　　　紀》、維吉爾的《埃涅阿斯紀》、鮑薩尼阿斯的《希臘道
　　　　里志》均有記載。在赫西奧德的《神譜》裏，這隻畜生有五
　　　　十個頭。克爾貝羅斯的職責是守住冥府的入口，不讓活人進
　　　　去。奧爾甫斯、奧德修斯、埃涅阿斯獲得放行，是三個例外；

至於赫拉克勒斯徒手把它制服，然後把它硬拽回凡間，更是
例外中的例外了。但丁不懂希臘文，描寫這頭畜生時，藍本
主要來自維吉爾的《埃涅阿斯紀》第六卷四一七—二三行、
《農事詩集》第四卷四八三行、奧維德《變形記》第四卷四
四八—五三行，其中以維吉爾的《埃涅阿斯紀》第六卷四一
七—二三行對但丁的影響最大：

> Cerberus haec ingens latratu regna trifauci
> personat, adverso recubans immanis in antro.
> cui vates, horrere videns iam colla colubris,
> melle soporatam et medicatis frugibus offam
> obicit.　ille fame rabida tria guttura pandens
> corripit obiectam, atque immania terga resolvit
> fusus humi, totoque ingens extenditur antro.
> 龐大的克爾貝羅斯以三喉吼吠，統御這一帶，
> 聲震遐邇；巨碩的身軀伏在對面的洞穴。
> 智者見群蛇在狗頸上紛紛豎立舞動，
> 就抓了一把食物，混了蜜糖、藥穀以促睡，
> 擲向那畜生。那畜生餓瘋了，就大張三喉，
> 嚙住拋來的食物，然後鬆弛了碩背，
> 倒回地上，身軀橫攤在整個洞穴內。

但丁借用前人作品時，有創新的地方：首先，在《埃涅阿斯
紀》裏，三頭狗看守的是整個冥府；在《神曲》裏，這頭畜
生只負責守護地獄的一層；第二，細節的描寫生動恐怖，自
出機杼，與《埃涅阿斯紀》有別。

22. **大蟲**：原文爲"gran vermo"，"gran"是「巨大」的意思；"vermo"相等於"verme"，直譯是「蟲」，在這裏指「巨大的怪物」、「巨大的妖魔」。漢語中的「大蟲」，一般指老虎；在這裏加以引申，拿來形容三頭狗。在《地獄篇》第三十四章一零八行裏，"vermo"再度出現：但丁稱撒旦爲"vermo reo"（直譯是「充滿罪愆的蟲」）。譯者處理"vermo reo"這一詞組時，用了翻譯中的移位手法：「那條蟲……滿身罪愆」。

25-27. **於是……咽喉**：在《埃涅阿斯紀》裏，庫邁的女預言家以蜜餅擲向三頭狗；在這裏，維吉爾所擲的卻是泥土。但丁自出機杼的描寫，強調了三頭狗如何饞嘴；同時間接說明，這層的陰魂在陽間犯了貪饕罪。

35. **虛幻**：陰魂沒有實質，因此以「虛幻」一詞來形容。

38. **有一個**：指陰魂恰科(Ciacco)。恰科是十三世紀翡冷翠的一個饕餮，爲人機智，大概是但丁的相識。薄伽丘（Giovanni Boccaccio，一三一三－一三七五）的《十日談》稱他爲「有史以來最大的饕餮」。有的論者認爲，意大利文中的 Ciacco 也許源出 Giacomo 一名；但小寫的"ciacco"也可以解作"suino"、"maiale"（都是「豬」的意思）；用作形容詞，又有"sozzo"（骯髒、污穢）、"chi ispira ripugnanza"（可厭）之意。由於這章寫貪饕者，把 Ciacco 解作「豬」，似乎最恰當。

42. **我還未辭世，你已經在塵世張眼**：原文"tu fosti, prima ch'io disfatto, fatto"，以"disfatto"和"fatto"營造聲音上的共鳴回響，同中有異，異中有同，頗能表現恰科喜歡開玩笑（尤其喜歡玩弄文字）的個性。原文的詼諧效果，譯者在這裏設法以「辭世」、「塵世」兩個詞來模擬。

50. **你的城市**：指翡冷翠。恰科和但丁都是翡冷翠人，所以恰科對但丁說「你的城市」。在這裏，《神曲》首次提到翡冷翠。

60-63. **不過……是甚麼緣故**：但丁請恰科為翡冷翠預言未來，描敘現在，檢討往昔。六四—七二行是預測之言。到了第十章，但丁才會明白，亡魂何以能預測未來。

61. **分裂的城**：一二一六年，翡冷翠開始分裂，形成兩黨對立的局面。所謂兩黨，是圭爾佛(Guelfo)黨和吉伯林(Ghibellino)黨。前者又稱「教皇黨」，擁護教皇；主要由城市小貴族和新興的市民階級組成，贊成小邦自治。後者又稱「皇帝黨」，擁護神聖羅馬帝國皇帝，主要由封建貴族組成，贊成大一統和中央集權。到了十三世紀末葉，也就是一二八九年坎帕爾迪諾(Campaldino)和卡普羅納(Caprona)兩役之後，兩黨的長期鬥爭結束，圭爾佛黨取得最後勝利。可是過了不久，圭爾佛黨又分裂為白(Bianchi)、黑(Neri)兩黨，分別由切爾基(Cerchi)和多納提(Donati)兩個家族領導。白黨傾向民主，反對教皇干政，是但丁所屬；黑黨為了經濟利益，支持教皇。一三零零年五月一日，在五月節慶(Calendimaggio)中，白黨和黑黨在翡冷翠的聖三一廣場(Piazza di Santa Trinità)火併。翌年六月，白黨把黑黨逐出翡冷翠。三年後，黑黨藉教皇卜尼法斯八世（ Bonifacius VIII，意大利文為 Bonifazio VIII ）之助重返翡冷翠，並且把白黨放逐。但丁在市議會任過職，曾本著公平的原則，在同一時間放逐白黨和黑黨成員，得罪了黑黨，結果遭到報復，開始漫長的放逐生涯。

64-75. **他們……三點火星**：但丁為《神曲》寫這段歷史時，事件已經發生，因此詩中人物能「預測」未來。

64. **長期互鬥**：由黑、白二黨分裂的一年算起，到一三零零年五

月，兩黨互鬥的歷史長達二十年。

65.　　**鄉土派**：原文爲 "la parte selvaggia"，指白黨。"selvaggia" 的直譯是「粗野」、「野蠻」、「欠教化」。黑黨的多納提家族長期居於城市（翡冷翠）；白黨的切爾基家族來自鄉村，稱爲「鄉土派」。

67-68.　**然後……再度強盛**：黑黨被逐後，其首領科爾索・多納提 (Corso Donati) 向教皇卜尼法斯八世求助。卜尼法斯八世開始時態度兩可；後來爲了擴張權力，派法國瓦路瓦 (Valois) 的沙爾 (Charles) 伯爵（法王腓力四世的兄弟）以調停爲名，於一三零一年十一月率軍前來，替黑黨控制了翡冷翠，並且把六百名白黨成員放逐，其中包括但丁。但丁要流放他鄉，最後客死異地，皆因受了卜尼法斯的陰謀之害，因此卜尼法斯是但丁的頭號敵人，在《神曲》裏一再遭到撻伐。在詩中，恰科於一三零零年四月向但丁「預示」未來，一三零二年一月至十月，白黨遭黑黨放逐。由一三零二年十月回溯，恰巧是「三年內」（原文 "infra tre soli"，指「太陽繞地球轉動三回的時間內」）。

69.　　**此刻在左哄右給**：指恰科說話的俄頃，卜尼法斯八世貌充公允，在兩黨的紛爭裏擺出中立姿態，謀漁人之利。在《地獄篇》第十九章五二—五七行裏，卜尼法斯八世再度出現。

70.　　**勝利的一派會久久厲色盯衡**：「勝利的一派」，指黑黨。「久久」，指但丁被放逐的一刻，到他動筆寫《神曲》的一段時間。

71.　　**敵人**：指白黨。

73.　　**義人有兩個**：「義人……兩個」指誰，迄今沒有定論。有的論者認爲，恰科所說是預言，內容自然隱晦難猜；另一些論

者則認爲，但丁以「兩個」來強調翡冷翠「義人」不多。有的論者指出，這行使人想到《創世記》第十八章第二十一—三十三節所寫：「所多瑪和蛾摩拉罪惡甚重」，連十個義人都沒有。許多論者，更認爲但丁把自己列爲正直之士。參看 Bosco e Reggio, *Inferno*, 95; Sapegno, *Inferno*, 73-74; Vandelli, 56; Durling, 110; Zappulla, 70。

77-87.　**我還想……得睹**：這十一行所寫，是教皇黨分裂成黑、白二黨前的政治人物。

79.　**法里納塔**：全名爲法里納塔・德利烏貝爾提(Farinata degli Uberti)，屬吉伯林黨，在《地獄篇》第十章裏，與信仰異端的亡魂爲伍。

　　特格埃約：全名爲特格埃約・阿爾多布蘭迪(Tegghiaio Aldobrandi)，屬圭爾佛黨。在《地獄篇》第十六章與雞姦者爲伍（見該章第四十一行）。

80.　**雅科坡・魯斯提庫奇**：屬圭爾佛黨。在《地獄篇》第十六章與雞姦者爲伍（見該章第四十四行）。

　　阿里戈：翡冷翠人，生平不詳。此後再沒有出現。

　　莫斯卡：全名莫斯卡・德拉姆貝爾提(Mosca de' Lamberti)，屬博恩德爾蒙提(Buondelmonti)一族。在《地獄篇》第二十八章與挑撥離間者爲伍（見該章一零三行及其後的描寫）。

81.　**和致力於善行的其他俊髦**：這行極富反諷。在敘事者但丁的心目中，上述人物在陽間都致力於善行，結果卻全部置身地獄。可見敘事者但丁拙於觀人；而上帝和凡間判別好壞的準則也常常迴異。

85.　**他們跟最邪惡的靈魂爲伍**：此行與第八十一行相距極近，兩者呼應間攻讀者於不備，反諷效果銳不可當。

86. **地極**：原文是 "fondo"，指地底深處，也就是地獄。

91-93. **語畢……瞎眼的同伙**：貪饕者的頭腦被飲食影響，思想模糊，跟瞎子無異。

94-96. **他會昏睡／……結束大寐**：到了世界末日，天使就會吹響號角，宣佈基督已再度降臨，展開最後審判。亡魂聽到號聲前，都會昏睡（「大寐」）不醒。有關基督（人子）再度降臨的描寫，參看《馬太福音》第二十四章第二十七—三十一節。

96. **敵法官**：原文 "nimica podesta"，指基督。世界末日來臨時，基督會主持最後審判，所以稱為「法官」。基督是邪惡之敵，所以又稱「敵法官」。在地獄裏，基督之名不可以直呼，這裏代之以「敵法官」一詞。

106-08. **請參考……和憂慽**：「你信奉的學說」，指但丁所信奉的亞里士多德和托馬斯・阿奎那的學說。亞里士多德認為，人類由靈魂和肉體組成。托馬斯・阿奎那把亞里士多德的說法引申，認為最後審判結束時，靈魂就會與肉體合而為一，變得更加完美。屆時，在天堂享福的光靈更能感受其福；在地獄受苦的亡魂更能感受其苦。

115. **財神這個大敵**：原文 "Pluto"，希臘神話中的財神，希臘文叫普路托斯(Πλοῦτος, Plutus)，德梅忒爾(Δημήτηρ, Demeter)和伊阿西翁('Ιασίων, Iasion)的兒子。據說宙斯為了要財神施財時不分忠奸正邪，故意把財神的眼睛弄瞎。但丁把這個形象稍加改動，讓他看守地獄的第四層（懲罰貪婪者和揮霍者的一層）。財神象徵貪婪，因此是人類的大敵。

第七章

但丁和維吉爾進入地獄的第四層，碰見了財神。財神向他們叫嚷，遭維吉爾斥責而倒地。二人進入地獄深處，看見揮霍者和貪婪者推著巨物繞半圓互撞。維吉爾告訴但丁，命運是上帝創造的天使，負責依時把世間的財富化爲虛空。之後，二人降落第五層，看見一條無名的湧泉；然後在斯提克斯的泥沼目睹暴怒者和慍怒者。前進間，他們來到了狄斯之城。

「帕呸撒旦，帕呸撒旦阿列呸！」
　　財神普路托斯用咯咯的聲音叫嚷。
　　那位和藹的哲人，有全知的智慧，　　　3
聽後安慰我說：「不要沮喪
　　驚惶，因爲，不管他有什麼神通，
　　都阻不了我們降落這巨石的下方。」　　6
說完就轉身對著那腫脹的面孔
　　叱道：「你這隻惡狼，還不住口！
　　要發怒，何不把你的五內燒熔？　　　9
他降臨這深坑，自然有他的理由。
　　這是天上的旨意。（米迦勒在那裏
　　懲罰了傲慢的奸宄，爲上帝報仇。）」　12
一如船上的帆，因受風而鼓起，
　　再因桅杆斷折而塌成一堆，

財神普路托斯與維吉爾

「你這隻惡狼，還不住口！要發怒，何不把你的五內燒熔？」

（《地獄篇》・第七章・八一九行）

那兇殘的畜生也這樣聞言倒地。　　　　15
於是，我們走入第四層的深邃，
　　繼續降落那陰沉愁苦的懸崖。
　　那裏的崖壁間，塞滿了宇宙諸罪。　18
天理呀，是誰在大量硬堆強捺
　　這些新的勞苦，並置諸我眼前？
　　我們的罪孽，又爲何使我們毀垮？　21
一如巨浪在卡律布狄斯大漩渦上面
　　和湧來的激濤相撞而轟然崩破，
　　亡魂在這裏要高速舞動偃蹇。　　24
眼前的人，數目比別處都多。
　　他們從相對的方向吼叫著，
　　用胸膛把一塊塊的巨物滾挪，　　27
再迎面相撞，在相撞的一刻
　　轉過身來，把巨物向後推動，
　　大叫著：「幹嗎要揮霍？幹嗎要吝嗇？」30
就這樣，他們在陰暗的圓坑中
　　轉身，各自繞回對面的一點，
　　一再喊著那句話向彼此諷誦。　　33
到了目的地，動作再重複如前：
　　繞著半圓在另一個回合相搏。
　　爲此，我的心痛苦得如遭針砭。　36
於是我說：「老師呀，請你告訴我，
　　他們是誰？那些可又是僧侶？
　　我是指左邊削了頭髮的一夥。」　39
維吉爾答道：「這些人眼光扭曲，

心靈在前生不能辨別是非，
　　對於錢財不能恰當地駕馭。　　　　　42
他們的聲音，已昭然吠出了原委。
　　在圓坑的兩點，他們都這樣喧嘩，
　　並因相反的罪孽分成兩類。　　　　45
這些人都是僧侶，都沒有頭髮
　　蓋頂，享紅衣主教和教皇的尊榮；
　　在生的時候，貪婪比誰都大。」　　48
於是我說：「老師，這些人當中，
　　我肯定會認出一兩個人的模樣。
　　他們的污點跟你所說的相同。　　　51
於是，維吉爾說：「你在徒然空講。
　　盲目的一生使他們骯髒得面目
　　模糊，再無人認得他們的形象。　　54
他們會分成兩派，永遠牴牾。
　　這一派的人從陵寢裏升起，
　　握著拳；另一派則剪光了頭顱。　　57
濫花濫省把他們在世上的福地
　　剝奪，把他們捲入這場混戰。
　　事實如此，我無須靠美言比擬。　　60
你見到啦，小伙子，財富易散，
　　只配供命運嘲笑一頃半頃；
　　人類卻為了財富而紛爭糾纏。　　　63
即使把月下現有的黃金合併，
　　再加上古代的藏量，都不能給這伙
　　倦魂中的任何一個帶來安寧。」　　66

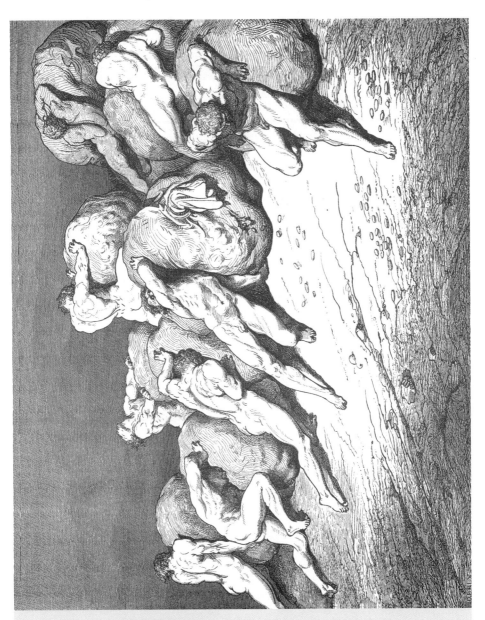

貪婪者與揮霍者

「即使把月下現有的黃金合併，／再加上古代的藏量，／都不能給這以人／倦魂中的任何一個帶來安寧。」

（《地獄篇》，第七章，六四一六六行）

「老師呀，」我懇求維吉爾：「還請你說說，
　　你跟我提到的那個命運是誰？
　　竟能用指爪把世上的財富緊握。」　　　69
維吉爾答道：「眾生何其昏憒！
　　他們竟會無知到這個地步！
　　好啦，你聽我評講她的作為。　　　　72
在太初，那位智慧無比的造物主
　　創造了諸天，並命群倫去執掌，
　　好使各部分能夠遍照各處，　　　　75
渾然把光芒分配到四面八方。
　　對世上的榮耀，他的做法也相同：
　　命一個公使兼領導位居其上，　　　78
依時把世間的財富化為虛空，
　　由此宗到彼宗，此族到彼族轉移，
　　完全不受人類的巧智擺弄。　　　　81
於是，一族作主，另一族就萎靡，
　　盛衰之勢悉隨她的決定。
　　她的決定，隱秘如蛇藏草裏。　　　84
你們的才智，真是莫之與京。
　　她能裁決，能預知未來，能長保
　　其王國，就像天使把諸天持秉。　　87
她掌管的變化不會停止減少；
　　必然的規律使她行動儌疾，
　　盛衰之局也就接踵來到。　　　　　90
這，就是遭人謾罵的神祇。
　　謾罵的人，其實該對她頌讚；

不該錯怪她，不該以惡言醜詆。　　　93
不過，她在至福中並無所感，
　　正欣然跟上帝所造的太初眾生
　　推動天體，享受天賜的美善。　　96
現在，我們向下面更慘惻的一層
　　走吧。眾星都下沉了。它們剛升起，
　　我就出發；想在此久留也不能。」　99
我們越過圓坑，在另一邊崖壁
　　越過一道湧泉。湧泉的水
　　在沸騰，瀉落由泉內流出的壕溝裏。　102
水的顏色屬於最深的紫黑。
　　我們前進時，隨黲黱的波濤
　　沿一條險徑走入下方的幽晦。　　105
這條陰沉的溪水，滔滔流到
　　險惡而灰暗的斜坡，瀉到山腳，
　　就流入一個叫斯提克斯的泥沼。　108
我停了下來，聚精會神地凝眺，
　　見沼中盡是人，沾滿了泥垢，
　　全都赤裸，彷彿憤怒未消。　　　111
他們在互相猛擊，不但用手，
　　而且用腳，用頭，用他們的胸部，
　　且逐片用牙撕咬彼此的皮肉。　　114
賢師說：「小伙子呀，現在你目睹
　　怒魂了。他們都艴然不能自已。
　　同時，你還要知得清清楚楚：　　117
這些水的下面，還有人在嘆息，

憤怒者

「小伙子呀，現在你目睹／怒魂了。他們都艴然不
能自己。」
（《地獄篇》，第七章，一一五──一六行）

結果他們使水面冒出氣泡。

　不管怎麼看，眼睛都這樣告訴你。　　120
污泥中的幽靈說：『以前，我們愛牢騷，

　不管陽光下舒暢的空氣多清新，

　心裏總有一股滯霧在繚繞；　　　　123
現在，慍怒時卻要在黑淖裏浸。』

　這讚歌，他們只在喉嚨裏咕嚕，

　因為他們說不出完整的語音。」　　126
就這樣，在乾岸和濕沼間的路途，

　我們循寬闊的半圓繞過污水坑，

　眼睛注視著吞嚥泥淖的人物，　　129
最後來到一座高塔的底層。

註　釋：

1.　**「啪呸撒旦，啪呸撒旦阿列呸！」**：原文為"Papé Satàn, Papé Satàn aleppe！"這句話的解釋，至今仍無定論。Bosco e Reggio (*Inferno*, 106)所引述的其中一說，認為該解作："Oh Satana, oh Satana, Dio!"（「啊，撒旦，撒旦哪，上帝！」）。Sapegno (*Inferno*, 78)則引但丁兒子皮耶特羅(Pietro di Dante)的說法，認為這行的意思是："Oh Satan, oh Satan, caput et princeps daemonum, quid est hoc vedere?"（「撒旦哪撒旦，眾魔之首哇，眾魔之王，你看，這是甚麼？」）有的論者指出（參看 Mandelbaum, *Inferno*, 356），"Papé"是拉丁文驚嘆之詞，"Satàn"是魔鬼撒旦，"aleppe"是希伯來文的第一個字

母 aleph，表示撒旦在地獄的地位「崇高」。換言之，財神見但丁的凡軀在地獄出現，不禁向自己的上司撒旦驚呼。另一種解釋（參看 Ciardi, *Inferno*, 76）是："Papé"是「教皇」的意思，地獄的撒旦等於人間的教皇，是教皇的反面。有的論者則乾脆肯定，這句話除了「撒旦」一詞，全部是胡言，只有維吉爾聽得懂。也有論者認為，財神說這句話，目的是威嚇但丁和維吉爾，並向下面的撒旦示警。參看 Sinclair, *Inferno*, 104。有關其餘各種論點，可參看 Vandelli, 60; Anderson, *Inferno*, 68; Durling, 120; Musa, *Inferno*, 133-34; Sisson, 517; Singleton, *Inferno 2*, 108-109。譯者以「啪呸」「阿列呸」譯"Papé"和"aleppe"，目的是兼顧兩種說法：一方面可作胡言亂語解；一方面音譯拉丁文和希伯來文。

2.　　**財神**：原文"Pluto"，有的論者認為指財神普路托斯；有的論者認為指冥王（希臘文叫哈得斯 'Αιδης，Hades)；也有論者認為，但丁用"Pluto"一詞時，既指冥王，也指財神，對兩者沒有細加區分。在古希臘的神話中，兩者確有相通之處。希臘文的冥王是Πλούτων，本為田野之神，也可解作「富人」。這一神祇，日後又與羅馬神話中的冥王 Dis Pater 相融相疊。Dis Pater 也是田野之神。田野出產農作物，是富饒的象徵，與財富拉上關係，是自然不過的。此外，希臘文的Πλοῦτος，拼法跟Πλούτων接近，是「財富」的意思，後來變成了財富之神，也就是財神，在希臘神話中與豐饒之角(cornucopia)一起出現。但丁不懂希臘文；卻精於拉丁文，受羅馬神話的影響較為直接，其冥王大概以象徵財富的 Dis Pater 為藍本，所塑的形象，自然兼具兩重屬性了。參看 Bosco e Reggio, *Inferno*, 99; Sapegno, *Inferno*, 76; Singleton, *Inferno*

2, 109-110; Toynbee, 517-18, "Pluto"條。

3.　　**有全知的智慧**：指維吉爾洞悉一切，明白一切，知道財神說甚麼。

6.　　**這巨石的下方**：過了「這巨石」，二人就會到達地獄的第四層。

7.　　**腫脹的面孔**：這一描寫有象徵意義，暗示財富醜惡。

8.　　**惡狼**：原文是"maladetto lupo"。狼的意象回應了《地獄篇》第一章的母狼意象。

11.　　**這是天上的旨意**：維吉爾再度強調，但丁能夠進地獄，是上帝的意旨，任何力量都阻擋不了。參看《地獄篇》第三章九五—九六行：「這是上方的旨意，上方要怎樣／就會怎樣，別再問甚麼原因。」

11-12.　　**米迦勒在那裏／……爲上帝報仇**：指米迦勒打敗了背叛上帝的撒旦。參看《新約・啓示錄》第十二章七—九節。

13-15.　　**一如船上的帆……聞言倒地**：這形象十分生動。作者拿來比喻的事物，是日常所見。到了第三十四章第四十八行，但丁再度取譬於帆：以海帆比喻撒旦的翅膀（「我見過的海帆，都無法和它頡頏」）。

22.　　**卡律布狄斯大漩渦**：卡律布狄斯(Χάρυβδις，Charybdis)，是大地女神蓋亞(Γαῖα，Gaia)和海神波塞冬的女兒，居於墨西拿(Messina)海峽附近的一塊巨石上。因爲偷吃赫拉克勒斯所運的牛群而遭宙斯以雷電擊落水中，成爲妖怪，要每天狂吞海水三次，同時也把海上的一切吞入肚子裏。後來，卡律布狄斯變成了大漩渦，位於墨西拿海峽靠近西西里島的一邊，另一邊是意大利。靠近意大利的一邊，住著岩礁女妖斯庫拉（Σκύλλη，拉丁文爲 Scylla）。駛經墨西拿海峽的船隻，要躲

避大漩渦時，往往會撞向斯庫拉而沉没（在某些神話版本裏，斯庫拉是一塊海礁）。參看《奧德修紀》第十二卷八五——一一零行；二三五——五九行；《埃涅阿斯紀》第三卷四二零——二三行。

22-35. **一如巨浪……在另一個回合相搏**：這段描寫貪婪者和揮霍者。兩者對錢財的態度雖然不同，卻都控財失當。兩者所犯，是相反的兩極，因此要推著巨物朝「相對的方向」「高速舞動」，「再迎面相撞」。

25. **眼前的人，數目比別處都多**：參看《埃涅阿斯紀》第六卷第六一一行："quae maxima turba est"（「這樣的人〔指陰間受刑的罪人〕真多」）。

27. **用胸膛把一塊塊的巨物滾挪**：此句大概脫胎自《埃涅阿斯紀》第六卷第六一六行："saxum ingens volvunt alii"（「有的在滾動巨石」）。

39. **我是指左邊削了頭髮的一夥**：指貪婪者。貪婪者在左邊，表示罪孽更重。

40. **眼光扭曲**：表示陰魂失去了判別是非的能力。

42. **對於錢財不能恰當地駕馭**：指不能恰到好處地利用錢財。這一道理，頗近儒家的中庸思想：胡亂花錢是揮霍；一毛不拔是吝嗇。關於錢財的駕馭，托馬斯・阿奎那有以下的說法："Ille qui superabundat in dando, vocatur *prodigus*; qui autem deficit in dando, vocatur *avarus*."（「花費無度，謂之『揮霍』；靳而不予，謂之『吝嗇』。」）見 *Summa theologica*, II-II, q. 119, a. I, ad I。但丁受阿奎那的影響極大，本章譴責兩種極端，完全符合阿奎那的思想。

57. **握著拳……剪光了頭顱**：「握著拳」，象徵不肯花錢；「剪

光了頭顱」，象徵亂花亂耗。

64. **月下**：指塵世。

66. **倦魂中的任何一個**：這裏主要指貪婪者。

72. **她**：指命運。

74. **群倫**：指天使。

78. **公使**：在《神曲》裏，命運是天使之一，直接由上帝創造。

94-96. **不過……美善**：在傳統的神話中，命運有多種形象。希臘的命運女神叫提克(Τύχη, Tyche)。提克瞎眼，象徵盲目施賞或施罰。羅馬的命運女神叫福爾圖娜(Fortuna)，掌豐饒之角及船舵，象徵控制人類的貧富和方向。在其他神話中，命運女神恆在轉動一個輪子；或者瞎眼，立在轉輪上。兩者都象徵命運善變難測，反覆無常。但丁的命運是一位天使。這一形象，極富基督教色彩：表示即使命運，也在上帝的掌握之中。

98-99. **眾星都下沉了。它們剛升起，／我們就出發**：但丁和維吉爾在耶穌受難日的黃昏（也就是眾星剛升起的時候）出發，開始地獄之旅。此刻，耶穌受難日的午夜剛過。

101-08. **湧泉的水／……斯提克斯的泥沼**：Singleton (*Inferno 2*, 117) 指出，這道湧泉沒有名字，在《神曲》裏只出現過一次；其水瀉落第五層的冥河斯提克斯(Στύξ)。

108. **斯提克斯**：希臘文Στύξ(Styx)，冥界五河之一，在《埃涅阿斯紀》裏盤曲九回，把哈得斯圍住。根據赫西奧德的《神譜》（Θεογονία，拉丁文 *Theogonia*，英文 *Theogony*）斯提克斯是提坦神(希臘文Τιτάν，拉丁文 Titan 或 Titanus，英文 Titan；一譯「巨神」或「巨人」)奧克阿諾斯('Ωκεανός, Oceanus, 即海洋之神）和另一個提坦神忒提斯(Τηθύς, Tethys)的長女。因幫助宙斯打敗了提坦神，獲賜監誓之權。奧林坡斯的

神祇要立誓時，宙斯就會命彩虹女神伊麗絲(ʾῙρις, Iris)到斯提克斯河打來一壺水，然後命神祇指水發誓。發假誓者會受罰，一年內不可以呼吸，不可以吃神食（ἀμβροσία，一譯「安酪喜」，英譯"ambrosia"）、飲神酒（νέκταρ，一譯「玉液瓊漿」，英譯"nectar"）。罪愆更重者，九年內不得參與諸神的會議和宴饗。參看《埃涅阿斯紀》第六卷三二一——二四行：

> olli sic breviter fata est longaeva sacerdos：
> "Anchisa generate, deum certissima proles,
> Cocyti stagna alta vides Stygiamque paludem,
> di cuius iurare timent et fallere numen."
> 長壽的女祭司簡短地回答他，說：
> 「安基塞斯之子呀，你這堂堂神裔，
> 這是科庫托斯之淵、斯提克斯之沼；
> 後者的威力，是眾神立誓之所憑。

《奧德修紀》第五卷一八五——八六行有類似的描寫：

> καὶ τὸ κατειβόμενον Στυγὸς ὕδωρ, ὅς τε μέγιστος
> ὅρκος δεινότατός τε πέλει μακάρεσσι θεοῖσι……
> 還有下瀉的斯提克斯之水。指著它，
> 獲得福佑的眾神會發最重的毒誓……

110-16. **見沼中盡是人……不能自已**：這裏描寫的是暴怒者。

118. **這些水的下面，還有人在嘆息**：指慍怒之人。亞里士多德和阿奎那對暴怒和慍怒有詳細的詮釋。參看 Singleton, *Inferno*

2, 118-19。但丁描寫暴怒者和慍怒者的手法，頗富匠心：暴怒者可見，表示暴怒外張；慍怒者不可見，表示慍怒內斂。

130. **最後來到一座高塔的底層**：在地獄的上層（即阿刻戎河和斯提克斯河之間），陰魂因克制不足而受罪；到了狄斯之城（第八章），則因兇暴、欺詐而遭懲。

第八章

但丁跟維吉爾來到狄斯城，看見弗勒古阿斯駕飛舟出現。二人登船，越過充滿死水的沼澤，途中碰見多銀翁菲利波。但丁見他受罰，表現了義憤，結果獲維吉爾嘉許。漸漸，他們靠近了狄斯城，見烈火把裏面的寺院燒得通紅。他們沿著城溝前進間，見上千個惡魔從天上瀉下來，擋住去路。維吉爾上前跟惡魔交涉。不久，惡魔就跌撞著飛奔進城，把大門關上。維吉爾回到但丁身旁，十分生氣，叫但丁不要驚愕；並且告訴但丁，這類無禮的事件以前也發生過；此刻，門內正有人循峭壁下移，越過眾圍，為他們把城池開啓。

說到這裏，我必須指出，早在
　　我們置身於高塔腳下之前，
　　我們的眼睛已經向塔頂仰睞，　　　　3
因為，我們見兩朵火燄放在塔顛，
　　和閃著信號的另一朵遙遙相望。
　　第三朵距離遠，眼睛幾乎看不見。　　6
於是我轉身，對一切智慧的汪溔
　　說道：「這信號是甚麼意思？另一朵
　　在回答甚麼？誰點的呢？這些火光。　9
維吉爾答道：「你望過這些穢波，
　　就可以看見那邊有人在等候；
　　看不見嗎？是因為沼霧正把他掩沒。」　12

一枝箭，由強弓的勁弦射出，嗖
　　的疾掠過空中，速度雖快，
　　也快不過在這時出現的小舟。　　　　15
那小舟掠過水面向我們駛來，
　　船槳只有一個船夫在控搖，
　　見了我就喊道：「孽鬼來啦，善哉！」　18
「弗勒古阿斯，弗勒古阿斯，別亂叫！」
　　老師說：「這一次，你是白費氣力：
　　過了這泥池，我們就把你甩掉。」　　21
像一個人，得知壞蛋以大奸計
　　施諸其身而爲之怫然不歡，
　　弗勒古阿斯聞言，不禁滿肚怒氣。　　24
我的導師走到下面的小船，
　　然後叫我跟著他一起進去。
　　我進了去，小舟才不再虛軟。　　　　27
導師和我一站穩，不過須臾，
　　古老的擺渡已經離岸，切割
　　沼面時，吃水要深於別的行旅。　　　30
當我們越過那充滿死水的沼澤，
　　前面冒出了一個人，滿身泥濘，
　　說道：「你是誰？未到時辰就來了！」　33
於是我說：「我是來而不停。
　　你是誰呀？竟變得這麼污穢！」
　　他答道：「你看見啦，我是哭泣的幽靈。」　36
我說：「就這樣哭泣，這樣傷悲，
　　這樣長留此地吧，可惡的鬼物！

斯提克斯——弗勒古阿斯

古老的擺渡已經離岸，切劃／沼面時，吃水要深於
別的行旅。

（《地獄篇》・第八章・二九一三零行）

你滿身骯髒，我仍能認出你是誰。」 39
他伸出雙手，要觸摸擺渡，
　　警惕的老師見了，就把他推走，
　　喝道：「你滾開！走那些狗的路！」 42
然後用雙臂把我的脖子緊摟，
　　親了親我的面頰，說：「憤慨的靈魂，
　　懷你的那位女子，福分何其厚！ 45
這個人在世間囂張，性情並不柔順。
　　他前生沒有修美供他緬懷，
　　因此，盛怒的心靈在這裏沉淪。 48
在上面稱王的人何止千百？
　　有一天，都要像髒豕躺在泥污。
　　他們世上的名聲狼藉得可駭。」 51
於是我說：「老師，我很想目睹
　　他浸淹在這盆泥湯裏面，
　　然後才跟你一起離開這個湖。」 54
老師說：「湖岸在前方出現前，
　　你一定可以見到這情景，
　　因爲你的願望注定會飽饜。」 57
不久，我看見那個傢伙被泥濘
　　滿身的一群同伴狠狠地折磨。
　　爲此，我要讚頌並感謝神靈。 60
「打倒多銀翁菲利波！」人群喊著說。
　　之後，這個暴躁的翡冷翠亡魂，
　　就用牙齒把自己的身體撕剝。 63
接著，我們遠去，沒有了下文。

斯提克斯——多銀翁菲利波

他伸出雙手，要觸摸擺渡，／警惕的老師見了，就
把他推走……

（《地獄篇》，第八章，四零—四一行）

我的耳際這時卻響起悲嘶。

於是向前方凝望，瞬也不瞬。　　　　66

我的賢師說：「現在呀，小伙子，

狄斯之城已經向我們前邁，

沉重的居民和重兵都集中於此。」　　69

我回答說：「它的清眞寺就在

那邊谷內——我肯定不會看錯——

都是紅的，彷彿從火中冒出來。」　　72

維吉爾聞言，說道：「永恆的烈火

在裏面燃燒，乃使寺院變紅，

在地獄下界向你彤然灼爍。」　　　75

我們直入一道深壕之中。

深壕把那座愁城圍在裏頭；

高城的牆壁恍如鐵造的垣墉。　　　78

我們繞著大圈沿城溝行走，

來到某一處，船夫就高聲叫嚷：

「在這裏出去吧，那邊就是入口。」　81

舉目，只見上千個陰魂從天上

大雨般下瀉。他們都勃然大怒，

喝道：「這個人是誰？竟無須身亡　84

就在死人的王國裏通行無阻。」

於是，睿智的老師向他們示意，

要跟他們到一旁說明緣故。　　　87

至此，陰魂的激憤才稍微收戢，

說道：「只許你一個來；那個敢於

闖進這王國的，必須離開這裏。　　90

讓他一個人沿自己的瘋途回去，

　　看他是否認得路。你帶他走過了

　　幽暗的冥府；此刻要成為羈旅。」　　93

聽了這可怕的言辭，想想啊，讀者，

　　我當時會感到多麼沮喪失望，

　　因為我自分要永遠跟陽間分隔。　　96

「好導師呀，已經有七次以上，

　　你使我恢復信心；我大難當前，

　　你又救了我，助我脫離險障；」　　99

我說：「別丟下我，叫我受蹇。

　　要是我們不可以繼續往前走，

　　就馬上一起循原來的路線　　　　102

回頭吧！」帶我進地獄的先生聽後，

　　就對我說：「不要怕，我們的旅程，

　　誰都阻不了──通行權是上天所授。　105

不過，你在這裏稍微等一等，

　　並撫慰倦魂，讓它以希望為餐。

　　我是不會在地獄的下層　　　　　108

丟下你的。」和藹的師父說完，

　　就把我留在那裏狐疑趑趄，

　　讓矛盾在我的腦中爭持激戰；　　111

聽不見他對陰魂所說的話語。

　　不過他逗留的時間並不長；

　　轉眼間，陰魂就跌撞著奔進去，　　114

當著我主人的面把大門關上。

　　結果讓他一個人留在外邊。

狄斯城之門

聽不見他對陰魂所說的話語。／不過他逗留的時間
並不長；／轉眼間，陰魂就跌撞著奔進去……
（《地獄篇》，第八章，一二一—一四行）

　　維吉爾步子緩慢地走回我身旁，　　　　117
目光望著地下，眉宇之間
　　失去了所有的英氣，欷歔著說：
「何方神聖？阻我在苦宅向前！」　　　　120
然後對我說：「不要因我光火
　　而驚愕；這場鬥爭中我注定勝利——
　　不管裏面用甚麼伎倆阻止我。　　　　123
他們這樣無禮，已不算新奇；
　　在更公開的門前，他們也頑抗。
　　我說的那道門，至今仍沒有閂閉。　　126
你已經見過冥書刻寫在門上。
　　此刻，門內正有人循峭壁下移，
　　越過衆圈，沒有伙伴在旁；　　　　　129
然後，他會爲我們把城池開啓。」

註　釋：

1-2.　**説到這裏……腳下之前**：在《神曲》各章之中，只有這章的
　　　開頭重提上一章的結尾。有的論者（包括薄伽丘）認爲：但
　　　丁這樣做，是因爲前七章在一三零二年前寫成。但丁於一三
　　　零二年遭放逐後，收到翡冷翠寄來的手稿（即一至七章），
　　　寫第八章時，乃重提第七章。這一說法難以服人。以但丁這
　　　樣一位精雕細鏤的巨匠，大概不會粗疏到這一地步。即使一
　　　般作者，接過十多二十年前初稿的一部分，也不至於這樣笨
　　　拙，會重提前稿。其實，在第八章重提第七章末行之前的情

235

節，至為自然，不必找其他解釋。第七章倒數第二行是：「眼睛注視著吞嚥泥淖的人物」。加一句「最後來到一座高塔的底層」，就收一語竟章之功，有「欲知後事如何，且聽下回分解」的作用。到了「下回」（第八章）的開頭，作者已經在第七章結尾「前跳」一步，引了讀者的好奇心，於是放慢節奏，從容「分解」，回溯第七章末句之前的情節。中外寫小說、講故事的作家，都可以採用這種技巧，不必牽強附會，捨近圖遠。

7.　　**一切智慧的汪潹**：指維吉爾。

10.　　**穢波**：此行所寫是地獄之水，所以說「穢」。

17.　　**一個船夫**：指第十九行的弗勒古阿斯(Φλεγύας, Phegyas)。在希臘神話中，弗勒古阿斯是戰神阿瑞斯和克里塞之子，拉庇泰人(Λαπίθαι, Lapiths)的君王，伊克西翁和科洛尼斯(Κορωνίς, Coronis)之父。因阿波羅向科洛尼斯施暴而火燒德爾佛伊(Δελφοί, Delphi)的阿波羅神廟，結果遭阿波羅擊斃，打落塔爾塔洛斯受罪。在《埃涅阿斯紀》第六卷六一八－二零行裏，弗勒古阿斯也出現過：

> "…Phlegyasque miserrimus omnis
> admonet, et magna testatur voce per umbras：
> 'discite iustitiam moniti et non temnere divos.'"
> 「弗勒古阿斯極度慘戚，在警告所有的
> 陰魂，並且在冥暗中高聲呼喊著作證：
> 『提醒你們哪，要公義是遵，別輕蔑神靈。』」

《神曲》中的弗勒古阿斯沒有受刑，只是斯提克斯泥沼上的

船夫，負責在地獄的第五層運載亡魂。

18.　　**孽鬼來啦**：弗勒古阿斯以爲但丁是陰魂，也來地獄受罪。

20-21.　**這一次……把你甩掉**：維吉爾語氣嚴厲，就像他在第三章九四—九六行訓斥卡戎、第七章八—十二行吆喝財神那樣。

27.　　**小舟才不再虛軟**：陰魂沒有重量，登上了小舟，小舟也不吃水，仍會虛軟。但丁是凡人，不是陰魂，有血肉之軀的重量；登上了小舟，小舟開始吃水，因此不再虛軟。

29.　　**古老的擺渡**：指弗勒古阿斯的渡船。這艘渡船從太初開始，已經運載亡魂，因此稱爲「古老」。

30.　　**吃水要深於別的行旅**：但丁再度強調自己是血肉之軀。

32.　　**前面冒出了一個人**：在這裏，但丁暫時不交代陰魂的身分，以引起讀者的好奇心，並產生懸疑效果。參看本章第六十一行註。

37-39.　**我説……我仍能認出你是誰**：旅人但丁初進地獄時，未想到上帝絕對公正，亡魂無論受甚麼刑，都罪有應得，不值得同情。結果看見亡魂受罰，就心生憐憫。現在漸漸明白，天道、天判、天刑都絕對公正；見惡魂受罰，不再有同情之心。因此說話的語氣跟維吉爾相近。

42.　　**走那些狗的路**：「那些狗」，指第五層的怒魂。在歐洲傳統裏，憤怒使人聯想到狗。這一觀點，早已見於阿奎那的《神學大全》:「〔畜生〕naturaliter disponuntur ad excessum alicuius passionis, ut leo ad audacium, canis ad iram, lepus ad timorem, et sic de aliis"（「〔畜生〕總是某種性情過多：獅子多勇，狗類多怒，兔子多畏等等」）。參看 *Summa theologica*, I-II, q. 46, a. 5, ad I。

44.　　**憤慨的靈魂**：指但丁。

45.　　**懷你的那位女子，福分何其厚**：「懷你的那位女子」，指但
丁的母親。意思是：「你母親有這樣的兒子，真是有福了」。
維吉爾稱讚但丁，是因為他心生義憤，懂得斥責地獄的惡魂。

52-54.　　**老師……離開這個湖**：但丁初進地獄時，未能分辨善惡，見
了罪有應得的亡魂會產生同情；現在卻要看惡魂受罰，在心
路歷程中已大有進步。

60.　　**為此，我要讚頌並感謝神靈**：但丁分辨善惡的能力又進了一
步。

61.　　**多銀翁菲利波**：原文為"Filippo Argenti"。"Argenti"是 argento
（銀）的複數。根據薄伽丘的說法，菲利波出身於翡冷翠阿
迪瑪里(Adimari)家族的德卡維丘利(de' Cavicciuli)一支，身
材魁梧，脾氣暴躁，十分富有，因些微小事就會動怒。曾經
用銀片裹釘馬蹄，因此有「多銀翁」(Argenti)之稱。菲利
波是黑黨的成員、但丁的宿敵。有論者指出，但丁見逐後，
財產被充公，最後落入菲利波兄弟手裏，因此但丁在詩中對
菲利波痛加撻伐。參看 Bosco e Reggio, *Inferno*, 123;
Sapegno, *Inferno*, 94; Toynbee, 52-53, "Argenti, Filippo"條。在
本章第三十二行，菲利波已經出現，不過當時讀者還不知道
他是誰；但丁到這裏才說明他的身分，有增加作品懸宕之功。

68.　　**狄斯之城已經向我們前邁**：作者說「狄斯之城已經向我們前
邁」，而不說「我們已經向狄斯之城前邁」，結果視點變換，
狄斯之城顯得更懾人。「狄斯」，意大利文是 Dite，拉丁文
是 Dis，相等於希臘文的 Πλούτων（冥王），在《神曲》裏
是撒旦的別稱。狄斯城屬地獄下層，用來懲罰兇暴、欺詐、
陰險的亡魂。

69.　　**沉重的居民和重兵都集中於此**：「沉重的居民」指狄斯城的

亡魂。這些亡魂受壓於罪惡和愁苦，因此說「沉重」。「重兵」指城中的惡魔、鬼怪，都是撒旦的手下。這些惡魔、鬼怪，數目眾多，因此稱「重兵」。

70. **清眞寺**：指伊斯蘭教的寺院。從基督教觀點看，伊斯蘭教是異教。但丁是基督徒，因此把清眞寺安置在狄斯城內。

75. **地獄下界**：從狄斯城開始，但丁進入了地獄下界。

82-83. **只見上千個陰魂從天上／大雨般下瀉**： 指背叛上帝、隨撒旦墜進地獄的墮落天使。

84-85. **竟無須身亡／⋯⋯通行無阻**：這些陰魂也看得出，但丁是血肉之軀。

86. **睿智的老師**：指維吉爾。

91. **沿自己的瘋途回去**：「瘋途」，指但丁以凡人之身進地獄，其旅途愚不可及。

93. **成爲羈旅**：陰魂叫維吉爾留下來，讓但丁返回陽間。

97. **七次以上**：「七」是泛指，形容數目之多。參看 Benvenuto, Tomus Primus, 297; Bosco e Reggio, *Inferno*, 125; Sapegno, *Inferno*, 97。

103. **帶我進地獄的先生**：指維吉爾。

108. **地獄的下層**：即地獄的下界。

109. **和藹的師父**：指維吉爾。在但丁心目中，維吉爾親如授藝之師，所以稱爲「師父」。

120. **苦宅**：指地獄。原文爲"dolenti case"，大概脫胎自《埃涅阿斯紀》第六卷五三二—三四行：

"⋯⋯pelagine venis erroribus actus,

an monitu divum? aut quae te fortuna fatigat,

ut tristis sine sole domos, loca turbida, adires?"

「……你是在大海迷途而被逼來此，
還是遵神諭來此？還是某種命運，驅你
來到這無日的愁宅，這混亂的處所？」

"dolenti case"（「苦宅」）和"tristis domos"（「愁宅」）的
意思十分接近。

125-26. 更公開的門前……至今仍沒有閂閉：「更公開的門」，指地
獄的大門。參看《地獄篇》第三章一——十一行。這道大門，
是地獄的第一道門，也就是地獄的入口，並不隱蔽。基督到
地獄邊境拯救部分亡魂時，惡魔也企圖阻止他，於是基督把
地獄之門砸開。這道門被基督砸開後，再沒有關上。參看《地
獄篇》第四章五二——六三行。《新約聖經・馬太福音》第十
六章第十八節有類似的描寫：

Et ego dico tibi, quia tu es Petrus, et super hanc petram
aedificabo Ecclesiam meam, et porta inferi non
praevalebunt adversus eam.

我還告訴你，你是彼得，我要把我的教會建造在這磐石
上；陰間的權柄（權柄：原文是「門」）不能勝過他。

在這段文字中，彼得的拉丁文名字"Petrus"源出希臘文
"πέτρος"，是「石頭」的意思，因此耶穌說「在這磐石上」
（在彼得身上）。基督教復活節前夕所誦的一句禱文，也可
參看："Hodie portas mortis et seras pariter Salvator noster
dirupit"（「今天，我們的救世主砸碎了死亡之門、死亡之鎖」）。

《埃涅阿斯紀》第六卷一二七—二九行有類似的描寫：

> noctes atque dies patet atri ianua Ditis;
>
> sed revocare gradum superasque evadere ad auras,
>
> hoc opus, hic labor est.
>
> 黑狄斯的大門，日夜常開，
>
> 不過要拾級重返上界，
>
> 就要耗氣費力了。

不過詩中「大門……常開」的原因與基督無關，因爲維吉爾寫《埃涅阿斯紀》時，基督還未出生。

127.　　**你已經見過冥書刻寫在門上**：「冥書」，指《地獄篇》第三章一—九行的文字。參看《地獄篇》第三章一—十一行。

128-30.　**此刻，門內正有人……他會爲我們把城池開啓**：指《地獄篇》第九章開啓狄斯城的天使。參看該章六四—一零二行。

第九章

維吉爾見但丁受驚，馬上鎮靜下來，並且駐足凝神。談話中，維吉爾的語氣叫但丁感到不安。但丁問維吉爾，以前可有人到過地獄這一層。維吉爾說，他以前來過。仰望間，但丁見高塔之頂聳起復仇三女神。然後是天使赫然從濁浪外降臨，幽靈在前面竄遁。天使以神棒叩開狄斯之門，對惡魂訓斥了一番，就匆匆離開。但丁和維吉爾進了冥城，見火焰遍佈的墓地裏，墳塚沒有合攏，裏面傳來傷悲的嚎咷。維吉爾告訴但丁，石棺裏的亡魂死前信仰異端，數目之多，超乎但丁的想像。說完，維吉爾轉右，但丁在後面跟著他前進。

> 怯懦繪塗在我表面的容顏
> > 見我的導師向我這邊轉身，
> > 很快使他的臉色鎮靜如前。　　　　　3
> 他駐足、凝神，如側耳傾聽的人；
> > 因為地獄的煙霧濃密，空氣
> > 晦冥，眼睛在裏面不能遠臻。　　　　6
> 「在這場鬥爭中，我們要取得勝利，」
> > 維吉爾說：「不然……我們已有過天助……
> > 啊，我等人幫忙等得真焦急！」　　　9
> 他一改口，我就聽得出，他最初
> > 不是這意思；說了一半，才用
> > 別的話掩飾，後語和前言不符。　　　12

可是，他的話畢竟令我驚恐，

　　因爲我已把他的斷語引申；

　　他的原意，怕沒有那麼嚴重。　　　15

「這樣慘惻的深坑，可曾有人

　　從地獄的第一圈親自來過？

　　那裏的刑罰，不過是希望斷根。」　18

維吉爾聽了我的問題，對我

　　這樣說：「在我們當中，走上

　　我這個旅程的亡魂可不多。　　　21

不錯，我以前也到過這裏一趟，

　　是奉了兇女巫艾利克托之命。

　　她能夠招魂返體，起幽靈於死亡。　24

我的肉身，把我脫下只半頃，

　　她就使我進入那一幅牆壁，

　　從猶大的一層拖出一個幽靈。　　27

那是最低下而又最黑暗的境地，

　　跟圍繞一切的天堂相隔

　　最遠。你放心，這條路我很熟悉。　30

這個把惡臭呼噴出來的沼澤，

　　就在繚繞著愁苦之城的四方；

　　我們要進去，非爭持一番不可。」　33

他其餘的話，我此刻已經遺忘，

　　因爲視線把我全部的注意力

　　牽到了高塔。塔頂熾熱發光。　　36

那裏，在同一刹那，突然間聳起

　　三個染著鮮血的地獄女妖，

　　軀體、神態和一般女人無異，　　　　　39
身上被一條條鮮綠的多頭蛇纏繚，
　　頭髮則是一窩小毒蛇和角蛇，
　　虬然盤結在她們可怕的鬢角。　　　　42
這些女侍，維吉爾已識得透徹：
　　都由地獄的永哀之后差遣。

　　維吉爾說：「你看，這些女妖多兇惡！　45
這是梅蓋拉。她此刻就在左邊。
　　在右邊嚎咷的一個是阿勒克托。
　　提斯福涅在中間。」說完就沉默無言。　48
女妖們都用指甲把胸脯撕剝，
　　用手掌猛擊自己，大叫大吼，
　　聲音嚇得我要挨向詩人瑟縮。　　　　51

「蛇髮女妖哇，快把他變成石頭！」
　　她們一邊叫喊，一邊俯望：
　　「我們還未報忒修斯襲擊之仇。」　　54
「用背向著她們，把兩眼合上。
　　戈爾貢女妖一出來，你見她一面，
　　就永遠離不了地獄返回上方。」　　　57
老師說完這番話，就親自上前；
　　使我轉身時對我的手欠信心，
　　就親自用雙手蓋住我的雙眼。　　　　60

你們哪，心智健康，靈巧聰敏，
　　請留意訓誨呀。那訓誨，就在
　　這些奇詞異句的紗幔下深隱。　　　　63
就在這一剎那，混濁的波浪外

復仇三女神

「這是梅蓋拉。她此刻就在左邊。／在右邊嚎咷的
一個是阿勒克托。／提斯福涅在中間。」

（《地獄篇》，第九章，四六—四八行）

傳來巨響。巨響令聽者恐慌；
　　沼澤兩岸也爲之震動起來。　　　　　　66
情形完全像一股烈風，莽莽
　　蕩蕩，因熱氣互衝而激搏相邁，
　　猛厲地撞過森林，銳不可當，　　　　　69
把樹木的枝榦劈開擊落捲走，
　　赫然向前方狂掃，疾鞭著塵土
　　嚇散了牧羊人和兇猛的走獸。　　　　　72
維吉爾放開我雙眼，說：「請極目
　　讓視線在遠古的殘滓上前移，
　　凝望浪沫最洶湧的那一處。」　　　　　75
像一群青蛙，在惡蛇這個天敵
　　之前，往水中消失得全無蹤影，
　　到了最後，都一一在水底蹲匿；　　　　78
這時，我看見上千個墮落的幽靈，
　　在一個人之前竄遁。那人在徒步，
　　雙腳不濡，跨過斯提克斯的幽冥，　　　81
撥開那裏重濁的瘴氣和煙霧，
　　一次又一次，以左手在臉前揮拍。
　　看來，他只爲這一點不便所苦。　　　　84
我十分清楚，他是奉天命而來。
　　於是，我轉向老師……老師示意
　　叫我別做聲，只須向那人朝拜。　　　　87
啊，在我看來，他顯得恚怒無比。
　　只見他走到巨門前，用一根小棒
　　把門叩開，遇不到半點阻力。　　　　　90

天使

只見他走到巨門前，用一根小棒／把門叩開，遇不
到半點阻力。

（《地獄篇》・第九章・八九|九零行）

「啊，天厭的人，可鄙的一黨，」

　　他站在可怕的門檻之上說道：

　　「你們心中的傲氣來自何方？　　　　　93

那意旨，你們為甚麼要抗拒阻撓？

　　意旨注定的一切，永不容違迕；

　　抗拒呀，已多次招來更大的煎熬。　　96

跟命運牴牾，究竟有甚麼好處？

　　你們還記得嗎？克爾貝羅斯就因為抗逆，

　　下顎和咽喉仍受著撕剝之苦。」　　99

他說完，就轉身返回髒道所經之地，

　　對我們一句話也沒有說，神態

　　倥倥傯傯，彷彿為別的事而焦急；　　102

對眼前的一切，並不那麼介懷。

　　於是，我們舉足走向冥城，

　　心緒因聽了聖言而安定下來。　　105

我們進城時，沒經過任何鬥爭。

　　而我，因為心中在渴望看清

　　被城堡禁閉的人如何偷生，　　108

一進了裏面，就縱望四邊的情形。

　　只見每邊都是一大片原隰，

　　充滿了愁苦和受著酷刑的幽靈。　　111

在阿爾勒——羅訥河滯流成沼澤之地；

　　在坡拉，在靠近那個沖拍圍繞

　　意大利國境的卡納羅海灣那裏，　　114

墳墓把整區堆得一低一高。

　　眼前的每一處，也這樣凹凹凸凸；

> 唯一的分別，是這裏的情形更怛忉：　　117
> 纍纍的墳墓之間有火焰遍佈，
> 　　墳墓因為被焚炙而變得通紅，
> 　　超過了任何鐵工所需的熱度。　　120
> 所有墳墓的蓋子都沒有合攏，
> 　　裏面傳來的嘷咷是那麼傷悲，
> 　　顯然是可憐的亡魂因受苦而哀慟。　123
> 於是我說：「老師，這些人是誰？
> 　　要一個個埋在石棺裏頭，
> 　　讓人聽他們淒慘的呻唫。」　　126
> 維吉爾答道：「他們是異端之首，
> 　　跟各派門徒在一起，數目之多，
> 　　會遠遠超出你想像的範疇。　　129
> 葬在一處的，是相同的一夥；
> 　　墳墓的熱度，視乎罪孽的重輕。」
> 　　然後，維吉爾轉右；而後面是我，　132
> 在酷刑和巍峨的城牆間前行。

註　釋：

1-3.　　**怯懦繪塗……鎮靜如前**：旅人但丁見維吉爾無功而還，不禁
　　　　臉露怯懦之色。維吉爾見了，乃保持鎮靜，以減少但丁的恐慌。

4.　　　**他駐足……如側耳傾聽的人**：維吉爾在等待前來開門的天
　　　　使。

8.　　　**已有過天助**：指貝緹麗彩從天而降，吩咐維吉爾引導但丁。

焚炙的墳墓——異端者

「老師，這些人是誰？／要一個個埋在石棺裏頭，
／讓人聽他們淒慘的呻唔。」

（《地獄篇》，第九章，一二四—二六行）

見《地獄篇》第二章五三——一一四行。

7-15. **在這場鬥爭中……怕沒有那麼嚴重**： 這九行的心理描寫細膩而逼眞，把維吉爾的猶豫狐疑完全表現了出來。

9. **等人**：指等待開門的天使。

17-18. **從地獄的第一圈……希望斷根**：「第一圈」，指地獄邊境（即幽域）。「希望斷根」，指地獄邊境的刑罰只是失去希望。

22-24. **不錯……起幽靈於死亡**：「艾利克托」，拉丁文 Erichtho，希臘文 Ἐριχθώ，希臘北部色薩利亞(Θεσσαλία, Thessalia)的一個女巫，曾助龐培之子薩克斯都(Sextus)召喚死去的戰魂（見《法薩羅斯紀》）。但丁熟悉《法薩羅斯紀》，所用的大概是該書的資料。至於維吉爾是否奉過艾利克托之命進地獄，箋註家迄今仍找不到但丁所本。有的論者認爲，中世紀某些傳說也許提到過維吉爾進地獄；這些傳說也許是但丁所本。有的論者則認爲，但丁指出維吉爾進過地獄，不過在杜撰情節，以滿足故事的要求。在找不到確實出處之前，第二種說法比較可信。參看 Bosco e Reggio, *Inferno*, 135; Sapegno, *Inferno*, 103。

27. **猶大的一層**：指《地獄篇》第三十四章一一七行的「猶大界」("Giudecca")，也就是地獄第九層第四界。這一界以受刑者的名字爲名，就像《地獄篇》第五章一零七行的「該隱界」一樣。但丁加入這一細節，大概是爲了說明，維吉爾不但進過地獄，而且進過地獄的最底層。

29-30. **跟圍繞一切的天堂相隔／最遠**：「圍繞一切的天堂」，既可指原動天(Primum Mobile)，也可指最高天。原文是"e 'l più lontan dal ciel che tutto gira"。"gira"可解作「旋動」，也可解作「圍繞」。解作旋動，則「天堂」應該改爲「天」，指

「原動天」，因爲旋動諸天的是原動天。解作「圍繞」，「天堂」應該指最高天。辛格爾頓認爲，猶大的一界是懲罰極惡之所，應該與至善之所相對，因此"ciel"應該解作上帝、天使、福靈所居的最高天。這一說法較爲合理，也是譯文所本。參看 Singleton, *Inferno 2*, 135。

37-48. **那裏……就沉默無言**：這裏描寫的復仇三女神，英語叫 Furies，古希臘語叫厄里尼厄斯('Eρινύες, Erinyes)，又稱歐梅尼得斯(Eὐμενίδες, Eumenides)，羅馬神話中的狄萊 (Dirae)，跟命運三女神(古希臘稱 Moîραι，古羅馬稱 Parcae) 類似。烏拉諾斯(Oὔρανος, Uranos)跟妻子兼母親的蓋亞 (Γαîα, Gaia)交媾，生了許多兒女。後來，蓋亞厭倦了生育，與幼子克洛諾斯(Kρόνος, Cronus)合謀，把烏拉諾斯閹割。烏拉諾斯的血液淌到了地上，化爲復仇三女神。在有關神話的初期，復仇女神常有不同的數目，後來才固定爲三名：不安女神阿勒克托 (Aλήκτω, Alecto)、嫉妒女神梅蓋拉 (Mεγαίρα, Megaera)、報仇女神提西福涅 (Tισιφόνη, Tisiphone)。三個女神居於陰間的最底層厄瑞玻斯("Eρεβος, Erebus)，身有翅膀，頭髮與群蛇糾纏，手握火炬或鞭子，專門懲罰奸邪，對傷害人倫、社會（如謀殺）之罪深惡痛絕。施刑時可以把人逼瘋。梅勒阿革洛斯(Mελέαγρος, Meleager) 因弑親而受罰，阿伽門農('Aγαμέμνων, Agamemnon)因獻女而遭懲，都是復仇三女神施威的結果。此外，奧狄浦斯 (Oἰδίπους, Oedipus)罹咒，也是復仇三女神的安排。維吉爾 《埃涅阿斯紀》第六卷五五四—五八行、五七零—七五行，第七卷三二四—二九行，第十二卷八四五—四八行，奧維德 《變形記》第四卷四五一—五四行、四八一—九六行，斯塔

提烏斯(Statius)《忒拜戰紀》(*Thebais*)第一卷一零三——一零
七行、一一二——一六行,都描寫了復仇三女神。對但丁影響
最大的,是《埃涅阿斯紀》第六卷五五四——五八行:

…stat ferrea turris ad auras,

Tisiphoneque sedens, palla succincta cruenta,

vestibulum exsomnis servat noctesque diesque.

hinc exaudiri gemitus, et saeva sonare

verbera︰tum stridor ferri, tractaeque catenae.

……一座鐵塔矗入高空,

上面坐著提西福涅,以血袍裹身,

永不睡眠,日夜監守著入口的前殿。

殿裏,呻吟聲清晰可聞;還有虐打聲

和鐵鏈拖曳、噹噹啷啷的刺耳巨響。

和第六卷五七零—七五行:

continuo sontis ultrix accincta flagello

Tisiphone quatit insultans, torvosque sinistra

intentans angues vocat agmina saeva sororum.

tum demum horrisono stridentes cardine sacrae

panduntur portae. cernis, custodia qualis

vestibulo sedeat? facies quae limina servet?

提西福涅,懲罪的復仇女神,馬上

握鞭躍起,去笞打罪魂,一邊用左手

舞著兇蛇,呼喚著惡姐妹,叫她們擁來。

看哪，可怕的大門打開了，鉸鏈在

發出駭人的巨響。看得出甚麼樣的守衛

坐在入口嗎？甚麼樣的怪物鎮著門檻？

同書第七卷四四七行寫阿勒克托以九頭蛇（希臘文 ῞Υδρα，一譯「許德拉」）為髮，給但丁的啓發也不少。

43. **維吉爾已識得透徹**：在《埃涅阿斯紀》裏，維吉爾詳細描寫過復仇女神，因此對她們「識得透徹」。

44. **地獄的永哀之后**：即赫卡忒(Ἑκάτη, Hecate)或佩瑟芙涅(Περσεφόνη)。羅馬神話稱為普洛塞爾庇娜(Proserpina)，主神宙斯和德梅忒爾之女，在西西里恩那(Enna)平原上採集花朵時被冥王普路托擄走，到陰間成為冥后。

52. **蛇髮女妖**：希臘文是Μέδουσα，拉丁文是 Medusa，音譯「梅杜薩」或「墨杜薩」。福爾庫斯(Φόρκυς, Phorcys)和克托(Κητώ, Ceto)有三個女兒，叫戈爾貢(Γοργόνες, Gorgons)。大女和二女有不死之身，三女梅杜薩是凡軀。梅杜薩神話有多個版本。其一是：梅杜薩本來是個美女，生性驕傲，妄圖與雅典娜鬥豔，頭髮被雅典娜變成了群蛇。其二（見奧維德《變形記》第四卷七九四—八零三行）是：梅杜薩在雅典娜的神廟遭海神強姦，竟因此觸怒了雅典娜，頭髮被變為群蛇。梅杜薩向誰瞪視，誰就會身死或變成石頭。最後，梅杜薩遭佩爾修斯(Περσεύς, Perseus)殺死，首級裝在雅典娜的神盾上，以瞪視克敵。

54. **我們還未報忒修斯襲擊之仇**：有關忒修斯(Θησεύς, Theseus)的身世，希臘神話至少有兩個版本。其一是：忒修斯是雅典王埃格烏斯(Αἰγεύς, Aegeus)和埃特拉(Αἴθρα, Aethra)的兒

子。其二是：埃格烏斯與埃特拉交歡的晚上，埃特拉遵雅典娜在夢中的囑託，到某一海島去獻祭，在島上遭海神波塞冬 (Ποσειδῶν, Poseidon) 強姦成孕，生下忒修斯；埃格烏斯卻懵然不知，以爲新生嬰兒是己出。就年份而言，忒修斯晚於赫拉克勒斯，早於特洛亞英雄，曾參與尋找金羊毛之旅。不過在某些神話裏，忒修斯和赫拉克勒斯同代。根據但丁採用的版本，忒修斯曾與好友佩里托奧斯 (Πειρίθοος, Peirithous) 進地獄劫持冥后佩瑟芙涅而事敗被擒。佩里托奧斯遭三頭狗克爾貝羅斯 (Κέρβερος, Cerberus) 吞噬；忒修斯遭囚，後來獲赫拉克勒斯拯救。在維吉爾的《埃涅阿斯紀》和斯塔提烏斯的《忒拜戰紀》裏，忒修斯則永囚地獄。參看《埃涅阿斯紀》第六卷六一七—一八行："sedet aeternumque sedebit / infelix Theseus"（「不幸的忒修斯坐在那裏，／要永遠坐在那裏」）。《忒拜戰紀》第八卷五二—五六行也有類似的描寫。復仇三女神說「我們還未報忒修斯襲擊之仇」，意思是：「讓忒修斯逃掉了，未能殺死他，以儆效尤。」

55-57. **用背向著她們……返回上方**：維吉爾叫但丁別讓眼睛接觸梅杜薩的目光。

56. **戈爾貢女妖**：希臘原文的單數是 Γοργώ（拉丁文 Gorgo；英文 Gorgon），指梅杜薩，複數 Γοργόνες（拉丁文 Gorgones，英文 Gorgons），指梅杜薩及其姐妹。參看本章第五十二行註。按照希臘文原音，單數 Γοργώ 該譯爲「戈爾戈」。不過以英語發音爲準的「戈爾貢」似已成俗，譯者在此只好從俗。

61-63. **你們哪……紗幔下深隱**：這三行呼語，箋註家和評論家有不同的解釋。一派認爲「奇詞異句」指前述的文字；一派持相反的看法，認爲「奇詞異句」指接著幾行有關天使的描寫。

兩種說法都言之成理。不過細看原詩：

O voi ch'avete li 'ntelletti sani,
mirate la dottrina che s'asconde
sotto il velame de li versi strani.

讀者就會發覺，就文氣而言，以「奇詞異句」代表前文比較
自然。也就是說，但丁引述了維吉爾的話（五五—五七行）
後，加入呼語(apostrophe)，直接向讀者發表意見。如果作者
在讀者看到「奇詞異句」("li versi strani")之前就叫他留意，
讀者就不容易明白，自己該留意甚麼；何況接著寫天使來臨
的部分頗長，讀者即使留意，一時也不容易知道，哪幾行是
留意的焦點。加以呼語中有「訓誨」("dottrina")一詞；但丁
此時正跟老師維吉爾在一起；叫讀者「留意」("mirate")自
己的「訓誨」而不留意老師的「訓誨」，難免有僭越之嫌。
較可信的解釋是：「讀者呀，你們該留意老師在上文所說的
話（指五五—五七行；當然，加上五二—五四行復仇女神的
話也無不可）。這些話裏，有訓誨存焉。」那麼，所指的訓
誨是甚麼呢？基阿佩利(Fredi Chiappelli, 65)的說法較爲可
信：在地獄，罪惡兼具個人和社會意義。進入地獄的過程中，
最大的危險是麻木不仁，變成石頭。覺察到這點，並獲理性
幫助，就可以保持敏感，繼續經歷地獄的經驗而從中獲益。

67-72. **情形完全像……兇猛的走獸**：不少論者指出，這幾行寫風的
文字，可以上溯到維吉爾《埃涅阿斯紀》第二章四一六—一
九行：

adversi rupto ceu quondam turbine venti

confligunt, Zephyrusque, Notusque, et laetus Eois

Eurus equis; stridunt silvae, saevitque tridenti

spumeus atque imo Nereus ciet aequora fundo.

有時候，颶風爆發間，諸風會彼此

激盪：西風啦，南風啦，還有昂然驅策著

曉駒的東風。林吼沫湧中，涅柔斯

狂揮著三叉戟，從海底捲起巨浪滔滔。

不過但丁參考了維吉爾的意象後，又能自出機杼，有青出於藍的表現。

73-75. **請你極目⋯⋯凝望浪沫最洶湧的那一處**：這幾行的焦點在廣闊無邊的空間移動，氣魄浩大，是歐洲史詩的當行本色。**遠古的殘滓**：指沸騰的沼澤，像地獄一樣古老。

76-78. **像一群青蛙⋯⋯在水底蹲匿**：這一意象來自奧維德《變形記》第六卷三七零—八一行，表現了但丁風格的一大特色：以常見的事物為喻，讓讀者領略作品的思想、觀念、題旨時毫無阻隔。尤其難得的是，七三至七五行是宏大的史詩重筆，到這裏筆鋒陡移，降落日常事物的層次，益見詩人音域之廣。

78. **蹲匿**：原文為"s'abbica"，由"bica"（麥垛）一詞衍生而來，指青蛙蹲匿水底，狀如田野上一個個的小麥垛。參看 Chiappelli，66。

98-99. **克爾貝羅斯⋯⋯撕剝之苦**：赫拉克勒斯的十二件苦差中，最後一件是把地獄的三頭狗克爾貝羅斯拖回凡間。三頭狗要抗拒，結果遭「撕剝之苦」。參看《埃涅阿斯紀》第六卷三九一—九七行。

100.　　**髒道所經之地**：指天使的來路。

105.　　**聽了聖言**：天使來自天上，代表上帝，所說的話就是聖言。

112.　　**在阿爾勒——羅訥河滯流成沼澤之地**：在法國普羅旺斯的阿爾勒(Arles)，也就是羅訥河流入地中海的河口附近，有不少古羅馬石棺。

113-15.　**在坡拉……一低一高**：「坡拉」，意大利文 Pola，即 Pula，塞爾維亞-克羅地亞語為 Pulj，南斯拉夫伊斯的利亞(Istria)半島（西北端屬意大利）的一個港口。**卡納羅海灣**：即夸爾涅羅(Quarnero)海灣（今日南斯拉夫的 Veliki Kvarner），在伊斯的利亞半島以東。坡拉一帶，夸爾涅羅海灣附近，有古羅馬墓地。

132.　　**維吉爾轉右**：不少論者（如 Singleton, *Inferno* 2, 143; Sisson, 520）指出，在地獄裏，維吉爾和但丁前進時只向左轉；維吉爾在這裏轉右，是兩次例外之一（另一例外，是《地獄篇》第十七章第三十一行）。詩人但丁大概要指出，這層的罪惡是信仰異端，而異端是心智的過失；要加以矯正，象徵智慧的維吉爾必須走相反方向，「把顛倒的顛倒過來」。

第十章

但丁隨維吉爾循秘道前進，經過懲惡的墳崗，想看看裏面的陰魂。維吉爾告訴他，墳墓所埋，是伊壁鳩魯師徒。兩人對答間，法里納塔在一個石棺裏出現，跟但丁談到翡冷翠的黨爭。接著，卡瓦爾坎特在另一個石棺裏跪起來，詢問兒子圭多的下落；見但丁猶豫，就跌回墓中。法里納塔繼續未完的話題，預測但丁會遭放逐；同時指出，吉伯林黨要夷平翡冷翠時，他曾力排眾議，扭轉了該城的命運。然後，但丁詢問法里納塔，亡魂何以能預測未來，卻不知道目前發生的事件。明白了原委，知道腓特烈二世也在墳中之後，就隨維吉爾左轉，走落一個山谷。

此刻，老師循一條秘道前進，
　　兩邊是冥城的高牆、懲惡的墳崗。
　　我則跟在後面，由他帶引。　　　　　3
「至德呀，在邪惡的眾圈向前方
　　帶領我，」我說：「樂意讓我追隨。
　　請你告訴我，滿足我求知的願望，　　6
在這些墓穴裏躺臥的鬼類，
　　可以看看嗎？因為，墳墓的蓋
　　都已經揭開，而且沒有人守衛。」　　9
維吉爾說：「他們帶著遺留在
　　世上的肉體從約沙法谷回來時，

就會全部在這裏遭到緊埋。　　　　　12

伊壁鳩魯師徒，使靈魂隨肉體見褫。

卒後，這個老師跟所有的徒弟

　　就在這地方找到了墳墓棲止。　　　15

至於你剛才向我提出的問題，

　　很快就會在裏面得到答案。

　　得償所願的，還有你未宣的心意。」　18

我聞言說道：「好導師呀，實在不敢

　　瞞你：我沒說心意，是不想多做聲。

　　多言的毛病，你以前曾叫我別犯。」　21

「托斯卡納人哪，你走過火焰之城

　　而不死。你說起話來也眞客氣。

　　請你在這個地方等一等。　　　　　24

你的口音，說明你的出生地

　　是托斯卡納這片顯赫的故土。

　　以前，也許我對它過於嚴厲。」　　27

突然間，其中一個石棺發出

　　這樣的聲音。於是，我向嚮導

　　靠近了些，心中充滿了驚怖。　　　30

維吉爾說：「轉身哪，你受了甚麼困擾？

　　你看，法里納塔已聳身而起；

　　你可以看清他腰部以上的身高。」　33

這時候，我已經對著他的目光凝睇。

　　而他，則揚著眉，挺起了胸膛，

　　對地獄彷彿顯出了極大的鄙夷。　　36

導師有力的手一直在旁，

這時把我輕推向法里納塔那邊，

　　說：「你的話務必要得體恰當。　　　39

當我來到法里納塔的墳墓前，

　　他望了我一眼，就輕蔑地開腔，

　　對我這樣問：「誰是你的祖先？」　　42

我的心中充滿了服從的渴想；

　　見他說話，就向他披露無遺。

　　他聽後，兩眉向上揚了一揚，　　　45

說道：「他們曾經悍然爲敵，

　　對我，對我的先人、我的黨派。

　　因此我兩度令他們分崩離析。」　　48

「他們被逐後，卻能從各處回來，」

　　我答道：「兩次都返回了故土。

　　這藝術，您的人學得並不精彩。」　51

接著，一個幽靈在旁邊冒出，

　　只露出頭頂到下巴的模樣。

　　我猜他升起的時候，是跪在墳墓。　54

他打量著我的周圍，好像

　　要看看有沒有人和我來這裏。

　　當冀望落空，化爲虛幻的思量，　　57

他就哭著說：「如果這個封閉

　　晦冥的牢房，你可以憑巧智來往，

　　我的兒子呢？他怎麼不跟你一起？」　60

於是我答道：「我並非單獨來訪；

　　在那邊等候的，是我的嚮導。

　　也許您的圭多沒把他放在心上。」　63

法里納塔

當我來到法里納塔的墳墓前，／他望了我一眼，就
輕蔑地開腔，／對我這樣問：「誰是你的祖先？」

（《地獄篇》，第十章，四零——四二行）

這個人的話和所受的煎熬，

　　已經把他的名字告訴了我。

　　因此我就詳盡地向他奉告。　　　　　66

突然，他伸直了身子，喊道：「你說

　　過去時的『沒把』；難道他不在陽間？

　　他的眼睛再沒有柔光擊落？」　　　　69

他見我有點猶豫，似乎在拖延，

　　遲遲仍未回答他的問題，

　　就向後跌了回去，再沒有出現。　　　72

可是，另一位——要我遵從其心意

　　而駐足的大魂魄——卻面不改容，

　　脖子不動，也沒有彎腰屈膝；　　　　75

只繼續把剛才的話加以補充：

　　「那藝術，」他說：「如果他們學不好，

　　給我的折磨會比這張床嚴重。　　　　78

不過統治這裏的女王，其面貌

　　由暗轉亮間未到第五十回，

　　你就會知道，那藝術是何等艱奧。　　81

如果你要向美好的世界回歸，

　　就告訴我，該族爲甚麼這樣狠心，

　　條條法令都要我的親人受罪？」　　　84

我聽後回答說：「大屠殺和蹂躪，

　　染紅了阿爾比亞河的水波。

　　這，是我們的宗廟制禮之因。」　　　　87

他聽後嘆了口氣，搖著頭說：

　　「參與其事的不止我一個。如非

我自問有理，也不會加入那一夥。　　　90
不過，當大家贊成把翡冷翠摧毀，
　　只有我，單獨一個人提出異議：
　　只有我，單獨一個人公開反對。」　　93
「但願您的子孫哪，得享安息。
　　請您，」我對他懇求說：「為我解結。
　　這個結，在這裏絆住了我的判斷力。　96
你們好像──如果我聽得確切──
　　可以預知未來發生的事情；
　　對於現在，卻跟傳言有別。」　　　99
「我們像某些人，視覺有了毛病，」
　　他說：「只看見離我們較遠的景物──
　　至尊的上主仍這樣給我們光明；　102
近一點或眼前的東西，我們就全部
　　理解不到；而消息不來自他方，
　　人世的事情我們也絕不清楚。　　105
那麼，你現在可以明白了，通往
　　未來的門一關，我們的感悟
　　就在那一瞬間全部夭殤。」　　　108
於是，我因為冒失而歉然惱苦，
　　答道：「那麼，請告訴那後跌的人，
　　他的兒子仍跟活人在一處；　　　111
並且向他解釋，剛才那一陣，
　　我沉默不答，是因為當時我正在
　　尋思您剛剛為我解答的疑問。　　114
這時候，老師在喚我，要我離開。

於是我更加匆忙，請那位幽靈

　告訴我，和他一起的，是甚麼同儕。　　117

他說：「我跟逾千人躺在這墓塋。

　裏面有腓特烈二世在長眠；

　有紅衣主教……其餘的不必再說明。」　120

說完就藏了起來。我則向古典

　詩人那邊走；一邊走，一邊再度

　思索那句含有敵意的惡言。　　　123

詩人繼續前行，然後在半途

　對我說：「為甚麼這樣癡癡迷迷？」

　於是，我只好詳細地答覆。　　　126

「聽到惡言相向，就用記憶

　把它保存吧。」智者這樣吩咐我，

　手指一指，說：「現在該注意這裏。　129

你會碰到一個人。她的美目無所

　不察。置身於她的柔光之前，

　此生走甚麼路，她就會給你點撥。」　132

維吉爾說完，就舉足走向左邊。

　我們離開了城牆，向中間緩走，

　所循的小徑以一個山谷為終點。　135

裏面的惡臭一直臭到谷口。

註　釋：

1.　　**秘道**：但丁跟維吉爾所走的道路，隱秘而狹窄，位於狄斯

城內。

2. **兩邊是……墳崗**：兩人轉右，向前走動間，左邊是墳崗，右邊是狄斯城的高牆。

4. **至德**：最高的德行，指維吉爾。所謂「最高」，是相對於凡人而言。維吉爾的德行無論多高，都不能與貝緹麗彩同日而語，因此不能勝任天堂之旅。**邪惡的眾圈**：指地獄各層。

10-12. **他們……緊埋**：據《聖經》的說法，最後審判會在約法沙谷（分隔耶路撒冷和橄欖山的河流在這裏發源）舉行。審判完畢，陰間的亡魂會與陽間的遺體結合。也就是說，但丁和維吉爾眼前的惡魂，屆時把世上的肉體帶回來，一起進入石棺，棺蓋才會合上。參看《約珥書》第三章一——二節，第三章十二節；《馬太福音》第二十五章三一——三二節。

13. **伊壁鳩魯師徒，使靈魂隨肉體見褫**：伊壁鳩魯（Ἐπίκουρος, Epicurus，公元前三四二—公元前一七零），古希臘雅典的哲學家，伊壁鳩魯學派的創始人。闡發了德謨克利特的原子說，認為宇宙萬物由原子組成；強調感性；倡寧靜、克制、中庸之道，認為人生的最高目標是避免痛苦（並非一般人所謂的享樂）。其學說為不少人所誤解，與物質主義、享樂主義相提並論。伊壁鳩魯留下的著作不多，主要包括《論自然》、致友人書信三篇。伊壁鳩魯在世時並沒有否定神的存在，但由於不相信靈魂不滅之說，遭奧古斯丁猛烈抨擊。但丁在《筵席》第二篇第八節第八至十句(*Convivio*, II, VIII, 8-10)裏，也對他的學說痛加批評：

Dico che intra tutte le bestialitadi quella è stoltissima, vilissima e dannosissima, chi crede dopo questa vita non essere altra vita; però che, se noi rivolgiamo tutte le scritture, sì de' filosofi come de li altri savi scrittori, tutti concordano in questo, che in noi sia parte alcuna perpetuale……Ciascuno è certo che la natura umana è perfettissima di tutte l'altre nature di qua giù; e questo nullo niega……

我認為，在一切愚行之中，最愚蠢、最卑下、最有害的，莫過於相信死後沒有來生。因為翻開所有的經典，不管是哲人還是聖人所寫，作者都一致認為，我們體內有某一部分是永恆不滅的。……所有作者都確信，在凡間諸性中，以人性最為完美。這一點，誰也不會否認。

在但丁時期，圭爾佛黨常把伊壁鳩魯的學說與吉伯林黨學說混為一談。但丁受了影響，乃把吉伯林黨的顯赫人物法里納塔(Farinata)置於地獄的第六層。有的論者指出，把伊壁鳩魯視為異端的創始人，顯然與時代背景不符，因為伊壁鳩魯生於基督之前，不應以異端入罪，更不應列為異端之首。詳見Sisson, 521; Singleton, *Inferno 2*, 146。

18.　　**得償所願的，還有你未宣的心意**：維吉爾不待言宣，就知道旅人但丁想見法里納塔。詩人但丁這樣描寫維吉爾，間接肯定了他的智者角色。

22-27.　**托斯卡納人哪……過於嚴厲**：但丁跟維吉爾談話間，突然有亡魂插嘴，給作品增添了頗強的戲劇效果。接著，讀者就會知道，說話的亡魂是法里納塔(Farinata)。法里納塔（約一二零五──一二六四），原名蒙南特・德利烏貝爾提(Monente degli Uberti)，翡冷翠人，雅科坡・德利烏貝爾提(Jacopo degli

Uberti)之子。身材高碩，器宇軒昂，儒雅而有才智，善用兵，為人正直勇敢，極獲時人（包括敵人）敬重。法里納塔於一二三九年取得烏貝爾提家族和吉伯林黨的領導地位，一二四八年放逐圭爾佛黨。一二五八年，圭爾佛黨重返翡冷翠，法里納塔和吉伯林黨人遭逐，逃往錫耶納(Siena)。一二六零年九月四日，法里納塔領導吉伯林黨大敗圭爾佛黨於蒙塔佩爾提(Montaperti)；其後，在厄姆坡利(Empoli)的會議上獨力反對吉伯林黨把翡冷翠夷為平地，挽救了翡冷翠。法里納塔返回翡冷翠後，於一二六四年（但丁出生前一年）去世。一二六六年，翡冷翠再度落入圭爾佛黨手中。一二八三年，法里納塔與妻子阿達蕾妲(Adaleta)同遭翡冷翠的宗教法庭審判官薩洛莫內・達盧卡(Salomone da Lucca)判為異端，墳墓被掘，骨殖遭焚，骨灰被撒落穢地，財產被沒收充公。詳見 Bosco e Reggio, *Inferno*, 153; Sapegno, *Inferno*, 114-15; Singleton, *Inferno 2*, 146-48; Toynbee, 260-61, "Farinata"條；Durling, *Inferno*, 163。法里納塔雖然置身地獄，可是但丁對他的敬意仍流露於字裏行間。

23.　　**也眞客氣**：指但丁跟維吉爾說話時有禮貌。

33.　　**你可以看清他腰部以上的身高**：這行強調了法里納塔的魁梧體型。

46-47.　**他們……我的黨派**：但丁的家族屬圭爾佛黨。

48.　　**兩度令他們分崩離析**：指法里納塔分別於一二四八、一二六零年領導吉伯林黨打敗了圭爾佛黨。

51.　　**這藝術，您的人學得並不精彩**：「藝術」，指重返翡冷翠掌權。吉伯林黨於一二六六年被圭爾佛黨打敗後，再不能重返翡冷翠。旅人但丁在這裏跟法里納塔頂嘴，幽了法里納塔一

默。不過到了下面（七九—八一行），法里納塔就會還擊。
「您的人」，指吉伯林黨人。在對答過程中，但丁用了敬稱
「您的」("vostri")，流露了內心對法里納塔的敬意。在《神
曲》中，但丁的敬稱「您」("voi")只施諸少數人：法里納塔、
卡瓦爾坎特(Cavalcante)、布魯涅托・拉提尼(Brunetto
Latini)、卡查圭達(Cacciaguida)、阿德里安五世(Adriano V,
英文 Adrian V)。他跟貝緹麗彩說話時，除了《天堂篇》第
三十一章七九—九零行，也一律用敬稱。

52-54.　**接著……跪在墳墓**：這個幽靈是卡瓦爾坎特(Cavalcante)。在
這章，兩個亡魂的姿勢有別（法里納塔站立，卡瓦爾坎特下
跪），象徵二者的精神地位有高下之分。Singleton (*Inferno 2*,
150)指出。在中世紀的藝術中，魁梧的體型通常象徵崇高的
精神和德行。

52.　　**一個幽靈**：指卡瓦爾坎特・德卡瓦爾坎提(Cavalcante de'
Cavalcanti)，圭多・卡瓦爾坎提(Guido Cavalcanti)的父親，
屬圭爾佛黨。據薄伽丘和本溫努托(Benvenuto)的記載，卡瓦
爾坎特是個富有而風雅的騎士，注重物質享受，信仰伊壁鳩
魯派學說，否定靈魂不滅，認為人生的最高目標是追求感官
快樂。因此被但丁打入信仰異端者的行列。一二六七年，法
里納塔的女兒貝亞特里切（並非《神曲》主角貝緹麗彩）與
卡瓦爾坎特的兒子圭多訂婚，兩個家族的關係暫時獲得改
善。參看 Bosco e Reggio, *Inferno*, 155-56; Sapegno, *Inferno*,
117; Toynbee, 160, "Cavalcanti, Cavalcante"條。

60.　　**我的兒子**：指圭多・卡瓦爾坎提(Guido Cavalcanti)。圭多約
於一二五五—一二五九年出生，比但丁年長十歲左右，才情
橫溢，是個出色的抒情詩人，支持圭爾佛黨中的白黨，對但

丁的影響極大。在《新生》(*Vita Nuova*)第三節，但丁稱圭
多爲「我的第一位好友」("primo de li miei amici")。《新生》
成書時（一二九二年），但丁把該書獻給圭多。參看 *Vita
Nuova*, III, 14; XXIV, 6; XXV, 10; XXXII, 1）。一三零零年
六月二十四日，黑、白兩黨的主要人物被翡冷翠的執政長官
(priore)放逐，其中包括圭多。但丁於同年六月至八月任執政
長官；有關放逐圭多的決議，但丁也曾參與。但丁支持當時
的決定，大概有兩個原因：第一，他身居要職，爲了表示公
允，不得不忍痛贊成；第二，他早已超越黨派，以翡冷翠的
整體利益爲念。根據本章的描寫，一三零零年四月，圭多仍
然在生；同年八月，他才去世。圭多像父親一樣，信仰伊壁
鳩魯的物質主義。參看 Bosco e Reggio, *Inferno*, 156; Vandelli,
92; Toynbee, 160-62, "Cavalcanti, Guido"條。

63.　　**也許您的圭多沒把他放在心上**：但丁跟卡瓦爾坎特談話時也
　　　　用敬稱「您的」("vostro")。圭多不把維吉爾（即詩中的「他」）
　　　　放在心上，大概因爲維吉爾的宗教情操與圭多的伊壁鳩魯信
　　　　仰相違。

64-65.　**這個人的話和所受的煎熬……告訴了我**：指卡瓦爾坎特詢問
　　　　兒子下落的話和他本人所受的刑罰，已向但丁展露了身分。

68.　　**過去時的『沒把』**：「沒把他放在心上」的原文（第六十三
　　　　行）爲"ebbe a disdegno"（較直接的譯法是「看不起他」）。
　　　　在意大利語裏，"ebbe"屬遠過去時(passato remoto)。

73.　　**另一位**：指法里納塔。

77.　　**那藝術**：指重返翡冷翠的藝術。這行是法里納塔回應旅人但
　　　　丁在五十一行所說的話。

79-81.　**不過……何等艱奧**：法里納塔在預測未來，同時也幽了旅人

但丁一默。

79.　**統治這裏的王后**：指赫卡忒('Εκάτη, Hecate)，即佩瑟芙涅(Περσεφόνη, Persephone)，佩爾塞斯(Πέρσης, Perses)和阿斯忒里亞('Αστερία, Asteria)的女兒，羅馬神話稱普洛塞爾庇涅(Proserpine)或普洛塞爾庇娜(Proserpina)，一身而兼三職：旣是月神盧娜(Luna)，也是大地女神狄安娜(Diana)和冥王狄斯(Dis)的妻子。維吉爾所謂的"tria virginis ora Dianae"（「狄安娜的三個形態」），就是指天上的盧娜、地下的狄安娜、陰間的赫卡忒。

80.　**由暗轉亮間未到第五十回**：月亮「由暗轉亮」一次，需時一月。「未到第五十回」，就是未滿五十個月。法里納塔的意思是：五十個月結束之前，但丁就會知道，流放後要重返翡冷翠是何等困難。在詩中，旅人但丁跟法里納塔見面的時間是一三零零年四月九日。第四十九個月約在一三零四年三月五日，第五十個月約在一三零四年四月四日。在三月五日和四月四日之間（即三月十日），紅衣主教尼科洛・達普拉托(Niccolò da Prato)會奉教皇本篤十一世(Benedict XI)之命，調解黑、白二黨之爭，希望讓放逐在外的白黨（包括但丁）返回翡冷翠，可是並不成功。詳見 Singleton, *Inferno 2*, 155。法里納塔的話，是《地獄篇》的第二次預言（第一次見《地獄篇》第六章六四—七五行），描述的事件全部肇因於第一次預言。在本章第五十一行，旅人但丁幽了法里納塔一默；在這裏，形勢逆轉，法里納塔反幽旅人但丁一默。

82.　**如果你要向美好的世界回歸**：意思是：如果旅人但丁要重返陽間。

83-84.　**該族爲甚麼……受罪**：「該族」，指翡冷翠人。意思是：翡

冷翠人頒佈的法令，爲甚麼對烏貝爾提一族特別殘酷，一再禁止他們重返翡冷翠；最後還把他們的房子夷平，改建爲僭主廣場(Piazza della Signoria)。

86.　**阿爾比亞河**：意大利的一條小河，在錫耶納以東，流入奧姆布羅内(Ombrone)河；東岸的蒙塔佩爾提(Montaperti)，是一二六零年吉伯林黨大敗圭爾佛黨之地。

87.　**這，是我們的宗廟制禮之因**：翡冷翠針對烏貝爾提的律令，大概在聖約翰教堂頒佈。「宗廟」指教堂。「制禮」指頒佈律令的過程。圭爾佛黨在蒙塔佩爾提被法里納塔所領導的吉伯林黨打敗，日後反敗爲勝，向法里納塔一族報復，是不難理解的。

89-90.　**如非／我自問有理**：意爲：如果我不是有特別的理由。所謂「理由」，指法里納塔盼打敗圭爾佛黨後重返翡冷翠。

90.　**那一夥**：指吉伯林黨。

91-93.　**不過……公開反對**：吉伯林黨勝利後，在厄姆坡利開會，決定夷平翡冷翠。由於法里納塔單獨抗爭，翡冷翠才幸免於難。詳見二二—二七行註。

95.　**爲我解結**：爲旅人但丁解惑。

97.　**你們**：指衆亡魂，諸如法里納塔和卡瓦爾坎特。

99.　**對於現在，卻跟傳言有別**：根據傳言，亡魂能預測未來；對於目前發生的事，卻似乎一無所知。譬如卡瓦爾坎特，雖能預知一三零四年發生的事，卻不知道兒子此刻的下落，也不知道一三零零年（旅人但丁進地獄的一年）吉伯林黨仍遭流放。

100-08.　**我們像某些人……全部夭殘**：在這幾行裏，法里納塔說明了亡魂能預知未來的原因。並且指出，人世的事情，亡魂要靠

他人來傳達。

107-08.　未來的門一關……全部夭殤：亡魂有預知未來的本領，是因
　　　　爲他們能透過一道門，看到未來發生的事件。最後審判結
　　　　束，這道門就永遠關上，時間就不再存在，此後也不再有未
　　　　來（說得準確點，當然也不再有「此後」），結果亡魂的「感
　　　　悟」（預知未來的能力）就會「夭殤」。

110-11.　那麼，請告訴那後跌的人……在一處：「後跌的人」，指卡
　　　　瓦爾坎特。但丁請法里納塔告訴卡瓦爾坎特，他的兒子圭多
　　　　仍活在世上。

114.　　尋思您剛剛爲我解答的疑問：指本章九五——九六行所提到
　　　　的「結」。但丁發覺亡魂不知道目前發生的事，心生困惑，
　　　　於是分神思索，末能回答卡瓦爾坎特的問題。

119.　　腓特烈二世：Friedrich II（一一九四——一二五零），腓特
　　　　烈一世（紅鬍子）的孫子，亨利六世的兒子，德國霍亨斯陶
　　　　芬王朝（Hohenstaufen 或 Staufen）君主，神聖羅馬帝國皇
　　　　帝（一二一二——一二五零），西西里和那波利（一譯「那不
　　　　勒斯」）君主，名義上也統領耶路撒冷（一二二七），有「世
　　　　間奇跡」("Stupor Mundi")之稱。本身風流儒雅，在西西里
　　　　帕勒爾摩(Palermo)的宮廷獎掖文藝、學術，促進東西方文化
　　　　（尤其是阿拉伯與意大利文化）的交流。任內，吉伯林黨的
　　　　勢力上升。不過由於他領導的十字軍東征失敗，皇權與教權
　　　　衝突，結果遭教皇開除教籍。對於腓特烈二世，但丁大致持
　　　　肯定態度（參看《地獄篇》第十三章）；在本章視爲異端，
　　　　主要受了當代的影響。
　　　　　　十三世紀的史家薩林貝内・達帕爾瑪(Salimbene da
　　　Parma)這樣形容腓特烈二世：

Erat enim Epycurus, et ideo quicquid poterat invenire in divina Scriptura per se et per sapientes suos, quod faceret ad ostendendum quod non esset alia vita post mortem, totum inveniebat.

他信仰伊壁鳩魯學説，因此竭盡所能，和手下的學者在《聖經》裏找尋一切可以找尋到的證據，以説明死後沒有來生。

另一位作者于戈(Ugo di Sain Circ)也說："Ni vida apres mort ni paradis non cre：/ E dis c'om es nienz despueis que pert l'ale."（「〔腓特烈二世〕既不相信死後會有來生，也不相信死後會有天堂。／他說：一個人斷了氣，就化爲烏有。」）這些論者的看法，充分反映了時人對腓特烈二世的態度；也直接左右了但丁的看法。

此外，腓特烈二世在生時，與不少回教君主友好；以和平談判方式從回教領袖手中取回耶路撒冷；邀請回教國家的學者、科學家到他的宮廷交流；並且爲治下的回教徒建造城市，讓他們膜拜自己的神祇。如此開明的作風，已遙呼二十世紀的多元風氣，自然不會見容於當世，也難以見容於反對異教的但丁了。詳見 Bosco e Reggio, *Inferno*, 161; Sapegno, *Inferno*, 122; Singleton, *Inferno 2*, 159; Sisson, 523—524; Durling, *Inferno*, 168; Toynbee, 263-64, "Federigo[2]"條；《世界歷史詞典》，頁六六二。

120.　**紅衣主教**：指奧塔維阿諾・德利烏巴爾迪尼(Ottaviano degli Ubaldini)。德利烏巴爾迪尼於一二四零年（當時還未滿三十

歲）獲任爲波隆亞(Bologna)主教，一二四四年獲任爲紅衣主教，卒於一二七三年。由於他盛名遠播，時人提到「紅衣主教」時，所指的就是他。德利烏巴爾迪尼是個忠貞的吉伯林黨員。《地獄篇》第三十三章第十四行的大主教魯吉耶里(Ruggieri)是他的姪兒；《煉獄篇》第二十四章第二十九行的烏巴爾迪諾・德拉皮拉(Ubaldino della Pila)是他的兄弟。據本溫努托(Benvenuto)的記載，他生吉伯林黨的氣時，說過："si anima est, ego perdidi ipsam millies pro ghibelinis"（「如果世上有靈魂的話，爲了吉伯林黨，我已經把靈魂丟了一千次」）。德利烏巴爾迪尼爲人可親，有強烈的個性。不過由於他在但丁的心目中捍衛教義不力，本溫努托又覺得他「在言行上是伊壁鳩魯的信徒」，拉納(Lana)認爲他好像不相信死後會有來生，結果被打落地獄第六層。參看 Bosco e Reggio, *Inferno*, 161; Sapegno, *Inferno*, 122; Vandelli, 96; Singleton, *Inferno 2*, 160。

121-22. **古典／詩人**：指維吉爾。

123. **含有敵意的惡言**：指法里納塔預言但丁會遭放逐的話（見本章七九—八一行）；不是說法里納塔講話時對旅人但丁懷有敵意。

130-31. **你會……不察**：「一個人」：指貝緹麗彩。貝緹麗彩能直觀上帝，從上帝那裏洞悉一切。維吉爾缺乏大啓，只能靠人智察物，沒有貝緹麗彩的視境。參看 Singleton, *Inferno 2*, 162; Vandelli, 97；《地獄篇》第七章第三行。

133. **維吉爾……走向左邊**：在《地獄篇》第九章第一三二行裏，「維吉爾轉右」，一反常態；此刻開始走地獄之旅的正常方向。

第十一章

但丁跟維吉爾在地獄第六層前進間，聞到一股惡臭。惡臭來自地獄
的深淵，強烈得難以抵擋。結果他們要暫時駐足，讓嗅覺先習慣惡
臭。他們停留的地方有一個大墳，墳蓋寫著「阿拿斯塔斯之圖圖」。
為了善用停留的時間，維吉爾向但丁解釋了地獄的概況，説明各層
懲罰甚麼樣的亡魂。

　　一座座巨大而巉巖的亂石圍成

　　　　高峻的懸崖。我們在崖邊踅旋，

　　　　來到一個更殘酷的坎坑。　　　　　　3

　　置身該處，由於無底的深淵

　　　　噴出惡臭，強烈得難以抵擋，

　　　　我們要朝著一個大墳急蜷。　　　　　6

　　藏身在墳蓋後面，只見蓋上

　　　　有文字說：「教皇阿拿斯塔斯之圖圖；

　　　　佛提努斯把他誘離了康莊。」　　　　9

　　「我們要在這裏等一等才下去。

　　　　這樣一來，嗅覺就可以適應

　　　　惡臭；此後，其困擾就無須再畏懼。」　12

　　老師這樣說。我答道：「即使暫停，

　　　　也不要浪費光陰；要利用這時機

　　　　看看。」老師說：「你道出了我的心情。」　15

阿拿斯塔斯之墓

我們要朝著一個大墳急蜷。／藏身在墳蓋後面，只
見蓋上／有文字說：「教皇阿拿斯塔斯之囹圄⋯⋯」
（《地獄篇》，第十一章，六—八行）

「小伙子呀，在這些石砌的懸崖裏，」
　　老師接著說：「有三個小層並存──
　　依次向下，跟剛才所見無異：　　　　18
全部擠滿了接受天譴的亡魂。
　　要此後記取你所見到的經驗，
　　得明白他們如何及因何被困。　　　　21
招惹上天之怒的一切惡慾，
　　都以害人爲目的；要達到目的，
　　就會傷人；手段或粗暴，或奸險。　　24
不過奸險是人類獨有的惡疾，
　　所以更觸神怒；因此奸人
　　在更低處，受更大的痛楚攻襲。　　　27
第一層的亡魂，都有兇暴的前身。
　　由於暴力使三個人受苦，
　　第一層乃有三圈，分爲三部分。　　　30
暴力能施諸神，施諸本人，施諸
　　鄰居，即三方面的本身和財產。
　　至於原因，我會爲你說清楚。　　　　33
暴力可使鄰居遭重傷的災難；
　　可以殺害他，使他的財物被毀、
　　被掠，或者被惡人縱火焚燃。　　　　36
因此，殺人犯、惡意傷人之輩、
　　蹂躪者、擄掠者，就在第一圈分批
　　受刑；受刑時分成不同的種類。　　　39
一個人，還可以把暴力施諸自己
　　或私產。因此，這些亡魂乃要

在第二圈懺悔；卻悔而無益。　　　　42
裏面的亡魂，把你們的世界丟掉，
　　或拿他們的財富揮霍輸傾；
　　然後痛哭，失去了原來的歡笑。　　45
上述的暴力也可以施諸神靈：
　　在心中對他褻瀆或加以擯棄，
　　並蔑視大自然，蔑視其充盈。　　48
因此，最小的一圈乃把印記
　　蓋在所多瑪和卡奧爾兩個地方。
　　這刑罰，也是腹誹上帝者所罹。　　51
奸計會把所有的良心咬傷。
　　受害者可能對奸人推心置腹；
　　也可能不易信人，以避免上當。　　54
把奸計施諸第二種受害者，似乎
　　只會把自然建立的關係割切。
　　因此，在下一層地獄建屋　　57
築巢的，是僞君子、佞人，以及專業
　　巫術之輩，是騙子、盜賊、神棍、
　　淫媒、污吏，以及同類的奸邪。　　60
向信任者逞奸，則不再依遵
　　先天之情以及後天所搞，
　　以至由後天產生的信任誠悃。　　63
因此，在最小的一層，也就是
　　宇宙的中心——冥王狄斯的御座，
　　一切出賣人的奸賊在永遭焚炙。」　　66
我聽後答道：「老師，你的解說

　　已經很清楚。這個深淵，以及

　　　它囚禁的亡魂，你也詳細縷析過。　　　69

告訴我，被那一大片濕沼禁閉、

　　　被烈風猛颺、以及被暴雨擊打、

　　　相撞時以惡言彼此痛詆的一批，　　　72

如果也觸了神怒，他們的刑罰

　　　為甚麼不在那座赤城裏執行？

　　　不然，處境為甚麼這樣可怕？」　　　75

於是，維吉爾對我說：「你的心情

　　　竟如此恍惚，有別於平時的神志——

　　　是你的神志，對別處目不轉睛？　　　78

那些話，你的記憶不能再控持？

　　　那些話，你的《倫理學》曾拿來細說

　　　人性中違背天意的三種過失：　　　81

不知克己、心腸狠毒、墮落

　　　如禽獸。該書又解釋，不能克己，

　　　神怒會小些，天譴的力量也較弱。　　　84

如果你好好研究這個道理，

　　　並且回想一下，甚麼樣的亡靈

　　　在上面的城外遭刑罰折磨身體，　　　87

你就會清楚，為甚麼他們身在幽冥，

　　　卻跟這些壞蛋隔離；天堂

　　　懲罰他們時，為甚麼錘擊得較輕。」　　　90

「太陽啊，你恢復所有病眸的健康；

　　　解答了我的疑難後，給我欣慰，

　　　使困惑之樂不下於識見的增長。　　　93

請稍微重複，向過去的話題回歸。

　　你講過，放高利貸之舉，」我說：

「有違聖善。請把這疑結摧毀。」　　　　96

「哲學，在通人眼中，」維吉爾向我

　　解釋：「處處都在觀察覽閱，

　　看大自然運行時怎樣描摹　　　　　　99

神的睿智，向神工勤習苦學。

　　同時，如果你把《物理學》細讀，

　　展卷後讀不了多少頁，就會發覺，　　102

只要能力許可，你們的藝術

　　就緊隨自然，如徒弟之於老師。

　　因此，神可以說是藝術的祖父。　　　105

回想《創世記》的開頭，你就會得知，

　　人類要靠這兩者，在這個世界

　　發展；靠這兩者把生計維持。　　　　108

放高利貸的人，取向有別，

　　乃鄙棄自然本身，鄙棄遵依

　　自然的徒弟，而寄望於別的事業。　　111

好啦，我走啦，請跟隨我的足跡。

　　因為雙魚已經在地平上顫閃，

　　北斗已全在考魯斯之上倚棲；　　　　114

在那一邊，懸崖已開始下翻。

註　釋：

8.　**阿拿斯塔斯**：指教皇阿拿斯塔斯二世（Anastasius II，公元四九六—四九八）。據中世紀的流行說法，阿拿斯塔斯二世受了薩洛尼卡的執事佛提努斯(Photinus)的影響，信奉君士坦丁堡牧首阿卡西烏(Acacius)的「異端」。根據這一「異端」，基督只有人性，並無神性。但丁相信基督既有人性，也有神性，因此把阿拿斯塔斯二世打入地獄。不過辛格爾頓指出，阿拿斯塔斯二世其實是阿拿斯塔斯一世之誤。後者於公元四九一—五一八年任神聖羅馬皇帝。參看 Bosco e Reggio, *Inferno*, 166; Singleton, *Inferno 2*, 163-64; Vandelli, 98; Toynbee, 36-37, "Anastasio"條。

16.　**石砌的**：「石」，指第一行「巨大而巉巖的亂石」。Singleton (*Inferno 2*, 165)指出，這些亂石鋪砌在第七層的深谷之壁。深谷之下，是第八層和第九層。

17.　**三個小層**：原文為"tre cerchietti"，指地獄第七、第八、第九層。這三層的圓周比其上各層小，因此稱為「小層」。

22.　**招惹上天之怒的一切惡慾**：「惡慾」，原文為"malizia"。有關這詞的意義，可參看阿奎那的《神學大全》(*Summa theolgocia*, I-II, q. 78)。這一句的意思，可以和《詩篇》第五篇第五—六節對照："Odisti omnes qui operantur iniquitatem, perdes omnes qui loquuntur mendacium; virum sanguinum et dolosum abominabitur Dominus."（「凡作孽的，都是你所恨惡的。／說謊言的，你必滅絕；／好流人血弄詭詐的，都為耶和華所憎惡。」）

23.　**以害人為目的**：上層地獄所懲罰的罪慾，都出於無意，是犯罪者軟弱、不能克制自己的情欲所致。下層地獄所懲罰的罪慾出於蓄意，因此在程度上更嚴重。托馬斯・阿奎那在《尼

可瑪可斯倫理學評註》(*In decem libros Ethicorum ad Nicomachum expositio,* V, lect. 17, n. 1104)裏說："non solum voluntarie, sed electione"(「不單出於自願,而且是蓄意」)。

24.　**手段或粗暴,或奸險**:根據西塞羅的說法,蓄意的罪惡分暴力罪惡和奸詐罪惡兩大類。參看 Cicero, *De officiis*, I, 13。

25.　**奸險是人類獨有的惡疾**:理智是人類所獨有。奸險之罪,是濫用、錯用理智的結果。

28.　**第一層**:指第七層,不是指整個地獄的第一層。所謂「第一」,在這行是相對於但丁和維吉爾此刻的立足點而言,也就是他們面臨的一層。

29.　**使三個人受苦**:指三十一行和三十二行的「神」、「本人」、「鄰居」。

31-32.　**施諸神,施諸本人,施諸/鄰居**:Vandelli (100)和 Singleton (*Inferno 2*, 167-68)指出,在這兩行裏,罪惡的次序由重至輕,其題旨源出阿奎那的《神學大全》(*Summa theologica*, II-II, q. 118, a. I, obj. 2):"Omne peccatum aut est in Deum, aut in proximum, aut in seipsum."(「每一罪惡,不是針對上帝,就是針對本人或鄰居。」)人類固然不能向上帝施暴,不過惡念生自心中,也會褻瀆神明。《神學大全》(I-II, q. 73, a. 8, ad 2)說:"Et tamen potest dici quod etsi Deo nullus possit nocere quantum ad eius substantiam, potest tamen nocumentum attentare in his quae Dei sunt, sicut extirpando fidem, violando sacra, quae sunt peccata gravissima."(「此外,我們雖然可以說,沒有人能夠傷害上帝本體。可是人卻可以傷害與上帝有關的事物,例如摧毀信仰,冒犯聖物。這一切都罪大惡極。」)

44-45.　**或拿他們的財富……歡笑**:指揮霍財富的亡魂。

47. **在心中對他褻瀆或加以擯棄**：參看《詩篇》第十四篇第一節："Dixit insipiens in corde suo：Non est Deus."（「愚頑人心裏說：沒有神。」）

48. **並蔑視大自然，蔑視其充盈**：大自然由上帝創造。蔑視大自然及其充盈，等於蔑視上帝。Vandelli(101)對此行另有解釋，可參看。Singleton(*Inferno 2*, 170-71)則認爲，此行與阿奎那的《神學大全》(II-II, q. 154, a. 12, ad I)相通："Sicut ordo rationis rectae est ab homine, ita ordo naturae est ab ipso Deo. Et ideo in peccatis contra naturam, in quibus ipse ordo naturae violatur, fit iniuria ipsi Deo ordinatori naturae."（「大自然受控於上帝，一如正確的理智受控於人。是故，違背大自然之罪，是對上帝的傷害。因爲違背大自然時，大自然的秩序本身會遭到侵犯。」）

49-50. **把印記／蓋在所多瑪和卡奧爾兩個地方**：意思是：以火球爲印記。**所多瑪**：罪惡之地，因雞姦之罪而臭名昭彰。參看《創世記》第十八章二十─三三節；第十九章一─二九節。**卡奧爾**：法國南部的一個城市，位於洛特(Lot)河岸，是現代法國洛特省的首府。在中世紀是個高利貸中心；"Caorsinus"一詞，與「放高利貸的人」同義。

51. **腹誹上帝者**：原文"chi, spregiando Dio col cor, favella"。上應第四十七行。

52. **奸計會把所有的良心咬傷**：由這行起，作品開始描述地獄的第八、九層。

55-56. **把奸計施諸第二種受害者……割切**：「第二種受害者」，指五十四行的「不易信人，以避免上當」的受害者。人與人之間，有天生的親切關係。參看 *Convivio*, I, I, 8)："ciascuno uomo a ciascuno uomo naturalmente è amico"(「人與人之間，都有自然的情誼。」) 阿奎那的《尼可瑪可斯倫理學評註》(*Ethicorum ad Nicomachum expositio*, VIII, lect. I, n. 1541)也有類似的說法："Est etiam naturalis amicitia inter eos, qui sunt unius gentis adinvicem, inquantum communicant in moribus et convictu. Et maxime est naturalis amicitia illa, quae est omnium hominum adinvicem, propter similitudinem naturae speciei." (「同一族人之間，如果習俗相同，生活與共，也會有自然的友誼。如果所有的人性情相同，彼此尤其會產生自然的友誼。」) 轉引自 Singleton, *Inferno 2*, 173。

57.　　**下一層**：指地獄的第八層，用來懲罰欺詐之罪。

58-60.　**是僞君子……奸邪**：地獄的第八層再細分爲十部分（十囊），用來懲罰十種罪惡。

64.　　**最小的一層**：指地獄的第九層，也是最後一層。

68.　　**這個深淵**：指但丁尚未親臨的三層地獄。

70-75.　**告訴我……這樣可怕**：此刻，但丁和維吉爾置身於地獄的第六層。這幾行所談是上層地獄的四層，已由但丁親歷。上層所罰，是不知克制之罪。但丁的意思是：上層的亡魂如果沒有觸犯神怒，爲何要那樣受罪？如果觸犯了神怒，爲甚麼不在狄斯城内受罰？其實，上下兩層所罰的罪惡不同：上層亡魂犯罪，只因不能克己，並沒有惡意，受害者是亡魂本身；下層亡魂犯罪，是出於惡意，受害的是他人。詩人但丁安排旅人但丁發問，目的是借維吉爾之口帶出下文。

74.　　**赤城**：原文"la città roggia",直譯是「紅色的城」，指狄斯城。狄斯城「永恆的烈火在／……燃燒，……使寺院變紅」（第八章七三—七四行），因此叫「赤城」。地獄分上下兩層，

以狄斯城的牆壁爲界。

80. **你的《倫理學》**：指亞里士多德的《倫理學》，由其子尼可瑪可斯編纂，又稱《尼可瑪可斯倫理學》。但丁對亞里士多德的著作有深入研究，因此維吉爾向但丁提到此書時，稱爲「你的《倫理學》」。

91. **太陽**：指維吉爾。維吉爾給但丁啓示，如太陽給人光明。參看《地獄篇》第一章第八十二行。

93. **使困惑之樂不下於識見的增長**：因困惑而獲維吉爾啓示，是一大樂；其樂不下於識見增長。

95-96. **放高利貸之舉……有違聖善**：根據猶太教義，放高利貸有違上帝的意旨。

97. **哲學**：「哲學」一詞，有的論者認爲泛指亞里士多德的哲學；也有論者認爲專指他的《形而上學》。參看 Bosco e Reggio, *Inferno*, 173; Sapegno, *Inferno*, 132; Singleton, *Inferno 2*, 179。

99-100. **看太自然運行時怎樣描摹／神的睿智，向神工勤習苦學**：參看但丁的《帝制論》(*Monarchia*, I, III, 2)："Deus eternus arte sua, que natura est……"（「永恆的上帝，藉其神工，即大自然……」）；《帝制論》(II, II, 3)："celo, quod organum est artis divine, quam naturam comuniter appellant"（「天堂是神工的工具；神工呢，大家都稱爲大自然」）。

101. **物理學**：指亞里士多德的《物理學》。亞里士多德在該書(II, 2, 194^a)說過："ars imitatur naturam"（「藝術模仿自然」）。轉引自 Singleton, *Inferno 2*, 180。

107-08. **在這個世界／發展**：參看《創世記》第一章第二十八節："Crescite et multiplicamini"（「要生養衆多」）。

108. **這兩者**：指大自然和人力。關於人力的說法，可參看《創世

記》第三章第十七—十九節："In laboribus comedes ex ea [terra] cunctis diebus vitae tuae…in sudore vultus tui vesceris pane." (「你必終身勞苦才能從地裏得吃的。……你必汗流滿面才得糊口。」)

109. **取向有別**：亞里士多德的《倫理學》(IV, I, 1121^b-1122^a)對高利貸有惡評。這一論點，阿奎那在《神學大全》(II-II, q. 78, a. I, ad 3)裏加以引申。在《<政治學>評註》(*Politicorum expositio*)裏，也有類似的說法："quia secundum naturam est, ut denarii acquirantur ex rebus naturalibus, non autem ex denariis." (「因爲，根據自然法則，該由自然的貨物生財，不該由金錢本身生財。」) 轉引自 Singleton, *Inferno 2*, 182。

110-11. **乃鄙棄自然本身……徒弟**：「遵依／自然的徒弟」，指人力。放高利貸的人，在加倍鄙棄大自然：既違反自然，也違反人力的法則。

113-14. **因爲雙魚……考魯斯之上倚棲**：「雙魚」（原文"i Pesci"），指雙魚座。太陽位於白羊座裏，東升的時間在雙魚座之後。

考魯斯：拉丁文 Caurus，指西北風。這兩行所寫的時間，是聖星期六(Holy Saturday)早上四時，在日出前不久。這時候，北斗七星位於西北的地平線上，正要下沉。雙魚座「在地平上顫閃」，表示日出的時間將至。

第十二章

但丁和維吉爾經山石崩陷處來到地獄第七層第一圈，在深谷邊緣看
到了人牛怪。人牛怪遭維吉爾斥責後亂跳亂蹦。二人繼續前進，來
到一道沸騰的血河，河裏浸著暴力傷人的亡魂。在血河和崖腳之間，
一列人馬怪在挽著利矢奔跑，見亡魂不守本分或逃避刑罰，就把他
們射殺。人馬怪中的克倫跟維吉爾對話。維吉爾要求克倫派人當嚮
導，把但丁載到血河的另一邊。克倫聞言，把嚮導任務交給了涅索
斯。前進間，涅索斯介紹了河裏受刑的亡魂。

我們下崖的時候，所到的地方
　　是高峻陡峭的山坡。那裏的景物
　　會使所有的眼睛避而不望。　　　　　3
如崩塌的山，由於支撐不足
　　或由於地震，在特倫托的這邊
　　向阿迪傑河的側面陷落傾覆，　　　　6
從峰頂那裏，搖動著瀉向下面，
　　直達平原，把石頭一塊塊的砸爛，
　　給上面的人一條下行的路線，　　　　9
深谷在我們的眼前陡然下坍。
　　而就在斷壑靠近邊緣之處，
　　克里特之醜——藉假牛這愛伴　　　　12
生下的怪物——正把獸體展舒；

人牛怪

而就在斷壑靠近邊緣之處，／克里特之醜——藉假
牛這愛伴／生下的怪物——正把獸體展舒……

（《地獄篇》，第十二章，十一－十三行）

見我們走來，就咬嚙自己的身軀，

　　彷彿被五內的怒火所征服。　　　　　15

我機智的老師向它喝道：「也許

　　你以為，在陽間把你處死的那位

　　雅典公爵，到了地獄的這一隅？　　　18

給我滾！畜生！這個人來到地獄內，

　　並沒有得到你姐姐的指點；

　　他是路過這裏，看你們受罪。」　　　21

公牛受了致命的一擊，剎那間

　　會掙脫韁繩，想往前走又不能，

　　就橫衝直撞，從這邊竄躍到那邊。　　24

眼前的人牛怪，也這樣亂跳亂蹦。

　　導師見了，喊道：「向出路跑哇！

　　趁他發怒，快繼續下降的旅程。」　　27

於是，我們繼續沿險徑下踏。

　　斜坡的亂石被踩，由於壓力

　　增加，常在我們的腳下滾滑。　　　　30

暗忖間，我聽到維吉爾說：「我已

　　令守衛這斷崖的畜生燒光

　　怒火。你還在尋那坍圮之地？　　　　33

那麼，我告訴你，就在上一趟

　　我來這裏，深入地獄的下界時，

　　這一塊石頭還沒有跌落下方。　　　　36

當年，那聖者曾經從上方下馳，

　　把最高一層的重要人質，從冥主

　　狄斯的手中奪去。據我所知，　　　　39

他降臨前的須臾，污臭的深谷確乎
　　全面震動。當時，我以爲乾坤
　　爲仁愛所感。這種現象，世俗　　　　　42
有人相信，曾多次變天下爲混沌。
　　就在那時候，這一大塊古老的
　　石頭到處損毀，隆然向下面翻滾。　　45
此刻，請你向深谷裏凝望。血河
　　已經向我們靠近。裏面的水波
　　沸騰著那些以暴力傷人的死者。」　48
啊，盲目的貪欲、愚蠢的怒火，
　　在短促的一生中把我們鞭御，
　　然後就永遠把我們浸入愁慘！　　　51
我看見一道大溝，形狀彎曲，
　　把一整個平原圍在裏面，
　　就像我的嚮導先前所敍。　　　　　54
在這道大溝和崖腳之間，
　　一列人馬怪在奔跑，都挽著利矢，
　　就像他們在世上那樣游畋。　　　　57
人馬怪見我們下降，都不再騁馳。
　　其中三個，倏地離開了隊眾，
　　把預先選定的弓箭在手裏緊執。　　60
其中一個在遠處喊道：「剛從
　　陡坡下來的，受的是甚麼刑罰？
　　在那邊報上來，不然我就拉弓。」　63
於是，我的老師說：「我們的回答，
　　只跟站在你身旁的克倫說。

人馬怪——涅索斯

人馬怪見我們下降,都不再騰馳。／其中三個,候
地離開了隊眾,／把預先選定的弓箭在手裏緊執。
(《地獄篇》,第十二章,五八一六○行)

你這麼急躁，只會把自己害煞。」　　　66
「那是涅索斯，」老師輕輕地觸了我
　　一下，繼續說：「因美麗的黛安內拉喪命；
　　然後，報仇的工作由自己去做。　　　69
站在中間、俯望著胸膛的幽靈
　　是有名的克倫；撫育阿喀琉斯的就是他。
　　另一個是佛洛斯，生時有暴烈的性情。　　72
大溝的周圍，千萬頭人馬怪在穿插。
　　見亡魂不守本分而冒出血溝，
　　想逃避刑罰，就會把他們射殺。」　　　75
當我們靠近這些驃捷的野獸，
　　克倫就撿起一枝箭，然後用箭凹
　　把鬍子向上下頷的後面一兜。　　　78
當他露出了那張大口的形貌，
　　就對同伴說：「你們有沒有注意，
　　後面那個人所履的地方被攪擾——　　　81
死者的腳，通常不會把東西踢起。」
　　賢師這時已面對他的胸膛，
　　也就是半人半馬兩種形體　　　84
接合處；聞言道：「是活的。他獨自來往，
　　是要看我展示這冥谷幽�◻。
　　他注定要來這裏；不是來閒逛。　　　87
有一個人，停下了哈利路亞的讚美，
　　從上方下降，給了我這個新使命。
　　他不是賊；我也不是盜竊鬼。　　　90
我能夠走過這麼兇險的荒徑，

克倫

克倫就撿起一枝箭，然後用前包／把鬍子向上下顎
的後面一兜。

（《地獄篇》·第十二章·七七一七八行）

是因為有神力助我。憑這股神力，

我請你派一個人跟我們同行；　　　93

好告訴我們，哪裏是涉河之地；

並且用背部把這個人負載——

他不是幽靈，不能在空中攀躋。」　96

克倫屈著右胸向後面一擺，

對涅索斯說：「你過去，給他們帶路。

要是碰見另一群人，就叫他們走開。」　99

我們和可靠的嚮導再上征途，

一直沿著沸騰的血河前進，

途中聽到亡魂被煮時的慘呼。　　　102

我看見河水浸到了亡魂的眉心。

「都是暴君，」顯赫的人馬怪說：

「生時專事搶掠和血腥的蹂躪，　　105

因昔日的暴行在此嗥咷悔過。」

這裏是亞歷山大跟殘暴的狄奧尼修斯。

後者曾帶給西西里多年的災禍。　　108

那是阿佐利諾，眉毛竟如此

烏黑。皮膚白皙的那個亡靈，

則是埃斯提的奧皮佐。他的養子　　111

的確結束了他在陽間的生命。」

之後，我轉身望著詩人。詩人說：

「現在讓他先走，我跟著他前行。」　114

走不多遠，人馬怪停了下來，望落

下面。沸河裏有群鬼浸在血瀾，

看來都只有咽喉伸出水波。　　　　117

人馬怪把離群的一個指給我們看，
　　說道：「那個人在神的懷裏曾擘開
　　一個心，至今仍把泰晤士河滴染。」　　120
之後，我目睹一些人冒出了水外，
　　頭顱和整個胸膛都可以看見；
　　當中有許多人，我都能辨認出來。　　123
漸漸，河裏的血越來越淺。
　　到了最後，只煮燙著亡魂的腳，
　　而我們也到了橫越壕溝的地點。　　126
「當你從血流的這一邊俯眺，
　　沸河的流量會不斷減退，」
　　人馬怪說：「可是你得明瞭，　　129
在另一邊看，它的河床卻會
　　越來越深，縈繞著向前，一直
　　流返剛才令暴君呻吟的血水。　　132
那裏，天上神聖的法律會刺螫
　　阿提拉，別號叫『地上之鞭』的傢伙；
　　刺螫皮洛斯和塞克斯都。遭凌遲　　135
折磨的，還有科內托的里尼埃，有里尼埃・帕佐。
　　他們在路上挑起過頻仍的爭鬥；
　　此刻，眼淚遭煮出後，永被擠索。」　　138
人馬怪說完，轉身再橫過渡口。

註　釋：

3.　　　**會使所有的眼睛避而不望**：但丁暫時不說「眼睛避而不望」的是何景何物，以增加讀者期待之情。

5-6.　　**在特倫托的這邊／向阿迪傑河的側面陷落傾覆**：「這邊」，即南邊。一般論者認爲，這兩行所描寫的，是斯拉維尼・迪馬爾科(Slavini di Marco)。斯拉維尼・迪馬爾科是一大片崩陷的岩石，位於意大利北部，在特倫托之南二十英里。斯拉維尼是該地的名稱，馬爾科是旁邊的一座城堡。

12-13.　　**克里特之醜……正把獸體展舒**：到了這裏，但丁才說出「眼睛避而不望」（第三行）的是甚麼；不過說時仍沒有明言，只以「克里特之醜」來交代。所謂「克里特之醜」，是指米諾陶洛斯(Μινώταυρος, Minotaur)。根據古希臘神話，海神波塞冬(Ποσειδῶν, Poseidon)送了一頭公牛給克里特王米諾斯(Μίνως, Minos)二世。這頭公牛全身雪白，引起了米諾斯妻子帕西法厄(Πασιφάη, Pasiphae)的淫念。於是，帕西法厄叫代達羅斯(Δαίδαλος, Daedalus)造了一頭木母牛，上鋪牛皮，自己藏身木母牛內，像母牛一樣俯伏。白公牛見了，就撲上去，趴在木母牛身上，與裏面的帕西法厄交媾。結果帕西法厄成孕，生下牛頭人身的怪物，稱爲米諾陶洛斯。也正是這個緣故，米諾陶洛斯的希臘名字 "Μινώταυρος" 由 "Μίνως"（米諾斯）和 "ταυρος"（公牛）構成。米諾陶洛斯出生後，米諾斯命代達羅斯造了一座迷宮，把他關在裏面。由於雅典人曾經殺害米諾斯和帕西法厄的兒子安德洛革奧斯(Ἀνδρόγεως, Androgeos)，米諾斯爲了報仇，要雅典每年送來七個童男、七個童女，供米諾陶洛斯吞噬。後來，忒修斯(Θησεύς, Theseus)冒充犧牲，藉米諾斯和帕斯法厄的女兒阿里阿德涅(Ἀριάδνη, Ariadne)的幫助進入迷宮，殺死了

米諾陶洛斯。在傳統神話裏，米諾陶洛斯是牛頭人身；但丁在這裏把傳統的說法稍加改動，把怪物寫成人頭牛身；所以說「正把獸體舒展」。有關米諾陶洛斯的典故，可參看維吉爾《牧歌集》第六卷四五—六零行；《埃涅阿斯紀》第六卷二四—二六行，四四七行；奧維德《變形記》第八卷一三一—三七行）。《煉獄篇》第二十六章，再度描寫帕西法厄：「帕西法厄鑽進母牛裏，／讓公牛衝過來幫她把淫慾散發」（四一—四二行）；「那淫婦，／在木頭畜生裏像禽獸俯趴。」（八六—八七行）

14.　　**咬噬自己的身軀**：形容怪物怒不可遏。

18.　　**雅典公爵**：指忒修斯。忒修斯是雅典國王的兒子。參看《地獄篇》第九章第五十四行註。Singleton (*Inferno 2*, 187)指出，「公爵」是中世紀的銜頭。因此嚴格說來，稱忒修斯爲「公爵」並不準確。

20.　　**你姐姐**：指阿里阿德涅（Ἀριάδνη, Ariadne）。阿里阿德涅愛上了忒修斯，把線團和寶劍交給他，助他殺死米諾陶洛斯。後來，阿里阿德涅嫁給忒修斯。但過了不久，阿里阿德涅就遭忒修斯拋棄在那克索斯（Νάξος，Naxus 或 Naxos）島上，嫁給酒神巴克科斯(Βάκχος, Bacchus)，並爲他生兒育女。有關此後的發展，神話有多種版本。其中之一敘阿爾忒彌斯(Ἄρτεμις, Artemis)應巴克科斯之請，殺掉了阿里阿德涅。

22-24.　**公牛……竄躍到那邊**：參看《埃涅阿斯紀》第二卷二二三—二四行描寫拉奧孔遭巨蟒纏死前的比喻："qualis mugitus, fugit cum saucius aram / taurus et incertam excussit cervice securim."（「一如斧頭砍歪了，公牛把它／從脖子甩掉，竄離祭壇時慘嚎。」）

25. **眼前的人牛怪**：即米諾陶洛斯。但丁在二—三行說「那裏的景物／會使所有的眼睛避而不望」。至於景物是甚麼，到這裏才真正交代，以加強懸疑效果。

34. **就在上一趟**：指維吉爾上一次進地獄的時候。參看《地獄篇》第九章二二—二七行。

35. **地獄的下界**：地獄可簡分為上下兩層。這裏指下層。

37-41. **當年……全面震動**：指基督入地獄拯救亡魂。在地獄裏，所有角色提到基督時都不會直指其名。因此，這裏也只說"colui"（「那聖者」，直譯是「那個人」）。據《馬太福音》第二十七章第五十一節，基督受難時，「地也震動，磐石也崩裂」("terra mota est, et petrae scissae sunt")。參看《地獄篇》第四章。

38. **最高一層**：指地獄邊境。

39. **狄斯**：指撒旦。基督進地獄時，撒旦的手下曾妄圖阻擋。參看《地獄篇》第八章一二四—二六行。

41-43. **當時……混沌**：古希臘詩人兼哲學家恩培多克勒（Ἐμπεδοκλῆς，Empedocles，約公元前四九零—公元前四三零）稱火、水、土、氣四種元素為「四根」，宇宙由四根組成。四根因愛而聚；因恨而散。聚時回復和諧，重歸為混沌；散時化為萬物，形成森羅。亞里士多德在《形而上學》(III, 4, 1000^b)裏也提到這一學說。參看阿奎那的《形而上學評註》(*Metaphysicorum expositio*, III, lect. II, n. 478)。

44-45. **古老的／石頭**：上帝創世不久，就創造了地獄，用來懲罰叛變的天使。因此地獄的石頭極其古老。參看《地獄篇》第三章七—八行：「我永遠不朽；在我之前，萬象／未形，只有永恆的事物存在。」

46. **血河**：這條血河，即《地獄篇》第十四章——六行的「弗列革呑」（希臘文叫 "φλεγέθων, Phlegethon"），是冥界五川之一的火川。與泣川科庫托斯(Κωκυτός, Cocytus)相匯，成爲禍川阿刻戎('Αχέρων, Acheron)。"φλεγέθων"是"φλέγω"（燃燒）的現在分詞。

48. **沸騰著那些以暴力傷人的死者**：此行回應《地獄篇》第十一章三七——三九行：「因此，殺人犯、惡意傷人之輩、／蹂躪者、擄掠者，就在第一圈分批／受刑……。」

49-51. **啊，盲目的貪欲、愚蠢的怒火，／……浸入愁懍**：「盲目的貪欲」和「愚蠢的怒火」是傷害鄰居的兩大原因：「愚蠢的怒火」傷人身體；「盲目的貪欲」侵人財貨。

56. **人馬怪**：希臘原文爲"Κένταυροι"（複數），英文 Centaurs，一譯「肯陶洛斯人」。肯陶洛斯(Κένταυρος)與多種牝馬交媾，生下人馬怪。人馬怪上身爲人，有兩手；下身爲馬，有四足、四蹄。居於山林，以生肉爲食物。不過人馬怪克倫(Χείρων, Chiron)和佛洛斯(Φόλος, Pholus)的血統與一般的人馬怪有別。所有的人馬怪之中，以克倫最有智慧（詳見第六十五行註）。至於佛洛斯，曾以醇酒款待赫拉克勒斯。除了克倫和佛洛斯，人馬怪都貪食、好色，生性暴烈。其中一個出席拉庇泰族(Λαπίθαι, Lapiths)君王佩里托奧斯(Πειρίθοος, Peirithous)的婚宴時醉酒鬧事，想強姦新娘希波達彌亞('Ιπποδάμεια, Hippodamia)，並企圖和同黨擄走在場的女子。結果與拉庇泰人大戰，傷亡慘重。

65. **克倫**：克倫的父母是誰，古代神話有不同的說法。一說其父爲克洛諾斯(Κρόνος, Cronus)，其母爲海洋仙女菲呂拉(Φιλύρα, Philyra)；一說其父爲宙斯(Ζέυς, Zeus)；一說其父

爲伊克西翁('Ιξίων, Ixion)，其母爲涅斐勒(Νεφέλη,
Nephele)。克倫仁慈而聰明，與人類友善，精於音樂、武術、
打獵、倫理、醫術，是多才多藝的智者。幫佩琉斯(Πηλεύς,
Peleus)娶得忒提斯(Θέτις, Thetis)，教導過伊阿宋、赫拉克勒
斯、阿斯克勒庇奧斯('Ασκληπιός, Asclepius)，撫育、醫治
過阿喀琉斯，阿波羅也跟他學過藝。據上述第一種說法，克
洛諾斯愛上了菲呂拉，怕妻子瑞亞('Ρεία, Rhea)妒忌，於是
化身爲馬，與菲呂拉歡好，結果生下半人半馬的兒子克倫。

67-69. **那是涅索斯……自己去做**：涅索斯(Νέσσος, Nessus)是人馬
怪之一。據希臘神話的一般說法，涅索斯爲伊克西翁和涅斐
勒（雲）所生。因強姦赫拉克勒斯之妻得伊阿尼拉
(Δηιάνειρα, Deianeira)，被赫拉克勒斯射殺。赫拉克勒斯射
殺涅索斯的利箭沾有勒爾那地區九頭水蛇許德拉('Ύδρα,
Hydra)的毒血，中毒者無藥可救。涅索斯臨死時，把有毒的
血衣交給得伊阿尼拉，並且告訴她，只要讓赫拉克勒斯穿
上，赫拉克勒斯就永遠愛她。後來，赫拉克勒斯愛上了伊奧
勒('Ιόλη, Iole)。出於妒忌，得伊阿尼拉把毒衣給赫拉克勒
斯穿上，叫他毒發難耐，跳到火葬用的柴堆上自焚而死。得
伊阿尼拉目睹丈夫慘狀，悔疚不已，結果自縊身亡。所謂「報
仇的工作由自己去做」，指涅索斯以毒衣殺死赫拉克勒斯。
這句話回應了奧維德《變形記》第九卷一三一—一三二行涅索
斯所說："Ne… enim moriemur/ inulti."（「我死後必定報仇。」）

70. **俯望著胸膛**：克倫是最有智慧的人馬怪。Singleton (*Inferno 2*,
192)指出，說克倫「俯望著胸膛」，表示他沉著凝重；同時
也強調他半人半馬的形態。參看八三—八五行：「他的胸膛，
／也就是半人半馬兩種形體／接合處。」

72.　　**佛洛斯**：人馬怪之一。參看第五十六行註。佛洛斯以美酒款待赫拉克勒斯時，酒香招致其他人馬怪跟赫拉克勒斯混戰。混戰中，有不少人馬怪喪生。佛洛斯埋葬人馬怪的屍體時，被毒箭的箭頭擦傷。經赫拉克勒斯搶救無效，中毒身亡。

81.　　**所履的地方被攪擾**：指旅人但丁有形體，踩動了腳下的石頭。這行再度強調，旅人但丁以凡軀入地獄，與維吉爾有別。

83.　　**這時已面對他的胸膛**：指維吉爾恰與克倫的胸膛等高。

87.　　**他注定要來這裏**：維吉爾強調，旅人但丁進地獄，是出於上帝的意旨。

88-89.　**有一個人……新使命**：指貝緹麗彩從天堂下降，叫維吉爾帶引但丁。參看《地獄篇》第二章五三——一一八行的敘述。

98-99.　**對涅索斯説……走開**：據《變形記》第九卷一零八行所說，涅索斯「身體強壯，熟悉各渡口的情形」(“membrisque valens scitusque vadorum”)。但丁對《變形記》十分熟悉，把嚮導的任務派給涅索斯，大概是受了該書影響。

104-05.　**都是暴君……蹂躪**：在《帝制論》(*Monarchia*, III, IV, 10)裏，但丁這樣形容暴君："qui publica iura non ad comunem utilitatem secuntur, sed ad propriam retorquere conantur."(「設法扭曲律令——不是爲公益，而是爲私利。」)

107.　　**這裏是亞歷山大……狄奧尼修斯**：亞歷山大，大多數評註家認爲指馬其頓君王亞歷山大大帝（公元前三五六——公元前三二三）。有些論者有不同的看法，認爲指希臘北部色薩利亞(Θεσσαλία, Thessalia)菲萊(Θέραι, Pherae)城的暴君亞歷山大（在位期間約爲公元前三六八——公元前三五九年）。前一派論者（如 Singleton, *Inferno 2*, 196-98）指出，但丁提到古史時，常以奧羅修斯(Orosius)的著作爲藍本；而奧羅修斯對

亞歷山大大帝有以下的評語：「眞是……痛苦之淵，是席卷整個東方的旋風……嗜血之欲永不饜足……總想進行新的屠殺」("vere…gurges miseriarum atque atrocissimus turbo totius orientis…sanguinis inexsaturabilis…recentem tamen semper sitiebat cruorem")；臨死「仍要飮血」("adhuc sanguinem sitiens")。另一位作者盧卡努斯，也是但丁參考的對象。而盧卡努斯的《法薩羅斯紀》（又名《內戰記》）第十卷三四—三六行這樣描寫亞歷山大大帝：「他是大地的瘟疫，是霹靂，／轟擊所有的民族，無一幸免。／他是人類的災星。」("Terrarum fatale malum fulmenque, quod omnes / Percuteret pariter populos, et sidus iniquum / Gentibus.")因此，但丁所指，應該是馬其頓君王亞歷山大大帝。一般史家，常視亞歷山大爲正面人物；但丁在這裏卻持相反觀點。可見《神曲》不尙勇力、征戰，與《伊利昂紀》一類長篇敍事詩有所不同。

狄奧尼修斯：有的論者認爲指西西里島錫臘庫扎的暴君老狄奧尼修斯（公元前四零五—三六七年在位）。有的論者認爲指其子小狄奧尼修斯。小狄奧尼修斯在位十一年（公元前三六七—公元前三五六）。公元前三五六年被放逐，逃往洛克里城，在那裏建立殘暴政權。

109. **阿佐利諾**：原文 Azzolino 或 Ezzelino，全名爲埃澤利諾・達羅馬諾三世(Ezzelino III da Romano)。生於一一九四年，卒於一二五九年，是神聖羅馬帝國皇帝腓特烈二世的女婿，吉伯林黨首領。統治帕多瓦特雷維索邊區期間極端殘暴，有「撒旦之子」的惡名。在位期間，濫施酷刑，史家維蘭尼(Villani)稱爲「有史以來，基督教世界最殘忍、最可怕的暴君」("fu

il più crudele e ridottato tiranno che mai fosse tra' cristiani")。在位三十四年間壞事做盡。後來被教皇召集的正義之師打敗而繫獄。參看 Sapegno, *Inferno*, 143; Toynbee, 77-78, "Azzolino"條; Singleton, *Inferno 2*, 198。

111-12.　埃斯提的奧皮佐。他的養子／的確結束了他在陽間的生命：奧皮佐，原名奧比佐(Obizzo)二世，生於一二四七年，卒於一二九三年，一二六四至一二九三年任費拉拉(Ferrara)和安科納(Ancona)邊區的侯爵，爲人殘忍。據說遭兒子謀殺。其子繼位後稱阿佐(Azzo)八世。「養子」，原文爲"figliastro"，有「私生子」的意思，暗示阿佐之母（奧皮佐之妻）對丈夫不忠。

113-14.　之後，我轉身望著詩人。詩人說：／「……前行」：這兩行意簡意繁。旅人但丁聽了人馬怪的話後，未知是否可信，於是「轉身望著」維吉爾，等待指示。維吉爾跟但丁心意相通，不待但丁發言，已經知道他在想甚麼。維吉爾叫但丁前行，但丁就知道人馬怪的話可信。

116-17.　沸河裏……伸出水波：這兩行描寫的是殺人犯。殺人犯的罪惡沒有暴君重，因此「咽喉」尚能「伸出水波」。「水波」，原文爲"bulicame"，是古羅馬的溫泉，臭名昭彰。在這裏借指地獄之水，至爲恰當。參看《地獄篇》第十四章第七十九行註。

119-20.　那個人……仍把泰晤士河滴染：那個人，指基・德蒙佛赫（Guy de Montfort，約一二四三——一二九八）。德蒙佛赫爲萊斯特(Leicester)伯爵西蒙・德蒙佛赫(Simon de Monfort)之子，曾任安茹的沙爾一世(Charles d'Anjou)駐托斯卡納的使者。西蒙死於亨利三世部衆之手。基・德蒙佛赫在維特爾波

(Viterbo)的一座教堂裏謀殺了亨利三世的親人亨利王子（康沃爾伯爵理查德之子）。就基督教觀點而言，在教堂裏謀殺是極大的罪惡，因此說「在神的懷裏曾擘開／一個心」。亨利王子被殺時，法王腓力三世、安茹的沙爾一世、教會的紅衣主教正共聚教堂內選舉教皇。亨利王子被殺後，其心臟盛於倫敦橋頭的一個金杯裏。參看 Villani, *Cronica di Giovanni Villani*, VII, 39; Bosco e Reggio, *Inferno*, 185; Toynbee, 340-41, "Guido di Monforte"條。

134. **阿提拉……『地上之鞭』的傢伙**：阿提拉約生於公元四零六年，卒於公元四五三年。匈奴國王。在位期間（四三三—四五三）侵佔歐洲大量土地，要東、西羅馬納貢，爲人極端殘暴，叫歐洲人聞風喪膽，有「上帝之鞭」（拉丁文"flagellum Dei"）的稱號。「地上之鞭」，原文是"flagello in terra"的漢譯（也可譯爲「大地之鞭」）。

135. **皮洛斯**：皮洛斯的身分有兩種說法。有些論者認爲指阿喀琉斯（'Αχιλλεύς, Achilles）和得伊達彌亞（Δηιδάμεια, Deidamia)之子Πύρρος (Pyrrhus)。在希臘神話中又叫涅奧普托勒摩斯(Νεοπτόλεμος, Neoptolemus)，綽號「紅頭」。在特洛亞之戰中勇敢善戰，卻十分殘忍。是第一個藏在木馬的希臘戰士。特洛亞陷落後，他殺死普里阿摩斯，把赫克托爾之子阿斯提阿那克斯('Αστυάναξ, Astyanax)從城樓之頂擲下摔死，在父親墳前手刃波麗瑟娜，以之爲犧牲。其殘忍行徑見於《埃涅阿斯紀》第二卷五二六—五五九行。另一些論者，則認爲「皮洛斯」指希臘西北埃佩洛斯('Ήπειρος, Epirus)的國王（約公元前三一八—公元前二七二）。曾與羅馬人爲敵，於公元前二七五年敗北。曾爲但丁提及

(*Monarchia*, II, IX, 8)。

塞克斯都：一般論者認爲指龐培(Gnaeus Pompeius Magnus，公元前一零六—公元前一四八)的幼子 Sextus Pompeius Magnus。是個兇殘的海盜。見 Lucanus, *Pharsalia*, VI, 113-15。

136.　**科內托的里尼埃**：「科內托」(Corneto)，意大利城鎮，位於馬爾塔(Marta)河岸。據翡冷翠無名氏(Anonimo fiorentino)的說法，「科內托的里尼埃」是意大利近海沼澤地(Maremma)的一個大盜，與但丁同期。見 Sapegno, *Inferno*, 144。

里尼埃・帕佐：據翡冷翠無名氏(Anonimo fiorentino)的說法，里尼埃・帕佐是惡名昭彰的大盜。專門劫掠教會顯貴，橫行於翡冷翠和阿雷佐之間。與但丁同期。參看 Sapegno, *Inferno*, 144; Singleton, *Inferno 2*, 203。

138.　**此刻，眼淚遭煮出後，永被擠索**：這行極富象徵和諷刺意義：鐵石心腸的大盜，在這裏要流淚。

第十三章

但丁和維吉爾來到地獄的第七層第二圈。在這一圈受刑的,是自殺而死的亡魂,即生時向自己施暴的人。但丁隨維吉爾進入一個可怕的叢林,發覺裏面有妖鳥在榛莽中築巢,聽到哀號從四面八方響起。但丁按維吉爾的指示,從一株巨棘折下一根小枝,發覺巨棘竟是陰魂,而哀號就來自樹叢。巨棘講述自殺者的命運時,左邊竄出兩個鬼物,後面有一大群黑色的母狗追來。但丁在陰魂的呼喊中認出了拉諾和賈科摩。母狗群追了上來,把藏在一叢矮樹的賈科摩撕成碎片。矮樹叢因賈科摩的牽累受了傷,回答維吉爾的詢問時説出了翡冷翠的一段歷史。

涅索斯還未返回血河的另一邊,
　　我們已經在一個叢林裏前行;
　　看不到任何蹊徑印在地面, 3
看不到綠葉叢;只見一片晦冥,
　　枝榦都糾纏扭曲,並不光滑。
　　林中沒有果子,只有毒荊; 6
榛莽是那麼濃密,那麼蕪雜,
　　在切齊納和科內托的沼地上,
　　惡田的野獸所居也不會更可怕。 9
討厭的妖鳥築巢於這裏的榛莽。
　　這些妖鳥,曾經以凶兆把特洛亞人

從斯特洛法迪斯驅往別的地方。　　　　12
它們有人頸人面，有闊翼附身，
　　足部有爪，肚子上覆著羽毛，
　　都在林中的怪樹上哀鳴怨恨。　　　15
「趁我們還未深入，我向你明告，
　　你現在置身於第二圈，」我的賢師
　　這樣對我說：「而且，在我們來到　18
火沙之前，都會在這裏棲遲。
　　所以你要留心，你見到的東西，
　　單憑我口講，會叫你驚疑不置。」　21
我聽到哀號從四面八方響起，
　　卻看不見發出聲音的陰魂。
　　於是，我駐足，感到惶惑不已。　　24
維吉爾大概以爲，我這時在暗忖，
　　那些聲音統統由樹榦間傳來，
　　發聲者爲了避開我們而隱遁。　　　27
因此，他對我說：「你要是扭摘
　　這些樹木，把一條小枝折落，
　　你的猜想就會顯得舛乖。」　　　　30
於是，我的手稍微向前面一挪，
　　剛從一株巨棘折下了小枝，
　　就聽到主榦喊道：「幹嗎撕我？」　33
然後，當它的傷口被血液染赤，
　　它就說：「幹嗎要把我摧攀？
　　難道你憐憫之心已全部喪失？　　　36
我們本來是人，現在變成了樹榦。

妖鳥之林
都在林中的怪樹上哀鳴怨恨。
（《地獄篇》，第十三章，第十五行）

自殺者

於是，我的手稍微向前伸了一那一下從一株荊棘折
下了小枝，/就聽到主幹喊道：「幹嘛撕我？」
（《地獄篇》‧第十三章‧三一――三三行）

　　我們即使是毒蛇，曾經在世間
　　　作惡，你的手也不該這麼兇殘。」　　39
像一條著了火的綠枝，一邊
　　在熊熊燃燒，另一邊汁液下滴，
　　吱吱發響間冒著水氣和濕煙，　　42
話語和鮮血，同時從斷枝湧起。
　　我見了這情景，馬上把那截斷薪
　　丟掉，像受驚的人呆立在那裏。　　45
「受傷的靈魂哪，他只在我的作品
　　讀過類似的事件，」我的明師說：
　　「他如果一早相信我詩中所吟，　　48
就不會伸手把你這樣撕剝。
　　事情太不可思議，我才慫恿他
　　動手。為此，我也感到難過。　　51
不過告訴他，你是誰，好讓他抵達
　　凡界時，把你的名聲再度傳頌，
　　以功勞把剛才的罪過抹擦。」　　54
於是，樹榦說：「經你用美言慫恿，
　　想緘默也不能了。要是我忍不住
　　而議論滔滔，請不要嫌我煩冗。　　57
腓特烈心中的兩把鑰匙，一度
　　全由我轉動，也全由我控持。
　　我以鑰匙開關，動作嫻熟，　　60
結果其秘密，幾乎無人得知。
　　身居顯要的職位，我忠心耿耿，
　　以致體力耗損，睡眠消失。　　63

那娼婦，一對淫眼始終不曾

　　放過凱撒的家。那個壞女人，

　　那宮廷的罪愆，大眾的絕症，　　　　66

煽動所有的人心對我懷恨。

　　被煽動的人再煽動奧古斯都，

　　結果幸福的恩榮變成了憂忿。　　　　69

我的心靈，由於不甘受侮，

　　以為死了就沒有受侮之虞，

　　乃使公平的我被我不公平地對付。　　72

對著剛從這棵樹長出來的根鬚，

　　我向你發誓：我從來不曾欺騙

　　我的主人；他該獲尊崇和抬舉。　　　75

你們兩位，有誰會重返陽間，

　　都務必重建我的名譽。它遭

　　嫉妒打擊，如今仍僵蹇顛連。」　　　78

「既然他不再講，」維吉爾稍稍

　　等了一下，就對我說：「別錯過這一霎。

　　如果你還有問題，就讓我轉告。」　　81

於是，我對維吉爾說：「就請你問他

　　一些你認為我想知道的事情；

　　我心中太難過了，不能再跟他對答！」　84

於是，維吉爾說：「囹圄中的亡靈，

　　那就請這個人欣然照你的願望

　　去做吧；不過，請說給我們聽聽，　　87

靈魂怎麼會遭這些樹結捆綁？

　　可能的話，還請你告訴我們，

　　從這些肢體，可有人獲得釋放？」　　90
樹幹使勁地呼氣。過了一陣，
　　那股氣變成了這樣的聲音，說：
　　「我只能簡單地向你們述陳：　　93
當一個暴烈的靈魂擺脫
　　軀體，把自己從裏面連根拔起，
　　米諾斯就把他送往第七層深窩。　　96
他會跌入森林；著足之地
　　不容選擇；一切由命運擺佈。
　　落地後，他開始發芽，一如麥粒，　　99
成爲萌蘗，再成爲野樹一株。
　　於是，眾妖鳥就以他的葉子爲饌，
　　給他痛苦，給痛苦一個門戶。　　102
我們像別人一樣，也會向殘軀回歸」
　　但不是爲了重新把它披起，
　　因爲自棄的東西，沒理由再取回。　　105
我們會把軀殼拖到這裏；
　　在陰暗的樹林中，這些軀殼會追認
　　其主，在惡魂的荊棘上懸繫。」　　108
我們對著面前的樹幹凝神，
　　以爲他還有別的東西見告，
　　突然間聽到一聲巨響。我們　　111
都嚇了一跳，就像獵人聽到
　　野豬被追逐，竄向他把守之處，
　　耳中是枝葉斷折獸聲嗷嗷。　　114
哎喲，左邊竄出了兩個鬼物，

裸身滿是傷痕；奔竄得太快，

竟一一衝破了滿林糾纏的樹木。　　　117

前面的在大嚷：「死亡啊，快來！快來！」

另一個似乎遠遠落後的則大叫：

「拉諾呀，參加托坡的那些比賽，　　　120

你的雙腳可沒有這麼靈巧！」

接著，也許呼吸不能再支持，

他一蹲，就和一叢矮樹相糾繚。　　　123

在他們後面的樹林中，到處都是

黑色的母狗，飢饞，迅疾，

像一群獵犬剛剛掙脫羈縶；　　　126

一見那亡魂匿藏，就露齒進襲，

把他撕成一片片的碎肉；

然後銜走那些被撕的肢體。　　　129

於是，我的嚮導執著我的手，

把我帶到那樹叢。樹叢正透過

淌血的裂口，空哭自己的哀愁。　　　132

「聖安德雷亞的賈科摩呀，」它說：

「你拿我做屏障有甚麼用呢？

你一生邪惡，爲甚麼要連累我？」　　　135

我的老師駐足於樹叢之側，

說：「你是誰？要從這麼多的傷口

把悲痛的話語跟鮮血一起呼呵。」　　　138

樹叢聞言，對我們說：「能夠

來見證暴行的靈魂哪，你們看，多卑鄙！

竟把我身上的葉子這樣剝抽！　　　141

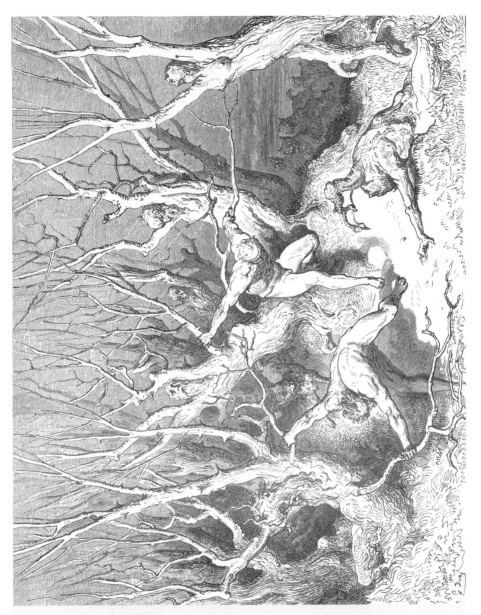

自殺者

弄得大快。／竟一一衝破了滿林糾纏的樹木。鼠，哎喲的左邊竄出了兩個鬼物，／裸身滿是傷痕……弇

（《地獄篇》·第十三章·一一五一一七行）

可憐哪！請把落葉撿拾回樹底。

　　我所屬的城市信奉施洗者，讓他

　　取代了首任守護神。因為這關係，　　　144

首任會恆用法術對該城施罰。

　　今日，要不是阿爾諾河的過渡處

　　仍留著他形貌的一些殘碴，　　　　　147

這座城市的人，即使再度

　　在阿提拉留下的灰燼之上

　　把城市重建，也會白費工夫。　　　　150

我把自己的家，變成了絞刑場。」

註　釋：

2-9.　　**我們……也不會更可怕**：這個叢林，頗像《地獄篇》第一章
　　　　的黑林，也極盡可怕之能事。原文第四、第五、第六、第七
　　　　行開頭都用不定詞"non"（「不」、「否」），發揮了修辭
　　　　學所謂的語首重複法(anaphora)，強調了地獄第七層第二圈
　　　　如何可怕。

3.　　　**看不到任何蹊徑印在地面**：進入林中而不知方向，旅人但丁
　　　　感到更驚慌。

4-5.　　**看不到綠葉叢……並不光滑**：這兩行描寫，與人間叢林的可
　　　　愛景象相反，使地獄顯得更可怖。

6.　　　**沒有果子，只有毒荊**：樹林無果，已反常態；無果而有毒荊，
　　　　更叫人震駭。

8-9.　　**在切齊納和科內托的沼地上，／也不會更可怕**：在意大利西

部，里沃諾（Livorno，一譯「里窩那」）之南，有一大片沼澤地帶，稱爲托斯卡納沼澤區(Maremma toscana)，裏面佈滿了荒蕪的叢林，是野獸聚居之地，以北邊的切齊納(Cecina)河、南邊的科內托（今日叫塔爾昆尼亞(Tarquinia)城爲區界。但丁以這個沼澤地區跟第七層第二圈的叢林比較，目的是強調地獄的叢林更可怕。野獸喜歡森林，不喜歡有人耕種的田地，因此說「惡田」("in odio hanno……i luoghi colti")。

10-12.　**討厭的妖鳥……驅往別的地方**：「妖鳥」，希臘原文爲"Ἅρπυαι"（英文 Harpies），一譯「哈爾皮埃」（按原文音譯），意爲「攫奪者」。據希臘神話的描寫，妖鳥是有翼的女妖，鷹身女首，長有利爪，滿身惡臭，專門奪人食物，攝死者之魂。至於其父母是誰，歷來有兩種說法：（一）父爲海神波塞冬(Ποσειδῶν, Poseidon)，母爲地母蓋亞(Γαῖα, Gaia)。（二）父爲塔烏瑪斯(Θαύμας, Thaumas)，母爲厄勒克特拉(Ἠλέκτρα, Electra)。赫西奧德(Ἡσίοδος, Hesiod)的著作中，妖鳥有三：埃羅、奧庫珀忒、克勒諾。在荷馬的著作中，也有一個妖鳥叫波達爾革。

　　斯特洛法迪斯：Strophades，愛奧尼亞海的群島，是妖鳥所居之地。妖鳥曾把埃涅阿斯及隨員趕離島上，弄髒了他們的食物，並預言他們往拉丁烏姆途中會遭遇險阻。參看《埃涅阿斯紀》第三卷（二零九行及其後的描寫）和《變形記》第二卷。

17.　**第二圈**：指地獄第七層第二圈。這一圈懲罰自殺者（向自己身體施暴的人）和敗家精（向本身財物施暴的人）。

19.　**火沙**：在地獄第七層第三圈。

31-45.　**於是……呆立在那裏**：這段描寫，上承《埃涅阿斯紀》第三

卷二二—四八行。在該詩裏，說話的人是波呂多洛斯
(Polydorus)。

32. **巨棘**：指皮埃・德拉維雅（Pier della Vigna，約一一九零—
一二四九）。德拉維雅是卡普瓦(Capua)人，出身卑微，在
波隆亞受教育。是西西里派的著名詩人。在神聖羅馬帝國皇
帝腓特烈二世治內歷任要職，權重一時。自誇擁有「腓特烈
心中的兩把鑰匙」("ambo le chiavi / del cor di Federigo")：一
把叫腓特烈二世的心打開；一把叫腓特烈二世的心關上。後
來失寵，一二四八年被弄瞎，一二四九年在獄中撞牆自殺。
有關德拉維雅失寵的原因，史家有兩種說法：（一）受讒言
所害。（二）他與教皇合謀，企圖把腓特烈毒殺，結果罹禍。
本章第五十五行及其後的話，是皮埃・德拉維雅所說。

40-43. **像一條著了火的綠枝……湧起**：但丁善於以日常事物表現凡
間所無的經驗。這幾行又是個突出的例子。

46-47. **他只在我的作品／讀過類似的事件**：指《埃涅阿斯紀》第三
卷二二—四八行所寫。

58-59. **腓特烈……由我控持**：有關腓特烈二世，參看《地獄篇》第
十章一一九行的註釋。「兩把鑰匙」比喻開關腓特烈二世心
鎖之匙。

64. **那娼婦**：比喻宮廷的妒忌。皮埃・德拉維雅的意思是：他之
所以失寵入獄，是因為遭宮廷的人妒忌。

65. **凱撒的家**：指腓特烈二世的宮廷。原文是"ospizio / di
Cesare"。"Cesare"，拉丁文為"Caesar"，在這裏不指凱撒大
帝，而泛指羅馬帝國的君主。自奧古斯都開始，所有羅馬皇
帝都以凱撒(Caesar)為名，再加上奧古斯都(Augustus)之銜。
到了哈德里阿奴斯（Hadrianus，公元一一七—一三八年任

羅馬皇帝），稱號有所改變：在任的皇帝叫「凱撒・奧古斯
都」(Caesar Augustus)，獲任爲繼承人的僅稱「凱撒」
(Caesar)。哈德里阿奴斯，又譯「哈德良」（見《世界歷史
詞典》）和《辭海》「哈德良」條）。

65-66. **那個壞女人……大眾的絕症**：指妒忌。

68. **奧古斯都**：指腓特烈二世。

69. **幸福的恩榮變成了憂忿**：指皮埃・德拉維雅後來失寵，於一
二四八年被弄瞎，一二四九年自殺。

72. **乃使公平的我被我不公平地對付**：此行模仿皮埃・德拉維雅
矯揉造作、運用大量修辭技巧的風格。這種風格，六七—六
八行是一例："infiammò contra me li animi tutti; / e
li 'nfiammati infiammar sì Augusto"（「煽動所有的人心對我
懷恨。／被煽動的人再煽動奧古斯都」；這行又是一例：
"ingiusto fece me contra me giusto"（「乃使公平的我被我不
公平地對付」）。自殺是個人對自己不公平的行爲，所以說
「公平的我被我不公平地對付」。聖奧古斯丁認爲，無罪而
自殺，比有罪而自殺的罪過更重。

75. **我的主人……抬舉**：儘管皮埃失寵自殺，到了地獄仍不怪他
的主人。

82. **就請你問他／一些你認爲我想知道的事情**：維吉爾不必詢
問，就知道旅人但丁在想甚麼。

85. **囹圄中的亡靈**：亡靈被困樹中，因此稱爲「囹圄中的亡靈」。

86-87. **請這個人欣然照你的願望／去做吧**：「這個人」，指旅人但
丁。亡靈希望維吉爾或但丁返回陽間後爲他重建名譽。參看
本章七六—七七行。

94-102. **當一個暴烈的靈魂……一個門戶**：《神曲》的特色極多，描

寫刑罰時匪夷所思，是其中之一。但丁有這樣的本領，雖然有前人（如維吉爾、奧維德）之助，但主要仍出自本人的機杼。這九行又是個突出的例子。

96. **米諾斯**：參看《地獄篇》第五章第四行及其後各行的描寫。

99. **麥粒**：原文爲"spelta"，拉丁學名爲 *Triticum spelta*。一譯「斯佩爾特小麥」。

101-02. **於是……一個門戶**：妖鳥會啄食野樹的葉子，叫野樹感到痛苦；不過創傷能給野樹一個表達痛苦的出口（「門戶」）。結果衆樹呼痛，整個叢林就發出哀號。參看本章二二—二三行：「我聽到哀號從四面八方響起，／卻看不見發出聲音的陰魂。」

103. **我們像別人一樣，也會向殘軀回歸**：根據基督教的說法，世界末日來臨，亡魂就會接受最後審判，然後返回凡間的遺體。參看《地獄篇》第六章。

104-05. **但不是……沒理由再取回**：最後審判結束，一般亡魂就會披上遺體，靈魂就會和肉體合而爲一。這裏的亡魂自殺而死，而自殺是嫌棄自己軀體的表現，因此沒有理由再披上遺體。參看《地獄篇》第六章九四—九九行，並參看同章九四—九六行註。

106-08. **我們會……懸繫**：《地獄篇》描寫的懲罰，有所謂「報應」(contrappasso)：亡魂在地獄裏所服之刑，與他們在陽間所犯的罪惡相稱。

115. **兩個鬼物**：指兩個敗家精的亡魂。一一五—一二一行所描寫的亡魂，也是施暴者—施暴的對象是自己的財產。

118. **前面的**：指本章一二零行的拉諾(Lano)。一般論者認爲指錫耶納(Siena)的阿爾科拉諾(Arcolano)，屬馬科尼(Maconi)家

族，全名 Arcolano da Squarcia di Riccolfo Maconi。拉諾是「揮
霍會」(brigata spendereccia)的成員，與其他成員競尚豪奢，
把自己的財物大事揮霍。其後出征阿雷佐(Arezzo)，在皮埃
韋・德爾托坡(Pieve del Toppo)被殺。參看 Sapegno, *Inferno*,
154-55。

118. **死亡啊，快來！快來**：這行有兩種解釋。（一）拉諾希望死
亡快來，好給他解脫，不再受罪。（二）拉諾生時把財產揮
霍殆盡；爲了求解脫，乃參加征戰求死。現在到了地獄，仍
沒有忘記當日赴死的經驗。按照本章的文氣，兩種解釋都說
得通。

119. **另一個**：指一三三行的「聖安德雷亞的賈科摩」。賈科摩是
帕多瓦人，原名 Giacomo da Sant'Andrea，於一二三九年被
埃澤利諾三世殺死（有關埃澤利諾的生平，參看《地獄篇》
第十二章一零九行註）。也是個敗家精。據說爲了觀火，曾
一時興起，焚燒自己的房屋。

120-21. **參加托坡的那些比賽，／你的雙腳可沒有這麼靈巧**：「托坡」
指皮埃韋・德爾托坡(Pieve del Toppo)，在阿雷佐附近。「托
坡的那些比賽」，指皮埃韋・德爾托坡(Pieve del Toppo)的
戰爭。此語挖苦拉諾貪生怕死，只顧逃命，諷刺味道極濃。

122-29. **接著……被撕的肢體**：這八行上承奧維德《變形記》第三卷
一九八—二五二行。《變形記》的那段文字，寫獵人阿克泰
翁（Actaeon，希臘文 Ἀκταίων）因偷窺月亮兼狩獵女神狄
安娜（Diana，即希臘神話中的阿爾忒彌斯(Ἄρτεμις)）裸
浴，而被狄安娜化爲鹿，然後再被自己的獵犬咬死。「黑色
的母狗」把亡魂的身體撕碎，一如亡魂在生時把本身的財物
揮霍。在這段描寫裏，讀者又可以看到但丁所用的報應

(contrappasso)懲罰法。基阿佩里指出，在古代的意大利語中，一般人提到動物，通常會用陰性。例如諺語 "Tanto va la gatta al lardo che ci lascia lo zampino"（《意漢詞典》譯爲「常在河邊走，哪有不濕鞋」），也用陰性"gatta"（母貓）而不用陽性的"gatto"。參看 Chiappelli, 85。

143-44. **我所屬的城市……守護神**：這行的「我」是誰，論者有不同的說法。有的認爲是翡冷翠的一個法官，名叫洛托・德利阿利(Lotto degli Agli)，因判案不公而自縊身亡。有的認爲是翡冷翠人魯科・德莫茲(Rucco de Mozzi)。德莫茲本來是個富翁，後來因窮困而上吊。參看 Bosco e Reggio, *Inferno*, 203; Singleton, *Inferno 2*, 222-23。有的認爲，但丁故意輕描這個亡魂，強調他對自殺者的鄙夷。參看 Sinclair, *Inferno*, 178。「所屬的城市」，指翡冷翠。在基督教傳到翡冷翠之前，城中的人都信奉戰神馬爾斯；後來改信施洗約翰後，流通的金幣弗羅林(florin)都有他的肖像。「首任守護神」，指戰神。

145. **首任……施罰**：「首任」，指一四四行的「首任守護神」，也就是戰神馬爾斯。「法術」，原文爲"arte"，指戰爭，尤其指內戰。由於翡冷翠改信施洗約翰，戰神乃向該城施罰，叫它受內戰之災。一二一五年，在戰神像旁邊，博恩德爾蒙提家族的博恩德爾蒙特(Buondelmonte de' Buondelmonti)被謀殺，引起翡冷翠圭爾佛和吉伯林兩黨之爭。

146-50. **今日……白費工夫**：「過渡處」，指橫跨阿爾諾河的舊橋(Ponte Vecchio)。公元一三三三年之前，翡冷翠阿爾諾河的舊橋旁仍有戰神馬爾斯殘缺的石像。

149. **在阿提拉留下的灰燼之上**：「阿提拉」("Attila")，應該是東哥德王托提拉(Totila)之誤。這一錯誤，在中世紀十分普遍。

據說公元六世紀，托提拉曾把翡冷翠夷爲平地。後來，翡冷翠
能獲查理大帝重建，是因爲戰神的石像猶存。Chiappelli(86)
指出，翡冷翠雖遭托提拉劫掠、摧毀，卻沒有被焚，因此「灰
燼」之說不確。Singleton (*Inferno 2*, 225) 則認爲，翡冷翠被
夷爲平地，再由查理大帝重建的說法並無歷史根據。

第十四章

但丁和維吉爾來到地獄第七層第三圈，在自殺者之林的邊緣見沙地
在眼前展開，上面有瀆神者、高利貸者、雞姦者受刑。大片大片的
烈火從天空緩瀉，折磨著沙地的亡魂。卡帕紐斯在辱罵宙斯；一條
小河奔流過沙地，裏面是沸騰的血。但丁向維吉爾詢問河水所自來。
維吉爾答道，克里特島有一個老人，眼中流出的淚水是地獄眾河的
源頭。

> 想起亡魂和我屬同一老家，
> 　　我拾起散落地上的樹葉
> 　　還給他。這時，他已經嗓子嘶啞。　　　3
> 之後，我們來到第二圈接疊
> 　　第三圈的地方。就在該處，
> 　　我們又看見酷刑把亡魂懲戒。　　　6
> 爲了清楚地解釋這些新事物，
> 　　我得說明，我們立足的地點
> 　　是個荒原，上面是寸草不容的瘠土。　　　9
> 那個凄慘的樹林，則在外面
> 　　環繞。樹林外，又繞著哀愁的深溝。
> 　　在那裏，我們駐足於邊緣之邊，　　　12
> 腳下所踩的沙地又乾又厚。
> 　　那一片沙地，和加圖雙足

所履的一樣，結構完全相侔。　　　　　15
神的報應啊，任何人只要一讀
　　這昭然在我眼前展現的情景，
　　都要悚然以驚，向你懾服！　　　　18
這時候，我看見一群群赤裸的亡靈
　　在痛哭，人人都哭得十分哀傷，
　　似乎在受著各種不同的天刑。　　　21
有的人仰臥著，臉部朝著上方；
　　有的則坐著，身體瑟縮做一堆；
　　另一些人，則不停地來來往往。　　24
走來走去的，是數目最多的一類。
　　躺在地上受刑的，則屬最少數。
　　不過，他們的舌頭最多怨恚。　　　27
向著那一大幅廣闊的沙土，
　　大片大片的烈火緩瀉自天空，
　　一如飛雪，在無風的高山靜逐；　　30
又如亞歷山大，在印度的征途中，
　　經過酷熱地帶時見火焰潑落
　　他的行伍，著地仍不消融；　　　　33
結果要他的軍隊在地上把烈火
　　一一踐踏，趁惡焰勢孤，快點
　　把它們踩熄，以免它們聚集散播。　36
這情景，也可以形容永恆的火焰。
　　那些沙，則像火石之下，火頭
　　勃發自火絨，使痛苦在那裏倍添。　39
悲慘的手在揮舞，一會兒搋右，

瀆神者——卡帕紐斯

向著那一大幅廣闊的沙土，／大片大片的烈火緩慢

自天空……

（《地獄篇》·第十四章·二八一二九行）

一會兒拍左，只爲了把更生

不已的烈焰從身上揮走。　　　　42

我說：「老師呀，所有困難，你都能

克服；唯一的例外，是閘口的頑魔——

他們跟我們爲難時竟那麼強橫！　45

那碩大的亡魂是誰？躺臥著見烈火

焚身，也好像不介意；鄙夷怒視間，

彷彿火雨也不能令他馴服悔過。」　48

那個碩大的亡魂見我發言，

知道我向老師問他的情形，

就喊道：「我在生是英雄；死了也不變。51

儘管宙斯令鐵匠疲於奔命，

怫然向他取來鋒利的霹靂，

在最後的一天叫我霹靂轟頂‘　　54

儘管他令其餘的鐵匠一個個筋疲

力盡於蒙吉貝羅山污黑的作坊，

喊著『沃爾卡奴斯呀，助我一臂！』57

像昔日在弗列格拉的戰場叫嚷，

並且用盡全力把雷矢擲向我，

也不會因此而得到復仇的歡暢。」　60

於是，我的領袖斷然向他反駁，

語氣比我聽過的都要強硬：

「卡帕紐斯呀，你傲慢之過　　　63

不滅，所以要受更重的酷刑。

除了你自己的狂怒，一切凌遲

都未足以懲罰你暴烈的性情。」　66

然後，他轉向我，容顏和悅而懇摯，

　　說道：「那是圍攻忒拜城的七個

　　國王中的一個。他曾經藐視　　　　　69

神；現在似乎仍藐視如故，不見得

　　比以前更尊重。不過，我已經告訴他：

　　蔑視，只會爲他的胸膛生色。　　　　72

現在，跟我來，並且注意步伐：

　　仍不要把雙腳踏落炙熱的沙上；

　　要一直把腳步緊靠著樹林踩踏。」　75

沉默中，我們來到了一個地方，

　　看見一條小河從林中流出，

　　紅色的河水叫我顫慄驚惶。　　　　　78

像源出布利卡美的川瀆，

　　然後由聲名狼藉的女人分汲，

　　小河也瀉下來，流過沙地的炙土。　81

小河之底和兩邊傾斜的岸壁

　　由石頭構成，一如兩岸的表面。

　　在那裏，我看見一條可走的徑蹊。　84

「我們剛才穿過的那道門，其門限

　　誰都不拒絕。進了地獄的這一重，

　　我已帶你四處觀覽。就重要性而言，　87

映入你兩眼的景物，沒有一種

　　跟眼前的這條小河相若：

　　它能使眾火熄滅於河的上空。」　　　90

上述的話，是我的導師所說。

　　我見他給了我求知的胃口，當下

就求他把解飢的食物也賜我。　　　　　93
「大海中央有一個破落的國家，
　　名叫克里特，」他聞言之後說道：
　　「在國王的統治下，曾經淳樸高雅。　96
那裏有一座山，名叫伊得，因水繞
　　葉覆而曾經一度欣悅蔥蘢；
　　現在卻荒蕪得像廢物般枯槁。　　　99
瑞亞曾選它爲可靠的搖籃來收容
　　兒子。爲了把兒子藏得更安穩，
　　還命侍從把啼哭蓋在喧嘩中。　　102
這座山裏，屹立著一個高大的老人，
　　達米阿塔海港在他的背後；
　　在前方，他望著羅馬如鏡子橫亙。　105
他有一個用精金製成的頭；
　　手臂和胸膛都以純銀鑄冶；
　　胸膛以下到兩股，由黃銅營構；　108
兩股以下全是上等的精鐵；
　　只有右腳用赤陶塑造而成；
　　其承受的重量比左腳多些。　　　111
除了金頭顱，他全身都有裂縫
　　一道。這道裂縫，有眼淚下淌。
　　眼淚匯聚後，滴穿洞穴的岩層，　114
經一塊塊的巨石沖落這深邃的下方，
　　流成阿刻戎、斯提克斯、弗列格呑
　　再瀉入這條狹窄的壕溝流盪，　　117
到不能向下淌滴才完全停頓，

匯成科庫托斯。那是個甚麼池，
　　你一會就知道；在此無須再談論。」　　120
於是，我對維吉爾說：「這河流，要是
　　這樣從我們上面的世界發源，
　　爲甚麼只出現於這疆界位置？」　　123
維吉爾回答說：「你知道，這是個圓圈；
　　你雖然走了很長的一段路，
　　一直靠著左邊向地底繞旋，　　126
可是你還沒有兜遍圓圈的全部。
　　因此，我們眼前出現了奇觀，
　　你也不必感到詫異和驚怵。」　　129
於是我再說：「老師，弗列格呑和忘川
　　在哪裏呢？後者你不曾講給我聽；
　　前者，據你說，是由淚雨發端。」　　132
「你所有的問題，我聽了都感到高興，」
　　維吉爾答道：「不過，紅河的沸騰，
　　也許已經把其中一題澄清。　　135
忘川，你會見到的，卻不在這個坑。
　　靈魂懺悔後，罪孽獲得洗脫，
　　就會到那裏去沐浴，以忘記前生。」　　138
「現在，得離開樹林了，」他接著說：
　　「前進時，你務必跟在我後面：
　　岸邊的地帶有路。那裏沒有火；　　141
在它的上方，所有烈焰都熄斂。」

註　釋：

1.　　**老家**：指翡冷翠。

8-13.　**我得説明……又乾又厚**：《神曲》有數不盡的片段可以入畫。但丁善於用文字繪描景物，是重要原因之一。第八至十三行，就展現了作者在這方面的本領。讀者看了這段描寫，就能以想像追摹地獄的實際情況。

9.　　**是個荒原……瘠土**：Singleton (*Inferno 2*, 227)指出，這行也有報應象徵：雞姦者生時違背自然；死後，受罰的地方也違背自然：寸草不容。

10.　　**那個淒慘的樹林**：由自殺者變成的樹林。參看《地獄篇》第十三章二—九行。

14.　　**加圖**：指小加圖（Marcus Porcius Cato，公元前九五—四六），大加圖（Marcus Porcius Cato，公元前二三四—一四九）的曾孫，古羅馬政治家，支持元老院反抗凱撒大帝，屬斯多亞派。後來去了北非的烏提卡(Utica)，因凱撒大帝在法薩羅斯獲勝而自殺。盧卡努斯的《法薩羅斯紀》第九卷三七一—四一零行，描寫公元前四十六年，小加圖如何越過利比亞的沙漠。

19.　　**赤裸的亡靈**：Singleton (*Inferno 2*, 228)指出，除了《地獄篇》第二十三章所描寫的偽君子，地獄所有的亡靈都赤裸。但丁為了強調亡靈受罪，在這裏加以重申，所以才用「赤裸」("nude")一詞。

21.　　**不同的天刑**：原文為"diversa legge"。指上帝的天律要亡魂受罰時姿態各異（即二二—二四行所寫）。

22-24.　**有的……來來往往**：這幾行寫《地獄篇》第十一章四九——五一行所提到的三組罪人：第二十二行寫瀆神者；第二十三行寫放高利貸者；第二十四行寫雞姦者。

25-27.　**走來走去的……最多怨恚**：這幾行寫雞姦者和瀆神者。「走來走去的」是雞姦者；「躺在地上受刑的」是瀆神者。辛格爾頓指出，在地獄的這一層，瀆神是直接針對上帝的罪愆，因此所受的刑罰最重。瀆神是向天的動作；現在瀆神者受懲，刑罰與罪惡相配：仰臥地上，面向天空，抵受下瀉的天火。參看 Singleton, *Inferno 2*, 229。

28-30.　**向著……在無風的高山靜逐**：這幾行寫無聲的動境，有慢鏡頭效果。第二十八至二十九行可能脫胎自《創世記》第十九章第二十四節："Dominus pluit super Sodomam et Gomorrham sulphur et ignem a Domino de caelo"（「耶和華將硫磺與火從天上耶和華那裏降與所多瑪和蛾摩拉」）。同時參看《以西結書》第三十八章第二十二節。第三十行則可能受圭多・卡瓦爾坎提(Guido Cavalcanti)的十四行詩 "Biltà di donna e di saccente core"（《娘娘之美，慧心之美》）："e bianca neve scender senza venti"（「無風，雪在下降」）。參看 Bosco et Reggio, *Inferno*, 211; Singleton, *Inferno 2*, 229。

31.　**亞歷山大**：參看《地獄篇》第三十一行註。

31-36.　**亞歷山大……以免它們聚集散播**：據傳說，亞歷山大大帝攻打印度時，曾寫信給老師亞里士多德，報告征途的情況。題爲《亞歷山大致老師亞里士多德，報告印度征途及情況》(*Epistola Alexandri ad Aristotelem, magistrum suum, de itinere suo et de situ Indiae*)。信中提到，他曾命士兵踩雪，以免軍營遭埋。大阿爾伯特（Albertus Magnus，約一二零零——一二

八零）在 *De meteoris* (I, iv, 8)一書裏加以誤引，以雪爲火。
但丁熟悉該書，在《筵席》(*Convivio*)中一再引述（如 III, V,
12; II, XIII, 21）。結果以訛傳訛，《神曲》乃有亞歷山大命
士兵踩火之說。參看 Bosco e Reggio, *Inferno*, 211; Sapegno,
Inferno, 159-60; Vandelli, 129; Singleton, *Inferno 2*, 230-31。

37. **這情景，也可以形容永恆的火焰**：艾略特在"Dante"（《但
丁》）一文裏說過：「〔但丁〕能夠隨時以視覺意象爲不可
意會的經驗賦形」("who could……at every moment realize the
inapprehensible in visual images")。參看 Eliot, *Selected Essays*,
267-68。這行就表現了但丁在這方面的本領：詩人先把凡間
經驗（三一——三六行）傳遞給讀者；讀者有了具體印象，到
了第三十七行，就能夠充分感知地獄的情景。

39. **痛苦在那裏倍添**：亡魂同時受天上降落的火焰和腳下的火沙
折磨，所以說「痛苦……倍增」。

41-42. **更生／不已的烈焰**：指天上的烈火不斷下降，永不熄滅。

44-45. **唯一的例外……那麼強橫**：指群魔在狄斯城阻擋維吉爾的行
動。參看《地獄篇》第八章八二——一三零行的描寫。

46. **那碩大的亡魂**：指卡帕紐斯(Καπανεύς, Capaneus)。卡帕紐
斯是攻忒拜的七將之一，因向宙斯挑戰，被宙斯殛斃。參看
斯塔提烏斯(Statius)的《忒拜戰紀》(*Thebais*)第十—十一卷
的描寫。在第十卷九零四—九零六行，卡帕紐斯這樣向宙斯
叫囂：

> "nunc age, nunc totis in me conitere flammis,
> Iuppiter! An pavidas tonitru turbare puellas
> fortior et soceri turres exscindere Cadmi?"

「來吧,朱庇特,拿你所有的烈火來跟我

較高下吧!難道你僅僅勇於拿雷霆嚇唬

膽小的女孩,勇於摧毀你岳父卡德摩斯的高樓?」

《地獄篇》第二十五章第十五行,再度提到這瀆神的人物。

51-57. **就喊道……『助我一臂』**:卡帕紐斯死後,仍桀驁不馴,向
宙斯叫囂。參看本章第四十六行註。卡帕紐斯的形象與歌德
《普羅米修斯》("Prometheus")的主人公、米爾頓《失樂園》
(*Paradise Lost*)的撒旦相似。歌德筆下的普羅米修斯這樣瀆
神:

Bedecke deinen Himmel, Zeus,

Mit Wolkendunst!

Und übe, dem Knaben gleich,

Der Disteln köpft,

An Eichen dich und Bergeshöhn!

("Prometheus", 1-5)

宙斯呀,用蒸騰的雲霧,

覆起你的天空吧;

像小孩劈砍薊頂那樣,

把你的蠻力向櫟樹

向山巔施威吧!

(《普羅米修斯》,一──五行)

米爾頓的撒旦則這樣呼喊:

All is not lost; the unconquerable will,

And study of revenge, immortal hate,

And courage never to submit or yield···

(*Paradise Lost*, I, 106-108)

還不是全敗；不敗的意志、

復仇的苦心、不朽的憎恨、

永遠不屈不服的勇氣……

（《失樂園》第一卷，一零六——一零八行）

三個角色，都是挑戰權威的典型。

52.　　**鐵匠**：指火神兼冶煉之神赫菲斯托斯(Ἥφαιστος, Hephaestus)，羅馬神話稱 Volcanus 或 Vulcanus（沃爾卡奴斯，英語 Vulcan，一般譯「武爾坎」），宙斯和赫拉之子。一說赫拉見宙斯不靠女性而生雅典娜，於是也不靠男性而生赫菲斯托斯。有的版本指他生而瘸腿，遭母親赫拉扔落大海，獲忒提斯(Τηθύς, Tethys)和歐律諾梅(Εὐρυνόμη, Eurynome)拯救。不過雖然生還，卻終生瘸腿。有的版本說宙斯因赫拉克勒斯而跟赫拉吵架，赫菲斯托斯支持母親，遭宙斯踢出奧林坡斯山，下墜了整整一天，跌落楞諾斯(Λῆμνος, Lemnos)島；雖然獲救，卻因傷而瘸腿。據說赫菲斯托斯想娶雅典娜而不遂，乃娶愛神阿芙蘿狄蒂，生小愛神厄洛斯。赫菲斯托斯負責統轄火山，與獨眼三怪庫克羅普斯(Κύκλωπες, Cyclopes)在埃特那山的地底設有規模龐大的作坊。宙斯的雷霆、阿喀琉斯和埃涅阿斯的兵器、赫拉克勒斯的盾牌、阿伽門農的節杖都由他製造。

55.　　**其餘的鐵匠**：指獨眼三怪庫克羅普斯。這幾個神話角色的身

世有多種說法。較流行的一種，認為獨眼三怪庫克羅普斯是
天父烏拉諾斯和地母蓋亞的三個兒子（布戎忒斯、斯忒洛珀
斯（Στερόπης，Steropes）、阿爾革斯），分別相等於雷、電、
霹靂。

56. **蒙吉貝羅**：埃特那山的意大利名。

57. **沃爾卡奴斯**：拉丁文 Volcanus 或 Vulcanus，即赫菲斯托斯。
見本章五十二行的註釋。常見的「武爾坎」是英語 Vulcan
的譯音。拉丁文譯音應為「沃爾卡奴斯」或「武爾卡奴斯」。

58. **弗列格拉**：Φλέγρα(Phlegra)，原意為「燃燒之地」。有關
其位置有不同的說法：一說在馬其頓境內的弗列格拉田野；
一說在那波利以西、庫邁以東的火山區。宙斯在這裏獲赫拉
克勒斯之助，打敗了提坦巨神族（又譯「巨人族」）。

68. **忒拜**：Θήβαι，一譯「底比斯」（英語 Thebes 的音譯），
玻奧提亞首府，由卡德摩斯(Κάδμος, Cadmus)創建，先後遭
七將及其後輩英雄攻打。忒拜戰爭是希臘神話的四大故事之
一。斯塔提烏斯以這場戰爭為題材，寫成《忒拜戰紀》。忒
拜有三個國王：拉伊奧斯(Λάιος, Laius)、奧狄浦斯
(Οἰδίπους, Oedipus)、厄忒奧克勒斯(Ἐτεοκλῆς, Eteocles)，
都多災多難。攻打忒拜的七將為：卡帕紐斯、阿德拉斯托斯
(Ἄδραστος, Adrastus)、安菲阿拉奧斯(Ἀμφιάραος,
Amphiaraus)、希波梅冬(Ἱππομέδων, Hippomedon)、帕爾忒
諾派奧斯(Παρθενοπαῖος, Parthenopaeus)、波呂尼克斯
(Πολυνείκης, Polynices)、提德烏斯(Τυδεύς, Tydeus)。忒拜
戰爭的起因如下：忒拜國王奧狄浦斯的兩個兒子厄忒奧克勒
斯和波呂尼克斯相約輪流執政。厄忒奧克勒斯即位後卻不肯
讓位。波呂尼克斯被迫離國，到了阿哥斯，與國王阿德拉斯

托斯的女兒阿爾癸亞結婚。其後獲岳父等人的幫助攻打忒
拜。在忒拜戰爭中，波呂尼克斯與厄忒奧克勒斯同歸於盡。

70. **神**：原文為"Dio"。宙斯是基督教以外的神祇，在希臘神譜
中位居至尊，因此但丁把卡帕紐斯的瀆神行為看成冒犯上帝
的行動。

79. **布利卡美**：古羅馬時代有名的溫泉，位於維特爾波(Viterbo)
附近。泉水頗深，顏色帶紅，有硫磺成分，為不少娼妓引到
家中作沐浴之用。但丁以這道泉水與地獄的河流比較，至為
切當。在《地獄篇》第十二章一一七行，此泉之名已經出現。

85. **那道門，其門限**：指地獄的入口，被基督打開後不再關閉。
參看《地獄篇》第三章一——十二行；第八章一二六行。但丁
的描寫，大概以《埃涅阿斯紀》第六卷一二五——二七行為藍
本：

> "sate sanguine divum,
>
> Tros Anchisiade, facilis descensus Averno;
>
> noctes atque dies patet atri ianua Ditis…"
>
> 「啊，神的苗裔，
>
> 特洛亞人，安基塞斯之子，落地獄呀易極了；
>
> 日日夜夜，黑狄斯之門都豁然洞開。」

94-95. **大海中央有一個破落的國家，／名叫克里特**：這兩行大概脫
胎自《埃涅阿斯紀》第三卷一零三——一零四行：

> "audite, o proceres,"ait, "et spes discite vestra.
>
> Creta Iovis magni medio iacet insula ponto…"

　　「聽我講，特洛亞君王，」他説：「認識希望所在。
　克里特是赫赫宙斯的島嶼，位於大海的中央……」

　　詩中的「大海」指地中海。在中世紀，一般人相信，克里特
　是羅馬文明的發源地，公元前有輝煌的文明。

96.　**在國王的統治下，曾經淳樸高雅**：「國王」指克洛諾斯
　　　(Κρόνοs, Cronus)，古羅馬稱 Saturnus（薩圖諾斯），英文
　　　Saturn（音譯「薩圖恩」），宙斯之父，是農業和文明之神，
　　　掌播種和收穫，以長鐮刀爲標誌。據神話傳說，克洛諾斯是
　　　克里特的第一任君主。統治期間，民風淳樸高雅，稱爲「黃
　　　金時代」。參看奧維德《變形記》第一卷八九—九三行，一
　　　一三—一五行。據奧維德的說法，由宙斯的統治開始，世界
　　　進入白銀時代，但仍比黃銅時代勝一籌。

97.　**伊得**：希臘文 ῎Ιδη(Ide)或 ῎Ιδα(Ida)，克里特島上的一座山。
　　　仙女伊得在這裏哺養過宙斯，因此，山以「伊得」爲名。

100.　**瑞亞**：'Ρεία(Rhea)，天父烏拉諾斯和地母蓋亞的女兒，克
　　　洛諾斯的妹妹和妻子，宙斯、波塞冬、哈得斯、赫拉的母親，
　　　有「衆神之母」的稱號。又叫庫柏勒（Κυβέλη，或Κυβήλη，
　　　英文 Cybele）、玻那得亞（拉丁文 Bona Dea，「嘉善女神」
　　　之意）、奧普斯（Ops，即豐饒女神）、大母(Magna Mater)。

100.　**它**：指伊得山。

101.　**兒子**：指宙斯。

101-02.　**爲了把兒子……蓋在喧嘩中**：克洛諾斯統治宇宙時，有預言
　　　指出，他終會被兒子推翻。爲了扭轉命運，克洛諾斯把妻子
　　　瑞亞所生的兒子全部呑掉。之後，瑞亞再度妊娠，懷了宙斯。
　　　爲了防止丈夫再度呑噬兒子，瑞亞跑到伊得山去，在夜間偷

偷地生下宙斯。第二天，把一塊石頭包在毛毯裏，交給克洛諾斯，說毛毯所包是剛生的嬰兒。克洛諾斯信以爲眞，把石頭吞進肚裏。瑞亞智勝丈夫的同時，命女祭司敲盾擊劍，大叫大嚷，以免宙斯的啼聲外傳。宙斯吃蜜糖長大後，迫克洛諾斯吐出肚裏的兒女；並且一如預言所說，把他推翻。

103.　　**高大的老人**：指克里特山裏的一座雕像。這典故源出古羅馬作家大普林尼（Gaius Plinius Secundus，公元二三—七九）的《自然史》(*Naturalis historia*, VII, xvi, 73)。聖奧古斯丁的《上帝之城》(*Ad Marcellinum De civitate Dei contra paganos*, XV, 9)也有述及。

104-05.　**達米阿塔……橫亙**：穆薩認爲這兩行有象徵意義：達米阿塔象徵東方的異教世界；羅馬象徵現代基督教世界。參看 Musa, *Inferno*, 203。

104.　　**達米阿塔海港**：古埃及的一個港口。

106-11.　**他有一個……比左腳多些**：Musa (*Inferno*, 203) 指出，雕像象徵人類不同的時代。「精金製成的頭」象徵黃金時代；用基督教的說法，是人類墮落之前。那時候，人類的始祖未吃禁果，純樸而天眞。純銀、黃銅、精鐵代表三個日漸式微的時代。赤陶的右腳也許象徵教會遭世俗和權力鬥爭腐蝕。人類的不同時代，《但以理書》第二章三一—三五節、《變形記》第一卷八九—九三行、一一三—一五行也有描述。不過但丁雖然以這些典籍爲藍本，卻能推陳出新，賦象徵以獨特的意義。

112-20.　**除了金頭顱……在此無須再談論**：Musa (*Inferno*, 204)指出，「裂縫」象徵原罪所帶來的瑕疵；雕像在頭顱以下都有裂縫，表示人類的始祖犯了原罪之後，人類不再完美。老

人的眼淚，大概象徵原罪所帶來的悲哀。而眼淚沿裂縫下淌，直達冥界的河流，則可以表示原罪與地獄的懲罰一脈相連，渾然難分。眼淚直達冥界五川中的四川（即禍川阿刻戎、誓川斯提克斯、火川弗列革呑、泣川科庫托斯）的構思，也展示了但丁別出心裁的一面。

115. **深邃的下方**：指地獄。

117. **這條狹窄的壕溝**：指流過火沙的一條壕溝，即本章第七十七行的「小河」（"un picciol fiumicello"）。

118. **到不能向下淌滴**：指眼淚流到地獄的核心，不能再前進。到此，眼淚的象徵也就有了結論：人類犯了原罪，其深重處只有地獄的核心堪與比擬。但丁想像的翼展如何廣闊，於此可見一斑。

119. **池**：原文為"stagno"。這一描寫，脫胎自維吉爾《埃涅阿斯紀》第六卷第三二三行："Cocyti stagna alta vides"（「你眼前所見，是科庫托斯的深池」）。

121-38. **於是……以忘記前生**：這段文字詳寫地獄的水系，驟看不易明白。根據辛格爾頓的解釋，在《神曲》中，地獄的河流如環，其水凝滯不動，彼此有小河貫通。在某一定點觀察，冥河跟一般河流無異，其環形不易覺察。旅人但丁的第一道問題，講的是林中流出的小河（見本章七六—七八行）。參看 Singleton, *Inferno 2*, 244-48。

123. **為甚麼……疆界位置**：「疆界」，指第二圈最接近內部的邊界，也就是樹林邊緣，即但丁和維吉爾立足處。有的論者指出，旅人但丁於《地獄篇》第七章一零一——一零八行已經見過該河。在這裏提問，大概由於詩人但丁的記憶失誤。參看 Chiappelli, 90。

126. **靠著左邊**：但丁和維吉爾前進時，都一直靠左，只有兩次是例外。參看《地獄篇》第九章一三二行的註釋。

132. **淚雨**：指滴自裂縫的淚水。

134-35. **紅河的沸騰，／……澄清**：這兩行的意思是： 在地獄第七層第一圈裏，血液沸騰的河，就是火川弗列革吞。參看《埃涅阿斯紀》第六卷五四九—五一行及其後的描寫。

136. **忘川**：在《神曲》裏，忘川位於煉獄山之頂。參看《煉獄篇》第二十八章一二一行及其後的描寫。並參看該章第一三零行的註釋。**這個坑**：指整個地獄。

141-42. **岸邊的地帶……熄斂**：本章第九十行已經提到這點。「岸邊的地帶」，指河的兩邊。

第十五章

但丁和維吉爾在河岸前進，碰見布魯涅托・拉丁尼。拉丁尼問但丁
爲甚麼來地獄，並向他預言未來，同時述及其他的一些亡魂。交談
間，拉丁尼見遠方有煙霧騰飛，知道另一群亡魂就要靠近，於是告
訴但丁，他羞與這群亡魂爲伍。說完就飛奔向前，追趕剛才的同伴。

此刻，堅岸的一邊承載著我們，
　　河流的水氣則在頭上庇蔭，
　　使流水和兩邊的河岸免遭火焚。　　　　3
如維桑和布魯日之間的佛拉芒居民，
　　因害怕潮水向他們滔滔湧來
　　而建造堤壩，使大海不能入侵；　　　　6
又如帕多瓦人，沿著布蘭塔河一帶，
　　在克阿蘭塔納河回暖之前
　　築起屏障，叫市鎭、城堡免遭破壞。　　9
上述的庇蔭是樣子相同的堤堰；
　　唯　的分別，是沒有那麼高那麼寬；
　　也不知道是誰負責興建。　　　　　　　12
我們離開了樹林已有好一段
　　路程；這時候即使向後轉身，
　　要辨別所處的地點已經太晚。　　　　　15
突然，我們見一群亡魂前臻。

他們沿河岸走來，都一一駐足

注視我們，一如黃昏時分，　　　　　18

人與人在新月之下彼此凝顧。

衆亡魂注視我們時，都蹙起雙眉，

像年老的裁縫向針孔注目。　　　　　21

面對整群亡魂的衆目睽睽，

我突然給其中一個認了出來。

他執著我的衣腳喊道：「嘿，　　　　24

好極了！」　當他伸手要把我拉開，

我兩眼盯著他被炙的容顏。

這樣，他燒焦的五官，就不會妨礙　　27

我的神智認出他的廬山眞面。

我俯向他的臉龐，彎著身體

答道：「布魯涅托先生啊，您也在此間？」　30

亡魂說：「老弟呀，請不要介意

布魯涅托・拉丁尼跟你稍微

後退，讓這個行列向前迤邐。」　　　33

我對他說：「請悉隨尊意後退；

如果您要我跟您一塊兒並坐——

只要同來的人高興，我也會依隨。」　36

「老弟呀，」他說：「這群人，有誰想蹉跎

而稍停片刻，就要躺上一百年，

烈火鞭笞他們時無處閃躲。　　　　　39

走吧，我會緊隨著你的袍邊；

然後再加入我原來的一黨，

前行時因永遭天罰而號哭自憐。」　　42

布魯涅托·拉丁尼

「布魯涅托先生啊，您也在此間？」
（《地獄篇》·第十五章·第三十行）

我不敢從通道之上走落他身旁

　　和他並肩；只是頭顱微垂，

　　像個虔敬的人向前低昂。　　　　　　　45

於是，他說：「是甚麼因緣際會

　　把你在壽終之前下引到這裏？

　　這位給你帶路的人又是誰？」　　　　　48

「在上面，我本來活在陽間的雍曦，」

　　我答道：「不幸在山谷中迷途。

　　當時，我還未到達成熟的年紀。　　　　51

昨天早上，我才離開那山谷。

　　我剛要後退，他就在我眼前出現，

　　然後把我帶上這還家之路。」　　　　　54

亡魂說：「只要跟著你的星向前，

　　你總會到達一個光輝的海港。

　　在可愛的前生，如果我明智一點；　　　57

如果我不是那麼年輕就夭亡，

　　而看見上天賜你這樣的洪恩，

　　我也會給你的事業一點幫忙。　　　　　60

可是，那些惡毒而沒有心肝的族人，

　　見了你的善舉，會跟你為敵。

　　昔日，他們降自翡耶索雷鎮，　　　　　63

至今仍然有岩石和山野之氣。

　　他們為敵得有理：苦澀的山梨中，

　　甜美的無花果怎會有結果之理？　　　　66

世間自古說他們盲目懵懂，

　　說這些人貪婪、善妒、矜驕。

這風習，你得從身上掃刷一空。　　　69

你的鴻運，留給你這麼多的榮耀，

　　結果呢，兩個黨派會同時渴望

　　吞噬你。可是，羊與草會相距迢迢。　　72

且讓翡耶索雷的牲畜自己充當

　　草料吧。他們的一堆糞土，如果

　　有植物再生，也別讓他們弄髒。　　75

當糞堆成爲那麼多罪惡的巢窩，

　　一些羅馬人留了下來。這群

　　羅馬人的聖裔，正在糞堆裏復活。」　　78

「要是我所有的祈求都獲得應允，」

　　我回答說：「到此爲止，您還

　　可以在人間留下您的音訊。　　81

因爲，在上面的人世，您曾經一再

　　教我怎樣去建立不朽的業績。

　　您的父執形象，可親而仁愛，　　84

已深印我腦中，此刻更進了我心裏。

　　我在生一天，就應該用口去複述，

　　說明這形象叫我感激不已。　　87

您對我此生的解說，我將會筆錄，

　　跟另一篇章保存；見了通曉

　　文義的女士就請她解釋清楚。　　90

就是這一點，我希望您會明瞭。

　　這樣，我才不會被良心斥咄，

　　而能夠隨時等命運任意徵調。　　93

這預言，已非第一次傳入我的耳廓。

那麼，就讓命運隨己意轉動

　　她的輪子吧，讓村夫揮他的鋤耙。」　　96

我的老師聞言，向右邊旋踵，

　　向後面轉過身來，望著我說道：

　　「這番話，善聽者在心中會牢牢記誦。」99

我沒有回答老師，卻繼續滔滔

　　跟布魯涅托對談，繼續詢問

　　他的同伴中，誰最顯赫、最崇高。　　102

於是，他對我說：「有些人，

　　倒值得認識；其餘的最好恝置。

　　因爲時間太短了，不容我鋪陳。　　105

總而言之，他們都是教士、

　　學者，有顯赫的地位和聲名，

　　在陽間因相同的罪過而蒙恥。　　108

皮里斯克恩和那可憐的一群同行；

　　還有弗蘭切斯科・達科索。對蟲蠱

　　有興趣的話，那邊的亡靈　　111

也可以看看。他曾被衆僕之僕

　　從阿爾諾河徙到巴克里奧内，

　　並把多罪的硬肌肉留在該處。　　114

我還想講下去，只是繼續奉陪

　　交談已經不行，因爲我看見

　　浩瀚的沙地上又有煙霧在騰飛。　　117

我羞與爲伍的一群正走向這邊。

　　我別無他求；只推薦我的《文庫》

　　給你——我仍活在這本書裏面。」　　120

說完，亡魂把身子一旋，恍如

　健兒在韋羅納的運動場上

　競逐那幅綠綢——像壓倒眾庶　　　　　　123

而獲勝的人；不像失敗的兒郎。

註　釋：

4.　　　**維桑**：Wissant，佛拉芒城市，中世紀商埠，在卡萊(Calais)
　　　西南。**布魯日**：Bruges（一譯「布呂赫」），佛拉芒城市
　　　（位於今日的比利時），中世紀商埠，在商業上與意大利
　　　有密切關係。參看 Bianchi, 124。

7.　　　**布蘭塔河**：意大利北部的河流。

8.　　　**克阿蘭塔納河**：位於今日奧地利西南部，在布蘭塔河以北。
　　　克阿蘭塔納河回暖，融雪會造成河水泛濫。

12.　　　**也不知道是誰負責興建**：負責興建堤堰的自然是上帝。不
　　　過詩人但丁沒有說明，因為在旅人但丁的心目中，堤堰可
　　　能由魔鬼興建。

16-19.　**突然……凝顧**：但丁雖沒有明言，但顯而易見，這群亡魂
　　　是雞姦者，因為在地獄第七層第三圈受罰的亡魂當中，只
　　　有雞姦者會走動。這幾行也以日常經驗傳遞地獄情景。

20-21.　**眾亡魂……向針孔注目**：這兩行是以日常經驗傳遞地獄情
　　　景的另一例。

30.　　　**布魯涅托**：Brunetto Latini（約一二二零—約一二九四），
　　　翡冷翠人，屬圭爾佛黨，作家、哲學家兼政治家。曾從事
　　　法律。其古法語著作《文庫》(*Li livres dou Tresor*)是一部

百科全書，包羅中世紀的各種知識。寓言詩《小寶庫》(*Tesoretto*)則用意大文寫成。曾翻譯西塞羅的著作。一二六零年，圭爾佛黨在蒙塔佩爾提戰敗，布魯涅托被迫流放。一二六六年，吉伯林黨戰敗，布魯涅托重返翡冷翠，重新投入政治，直到卒年（一二九四年）爲止。在詩中，但丁稱他爲「先生」("ser")，是因爲他從事法律。但丁受過他的影響，對他十分尊敬，因此說話時用敬稱「您」("voi")。儘管如此，旅人但丁發覺拉丁尼置身雞姦者行列，仍感到驚訝。參看 Toynbee, 113-16; Bosco e Reggio, *Inferno*, 223-24; Sapegno, *Inferno*, 172-73; Vandelli, 140。

36. **同來的人**：指維吉爾。辛格爾頓指出，在地獄裏，但丁和維吉爾從來沒有直道彼此的名字。參看 Singleton, *Inferno 2*, 258。

37-39. **有誰想蹉跎／……閃躲**：雞姦者要不斷走動，不然就要受更重的刑罰：像瀆神者那樣，躺著遭天火焚炙。

46-47. **是甚麼因緣……下引到這裏**：布魯涅托已經覺察，旅人但丁以血肉之軀下臨地獄。

50. **山谷**：即《地獄篇》第一章的黑林。

51. **成熟的年紀**：指三十五歲。即第一章第一行的「人生旅程的半途」。

53. **他**：指維吉爾。

54. **家**：指天堂，也就是靈魂的眞正歸宿。

55. **星**：指人生的目標。

58. **如果……夭亡**：布魯涅托卒時，但丁年約三十。

60. **事業**：指但丁的政治活動。

61-62. **可是……跟你爲敵**：指翡冷翠人跟但丁爲敵。

63-64. **昔日……山野之氣**:「翡耶索雷」（原文第六十二行的 "Fiesole"），意大利城鎮，位於翡冷翠東北的一座山上。羅馬共和國末期，因參與喀提林納(Lucius Sergius Catilina) 企圖奪取政權的事件而遭夷平。其後，羅馬人建立翡冷翠，並成爲該城的貴族；昔日的翡耶索雷人則淪爲平民。因此但丁說他們「仍然有岩石和山野之氣」。

65. **苦澀的山梨**:指翡冷翠人當中的翡耶索雷人後裔。

66. **甜美的無花果**:指翡冷翠人當中的羅馬人後裔（諸如但丁）。比喻但丁置身壞人當中，不能有所作爲。

67. **世間……懵懂**:意大利有諷刺翡冷翠人盲目懵懂的諺語。

70. **你的鴻運**:指但丁在文學上的成就。

71. **兩個黨派**:指白黨和黑黨。

72. **羊與草會相距迢迢**:指兩個黨派都不能加害於但丁。

73-74. **且讓……草料吧**:意爲:讓翡耶索雷人自相殘殺。

75. **植物**:指但丁。

78. **羅馬人的聖裔**:但丁相信羅馬人有神聖的血統，在《筵席》(*Convivio*, IV, v, 12)裏這樣形容他們:"non umani cittadini, ma divini"（「並非凡人，而是神聖的公民」）。

83. **教我怎樣去建立不朽的業績**:在布魯涅托的著作《文庫》裏，作者提到，榮耀能給智者另一生命;也就是說，一個人如有不朽業績，死後會名留青史。

88. **您對我此生的解說**:指本章五五—七八行布魯涅托的預言。

89. **另一篇章**:指法里納塔（見《地獄篇》第十章七九—八一行）和恰科（見《地獄篇》第六章第六十四行及其後的描寫）的預言。

89-90. **通曉／文義的女士**：指貝緹麗彩。

95-96. **那麼……鋤耡**：意思是，但丁不介意命運怎樣運轉，就像他不介意村夫如何「揮動鋤耡」一樣。

99. **這番話……記誦**：維吉爾認為布魯涅托的話值得牢記。

109. **皮里斯克恩**：意大利文 Prisciano di Cesarea，拉丁文全名 Priscianus Caesariensis,公元六世紀的拉丁語法家。曾在君士坦丁堡教語法。一般評論家不明白這位語法家何以會置身雞姦者的行列。有些論者（如薄伽丘）認為，皮里斯克恩的同行常犯這類罪行，但丁乃舉一以概全。

110. **弗蘭切斯科・達科索**：Francesco d'Accorso，翡冷翠律師，生於一二二五年，卒於一二九四年。阿庫西奧（拉丁名字 Accursius；意大利名字 Accorsio da Bagnolo）的兒子，先後在波隆亞大學、牛津大學任教。

112. **他**：指安德雷・德摩茲(Andrea de Mozzi)，翡冷翠貴族，一二八七－一二九五年任翡冷翠主教，屬圭爾佛黨中的白黨。一二九六年，因行為不檢而被教皇卜尼法斯八世調往維琛扎(Vicenza)。**眾僕之僕**：指教皇卜尼法斯八世。教皇是上帝僕人的僕人，因此卜尼法斯是眾僕之僕。

113. **巴克里奧內**：原文"Bacchiglione"，意大利北部河流，發源於阿爾卑斯山，流經維琛扎。因此「巴克里奧內」又代表維琛扎。一如「阿爾諾河」代表翡冷翠。

114. **多罪的硬肌肉**：原文是"mal protesi nervi"，暗示安德雷・德摩茲喜歡雞姦。雞姦時，性器官的肌肉發硬勃起而不得其宜，因此說「多罪」。

117. **又有煙霧**：這些煙霧發自另一隊亡魂。他們的足部和肌肉被焚冒煙，遠看彷彿升自沙漠。

119.　　　《文庫》：指布魯涅托的古法語著作百科全書 *Li livres dou Tresor*。

121-24. **說完……不像失敗的兒郎**：十三世紀，在大齋節(Lent)的第一個星期日，韋羅納城外的運動場會舉行赤裸賽跑，獎品是一幅綠綢。參看 Bosco e Reggio, *Inferno*, 232; Sapegno, *Inferno*, 179; Singleton, *Inferno 2*, 272-73。但丁以這項比賽形容赤裸的雞姦者布魯涅托急奔，形象十分生動。

第十六章

前進間，但丁和維吉爾聽到隆隆的水聲。三個陰魂發覺但丁是翡冷翠人，就衝出人叢，奔了過來，以輪形圍集，像摔角手那樣團團旋轉。其中一人（雅科坡・魯斯提庫奇）開始説話，不但自我介紹，還介紹了其餘兩人（圭多・規拉和特格埃約・阿爾多・布蘭迪），同時詢問翡冷翠的近況。陰魂離開後，但丁和維吉爾來到一個懸崖，聽到水聲震耳欲聾。維吉爾用但丁身上的一條繩索爲餌，拋落崖下。不一會，一個怪物從深泉升起，在昏濁的冥靄中游了上來。

> 這時候，我們置身的地方，已隆隆
> 　傳來巨響，流水正向另一環
> 　　下瀉，聲音如蜂巢的嗡嗡雷動。　　　3
> 刹那間，三個亡魂一起，突然
> 　衝出了人叢，任火雨繼續滂沱
> 　　下瀉，殘酷地折磨前進的同伴。　　　6
> 他們奔向我們，人人都喊著說：
> 　「這個人不要走！看你所穿的衣服，
> 　　好像來自我們墮落的城郭。」　　　9
> 天哪，這樣的傷口，我竟要目睹：
> 　新傷和舊創，被烈火烙在肢體上！
> 　　光是回想，我仍會感到痛苦。　　　12
> 老師聽完了他們大叫大嚷，

就轉過身來，對我說：「你稍等片刻。
　　對於這些人，態度要客氣得當。　　　　15
要不是此地的環境使然，飛射著
　　這些火焰，我可以這樣告訴你：
　　他們的匆遽，見諸你會更適合。」　　18
我們一停下來，他們又踏起
　　剛才的步伐，朝我們這邊舉足；
　　一靠近，三個人就以輪形圍集；　　　21
如傳統的摔角手，裸身經過膏沐，
　　這時正覷伺機會，想抓住敵方，
　　然後才展開真正的攻擊相撲。　　　　24
他們就這樣團團轉，人人的面龐
　　都向著我，結果他們要一直
　　後扭脖子，兩腳卻向前奔忙。　　　　27
「要是這沙地的愁苦和膚髮被褫
　　而又變黑的面貌，」其中一人
　　說道：「使我們和祈求同遭鄙視，　　30
但願我的聲譽，能請你勞神
　　告訴我們你是誰。你血肉之足
　　竟能在地獄走得這麼安穩。　　　　　33
你看，我此刻踏著這個人的腳步。
　　他雖然肌膚剝落，赤裸著身體，
　　地位卻比你所想像的傑出，　　　　　36
跟賢淑的瓜爾德拉達有祖孫關係。
　　他名叫圭多‧規拉，在生的時候，
　　以智謀和寶劍立下了豐功偉績。　　　39

另一個踩著沙，跟著我在後面奔走。

　　他名叫特格埃約‧阿爾多布蘭迪，聲音

　　在人世間本該獲大家接受。　　　　　　42

在這裏，我陪著他們受折磨囚禁。

　　我叫雅科坡‧魯斯提庫奇。我老婆害我，

　　比誰都兇殘──這點你可以確信。」　　45

如果我有掩護而不忌烈火，

　　我會下撲到這些亡魂裏面；

　　而老師呢，相信也讓我這樣做。　　　　48

不過這樣做，我會遭烈火熬煎。

　　所以雖亟想和這些亡魂相擁，

　　恐懼還是打消了我的渴念。　　　　　　51

於是我說：「你們的處境在我心中

　　留下的，是哀傷而不是鄙夷；印象

　　是這麼深刻，歷久都不會消融。　　　　54

當我的這位主人跟我一講，

　　言詞中使我知道，來者是你們

　　這些人，當時的感覺已經是這樣。　　　57

我來自你們的城鎮。世人

　　敘述你們的功名時，我總會情殷

　　意切地傾聽，然後再向人條陳。　　　　60

此刻，我正在離開苦汁前進。

　　可靠的導師答應了給我甘果──

　　不過我先得降落地獄的核心。」　　　　63

「那麼，但願靈魂哪，」那人回答說：

　　「能夠長時間引導你的四肢；

　　　但願大名在身後閃爍遠播。　　　　　66
　　請告訴我們，禮儀和勇氣是不是
　　　　仍一如過去，在我們的故城留存，
　　　　還是全部在那裏消失廢弛。　　　　69
　　圭里埃爾摩・波爾西埃雷的言論，
　　　　使我們大爲傷心。他最近才跟
　　　　我們受苦，追隨著前面的亡魂。」　72
　　「翡冷翠呀，暴發之利和新來之人
　　　　在你體內產生了傲慢奢靡。
　　　　爲了這一點，你已經在啜泣悲呻。」　75
　　我仰著臉，這樣對上方太息。
　　　　三個亡魂，以爲這就是答覆，
　　　　都面面相覷，彷彿聽到了眞理，　　78
　　齊聲說：「在別的時候，你如果付出
　　　　這樣的小代價，就能夠隨意條陳，
　　　　使他人滿足，無疑是幸福之屬。　　81
　　因此，要是你從這冥府脫身，
　　　　返回陽間，重見美麗的群星，
　　　　而且欣然說：『地獄嗎，我已經得臻，』84
　　請向人提一提我們這些亡靈。」
　　　　說完，他們就不再繞圈，逃跑時
　　　　敏捷的雙腳如翅膀一般輕盈；　　　87
　　「阿們」二字，發自祈禱者的唇齒，
　　　　也不像他們消失時那麼迅速。
　　　　因此，老師認爲不宜再停滯。　　　90
　　我跟著他，只走了短短的一段路，

就聽到水聲。水聲離我們太近了，

　　我們談話時，對方說甚麼也聽不出。　　　93

名叫維索的一座山，是一條河流的

　　源頭。該河在亞平寧山脈的左面，

　　以自己的路線向東奔流著，　　　　　　　96

向下瀉落低一層的河床之前，

　　稱爲靜河在上游逶迤（名字

　　到了佛爾利這個地方才改變），　　　　　99

然後在阿爾卑斯的聖本內迭托寺

　　之上轟然下墜，本該分爲

　　一千次的緩瀉就陡然崩塌於此。　　　　　102

這時候，我們見那條血紅的冥水

　　也這樣隆然從陡峭的崖岸下搗；

　　再過一陣子，耳朵就會被震聵。　　　　　105

我當時有一條繩索在中腰圍繞

　　（有一次，我曾經想過用它來捕捉

　　皮毛佈滿了花紋的那隻斑豹）。　　　　　108

導師叫我從身上解下繩索。

　　我遵照吩咐把它從身上解開，

　　遞給導師時仍然糾結纏裹。　　　　　　　111

接著，導師的身體向右邊一擺，

　　再一扔，繩索脫崖有一段距離，

　　再墜落那個深壑深處的激瀨。　　　　　　114

「啊，必定有某些新奇的東西

　　回應這新奇的信號了，」我暗忖：「不然，

　　老師不會緊盯著繩索的軌跡。」　　　　　117

啊，有些人，不但可以察看

　　行藏，而且還可以洞悉肺腑。

　　　　跟他們在一起，眞的不可以怠慢！　　120

老師對我說：「一會兒，下面將冒出

　　我所等待、你所夢想的奇事。

　　　　這奇事，你不久就應該可以目睹。」　　123

經歷了貌似虛假的灼見眞知，

　　一個人應該儘量把嘴巴堵塞；

　　　　否則，清白的眞相會帶給他羞恥。　　126

在這裏，我卻不能沉默。讀者呀，對著

　　這歌曲的調子，我向你發誓（但願

　　　　這些調子是長受歡迎的樂歌）：　　129

我親眼看見一個怪物從深泉

　　升起，在昏濁的冥靄中游了上來，

　　　　足以令大膽的人心驚目眩；　　132

就像一個人，有時候因船錨夾在

　　礁石或大海所藏的其他物件

　　　　而潛入水中，去把鐵錨解開，　　135

冒升時把上肢伸直，下肢收斂。

註　釋：

2.　　**另一環**：指第八層地獄。

9.　　**墮落的城郭**：指翡冷翠。

18.　　**他們的匆遽……更適合**：維吉爾言下之意，是這些亡魂不應

該這麼匆遽；他們如此匆遽，實在有失身分。

28-32. **要是……你是誰**：這句話極盡間接迂迴之能事，是英語所謂的 circumlocution（迂迴說法）。這類修辭手法，在《神曲》裏經常出現。

34. **這個人**：指第三十八行的圭多・規拉。規拉是瓜爾德拉達的孫子，圭爾佛黨的領袖。約生於一二二零年，卒於一二七二年。

37. **瓜爾德拉達**：翡冷翠人，貝林綽內・貝爾提・德拉維亞尼(Bellincione Berti de' Ravignani)的女兒，嫁圭多・規拉四世(Guido Guerra IV)。以賢良淑德著稱。

41. **特格埃約・阿爾多布蘭迪**：翡冷翠圭爾佛黨人，是權重一時的阿迪瑪里(Adimari)家族的成員。史家維蘭尼(Villani)稱他為「饒勇足智的騎士」("cavaliere savio e prode")。

41-42. **聲音／……接受**：一二六零年，翡冷翠的圭爾佛黨征討錫耶納而敗北。出征前，特格埃約・阿爾多布蘭迪曾勸該黨不要魯莽遠襲，意見不獲接納。

44. **雅科坡・魯斯提庫奇**：十三世紀翡冷翠的一個騎士，出身平民階級而致富，人緣極佳，行動果敢。參看《地獄篇》第六章第八十行。

44-45. **我老婆害我，／……你可以確信**：據史家翡冷翠無名氏(Anonimo fiorentino)的記載，雅科坡・魯斯提庫奇的妻子是個悍婦，難以跟丈夫相處，結果被丈夫送回娘家。另一位作者本文努托(Benvenuto)更毫不模稜地指出，由於雅科坡・魯斯提庫奇不能跟妻子相處，結果染上了斷袖之癖。參看 Bosco e Reggio, *Inferno*, 240-41; Porena, 198;Vandelli, 151; Singleton, *Inferno 2*, 280。

50. **亟想和這些亡魂相擁**：亡魂都是翡冷翠人，是但丁的同鄉，

而且卒前聲名顯赫，引起了但丁敬重之情。

52-53. **你們的處境……不是鄙夷**：雅科坡・魯斯提庫奇在本章二八—三零行表示，他們的處境和樣貌可能引起但丁的鄙夷。現在，但丁就這點向亡魂回應。

61. **苦汁**：比喻罪惡。

62. **答應了給我甘果**：「甘果」，指天堂，即但丁最終歸宿，《地獄篇》第十五章第五十四行的「家」。在《地獄篇》第一章一一二—一二二行，維吉爾曾向旅人但丁預示升天的行程。

64-65. **但願靈魂哪……你的四肢**：靈魂為君，四肢為臣；靈魂正確，就會導四肢升向天堂。

66. **但願大名在身後閃爍遠播**：這行表現了但丁的自信。

67-69. **請告訴我們……消失廢弛**：亡魂即使置身地獄，仍對故土翡冷翠念念不忘。

70. **圭里埃爾摩・波爾西埃雷**：翡冷翠騎士，起先以製造荷包為業；後來放棄本行，出入於上流社會，以行善為樂；既是媒人，也是和事老。薄伽丘的《十日談》(*Decameron* I, 8)以他為題材。**言論**：指圭里埃爾摩・波爾西埃雷有關翡冷翠近況的報導。從圭里埃爾摩・波爾西埃雷的報導中，亡魂得悉，在翡冷翠，禮儀和勇氣已經廢弛。

71-72. **他最近才跟／我們受苦**：意思是：圭里埃爾摩・波爾西埃雷最近才離開人間，進入地獄。據箋註家考證，圭里埃爾摩・波爾西埃雷約卒於一三零零年。

73. **新來之人**：指移居翡冷翠的人。這些人是暴發戶，來自鄉間，生活奢靡，敗壞了翡冷翠的民風。

74. **你**：指翡冷翠。但丁在這裏用了擬人法，上承第七十三行的呼語（「翡冷翠呀」）。

76. **對上方太息**：「上方」所指，有不同的說法： 既可指翡冷翠，也可指上蒼。不過就一般人的祈呼習慣而言，指上蒼的可能性較大。參看 Porena, 200; Vandelli, 153; Singleton, *Inferno 2*, 284。

77. **三個亡魂，以爲這就是答覆**：旅人但丁說話的對象雖然是翡冷翠，亡魂卻以爲但丁在回答他們。

78. **都面面相覷，彷彿聽到了眞理**：這行描寫栩栩如生：亡魂對翡冷翠的想法，得到旅人但丁證實，於是互望對方。

85. **請向人提一提我們這些亡靈**：三個亡魂，身在陰間，仍關心自己在凡間的聲名。

92. **就聽到水聲**：指火川弗列革呑流入地獄第八層的聲音。

94-102. **名叫維索的一座山……崩塌於此**：維索（Monte Viso 或 Monviso），意大利的一座山，距意、法邊境不遠，在亞平寧山脈的東邊（原文爲"la sinistra costa"）。詩中所提的河流叫蒙托內(Montone)。不過在到達佛爾利(Forli)之前，這條河稱爲靜河(Acquacheta)。河而稱「靜」，是因爲該河越過平坦的高原，水勢緩慢。今日，兩條河一併稱爲蒙托內。這幾行的比喻，說明弗列革呑下瀉時如何陡峭。

97. **低一層的河床**：位於佛爾利附近，在羅馬亞平原。

101-02. **本該分爲／一千次的緩瀉就陡然崩塌於此**：原文爲"per cadere ad una scesa /dove dovria per mille esser recetto"。許多箋註家對這兩行有不同的解釋。不過就文氣而言，詩義並不隱晦，意思不過是：水流下瀉時坡度峻急。

103 **血紅的冥水**：指火川弗列革呑。參看《地獄篇》第十四章七十八行和一三四行。

106. **我當時有一條繩索在中腰圍繞**：這行的意思言人人殊，主要

因爲前文沒有說過旅人但丁身繫繩索。穆薩指出,詩中的「繩索」象徵但丁的自信;而自信並不能抵禦欺詐。但丁必須依靠理智(維吉爾)才能在地獄前進。與自信相反的是謙卑。在《煉獄篇》第一章,加圖叫旅人但丁繫上燈芯草,方能攀登山頂,象徵謙卑勝過自信。參看 Musa, *Inferno 2*, 221-22; Bosco e Reggio, *Inferno*, 245; Porena, 201; Sapegno, *Inferno2*, 189。Vandelli (155)指出,但丁曾當過小兄弟會修士;「繩索」象徵某種德行(小兄弟會的創始人聖方濟出外傳道時,腰繫麻繩,以示刻苦)。

107-08. **有一次……皮毛佈滿了花紋的那隻斑豹**:參看《地獄篇》第一章第四十三行。但丁企圖用自信抵禦斑豹,卻沒有成功,表示自信有局限。

112-14. **接著……激瀨**:維吉爾以繩索(自信)爲餌,吸引下面的怪物(象徵欺詐)。

118-20. **啊,有些人……不可以怠慢**:下文(一二一——二三行)描寫維吉爾洞悉旅人但丁心裏所想。因此但丁在這三行驚嘆維吉爾的睿智。

124-26. **經歷了……羞恥**:這幾行強調眞相不易驟得。辛格爾頓認爲,這幾行脫胎自馬丁奴斯(Martinus Dumiensis)的《誠實人生的良方》(*Formula honestae vitae*):

Nihil inexpertum affirmes quia non omne verisimile statim verum est; sicut et saepius quod primum incredibile videtur, non continuo falsum est. Crebro siquidem faciem mendacii veritas retinet. Crebro mendacium specie veritatis occulitur.

　　親歷的事情方可肯定，因爲貌似眞實的事物未必全是眞
　　理。同樣，起先看似難以置信的，到後來往往眞確不假。
　　現實往往是這樣：眞理貌似謬誤；謬誤往往貌似眞理。

參看 Singleton,*Inferno 2*, 292。此外，這幾行也與其他作家的
說法相近。參看 Bosco e Reggio, *Inferno*, 246; Sapegno,
Inferno, 190。

128.　**歌曲**：原文是"comedia"。在《神曲》裏，但丁首次用"comedia"
　　　一詞提到自己的作品（《神曲》全名爲 *Divina Commedia*），
　　　不過發音（重音在"i"而不在"e"）和拼寫（只用一個 m）都
　　　屬中世紀。在《地獄篇》原文第二十一章第二行，"comedia"
　　　再度出現。但丁稱自己的作品爲"comedia"，是因爲作品的
　　　題材和風格平易，結局圓滿。參看 Bosco e Reggio, *Inferno*,
　　　246; Sapegno, *Inferno*, 190。Porena(202)指出，但丁初用
　　　"Comedia"一詞時，只指《地獄篇》，後來才指整部《神曲》。
　　　Vandelli (157)指出，但丁要「發誓」，表示他不但對自己的
　　　作品珍之重之，而且評價極高，視之爲聖詩。

133-36.　**就像一個人……下肢收斂**：但丁再用日常意象描摹地獄難描
　　　之景。

第十七章

怪獸格里昂游了上來。維吉爾向但丁講述怪獸的特點。接著，兩人
走近怪獸。維吉爾叫但丁繼續向前，去觀看生時放高利貸的陰魂，
自己則跟格里昂說話，要借用它的肩項。但丁前行，目睹受刑的陰
魂，並且認出了他們家族的紋章。之後，但丁返回原處，與維吉爾
騎上格里昂的背脊，盤旋著降落地獄的第八層。

「啊！ 看眼前這頭尖尾的野獸。
　　它可以穿山、破垣、摧毀刀斧。
　　啊，就是它，使天下玷污蒙垢！」　　　3
我的導師就這樣對我講述，
　　並且向野獸打手勢示意，叫它
　　靠近石堤盡頭的地方登陸。　　　6
代表欺詐的髒形象乃向上一爬，
　　腦袋和胸膛同時趴到了岸上，
　　卻沒有從水中拖起它的尾巴。　　　9
它的面龐是一張義人的面龐，
　　表皮由那麼善良的外貌裹包，
　　其餘卻全是毒蛇的軀幹和心腸。　　　12
它有兩隻爪，爪端到腋底全是毛。
　　它的胸膛、兩脅以及背脊
　　有繪畫而成的小圈和結子在纏繞。　　　15

格里昂——欺詐的象徵
代表欺詐的髒形象乃向上一爬，／腦袋和胸膛同時
趴到了岸上……
（《地獄篇》，第十七章，七—八行）

韃靼和土耳其人織造的布匹，

　　也絕無這麼斑斕的刺繡和畫面；

　　阿拉克涅紡出的絲網也不能比擬。　　　18

一如小舟，有時停留在岸邊，

　　船身的一半在水中，一半在乾土；

　　又如彼方，在德國的酒徒中間，　　　　21

河狸蓄好了勢，去捕捉獵物；

　　那卑劣的畜生，也這樣伏在那條

　　以石頭圍住大幅沙地的道路，　　　　　24

整條尾巴都在虛空中顫搖，

　　一個蠍尾般長在末端的毒叉，

　　這時也隨著搖動的尾巴上翹。　　　　　27

我的導師說：「現在，我們要把

　　路線稍微改變，去看那頭

　　惡毒的畜生——它正在那邊俯趴。」　　30

於是，我們靠著右邊往下走，

　　沿著堤岸的邊緣走了十步，

　　以便遠離沙地和火焰的範疇。　　　　　33

之後，當我們走近了那頭怪物，

　　就看見沙地上，離我們較遠的一邊，

　　在深淵的外緣，坐著亡魂一組。　　　　36

這時候，老師對我說：「繼續向前，

　　觀看一下他們的處境吧。這樣，

　　你才能帶走這一圈的全部經驗。　　　　39

到了那邊，話不必多講。

　　你回來之前，我先跟它說幾句，

　　希望能借用它那有力的肩項。」　　　　42
於是，我在地獄的第七層，繼續
　　一個人走向邊緣的末端。那些
　　悲傷的亡魂，就坐在那裏的一隅。　　45
他們的痛苦，使他們睚皆欲裂；
　　雙手在左揮右拍；一會兒撥拋
　　炎土，一會兒想把烈火抓滅。　　　　48
就像一些狗隻，在夏天遭到
　　跳蚤、蒼蠅或牛虻咬叮，
　　一會兒用嘴，一會兒用爪去牴搔。　51
我的目光，在一些人的臉上棲停，
　　只見愁火瀉落他們的身上。
　　魂叢裏，我認不出一個亡靈；　　　　54
只發覺人人的頸上掛著一個囊；
　　每個囊都有本身的顏色和徽號，
　　人人都好像緊盯著囊面不放。　　　　57
當我顧盼著來到他們的周遭，
　　只見一個黃色的錢包，上面
　　是一隻獅子，有天藍的形體和面貌。　60
然後，我的目光在掃視間
　　看見另一個錢包，血紅的底色
　　有一隻奶白的鵝出現在眼前。　　　　63
又有一個人，白荷包印著一個
　　顏色天藍、懷有身孕的母豬。
　　他對我說：「你在這深坑幹嗎呢？　66
快點走開吧。既然你還未作古，

　　你聽著，我的鄰居維塔利阿諾

　　將坐在我的左邊，就在這一處。　　　　69

我是帕多瓦人，跟這些翡冷翠人一伙。

　　他們曾多次在我耳邊吵鬧。

　　『大爵士快來呀！』他們這樣噪聒：　　72

『他會帶來印著三羊的錢包！』」

　　那人說完，就歪著嘴，把舌頭

　　伸出來，像一隻牛把鼻子舔掃。　　　　75

想起老師曾叫我不要久逗，

　　我怕再待下去，他會生氣，

　　於是離開了那些倦魂往後走。　　　　　78

回到原地，見導師已跨上那匹

　　兇殘的野獸，坐在它的臀部。

　　導師對我說：「現在要有勇力。　　　　81

我們就憑這樣的樓梯下徂。

　　跨上前面吧，我自己要坐中間。

　　這樣，尾巴就不會引起事故。」　　　　84

患了四日熱的人，發抖之前，

　　所有指甲的顏色會全部變青，

　　光看見陰影就會渾身抖遍。　　　　　　87

我聽了這些話，也是這樣反應。

　　不過羞恥之心壓服了驚惶：

　　賢主前，僕人竟變得勇敢而堅定。　　　90

我騎上了怪獸碩大的肩膀……

　　「你得把我抱住哇！」我想這樣說；

　　可是聲音竟違背了願望。　　　　　　　93

不過那位在前一次把我
　　救離險境的人，見我一坐定，
　　立即用雙臂把我摟扶承托，　　　　　96
並且說：「格里昂，現在馬上啓行；
　　兜的圈要大，下降的速度要低。
　　要注意，你負著一個新的生靈。」　　99
如舟楫啓航，從停泊之地緩移
　　而漸漸後退，格里昂也這樣出發。
　　當它見前路不再爲障礙所羈，　　　102
就回過頭來，同時把尾巴
　　扭轉、伸直，像鰻魚一般擺動，
　　並且用爪把空氣朝自己撥爬。　　　105
昔日，法厄同的馬韁脫手，穹隆
　　至今仍有炙痕。但是我相信，
　　法厄同當時也没有我那樣驚恐。　　108
昔日，倒霉的伊卡洛斯離日輪太近，
　　蠟融時發覺兩脅失去了翅膀，
　　聽見父親大叫「你走錯了」的聲音。　111
當時，他也没有我那麽驚惶。
　　我發覺身體完全凌空，除了
　　怪獸，一切景物都隱入了茫茫。　　114
那匹怪獸，緩緩地、緩緩地游著，
　　迴旋著下降。我並無下降之感，
　　只覺拂面的烈風湧自深壑。　　　　117
這時，我聽見右邊有湍急的渦瀾
　　在我們下面發出可怕的喧聒。

騎著怪獸下降
那匹怪獸，緩緩地、緩緩地游著，／迴旋著下降。
（《地獄篇》，第十七章，一一五——一六行）

於是我伸出頭來，用眼睛俯瞰……　　　120
一俯瞰，就更怕從怪獸之背下墮。
　　因爲我看見烈火，又聽到哭泣；
　　結果我渾身哆嗦著往後瑟縮。　　　123
接著，我目睹了下降的軌跡，
　　目睹怪獸在八方的酷刑逼近時
　　盤旋下降——都是未見過的東西；　126
像一隻獵鷹，在空中久久展翅
　　仍不見誘皿或雀鳥等獵物，
　　令鷹獵者詫呼「怎麼，想停止？」　129
再怠然降落它迅疾起飛之處，
　　旋完了上百個圈，滿懷怒火，
　　觥然在遠離主人的地方著陸；　　　132
格里昂在坑底，緊緊地靠著那座
　　巉巖不平的峭崖把我們放送；
　　把我們的重量卸落了肩膊，　　　　135
就像疾矢脫弦，消失了影蹤。

註　釋：

1-18.　啊！……也不能比擬：這十八行所描寫的怪物叫格里昂。不
　　　　過，爲了增加懸疑，但丁到了第九十七行才借維吉爾之口說
　　　　出怪物的名字。在古希臘神話裏，格里昂又叫格里奧涅奧斯
　　　　(Γηρυονεύς, Geryon)，是克律薩奧爾(Χρυσάωρ, Chrysaor)
　　　　和卡利洛厄(Καλλιρρόη, Callirrhoe)的兒子，有三個頭顱、

三個相連的身子，住在西班牙的伽得斯，與赫拉克勒斯門柱相距二十五英里。格里昂有許多牛群，由雙頭狗奧爾特洛斯(῎Ορθρος, Orthrus)和牧人歐律提翁(Εὐρυτίων, Eurytion)看守。赫拉克勒斯的十二件苦差之一，是搶走格里昂的牛群。爲了完成這一苦差，他到伽得斯扼死了格里昂、奧爾特洛斯、歐律提翁，最後搶走了牛群。據中世紀的說法，格里昂喜歡誘人作客，然後把客人殺死。在《神曲》裏，格里昂不僅寫實，同時還象徵欺詐。本章第十至十二行，直接觸及象徵。Musa (*Inferno*, 227-28)指出，維吉爾把格里昂引誘上岸，象徵理智（維吉爾）戰勝了欺詐（格里昂）；也就是說，欺詐反而爲理智所欺。格里昂一怪而兼具三性（人性、獸性、蛇性），是上帝三位一體的扭曲。但丁筆下的格里昂，融會了希臘神話和《聖經》等典籍的形象。有關這一形象的藍本，可參看維吉爾《埃涅阿斯紀》第八卷二零二行、大普林尼(Gaius Plinius Secundus，二三—七九)的《博物志》(*Naturalis historia*)第八卷第三十行、《創世記》第三章第一節、《哥林多二書》第十一章第三節、《啓示錄》第九章第七—十一節。

2.　　**它可以……刀斧**：這行強調欺詐的威力。Porena (203)指出，維吉爾的話，在這行不再指怪物格里昂，而指格里昂所象徵的欺詐。

6.　　**石堤**：指弗列格呑的石岸。這時候，旅人但丁正與維吉爾在岸上前進。

16-17.　**韃靼……畫面**：在中世紀，韃靼和土耳其以刺繡著稱，產品十分斑斕名貴，極受歐洲人歡迎。Singleton (*Inferno 2*, 297)指出，以中世紀基督徒的觀點看，韃靼和土耳其人都陰險善

變。參看《地獄篇》第八章第七十行。在該行裏，阿拉伯人的清眞寺是中世紀歐洲基督徒敵視的對象。

18. **阿拉克涅**：Ἀράχνη (Arachne)，呂底亞(Λυδία, Lydia)人，伊德蒙(Ἴδμων, Idmon)的女兒，工織繡，認爲所織的布無懈可擊，向雅典娜挑戰。失敗後憤而上吊，被雅典娜變爲蜘蛛；自縊用的繩子變成了蛛網。參看奧維德《變形記》第六卷五——一四五行。阿拉克涅象徵巧藝，與格里昂的欺詐一樣，都是反面描寫。

19-22. **一如小舟……捕捉獵物**：這是史詩比喻(epic simile)，從不同的角度把事物的形象傳遞給讀者。

21. **在德國的酒徒中間**：據傳統的說法，德國人是暴飲暴食的民族。

22. **河狸**：據傳說，河狸善於捕魚。方法是靠近水邊，把尾巴放進水中擺動，並擠出油液，引來魚兒，然後把它捕捉。由於河狸善於欺詐，拿來跟格里昂相比，至爲切當。

24. **以石頭圍住大幅沙地的道路**：指岸邊的這一地帶，沒有烈火焚燒。

31. **靠著右邊往下走**：但丁和維吉爾在地獄前進時，一般都靠左。只有兩次例外：在《地獄篇》第九章一三二行，「維吉爾轉右」；在這裏，但丁則和維吉爾「靠著右邊往下走」。據弗雷徹羅(Frecero)的解釋，爲了把顚倒的顚倒過來，但丁和維吉爾故意走相反的方向。參看 Singleton, *Inferno 2*, 299。

32. **十步**：有些論者（如 Chiappelli, 101, Bosco e Reggio, *Inferno*, 252; Singleton, *Inferno 2*, 299）認爲，「十步」也許有象徵意義；至於象徵甚麼，迄今仍没有定論。

36. **在深淵的外緣，坐著亡魂一組**：在第十四章第二十三行，放

高利貸者都「坐著，身體瑟縮做一堆」；因此讀者可以從坐姿斷定，這組亡魂是放高利貸的人。參看《地獄篇》第十一章四六—五一行；一零九——一一一行；第十四章十九—二四行。

41. **它**：指怪物。

49-51. **就像……牴搔**：這幾行以日常意象寫亡魂受刑，生動而逼眞。

54-57. **魂叢裏……緊盯著囊面不放**：放高利貸的人死後，不再有甚麼身分，只有錢囊供人識別。錢囊的徽號屬於亡魂的家族和商號。但丁故意不去辨認這些亡魂，表示鄙夷。

59-60. **黃色的錢包……面貌**：詩中描寫的徽號（金底藍獅）屬於翡冷翠的詹菲利阿茲(Gianfigliazzi)家族。該家族屬圭爾佛黨；圭爾佛黨分裂爲黑、白二黨後歸黑黨。分別於一二四八年、一二六零年被逐出翡冷翠。詩中的亡魂是卡斯特洛・迪羅索・詹菲利阿茲老爺(Messer Castello di Rosso Gianfigliazzi)。

62-63. **血紅的底色／有一隻奶白的鵝出現在眼前**：這徽號（紅底白鵝）屬烏布里阿基(Ubriachi, Obriachi 或 Ubbriachi)家族。該家族屬吉伯林黨，於一二五八年被逐出翡冷翠。

64-65. **白荷包……母豬**：這一徽號（白底之上繪著一隻藍色的母豬）屬帕多瓦的斯克羅維伊(Scrovegni)家族。亡魂是里納爾多・斯克羅維伊(Rinaldo Scrovegni)，生時以放高利貸著稱。

68. **我的鄰居維塔利阿諾**：維塔利阿諾，帕多瓦人。卒前有勢有財，專門放高利貸。維塔利阿諾可能指維塔利阿諾・德爾丹特(Vitaliano del Dente)；也可能指維塔利阿諾・迪雅科坡・維塔利阿尼(Vitaliano di Jacopo Vitaliani)。亡魂說話時，維塔利阿諾還未死。詳見 Toynbee, 647, "Vitaliano"條。

72. **大爵士**：指詹尼・迪布亞蒙特・德貝基(Gianni di Buiamonte dei Becchi)。生於一二六零年，卒於一三一零年。屬吉伯林

黨。在陽間，這個亡魂的徽號是金底之上繪著三頭黑羊。

82.　**樓梯**：比喻怪獸格里昂及其下降的途徑。

84.　**尾巴就不會引起事故**：維吉爾坐在但丁和怪獸的尾巴之間，但丁就不會有危險。

85.　**四日熱**：疾病的一種，以四日為週期。

90.　**賢主前……僕人**：羞恥之心為主，驚惶為僕。

94-95.　**前一次把我／救離險境**：參看《地獄篇》第八章九七—九九行；第九章五八—六零行。

106.　**法厄同**：$\Phi\alpha\acute{\epsilon}\theta\omega\nu$(Phaethon)，太陽神阿波羅和克呂美涅($K\lambda\upsilon\mu\acute{\epsilon}\nu\eta$, Clymene)的兒子，堅持要駕馭父親的日車一天。因不善馭術，拉車的天馬失控，結果日車出軌：不是駛得太低，幾乎把大地燒燬；就是駛得太高，叫群星怨聲載天。最後，宙斯應大地的禱告，以霹靂把法厄同殛斃，再把他打進厄里達諾斯($\acute{H}\rho\iota\delta\alpha\nu\acute{o}\varsigma$, Eridanus)河。其姐妹赫利阿得斯(希臘文$\acute{H}\lambda\iota\acute{\alpha}\delta\alpha\iota$或$\acute{H}\lambda\iota\acute{\alpha}\delta\epsilon\varsigma$，拉丁文和英文 Heliades)在厄里達諾斯河邊哀悼他，因悲傷過度而變成白楊。厄里達諾斯河，一說是今日意大利北部的波(Po)河，一說是今日法國的羅訥(Rhône)河。但丁在《天堂篇》第十七章再度提到法厄同。有關法厄同的神話，參看《埃涅阿斯紀》第五卷；《變形記》第二卷。《變形記》第二卷一—三二四行，大概是但丁所本。

106-07.　**穹隆／至今仍有炙痕**：據神話的說法，銀河是當日法厄同駕日車馳過的炙痕。

109.　**伊卡洛斯**：$\acute{I}\kappa\alpha\rho o\varsigma$(Icarus)，古希臘神話中巧匠代達羅斯($\Delta\alpha\acute{\iota}\delta\alpha\lambda o\varsigma$, Daedalus)的兒子。插上父親用蠟和羽毛製成的雙翼，與父親飛離克里特($K\rho\acute{\eta}\tau\eta$, Crete)島。途中飛近了太

陽，父親警告無效，結果蠟融翼脫而墮海。參看《埃涅阿斯紀》第六卷；《變形記》第八卷；《神話全書》第三卷。

111. **你走錯了**：這是代達羅斯呼喊兒子的聲音。在《變形記》裏，代達羅斯說："Icare," dixit, / "Icare," dixit "ubi es? qua te regione requiram?"（「伊卡洛斯呀，」他喊道。／「伊卡洛斯呀，」他喊道：「你在哪裏？ 我到哪裏找你呢？」）參看《變形記》第八卷二三一——三二行。

116-17. **我並無下降之感，／只覺……深壑**：但丁憑上湧的烈風，知道格里昂在下降。

125. **八方的酷刑逼近時**：由於怪獸兜著圈子下降，酷刑就從四面八方逼近。

127-36. **像一隻獵鷹……消失了影蹤**：原詩只有一句，卻長達十行，中間起伏弛張，時速時緩，時放時收，以節奏摹擬獵鷹和格里昂的上升、下降、盤旋，充分表現了但丁調控語言的匠心。

128. **誘囮**：誘囮是鷹獵者用來召鷹的工具：兩隻鳥翅繫在一起，中間是一塊縛在繩上的肉，可以讓獵鷹吞食。鷹獵者把誘囮在空中飛旋，獵鷹就會下降。

129. **令鷹獵者詫呼「怎麼，想停止？」**：受過訓練的獵鷹，起飛後通常要捕到獵物或看見主人旋動誘囮才會下降。獵鷹未捕到獵物，也未見主人旋動誘囮就下降，主人就會驚呼。

131-32. **滿懷怒火，／觖然**：獵鷹「滿懷怒火」而「觖然」，是因為捕不到獵物。格里昂「滿懷怒火」而「觖然」，是因為上了維吉爾的當而抗命無從，要當運輸工具。

第十八章

但丁和維吉爾來到地獄的第八層，也就是罪惡之囊。罪惡之囊的第一囊用來懲罰淫媒和誘姦者，兩批陰魂在裏面朝相反方向竄逃，後面有妖怪揮鞭追趕。兩人看見淫媒溫內迪科・卡恰內米科和誘姦者伊阿宋。之後來到懲罰諂諛者的第二囊，看見阿列西奧・因泰民內伊和娼婦泰伊絲在糞便裏受刑。

地獄有一個地方，叫罪惡之囊，
　　全部由鐵青色的石頭建築
　　而成，顏彩和四周的牆壁相仿。　　　3
就在這個邪惡處所的中部，
　　有一個又深又闊的窰坑裂開
　　（窰坑的結構，屆時我會講述），　　6
結果豁出了一個圓圈般的地帶，
　　環迴於高峻的石崖和窰坑間。
　　這地帶，由十個峽谷分隔開來。　　　9
有時候，一條接一條的護城壕塹
　　會圍繞一座城堡去防護城牆。
　　那個地帶所展示的建築平面，　　　12
也由峽谷構成類似的模樣。
　　上面提到的堡壘，自門檻開始
　　到外面的河岸，有一道道的橋樑；　　15

在岩石的底部，也有石脊一直
　　向外面伸延，越過河堤和壕溝，
　　伸入了窖坑才不再向前奔馳。　　　　　18
我們從格里昂的背脊著地後，
　　就置身於這樣的地方。詩人舉足
　　靠左邊前進，而我則跟在後頭。　　　　21
在右邊，我見到新的痛苦、
　　新的折磨、新的鞭笞之吏，
　　因為，第一溝全是這類痛楚。　　　　　24
溝底的罪人，全部赤裸著身體。
　　在溝心這邊的，向著我們走；另一邊
　　是罪人以更大的步幅和我們並移；　　　27
就像羅馬人，逢上天主教的大赦年，
　　由於人群太多而採取疏導
　　措施，讓他們列隊越過橋面。　　　　　30
於是，在橋的這邊，大家都面朝
　　城堡，向聖彼得大教堂擁聚；
　　另一邊，人群則向著山岡嬉遨。　　　　33
當我沿著幽暗的石岸前趨，
　　到處都看見有角的妖怪揮動
　　巨鞭，在後面狠笞這陰魂的行旅。　　　36
啊，只一鞭，就叫陰魂舉踵
　　竄遁了。至於第二鞭和第三鞭，
　　肯定沒有陰魂會等待冀崇。　　　　　　39
我正在石岸上前進，兩眼瞥見
　　一個陰魂。於是我馬上說：

妖怪與誘姦者

啊，只一鞭，就叫陰魂舉踵鼠竄了。

（《地獄篇》，第十八章，三七一三八行）

「他這個人，曾使我眼睛飽饜。」　　　42
為了諦觀，我乃把腳步中輟。

　　和藹的老師也跟我一起駐足，
　　並且允許我稍微向後面移挪。　　　45
那個遭鞭笞的陰魂臉龐下俯，

　　想避過我的視線，卻徒勞無功。
　　我說：「你呀，只顧向地下垂目。　　48
你的臉，如果不是冒充的顏容，

　　你就是溫內迪科・卡恰內米科。
　　咦，是甚麼把你送進這大苦痛？」　　51
陰魂答道：「我實在不想費唇舌。

　　但你的直言使我不能再緘默；
　　它又使我想起古代的世界了。　　　54
不管世上的壞話怎麼傳說，

　　使那位姬婥拉貝拉不能自持，
　　使她任那個侯爵擺佈的就是我。　　57
在這裏，嚎咷的波隆亞人不止

　　我一個；反之，他們擁擠於各處；
　　在薩維納和雷諾兩河之間學講「是，　60
是吧」的舌頭，也不會大於此數。

　　如果你要我以事實證明這點，
　　請回想，我們的心是怎樣的不知足。」　63
他正在說話，一個妖怪已揮鞭

　　打他，喝道：「給我滾，你這個淫媒！
　　這裏沒有女人替你賺錢。」　　　　66
我返回嚮導那裏，和他相會；

　　然後，走了不過數步，就到達

　　　一個從堤岸向外伸延的石陂。　　　　　69

我們輕而易舉地向上攀爬，

　　　然後在崎嶇的危岩上右拐，

　　　讓亡魂無休止地繞著圈子旋踏。　　　72

當我們來到一個向下裂開、

　　　讓那些被笞的亡魂通過的地方，

　　　導師說：「等一下，讓另一些生來　　75

可鄙的靈魂把印象留在你心上。

　　　他們的面孔，你還沒有目睹，

　　　因爲他們都走在我們身旁。」　　　　78

從古老的橋上，我們看一群鬼物

　　　從另一方列隊走向我們這邊，

　　　像首批亡魂那樣遭勁鞭驅逐。　　　　81

我的賢師，不待我詢問發言，

　　　就對我說：「你看那個大魂，

　　　儘管受苦，也不讓眼淚滴濺。　　　　84

他的神態呀，王者之氣猶存！

　　　他是伊阿宋，曾靠智勇奪取

　　　金羊毛而使科爾基斯人受損。　　　　87

當列姆諾斯島殘忍而勇武的婦女

　　　叫她們的男人全部命殂，

　　　伊阿宋安然駛過了那座島嶼。　　　　90

在那裏，他以花言巧語和情愫

　　　欺騙了希蒲西琵麗。這個女郎，

　　　當初曾欺騙所有其他的悍婦。　　　　93

她懷孕後，孑然遭伊阿宋棄於島上。

結果後者因犯罪而受此災劫。

這災劫，也幫了美狄亞報仇算帳。　　96

用這類騙術的，都加入了同一行列。

關於第一個深谷，以及深谷

所咬的亡魂，你只須知道這些。」　　99

此刻，在我駐足的地方，那窄路

已經和第二條堤壩相會交叉，

並使它成為另一個圓拱的基礎。　　102

在那裏，我們聽見亡魂在另一匹

深溝裏呻吟，用嘴巴咻咻地噴氣，

並且以手掌向自己猛烈摑打。　　105

溝裏的氣體不但刺眼，還侵襲

我們的鼻子；向上面一噴吐，

就結成塊狀的霉菌黏住石堤。　　108

坑底太深了，無論在何處立足

都無從得窺——除非向石拱之背

攀爬（在那裏，石脊最為突出）。　　111

我們爬上了石脊下望，見溝內

有一群人，陷身於一堆糞便中

（糞便好像是廁所排出的污穢）。　　114

我的目光在下面掃視移動……

突然看見一個人，滿頭糞便，

不知是俗人還是僧侶的臉孔。　　117

那人喊道：「幹嗎目不轉睛，用兩眼

盯著我？幹嗎不盯別的髒人物？」

諂諛者
見溝內／有一群人，陷身於一堆糞便中／（糞便好
像是廁所排出的污穢）。

（《地獄篇》，第十八章，一一二──一四行）

我答道：「因爲——但願我記性仍健——　　120
我以前見過你——頭髮未被沾濡；
　　你是阿列西奧・因泰民内伊，原籍盧卡；
　　因此你比任何人都更受我注目。　　123
他聽了我的話後，捶著腦袋回答：
　　「諛辭巧言，在這裏淹埋了我；
　　我的舌頭總是無厭於奉承話。」　　126
導師聞言，就這樣對我說：
　　「把頭向外伸得遠一點去俯觀，
　　就可以看清那個蕩婦的輪廓。　　129
她的身體污穢，頭髮散亂，
　　在那裏用沾糞的指甲刮體抓身；
　　一會兒站起來，一會兒蹲足下彎。　　132
她是娼婦泰伊絲。當她的情人
　　問她：『你衷心感謝我？』她這樣回答：
　　『何止衷心？簡直是無限感恩。』——　135
就讓我們的眼睛滿足於此吧。」

註　釋：

1.　　**罪惡之囊**：原文爲"Malebolge"，是「罪惡之囊」的意思，
　　由 *malo*（罪惡）和 *bolgia*（囊）二字構成（*bolge* 爲 *bolgia*
　　的複數），是但丁所創，用來形容地獄的第八層，也是地獄
　　裏縱斷面最廣的一層，分爲十個同心圓的深坑，也就是十個
　　囊（即第九行的「峽谷」），專門懲罰欺詐罪。

泰伊絲

「她是娼婦泰伊絲。當她的情人／問她：『你衷心
感謝我？』她這樣回答：／『何止衷心？簡直是
無限感恩。』」

（《地獄篇》，第十八章，一三三—三五行）

10-13.　**有時候……模樣**：罪惡之囊的十個峽谷是十個同心圓，像護城的壕塹一樣。

15.　**到外面的河岸……橋樑**：「外面的河岸」，指距離城堡較遠的一邊。「橋樑」，指跨越護城壕塹的小橋。

16-18.　**在岩石的底部……才不再向前奔馳**：這些石脊，也把十個同心圓的峽谷連在一起。「窖坑」，指地獄的第九層。

24.　**第一溝**：這一溝懲罰淫媒和誘姦者。

25.　**赤裸著身體**：地獄的亡魂都赤裸。為了強調亡魂所受的皮肉之苦，但丁有時會直接說明他們「赤裸著身體」。

26-27.　**在溝心這邊的……和我們並移**：但丁和維吉爾順時針方向前進，左邊是岩壁，右邊是壕溝。淫媒逆時針方向前進，是迎面而來；色鬼順時針方向，與但丁、維吉爾朝同一方向前進。

27.　**以更大的步幅和我們並移**：意為：走得比維吉爾和但丁快。

28-33.　**就像羅馬人……嬉遊**：「大赦年」，指天主教第一個大赦年，由卜尼法斯八世於一三零零年宣佈，結果招來大批善信（平均每天多達二十萬）擁向聖彼得和聖保羅大教堂。由羅馬城往聖彼得大教堂途中，有一條橫跨特維雷(Tevere)河的橋，叫聖安傑羅橋(Ponte Sant'Angelo)。橋的一邊通向聖安傑羅堡(Castel Sant'Angelo)和聖彼得大教堂，另一邊通向海拔不高的卓爾達諾山(Monte Giordano)。詩中的「橋」，指聖安傑羅橋；「城堡」指聖安傑羅堡；「山岡」指卓爾達諾山。

42.　**他這個人……飽饜**：指但丁不是首次碰見這個人。

46-47.　**那個……徒勞無功**：亡魂不想展示真面目，但仍給但丁看見了。

50.　**溫內迪科・卡恰內米科**：全名為溫內迪科・德卡恰內米齊・德羅爾索(Venedico de' Caccianemici dell'Orso)，波隆亞圭爾

佛黨領袖阿爾貝爾托・德卡恰內米齊(Alberto de' Caccianemici)之子，屬圭爾佛黨。曾在不同時期任意大利北部城市伊莫拉(Imola)、米蘭(Milano)、皮斯托亞(Pistoia)的總督。支持埃斯特(Este)侯爵（別名奧比佐二世(Obizzo II)或阿佐八世(Azzo VIII)）。曾遭放逐。據說因貪財而當淫媒，出賣妹妹，讓她供埃斯特侯爵行淫。

51.　　**大苦痛**：原文"pungenti salse"，直譯是「酸醋」，英語有"in a pretty pickle"的說法，指處境不妙，意思相近（英語的"pickle"大致等於意大利語的"salse"）。波隆亞附近有一個峽谷，也叫 Salse（音譯「薩爾塞」），是拋棄罪犯屍體之地。波隆亞的小孩互相謾罵，要侮辱對方時，就會說："Tuus pater fuit proiectus ad Salsas." （「你老子在薩爾塞攤屍。」）參看 Singleton, *Inferno 2*, 317-18。

55-57.　　**不管……就是我**：「姬娑拉貝拉」，溫內迪科・卡恰內米科的妹妹。遭哥哥出賣，供埃斯特侯爵發洩淫慾；之後見棄，嫁費拉拉(Ferrara)的尼科洛・達方塔納(Niccolò da Fontana)。參看 Singleton, *Inferno 2*, 319-20；Toynbee, 315, "Ghisolabella" 條。

60-61.　　**在薩維納……也不會大於此數**：薩維納河(Savena)和雷諾河(Reno)是意大利北部的河流，分別在波隆亞西部和東部。列舉兩河等於概括該城的東西境。「是，／是吧」的原文為"sipa"，是波隆亞方言（現代的說法是"sepa"），意大語"sia"的意思，可解作「是」。兩行的意思是：這裏的波隆亞人比陽間的波隆亞人還要多。參看 Singleton, *Inferno 2*, 320；Toynbee, 564, "Savena"條，540, "Reno"條。

63.　　**我們的心是怎樣的不知足**：據本文努托(Benvenuto)的說法，

波隆亞人並不吝嗇，反而喜歡揮霍，而且支出往往比收入大，結果常常靠賭博、盜竊，甚至出賣妻女、姐妹供人淫慾來賺錢。因此溫內迪科・卡恰內米科說：「我們的心是怎樣的不知足」。參看 Singleton, *Inferno 2*, 320-21。

83. **大魂**：指希臘神話的伊阿宋（第八十六行），阿爾戈船的首領，帶領希臘英雄往科爾基斯尋找金羊毛。曾誘騙希蒲西琵麗、美狄亞而始亂終棄。

88. **列姆諾斯島**：Λῆμνος (Lemnos)，在古希臘神話中，列姆諾斯島的女人都把自己的丈夫殺死，同時也殺死島上男人和雅典女人所生的子女。該島的女王希蒲西琵麗('Υψιπύλη, Hypsipyle)愛上了伊阿宋('Ιάσων, Jason)，並爲他產下孿生子，後來卻遭遺棄。

93. **曾欺騙所有其他的悍婦**：列姆諾斯島的女人，因忽略愛神阿芙蘿狄蒂的祭禮而遭懲罰，身體發出惡臭，結果丈夫把她們拋棄，另戀女奴或外國女子。列姆諾斯島的女人爲了報復，要殺死島上所有的男人。國王托阿斯(Θόας, Thoas)獲女兒希蒲西琵麗用計拯救，逃往克奧斯（Χίος，Chios 或 Chius）島，把王位讓給希蒲西琵麗。

96. **美狄亞**：Μήδεια (Medea)，科爾基斯(Κολχίς, Colchis)國王埃厄忒斯（Αἰήτης，Aeeta 或 Aeetes）的女兒。伊阿宋要她幫助阿爾戈船英雄('Αργοναῦται, Argonauts)盜取島上的金羊毛，答應成功後娶她爲妻。後來伊阿宋移情別戀，愛上了克瑞烏薩（Κρέουσα，Creusa，又名格勞克(Γλαύκη, Glauce)）。美狄亞心懷怨毒，爲了報仇，殺了克瑞烏薩，也把自己和伊阿宋所生的兩個兒子置於死地。然後逃往雅典，嫁與雅典王埃格烏斯(Αἰγεύς, Aegeus)。因嫉妒丈夫和埃特拉(Αἴθρα,

Aethra)所生的兒子忒修斯(Θησεύς, Theseus)而重返科爾基斯。

98. **第一個深谷**：即罪惡之囊的第一囊。

103-04. **另一匹／深溝**：指罪惡之囊的第二囊，用來懲罰諂諛者。

117. **不知……臉孔**：指陰魂頭上的糞便太多，但丁看不出他有否剃度。

122. **阿列西奧・因泰民內伊**：Alessio Interminei，又叫 Alessio Interminelli，十三世紀下半葉的盧卡(Lucca)人，屬白黨。據本文努托的記載，阿列西奧・因泰民內伊不論賢愚、身分，逢人都加以諂諛。其餘生平不詳。

133. **泰伊絲**：古羅馬喜劇家泰倫提烏斯(Publius Terentius Afer，約公元前一九零—公元前一五九)劇本《宦官》(*Eunuchus*)中的角色。

133-35. **當她的情人／……感恩**：這三行是《宦官》中的一個情節。但丁大概不諳泰倫提烏斯的作品。這裏的情節大概轉引自西塞羅的《論友誼》(*De amicitia*, XXVI)。

第十九章

但丁和維吉爾來到罪惡之囊的第三囊。這一囊用來懲罰神棍，也就是教會中徇私枉法、任人唯親、鬻賣聖職、勾結權貴的神職人員，其中以教皇爲代表。但丁看見一個個的圓孔，裏面有陰魂倒插，只露出腿肚以下的腳掌。陰魂的腳掌都在焚燒，並且在劇烈扭擺。但丁與教皇尼古拉三世説話。尼古拉預言，另外兩個教皇（卜尼法斯八世和克萊門特五世），也會到第三囊的圓洞受刑。但丁嚴厲訓斥了尼古拉和其他神棍。維吉爾見狀，感到高興，把但丁抱回圓拱之頂。

  巫師西門哪！——還有你們這班
   可恥的弟子呀，上主的東西，
   該是善行的新娘；你們卻貪婪，   3
  爲了金銀而把它變成娼妓。
   現在，號角該爲你們吹奏了，
   因爲第三囊是你們身後所棲。   6
  我們這時候到了鄰墓之側，
   並爬上了石脊。我們立足的地方，
   正在虛空的中央下臨深壑。   9
  至高的智慧呀，你的神工眞深廣——
   在天堂、地面和邪惡的世界顯露；
   你的力量，施展得何其允當！   12
  在深坑四邊的崖壁和底部，我目睹

青灰的石上佈滿了一個個小洞，
　　每個都是同一口徑的圓窟，　　　　　15
看來不比聖約翰洗禮堂的圓孔
　　更小，也不比它們更大。後者
　　鑿在洗禮盆裏，用來浸洗教衆。　　18
不久之前，我砸破了其中一個，
　　去拯救當時在盆中遇溺的人：
　　我以此爲鈴，以正大家的差訛。　　21
圓孔都有罪人的雙腳撑伸：
　　腿肚以下的腳掌和腳脛外戳，
　　孔內則藏著身體的其餘部分。　　　24
罪人的兩邊腳掌都著了火。
　　爲此，他們的關節都劇烈扭擺，
　　力量之大，掙得斷柳條和繩索。　　27
通常，沾了油的東西，火燄只會在
　　表面向四方蔓延。在我眼前，
　　烈火也這樣從腳踵向腳趾燒來。　30
「那個人是誰呀，老師？他扭擺間，
　　比其他任何同伴都要痛苦，」
　　我說：「舔他的，是更紅的火燄。」　33
維吉爾答道：「如果你讓我從坡度
　　較陡峭的石堤背著你下趨，
　　就能聽他把身世和罪孽自述。」　　36
我說：「一切遵照老師的意欲。
　　你是主人，知道我不會背離
　　你的意旨，知道我怎樣思慮。」　　39

於是，我們走到第四條石堤，

　　在那裏轉身靠左，沿著路旁

　　朝狹窄而滿佈孔穴的坑底下移。　　　42

我的賢師，兩脅背著我不放，

　　到了那坑穴，見亡魂扭脛掙扎

　　嚎咷，才從兩脅把我放到地上。　　　45

「可憐的亡魂哪，你的身體倒插，

　　就像一根木樁。不管你是誰，」

　　我說：「要是能講話，就請你講話。」　48

我站在那裏，如修士聽兇手懺悔：

　　陰險的兇手已經在地上插好，

　　仍叫住修士，要他把死刑後推。　　　51

「你已經站在那裏啦？」亡魂喊道：

　　「卜尼法斯，你已經站在那裏啦？

　　竟差了好幾年，文字真不可靠！　　　54

這麼快就取夠了那些財物了嗎？

　　爲了那些財物，你膽敢欺騙

　　那位美女；然後，還膽敢蹂躪她。」　57

聽了他的話，我呆立在那裏，刹那間

　　彷彿遭到嘲弄，既不能揣摩

　　對方的答覆，又不懂如何申辯。　　　60

於是，維吉爾說：「快對他說

　　『我不是那人，不是你想像的人。』」

　　於是，我依照他的吩咐去做。　　　　63

陰魂聽後，把雙腳同時扭捬，

　　然後嘆息著，以哭泣的聲音

神棍

「可憐的亡魂哪，你的身體倒插，／就像一根木樁
。不管你是誰，」／我說：「要是能講話，就請你
講話。」

（《地獄篇》，第十九章，四六—四八行）

對我說：「那麼，你有甚麼要詢問？　　66
既然我的身世能令你一心
　　要探看究竟，要走下石堤來此，
　　告訴你，我曾經身加闊袍大錦。　　69
實際上，我不過是母熊之子，
　　急於抬高各個小熊的身價；
　　結果在陽間爲利，在這裏爲私。　　72
其他亡魂被曳到了我的頭下。
　　這些神棍，資格比我還要老——
　　現在都扁了，在石隙裏被壓。　　75
剛才我問你，問得那麼急躁，
　　以爲你是另一個人。那人來時，
　　我也會跌到下面，跟他們一道。　　78
不過，我烤炙著雙腳，在這裏一直
　　倒豎的歲月，已經超過他將來
　　在這裏倒插、任雙腳燒紅的時日。　　81
因爲，在他之後，一個遺害
　　更大、無法無天的牧者會來自西土。
　　這個人，足以把我和他掩蓋。　　84
此人會成爲另一個伊阿宋，一如
　　《馬卡比傳》所載的一樣：古時的那個
　　獲君王寬待；他也獲法王幫扶。」　　87
我不知道當時對他的指責
　　是否太魯莽；我只是這樣對他說：
　　「現在請你告訴我，當日，我們的　　90
主哇，把鑰匙向聖彼得付託

之前，要他交了多少財富？

　　除了說『跟我來』，他甚麼也不求索。　93

當馬提亞膺選爲使徒，去塡補

　　那邪惡的靈魂所失去的地位，

　　彼得跟別的人都不索金銀之物。　96

那麼，留在那裏吧，你活該受罪！

　　且把那不義之財好好看管。

　　憑這些財富，你膽敢跟沙爾作對。　99

你在歡樂的人世，掌握過那串

　　至高無上的鑰匙。要不是鑰匙

　　還有威嚴，令我說話委婉，　102

我會用更重的語氣向你呵斥；

　　因爲你們踐踏忠良，舉抬

　　壞人，以貪婪叫人世蒙災受縶。　105

當福音的作者見那個坐在

　　水上的女人跟那些君王交媾，

　　就想到你們這些牧者在作歹。　108

那個女子，生下來有七個頭；

　　只要夫婿對德行感到歡喜，

　　就能從十根角裏把力量吸收。　111

你們已經把金銀奉爲神祇；

　　你們跟崇拜偶像者相異的一點，

　　是他們拜一個，你們拜百個而已。　114

君士坦丁啊，這麼大的罪愆——

　　它不是因你皈依基督而產生；

　　是因你給了首位富父大捐獻！」　117

正當我把這調子向他吟諷，

　　也許遭到憤怒或良知咬噬，

　　亡魂的雙腳突然向外猛蹬。　　　　　120

我確信，調子正合導師的意旨——

　　他一直用那麼自得的神態

　　聽我以充滿眞理的話語訓斥。　　　　123

結果他用雙臂把我抱起來；

　　然後，到我和他的胸膛相齊，

　　就從下降之路把我往上載。　　　　　126

他雖然緊抱著我，卻沒有倦意；

　　只徑自把我載到圓拱之頂。

　　那圓拱，可從第四堤通往第五堤。　　129

維吉爾輕輕放下了負擔——要輕輕

　　放下，是因爲石脊陡峭而巉巖，

　　即使對山羊而言，也是條險徑。　　　132

在那裏，另一個山谷在眼前出現。

註　釋：

1.　　**巫師西門**：原文"Simon mago"，撒瑪利亞的巫師，後來受基
　　督門徒的啓迪，皈依基督。曾試圖購買賜人聖靈的權力，遭
　　彼得訓斥。販買聖職之罪以他爲名：意大利語稱爲
　　"simonia"，英語稱"simony"；販買聖職的人英語稱"simonist"
　　或"simoniac"。其事跡見《使徒行傳》第八章第九—二四節。
　　該章第二十節有以下的記載："Petrus autem dixit ad eum :

Pecunia tecum sit in perditionem : quoniam donum Dei existimasti pecunia possideri." (「彼得說：『你的銀子和你一同滅亡吧！因你想　神的恩賜是可以用錢買的。』」

你們：指西門的追隨者，以鬻賣聖職為業。

5. **號角**：Bosco e Reggio(*Inferno*, 214-15)和 Singleton (*Inferno 2*, 329-30)指出，在中世紀，官方宣佈裁決時通常有人吹號。這裏的「號角」也可以指最後審判時天使所吹的號角。

7. **鄰墓**：「墓」，指罪惡之囊的第三囊。但丁從第二囊出發，因此初提第三囊時說「鄰囊」。

10. **至高的智慧**：指上帝。

16. **聖約翰洗禮堂**：翡冷翠的守護神是聖約翰，其洗禮堂稱聖約翰洗禮堂。但丁小時候在該堂領洗。

17. **後者**：指聖約翰洗禮堂的圓孔。

19-20. **不久之前……遇溺的人**：但丁曾因這一事件遭到譴責。但丁情急智生，砸盆救人，頗像中國的司馬光。

21. **我以此為鈴……差訛**：但丁砸破了洗神盆，有人指責他褻瀆神聖；他在這裏想糾正一般人的想法，說明他旨在救人，沒有褻瀆神聖。

34-35. **坡度／較陡峭的石堤**：罪惡之囊的十個囊，一個接一個的向中心傾斜，每一囊的內壁都較外壁短，坡度也較外壁舒緩。

39. **知道我怎樣思慮**：但丁一再指出，維吉爾知道他心裏想甚麼。

46-47. **可憐的亡魂哪，你的身體倒插，／……就像一根木樁**：這個亡魂是教皇尼古拉三世。中世紀有一種酷刑，意大利語叫 "propagginazione"（直譯「栽葡萄」），把殺人犯倒插洞中，然後向裏面傾瀉泥土，把他悶死。參看 Sapegno, *Inferno*, 217。

50-51. **陰險的兇手……把死刑後推**：兇手倒插洞中，有時會呼叫神父，把自己的懺悔過程延長，以推遲受死的時間。

53. **卜尼法斯**：指卜尼法斯八世，羅馬天主教教皇，原名本內迭托・卡耶塔尼(Benedetto Caetani)。約於一二三五年生於阿南夷(Anagni)，一二九四年獲選為教皇，卒於一三零三年十月十一日。卜尼法斯以狡猾的手段逼前任教皇讓位，取得教皇一職後曾公開說：教會的財富就是他個人的財富。在位期間，用人唯私、唯親，把許多高位分派給叔父、子姪。為人極度貪婪，把大量的公有財富據為己有。在《神曲》裏，卜尼法斯是但丁一再撻伐的壞蛋。參看《地獄篇》第六章第六十九行；第十五章一一二—一一四行。卜尼法斯一手導致圭爾佛黨中的白黨慘敗。但丁遭到放逐，皆因卜尼法斯險詐。尼古拉倒插洞內，不知洞外的情形，以為自己跟卜尼法斯說話。參看本章第六十九行註。有關卜尼法斯的詳細生平，參看 Scartazzini, vol. 1, 243-44, "Bonifazio VIII"條；Toynbee, 102-106, "Bonifazio" 條；Singleton, *Inferno 2*, 334-36。

53-54. **你已經站在那裏啦？／竟差了好幾年，文字真不可靠**：地獄的亡魂都能預知未來，也就是說，他們能讀到未來之書（「文字」）。根據尼古拉的先見，卜尼法斯會於一三零三年死，然後到地獄填補他目前所在的位置。此刻，他以為說話的人是卜尼法斯，於故事發生的年份（一三零零年）已死，比未來之書所說的年份早了好幾年。

57. **那位美女**：指天主教會。教會是基督的新娘。

膽敢蹂躪她：指卜尼法斯為了私利，出賣教會（「蹂躪她」）。

59-60. **不能揣摩／對方的答覆**：不明白對方的答覆是甚麼意思。

69-70. **告訴你，我曾經身加闊袍大錦。／……母熊之子**：「我」，

指教皇尼古拉三世。尼古拉三世原名卓凡尼・噶耶塔諾・奧爾西尼(Giovanni Gaetano Orsini)，羅馬貴族，一二四四年獲選爲紅衣主教，一二七七年十一月二十五日獲選爲教皇，繼承約翰二十一世。一二八零年八月二十二日卒。尼古拉任紅衣主教時，有正直的盛譽。任職教皇的短短三年，卻一反常態，貪婪徇私，兼併土地，買賣聖職，安排政治婚姻，把紅衣主教之位賜予多個親人。「奧爾西尼」(Orsini)是母熊之意，因此，奧爾西尼家族以母熊爲徽號。尼古拉三世在第七十行也自稱「母熊之子」。在一般人的心目中，母熊是極端貪婪的動物，爲了小熊的利益，會奮不顧身。

71. **急於抬高各個小熊的身價**：「各個小熊」，指尼古拉的家族。「抬高身價」，指尼古拉用人唯親，爲了家族的利益而傷害教會。

73. **其他……頭下**：在這個洞裏，受刑者會倒插身體，兩腳朝天，遭火焰焚燒，直到另一個罪犯來臨，在他上面把他按入洞的深處。

77. **以爲你是另一個人**：指尼古拉剛才以爲但丁是卜尼法斯八世。

77-78. **那人來時，／……跟他們一道**：卜尼法斯來地獄時，就會倒插進同一個洞中，把尼古拉塞向洞的深處。

79-81. **不過……時日**：尼古拉於一二八零年卒，說話時已經在洞裏倒插了二十年。三年後（即一三零三年），卜尼法斯就會取其位而代之。而卜尼法斯插入洞中後差不多十一年，又會有另一個教皇（克萊門特五世）來取代。

82-83. **一個遺害／更大、無法無天的牧者**：指教皇克萊門特五世。克萊門特原名貝特洪・德戈(Bertrand de Got)，一二六四年

生於加斯科尼（法文 Gascogne，英文 Gascony，法文漢譯爲
「加斯科涅」），一三零五年六月五日獲選爲教皇。在位期
間把教皇的宗座(Holy See)遷往阿維雍(Avignon)。卒於一三
一四年四月二十日。他能夠當教皇，完全得力於法國君主「美
男子」腓力四世（Philippe IV le Bel，即第八十七行的「法
王」），因此上任後唯命是聽。克萊門特當教皇期間，教會
的一切聖職、利益都可以出賣。

85-87.　**此人……幫扶**：「伊阿宋」（一譯「耶孫」），大祭司西門
之子，靠賄賂安提阿哥四世(Antiochus IV)獲得大祭司之
位。上任後，廢止猶太人的習俗，引進希臘神祇，導致猶
太人起義。參看《聖經次經・馬卡比傳下》第四章第七—二
十四節；第六章第一—十六節。

90-92.　**我們的／主哇，把鑰匙向聖彼得付託／之前**：參看《馬太福
音》第十六章第十八—十九節："Et ego dico tibi, quia tu es
Petrus, et super hanc petram aedificabo Ecclesiam meam....Et
tibi dabo claves regni caelorum."（「我還告訴你，你是彼得，
我要把我的教會建造在這磐石上……。我要把天國的鑰匙給
你……。」）

93.　　**跟我來**：耶穌對彼得兄弟所說的話。參看《馬太福音》第四
章第十八—十九節："Ambulans autem Iesus iuxta mare
Galilaeae vidit duos fratres, Simonem qui vocatur Petrus, et
Andream fratrem eius, mittentes rete in mare (erant enim
piscatores). Et ait illis： Venite post me, et faciam vos fieri
piscatores hominum."（「耶穌在加利利海邊行走，看見弟兄
二人，就是那稱呼彼得的西門和他兄弟安得烈，在海裏撒
網；他們本是打魚的。耶穌對他們說：『來跟從我，我要叫

你們得人如得魚一樣。』」)

94-96. **當馬提亞……金銀之物**：猶大被逐出十二門徒之列後，其餘的門徒以抽籤方式選出新人，來填補猶大的空缺。**那邪惡的靈魂**：指猶大。**別的人：** 指耶穌其餘的門徒。參看《使徒行傳》第一章第十五—二十六節。

99. **憑這些財富，你膽敢跟沙爾作對**：尼古拉三世，與那波利和西西里的君王安茹伯爵沙爾(Charles d'Anjou)爲敵，藉希臘皇帝邁克爾・帕賴奧洛戈斯(Michael Palaeologus)的金錢支助，策動西西里人反抗沙爾。該反抗行動於一二八二年爆發，稱爲西西里晚禱起義。經過這一流血事件後，西西里人從法國人的統治下獲得解放。沙爾又稱「查理」（英語發音的漢譯）。

100-01. **掌握過那串／至高無上的鑰匙**：指控制教會的大權。

101-03. **要不是……向你呵斥**：這句的意思是：如果我不是看在教會分上，我會更嚴厲地訓斥你。

104-05. **因爲你們踐踏忠良……受孽**：但丁跟尼古拉三世說話時，一直用第一人稱的單數「你」("tu")；現在開始用複數「你們」(" voi")，呵斥的對象變成所有腐敗的教皇。

106-11. **當福音的作者……吸收**：那個坐在／水上的女人：「坐在／水上的女人」，在使徒約翰（《啓示錄》作者）的心目中，是帝國時代的羅馬；在但丁心目中是教會。**跟那些君王交媾**：指教會跟俗世的君王勾結，一起爲非作歹。**你們這些牧者**：泛指敗壞的教皇。**七個頭**：指聖神（或聖靈）七恩或七件聖事(Seven Holy Sacraments)：洗禮、堅振禮（又稱「堅信禮」）、聖餐禮、告解禮、授職禮、婚配禮、終傅禮。可以使人「未義成義，既義益義，失義復義」。聖事又稱「聖

「禮」。參看《基督教詞典》，頁四四六—四七。**夫婿**：指教皇。**十根角**：指十誡。**只要夫婿……就能從十根角裏把力量吸收**：意思是：只要教皇推行德政，教會就能從十誡中得到力量。參看《啓示錄》第十七章。

112. **你們**：泛指敗壞的教皇。

113-14. **你們……而已**：言下之意是：你們比「崇拜偶像者」更壞。

115-17. **君士坦丁啊……大捐獻**：中世紀流行這樣的傳說：羅馬帝國君主君士坦丁大帝，因教皇西爾維斯特一世（Sylvester I，三一四—三三五）治癒了他的麻風而皈依基督教；遷都拜占庭後，把帝國西部地區的世俗統治權、羅馬以外的四個教區、宗教事務的管轄權贈予教皇西爾維斯特及其繼承人。這一行動，世稱「君士坦丁贈禮」（Donation of Constantine）。到了十五至十七世紀，羅倫佐・瓦拉(Lorenzo Valla)等人才證明，所謂的「君士坦丁贈禮」毫無根據，全由羅馬教廷僞造。參看 Sapegno, *Inferno*, 222-23。**君士坦丁**：指君士坦丁大帝（Caius Flavius Valerius Aurelius Constantinus，約二零八—三三七），公元三零六—三三七年爲羅馬帝國君主，生於尼什（Niš, 在今日的南斯拉夫境內），初爲副帝，三零七年稱正帝；公元三一二年皈依基督教，公元三三零年遷都君士坦丁堡。在位期間統一羅馬帝國全境，政治穩定。三一三年與李錫尼（Licinius，約二七零—三二五）頒佈《米蘭敕令》，宣佈帝國境內有信仰基督教的自由；釋放教士與教徒；歸還遭没收的教會財產。卒前接受洗禮，正式皈依基督教。參看《基督教詞典》，頁二七五；《世界歷史詞典》，頁三四四—四五；《辭海》上冊，頁一三六九。在"Of Reformation touching Church Discipline")（《有關英倫教會

律的改革》）一文中，米爾頓(John Milton)曾翻譯但丁的這
三行呼語。參看 Anderson, *Inferno*, 187。**首位富父**：指教皇
西爾維斯特一世。參看《地獄篇》第二十七章九四—九五行
註。

118.　　**調子**：「調子」一詞有諷刺味道。

121.　　**正合導師的意旨**：指維吉爾見旅人但丁有高度覺悟，能訓斥
　　　　壞教皇尼古拉三世，大爲高興。

132.　　**即使對山羊而言，也是條險徑**：山羊善於在險峻崎嶇的高山
　　　　走動跳躍。連山羊也覺得危險的險徑，就十分危險了。

第二十章

但丁和維吉爾在第四囊看見占卜者在受刑。他們在深谷裏緩行、飲泣，頭顱扭向背後。維吉爾向但丁介紹這些陰魂，其中包括安菲阿拉奧斯、忒瑞西阿斯、阿倫斯、曼托。維吉爾告訴但丁，曼托在他的故鄉曼圖亞定居，曼圖亞就因曼托而得名。之後，維吉爾繼續介紹了歐律皮洛斯、邁克爾·斯科特、圭多·波納提、阿斯典特。維吉爾把陰魂介紹完畢，月亮已經在西方下沉。

我要吟詠新的痛苦了，並且
　　把題材提供給第一篇第二十章。
　　第一篇所講，是陷於深淵的奸邪。　　　3
此刻，我已經完全準備妥當，
　　等著俯瞰在眼前展開的坑底。
　　那坑底，一直浴於慘痛的淚浪。　　　6
我看見人群循著圓谷迤邐
　　而來，都在默默飲泣，步伐
　　和這個世界的連禱行列無異。　　　9
當我的目光向更下的部分視察，
　　發覺每個人自下巴一直到胸脯，
　　都好像變了形，扭曲得令人驚怕；　　　12
其面龐也轉了過來，望著兩股；
　　移動時則要向著背後倒退——

他們前望的能力已經被褫除。　　　　　15
由於風癱的打擊，說不定有誰
　　曾經這樣，全然扭轉了身體。
　　但我不信有這種可能，也從未　　　　18
見過這樣的人。讀者呀，願上帝
　　讓你在書中採果。請你想一下，
　　當我在身邊這麼近的距離，　　　　　21
見同類的形相遭到這樣的扭壓，
　　雙眼的淚水在臀溝濕透了屁股，
　　我怎能避免弄濕自己的面頰？　　　　24
是的，我哭了；一邊哭，一邊倚住
　　巉崖的石頭。於是，我的嚮導
　　對我說：「你也像其他人一樣愚魯？　27
在這裏，憐憫死透了才長得繁茂。
　　試問誰的罪愆，會超過以感情
　　把上天所頒的神聖判決干擾？　　　　30
抬起頭來，抬頭看這個亡靈。
　　在忒拜人眼前，地面曾為他裂開。
　　於是，大家都喊道：『你要奔競　　　33
到哪裏呀，安菲阿拉奧斯？你自甘戰敗？』
　　接著，他一直墜向深坑的下方，
　　最後被攫捕眾生的米諾斯緊逮。　　　36
你看，他怎樣把兩肩變成了胸膛。
　　他喜歡向太遠的未來瞻照，
　　所以現在要後退著向後面張望。　　　39
你看忒瑞西阿斯。他改變形貌，

由男子之身化爲一個女人，
　肢體的每一部分都牱易顛倒。　　　42
之後，他要再度用原來的那根
　棍子，向再度交纏的雙蛇擊打，
　才能再度恢復昔日的男身。　　　45
那是阿倫斯，正朝他的腹部移踏。
　在盧尼的山巒之麓，卡拉拉人耕田
　聚居。在那個地方，爲了觀察　　　48
星辰和大海時，避免叫視線
　受阻，阿倫斯在山洞裏居住。
　那山洞，位於白色的大理石中間。　51
另一個女人，以亂髮蓋著雙乳。
　雙乳你看不見；毿毿的毛皮
　都在那長著乳房的一邊覆佈。　　54
她是曼托，探索過許多土地，
　然後在我出生的故鄉定居。
　請稍稍聽我述說此事的底細：　　57
自從她的父親在陽間死去，
　而巴克科斯之城遭遇奴役的困厄，
　在很長的一段時間裏，她浪跡寰宇。　60
在蒂羅爾之北，阿爾卑斯山阻隔
　環抱著德國；在山腳，在美麗的意大利
　北部，躺著一個湖，名叫貝納科。　63
一千道——甚至逾千道——泉水，我估計，
　在噶爾達和卡摩尼卡山谷間滌淘
　亞平寧山脈，再向貝納科漂洗。　　66

湖的中央有一個地方；取道

　　該處，特倫托、布雷沙、韋羅納的牧師

　　就可以在那裏給人賜福禱告。　　　　　69

佩斯克耶拉——漂亮而堅固的城池——

　　就位於沿岸降得最低的地點，

　　跟布雷沙、貝爾噶摩等族對峙。　　　　72

物質不能在貝納科的胸懷間

　　停留，就要全部向下面濺跌，

　　成爲河流，在綠色的草原上蜿蜒。　　　75

當這些水開始奔騰外洩，

　　就不再稱爲貝納科，而稱爲門綽，

　　在戈維爾諾下瀉而跟波河相接，　　　　78

奔流得不太遠，就在低地上移挪，

　　然後散開，形成沼澤之地，

　　在夏天，有時會變得惡臭污濁。　　　　81

那個兇殘的處女經過這裏，

　　見沼澤的中央有一塊荒土

　　無人耕耘，也沒有居民的蹤跡；　　　　84

爲了與世人絕緣，就在該處

　　和奴僕留了下來，占卜蓍龜，

　　度過了一生，只留下空骸一副。　　　　87

之後，那些被驅諸四方的族類

　　在那裏聚集。那裏的形勢安穩，

　　因爲它有沼澤在四邊環迴。　　　　　　90

這些人在骨殖上建了一座城鎮。

　　由於卜居該地的第一人是曼托，

就稱曼圖亞，而無須占卦求神。　　　93
在卡薩羅迪胡里胡塗地跌落
　　皮納蒙特所佈的圈套之前，
　　城中的人口要比今日繁多。　　　96
因此，我要提醒你：如果你聽見
　　敝城的前身跟我的說法有別，
　　不要讓眞相見屈於任何謠言。」　99
於是我答道：「老師呀，你的講解
　　這麼明確，我已經堅信眞諦；
　　異端於我，會像死灰般熄滅。　102
不過，請告訴我，經過的陰魂裏，
　　你可曾看見値得一提的人物？
　　我的心意，只向這一點聚集。」　105
老師答道：「你看那個人，長鬚
　　從兩邊面頰披落黝黑的雙肩。
　　當年，希臘的壯丁都踏上了征途，108
搖籃都幾乎沒有男嬰在安眠。
　　當時，這個人是占卜官，和卡爾卡斯
　　卜出了何時開始在奧利斯砍纜。　111
他名叫歐律皮洛斯。我那文辭
　　高華的悲劇，有一節曾歌詠過他。
　　你熟知這點——深諳全詩的每一字。　114
另外一個人，兩胯瘦得可怕——
　　他是邁克爾・斯科特。這個人的心智，
　　眞能用巫術的把戲去欺詐。　117
你看圭多・波納提跟阿斯典特這巫師。

此刻，後者悔當年沒有把精神

用於皮革和粗線；但悔得太遲。　　　120

你看這些可憐婦。她們拋針

棄梭，丟掉了紡錘，改行當巫婆，

用藥草、偶像施降魔法去害人。　　　123

現在你過來。該隱已抱棘下墮，

把地球的東西兩半同時持按，

並且觸到了塞維利亞之下的滄波。　　　126

此外，月亮在昨夜已經盈滿。

這一點，你應該牢記。你在黑林

深處時，她曾經助你脫災解難。」　　　129

維吉爾說話時，一直在和我前進。

註　釋：

1.　　**我要吟詠新的痛苦了**：這裏的「我」，指詩人但丁而非旅人但丁。「吟詠新的痛苦」，指進一步講述地獄的刑罰。

2.　　**第一篇第二十章**：指《地獄篇》第二十章，也就是本章。

3.　　**第一篇……奸邪**：指《地獄篇》所講，是陷溺於地獄的奸邪。

7.　　**圓谷**：罪惡之囊（地獄第八層）的第四囊，專門懲罰巫覡、預言者、占卜者。

8.　　**默默**：這一囊的亡魂都不做聲。

9.　　**連禱**：天主教的祈禱儀式，祈禱者列隊緩緩前進。

22.　　**同類的形相**：指人類的形相。

28. **憐憫死透了才長得繁茂**：意思是殘忍地對待這裏的罪惡，才是真正的憐憫。地獄的亡魂既然罪有應得，上帝既然絕對公平，旅人但丁就不該自以爲是，對罪魂表示同情。

29-30. **試問……干擾**：上天（即上帝）的裁決絕對公正，亡魂受這樣的刑罰是罪有應得，同情這些罪無可恕的亡魂，等於以個人感情干擾上帝的裁決。

34. **安菲阿拉奧斯**：Ἀμφιάραος(Amphiaraus)，攻打忒拜的七將之一，也是阿爾戈船英雄之一，七個預言家之一。在忒拜之戰發生前，安菲阿拉奧斯預知自己會戰死，於是躲藏起來。但妻子受了賄，把他出賣，結果被迫出征，在戰場上駕戰車遁逃間，因大地被宙斯擘裂，連人帶車墮進了深壑。後來，其子殺死了母親，爲他報仇。參看《地獄篇》第十四章六八—六九行。**你自甘戰敗**：指安菲阿拉奧斯逃避敵人的追擊時遭大地吞噬。

36. **米諾斯**：Μίνως(Minos)，參看《地獄篇》第五章四—十五行。

38-39. **他喜歡……向後面將望**：安菲阿拉奧斯是預言家，喜歡前瞻未來；死後要接受報應式刑罰：後退著向後面張望。

40-45. **你看忒瑞西阿斯……恢復昔日的男身**：忒瑞西阿斯(Τειρεσίας, Tiresias)，忒拜（Θῆβαι，拉丁文 Thebae，英文 Thebes）預言家，厄維瑞斯(Everes)和仙女卡里克羅(Χαρικλώ, Chariclo)的兒子，龍種武士的後裔。壽命特長，經歷了忒拜的七代人事。有一次，他用手杖把交媾的雙蛇分開，結果自己變成了女人。七年後，再次看見當日的雙蛇，再用手杖向它們擊打，於是恢復了男身。後來，宙斯和赫拉爭辯，就「男女交媾，誰的快感更大」這問題展開

爭辯，各執一見。於是請兼具男女經驗的忒瑞西阿斯仲裁。忒瑞西阿斯的結論與宙斯的看法相同：男女交媾中，女性的快感大於男性，兩者約爲九與一之比。這樣的仲裁觸怒了赫拉，結果忒瑞西阿斯被赫拉擊盲。爲了給忒瑞西阿斯補償，宙斯賜他預知未來的能力。忒瑞西阿斯預言過赫拉克勒斯偉業大展；奧德修斯會災劫是逢；攻忒拜的七將出師不捷；後輩英雄出師成功。這些預言，後來都一一應驗。

46. **阿倫斯**：古代穴居於埃特魯利亞(Etruria)的預言家。預言羅馬內戰以龐培之死結束，勝利者是凱撒。其後，內戰的發展一如他的預言。參看盧卡努斯的《法薩羅斯紀》第一卷五八四—六三八行。「阿倫斯」，拉丁文叫 Arruns，意大利文叫 Aronta，漢譯以拉丁文原音爲準。

47. **盧尼**：指古代埃特魯利亞(Etruria)瀕海的城市路納(Luna)，也叫盧尼(Luni)，在意大利托斯卡納郡阿普阿尼亞(Apuania)之西，馬格拉(Magra)河口附近，離著名的大理石產地卡拉拉(Carrara)不遠。

52-54. **另一個女人……覆佈**：指第五十五行的「曼托」。「雙乳你看不見」，是因爲這個女巫的胸部在前，頭顱扭到了背後。

55. **曼托**：Μαντώ (Manto)，忒拜預言家忒瑞西阿斯的女兒，能預知未來。移居意大利後，建立了以她爲名的曼圖亞城（拉丁文和英文爲 Mantua，意大利文爲 Mantova），也就是維吉爾的故鄉。一說建立曼圖亞的，是曼托與特韋雷(Tevere)河神所生的兒子。有關曼托的身世，但丁的《神曲》和維吉爾的《埃涅阿斯紀》不盡相同。參看 Bosco e Reggio,

Inferno, 300; Sapegno, *Inferno*, 229; Singleton *Inferno 2*, 351-52。

56.　**我出生的故鄉**：指曼圖亞，也就是維吉爾的出生地。

58.　**她的父親**：指忒瑞西阿斯。

59.　**巴克科斯之城遭遇奴役的困厄**：巴克科斯 (Βάκχος, Bacchus)，酒神，即狄奧尼索斯(Διόνυσος, Dionysus)，相等於羅馬的 Liber Pater（直譯是「酒父」，又譯「利柏爾」，即 Liber 的譯音）。相傳酒神在忒拜城出生，受忒拜人奉祀，因此忒拜城又稱巴克科斯城。忒拜遭七將攻打後，復遭暴君克瑞翁(Κρέων, Creon)奴役。

61.　**蒂羅爾**：指蒂羅爾城堡，意大利文"Tiralli"，英文 Tyrol。在美拉諾(Merano)附近，建於十二世紀。

63.　**貝納科**：意文"Benaco"，意大利倫巴第的一個湖泊，今日叫噶爾達湖(Lago di Garda)，羅馬時代叫貝納庫斯湖(Lacus Benacus)。

65.　**噶爾達**：噶爾達湖東岸的一個城鎮，距離韋羅納(Verona)約十五英里。參看 Toynbee, 305, "Garda"條。**卡摩尼卡山谷**：在噶爾達湖西北，長約五十英里。參看 Singleton, *Inferno 2*, 254。

67-69.　**湖的中央……給人賜福禱告**：特倫托(Trento)、布雷沙、韋羅納是意大利北部的三個城鎮，其位置剛好構成一個三角。三角的中央是噶爾達湖，湖心有一個叫勒奇(Lechi)的小島，島上有聖瑪格麗達(Margherita)教堂。由於勒奇島位於三個教區的共同邊界，三區的神父都可以在教堂內賜福禱告，主持宗教儀式。

70-72.　**佩斯克耶拉……對峙**：Peschiera，噶爾達湖東南的一個城

堡。在但丁時期，由韋羅納斯卡利傑里(Scaligeri)家族掌控。

77-78. **門綽，／……相接**：「門綽」(Mencio)，今日稱 Mincio。
意大利河流，發源於佩斯克耶拉附近的噶爾達湖，南流至
曼圖亞；再向東南，在戈爾維諾羅(Governolo)流入波河時
成為湖泊。

82. **那個兇殘的處女**：指曼托。

93. **就稱曼圖亞，而無須占卦求神**：在古代，城市命名前要占
卦求神。曼圖亞命名時，沒有經過這一程序。

94-96. **在卡薩羅迪……比今日繁多**：「卡薩羅迪」，全名阿爾貝
托・卡薩羅迪(Alberto da Casalodi)。布雷沙伯爵，屬圭爾
佛黨。據 Benvenuto（見 Sapegno, *Inferno*, 231-32）所說，
卡薩羅迪於一二七二年取得曼圖亞的統治權。其後遭民眾
反對。為了保權，聽信吉伯林黨的皮納蒙特・德波拿科爾
西(Pinamonte de' Buonaccorsi)的建議，把城中貴族（包括
卡薩羅迪本人的支持者）放逐。結果皮納蒙特乘虛而入，
煽動民眾奪取政權，把卡薩羅迪和許多顯貴逐出曼圖亞，
剷除了許多大戶。

105. **我的心意，只向這一點聚集**：原文"chè solo a ciò la mia
mente rifiede"，用了迂迴的修辭法。意思是：我只想知道
這一點。

106-07. **那個人……雙肩**：指一一二行的歐律皮洛斯。

108-09. **當年……安眠**：指特洛亞戰爭中，希臘的壯丁都要出征，
家家戶戶再沒有男孩。

110. **卡爾卡斯**：Κάλχαs(Calchas)，希臘神話中的預言家，阿爾
戈船英雄之一，隨希臘聯軍出發，遠征特洛亞。聯軍出征
前，預言統帥阿伽門農('Αγαμέμνων, Agamemnon)要以女

兒伊菲格尼亞('Ιφιγένεια, Iphigenia)爲犧牲,向阿爾忒彌斯("Αρτεμις, Artemis)奉獻,聯軍方能從奧利斯(Αὐλίς, Aulis)啓航。

112. **歐律皮洛斯**:Εὐρύπυλος(Eurypylus),希臘神話中的預言家。特洛亞淪陷後,奉聯軍之命求索阿波羅的神諭。但丁說他在希臘聯軍出發前「卜出了何時開始在奧利斯砍纜」,可能是記憶之誤。

113. **悲劇**:原文"tragedìa",指維吉爾的《埃涅阿斯紀》。在但丁時期,「悲劇」的意義與今日有別:風格高華的作品都可以稱爲「悲劇」。關於但丁稱維吉爾作品爲「悲劇」的原因,可參看他致坎・格蘭德的信(Epistole XIII, 29)和《俗語論》(*De vulgari eloquentia*, II, IV, 5-7)。**有一節曾歌詠過他**:見《埃涅阿斯紀》第二卷第一一三行及其後的描寫。

114. **你熟知這點—深諳全詩的每一字**:詩人但丁間接指出,他如何諳熟維吉爾的《埃涅阿斯紀》。

116. **邁克爾・斯科特**:蘇格蘭天文學家、煉金術士、巫師、哲學家、占卜家、預言家、占星家,約生於一一七五年,約卒於一二三五年。曾出入帕勒爾摩(Palermo)腓特烈二世的宮廷。由阿拉伯文轉譯過亞里士多德部分著作。據說能預測自己如何死亡,也預測了意大利一些城市的命運。

118. **圭多・波納提**:佛爾利(Forlì)的占星者、占卜者,曾爲腓特烈二世、圭多・達蒙特菲爾特羅(Guido da Montefeltro)占卜。達蒙特菲爾特羅能戰勝法國的教皇軍隊(一二八二年),據說得力於他的預言。**阿斯典特**:原文"Asdente",意爲「無牙漢」,眞名本文努托(Benvenuto),帕爾瑪(Parma)人,生於十三世紀下半葉。原爲鞋匠,其後轉業占卜,預

言頗爲靈驗。參看但丁《筵席》(*Convivio* IV, XVI, 6)。

119-20. **後者悔當年沒有把精神／用於皮革和粗線**：指阿斯典特當
　　　　年不務本業，否則就不致有今日的下場。皮革和粗線都是
　　　　鞋匠用來製鞋的材料。

121-23. **你看這些可憐婦⋯⋯施降魔法去害人**：**可憐婦**：泛指一般
　　　　巫婆。不過維吉爾沒有逐一點名。**針**：指縫紉。**梭**：　指
　　　　織布。**紡錘**：指紡紗。**藥草**：指巫婆用來製春藥、毒藥的
　　　　藥草。**偶像**：指蠟或其他物料製成的人像。古人相信，用
　　　　針刺戳或用火銷毀這些人像，人像所代表的人物就會受傷
　　　　或死亡。其原理和中國的迷信相似。

124-26. **現在你過來⋯⋯滄波：該隱已抱棘下墮**：《舊約聖經》記
　　　　載，該隱(Cain)是亞當和夏娃的長子，謀殺了弟弟亞伯
　　　　(Abel)。據意大利的傳統說法，該隱謀殺了亞伯後，由於想
　　　　掩飾罪行，被上帝囚禁在月亮裏；月亮的陰影是該隱和荊
　　　　棘。「該隱已抱棘下墮」，指月亮已經西沉。在《神曲》
　　　　裏，地球分南北半球：南半球是大海，北半球是陸地，以
　　　　耶路撒冷爲中心。**把地球的東西兩半同時持按**：指月亮從
　　　　東極上升，向西方的邊陲（西班牙塞維利亞以外的大海）
　　　　下墮。東極的起點和西極的終點恰巧是東西半球的兩極。
　　　　月亮運行的軌跡，位於南北半球交界的上空。這幾行所寫
　　　　的時間，是上午六時。摩爾(Moore)指出，但丁談到地獄新
　　　　的一天，喜歡以月亮的軌跡計時。參看 Singleton, *Inferno 2*,
　　　　362。至於維吉爾身在地獄，何以知道月亮的位置，《神曲》
　　　　沒有交代。

127.　 **月亮在昨夜已經盈滿**：此刻，耶路撒冷是下午一時，恆河
　　　　是下午六時，煉獄是午夜。參看 Vandelli, 199。

128-29. **你在黑林／深處時，她曾經助你脫災解難**：「她」，指月
亮。《地獄篇》不曾提過月亮助但丁脫災解困。在該篇裏
面，助旅人但丁「在黑林／深處……脫災解難」的是黎明
的太陽（參看《地獄篇》第一章第二行；第一章十五—十
八行）。許多論者對這兩行有不同的詮釋，可是都顯得牽
強，在此不再引述。

第二十一章

但丁和維吉爾來到懲罰污吏的第五囊，只見瀝青沸騰，折磨著罪人。
監察罪人的是一群叫邪爪的妖怪。其中一個，這時正穿胯拖著一個
罪人，把他擲下，再去捕捉別的陰魂。一群邪爪從橋下衝出，要傷
害維吉爾。維吉爾與妖怪之一的馬拉科達理論，眾妖才知道眼前的
人傷不得。不過馬拉科達給維吉爾指路時，仍然以謊言誤導他。

就這樣，我們由此橋走往彼橋，

　　談論著此曲無意歌詠的東西。

　　當我們駐足，看罪惡之囊的另一條　　　3

裂縫，以及另一些空流的涕淓，

　　我們已到達囊上石橋的高巔；

　　在那裏，發覺地方黑暗得出奇。　　　6

在威尼斯的船塢，到了冬天，

　　就有人把黏力強大的瀝青熔煮，

　　拿來修補他們破漏的船艦，——　　　9

他們不能夠航行。由於這緣故，

　　乃有人自造新船；有人替多回

　　出海歸來的舟楫把傘骨抹堵；　　　12

有人在這邊錘船頭，在那邊錘船尾；

　　有人在造槳；有人在搓結繩索；

　　有人把三角帆和主帆修補縫綴。　　　15

上述的裂縫，因神工——非因烈火——

　　而有厚濃的瀝青在下面沸騰，

　　並且把堤壁的每一處黏涴。　　　　　　18

我看得見瀝青；瀝青裏只能

　　看見泡兒沸騰著湧冒向上。

　　瀝青在一起平伏，也一起漲升。　　　　21

我正在聚精會神向下面凝望，

　　聽到我的導師說：「小心哪，小心！」

　　同時被他從立足處拉到他身旁。　　　　24

於是我轉身，就像某些人，要趕緊

　　看一眼他們應該逃避的事物，

　　回望時卻突然嚇得魄散心懍；　　　　　27

於是一邊望，一邊繼續奔突。

　　我看見一個黑妖在背後飛奔

　　而來，沿巉巖的峭壁衝出深谷。　　　　30

啊，他的相貌何其惡狠！

　　在我眼中，舉止也兇神惡煞。

　　他的雙足輕靈，兩翅平伸，　　　　　　33

尖削的肩膀高峻而又峭拔，

　　這時正穿胯把一個罪人曳拖，

　　並且把他的肌腱牢牢緊抓。　　　　　　36

「喂，邪爪們，」他在我們的橋上說：

　　「這裏是聖茲塔的元老之一。

　　把他插下去，讓我回城中多捉　　　　　39

一些。這類人，該城貯存了一大批。

　　除了邦圖羅，全城是贓官一班。

爲了錢，他們以「諾」把「否」字代替。」　42
黑妖擲下了陰魂，就猛地回彈
　　而離開石堤。脫繩的猛犬追逐
　　盜賊，也快不過他這樣疾趕。　　45
那罪人下沉後，又蜷著身體上浮。
　　可是，那些藏匿於橋下的妖魔
　　都喊道：「神聖的顏容可不在此處。　48
在此處游泳可不像塞爾格奧的洗濯！
　　所以，如果你不想嚐我們的利鈎，
　　就不要冒出焦油之上的處所。」　51
然後用百多個長叉把他壓扣，
　　並且說：「你應該藏匿在下面跳舞，
　　這樣，你才能暗暗地奪取抓偷。」　54
他們的做法，就像廚師令奴僕
　　在廚房裏用他們的叉子把肉塊
　　戳進鍋裏，使它不能夠上浮。　　57
賢師見狀，就對我說：「蹲下來，
　　在巨石後面找一個地方藏身，
　　別讓人家見你置身於這地帶。　　60
如果你見到有誰冒犯本人，
　　不要怕；我諳曉這裏的實情，
　　而且也經歷過這類糾紛。」　　63
說完就越過橋頭繼續前行。
　　然後，當他走上了第六道石堤，
　　就不得不硬著頭皮，故作鎮定。　66
如一群暴怒的惡狗咆哮出擊，

妖怪與污吏

然後用百多個長叉把他鏟扣……

（《地獄篇》，第二十一章，第五十二行）

從背後向一個貧丐猛撲，

　　使他驟然在停步處求乞，　　　　　　69

那些妖怪從橋下驀地衝出，

　　把所有的利鈎向他捅來。

　　「誰都不許胡來！」老師在喝呼：　　72

「要我在你們的利鈎下就逮，

　　得先派一個人上前聽我講幾句；

　　然後，再商議怎樣把我鈎摘。」　　　75

衆妖齊喊道：「讓馬拉科達上去！」

　　於是，衆妖兀立間，一妖走向

　　維吉爾。「於事有補嗎？」妖怪在自語。　78

「馬拉科達，你以爲，目睹我這樣

　　來到這裏，」老師正色訓斥他：

　　「在你們所有的抵禦下一直康強，　　81

會沒有天意在善爲安排嗎？

　　快給我們讓路！上天的聖敕

　　要我帶一個人到這條荒徑視察。」　　84

妖怪聽後，傲慢刹那間消失，

　　手中那枝利叉也丟在腳前。

　　「他呀，傷不得，」妖怪向衆伴勸止。　87

於是，導師對我說：「你呀，藉橋面

　　藏身，在那些石頭中間蹲伏；

　　現在安全了，請返回我身邊。」　　　90

我聞聲而起，匆匆向老師舉步；

　　那些妖怪也全部衝了上來。

　　我悚然以驚，怕他們把協議廢除。　　93

眾妖怪與維吉爾

「誰都不許胡來!」老師在喝呼……
(《地獄篇》‧第二十一章‧第七十二行)

我見過的步兵，曾表現這樣的神態：
　　在和約訂立後，走出卡普羅納堡，
　　見四周有那麼多的人而感到驚駭。　　96
我挨了過去，把整個身體緊靠
　　我的導師，目光始終不曾
　　移離那些妖怪的醜惡顏貌。　　99
群妖放下了利叉。「我去碰碰
　　他的屁股，好嗎？」其中一個說。
　　眾妖齊嚷道：「好哇，去撐他一撐！」　102
那個和我的導師說話的妖魔
　　聞言，卻猝然向後扭轉了身體，
　　說道：「斯卡米里奧內，別這樣做！」　105
然後對我們說：「沿這道石脊
　　不能再向前。——第六道拱橋已經
　　全部折斷，此刻正躺在坑底。　　108
不過，要是你們倆仍然要前行，
　　就請走在這條石堤的表面。——
　　不遠處會另有石脊把你們引領。　　111
昨天，比此刻晚五個鐘頭的時間，
　　這裏的路，由被毀之日到那一刻，
　　剛滿一千二百六十六年。　　114
我會派這裏的一些同伴去觀測，
　　看那邊有沒有人在乘涼徘徊。
　　跟他們一道吧；他們會守規矩的。」　117
「阿利克諾、卡爾卡布里納，你們上來；」
　　馬拉科達說：「還有你呀，卡亞佐。

巴巴里恰，你負責把衛隊統率。　　　120
里比科科和德拉格亞佐也加入這一伙。
　　獠牙的奇里阿托，還有格拉菲阿卡內、
　　法法勒洛，還有魯比坎特這狂魔。　　123
你們先探索這些沸焦油的周圍，
　　讓他們到下一條石脊時免受困厄，
　　沿完整的路凌跨眾窟之背。」　　　　126
「哎呀，老師，我眼前所見的是甚麼？」
　　我說：「我不要他們陪；你認得路。──
　　我們就獨行吧，無須他們護送了。　　129
你一向謹慎，現在該謹慎如故。
　　他們在磨牙，難道你沒有覺察？
　　而且還怒目橫眉，對我們嚇唬？」　　132
老師聽後，對我說：「不要害怕。
　　他們要磨牙就讓他們磨個夠；
　　其怒氣，是針對被煮的可憐蟲而發。」　135
群妖轉身，向左邊的堤壩行走；
　　動身前都先把舌頭吐出口腔，
　　以等待號令的神態望著魔首。　　　　138
於是，魔首把屁眼當喇叭吹響。

註　釋：

1.　　　**由此橋走往彼橋**：由第四囊之上的橋走到第五囊的橋。

2.　　　**談論著此曲無意歌詠的東西**：指但丁和維吉爾談到別的事

情，不過所談與《神曲》無關，在此沒有吟詠。

3-4.　**另一條／裂縫**：指罪惡之囊的第五囊。第五囊用來懲罰買賣聖職者。**空流的涕洟**：指亡魂痛苦流淚，也無濟於事。

5.　**囊上石橋的高巔**：指石橋拱起的最高處。

7-15.　**在威尼斯的船塢……修補縫綴**：威尼斯的船塢，建於公元一一零四年，在中世紀的歐洲規模最大，活動最繁忙。這段描寫的音義、節奏相輔相成，強調船塢的活動繁忙。Steiner(*Inferno*, 259)指出，這裏的描寫，是《神曲》有名的比喻。

16.　**上述的裂縫**：指第四行的「裂縫」，即第五囊。

25-28.　**於是我轉身……繼續奔突**：在這四行的描寫中，旅人但丁的動作、神態如在目前。

37.　**邪爪們**：原文"Malebranche"，指負責監管第五囊的眾妖怪。這行描寫剛出現的邪爪呼喚同類。一二八零年二月十八日，教皇尼古拉三世(參看《地獄篇》第十九章三一——一二零行)的姪兒拉丁諾・馬拉布蘭卡(Latino Malabranca)到翡冷翠調停敵對派系的糾紛。當時，但丁剛好十五歲。"Malebranche"一詞，可能源出"Malabranca"。參看 Chiappelli, 118。

38.　**聖茲塔**：santa Zita，生於一二一八年，約卒於一二七八年，意大利城市盧卡(Lucca)的保護神。茲塔卒前是個女用人，卒後成為用人的師祖。這裏以「聖茲塔」代表盧卡。**元老之一**：「元老」是盧卡的執政官。「元老之一」，指貪官馬爾提諾・波泰約(Martino Bottaio)。波泰約在世時，淺薄而驕矜。

41.　**除了邦圖羅，全城是贓官一班**：邦圖羅，全名為邦圖羅・達提(Bonturo Dati)，十四世紀盧卡一個黨派的領袖，也是城中

最大的貪官。「除了邦圖羅」一語，有極濃的諷刺意味。

42. **為了錢，他們以「諾」把「否」字代替**：原文的「諾」是"ita"，拉丁文「對」或「就是這樣」的意思。在但丁時期，"ita"也可當做意大利語的"si"（是）字來用。「否」，原文為"no"。整行的意思是：為了錢，這些貪官應該對人說「不」的時候卻說「是」。

43-45. **黑妖……疾趕**：指妖怪放下了陰魂，又趕著捕捉別的貪官。

48. **神聖的顏容**：指盧卡聖馬爾提諾(San Martino)大教堂十字架上的耶穌受難像。該受難像是聖物，用黑木製成，由拜占庭運來。

49. **在此處……洗濯**：「此處」指地獄。**塞爾格奧**：托斯卡納的河流，自亞平寧山脈發源，南流向盧卡，在盧卡以北向西南流入利古里亞海。參看 Toynbee, 571, "Serchio"條。盧卡人喜歡在塞爾格奧河張開兩臂仰泳，一如十字架上受難的耶穌。在地獄裏，「游泳」卻是另一回事。邪爪的話有強烈的諷刺味道。

54. **這樣，你才能暗暗地奪取抓偷**：這行也有強烈的諷刺味道。暗示亡魂在陽間的政治世界混水摸魚。

55-57. **他們的做法……不能夠上浮**：這三行又是但丁利用日常經驗為喻的好例子。

63. **而且也經歷過這類糾紛**：參看《地獄篇》第八章八二——一三零行；第九章二二——三零行。

66. **故作鎮定**：從這行可以看出，維吉爾有點緊張。

67-71. **如一群……向他捅來**：但丁再度利用日常經驗為喻。

76. **馬拉科達**：原文為"Malacoda"，是「邪尾」的意思。

95. **卡普羅納堡**：比薩的一座城堡。一二八九年，托斯卡納的圭

爾佛黨以盧卡人、翡冷翠人爲首，攻佔了卡普羅納堡。當時，
但丁是翡冷翠軍隊的成員，曾參與這次征討。

96. **見四周……感到驚駭**：但丁在敘述個人目睹的經驗。

100-02. **我去碰碰／……去撐他一撐**：但丁不避俚俗，寫妖怪的態度
和言談，爲嚴肅的題材增添了恢諧效果。

103. **那個和我的導師說話的妖魔**：指第七十六行的馬拉科達。

105. **斯卡米里奧內**：在一零零——一零一行說話的妖怪。

106-11. **然後……把你們引領**：Singleton(*Inferno 2*, 375)指出，妖怪
的話半眞半假，因爲在第六囊的範圍裏，折斷的拱橋不止眼
前的一條。參看《地獄篇》第二十三章一三三—四四行。因
此，「不遠處會另有石脊把你們引領」一句是妖怪的謊言。

112-14. **昨天……剛滿一千二百六十六年**：妖怪說話的時間是耶穌受
難後的星期六上午七時。再過五小時，就是正午。耶穌於公
元三十四年受難日身亡。昨天（受難日）正午，耶穌受難剛
滿一千二百六十六年。耶穌受難時發生地震，罪惡之囊的橋
都被震塌。

115-16. **我會派……乘涼徘徊**：Singleton (*Inferno 2*, 376)指出，這兩
行也是謊言，旨在叫維吉爾和但丁上當。**乘涼徘徊**：指亡魂
冒出沸騰的瀝青。

118-23. **阿利克諾……魯比坎特這狂魔**：邪爪呼喚的都是妖怪的名
字。有些論者指出，這些名字是但丁所創，不但有音，而且
有義：馬拉科達(Malacoda)是「邪尾」；巴巴里恰(Barbariccia)
是「虬髯」；卡亞佐(Cagnazzo)是「劣狗」；德拉格亞佐
(Draghignazzo)是「邪龍」；奇里阿托(Ciriatto)是「豬臉」；
格拉菲阿卡內(Graffiacane)是「搔狗」；魯比坎特(Rubicante)
是「紅臉」；斯卡米里奧內(Scarmiglione)是「蓬頭」。參看

Sinclair, *Inferno,* 279。但丁在這裏也可能借妖怪之名嘲諷十四世紀初翡冷翠和盧卡的官吏。參看 Musa, *Inferno*, 266。

125-26. **讓他們……凌跨眾窟之背**：這兩行也是謊言，因爲第六囊的橋都已崩塌(Singleton, *Inferno 2*, 377)。

139. **於是……吹響**：《地獄篇》的基調可怖而陰沉。這行爲第二十一章營造了滑稽效果。

第二十二章

但丁、維吉爾與十個邪爪一起前進，看見陰魂在沸騰的瀝青裏受刑。陰魂爲了減輕痛苦，不時露出背脊，然後迅速隱匿。恰姆坡洛來不及躲避，遭邪爪格拉菲阿卡内鈎住。維吉爾應但丁的請求，詢問恰姆坡洛的身世。恰姆坡洛説出身世後，答應喚來更多的污吏，條件是眾邪爪稍微後退。卡亞佐懷疑恰姆坡洛的動機；阿利克諾卻接受了恰姆坡洛的請求。眾邪爪一後退，恰姆坡洛馬上逃遁，刹那間影滅蹤消。卡爾卡布里納見恰姆坡洛的詭計得逞，跟阿利克諾廝打起來，雙雙跌進沸騰的池沼。巴巴里恰命四個邪爪追捕恰姆坡洛，已經遲了一步。但丁和維吉爾離開時，池中的兩個邪爪已受盡煎熬。

以前，我曾經見過騎兵拔營，
　　開始攻擊，檢閱中集合在一起，
　　有時又奔馳遁竄著四散逃命；　　　　3
我見過偵騎馳過你們的土地，
　　阿雷佐人哪，我見過騎兵入侵，
　　騎士比武時集體或單獨出擊；　　　　6
一會兒是號角，一會兒是鐘鈴之音，
　　一會兒是鼓聲以及城堡的信號，
　　以及本國和外國的各種物品；　　　　9
卻從未見過步兵或騎士依照

這麼古怪的號角奔馳；也未見過船舶

　　如此讓星星或陸地的信號引導。　　　　　12

我們繼續前進，與十個妖魔一伙——

　　多兇的伙伴哪！——不過，「在教堂得跟

　　聖徒相交；在酒館則跟酒鬼廝磨」。　　　15

我對著焦油凝視，傾注了全神，

　　去把壕溝的狀貌看個徹底，

　　同時諦視亡魂在裏面被焚。　　　　　　　18

一如一隻隻的海豚，把風來的信息

　　傳給船上的海員時拱起背部，

　　好叫他們想辦法拯救舟楫，　　　　　　　21

焦油中的罪人，為了減輕痛苦，

　　也接二連三，不時把背脊露出來，

　　然後倏地隱匿得比電閃還迅速。　　　　　24

又如溝渠裏面，水邊一帶，

　　群蛙在一一潛伏，只伸出嘴巴，

　　不讓四肢和身軀露出水外，　　　　　　　27

罪人紛紛在坑裏到處俯趴。

　　可是，當巴巴里恰從遠處走近，

　　他們就馬上縮回沸騰的焦油窪。　　　　　30

我看見——那景象現在仍叫我心懍——

　　一個人在遲疑，像一隻青蛙，突然

　　見同伴溜掉，自己卻沒有退隱，　　　　　33

被面前的格拉菲阿卡內鈎住他滿沾

　　焦油的頭髮，從壕溝裏拖出，

　　在我眼前，就像隻水獺一般。　　　　　　36

眾妖的名字，我已經全部諳熟；

　　他們被挑時，我曾經細辨其樣貌，

　　也聽過他們彼此之間的稱呼。　　　　39

「嘿，魯比坎特，你得用利爪

　　抓他的背脊，剝下他的皮！」

　　所有可惡的群妖一起喊叫道。　　　　42

於是我說：「老師呀，要是你可以，

　　就看看這個可憐的亡魂是誰吧！

　　看他怎麼會落在敵人手裏。」　　　　45

我的導師走了上去，靠近他，

　　問他從哪裏來。他回答說：

　　「我出生的故土，是王國納瓦拉。　　48

母親安排我為一個貴族幹活；

　　她遇人不淑──我父親是個無賴，

　　毀了自己，也吃了蕩產的苦果。　　51

後來，我在賢君提博爾家發財，

　　在那裏從事賣官鬻爵的勾當。

　　為此，我乃在沸油裏償還舊債。」　54

於是，奇里阿托──嘴巴兩旁

　　野豬般各長一隻獠牙的惡妖，

　　叫他把一牙撕皮的滋味品嚐。　　　57

這時候，老鼠已經被惡貓圍剿；

　　巴巴里恰卻用雙臂把他抱持，

　　並且說：「別上來，讓我把他叉撩。」　60

接著就回首，向著我的老師

　　說話：「要向他打聽，就得搶先，

趁他未遭別的人撕擘拘縶。」　　　　　63

於是，導師說：「那麼，告訴我們，在下面

　　溺於瀝青的罪人當中，有沒有

　　見過意大利人？」亡魂說：「不久之前，66

我才跟一個與意大利人爲鄰的分手；

　　眞希望仍跟他一起讓瀝青覆蓋

　　而不懼利爪，也無須害怕利鈎！」　　69

於是，里比科科說：「我們的忍耐

　　太過分了。」說完用利叉鈎住他的臂

　　一撕，把一塊臂肉扯了下來。　　　　72

德拉格亞佐也伸出利叉攻擊，

　　要鈎他的兩腿。魔首見狀，

　　猛然轉過身來，向群魔怒睨。　　　　75

當群魔稍靜，震懾於他們的大王，

　　我的導師就不再讓時間蹉跎，

　　向凝望傷口的亡魂詢問情況：　　　　78

「你說自己倒霉，離開了同伙，

　　告別了那人而登岸──那人是誰？」

　　「是戈米塔兄弟，」亡魂回答說：　　81

「他是噶魯拉人，是容納衆僞之杯：

　　他的手，本該監管主人的仇敵；

　　卻放走他們，獲得他們的讚美。　　　84

他『拿了錢，就悄然讓他們逃逸』；

　　他自己也這樣說。做別的事情

　　而舞起弊來，也無所不用其極。　　　87

洛戈多羅的米凱勒・贊凱先生，曾經

跟他為伍。他們談到撒丁島時，
　　舌頭不會累，可以談個不停。　　　　90
哎呀，你們看，又一個在咬牙切齒；
　　我本想跟你說下去，只是怕他
　　會隨時把我的頭皮搔刮整治。」　　93
法法勒洛翻動著眼珠，要鉤插
　　亡魂。群妖的大元帥見狀，轉身
　　喝道：「走開，你這個可惡的傻瓜。」96
「如果想見托斯卡納或倫巴第人，」
　　惶恐的亡魂接著說：「聽他們發言，
　　讓我叫幾個來此勾留一陣。　　　99
不過眾邪爪得稍稍退到後面。
　　這樣，他們才不必怕眾邪爪復仇；
　　而我，則坐在這兒的同一地點，　102
單獨一人吹響口哨，就能夠
　　喚來七個人。我們一向的做法
　　是吹起口哨，叫人往外面走。」　105
卡亞佐聽罷此言，翹起了嘴巴，
　　搖著頭說：「你聽，這個人為了
　　縱身跳下去，竟想出這樣的鬼話！」108
陰魂滿肚子計謀，聽了斥喝，
　　就回答說：「我實在是詭計多端，
　　為我的朋友帶來更多的災厄。」　111
阿利克諾還是沉不住氣，不管
　　同伴的反應，就對陰魂說：「你下沉，
　　我就從後面抓你──不是靠馳竄，　114

而是展翼向瀝青之上縱身。

　　我們且離開堤頂，在堤後隱蔽，

　　看你一個人是否敵得過我們。」　　　　117

讀者呀，下面就是新奇的把戲：

　　眾妖把目光移到了另一邊斜坡；

　　反對最烈的，目光移得最迅疾。　　　　120

納瓦拉人的時間揀得好穩妥！

　　他的雙腳踏穩了地面，就突然

　　一躍，擺脫了充當元帥的妖魔。　　　　123

眾妖見狀，都感到歉疚不安；

　　而歉疚最深的則是出錯的禍首。

　　「抓住你了！」阿利克諾撲起來大喊。──　126

卻於事無補，因為翅膀不能夠

　　超越恐慌：一個潛入了坑底；

　　一個飛了起來，挺著胸口。　　　　　　129

情形就像野鴨見猛隼下擊，

　　突然間頭一縮，鑽入了水中；

　　猛隼則再度上飛，懊惱而洩氣。　　　　132

卡爾卡布里納，因受騙而勃然震動，

　　也跟在後面飛翔，心底卻要

　　亡魂逃得脫，以便有機會內訌；　　　　135

於是，當那個污吏影滅蹤消，

　　他就轉往同伴，以利爪相向，

　　和他在壕溝之上抓纏扭攪，　　　　　　138

但敵手也是隻猛隼，兇鷙而頑強，

　　抓得他很厲害。於是，兩個魔怪

污吏──恰姆坡洛

「抓住你了！」阿利克諾撲起來大喊。

（《地獄篇》‧第二十二章‧第一二六行）

都跌落了沸騰的池沼中央。　　　　141
池中的高溫馬上把他們分開。

　可是，兩者都沒有脫身的可能；
　他們的翅膀被緊黏，再飛不起來。　144
巴巴里恰，哀痛如其餘的友朋；

　命四個妖怪飛往池沼的另一邊，
　個個都拿著利叉迅疾飛騰，　　　147
分別降落他們要去的地點，

　把長鉤伸向被黏的兩個同伴。
　池中的妖怪，骨肉已盡受熬煎。　150
我們離開時，他們仍在糾纏。

註　釋：

1-12.　**以前……引導**：公元一二八九年，翡冷翠和盧卡的圭爾佛黨在坎帕爾迪諾(Campaldino)打敗了阿雷佐的吉伯林黨。但丁曾參與這場戰爭。這節描寫的意象，大概取材自但丁的個人經驗。

14-15.　**在教堂……廝磨**：在但丁時期，這是句有名的諺語，其句法使人想起《詩篇》第十七章第二十五節："Cum sancto sanctus eris，et cum viro innocente innocens eris." （「慈愛的人，你以慈愛待他；／完全的人，你以完全待他。」）參看 Singleton, *Inferno 2*, 379-80。這句的意思大概是：做人要懂得適應。

19-20.　**一如……背部**：海上風來時，海豚會浮上海面游動。

25-28.　**又如……俯趴**：但丁在海豚意象後加上群蛙意象，亡魂所受

阿利克諾與卡爾卡布里納

但敵手也是隻猛隼，兇鷙而頑強，／抓得他很厲害
。於是，兩個魔怪／都跌落了沸騰的池沼中央。

（《地獄篇》，第二十二章，一三九─一四一行）

的刑罰就更清晰、更具體地呈現在讀者眼前。以相連的意象加強效果，是史詩常用的技巧。

31-36. **我看見……一般**：在海豚、青蛙意象之後，但丁再增添一個動物意象。一方面把罪惡之囊的景物寫活；一方面暗示，貪官與動物同流。**格拉菲阿卡內**：妖怪之一。參看《地獄篇》第二十一章第一二二行。

38. **他們被挑時**：妖怪被首領挑選時，但丁曾聽過他們的名字。參看《地獄篇》第二十一章第一一八—二六行。

48. **我出生的故土……納瓦拉**：這個亡魂是誰，迄今沒有定論。早期的箋註家指出，亡魂叫恰姆坡洛（Ciampolo 或 Giampolo，法語 Jean-Paul），大概是納瓦拉(Navarre)提博爾二世(Thibault II)的侍臣。不過這一說法，仍未爲一般論者接受。

52. **提博爾**：指提博爾二世。提博爾於一二五三—一二七零年任納瓦拉君王。據本文努托(Benvenuto)的說法，提博爾是個賢君。

55. **奇里阿托**：妖怪之一。參看《地獄篇》第二十一章第一二二行。

57. **一牙撕皮**：奇里阿托有兩隻獠牙。說「一牙撕皮」，更能強調獠牙的厲害。

67. **與意大利人爲鄰**：指靠近意大利。撒丁(Sardinia)島靠近意大利，因此撒丁島的人「與意大利人爲鄰」。

68. **眞希望仍跟他一起讓瀝青覆蓋**：亡魂寧願被瀝青覆蓋，也不願落入妖怪手中。

70. **里比科科**：妖怪之一。見《地獄篇》第二十一章第一二一行。

73. **德拉格亞佐**：妖怪之一。見《地獄篇》第二十一章第一二一

行。

74. **魔首**：指領導群妖的巴巴里恰。

79-80. **你說……是誰**：參看本章六六—六九行。

81-87. **是戈米塔兄弟……無所不用其極**：據翡冷翠無名氏 (Anonimo fiorentino)的記載，戈米塔兄弟(frate Gomita)是撒丁島的男修士，比薩人尼諾‧維斯康提(Nino Visconti)的管家。一二七五至一二九六年，維斯康提任撒丁島噶魯拉法官期間，戈米塔貪贓枉法，權重一時，維斯康提對其劣行卻不聞不問。後來，維斯康提發覺戈米塔受賄後放走囚犯，才處以絞刑。轉引自 Sapegno, *Inferno 2*, 250。所謂「主人的仇敵」，指戈米塔暗中釋放的囚犯。

88. **洛戈多羅的米凱勒‧贊凱先生**：此人的身世迄今沒有定論。一般的箋註家認為，贊凱曾任洛戈多羅的總督。十三世紀，撒丁島君王恩佐(Enzo)征戰期間，該島分為四區，西北部的洛戈多羅是其中之一。恩佐戰敗被擒，米凱勒‧贊凱迎娶與恩佐離異的王后為妻，並接收撒丁島各區的治權。其後，米凱勒被女婿布蘭卡‧多里亞(Branca d'Oria)謀殺。詳見 Bosco e Reggio, *Inferno*, 330; Rossi, *Inferno*, 286; Sapegno, *Inferno*, 250; Singelton, *Inferno 2*, 384-86; Toynbee, 446, "Michel Zanche"條。有關布蘭卡‧多里亞的描寫，參看《地獄篇》第三十三章一三七—四七行。

93. **把我的頭皮搔刮整治**：指妖怪以利鈎刺戳亡魂。

94. **法法勒洛**：妖怪之一。

95. **群妖的大元帥**：指巴巴里恰。

105. **叫人往外面走**：引誘瀝青裏的亡魂冒出來。

106. **卡亞佐**：妖怪之一。見《地獄篇》第二十一章第一一九行。

107-08. **你聽……鬼話**：卡亞佐看出了恰姆坡洛的詭計，知道他說謊，以求脫身。

109-11. **陰魂……災厄**：恰姆坡洛公然「承認」，他在用詭計欺騙同伴冒出來。當然，後來的發展說明，恰姆坡洛並没有這樣做。他「答允」施詭計，不過是爲了逃離邪爪。

112-17. **阿利克諾……是否敵得過我們**：妖怪之一的阿利克諾中了恰姆坡洛的計，願意隱身崖後，讓他呼喚別的亡魂。不過隱身前，阿利克諾警告，如果恰姆坡洛逃走，他就會展翼追捕。

119. **眾妖……斜坡**：眾妖回過身來，背向第五囊。

120. **反對最烈的，目光移得最迅疾**：「反對最烈的」，指卡亞佐，因爲他一開始（見本章一零七——一零八行）就不相信恰姆坡洛。他的「目光移得最迅疾」，指他回身背向第五囊的速度最快，希望阿利克諾上當，好讓他受其餘的妖怪攻擊。

121. **納瓦拉人**：指恰姆坡洛。

127-28. **因爲翅膀不能夠／超越恐慌**：意思是：妖怪阿利克諾雖有翅膀，卻追不上恰姆坡洛；恰姆坡洛出於恐慌，竄逃得更迅疾。參看《埃涅阿斯紀》第八章二二四行："pedibus timor addidit alas."（「恐慌給他的雙足添翼。」）

133-35. **卡爾卡布里納……內訌**：「卡爾卡布里納」，妖怪之一。卡爾卡布里納表面是「勃然震動」，內心卻希望恰姆坡洛逃脫。從這句描寫，可見眾妖各懷鬼胎。

136-38. **於是……扭攪**：指卡爾卡布里納與阿利克諾扭打起來。

第二十三章

但丁跟隨維吉爾前進，因邪爪的結局想起伊索的一則寓言。但丁怕
邪爪遷怒，把心中的想法告訴了維吉爾；維吉爾也有同感。維吉爾
的話還未說完，眾邪爪已展翅追來。兩人逃脫後，來到第六囊，見
偽君子在那裏穿著鍍金的鉛衣緩步悲泣。兩人認識了快樂修士卡塔
拉諾和洛德靈戈，並看到該亞法被三根樁子釘在地上。維吉爾向修
士詢問去路時，知道邪爪馬拉科達在第五囊向他說謊。之後，但丁
隨維吉爾繼續前行。

　　我們兩個，孤獨無伴，默默地
　　　一個前，一個後，繼續地獄的征途，
　　　步姿一如小兄弟會的修道者。　　　　　3
　　我的思緒，因剛才的爭鬥事故
　　　而轉向伊索所撰的一則寓言，
　　　想到作者講述的青蛙和老鼠。　　　　　6
　　因為半斤和八兩的相似之點，
　　　也無以過之。我們專心細察
　　　其始末，相似之處就會顯現。　　　　　9
　　同時，一如念頭會彼此觸發，
　　　我接著又為另一種想法出神；
　　　結果和先前比較，是倍感驚怕。　　　　12
　　我這樣想：「這些妖怪，因我們

而遭到愚弄嘲戲，自尊備嚐

　　打擊，相信他們會大感羞憤。　　　　15

如果怒火使原來的惡意增長，

　　他們必會追上來；其攻勢之兇殘，

　　將凌駕於咬噬幼兔的惡狗之上。」　18

這時候，我已經感到毛髮悚然，

　　並且駐足凝神，向後面細察，

　　同時說：「老師呀，不能再怠慢；　21

我們得快點躲起來，不然我怕

　　邪爪們加害。他們已經追來了；

　　是思慮太過吧，我聽到步聲雜沓。」　24

維吉爾說：「我以鉛鏡為軀骼，

　　去攝取你的外貌，恐怕也不能

　　像我領會你內心那麼快呢。　　　27

剛才，你我的想法正好相逢；

　　在行動和表面上都沒有出入。

　　因此，我建議兩者走相同的旅程。　30

如果右邊堤岸的傾斜坡度，

　　容許我們向另一條壕溝降落，

　　我們就可以擺脫想像中的追捕。」　33

維吉爾還未把計劃全部述說，

　　我已看見眾妖怪展翅飛來，

　　在不遠處趨前，想把我們活捉。　36

導師立刻抱住我，速度奇快，

　　就像母親睡夢中聽到喧嚷

　　而驚醒，見身邊著了火而無比惶駭，　39

抱起了孩子，就一溜煙逃離現場，

　　擔心孩子甚於擔心自己，

　　結果連襯衣也來不及披上。　　　　42

維吉爾仰著身，從石堤之頂下移，

　　沿一塊傾斜的岩石滑下去

　　（岩石是障蔽下一坑的一面峭壁）。　45

陸地上，磨坊的大水向渠中奔聚，

　　去推動巨輪。當大水靠近車葉，

　　速度最爲湍急，卻不像這須臾　　　48

老師滑落堤壁時那麼迅捷。

　　老師把我在懷裏緊緊地摟抱——

　　不像朋友；像緊擁兒子的爹爹。　　51

他的雙腳在下面的深坑剛踏到

　　地底，衆妖怪已經追到我們

　　頭上的小山；卻不能給我們驚擾，　54

因爲高天的意旨要他們充任

　　臣待，專爲第五道深坑而來，

　　並且使他們無力向別處竄奔。　　　57

深溝裏，只見一群人，滿身顏彩，

　　兜著圓圈，十分緩慢地徒步，

　　一邊走，一邊哭，樣子萎靡而疲怠。　60

他們都披著斗篷，頭巾下掐，

　　蓋住了眼睛。斗篷的樣式和外形，

　　一如克呂伊僧侶所穿的衣服：　　　63

外面鍍了金，明亮得炫人眼睛；

　　裏面卻全是鉛。與之相比，

逃離眾妖

他的雙腳在下面的深坑剛踏到／地底，眾妖怪已經
追到我們／頭上的小山……

（《地獄篇》，第二十三章，五二—五四行）

僞君子

他們都披著斗篷，頭巾下招，八蓋住了眼睛。

（《地獄篇》，第二十三章，六一—六二行）

腓特烈的刑衣會像稻草一般輕。　　　　66
勞累的斗篷啊，他們要永遠拖披！
　我們再度朝左手的方向拐彎，
　　伴著眾陰魂，凝神聽他們悲泣。　　69
不過，那些倦魂都負著重擔，
　所以前進得極慢，結果我們
　　每走一步，就有了新的旅伴。　　72
因此我對導師說：「請你留神
　找一個名字或事跡彰顯的一敘；
　　前進時，請你打量四周的人。」　　75
亡魂之一，聽到托斯卡納語，
　就從後面喊我們：「可以停留嗎？
　　晦冥中，你們竟走得這麼匆遽。　　78
也許我可以給你們完滿的回答。」
　導師聞言，就轉身說：「請止步，
　　然後再陪他走同樣的步伐。」　　81
我停了下來，看見兩個人，露出
　亟欲趕上來和我同行的神情；
　　但由於衣重路擠，都遭到障阻。　　84
他們追了上來，就用眼睛
　默默向我斜睨了好一陣子，
　　然後轉過身去，交談品評：　　87
「這個人的喉嚨在動，似乎還沒死；
　不然，他們憑甚麼特權，有辦法
　　脫下身上沉重的聖衣來此？」　　90
然後對我說：「托斯卡納人哪，

　　你碰到愁容滿面的僞君子集團了。

　　　請不要鄙夷，說說你的身分吧！」　　　93

於是我對他們說：「我在美麗的

　　阿爾諾河之畔的名城出生、成長，

　　　所披的肉體一直是目前這個。　　　　96

你們是誰呢？　我看得見哀傷

　　紛紛從你們的面頰下滴。

　　　是甚麼刑罰，使你們的身體閃光？」　99

其中一人答道：「橙色的大衣

　　都是鉛做的；秤桿在重壓之下，

　　　都在大衣裏面嘎嘎唧唧。　　　　　102

我們是快樂修士，籍貫是波隆亞。

　　我叫卡塔拉諾；這個同胞

　　　叫洛德靈戈。我們都蒙你祖家　　　105

挑選委任。那裏的傳統，是找

　　一個人來維護和平。我們的乖張，

　　　在噶爾丁戈一帶還可以看到。」　　108

於是我說：「修士呀，你們的壞勾當……」

　　還未說完，就看見一個亡靈，

　　　被三根椿子牢牢地釘在地上。　　　111

他見我出現，就作出以下的反應：

　　吹鬚嘆息間，全身不停地扭動。

　　　卡塔拉諾修士見了這情形，　　　　114

就對我說：「向法利賽徒衆

　　獻計的，就是這個人。他說：最好

　　　叫一個人爲大家受折磨之痛。　　　117

僞君子——被釘的法利賽人

「向法利賽徒眾／獻計的，就是這個人。他說：最
好／叫一個人為大家受折磨之痛。」

（《地獄篇》，第二十三章，一一五──一一七行）

你可以看見，他被攤在通道，

　赤裸著身體；有誰經這裏走過，

　他先要感受那人的重量有多少。　　120

他的岳父也這樣攤著受折磨，

　而且在同一深坑。會議的其他

　成員——猶太人的禍種，也在這處所。」123

那永遭放逐者被攤成十字扯拉，

　狀貌可鄙。就在這時候，我看見

　維吉爾俯視著他，表示驚詫，　　126

然後對修士說出了以下數言：

　「如果許可的話，請告訴我們，

　這裏有沒有通路，讓我們在右邊　129

離開這地方，讓我們倆脫身；

　這樣，那些黑天使就無須爲了

　抓我們，把我們拖離這深坑而來臻。」132

修士回答說：「有一塊石，近得

　出乎你意料之外。它伸自一堵

　巨大的圍牆，跨越險峽危壑；　　135

可惜在此折斷，越不過這深谷。

　你可以依循那沿坡斜靠、在坑底

　堆積的斷垣敗礫向上方攀赴。」　138

導師低著頭，在原地稍微停息，

　然後說：「在那邊鈎取罪人的妖魔，

　講述這件事時與眞相乖離。」　　141

修士說：「我在波隆亞聽人講過，

　魔鬼是騙子，又是謊言之父。

魔鬼的其他罪惡，還有很多。」　　　　144
導師聽完，就跨開寬闊的腳步
　前行，臉色頗受微慍的干擾。
　於是我離開了受壓之徒，　　　　　147
依循珍貴的履跡在後面踐蹈。

註　　釋：

1.　　**孤獨無伴**：指但丁和維吉爾離開了眾邪爪，此刻不再跟他們
　　　一起。

3.　　**步姿一如小兄弟會的修道者**：「小兄弟會」，指方濟各會（屬
　　　靈派）。該修道會的傳統是：修士外出，通常是兩個人一起；
　　　地位較高的在前，地位較低的在後。

4-6.　**我的思緒……青蛙和老鼠**：據中世紀的說法，伊索有一則寓
　　　言，講一隻老鼠想過河，於是向青蛙求助。青蛙把老鼠綁在
　　　腳上，游到河心時潛入水中，要把老鼠淹死。老鼠拚命掙扎
　　　間，一隻鷂子飛過，把老鼠連青蛙抓走。寓言的另一版本，
　　　結尾時稍有分別：鷂子釋放了老鼠，吃掉了青蛙。至於這則
　　　寓言與「剛才的爭鬥事故」有何關連，論者有不同的說法。
　　　其一是：阿利克諾是老鼠；卡爾卡布里納是青蛙。其二是：
　　　旅人但丁和維吉爾是老鼠；要欺騙但丁和維吉爾的邪爪是青
　　　蛙。結果是害人反害己。兩種說法都不完美，不過以第一種
　　　說法較爲可信。

7-9.　**因爲半斤和八兩……就會顯現**：「半斤八兩」，原文爲"'mo'
　　　e 'issa'"。"mo"和"issa"，意大利語中的盧卡方言都解作「現

在」。這幾行的意思是：伊索寓言中青蛙與老鼠的故事，跟卡爾卡布里納和阿利克諾的情形相似，就像「半斤」之於「八兩」。

12. **結果和先前比較，是倍感驚怕**：但丁先前見到衆邪爪，已經驚怕；現在想起本章十三—十八行的情形，驚怕倍增。

25-27. **我以鉛鏡爲軀骼／……那麼快呢**：但丁再度強調，維吉爾不須明言，已知道旅人但丁想甚麼。

28-30. **剛才……相同的旅程**：維吉爾和但丁的想法相同，也有同樣的顧慮。

49. **堤壁**：指地獄第八層第六囊的堤壁。

56. **第五道深坑**：指第五囊。

57. **並且……竄奔**：指妖怪不能超越第五囊。

58. **一群人，滿身顏彩**：指第六囊所懲罰的僞君子。

63. **一如克呂伊僧侶所穿的衣服**：指法國勃艮第(Burgundy)克呂伊(Cluny)修道院本篤會修士所穿的衣服。這些僧侶的衣服，以布料精細、款式繁縟著稱。Sapegno(*Inferno*, 259)稱爲 "vesti abbondanti e vistose"（繁縟艷麗的衣服）。

64-65. **外面鍍了金……炫人眼睛；／裏面卻全是鉛**：這兩行描寫罪人所穿的刑衣：衣外華麗，衣內醜陋。象徵僞君子表裏不一。

66. **腓特烈……一般輕**：「腓特烈」，指《地獄篇》第十章第一一九行的腓特烈二世。據說腓特烈懲罰囚犯的方法之一，是把鉛製的斗篷穿在囚犯身上，然後把鉛熔掉。

71-72. **結果我們／每走一步，就有了新的旅伴**：但丁和維吉爾的步伐比亡魂快，每走一步，就追上一個新的亡魂；也就是說，每走一步，就有一個新旅伴。

76. **托斯卡納語**：原文爲 "la parola tosca"，即標準意大利語。

80-81.　**導師聞言……同樣的步伐**：維吉爾走在但丁前面，所以要轉過身來，才能跟但丁說話。維吉爾的意思，是叫但丁稍停，等說話的亡魂趕上來，然後再以相同的步伐跟亡魂一起前進。

84.　**衣重路擠**：亡魂身穿鉛衣，走得不快，因此路面變得擁擠。

86.　**斜睨**：由於斗篷太重，亡魂掉頭不易，所以要「斜睨」。

88.　**這個人……似乎還沒死**：「喉嚨在動」，指旅人但丁仍在呼吸。詩人再度強調，亡魂發覺旅人但丁還沒有死亡。

89-90.　**不然……脫下身上沉重的聖衣**：「身上沉重的聖衣」，指鉛製的斗篷。這兩行的意思是：如果他（指旅人但丁）已經死去，怎能有特權不穿鉛製的斗篷呢？

92.　**愁容滿面的僞君子集團**：此語大概出自《馬太福音》第六章第十六節："Cum autem ieiunatis, nolite fieri sicut hypocritae tristes; exterminant enim facies suas, ut appareant hominibus ieiunantes."（「你們禁食的時候，不可像那假冒爲善的人，臉上帶著愁容；因爲他們把臉弄得難看，故意叫人看出他們是禁食。」）

95.　**阿爾諾河之畔的名城**：指翡冷翠。

101-02.　**秤桿……唧唧**：這兩行把人的身體比作秤或天平。

103.　**快樂修士**：原文爲"Frati Godenti"，意大利教派，拉丁文稱爲 Ordo Militiae Beatae Mariae（眞福瑪利亞騎士會），意大利文稱 Cavalieri di Beata Santa Maria，全名爲 Cavalieri della Milizia della Beata Maria Vergine Gloriosa（榮耀眞福童貞瑪利亞騎士會）。瑪利亞騎士會於一二六一年在波隆亞創立，致力保護孤寡，捍衛天主教，調解黨派、家庭糾紛。不過教規太寬，容許教派中人家居、娶妻、享樂，因此稱爲「快樂修士」。參看 Sapegno, *Inferno*, 262。

104. **卡塔拉諾**：全名卡塔拉諾・德瑪拉沃爾提(Catalano de' Malavolti)，約於一二一零年在波隆亞出生，卒於一二八五年。屬圭爾佛黨，曾任意大利多個城市的市長(podestà)，一二六五至一二六七年，與屬於吉伯林黨的洛德靈戈（見一零五行）同任翡冷翠市長。當時的人以爲，兩黨黨員同任市長，翡冷翠會比較和平。不料在他們任内，紛爭更加頻仍。一二六六年，吉伯林黨更被逐出翡冷翠。參看 Bosco e Reggio, *Inferno*, 344; Sapegno, *Inferno*, 262; Singleton, *Inferno 2*, 400-402。

105. **洛德靈戈**：全名洛德靈戈・德利安達洛(Loderingo degli Andalò)，約於一二一零年生，於一二九三年卒；快樂修士教派的創辦人之一；曾任意大利多個城市的市長；一二六五至一二六七年與卡塔拉諾同任翡冷翠市長。參看 Sapegno, *Inferno*, 262-63。

107-08. **我們的乖張，／在噶爾丁戈一帶還可以看到**：「噶爾丁戈」(Gardingo)，翡冷翠的一區，在故宮(Palazzo Vecchio)附近。是吉伯林黨領袖烏貝爾提(Uberti)家族的府第所在。卡塔拉諾和洛德靈戈任市長期間，該府第遭民衆摧毀，後來變成了僭主廣場(Piazza della Signoria)。據史家的說法，摧毀烏貝爾提府第的行動，是卡塔拉諾和洛德靈戈所爲，由教皇克萊門特四世(Clement IV)上使。除此之外，卡塔拉諾和洛德靈戈也涉及貪污行爲。

109. **於是我說：「修士呀，你們的壞勾當……」**：在地獄的旅程中，旅人但丁起初曾同情受罪的亡魂。漸漸，由於智慧增加，明白亡魂罪有應得，上帝的天律絕對公平，見了亡魂受罪，不但不表示同情，反而直斥其非。

111. **被三根樁子牢牢地釘在地上**：亡魂像耶穌一樣被釘：兩腳一釘，左右手各一釘。被釘的是下文描述的該亞法。

115-17. **向法利賽徒眾／……受折磨之痛**：指大祭司該亞法。參看約翰福音第十一章第四十九—五十二節：

> Unus autem ex ipsis, Caiphas nomine, cum esset pontifex anni illius, dixit eis: Vos nescitis quidquam; nec cogitatis, quia expedit vobis ut unus moriatur homo pro populo, et non tota gens pereat. Hoc autem a semetipso non dixit, sed cum esset pontifex anni illius, prophetavit quod Iesus moriturus erat pro gente, et non tantum pro gente, sed ut filios Dei qui erant dispersi, congregaret in unum.
>
> 內中有一個人，名叫該亞法，本年作大祭司，對他們說：「你們不知道甚麼。獨不想一個人替百姓死，免得通國滅亡，就是你們的益處。」他這話不是出於自己，是因為他本年作大祭司，所以預言耶穌將要替這一國死；也不但替這一國死，並要將神四散的子民都聚集歸一。

118-20. **你可以看見……重量有多少**：該亞法要躺在地上，遭人踐踏。

121. **他的岳父**：指該亞法的岳父亞那。參看《約翰福音》第十八章第十三節："Et adduxerunt eum ad Annam primum. Erat enim socer Caiphae, qui erat pontifex anni illius."（「先帶到亞那面前，因為亞那是本年作大祭司該亞法的岳父。」）

122. **會議**：指祭司長和法利賽人召集的公會。參看《約翰福音》第十一章第四十五—四十八節：

Multi ergo ex Iudaeis qui venerant ad Mariam, et viderant quae fecit Iesus, crediderunt in eum. Quidam autem ex ipsis abierunt ad Pharisaeos, et dixerunt eis quae fecit Iesus. Collegerunt ergo pontifices et Pharisaei concilium, et dicebant: Quid facimus? Quia hic homo multa signa facit. Si dimittimus eum sic, omnes credent in eum; et venient Romani, et tollent nostrum locum et gentem.

那些來看馬利亞的猶太人見了耶穌所做的事，就多有信他的；但其中也有去見法利賽人的，將耶穌所做的事告訴他們。祭司長和法利賽人聚集公會，說：「這人行好些神蹟，我們怎麼辦呢？若這樣由著他，人人都要信他，羅馬人也要來奪我們的地土和我們的百姓。」

123. **猶太人的禍種**：猶太人殺害了耶穌，結果耶路撒冷被毀，猶太人長期流放各地。因此說公會的人是「猶太人的禍種」。

124. **那永遭放逐者**：指該亞法。

126. **維吉爾俯視著他，表示驚訝**：維吉爾見了該亞法，何以會驚訝，論者有不同的說法。穆薩的論點較可信：該亞法因為陷害耶穌，要像耶穌一樣在十字架上被釘，受報應式懲罰，叫維吉爾意料不到。參看 Musa, *Inferno*, 284-85。

131. **黑天使**：指上文提到的妖怪。

140. **在那邊鈎取罪人的妖魔**：指《地獄篇》第二十一章第七十六行的馬拉科達。

141. **講述這件事時與真相乖離**：維吉爾終於知道邪爪說謊。

147. **受壓之徒**：指受刑的偽君子。

148. **依循珍貴的履跡在後面踐蹈**：指旅人但丁在後面跟著維吉爾的足跡前行。

第二十四章

但丁見老師臉露慍色，不禁感到氣餒，經維吉爾鼓勵才再度振作。
兩人繼續前行，見盜賊在第七囊受毒蛇之刑。但丁認出了凡尼・富
奇，並聽他自述身世，預言未來。

在新歲剛啓、生機勃發的月份，
　　即太陽在寶瓶宮下把頭髮濯洗、
　　長夜開始向白晝看齊的時辰，　　　　　3
白霜在大地上抄寫白姐姐的美儀，
　　設法在下方把她的形象描繪，
　　卻鮮能握著筆堅持到底；　　　　　　6
一個年輕的農夫，飼料乏匱，
　　起床向外面張望時看見田野
　　白茫茫的一片；於是拍著大腿，　　　　9
返回屋中，走動著抱怨不迭，
　　像個可憐的人不知該怎麼辦；
　　然後再走出來，比剛才樂觀了些，　　　12
因爲這時，他看見世界已猝然
　　改變了面貌，於是拿起牧杖
　　去放牧，把羊群往外面驅趕。　　　　　15
看見老師的前額遭慍色蔽擋，
　　我也像農夫一樣，失去了勇氣，

也很快就有膏藥來替我敷傷；　　　　　18
因為，到了那斷橋所在之地，
　　導師就轉身，和顏悅色地望著我，
　　和我先前在山腳所見無異。　　　　21
這時，他已把斷橋仔細觀察過，
　　心裏有了打算。只見他把
　　兩臂張開，然後把我緊捉。　　　　24
恍如辦事的人細算精打，
　　事前總好像有了妥善的安排，
　　他把我抱上一塊巨石的剎那，　　　27
目光已經前移，望著另一塊
　　說道：「過了這塊，把那塊踏牢；
　　不過要先看石頭是否堪踩。」　　　30
那可不是身披大氅者的通道——
　　維吉爾身輕，我要被推——我們
　　鮮能在巉巖的石崖間躍低爬高。　　33
如非斜坡在我們所處的部分
　　比另一面崖壁矮——不知道老師
　　會怎樣；我呢，必會在那裏敗陣。　36
不過，由於罪惡之囊都一致
　　朝著深坑最深處的入口傾斜，
　　每個峽谷都是一面陡馳，　　　　39
另一面較矮的則向下方緩跌；
　　到後來，我們還是登上了高處，
　　看最末的石塊在那裏收結。　　　42
這時，我的肺已經空氣全無，

結果一到那裏，就馬上坐下來，
　　再也不能夠跨出一步半步。　　　　　　45
「現在，你得把所有的怠惰拋開，」
　　老師說：「因為在羽墊上安坐，
　　在毛毯下安躺，都不會揚名百代。　　　48
一個人，没有嘉名而一生白活，
　　留在塵世之上的殘痕餘跡，
　　就會像風中的輕煙、水中的泡沫。　　　51
那麼，起來吧，用你的精神平息
　　氣喘。精神不讓體重拖垮，
　　就可以取勝，贏得所有的戰役。　　　　54
還有更長的梯級需要攀爬；
　　離開了這些人還不夠。要是你明白
　　我的意思，就為自己振作吧。」　　　　57
於是，我雖覺氣促，仍站了起來，
　　表示氣息並不是那麼柔弱。
　　說：「走吧，我康強了，再没有驚駭。」60
我們繼續前行，攀上那石坡。
　　我們的路，巉巖、狹窄而崎嶇，
　　比先前所走的一條陡峭得多。　　　　　63
我邊走邊說話，以掩飾我的心虛。
　　這時，另一個深坑傳來了人聲。
　　那人聲，未能說出清晰的話語。　　　　66
我雖在拱橋之背，下臨深坑，
　　卻不知道聲音所說的內容。
　　不過說話者似乎在奔跑挪騰。　　　　　69

我彎了身，竭力望入坑中，
　　可是裏面太暗，望不到坑底。
　　於是我說：「老師呀，到下一重　　　72
圍堤吧，然後讓我們沿石壁下移。
　　在這裏，我側耳傾聽，卻聽不清楚；
　　俯身下望，又看不到任何東西。」　　75
維吉爾說：「我給你唯一的答覆，
　　是依你的說法做；要求恰當，
　　就該有沉默無聲的行動爲從屬。」　　78
拱橋的尾部，通向第八道堤防。
　　在那裏，我們沿拱橋降落深坑，
　　裏面的景物就豁然變得開朗。　　　81
我看見許多毒蛇在坑裏擠成
　　可怕的一窩，而且有怪異的種類。
　　現在想起來，熱血仍會變冷。　　　84
啊，多沙的利比亞不要再亂吹；
　　因爲，她即使孕育爪蛇、標槍蛇、
　　搖尾蛇、飛蛇，以及兩頭蛇等毒蝰，　87
即使這些毒蝰再加上整個
　　埃塞俄比亞和紅海地區所產，
　　也從來沒有這麼繁多兇惡。　　　　90
這兇殘的蛇群，樣子異常黯黮。
　　中間，赤裸驚怖的陰魂在奔走；
　　都沒有隱身石，也休想有地方避難。　93
他們的雙手，被毒蛇捆在背後。
　　這些毒蛇，在亡魂的腰間把頭顱

盗賊

這兒殘的蛇群，樣子異常猙獰。／中間，赤裸驚怖
的陰魂在奔走……

（《地獄篇》，第二十四章，九一一九三行）

和尾部伸出，在前面糾結纏扣。　　96
哎喲，在這邊堤上，在我們立足處，
　　一條蛇突然向一個陰魂飛襲，
　　在肩胛處貫穿了他的頸部。　　99
剎那間，比書寫 O 字或 I 字都要迅疾，
　　那陰魂突然著火焚燒，且注定
　　要全部化為灰燼而垮塌崩離。　　102
陰魂在地上瓦解後，不到半頃，
　　那些灰燼就自動聚攏在一塊，
　　然後，轉瞬間又恢復了原形。　　105
情況就恍如古代大哲的記載。
　　大哲們一致認為，五百年將沒，
　　不死鳥就死亡，然後復活過來。　　108
她一生不靠百草或五穀過活；
　　只吃流自乳香和香脂的珠滴，
　　最後以甘松和沒藥把屍體包裹。　　111
陽間的人，遭到妖魔的邪力
　　下扯，或遭其他的障礙羈拉
　　而跌倒地上，常會不明所以，　　114
爬起來之後，由於羞惱太大，
　　會感到無比困惑，睜大了眼睛，
　　一邊四顧，一邊欷歔嘆咤。　　117
罪人爬起來，也是這樣反應。
　　多麼嚴峻哪，為了治惡懲罪，
　　神的力量竟傾瀉這樣的嚴刑！　　120
過了一會，導師問他是誰。

他聞言答道：「不久之前，我才由
　托斯卡納瀉落這可怕的谷內。　　　　123
我喜歡的生活，不像人而像獸。
　我簡直是騾。我叫凡尼・富奇，
　是畜生，正好以皮斯托亞爲竇。」　　126
於是，我對導師說：「叫他別逃逸；
　問問他，擲他到這裏的，是甚麼罪愆。
　依我看，他旣好殺，又恣睢暴戾。」　129
有罪的陰魂聽了，並不飾掩，
　卻扭轉面孔，聚精會神地望著我，
　感到無地自容而羞赧滿面。　　　　　132
然後說：「我的處境凄慘愁惙，
　你已經知道；此刻叫你目睹，
　我的痛苦甚於陽壽被剝奪。　　　　　135
你提出的問題，我不能不答覆。
　我被擲得這麼深，是因爲我偷了
　聖器收藏室裏的名貴器物——　　　　138
罪狀卻錯誤地轉嫁給第三者。
　不過，我怕你一旦離開這陰間，
　會因這裏的情景獲幸災之樂。　　　　141
因此，請你側耳聽我的預言：
　皮斯托亞會首先整肅黑黨；
　接著，翡冷翠會把人事改變。　　　　144
戰神馬爾斯會從烏雲和翳瘴
　滿佈的馬格拉谷把嵐氣曳拉；
　然後，如烈風暴雨之不可抗，　　　　147

戰爭會在皮切諾的原野爆發。

　在那裏，戰火會突然把雲層撕破，

　結果白黨會全部遭到鞭撻。　　　　150

　爲了困擾你，我先向你言說。」

註　釋：

1-3.　**在新歲剛啓……時辰**：在一月二十一日和二月二十一日之間，大陽位於水瓶宮。但丁在這裏用擬人法，指太陽的光輝漸暖。「長夜開始向白晝看齊」，指黑夜漸短，到了春分，長短就跟白晝相等。

4-6.　**白霜……堅持到底**：這三行用了擬人法：「白姐姐」指雪。三行的意思是：白霜在地上抄寫白雪，可是不能持久；太陽一出，就會融化。

7-15.　**一個年輕的農夫……往外面驅趕**：這部分也用日常意象，比喻旅人但丁失望後再度充滿希望。

21.　**和我先前在山腳所見無異**：參看《地獄篇》第一章第六十一行及其後的描寫。

31.　**身披大氅者**：指上一囊的僞君子。

32.　**我要被推**：但丁是血肉之軀，比維吉爾的幽靈重，因此「要被推」。

34-36.　**如非……在那裏敗陣**：罪惡之囊的每一囊，都有兩面崖壁：一邊離中心較近，一邊離中心較遠。離中心較近的一面，高度較矮，坡度也較緩。三行的意思是：幸虧「我們所處的部分／比另一面崖壁矮」。不然，我「必會在那裏敗陣」。

37-40. **不過，由於罪惡之囊……緩趺**：這幾行解釋各囊的形狀：峽谷中，靠近地獄中央的崖壁較矮，坡度也較緩；另一面較高，也較峻陡。各囊的地勢，是逐步向地獄中心下傾。

42. **最末的石塊**：指崩塌處最高的一塊石頭。

46-48. **現在……揚名百代**：但丁強調，如要爭取榮耀，必須奮鬥。

49-51. **一個人……水中的泡沫**：這幾行回應了《埃涅阿斯紀》和《聖經》中類似的意象。參看 Sapegno, *Inferno*, 271; Vandelli, 234; Singleton, *Inferno 2*, 412。

55. **更長的梯級**：既可指地獄攀回地面的旅程，也可指煉獄的梯級。

56. **這些人**：指偽君子集團。

69. **在奔跑挪騰**：亡魂「奔跑挪騰」的原因，下文會有交代。

85-90. **啊，多沙的利比亞……繁多兇惡**：在古代，利比亞一般指埃及以外的北非，包括埃塞俄比亞。這一地區，以出產各種兇猛的毒蛇著稱。詩中毒蛇的種類，都引自盧卡努斯的《法薩羅斯紀》：「爪蛇」、「標槍蛇」、「搖尾蛇」、「飛蛇」、「兩頭蛇」的意大利文爲 "chelidri", "iaculi", "faree", "cencri", "anfisibena"；拉丁文爲 "chelydrus", "jaculus", "parias", "cenchris", "amphisbaena"。見《法薩羅斯紀》(*Pharsalia*)第九卷七零一——二一行。爪蛇爬行時會放煙；標槍蛇在空中飛射，無物不穿；搖尾蛇移動時以尾部劃地留痕；飛蛇行動時總循直線；兩頭蛇兩端各有一頭。

89. **埃塞俄比亞**：Singleton (*Inferno 2*, 416)指出，在古代，埃塞俄比亞的範圍比現代廣，包括非洲東北的地區。今日的埃及南部、蘇丹東部也在其範圍內。

92. **赤裸驚怖的陰魂**：指第七囊所懲罰的盜賊。但丁強調亡魂赤

裸，是爲了叫讀者知道，亡魂的肉體受多大的痛苦。

93. **隱身石**：神話中的石頭，能治蛇毒，又能使人隱身。薄伽丘的《十日談》(*Decameron* VIII, 3)有一則講隱身石的故事。

100. **比書寫 O 字或 I 字都要迅疾**：O 和 I 兩個字母，可以一筆寫成，無須轉折，寫起來特別迅速。

106. **古代大哲**：指古代作家，如奧維德、畢達哥拉斯等。參看 Torraca, 191。

107-11. **大哲們一致認爲……把屍體包裹**：「不死鳥」，指鳳凰。據阿拉伯神話的說法，鳳凰每五百年就會自焚一次，自焚後從灰燼裏復活、成蟲，第三天再度更生爲鳳凰。這個故事，奧維德的《變形記》第十五卷三九二—四零二行也有記載，大概是但丁所本。

112-17. **陽間的人……欷歔嘆咤**：但丁以日常經驗傳遞地獄經驗。在古代，一般人相信，患癲癇的人突然倒地，是因爲魔鬼附身。
障礙羈拉：指血管遭到堵塞，使人不能正常活動。

120. **傾瀉**：指神的嚴刑像大雨一樣傾瀉。

125. **凡尼・富奇**：全名凡尼・迪富綽・德拉澤里(Vanni di Fuccio de' Lazzeri)，皮斯托亞(Pistoia)貴族的私生子。性情暴虐，是黑黨成員。一二九三年與同謀者在皮斯托亞聖澤諾(San Zeno)教堂爆竊。犯罪後一直逍遙法外。卒於一三零零年。

126. **是畜生**：富奇在世時獸行太多，有「畜生凡尼」("Vanni bestia")之稱。見 Sapegno(*Inferno*,276)引 Anonimo fiorentino。因此在第一二五行說：「我簡直是騾。」

136. **我不能不答覆**：富奇不能不答覆，因爲但丁知道，置身第七囊的，都是盜賊。富奇即使不回答，也不能掩飾自己的身分。

137-39. **我被擲得這麼深……第三者**：富奇和同黨爆竊聖澤諾教堂聖

雅科坡(San Iacopo)聖器所後，逍遙法外，卻由拉姆皮諾・
迪・弗蘭切斯科・佛雷西(Rampino di Francesco Foresi)代罪，
於臨刑的一刻獲釋，與富奇同名的同黨凡尼・德拉・蒙納
(Vanni della Monna)被正法。富奇說「我被擲得這麼深」，
表示他心裏覺得，但丁大概没有料到，他會在罪惡之囊的第
七囊受罰。但丁知道富奇恣睢暴戾，大概以爲他會在火川弗
列革吞受罪。**第三者**：指幾乎含冤受死的佛雷西。

140-41. **不過……幸災之樂**：富奇屬黑黨，但丁屬白黨。富奇揣想，
但丁見他在地獄受刑，會幸災樂禍。

143-44. **皮斯托亞……改變**：大約在一三零一年五月，皮斯托亞白黨
獲翡冷翠白黨支持，把城中的黑黨放逐。同年十一月，翡冷
翠黑黨與皮斯托亞黑黨獲瓦路瓦的沙爾(Charles de Valois)
之助，把白黨放逐，其中包括但丁。所謂「翡冷翠會把人事
改變」，就是這個意思。

145-50. **戰神馬爾斯……遭到鞭撻**：戰神馬爾斯(Mars)，希臘神話叫
阿瑞斯(῎Αρης, Ares)。這幾行的意思一直未有定論。不過基
阿佩利(Chiappelli, 134)的說法最爲簡潔可信：

il dio della guerra tira fuori dalla Valdimagra un
minaccioso vapore (il marchese Moroello Malaspina,
capitano dei Lucchesi alleati dei Neri contro Pistoia
rimasta ai Bianchi); si combattterà sopra Campo Piceno e
la parte Bianca (*la nebbia*) sarà dissolta (Postoia fu
perduta nel 1306).

戰神會從馬格拉谷曳出凌厲的嵐氣（指侯爵莫羅耶洛・
馬拉斯皮納。盧卡人當中，有一部分與黑黨聯盟，與皮

斯托亞的白黨爲敵。馬拉斯皮納是這些盧卡人的首
領）；皮切諾原野會有戰事，白黨（「雲層」）會被擊
潰（皮斯托亞於一三零六年失陷）。

馬拉斯皮納是圭爾佛黨的領袖，一二八八年率領翡冷翠人征
伐阿雷佐(Arezzo)的吉伯林黨。其後屢任要職，一再以武力
支持托斯卡納的黑黨。馬格拉谷是莫羅耶洛・馬拉斯皮納的
領土。

151.　　**爲了困擾你，我先向你言説**：從這一行可以看出，富奇的心
裏充滿仇恨。

第二十五章

凡尼・富奇向上帝做出極其淫褻的手勢，然後被毒蛇緊纏。富奇逃逸，人馬怪卡科斯從面追來，背上伏著一條噴火的龍。緊跟人馬怪的，是三個幽靈，因不見了同伴巉法而訝異。其實，巉法變成了六腳蛇，這時驀地射起，向陰魂之一的阿耶洛襲擊，然後彼此混合，扭曲的形狀兩者都像，兩者都不像。接著，另一條蛇，身型細小，由斜眼弗蘭切斯科・德卡瓦爾坎提變成，突然飛撲而起，釘住波索的肚臍，再跌在他面前，攤直了身體，跟受傷的波索互相注目。濃煙從陰魂的傷口和蛇的嘴巴外湧、相混間，人蛇彼此易形。沒有變形的只有跛子普奇奧。

盜賊把上述的一番話說完，
　　就舉起雙手，做出肏人的姿勢，
　　並喊道：「拿呀，瘟神，我向你奉還！」　　3
剎那間，毒蛇和我成了相知；
　　因為有一條，聞言就纏住他的
　　脖子，彷彿說：「不准你再動唇齒；」　　6
另一條，則繞他雙臂，再把他捆扎，
　　然後以蛇身把他的前面緊釘，
　　結果他的雙手完全受掣。　　　　　　9
啊，皮斯托亞，皮斯托亞，你怎麼不令
　　自己焚成灰燼，以了結此生？

你呀，比自己的後裔還要邪侫！　　　　12
我走遍地獄所有的冥圈，都未曾
　　見幽靈這樣囂張地對待上帝；
　　忒拜的墜城人也沒有這麼強橫。　　15
陰魂不再言語，就已經逃逸。
　　之後，我看見一個暴怒的人馬怪
　　叫喊著衝來：「在哪裏？那惡漢在哪裏？」18
他的臀部到人形開始的一帶，
　　纏滿了蛇。若論蛇的數目，
　　相信沼澤區也不能成為同儕。　　21
在人馬怪頸項後面的背部，
　　伏著一條龍，正作出展翅之姿。
　　誰碰到它，都會遭到焚斃。　　24
我的老師對我說：「那是卡科斯，
　　以前曾經在阿芬丁山的石洞中
　　匯血成湖，而且不止一次。　　27
他走的道路，跟兄弟所走的不同。
　　因為他偷過東西，手法險惡，
　　把附近的一大群牲畜往洞裏送。　　30
為此，他的邪行在赫拉克勒斯的
　　棒下了結。那英雄揍了他大約
　　一百下；他能夠感受的卻不到一折。」33
維吉爾說話時，人馬怪已經疾掠
　　而過；三個幽靈也到了腳底。
　　但是，我和導師都沒有發覺。　　36
聽到他們大喊「你們是誰」才為意。

於是，我們讓話題驟停於中途，
　　只顧凝神窺覷幽靈的底細。　　　　　　39
我並不認識他們，但是，正如
　　常見的巧合，其中一人剛要
　　在這時提起另一個同伴，要說出　　　42
他的名字：「巘法在哪裏駐腳？」
　　我聞言，爲了請導師繼續凝神
　　聽下去，就把手指在頰鼻前上翹。　45
讀者呀，此刻，要是你懷疑，不肯
　　相信我所說，也不會令人驚奇；
　　我親自目睹，也不願信以爲眞。　　48
我正在盱衡著向這些幽靈睥睨，──
　　哎呀，一條六腳蛇，在其中一人的
　　面前射起，把他整個人緊繫。　　　51
那條蛇，用中爪把他的大肚皮緊扼，
　　前爪把他的兩隻手臂擒拿，
　　然後用利齒噬他臉龐的兩側，　　　54
兩隻後爪在他的兩股垂搭，
　　尾巴在他的兩股之間穿繞，
　　再向後面伸上了他的腰胯。　　　　57
常春藤在樹上扎根，把樹幹緊抱，
　　也絕不像這可怕的畜生以肢體
　　糾纏陰魂的肢體時那麼堅牢。　　　60
然後，兩者熱蠟般融在一起，
　　身上原來的顏色也彼此混合，
　　結果都失去了原來的形跡；　　　　63

481

就像湊向火燄前的紙張，白色的
　　部分漸漸消失，一斑焦黃
　　在上面蔓延，還沒有變成黑色。　　　　66
其餘兩人，一邊觀望一邊嚷：
　　「阿耶洛呀，你的變化竟至於斯！
　　你看，你現在已經不單不雙。」　　　　69
這時，兩個頭已經分不出彼此；
　　在我們眼前，兩張容顏混在
　　一張，都失去了原來的樣子。　　　　　72
四臂腫成了兩臂，再也分不開；
　　大腿和小腿，以及胸膛、腹肚
　　全部變成了見所未見的形骸。　　　　　75
原來的每種顏貌都被刪除；
　　那扭曲的形狀兩者都像，兩者
　　都不像。就這樣，它在移動、緩步。　　78
一條蜥蜴，在三伏天遭到酷熱的
　　鞭笞，就會跳躍於樹籬之間，
　　躍過路面時就會疾如電掣；　　　　　　81
一條細小的蛇，也這樣出現，
　　飛撲向另外兩個人的肚皮；
　　青黑如胡椒子的蛇身燃燒著火燄。　　　84
小蛇釘住了其中一人的肚臍——
　　人身的養料最先由這裏輸播——
　　然後跌在他面前，攤直了身體。　　　　87
被釘者凝望著小蛇，甚麼都不說，
　　只是打著呵欠，木立在一邊，

陰魂變蛇

「阿耶洛呀，你的變化竟至於斯！／你看，你現在
已經不單不雙。」

（《地獄篇》，第二十五章，六八—六九行）

彷彿被睡意或發熱病侵迫。　　　　　90

陰魂和蛇彼此向對方注目間，

　　濃煙從陰魂的傷口和蛇的嘴巴

　　猛烈地外湧，然後相混相連。　　93

現在，盧卡努斯也要緘口哇——

　　別再說薩貝路斯、納西迪烏斯的慘況。

　　現在，請他細聽下面的話。　　　96

講卡德摩斯、阿蕾圖莎的奧維德也別聲張。

　　他雖在詩中變男的為毒蛇，變女的

　　為溪流，我並不會把他放在心上；　99

物性相對時，他從來不能使二者

　　改變，使二者與原來的狀態相違，

　　讓物質如此迅速地交換融和。　　102

毒蛇和陰魂依次序彼唱此隨：

　　毒蛇把尾部像叉兒般分成兩邊；

　　受傷的陰魂則把腳印收回，　　　105

兩邊的腿部和股部自動相連；

　　轉眼之間，兩腿和兩股相接處，

　　再沒有一點痕跡向人展現。　　　108

那條分叉的尾巴，變成了腿股

　　在另一邊失去的形狀。尾巴的皮

　　變軟；腿股的皮則增加了硬度。　111

我看見畜生的兩隻短足一起

　　延長，陰魂的雙臂向腋間縮小，

　　延長和縮小的速度互成正比。　　114

然後，蛇的後足彼此纏繚，

成爲男子身上要隱藏的是非根；

　　那個可憐鬼的陰部則長出了雙腳。　　117

這時候，煙霧用一種新的彩霧

　　把兩者籠起來，在蛇的身上生髮

　　長毛，在陰魂的身上脫毛除鬚；　　120

一個起立，一個向地上跌趴；

　　可是兩者都沒有把邪燈移開，

　　仍在燈下讓嘴臉變換轉化。　　123

起立者把嘴臉拉向顳顬一帶；

　　物質舒張，滿足了臉形所需，

　　就成爲耳朵，從平滑的雙頰伸出來。　　126

沒有後移的部分在原處停聚，

　　以多出的物質把鼻子添在臉上，

　　並且按需要使兩唇變得厚腴。　　129

俯伏者則把口鼻推向前方，

　　並且把兩隻耳朵拉入腦袋裏，

　　像蝸牛的觸角向殼裏退藏。　　132

舌頭呢，本來完整而又可以

　　講話的，就一裂爲二；在另一邊，

　　裂開的，則二合爲一。然後霧息，　　135

那個亡魂已經在刹那間

　　變成了畜生，在谷中嘶嘶地逃竄。

　　另一個則講著話在後面吐口涎；　　138

接著，把新生的雙肩一轉，

　　對另一人說：「我要波索沿這條路

　　匍匐著遁走；——這動作我剛剛做完。」　　141

485

就這樣，我目睹第七囊的壓艙物

　　變化換形。我落筆有錯，也請

　　包涵——那是題材太新的緣故。　　　　144

我的眼睛，儘管不十分清明，

　　神智儘管眩然遭受了干擾，

　　可是他們仍不能秘密潛行；　　　　　147

我還是瞭然看見了跛子普奇奧。

　　首先到這裏的三個友朋之中，

　　只有他一個沒有改形換貌。　　　　　150

另一個呢，噶維雷，你仍爲他哀慟。

註　釋：

1-2.　　**盜賊……肏人的姿勢**：「肏人的姿勢」，原文是"le fiche"，
　　　　是侮辱人的姿勢：拇指插入食指和中指之間，意思是：「我
　　　　肏你！」盜賊的雙手做同一姿勢，侮辱意味更濃。這一姿勢，
　　　　用諸上帝（「舉起雙手」），其瀆神之罪就無以復加了。

4.　　　**毒蛇和我成了相知**：指毒蛇在五—九行懲罰亡魂的行動，表
　　　　達了旅人但丁的心意：這些亡魂如此對待上帝，實在該死。

10-12.　**啊，皮斯亞……還要邪佞**：皮斯托亞(Pistoia)，即皮斯托
　　　　里亞(Pistoria)，據說由喀提林納(Lucius Sergius Catilina)部隊
　　　　的殘餘建立。喀提林納出身貴族，三度競選執政官失敗，陰
　　　　謀武裝政變，於公元前六十三年被執政官西塞羅在元老院揭
　　　　發彈劾。是羅馬一次叛亂的首領，於公元前六十二年在皮斯
　　　　托里亞附近戰敗被殺，隨從都是罪犯和盜賊。**自己的後裔**：

指建立皮斯托里亞的人。

15. **忒拜的墜城人**：指《地獄篇》第十四章四六—七二行所描寫的卡帕紐斯。卡帕紐斯在宙斯面前強悍不屈，結果被殛。

16. **陰魂不再言語，就已經逃逸**：陰魂要逃逸，是因為人馬怪在後面追來。

19. **臀部到人形開始的一帶**：人馬怪的上半身是人，下半身是馬。「人形開始的一帶」，就是馬形和人形相交的部位。

21. **沼澤區**：原文"Maremma"。參看《地獄篇》第十三章八—九行及其註釋。

25. **卡科斯**：意大利原文"Caco"，希臘文Κάκος，拉丁文和英文Cacus，半人半羊、口噴火焰的妖怪兼大盜，火神赫菲斯托斯(῞Ηφαιστος, Hephaestus)和梅杜薩(Μέδοισα, Medusa，一譯「墨杜薩」)的兒子。居於羅馬七丘之一的阿芬丁(Aventine)山岡的洞穴，為禍百姓。因偷盜赫拉克勒斯從三頭巨怪格里昂(Γηρυονεύς, Geryon)那裏搶來的牛，被赫拉克勒斯殺死。參看《埃涅阿斯紀》第八卷一九三—三零五行。不過在《埃涅阿斯紀》裏，卡科斯是被赫拉克勒斯扼死；在這裏，根據維吉爾的說法，是遭赫拉克勒斯用大棒擊斃。兩處描寫之所以有出入，大概因為但丁以奧維德的《變形記》為藍本。此外，詩人但丁還按照作品的需要改動維吉爾《埃涅阿斯紀》的描寫：在維吉爾的《埃涅阿斯紀》裏，卡科斯能夠噴火，並非人馬怪；在《神曲》裏，卡科斯是人馬怪，並不噴火。在本章，卡科斯既因盜竊罪而受刑，同時又是第七囊的守衛。參看 Bosco e Reggio, *Inferno*, 367; Toynbee, 124, "Caco"條；Singleton, *Inferno 2*, 431-32。

26-27. **以前曾經在阿芬丁山的石洞中／……不止一次**：阿芬丁：羅

馬山岡，是羅馬七丘之一。拉丁文原文爲 Aventinum 或
Aventinus。一般譯者從英語"Aventine"轉譯爲「阿芬丁」。
匯血成湖：指卡科斯嗜殺。參看維吉爾《埃涅阿斯紀》第八
卷一九五—九六行："semperque recenti/caede tepebat humus."
（「而地上的泥土／總有新的血腥在蒸騰。」）

28. **他走的道路，跟兄弟所走的不同**：「兄弟」，指《地獄篇》
第十二章所描寫的人馬怪。在該章裏面，人馬怪負責守衛地
獄第七層第一圈的火川弗列革呑。卡科斯的行爲有別，因此
說「他走的道路，跟兄弟所走的不同」。

29. **因爲他偷過東西，手法險惡**：卡科斯偷了赫拉克勒斯的四隻
公牛、四隻小母牛。爲了瞞過赫拉克勒斯，卡科斯偷牛時把
牛隻倒拖，讓蹄跡看來彷彿是牛隻從他的山洞外逃，不知所
終。後來，牛哞驚動了赫拉克勒斯（一說卡科斯的姐妹卡卡
(Caca)向赫拉克勒斯告發），牛隻才失而復得。卡科斯偷牛
的手法詭詐，所以說「手法險惡」。參看《埃涅阿斯紀》第
八卷二零五—二一一行；奧維德《節令記》(*Fasti*)第一卷五
五零行："Traxerat aversos Cacus in antra ferox."（「兇悍的
卡科斯把牛隻倒拖進洞裏。」）

30. **把附近的一大群牲畜往洞裏送**：赫拉克勒斯奪得三頭巨怪格
里昂的牛隻後，運到阿芬丁山。阿芬丁山距卡科斯的洞穴不
遠，因此說「附近」。

31-33. **爲此……不到一折**：指赫拉克勒斯用巨棒把卡科斯打了一百
下，不過卡科斯捱不到十下就死了。在這裏，赫拉克勒斯棒
打卡科斯的數目，與奧維德、李維（Titus Livius，公元前五
九—公元十七）的說法稍有出入。參看 Singleton, *Inferno 2*,
431-33, 434。

38.	**話題戛停於中途**：指維吉爾講述卡科斯的話中止。

43. **巉法**：翡冷翠多納提(Donati)家族的成員，有騎士銜，是臭名昭彰的偷牛賊。

45. **把手指在頦鼻前上翹**：把手指（通常是食指）放在嘴上，請對方不要說話。

47. **我所說**：指本章第四十九行及其後的敘述。

50-57. **哎呀……他的腰胯**：但丁描寫六腳蛇的姿勢具體而準確，在讀者眼前栩栩如生。**一條六腳蛇**：指第四十三行的巉法。巉法變成了蛇，同伴沒有覺察，還以爲他失了蹤。**其中一人**：指第六十八行的阿耶洛。

58-66. **常春藤……變成黑色**：但丁再用日常景物傳遞地獄經驗。

68. **阿耶洛**：指本章第五十行的「其中一人」。「阿耶洛」，全名阿耶洛・德布魯涅勒斯基（Agnello 或 Agnolo de' Brunelleschi），翡冷翠吉伯林黨的家庭出身，起先爲白黨成員，一三零零年後轉投黑黨。幼時偷父母的荷包，後來轉而在商店爆竊。作案時喬裝成窮光蛋，戴上假鬍子。因此詩人但丁在這裏要他易形。參看 Sapegno, *Inferno*, 283。

82. **一條細小的蛇**：指一五一行的「另一個」，即弗蘭切斯科・德卡瓦爾坎提(Francesco de' Cavalcanti)。

85. **其中一人**：指一四零行的波索。

94-95. **盧卡努斯也要緘口哇……慘況**：盧卡努斯在《法薩羅斯紀》(*Pharsalia*)裏描述薩貝路斯(Sabellus)和納西迪烏斯(Nasidius)遭毒蛇咬死的恐怖情形。參看該書第九卷七六二—七六行：

　　…Sed tristior illo
　　Mors erat ante oculos, miserique in crure Sabelli

Seps stetit exiguus; quem flexo dente tenacem
Avolsitque manu piloque adfixit harenis.
Parva modo serpens sed qua non ulla cruentae
Tantum mortis habet.　　Nam plagae proxima circum
Fugit rupta cutis pallentiaque ossa retexit;
Iamque sinu laxo nudum sine corpore volnus.
Membra natant sanie, surae fluxere, sine ullo
Tegmine poples erat, femorum quoque musculus omnis
Liquitur, et nigra destillant inguina tabe.
Dissiluit stringens uterum membrana, fluuntque
Viscera; nec, quantus toto de corpore debet,
Effluit in terras, saevum sed membra venenum
Decoquit, in minimum mors contrahit omnia virus.

…不過，更可怕的
死亡，就在眼前：一條細小的腐體蛇，緊黏
哀哉薩貝路斯的腿，用有鉤的毒牙咬著他。
薩貝路斯把它撕開，用標槍把它釘在沙上。
毒蛇的體型雖小，致命的劇毒卻沒有別的蛇
可以匹敵。薩貝路斯接近傷口的皮膚
開始潰爛，向周圍收縮，露出白色的骨頭；
最後，傷口擴大，豁然張開，再沒有肉體。
四肢浴在壞血裏，小腿銷蝕，膝部失去了
所有的覆蓋，大腿所有的肌肉也全部
腐爛；腹股溝裏，烏黑的腐液汨汨外滴。
分隔腹腔的薄膜嘣然爆裂，裏面的腸臟
逆流而出。可是他已經不復原來的體積；

他倒斃地上，劇毒銷毀了他的肢體，
死亡把整個人縮成極小的腐液一灘。

第九卷七八九—九七行：

Ecce subit facies leto diversa fluenti.
Nasidium Marsi cultorem torridus agri
Percussit prester.　Illi rubor igneus ora
Succendit, tenditque cutem pereunte figura
Miscens cuncta tumor; toto iam corpore maior
Humanumque egressa modum super omnia membra
Efflatur sanies late pollente veneno;
Ipse latet penitus congesto copore mersus,
Nec lorica tenet distenti pectoris auctum.
哎喲，還有另一種死法，與銷融有別。
納西迪烏斯，一度在馬爾斯耕作的農民，
遭熊熊的膨體蛇擊中。他的臉孔
變成火紅，腫脹拉緊了他的皮膚，
使所有的狀貌消失，輪廓相混。接著，
劇毒擴散，傷口脹遍所有的肢體，
比整個身軀，比任何凡軀都要大。
人呢，則埋在腫脹的形骸深處，
胸甲再也不能包裹那腫脹的胸膛。

97.　**卡德摩斯**：Κάδμος(Cadmus)，腓尼基國王阿革諾爾
('Αγήνωρ, Agenor)和忒勒法薩(Τηλέφασσα, Telephassa)的

兒子，歐羅巴(Εὐρώπη, Europa)的兄弟，忒拜城的創建者。
因殺死戰神阿瑞斯的龍而被變爲花斑蛇。參看奧維德《變形
記》第四卷五七六—八零行，五八六—八九行。**阿蕾圖莎**：
’Αρέθουσα (Arethusa)，奧克阿諾斯(’Ωκεανός, Oceanus)的
女兒，是森林仙女，爲月神阿爾忒彌斯的隨從。河神阿爾斐
奧斯(’Αλφειός, Alpheus)見她貌美而追求她。她向阿爾忒彌
斯求救。阿爾忒彌斯把她變爲溪流。之後，阿爾斐奧斯仍然
在海底追求她，把自己的水混入溪流。見《變形記》第五卷
五七二—六四一行。

100-02. **物性相對時……交換融和**：但丁的意思是：奧維德《變形記》
的描寫，也不像眼前景象那麼難以置信。

105. **受傷的陰魂**：指第八十五行的「其中一人」，也就是一四零
行的波索。

116. **是非根**：指男性的陰莖。

117. **那個可憐鬼的陰部則長出了雙腳**：一一五—一六行寫蛇的兩
隻後足變成了陰莖。這行寫亡魂的陰莖變成蛇的兩隻後足。

122. **可是兩者都沒有把邪燈移開**：「邪燈」，指亡魂和蛇的眼睛。
他們都在地獄，所以稱爲「邪」。參看《馬太福音》第六章
第二十二行："Lucerna corporis tui est oculus tuus." (「眼睛
就是身上的燈。」) 整行的意思是：亡魂和蛇繼續「彼此向
對方注目」(見第九十一行)。

124-29. **起立者……變得厚腴**：這幾行指蛇變爲人。

130-32. **俯伏者……退藏**：這幾行寫人變爲蛇。

133-35. **舌頭呢……則二合爲一**：人舌可以講話，這時卻開始分叉，
成爲蛇舌；蛇舌本來分叉，不能說話，這時合而爲一，成爲
人舌。

138. **另一個……吐口涎**：在中世紀，大家相信口涎能剋蛇。蛇變爲人後，見了人（波索）變成的蛇，就吐口涎把他驅趕。

140. **另一人**：指本章一四八行的「跛子普奇奧」。**波索**：波索的身分，一直沒有定論。較多的論者認爲，他是波索・多納提(Buoso Donati)，並非詹尼・斯基吉(Gianni Schicchi)所僞裝的波索・多納提（見《地獄篇》第三十章第三十二行；四二—四五行）。前者是後者的姪兒。箋註家認爲，波索在職時曾犯盜竊罪，也慫恿弗蘭切斯科・德卡瓦爾坎提仿效。因此，弗蘭切斯科在這裏亟要報復。

142. **壓艙物**：原文"zavorra"，旣指壓艙物，也指沒用的東西。這裏指第七囊受刑的亡魂。邪惡之囊下凹，因此但丁把它比作船，把亡魂比作壓艙物。

148. **跛子普奇奧**：原文"Puccio Sciancato"。"Sciancato"是「跛」、「瘸」的意思，是第三個亡魂普奇奧的綽號。普奇奧是翡冷翠噶利蓋(Galigai)家族的成員，腿瘸，屬吉伯林黨。一二六八年遭放逐，一二八零年重返翡冷翠。在陽間是個盜賊，在白天作案，明目張膽，不介意被人發現，因此在地獄裏不須易形。參看 Bosco e Reggio, *Inferno*, 374-75; Sapegno, *Inferno*, 288; Singleton, *Inferno 2*, 446; Toynbee, 532, "Puccio Sciancato"條。

151. **另一個呢，噶維雷，你仍爲他哀慟**：**另一個**：指八十二行的「一條細小的蛇」。這個亡魂名叫弗蘭切斯科・德卡瓦爾坎提(Francesco de' Cavalcanti)，翡冷翠卡瓦爾坎提家族的成員，綽號「斜眼」("Guercio")。因行爲暴虐而遭阿爾諾上谷噶維雷(Gaville)的村民殺死。其家族隨即爲他復仇，把噶維雷的村民屠殺殆盡。參看 Sapegno, *Inferno*, 288。

第二十六章

在第八囊，但丁望入坑底，看見全坑閃爍著火焰，數目之多，恍如夏夜的螢火蟲；每朵火焰，都裹著一個陰魂。這些陰魂，生時都曾經向人獻詐，把心智用於歪途。其中一朵，裹著尤利西斯和狄奧梅得斯。維吉爾請尤利西斯講述他迷途後，生命在哪裏斷送。尤利西斯應邀，詳述他如何向西航行，越過赫拉克勒斯的界標，駛入南半球，看見煉獄所在的大山時一場風暴颸起，把他的船捲入深海。

歡騰啊，翡冷翠，因爲你這麼尊榮，
　　在海上、陸上，都拍著翅膀翱翔；
　　大名又在地獄裏廣受傳誦！　　　　　3
群賊當中，我發覺五個強梁
　　是你的公民。爲此，我感到害臊。
　　你的名聲，不會靠他們高揚。　　　　6
不過，侵曉時做的夢如果可靠，
　　別的地方不用說；普拉托爲你
　　渴求的命運，你很快就感受得到。　　9
命運現在兌現，就最合時宜。
　　既然它注定來臨，就早點來臨吧！
　　我年紀越大，就越難抵受這壓力。　　12
我們離開後，導師再度上爬，
　　並且在前面拉我。梯級由石頭

砌成，曾供我們下降時踩踏。　　　　15
在脊壨的岩石和碎礫之間行走，
　　沿一條荒僻無人的小徑前進，
　　雙腳要迅捷，就得借助雙手。　　18
我當時所見的情景眞令我傷心；
　　現在回想起來仍感到悲痛。
　　雖然不習慣，我仍得把才思控引，　21
以免它越軌，不再唯德行是從。
　　這樣，吉星或更大的恩典給我
　　賜福時，我才不致把才思濫用。　24
在天下的照明者最少隱没，
　　把容顏展露得最明顯的季節，
　　當蒼蠅飛退，蚊子逐漸增多，　　27
一個農夫，要是在山上停歇，
　　會看見山谷裏——也許就是他墾土壤、
　　採葡萄的地方——螢火蟲時明時滅。　30
當第八個深坑的谷底在望，
　　只見全坑閃爍者火焰，數目
　　之夥，和農夫眼中的螢火蟲相當。　33
那位有二熊代爲復仇的人物，
　　在眾馬驤首騰躍、向天上飛升時，
　　曾看見以利亞的戰車衝上征途；　36
他的雙目在後面追隨著一直
　　仰視，卻甚麼都看不見；只看見烈焰
　　像一朵小小的雲彩向高處飛馳。　39
深坑的火，也這樣在峽谷裏面

移動；每一朵都盜走一個

　罪人，所盜的贓物不讓人看見。　　42

我站在橋上，直著身望落深壑，

　如非抓住巉崖上的一塊石頭，

　恐怕無人推搡也早已下墮了。　　45

導師見我這樣專心地凝眸，

　就說：「這些炯焰裏都是亡魂；

　都以焚體的烈火把自己裹摟。」　48

「老師呀，」我答道：「聽了你的言論，

　我更加肯定了。在此之前，未聽

　你解說，我已經這樣想，而且心存　51

疑竇，想問你：「誰藏在那朵裂頂

　而來的火焰？那火焰，彷彿升自

　焚燒厄忒奧克勒斯兄弟的柴荊。」　54

維吉爾答道：「裏面是尤利西斯

　和狄奧梅得斯在受刑。兩個人獲怒

　於神，現在為了受罰而來此。　　57

他們在自己的火焰中呻吟受苦，

　因他們以木馬設伏，打開了門口，

　讓羅馬人高貴的子孫湧出。　　　60

他們在火中哀慟，悔自己的計謀

　使得伊達彌亞死後仍哀悼阿喀琉斯。

　帕拉斯之罰，他們也正在承受。」　63

「在火中，如果他們能親自

　講話，」我說：「我向你誠懇祈求

　復祈求，望祈求一次相等於千次，　66

獻詐者

「這些炯焰裏都是亡魂;／都以焚體的烈火把自己
裹摟。」

（《地獄篇》，第二十六章，四七—四八行）

望你不會阻我在這裏停留，
　等待雙角的火焰飄向這邊。
　你看，我已經亟欲向它趨就！」　　69
他聽後對我說：「你祈求的一點，
　該大受稱許，因此就應你所請；
　不過你得把舌頭約束拘牽。　　72
話呢，則由我說，因爲我已經
　知道你想問甚麼。他們是希臘人；
　你講話，他們可能不屑去傾聽。」　　75
當火焰飄近，老師看得明審，
　見時機和火焰的距離都恰當得宜，
　我就聽見他這樣發言述陳：　　78
「你們兩個人，置身同一朵火裏。
　如果我生時值得你們敬重；
　在世上寫高詞偉句之際，　　81
還值得你們一點半點的尊崇，
　就不要離開；你們當中的一個
　說說，迷途後，生命在哪裏斷送。」　　84
古焰聽後，較大的一條火舌
　喃喃自語間就開始晃動扭擺，
　恰似遭強風吹打而震顫敧側；　　87
然後，火舌把頂端搖去搖來，
　像一條向人講話傾訴的舌頭
　甩出一個聲音，說道：「早在　　90
埃涅阿斯爲卡耶塔命名前，魔后
　克爾凱在該地附近把我留住，

超過了一年時間。當我遠走　　　　　93
他處，我雖然深愛兒子，對老父
　　要盡孝，而且該憐惜佩涅蘿佩，
　　使她快樂；可是這些情愫　　　　96
卻不能把我的渴思壓抑於心內；
　　因爲我熱切難禁，要體驗世情，
　　並且要洞悉人性中的醜與美。　　99
不過，當我航入深廣的滄溟，
　　我只有一艘船；伴我航行的，只有
　　一小群不曾把我拋棄的士兵。　　102
視域的這一頭是西班牙；另一頭
　　是摩洛哥。我看見撒丁這海島，
　　看見列嶼任大海拍擊於四周。　　105
當日，赫拉克勒斯在窄峽裏插好
　　界標，叫後來的旅人不致逾越。
　　我跟同伴們航得體貌衰老，　　　108
行動遲鈍，才到達這邊界的阻絕。
　　在右邊，我們把塞維利亞拋開；
　　在左邊，我們早已看休達後掠。　111
『弟兄啊，』我說：『你們經歷了千災
　　萬難，才來到這西邊的疆土。
　　我們的神志還有一點點的能耐。　114
這點能耐，可以察看事物。
　　那麼，別阻它隨太陽航向西方，
　　去親自體驗沒有人煙的國度。　　117
試想想，你們是甚麼人的兒郎；

父母生你們，不是要你們苟安
　　如禽獸，而是要你們德智是尚。』　　120
這三言兩語，就煽得我的同伴
　　躍躍欲試。他們啓程之心
　　太熱切了，我也不能再阻攔。　　123
我們的船背著黎明前進。
　　我們以槳爲翼，瘋狂地飛馳，
　　航程中一直靠向大海的左垠。　　126
這時，黑夜已經在另一極遍視
　　天上的列宿；我們這邊的星星
　　則低得不能從海平向高處上陟。　　129
自從我們走上艱險的途徑，
　　輝光在月亮底部熄了五遍，
　　同時又有五遍熄而復明，　　132
就有一座山出現在我們眼前；
　　山形因距離而暗晦；其巍峨峭陡，
　　我好像從未見過。我們首先　　135
是喜不自勝；但很快就由喜入愁。
　　因爲，一場風暴突然從新陸
　　捲起，猛烈地擊打我們的船頭，　　138
一連三次撞得它跟大水旋舞；
　　到了第四次，更按上天的安排，
　　使船尾上彈，船頭向下面傾覆，　　141
直到大海再一次把我們掩蓋。」

註　釋：

1-3.　**歡騰啊……廣受傳誦**：這幾行極盡諷刺之能事。作品的第
　　　　一、二行完全肯定翡冷翠；到了第三行猝然逆轉，攻讀者於
　　　　不備，諷刺的力量更大。翡冷翠舊警署(Palazzo del Bargello)
　　　　刻有有這樣的句子："que mare, que terram, que totum possidet
　　　　orbem."（「它擁有大海、廣陸，以至整個地球。」）參看
　　　　Bosco e Reggio, *Inferno*, 381-82；*Sapegno, Inferno*, 290。對這
　　　　一典故有認識的，讀了「在海上、陸上，都拍著翅膀翱翔」
　　　　一行，更能感受但丁的刻意挖苦。

4-6.　**群賊當中……不會靠他們高揚**：這裏所提到的「五個強梁」，
　　　　都在第七囊受刑。

7-12.　**侵曉時做的夢如果可靠……抵受這壓力**：根據中世紀傳統，
　　　　侵曉時所做的夢最可靠。西塞羅（Marcus Tullius Cicero，公
　　　　元前一零六—公元前四三）的《論預言》("De divinatione")、
　　　　大阿爾伯特（Albertus Magnus，約一二零零—一二八零）的
　　　　有關著作都說過，人在睡眠中能夠前瞻未來。賀拉斯的《諷
　　　　刺詩》、奧維德的《列女志》(Heroides)則明言侵曉時的夢
　　　　特別可靠。賀拉斯《諷刺詩》第一卷第十章第三十三行說："post
　　　　mediam noctem…cum somnia vera."（「午夜後……當眾夢真
　　　　確可靠。」）奧維德《列女志》第十九卷一九五—九六行則
　　　　說："namque sub auroram iam dormitante Lucina / tempore quo
　　　　cerni somnia vera solent."（「因為，接近破曉，當月亮下沉，
　　　　／在真夢常常出現的時辰。」）在《煉獄篇》第九章第十三—
　　　　二零行；第十九章第一行及其後的描寫；第二十七章第九十

一行及其後的描寫中，旅人但丁都在侵曉的時辰做夢，而這些夢都一一應驗。**普拉托**：原文"Prato"，托斯卡納的一個小鎮，在翡冷翠西北十一英里，位於翡冷翠往皮斯托亞(Pistoia)途中。這裏所提的預言究竟指甚麼，迄今未有定論。大多數論者認爲有兩種詮釋：第一，普拉托於一三零九年叛亂，反對勢力雄厚的翡冷翠。第二，一三零四年，教皇本篤十一世派普拉托的紅衣主教尼科洛(Niccolò)到翡冷翠調停黨爭，要翡冷翠與流亡的圭爾佛白黨（但丁是白黨成員）和解，翡冷翠堅執不從。於是尼科洛向翡冷翠施咒。參看《地獄篇》第十章七九—八一行和七九—八零行的註釋。

21.　　**才思**：原文"'ngegno"（即 ingegno 的省音拼法），也有「才華」、」天才」的意思。在《神曲》裏，但丁一再強調自己的才華，自負之情隨處可見。

23.　　**吉星**：指雙子星。但丁屬雙子星。因此他在《天堂篇》第二十二章一一二——四行說：「啊，輝煌的雙星，你的光輝／充滿了大能；我的才華—別理／其性質如何—都是這大能的厚饋。」

25-26.　**在天下的照明者……季節**：天下的照明者：指太陽。**季節**：這裏指夏季。夏季日長夜短，太陽隱没的時間最短。

27-30.　**當蒼蠅飛退……時明時減**：但丁再次以日常經驗設譬。

31.　　**第八個深坑**：指第八囊。

34.　　**那位有二熊代爲復仇的人物**：指《聖經》人物以利沙。參看《列王紀下》第二章第二十三—二十四節：

Ascendit autem inde in Bethel; cumque ascenderet per viam, pueri parvi egressi sunt de civitate et illudebant ei, dicentes： Ascende, calve, ascende, calve. Qui cum respexisset, vidit eos et maledixit eis in nomine Domini; egressique sunt duo ursi de saltu, et laceraverunt ex eis quadraginta duos pueros.

以利沙從那裏上伯特利去，正上去的時候，有些童子從城裏出來，戲笑他説：「禿頭的上去吧！禿頭的上去吧！」他回頭看見，就奉耶和華的名咒詛他們。於是有兩個母熊從林中出來，撕裂他們中間四十二個童子。

35-36. **在眾馬⋯⋯衝上征途**：參看《列王紀下》第二章第十一—十二節：

Cumque pergerent et incedentes sermocinarentur, ecce currus igneus et equi ignei diviserunt utrumque; et ascendit Elias per turbinem in caelum.

　　Eliseus autem videbat et clamabat： Pater mi, pater mi, currus Israel et auriga eius. Et non vidit eum amplius….

他們正走著説話，忽有火車火馬將二人隔開，以利亞就乘旋風升天去了。

　　以利沙看見，就呼叫説：「我父啊！我父啊！以色列的戰車馬兵啊！」以後不再見他了。

39. **像一朵小小的雲彩向高處飛馳**：原文爲"sì come nuvoletta, in su salire"。參看但丁《新生》(*Vita Nuova*)第二十三章第二十五節：

Levava li occhi miei bagnati in pianti,

e vedea, che parean pioggia di manna,

li angeli che tornavan suso in cielo,

e una nuvoletta avean davanti…

我淚水盈眶，眸子向高處仰瞻，

看見一群天使正飛返天堂，

就像一陣嗎哪甘霖在傾瀉，

一朵小小的雲彩引領於前方……

41-42. **每一朵都盜走一個／罪人**：第八囊懲罰的，是陽間呈獻詐僞的人。這些亡魂，各被一朵火焰包裹。

43. **直著身望落深壑**：指旅人但丁設法望入第八囊。

52. **裂頂**：指火焰的頂部分裂爲二。

53-54. **那火焰，彷彿升自／焚燒厄忒奧克勒斯兄弟的柴荊**：厄忒奧克勒斯('Ετεοκλῆς, Eteocles)，忒拜王奧狄浦斯(Οἰδίπους, Oedipus)和約卡絲妲('Ιοκάστη, Jocasta)的兒子，波呂涅克斯(Πολυνείκης, Polynices)的孿生兄弟。兩兄弟一起迫忒拜王奧狄浦斯遜位。奧狄浦斯一怒之下，求神祇令兩個不孝子彼此爲敵。奧狄浦斯失位後，孿生兄弟約定輪流統治忒拜。厄忒奧克勒斯掌權後拒絕退下。結果波呂涅克斯求阿哥斯王阿德拉斯托斯("Αδραστος, Adrastus)幫助，攻打忒拜。忒拜戰爭由此爆發。戰爭中，厄忒奧克勒斯和波呂涅克斯在單獨決鬥中雙雙陣亡。兩人的屍體火葬時，從柴堆升起的火焰竟一分爲二，證明兩人死後對彼此仍懷著大恨深仇。但丁的描寫可能取材自斯塔提烏斯的《忒拜戰紀》第十二卷四二九—三二行和同卷四四一行。參看 Bosco e Reggio, *Inferno*, 385;

Sapegno, *Inferno*, 294; Singleton, *Inferno 2*, 456.

55. **尤利西斯**：Ulysses，一譯「烏利西斯」，拉丁文爲 Ulixes，相等於希臘神話中的奧德修斯('Οδυσσεύς, Odysseus)。伊大卡('Ιθάχη, Ithaca)國王，拉厄爾忒斯(Λαέρτης, Laertes)之子，佩涅蘿佩(Πηνελόπη, Penelope)之夫，忒勒瑪科斯(Τηλέμαχος, Telemachus)之父。爲人狡黠多智，特洛亞陷落後，還家途中極盡險阻，是荷馬（"Ομηρος，拉丁文 Homerus，英文 Homer）史詩《奧德修紀》（'Οδύσσεια，拉丁文 *Odyssea*，英文 *Odyssey*）的主人公。在《伊利昂紀》（'Ιλιάς，拉丁文 *Ilias*，英文 *Iliad*）裏，奧德修斯出主意令阿喀琉斯參與特洛亞之戰。木馬計也是他的謀略。在本章，尤利西斯之死與忒瑞西阿斯(Τειρεσίας, Tiresias)在《奧德修紀》所說的預言，以至中世紀流行的版本有別。

56. **狄奧梅得斯**：Διομήδης(Diomedes)，提德烏斯(Τυδεύς, Tydeus)和得伊費勒（又稱得伊皮勒）之子，埃托利亞(Αἰτολία, Aetolia)國王，曾向海倫（又稱「赫勒娜」，希臘原文'Ελένη，英文 Helen 的漢譯）求婚，特洛亞戰爭中的著名英雄，阿伽門農的得力助手。阿喀琉斯與阿伽門農鬧翻，拒絕出征時，狄奧梅得斯與奧德修斯說服了阿喀琉斯。希臘軍隊向特洛亞進攻時，狄奧梅得斯藏身木馬中。除了阿喀琉斯，他是希臘聯軍中最善戰的勇士，曾擊傷愛神阿芙蘿狄蒂。特洛亞陷落後，以狄奧梅得斯的歸程最愉快。可惜妻子不忠，設陰謀殺他，迫他躲到赫拉的祭壇才逃過一死。其後，狄奧梅得斯去了意大利，在那裏建立了許多城池。

56-57. **兩個人獲怒／於神，現在爲了受罰而來此**：兩人由於欺詐而罹神怒。

59-63. **因他們以木馬設伏……也正在承受**：特洛亞戰爭中，希臘軍
隊包圍了特洛亞，卻久攻不下。後來，用奧德修斯之計，造
了一匹大木馬，內藏希臘戰士。派希臘人席農(Σίνων, Sinon)
讓特洛亞人俘虜，騙取他們的信任。席農詭稱希臘人已經退
兵，而且爲了補贖奧德修斯偷盜特洛亞智慧女神像
(Παλλάδιον, Palladium)之罪，造了一匹木馬，獻給雅典娜。
只要奉祀木馬，特洛亞就可以打敗希臘。特洛亞人信以爲
眞，把木馬拖進城裏。到了夜裏，席農把木馬打開，放出希
臘戰士，大肆屠殺。特洛亞因此陷落。埃涅阿斯逃到了意大
利，建立羅馬帝國。「羅馬人高貴的子孫」也就由此而來（「湧
出」）。**得伊達彌亞**：Δηϊδάμεια (Deidamia)，斯基羅斯島
（Σκῦρος，Scyrus 或 Scyros，今日叫 Skyros）君王呂科梅
得斯(Λυκομήδης, Lycomedes)的女兒。忒提斯知道兒子阿喀
琉斯會死於戰爭，於是把他化裝爲宮女，送到呂科梅得斯的
王宮避戰。後來，阿喀琉斯誘姦了得伊達彌亞，生下兒子涅
奧普托勒摩斯（Νεοπτόλεμος(Neoptolemus)，又稱皮洛斯，
Πύρρος (Pyrrhus)）。奧德修斯和狄奧梅得斯爲了在特洛亞
之戰取勝，隱瞞阿喀琉斯會戰死的預言，騙他出戰，結果得
伊達彌亞哀傷而死。**帕拉斯之罰**：指奧德修斯和狄奧梅得斯
偷盜特洛亞護城之寶智慧女神像，因而受到懲罰。智慧女神
像來自天上，特洛亞有了它，就永享安寧。後來，神像被尤
利西斯和狄奧梅得斯盜去（參看《埃涅阿斯紀》第二卷一六
二—七零行），導致特洛亞陷落。偷盜神像是欺詐行爲，犯
罪者要在第八囊受刑。

73-75. **話呢，則由我說……不屑去傾聽**：希臘人一向高傲，未必看
得起意大利人但丁。在《神曲》中，維吉爾任中介人物，與

亡魂說話，比較合適。

85. **較大的一條火舌**：指尤利西斯。

89. **像一條向人講話傾訴的舌頭**：Singleton (*Inferno 2*, 460)指出，尤利西斯在世時詐偽詭譎，用的是舌頭；現在火焰像舌頭一樣向人講話，是報應式懲罰。

91-93. **埃涅阿斯為卡耶塔命名前……超過了一年時間**：卡耶塔：意大利文"Gaeta"，在《埃涅阿斯紀》裏為"Caieta"，埃涅阿斯的保姆；死後，埃涅阿斯為她建了一座城池，並且以她的名字為名。這座城池是第勒尼安海岸的一個海港，在意大利中部，位於拉丁烏姆以南，在那波利西北四十五英里。參看《埃涅阿斯紀》第七卷一——四行；《變形記》第十四卷一五七行。
魔后／克爾凱：Κίρκη(Circe)，太陽神赫利奧斯("Ηλιος, Helios)和仙女佩爾塞伊絲(Πέρση(Perse)或Περσηίς(Perseis))的女兒，是個魔女，精通巫術，能以毒草害人，住在埃埃厄（Aiαίη，拉丁文 Aeaea）島上。奧德修斯（尤利西斯）還家途中經過時，同伴遭克爾凱用神藥變為豬。奧德修斯本人，預先吃了黑根白花草藥，得以幸免。後來奧德修斯強迫克爾凱把同伴還原為人，並在島上住了一年，與她生下兒子忒勒戈諾斯(Τηλέγονος, Telegonus)。參看《埃涅阿斯紀》第三卷；《奧德修紀》第十卷。

94-96. **我雖然深愛兒子……使她快樂**：奧修德斯的父親是拉厄爾忒斯，妻子佩涅蘿佩，兒子忒勒瑪科斯 (Τηλέμαχος, Telemachus)。

103-04. **視域的這一頭……摩洛哥**：指地中海西部。尤利西斯向西航行，視域的北岸是西班牙，南岸是摩洛哥。

106-07. **當日……不致逾越**：赫拉克勒斯掠奪格里昂的牛群時，曾到

非洲的利比亞和西歐一帶，即今日的直布羅陀海峽兩岸，在那裏豎立兩根門柱，稱爲赫拉克勒斯門柱(Pillars of Heracles)，以爲紀念。兩根門柱，即今日的直布羅陀兩岸的海岬。在非洲的叫阿比拉(Abyla)山；在西班牙的叫卡爾佩(Calpe)山。其後，二柱成了界標，航行者不得超越；否則回航無望。另一種說法是：直布羅陀海峽本來只有一座山，由赫拉克勒斯劈爲兩根門柱。

108-09. **我跟同伴們……這邊界的阻絕**：從「航得體貌衰老，／行動遲鈍」一句，可見尤利西斯的航程如何耗時。

110. **塞維利亞**：Sevilla，西班牙南部城鎮（按西班牙語發音，該譯爲「塞維亞」），位於內陸。這裏泛指塞維利亞所在的區域。

111. **休達**：原文"Setta"，歐洲人稱 Ceuta，北非城市，在直布羅陀海峽南邊，屬西班牙。航行者西行，先經休達，然後才經過塞維利亞所屬區域。

112-20. **弟兄啊……德智是尙**：這番話反映了尤利西斯的意志和冒險精神，也間接說明了他在地獄受罪的原因：以巧言騙人遠行，把人帶上死路。

125. **瘋狂地飛馳**：「瘋狂」，原文爲"folle"，指尤利西斯現在回顧，知道當時的旅程沒有好結果，所以說「瘋狂」。在《天堂篇》第二十七章八二—八三行，旅人但丁在高天卜望，也說「彼端，我看見尤利西斯的瘋道路／越過加的斯」("sì ch'io vedea di là da Gade il varco / folle d'Ulisse")。

126. **航程中一直靠向大海的左舷**：指尤利西斯向西南航入南半球。

127. **另一極**：指南極。

128.　**我們這邊**：指我們的一極（北極）。

130-32.　**自從……復明：月亮底部**：指月亮向著地球的一面。月亮虧
了又盈，一共有五次之多；也就是說，尤利西斯的航程持續
了五個月。參看 Momigliano, *Inferno*, 202。

133.　**一座山**：指南半球唯一的高山。這座山矗立海中，是煉獄所
在，也就是煉獄山。

134-35.　**其巍峨峭陡，／我好像從未見過**：尤利西斯何以這樣說，《煉
獄篇》有進一步的交代。

139-42.　**一連三次……把我們掩蓋**：參看《埃涅阿斯紀》第一章一一
三——一七行：

> unam, quae Lycios fidumque vehebat Oronten,
> ipsius ante oculos ingens a vertice pontus
> in puppim ferit：excutitur pronusque magister
> volvitur in caput; ast illam ter fluctus ibidem
> torquet agens circum et rapidus vorat aequore vertex.
> 其中一艘，載著呂基亞人和忠貞的奧隆忒斯。
> 埃涅阿斯目睹一個巨浪挾高聳的浪峰
> 砸落船尾；舵手被拋出了船外，頭前腳後地
> 俯撞入海中。船呢，則在原來的地點遭巨浪
> 劇旋了三次；然後被一個險渦捲入深海。

Momigliano(*Inferno*, 202)指出，一四二行「恍如墓上碑文」
("sembra scritto sopra una lapide funeraria")。

140-42.　**按上天的安排……把我們掩蓋**：當時，尤利西斯未知命運由
上天安排，此刻在地獄回顧，才明白天意所在。**上天**：原文

爲"altrui"，直譯是「他人」、「別人」，屬與格，跟"piacque"
（「符合……意願」，「叫……喜歡」的意思，不定式爲
"piacere"）搭配。在《地獄篇》裏，所有的人物都不會直接
提上帝，因此這裏也用"altrui"，而不用意大利文中的「神」
或「上帝」。尤利西斯生性狡詐，被上帝淹死，是罪有應得。

第二十七章

尤利西斯說完了話，另一朵火焰裏的陰魂聽出了維吉爾的口音，就
請兩個陌生人告訴他故土羅馬亞的近況。但丁詳述了羅馬亞的紛
爭，再詢問陰魂的身分。原來陰魂叫蒙特菲爾特羅，在陽間是個詐
僞的人。他以爲但丁不會重返陽間，就應但丁的請求，敘述他本人
如何向教皇卜尼法斯八世呈獻詭計，結果被打落第八囊受刑。

這時，火焰已經寂然豎起，
　　不再說話，並獲得和藹的詩人
　　准許，離開了我們駐足之地。　　　　3
另一朵火，正從它後面來臻，
　　移動時發出一種混亂的聲響，
　　使我們向它的尖端注目凝神。　　　　6
昔日，有人當西西里暴君的工匠，
　　用銼刀造了一頭牛。牛的第一聲
　　吼叫，是工匠的嚎咷。——他活該遭殃！9
此後，牛以受刑者的聲音鳴哼；
　　結果，該畜生雖然用銅來鑄煉，
　　但是聽起來卻好像飽受折騰。　　　　12
那朵火焰也如此：由於起先
　　找不到出口，也沒有孔道外通，
　　哀號乃變成了火焰的語言。　　　　15

這些哀號向上面升起，途中

　　受舌頭搖曳；不過當哀號到達

　　火焰的頂端，並同樣把它搖動，　　　18

我們就聽見它說：「啊，我有話

　　跟你講。你剛才言談，是用倫巴第語，

　　說：『不留你了；現在你走吧。』　　21

我也許遲了些，未能及時來趨。

　　但不要惱怒；留下來跟我談談。

　　你看，我雖然被焚，也没有怒緒。　　24

我帶來的罪愆，都在意大利罹犯。

　　如果你剛從那個可愛的國土

　　墮進這個盲塞世界的黑暗，　　　　　27

告訴我，羅馬亞人在動武呢，還是偃武？

　　因爲，我老家就在那裏的群岑，

　　夾於烏爾比諾和發放特韋雷的高谷。」　30

我正在彎身，傾聽得聚精會神，

　　老師在旁觸了觸我的腰胯，

　　說：「你也講話呀；他是意大利人。」　33

由於我早有答覆，聽了他的話，

　　就不再遲疑，馬上啓口這樣說：

　　「嘿，在下面匿藏的靈魂哪，　　　　36

在你的羅馬亞，各暴君的心擺不脫

　　戰禍，那始終不歇的劫災。

　　不過我走時，見不到公開的戰火。　　39

拉溫納像過去一般：多年來，

　　坡倫塔的蒼鷹仍在上面展翼，

並且以羽翰把切爾維亞覆蓋。　　　　42
那座城池，擊潰了長時間的圍襲，
　　把法國人化爲一堆血肉；
　　現在正由綠色的利爪蔭庇。　　　　45
此外，維魯克奧的老少惡狗，
　　曾經一度把蒙坦亞狀賊整治，
　　仍然如常用利牙嚙著甜頭。　　　　48
拉莫内、三特爾諾兩河的城池，
　　仍由幼獅在白色的獸穴裏擺弄。
　　幼獅的黨派，變換如冬夏四時。　　51
另一座城池，有薩維奧河浴著垣墉，
　　位於平原地帶和高山之間；
　　居民的生活，依違於暴政和自由中。　54
好了，你是誰呢？請爲我們明言，
　　像我之待你，毫無吝嗇之態，
　　好使你世上的名字繼續榮顯。」　　57
火燄以慣常的方式咆哮起來；
　　須臾，再把火舌來回搖晃，
　　然後把這樣的信息呼出火外：　　　60
「要是我認爲聽我答覆的一方
　　是個會重返陽間世界的人，
　　這朵火燄就不會繼續晃盪。　　　　63
不過，這個深淵如果像傳聞
　　所說，從未有返回人世的生靈，
　　就回答你吧。——我不必怕惡名玷身。　66
任方濟各會修士前，我當過兵。

然後束上僧袍，立心去贖罪；

　　在全部願望將成事實的俄頃，　　　　69

遭大神父破壞——他該去見鬼！

　　他呀，使我重犯過去的愆尤。

　　　　其手法和目的嗎？請聽我述說原委。　72

當我的形相仍是凡間的血肉，

　　承受著母親所賦，我的言行

　　　　並不像獅子，卻跟狐狸相侔。　　　　75

種種計謀以及秘密的行徑，

　　我都曾實踐過，而且全部通曉，

　　　　結果天下都迴盪著我的令名。　　　　78

活到某一個階段，人人都要

　　落帆，把桅上的繩索收起。

　　　　當我見自己和這一階段相交，　　　　81

往昔的各種樂事就叫我膈臆。

　　於是我認罪、懺悔，並幡然改途——

　　　　哎喲！這樣的行動本該得體。　　　　84

新法利賽人的那個獨夫，

　　鏖戰於拉特蘭附近的地方。

　　　　敵對者不是撒拉遜人，也不是猶太族：　87

他的大敵，都是信基督的兒郎。

　　這些人，都不是攻掠阿卡之輩；

　　　　也沒有到過蘇丹的土地去經商。　　　　90

而他，卻沒有顧及自己的高位

　　和聖職。我的衣帶，一向都能

　　　　使佩者消瘦；但是他沒有理會。　　　　93

當年，君士坦丁爲醫治痲瘋，

　　到索拉克特山把西爾維斯特尋索。

　　這個人，也這樣找我做他的醫生，　　　96

使他的身體復原自傲慢之火。

　　他徵求我的意見。我緘默不語，

　　因爲他的話彷彿是醉漢的胡說。　　　99

之後，他又說：『別讓你的心疑慮；

　　我現在就赦免你。你教我良方，

　　把佩涅斯特里諾擲到地上去。　　　102

你知道啦，我有能力把天堂

　　關上、打開，因爲，我執掌的

　　兩條鑰匙，前任沒有放在心上。』　　105

接著，他以大條道理把我驅策，

　　使我覺得，緘默比說話更糟；

　　於是說：『老爺呀，我要犯的罪惡，　108

旣然有你去替我滌濯洗淘，

　　那麼，慷慨的承諾不放在心懷，

　　你就會高據座上，把敵人打倒。』　111

之後，我不過剛死，方濟就來

　　找我。可是，卻有一個黑天使

　　對他說：『別犯我，不要把他夾帶；　114

他要到下面去，跟我的奴才棲遲，

　　因爲他出過壞主意，教人去行騙，

　　令我一直把他的頭髮緊執。　　　117

不懺悔的人不能夠獲得赦免；

　　悔改和犯罪，也不能共存於須臾。

> 這兩種行爲對立，不可以並兼。』　　　120
> 然後，他抓住了我，說：『也許
> 　　你沒想到，我是個邏輯家吧？』
> 　　哎喲！我聽了，不禁無限驚懼。　　123
> 他帶我去見米諾斯。米諾斯一搭
> 　　尾巴，把它在粗硬的背上盤繞，
> 　　纏結成八個圈，再勃然大怒地咬它。　126
> 然後說：『這壞蛋，該受盜火焚燒。』
> 　　因此，我就在你所見的地方遇難，
> 　　穿起這樣的衣服抱恨奔跑。」　　129
> 陰魂把上述的一番話說完，
> 　　火焰就愀然離開，懷著悲情，
> 　　一邊飄，一邊把火舌搖晃扭纏。　　132
> 我和導師兩個人繼續前行，
> 　　走過了石脊，直達下一道拱橋。
> 　　拱橋越溝而去。溝中的亡靈　　135
> 因離間而獲罪，債項在溝中繳交。

註　釋：

1. **火焰**：指包裹尤利西斯和狄奧梅得斯的火焰。

2. **和藹的詩人**：指維吉爾。

7-12. **昔日……飽受折騰**：西西里西南部的阿格里根圖姆
　　　（Agrigentum，今日的阿格里琴托，Agrigento）的暴君法拉
　　　里斯(Φαλαρίς, Phalaris)，以銅牛烙刑處死人民。受害者被

關在銅牛裏，外面燒起烈火，裏面的慘號會變成牛鳴，使受害者無從求情。最初受刑者，是發明這種刑具的佩里魯斯 (Perillus)。

13-15. **那朵火焰……火焰的語言**：火焰裏的聲音沒有出口，就像銅牛裏的哀號一樣模糊不清。

19. **我們就聽見它說**：說話者是誰，詩中沒有明言。不過據大多數箋註家的看法，火焰裏的亡魂叫圭多・達蒙特菲爾特羅 (Guido da Montefeltro)。圭多生年約為一二二零年，卒於一二九八年。是羅馬亞(Romagna)吉伯林黨的首領，曾打敗圭爾佛黨和教皇的軍隊。一二八六年與教會言歸於好，不過仍遭教皇放逐。一二九二年領導烏爾比諾(Urbino)對抗里米尼 (Rimini)的馬拉特斯提諾(Malatestino)。其後再度與教會修好，一二九六年成為方濟各會僧侶。圭多足智多謀，有「狐狸」之稱。曾獻計給教皇卜尼法斯八世，教他如何對付科倫納(Colonna)家族，因此要在地獄受刑。

20. **你剛才言談，是用倫巴第語**：指維吉爾剛才跟尤利西斯說話時，講的是倫巴第語。

27. **盲塞世界的黑暗**：指地獄。地獄是死路一條，再無前途；同時就心智而言，地獄的靈魂都失明。因此稱地獄為「盲塞世界」。

28. **羅馬亞**：Romagna，在這裏既指羅馬亞本身，也指蒙特菲爾特羅(Montefeltro)。

29-30. **因為……高谷：老家**：指圭多的故土蒙特菲爾特羅，位於羅馬亞和近海沼澤區(Maremma)所在的地帶，在亞平寧山脈烏爾比諾(Urbino)和科羅納羅(Coronaro)之間。**發放特韋雷的高谷**：指特韋雷(Tevere)河發源之地，即亞平寧山脈。

37.　　　**各暴君**：羅馬亞出過不少暴君。

40-42.　**拉溫納……覆蓋**：指坡倫塔(Polenta)家族，屬圭爾佛黨。坡倫塔家族由十三世紀末到十五世紀中葉一直統轄拉溫納。在但丁所說的時期，該家族的首領是老圭多・達坡倫塔(Guido da Polenta)，即芙蘭切絲卡・達里米尼(Francesca da Rimini)的父親，圭多・諾維洛(Guido Novello)的祖父。一三二一年，圭多・諾維洛是但丁在拉溫納的主人，有恩於但丁。但丁言下之意，指坡倫塔在拉溫納推行仁政。**切爾維亞**：意大利北部小城，在拉溫納東南十四英里，面向亞得里亞海，在中世紀頗為富有。參看 Singleton, *Inferno 2*, 477-78。

43-45.　**那座城池……蔭庇**：**那座城池**：指佛爾利(Forlì)，羅馬亞城市。一二八一至一二八三年遭教皇馬丁四世的法國和意大利聯軍包圍。一二八二年，佛爾利由圭多・達蒙特菲爾特羅領導，擊退了敵軍，敵軍損失慘重。所以詩中說「把法國人化為一堆血肉」。旅人但丁說話時，還不知道聆聽者是圭多。**現在正由綠色的利爪蔭庇**：在但丁時代，佛爾利的統治者是奧爾德拉菲(Ordelaffi)家族。該家族的紋章是金底綠獅，所以說「綠色的利爪」。

46-48.　**此外……嚐著甜頭**：**維魯克奧的老少惡狗**：指馬拉特斯塔・達維魯克奧(Malatesta da Verrucchio)和長子馬拉特斯提諾(Malatestino)，屬圭爾佛黨。一二九五年後，父子相繼統治里米尼(Rimini)。**蒙坦亞**：指蒙坦亞・德帕爾奇塔提(Montagna de' Parcitati)，是里米尼吉伯林黨的領袖。一二九五年遭馬拉特斯塔打敗後，死於馬拉特斯提諾手中。**仍然……甜頭**：指達維魯克奧家族仍兇殘如故。

49.　　　**拉莫內、三特爾諾兩河的城池**：指法恩扎(Faenza)和伊莫拉

(Imola)兩個城池。法恩扎在拉溫納西南十九英里，拉莫内(Lamone)河流經該城。伊莫拉在波隆亞(Bologna)東南二十一英里，三特爾諾(Santerno)河流經該城。

50. **仍由幼獅在白色的獸穴裏擺弄**：「幼獅」，指馬基納爾多・帕噶諾・達蘇西納納(Maghinardo Pagano da Susinana)。法恩扎和伊莫拉於一三零零年仍然由他統治。馬基納爾多家族的紋章是白底藍獅，因此但丁稱他為「幼獅」。

51. **幼獅的黨派，變換如冬夏四時**：馬基納爾多幼時在翡冷翠唸書，受過該城之恩，加以妻子在該城出身，因此雖屬吉伯林黨，但在紛爭中都支持翡冷翠圭爾佛黨。

52-54. **另一座城池，有薩維奧河浴著垣墉……暴政和自由中**：指切塞納(Cesena)，位於佛爾利和里米尼之間，在托斯卡納的亞平寧山脈之麓，薩維奧(Savio)河流經該城。切塞納是個頗為獨立的城鎮，居民同情圭爾佛黨。不過於一二九六至一三零零年，該城由蒙特菲爾特羅家族的成員噶拉索・達蒙特菲爾特羅(Galasso da Montefeltro)統治。噶拉索・達蒙特菲爾特羅是圭多（見第十九行註）的堂兄弟，同情吉伯林黨，因此在某一程度上，切塞納的自主權受到影響。不過，該城雖不能完全自主，卻仍比但丁所提到的其他城市自由，因此說該城「依違於暴政和自由中」。

56. **像我之待你，毫無吝嗇之態**：旅人但丁請亡魂向他坦率傾訴，就像他本人對待亡魂一樣。

61-66. **要是我……惡名沾身**：圭多雖在地獄，卻仍然愛惜聲名，怕但丁返回陽間後向人講述其下場。也就是說，身在地獄的亡魂仍有羞恥之心，不願意陽間知道他在地獄。這幾行是艾略特《J.阿爾弗列德・普魯弗洛克情歌》("The Love Song of J.

Alfred Prufrock")的引語。

70. **大神父**：指教皇卜尼法斯八世。

74. **承受著母親所賦**：指承受母親所賦的血肉。

75. **卻跟狐狸相伴**：指圭多爲人狡猾。

79-80. **活到了某一階段……收起**：指晚年。

81. **當我……相交**：指圭多到了晚年。

85. **新法利賽人的那個獨夫**：指卜尼法斯八世。

86. **鏖戰於拉特蘭附近的地方：拉特蘭**：按意大利原音 (Laterano)，該譯作「拉特蘭諾」，是中世紀教皇所居的皇宮，地位相等於日後建造的「梵蒂岡」。在這裏，「拉特蘭」泛指羅馬。教皇西萊斯廷五世讓位後（參看《地獄篇》第三章五九—六零行註），卜尼法斯於一二九四年繼任爲教皇。科倫納(Colonna)家族認爲卜尼法斯繼位非法，一直與之抗爭。一二九七年，卜尼法斯八世把科倫納家族的兩個紅衣主教逐出教會。科倫納家族退回羅馬東南二十英里的帕勒斯特里納(Palestrina)城堡，繼續頑抗。一二九八年九月，卜尼法斯八世的軍隊攻下科倫納城堡。

87. **撒拉遜人**：英語 Saracen，指十字軍東征時的阿拉伯人或伊斯蘭教徒，是希臘人和羅馬人的用語。

88. **他的大敵，都是信基督的兒郎**：教皇與「信基督的兒郎」爲敵，其罪過可以想見。

89. **都不是攻掠阿卡之輩**：阿卡：Acre(Akko)，基督教聖地的港口，十字軍東征時在這裏登陸。自公元六一八年起，一直爲撒拉遜人所佔。一一零四年爲十字軍攻佔，一一八七年落入埃及的蘇丹撒拉丁（Ṣalāḥ-al-Dīn，一一三八—一一九三）之手，引起第三次十字軍東征。一一九一年爲法王腓力二世（奧

古斯都）（Philippe II Auguste，一一六五－一二二三）和綽號「獅心」(Coeur de Lion)的英王理查一世（Richard I, 一一五七－一一九九）攻佔。一二九一年再度落入撒拉遜人手中。今日是以色列海港，位於耶路撒冷西北約八十英里。這句的意思是：教皇敵視的，不是屬於異教的撒拉遜人，而是基督徒。

90. **蘇丹**：阿拉伯語 sultān，伊斯蘭教國家的統治者。一二九一年，阿卡落入撒拉遜人手中，教皇尼古拉四世呼籲所有基督徒停止與埃及貿易，違者會逐出教會。

92. **我的衣帶**：指方濟各會會士用來繫衣的麻繩。

93. **使佩者消瘦**：方濟各會由方濟各（Francesco d'Assisi，一一八一－一二二六）於一二零九年獲教皇英諾森三世批准而創立，稱為方濟各托鉢修會。方濟各的會士互稱「小兄弟」，因此該修會又稱「小兄弟會」。修會提倡安貧樂道、節欲苦行，初期不設恆產。傳道時穿粗布長袍，托鉢行乞，在法蘭西、西班牙、摩納哥、埃及等地活動。後來，方濟各會設立了第二會、第三會。第二會（即方濟各女修會）的會員為女修道者；第三會的會員為俗世教徒。這句話的意思是：信奉方濟各會的，會清心寡欲；事實卻不然：卜尼法斯八世並沒有受方濟各會的薰陶。

94-95. **當年，君士坦丁……西爾維斯特**：**君士坦丁**：參看《地獄篇》第十九章一一五－一一七行註。「索拉克特山」(Soracte)，在羅馬以北。據說君士坦丁因鎮壓基督徒而染上麻風，神棍勸他以三千名嬰兒的鮮血洗身，即可痊癒。後來，君士坦丁不忍，把嬰兒全部釋放。當天晚上，彼得和保羅在夢中告訴他，只要他到索拉克特山的洞穴找到西爾維斯特，麻風即可治好。君士坦丁按夢中指示，找到了逃避鎮壓的西爾維斯

特。西爾維斯特治好了君士坦丁的麻風後，君士坦丁幡然改途，皈依了基督教。

101. **我現在就赦免你。你教我良方**：這行暗示圭多所教的良方是詭計。

102. **佩涅斯特里諾**：原文為"Penestrino"，指今日的帕勒斯特里納(Palestrina)，古代稱普賴涅斯特(Praeneste)，位於羅馬東南二十英里的山上，形勢險要。科倫納家族對抗卜尼法斯八世時，固守於此。後來，卜尼法斯答應，只要科倫納家族投降，就會獲得赦免。科倫納家族投降後，卜尼法斯八世卻把帕勒斯特里納夷為平地。參看 Singleton, *Inferno 2*, 489-90。這行遙呼本章一一零行：「慷慨的承諾不放在心懷」。

103-05. **你知道啦……沒有放在心上**：參看《馬太福音》第十六章第十九節："Et tibi dabo claves regni caelorum; et quodcumque ligaveris super terram, erit ligatum et in caelis; et quodcumque solveris super terram, erit solutum et in caelis."（「『我要把天國的鑰匙給你，凡你在地上所捆綁的，在天上也要捆綁；凡你在地上所釋放的，在天上也要釋放。』」）**兩條鑰匙**：指象徵教會的兩條鑰匙。參看《煉獄篇》第九章一一七—一二七行。**前任**：指讓位給卜尼法斯八世（未任教皇時，卜尼法斯叫本內迭托・卡耶坦尼(Benedetto Caetani)）的教皇西萊斯廷五世。參看《地獄篇》第三章五九—六零行。從這幾行的語氣，讀者可以看出，卜尼法斯如何躊躇滿志，傲慢囂張。

107. **緘默比說話更糟**：圭多身為方濟各會會士，不可以不服從教皇之命，否則就大逆不道；可是服從教皇之命，也會犯重大過失。

110-11. **那麼……把敵人打倒**：圭多教卜尼法斯八世詭計，叫他輕諾

寡信，欺騙科倫納家族。

112. **之後，我不過剛死**：圭多卒於一二九八年。**方濟**：Francesco d'Assisi（一譯「法蘭西斯」或「方濟各」），即聖方濟，一一八一年在意大利阿西西(Assisi)出生，卒於一二二六年。呢絨商之子，方濟各會的創始人。

113. **一個黑天使**：指魔鬼之一。參看《地獄篇》第二十三章第一三一行。

117. **一直把他的頭髮緊執**：一直緊盯著他，沒有把他放過。

119. **悔改和犯罪，也不能共存於須臾**：在同一瞬，一個人不能既想懺悔，又想犯罪。

122. **你沒想到，我是個邏輯家吧**：意思是：想不到我會以邏輯方法論證吧？

124. **米諾斯**：參看《地獄篇》第五章四—十二行。

126. **八個圈**：意思是：米諾斯判圭多進入地獄的第八層受罪。**勃然大怒地咬它**：指米諾斯咬嚙尾巴。《地獄篇》第八章六一—六三行、第十二章第十四行也有類似的描寫。米諾斯咬嚙尾巴，表示內火中燒。

127. **這壞蛋，該受盜火焚燒**：**盜火**：指吞嚙盜賊的火焰。**該受盜火焚燒**：指圭多該在第八囊受刑。

129. **穿起這樣的衣服**：指遭受火焰包裹。**抱恨**：指圭多對自己的罪惡有悔忱之意。

135. **溝**：指第九囊。

136. **因離間而獲罪，債項在溝中繳交**：指第九囊的亡魂犯了離間罪，要在囊中還債，也就是受罰。

第二十八章

但丁在罪惡之囊的第九囊看見生時搬弄事非、挑撥離間、製造分裂的陰魂。他們肢體殘缺，內臟外流，叫人不忍卒睹。穆罕默德從下巴到放屁的部位豁然擘裂。阿里的頭，從下巴裂到額髮一帶。皮耶‧達美迪奇納，喉嚨早遭捅挖，在眼眉之下，鼻子全被砍劈，只有一隻耳朵未遭切剮。庫里奧的舌頭在喉管裡擘裂。莫斯卡的兩隻手都切去了一截，在昏暗的空氣中舉起殘臂。貝特洪‧德波恩變成了一具無頭的身軀，用手抓著頭髮，提著砍下的頭顱，像燈籠般晃動。這些陰魂都在接受報應式懲罰，有的更向但丁預言未來。

究竟有誰——即使以散文吟唱，
　　把故事一再重複——能夠描述
　　我此刻所見的全部血污和創傷？　　　3
一切唇舌肯定會相形見絀，
　　因為，我們的言辭、記憶太狹褊，
　　容納不下這麼繁多的事物。　　　6
從前，有人在普利亞的凶地自憐，
　　因特洛亞人使他們濺血而傷悲；
　　有人悲另一場戰爭累月經年，　　　9
使指環成為戰利品堆疊高壘——
　　李維的著作如是說；他的話不會錯。
　　從前，也有人和圭斯卡敵對　　　12

而遭到慘重的打擊。在切佩拉諾──

　　那裏的普利亞人都俯張爲幻──

　　以及塔利亞科佐附近，另兩夥　　　　　　　15

死者的白骨如山。在塔利亞科佐，老漢

　　埃哈赫，徒手就打敗了外敵。

　　如果上述的死傷者相聚相纏，　　　　　　　18

一一展示被刺或被砍的肢體，

　　其景象和污穢的第九坑比對，

　　會微不足道，鮮能成爲儔匹。　　　　　　　21

我看見一個人，下巴到放屁的部位

　　豁然中裂。木桶失去了桶面

　　或狹板，也絕不會如此張嘴。　　　　　　　24

他的內臟，懸垂在兩腿之間，

　　重要的器官外露；還有那臭囊──

　　下吞的東西由它化爲糞便。　　　　　　　　27

我正在凝神對著陰魂凝望，

　　陰魂也望著我，雙手把胸膛擘開，

　　說道：「看哪，你看我怎樣剖張，　　　　　30

看穆罕默德受甚麼樣的殘害！

　　在我前面，阿里邊走邊啼哭。

　　他的臉，從下巴裂到額髮一帶。　　　　　　33

你在這裏看到的其他人物，

　　在生的時候都散播不和，散播

　　分裂，所以才這樣遭剖擘的懲處。　　　　　36

這後面有個妖魔，把我們一伙

　　修理得這麼殘忍。我們繞畢

裂教者──穆罕默德
陰魂也望著我，雙手把胸膛擘開，／說道：「看哪
，你看我怎樣剖張……」
（《地獄篇》，第二十八章，二九─三零行）

這條痛苦的道路，這個妖魔　　　　　39
會再度把這幫人一一砍劈；
　　因為，我們還未走到他前邊，
　　身上的創傷已經再次閉起。　　　42
你是誰呢？竟盤桓在峭壁之顛。
　　也許你被控，被判去服刑，
　　卻故意在這裏稽留拖延？」　　　45
「死亡還觸不到他，罪惡行徑
　　也未令他受折磨，」老師這樣回答：
　　「他得飽閱經驗，我這個亡靈　　48
乃須把他帶到這下界，帶他
　　在地獄之內一圈又一圈地走。
　　我跟你說的，句句都是真話。」　51
逾百個陰魂，聽了老師的解說後，
　　都在坑裏停下來，向我凝望，
　　驚訝中都忘了受刑的苦愁。　　54
「你呀，也許很快就見到陽光。
　　請告訴多爾奇諾修士：如果
　　他不想迅速落入我的境況，　　57
就儲備糧餉；這樣，大雪逼迫，
　　他也不會讓那個諾瓦拉人
　　那麼輕而易舉地把勝利攫奪」。　60
穆罕默德一邊舉腳，準備動身，
　　一邊對我說出了上述的話，
　　然後踏足地上，離開了我們。　　63
另一個亡魂，喉嚨早遭捅挖，

在眼眉之下，鼻子全被砍劈，
　　只有一隻耳朵未遭切剮。　　　　　　66
他和別的亡魂一樣，因驚異
　　而停下來望我，並且在眾人面前，
　　把紅遍外部的喉嚨開啓，　　　　　69
然後說：「你呀，未遭罪過牽連；
　　要不是有人酷肖而使我看錯，
　　在意大利的土地上，我見過你的面。　72
萬一你回去，看見那可愛的山坡
　　由維爾切利向馬爾卡波下傾，
　　請記住，皮耶・達美迪奇納就是我。　75
並且告訴法諾的兩個豪英，
　　即圭多和安卓勒羅兩位先生：
　　我們在這裏的預見如果還算靈，　　78
他們會在自己的船上遭人外扔，
　　在卡托利卡這城鎮附近遭淹，
　　爲一個卑鄙暴君的奸計所乘。　　　81
在塞浦路斯和馬約卡二島間，
　　海王從未見過這麼重的罪孽，
　　海盜和希臘人未犯過這樣的大惡。　84
那奸賊，只有一隻眼睛看世界。
　　他統治的城市，這裏有一個同伴
　　希望以前未有過機會去窺瞥。　　　87
那奸賊，邀請兩個人跟他談判，
　　但所作所爲，使應邀者不必
　　許願，求佛卡拉風平浪安。」　　　90

製造分裂者

「請記住，皮耶・達美迪奇納就是我。」

（《地獄篇》・第二十八章・第七十五行）

我聽後，對他說：「要我回到塵世裏
　　爲你報信，你首先得指出，
　　並且說明，誰見了該城會悲戚。」　　93
於是，他伸出一隻手來，按住
　　身邊一個人的頷部，擘開他的口，
　　叫道：「就是他，他不會說話傾訴。　96
他遭到流放之後，使凱撒的心頭
　　消除了疑慮，並且宣稱：蹉跎
　　耽擱，只會叫有備的人罹憂。」　　99
啊，庫里奧，過去甚麼都敢說；
　　此刻，舌頭竟在喉管裏擘裂，
　　在我眼前顯得驚惶失措。　　　　102
另一個人，兩手切去了一截，
　　正在昏暗的空氣中舉起殘臂，
　　結果披面的鮮血涔涔下瀉。　　　105
他喊道：「我是莫斯卡——你不該忘記。
　　他曾經說過：『米須成炊』；唉，
　　這句話，是托斯卡納禍患之所由起。」　108
我答道：「——也把你的家族殺害。」
　　他聽後，哀情之上又添了哀情，
　　就像個傷心欲狂的人離開。　　　111
不過，我仍然駐足看那群亡靈，
　　並目睹一個景象。那景象，僅僅
　　敘述而無須證明，我就會受驚。　114
幸好直說時，良知使我放心。
　　良知是好友，能叫人問心無愧，

在無愧的甲冑下使他正氣凜凜。　　　117
我的確目睹——現在仍彷彿面對——
　　一具無頭的身軀在前行，就如
　　其他冤魂一樣前進於周圍。　　　120
那陰魂抓著頭髮，提著頭顱，
　　用手把它像個燈籠般晃動。
　　那頭顱望著我們，說：「嗚呼！」　123
他以本身為本身做了個燈籠；
　　兩者的關係是一而二，二而一。
　　何以會如此，主宰者會瞭然於心中。　126
提著頭顱的陰魂剛到橋底，
　　就把手臂和整個頭顱高舉，
　　以縮短話語和我們之間的距離。　129
頭顱說：「你呀，呼吸著來這裏窺覷
　　亡魂。且看看我所受的重刑吧！
　　看看這一帶可有更壞的遭遇。　132
為了請你把我的信息傳達，
　　告訴你吧，我是貝特洪・德波恩，
　　昔日曾經助少君為虐犯法；　135
挑起父子之間的叛變糾紛。
　　阿希多弗的邪惡慫恿，對押沙龍
　　和大衛王之害也沒有那麼深。　138
我把緊連的人倫離間斷送，
　　因此，唉，頭顱要離開本莖，
　　與身軀分開，要我拿在手中，　141
好讓我向人展示所得的報應。」

貝特洪・德波恩

那陰魂抓著頭髮，提著頭顱，／用手把它像個燈籠
般晃動。／那頭顱望著我們，說：「嗚呼！」

（《地獄篇》，第二十八章，一二一──二三行）

註　釋：

1. **以散文吟唱**：散文的限制比韻文少，吟唱同樣的題材較自由。

3. **此刻**：此刻，但丁身在第九囊，看離間者受罰。

7. **普利亞**：Puglia，也稱阿普利亞(Apulia)。今日的普利亞，指意大利東南的一個地區，沿亞得里亞海南伸，直達莫利塞(Molise)，相等於地圖上意大利的腳踵。不過但丁在這裏泛指意大利南端，包括古代的阿普利亞。等於整個那波利王國(Sapegno, *Inferno*, 313)。

8. **因特洛亞人使他們濺血而傷悲**：羅馬人的祖先埃涅阿斯是特洛亞人（參看《地獄篇》第二十六章第六十行）。這裏指羅馬人對塔倫圖姆（Tarentum，古希臘稱爲Τάρας）和薩姆尼烏姆(Samnium)之戰。塔倫圖姆是古希臘富有的殖民城市，屬意大利南部所謂的大希臘(Magna Graecia)。薩姆尼烏姆是意大利中部的一個山區，位於坎帕尼亞(Campania)和亞得里亞海之間。詩中所提到的戰爭，李維（Titus Livius，也可按拉丁文發音譯爲「李維烏斯」，公元前五九—公元一七）的《羅馬史》(*Ab urbe condita libri*) 第十卷有記載。

9. **有人悲另一場戰爭累月經年**：指古羅馬與迦太基漢尼拔（Hannibal，公元前二四七—公元前一八三）的第二次布匿戰爭（公元前二一八—公元前二零一）。參看李維《羅馬史》第十二卷。

10. **使指環成爲戰利品堆疊高壘**：公元二一六年，迦太基人在坎奈(Cannae)之役大敗羅馬軍隊。從羅馬士兵的屍體上掠奪大量的金指環，帶回國中向元老院展示，表烈凱旋。坎奈是阿

普利亞的一個小鎮，靠近奧菲度斯(Aufidus)河。有關這場戰爭，參看李維《羅馬史》第二十三卷第七節和十二節；*Convivio*, IV, V, 190。

11.　**李維的著作**：指李維的《羅馬史》。

12.　**圭斯卡**：意文（第十四行）"Ruberto Guiscardo"，法文 Robert Guiscard，一零一五年生於諾曼底，綽號「黃鼠狼」，是意大利阿普利亞(Apulia)和卡拉布里亞(Calabria)的公爵，曾在意大利南部和西西里與希臘人、撒拉遜人相爭。一零五九至一零八四年的征戰中，從拜占庭帝國奪回意大利南部的領土。一零八五年在瘟疫中病逝。圭斯卡會在天堂的火星天出現（見《天堂篇》第十八章第四十八行）。參看 Toynbee, 347-48, "Guiscardo Ruberto"條。

13.　**切佩拉諾**：Ceperano，今日的切普拉諾(Ceprano)，在拉齊奧(Lazio)利里(Liri)河兩岸，古代與羅馬同屬拉丁烏姆(Latium)區。一二六六二月二十六日，西西里王曼弗雷德(Manfred)在本內文托(Benevento)敗於安茹(Anjou)伯爵沙爾一世(Charles d'Anjou)手中，並在該役喪生。據但丁的說法，曼弗雷德所以戰敗，是因為普利亞貴族在切佩拉諾的戰略橋頭，讓沙爾一世的軍隊長驅直入，出賣了曼弗雷德。參看《煉獄篇》第三章第一二八行。

15.　**塔利亞科佐**：Tagliacozzo，意大利中部城鎮，在阿布魯佐(Abruzzo)，位於阿奎拉(Aquila)東南二十一英里。一二六八年，曼弗雷德之姪康拉丁(Conradin)在該處與安茹伯爵沙爾一世交戰，敗績被擒。沙爾能夠獲勝，有賴埃哈赫・德瓦雷希(Érard de Valéry)獻計。

17.　**埃哈赫**：意文 Alardo，法文Érard，全名埃哈赫・德瓦雷希

(Érard de Valéry)，尚帕涅(Champagne)領主，約生於一二零零年，卒於一二七七年。一二六八年從巴勒斯坦返法途中給沙爾一世獻計，助他打敗了康拉丁。**徒手**：原文為"sanz'arme"，指不用武器，只憑計謀。

18-21. **如果……儔匹**：由第七至十七行，但丁列舉多場戰爭，然後把敘述推向高潮，強調第九囊的慘況。

23-24. **木桶失去了桶面／或狹板**：**桶面**：原文"mezzul"(mezzule)，木桶底部中間的一塊木板。**狹板**：原文"lulla"，指木桶底部兩塊半月形的木板。整個桶底，就由這三塊木板覆蓋。

26. **臭囊**：指胃。

31. **穆罕默德**：舊譯「摩訶末」、「馬哈麻」或「謨罕驀德」。伊斯蘭教的創立者，約於公元五七零年在麥加出生，公元六三二年在麥地那去世。幼失怙恃，由祖父和伯父撫養長大。曾經商，後來宣揚安拉為唯一真主，與麥加的貴族、麥地那的猶太教徒武裝鬥爭。卒時，勢力遍及整個阿拉伯。中世紀的歐洲，傳說穆罕默德原為基督徒，甚至是紅衣主教，後來叛教。但丁大概相信這傳說，才把他打落第九囊，叫他與分裂宗教的罪人為伍。

32. **阿里**：Alī ibn-Abī-Ṭālib（約公元六零零—六六一），阿布・塔里布之子，穆罕默德的堂弟兼女婿（其妻為穆罕默德之女法蒂瑪）。由穆罕默德撫養長大，以勇力為伊斯蘭教傳教，是「四大正統哈里法（意為「安拉使者代理人」）之一」。「什葉派更奉為第一代伊瑪目（阿拉伯語 imām，意為「首領」、「表率」）和從不犯錯的「超人」」（《宗教詞典》頁五八九）。在位期間，伊斯蘭教分裂為兩派。公元六六一年遭反對派刺殺。就象徵意義而言，穆罕默德和阿里所受的

報應懲罰相輔相成：穆罕默德由「下巴到放屁的部位／豁然中裂」（二二—二三行），象徵國與國之間分裂相鬥；阿里則「從下巴裂到額髮一帶」（三十三行），象徵教派内部分裂。參看 Singleton，*Inferno 2*，504。

38.　**修理**：這個詞有諷刺意味。

38-39.　**我們繞畢／這條痛苦的道路**：指繞畢第九囊。

44.　**被判去服刑**：穆罕默德以爲但丁被米諾斯判了刑才來到地獄。

56.　**多爾奇諾**：指多爾奇諾・托尼耶利(Dolcino Tornielli)修士，基督教眼中的異端首領，提倡教徒共享財產和女人。一三零五年被教皇克萊門特五世逐出教會後，依然強悍不馴，率領隨從到諾瓦拉(Novara)和維爾切利(Vercelli)山區，抵抗教皇的軍隊，爲期超過一年。一三零七年被諾瓦拉主教俘虜，然後被活活燒死。多爾奇諾所屬的教派，成立時以改革教會爲宗旨；後來異化，被定爲異端。但丁寫《神曲》時，上述事件已成爲歷史。但由於作者把作品的虛構時間放在一三零七年之前，穆罕默德乃能「預知」未來。

58-60.　**就儲備糧餉……把勝利攫奪**：多爾奇諾修士被諾瓦拉主教俘虜，是因爲寒冬中被困，糧餉斷絕。

64.　**另一個亡魂**：指皮耶羅・達美迪奇納，全名 Piero da Medicina，生平不詳。史家只知道他是波隆亞人，認識但丁，卒前常在羅馬亞(Romagna)製造分裂。美迪奇納是個村莊，位於伊莫拉(Imola)和波隆亞之間。

74.　**維爾切利**：Vercelli，皮埃蒙特(Piemonte)的一個城鎮。**馬爾卡波**：Marcabò，威尼斯人在拉溫納建造的城堡。在波河河口附近。一三零九年，威尼斯人被克萊門特五世的軍隊打

敗，馬爾卡波被毀。「維爾切利」和「馬爾卡波」並舉，概括了意大利波(Po)河河谷的全部。

76-81. **並且……所乘**：**法諾**：Fano，意大利城鎮。**圭多和安卓勒羅**：圭多・德爾卡塞羅(Guido del Cassero)和安卓勒羅・達卡里亞諾(Angiolello da Carignano)都是法諾的貴族。**卡托利卡**：Cattolica，瀕臨亞得里亞海的小鎮，位於里米尼(Rimini)和佩薩羅(Pesaro)之間。**卑鄙暴君**：指里米尼的統治者馬拉特斯提諾（參看《地獄篇》第二十七章四六—四八行註）。一三一二年，馬拉特斯提諾繼承父位。之後邀圭多和安卓勒羅到卡托利卡洽談，途中派殺手把兩人拋入海中淹死。

82. **塞浦路斯**：在地中海東部。**馬約卡**：馬約卡(Majorca)島，西班牙巴利阿里群島中最大的一個島，在地中海西部。兩島並舉，概括了整個地中海。

83-84. **海王**：意大利文為"Nettuno"，希臘神話叫波塞冬(Ποσειδῶν, Poseidon)，羅馬神話叫尼普頓（此為英文音譯，拉丁語Neptunus 的音譯應為「涅普圖奴斯」）。**希臘人**：意大利文為"gente argolica"。"argolica"為形容詞，源出Ἀργολίς (Argolis)。指希臘伯羅奔尼撒(Πελοπόννησος, Peloponnesus)半島阿爾戈利斯州，也可指該州首府阿爾戈斯(Ἄργος, Argos)。在荷馬的著作裏，阿爾戈斯可以指阿爾戈利斯，甚至伯羅奔尼撒半島。"gente argolica"指阿爾戈利斯或阿爾戈斯人，即希臘人。希臘人以航海馳名，有阿爾戈船尋找金羊毛的神話。說「希臘人未犯過這樣的大惡」，是強調在海上謀殺圭多和安卓勒羅之罪罕有而可怕，以海為家的希臘人也不曾犯過。

85. **那奸賊，只有一隻眼睛看世界**：馬拉特斯提諾只有一隻眼

睛，據說另一隻被人剟去，乃有「獨眼龍馬拉特斯提諾」
(Malatestino dell'Occhio)之稱。

86. **他統治的城市**：指里米尼(Rimini)。**同伴**：指九十六行及其
後描寫的亡魂。

89-90. **但所作所爲……佛卡拉風平浪安**：佛卡拉(Focara)，卡托利
卡和佩薩羅之間的海岬，海拔頗高。從佛卡拉下颳的強風常
會掀起巨浪，把經過的船隻吹翻。航海者到了這裏，就會祈
告許願。圭多和安卓勒羅已經被殺，無須再許願。此語頗富
「黑色幽默」。

94-99. **於是……罹憂：身邊一個人**：指蓋約・斯克里波尼烏斯・庫
里奧(Gaius Scribonius Curio)。庫里奧本來效忠龐培，後來被
凱撒收買，轉而效忠凱撒，以護民官身分對昔日的朋友倒戈
相向。據說凱撒橫渡盧比科（「盧比孔」爲英文"Rubicon"
的漢譯）河，就是他出的主意。但丁的描寫取材自盧卡努斯
的《法薩羅斯紀》。《法薩羅斯紀》第一卷第二六九行說：
"Audax venali…Curio lingua"（「庫里奧……囂張巧佞」）；
同卷第二八一行敘述庫里奧慫恿凱撒："Tolle moras; semper
nocuit differre paratis"（「不要耽擱；對於有備者，拖延總
會有害」）。也有論者認爲，庫里奧加入凱撒的軍隊時，凱
撒已經橫渡盧比科河。Sapegno (*Inferno*, 319)指出，但丁在
其他著作裏(*Epistole*, VII, 16)，曾肯定庫里奧的主意；在這
裏出於道德的考慮，提出不同的看法。

103. **另一個人**：指一零六行的莫斯卡。

106. **莫斯卡**：原文"Mosca"，在《地獄篇》第六章七九—八二行，
旅人但丁向恰科問及五個翡冷翠人的下落，莫斯卡是五個人
中的最後一個。莫斯卡，吉伯林黨拉姆貝爾提(Lamberti)家

族的成員。拉姆貝爾提與另一家族阿米德伊(Amidei)屬同一
陣營。圭爾佛黨的博恩德爾蒙特・德博恩德爾蒙提
(Buondelmonte de' Buondelmonti)，與阿米德伊家族的一個女
兒訂婚後 見異思遷，解除婚約。於是莫斯卡慫恿阿米德伊
家族報復，於一二一五年在舊橋(Ponte Vecchio)橋頭的戰神
像下刺殺博恩德爾蒙特。參看《地獄篇》第十三章一四三—
五一行。一般的史家認為，這一紛爭是翡冷翠黨爭的開始。

107.　**米須成炊**：原文為"Capo ha cosa fatta"。直譯是「已發生的
事都有個頭（有個結束）」；意思是：博恩德爾蒙特必須受
罰，不死不行。

108.　**這句話，是托斯卡納禍患之所由起**：托斯卡納日後的紛爭由
莫斯卡的離間引起。

109.　**也把你的家族殺害**：意思是，「米須成炊」這句話，也導致
莫斯卡的吉伯林黨家族拉姆貝爾提罹禍：於一二五八年、一
二六八年、一二八零年遭敵對黨派放逐，最後全部覆滅。這
樣的下場，全由莫斯卡肇端。

119.　**一具無頭的身軀**：指一三四行的貝特洪・德波恩。

123.　**嗚呼**：原文為"Oh me"，與一一九行的"come"、一二一行的
"chiome"押韻；不過兩詞一韻("Oh me")，與一詞一韻
("come"、"chiome")有別，意大利詩律學稱為"rima franta"
（「擘韻」），又稱"rima composta"（「聯韻」）。參看
Campi, *Inferno*, 692。

130.　**你呀，呼吸著來這裏窺覷**：指旅人但丁活著進地獄。

131-32.　**且看看我所受的重刑吧！／……更壞的遭遇**：參看《耶利米
哀歌》第一章第十二節："O vos omnes qui transitis per viam,
attendite et videte, si est dolor sicut dolor meus."（「你們一切

過路的人哪……你們要觀看：有像這臨到我的痛苦沒有。」)

134. **貝特洪・德波恩**：Bertran de Born，意大利文爲"Bertram dal Bornio"，普羅旺斯著名的行吟詩人（troubadour），生卒年份約爲一一四零和一二一五，法國佩里格厄(Périgueux)附近奧特福（Hautefort，也可意譯爲「高堡」）的主人，卒時爲達隆（Dalon）西多會（Cistercians）隱修會會士。但丁在《筵席》(Convivio, IV, XI, 14)裏提到德波恩，以爲慷慨大方的典範。《俗語論》(De vulgari eloquentia, II, II, 9)則把他列爲吟唱英雄詩的傑出詩人："scilicet Bertramum de Bornio, arma"（「例如吟唱英雄詩的貝特洪・德波恩」）。據說德波恩挑撥英王亨利二世的兒子亨利王子反抗父王，爲享利二世所憎恨。參看 Bosco e Reggio, *Inferno*, 423; Campi, *Inferno*, 694; Toynbee, 95-96, "Bertràm dal Bòrnio"條。

135. **少君**：指英王亨利二世之子亨利（一一五五——一一八三）。稱爲「少君」，是因爲其父於一一七零和一一七二年兩度爲他加冕。其後，亨利王子獲母親和法王路易七世支持，要求父王預先把部分國土傳給他，引起父子不和。參看 Singleton, *Inferno 2*, 521-22。有關原詩的異文，參看 Campi, *Inferno*, 694-695。

137. **亞希多弗**：基羅人，原爲大衛的謀士，慫恿大衛之子押沙龍造反，事敗自殺。**押沙龍**：大衛的第三子，是以色列著名的美男子，爲人聰明能幹，深得父王寵愛。因同母胞妹遭大衛的長子暗嫩強姦，殺死了暗嫩，逃到外祖父家裏。其後與父王修好。不過因野心太大而策動政變，企圖推翻父王大衛，遭大衛軍隊的元帥約押殺死。事見《撒姆耳記下》第十三—十八章。

142.　**報應**：原文"lo contrapasso"，是《神曲・地獄篇》的重要概念，譯自拉丁文"contrapassum"。"contrapassum"則譯自亞里士多德《倫理學》的"τὸ ἀντιπεπονθός"(V, 5, 1132b)。亞里士多德在書裏指出，報應是公理的一種。托馬斯・阿奎那在《神學大全》裏提到《聖經》的報應法則(lex talionis)時加以引用。參看《出埃及記》第二十三章第二十四節；《利未記》第二十四章第二十節；《馬太福音》第五章第三十八節。德波恩生時離間父子大倫，現在頭身相離，是接受報應之刑。參看 Singleton, *Inferno 2*, 522-25。

第二十九章

但丁看見痛苦的陰魂，就想留下來慟哭；經維吉爾輕責後繼續前進。但丁告訴維吉爾，剛才他想找一個同宗。維吉爾說，這個人已經出現，不過當時但丁的注意力集中在貝特洪・德波恩身上，無暇注意。之後，兩人來到第十囊，看見生時作僞的陰魂一堆堆的受苦。其中兩個，滿身痂皮，兩背相抵，像雙鐺一樣彼此依靠著燒烘，同時怒不可遏，伸出手來狠抓著身體。兩個陰魂，一個叫格里佛利諾，一個叫卡坡基奧，都先後跟但丁說話，談到他們在陽間的罪惡。

地獄的芸芸衆生和怪異的痛楚，
　使我的眼睛爲之眩暈駭愕，
　想在那裏留下來潸然慟哭。
可是，維吉爾對我說：「還在看甚麼？
　在下面的坑中，你的眼睛
　爲甚麼仍在傷殘的愁魂間流連呢？
在別的坑坎，你沒有這樣的反應。
　告訴你，二十二英里的圓周，把深谷
　圍繞，裏面的亡魂，你休想數清。
月亮已在我們的腳下俯伏；
　我們已沒有太多的時間稽延。
　別的景象，你還不曾目睹。」
於是我答道：「要是你聽見

傑里‧德爾貝洛

可是，維吉爾對我說：「還在看甚麼？／在下面的
坑中，你的眼睛／為甚麼仍在傷殘的愁魂間流連
呢？」

（《地獄篇》，第二十九章，四—六行）

我在這裏留下來觀望的原因，

　　你給我的時間也許會多一點。」　　　15

我跟著前行的導師，一邊前進，

　　一邊用上述的話向他答覆，

　　然後說：「剛才我對著窩穴專心　　　18

用兩眼緊緊凝視，是因爲該處

　　好像有一個同宗在哭泣流涕，

　　泣罪愆造成下方的大痛苦。」　　　21

老師聽了，答道：「從現在起，

　　別再讓他把你的神思打破。

　　請注意別的事，讓亡魂留在那裏，　24

因爲，我看見他在下面的橋垛

　　用手指指著你，兇神惡煞地恐嚇。

　　我聽到人家叫他傑里・德爾貝洛。　27

當時你全神貫注，望著那個

　　一度在世上擁有高堡的人，

　　沒朝那邊看。現在他已經走了。」　30

「導師呀，他慘遭橫禍而亡身，」

　　我說：「跟他受辱的人當中，到現在

　　還沒有一個爲他報仇雪恨，　　　33

所以他忿忿不平而怫然離開，

　　不跟我說話。這是我的推臆。

　　由於這緣故，我更加爲他傷懷。」　36

我們談著話，到達了　一個山脊。

　　在那裏，我們看得到另一個山谷──

　　光線強些，視線會直達谷底。　　　39

我們到了罪惡之囊的最末處，

　　在最後一個隱修院的上方，

　　看見世俗弟兄在展示眞面目，　　　　　42

聽到怪異的哀鳴射向我身上；

　　哀鳴的箭鏃都以悲憫爲利鈎，

　　要我用雙手覆著耳朵來遮擋。　　　　　45

那裏的情形，如七月至九月的時候，

　　格阿納谷各醫院的痛苦以及

　　沼澤區、撒丁島的痎疾同坑集哀，　　　48

全部相雜相糅地混在一起，

　　一股惡臭，從溝裏向上噴薄，

　　和發自腐爛肢體的惡臭無異。　　　　　51

我們走落最後的一個堤坡，

　　從狹長的山脊下降時仍靠著左方。

　　然後，視力更趨清晰間，我望落　　　54

坑溝的底部。那裏，至尊的君王

　　派遣侍女——絕對正確的公義——

　　懲罰由她在世間登記的僞黨。　　　　　57

我相信，埃癸納島患病的全體

　　映入眼眸，也沒有那麼可憐。

　　當年，腐朽瀰漫於該島的空氣，　　　60

所有動物——包括小蟲——刹那間

　　紛紛暴斃。然後，古代的民族，

　　一如眾詩人確切堅持的觀點，　　　　　63

乃再度生長，崛起於群蟻之屬。

　　埃癸納的景況，卻沒有幽谷淒愴。

作偽者

一股惡臭，從溝裏向上噴薄，／和發自腐爛肢體的
惡臭無異。

《《地獄篇，第二十九章，五零—五一行》

幽谷裏，一堆一堆的陰魂在受苦；　　　66
有的俯趴著；有的在別人的肩膀
　　匍匐；有的沿陰暗的蹊徑
　　移動爬行，手足都撐在地上。　　　69
我們注視傾聽著患病的亡靈，
　　一邊默默地向著前方緩移。
　　那些陰魂，肢體都無力上挺。　　　72
其中兩個坐著的，兩背相抵，
　　就像兩個鐺彼此倚靠著燒烘，
　　由頭至腳，都覆著斑駁的痂皮。　　75
我曾經見過有主人等候的馬僮
　　和勉強被喚醒的人揮舞馬梳；
　　像陰魂那樣，痕癢難禁，心中　　　78
怒不可遏，一直不斷地伸出
　　手來，用指甲狠狠向自己的身體
　　抓刮戳刺的，我卻不曾目睹。　　　81
他們的指甲刮下身上的痂皮，
　　像刀子刮著鯉魚身上的鱗片，
　　或把鱗片更大的魚兒處理。　　　　84
「你呀，用手指把甲冑抓刮剝掀，」
　　導師對著其中一個陰魂說：
　　「有時還把它們變成鐵鉗。　　　　87
告訴我們，在裏面，置身於這一夥
　　陰魂中，可有意大利人？告訴了我們，
　　你的指甲就永遠勝任其工作。」　　90
「你看，我們面目全非，兩個人

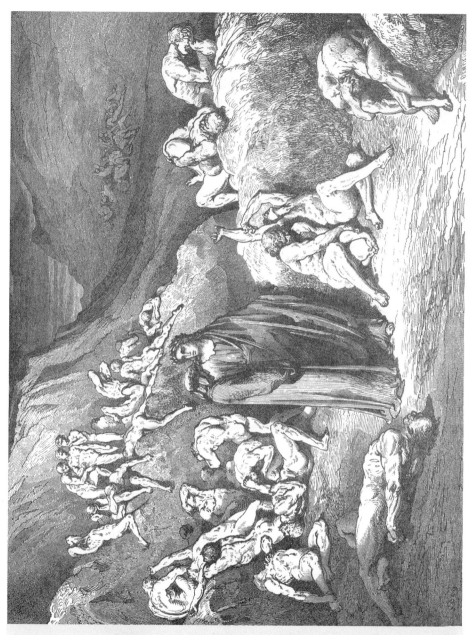

作偽者

痕癢難禁，心中／怒不可遏，一直不斷地伸出／手
來，用指甲狠狠向／自己的身體／抓刮／撕裂……

（《地獄篇》，第三十九章，七八一八一行）

　　都來自意大利，」其中一人哭道：

　　　「你是誰呀？怎麼會這樣詢問？」　　　93

導師說：「我陪這個活人來遊邀，

　　　陪他一層一層的向下邊走，

　　　並且為他展示地獄的真貌。」　　　96

接著，兩個人同時把倚靠倒抽，

　　　同時一愕，突然戰抖著轉向我；

　　　聽見這話的其他人也同樣回頭。　　　99

我的賢師靠向我這邊，說：

　　　「跟他們談談吧；談你想談的東西。」

　　　於是，我依照老師的吩咐去做，　　　102

說道：「但願你在前世的人心裏，

　　　不會遭到遺忘；但願在數目

　　　眾多的太陽下，你們長存於記憶。　　　105

告訴我，你們是誰，屬於哪一族。

　　　你們受的懲罰雖然可憎可鄙，

　　　卻不要怯於把身世向我敘述。」　　　108

其中一人說：「阿雷佐是我的故地。

　　　錫耶納的阿爾貝羅把我投入烈火；

　　　但我的死罪，沒有送我來這裏。　　　111

不錯，我曾經跟他開玩笑，說：

　　　我能夠凌空而起，在太虛高飛。

　　　他呢，好奇滿胸，理智薄弱，　　　114

竟叫我向他示範。就僅僅因為

　　　我沒有使他變成代達羅斯，他就讓

　　　自己的私生父把我投入烈火內。　　　117

十個囊中，我受刑於最末一囊，

　皆因我生時搞過煉金術；死後，

　被永不出錯的米諾斯判到這地方。」　　120

於是，我對詩人說：「世間是否

　有民族像錫耶納人那麼輕浮？

　我確信，法國人遠非他們的匹儔！」　　123

另一個麻風病人正在駐足

　聆聽。等我說完，就答道：「斯特里卡、

　尼科洛是例外吧？前者慎支出，　　126

後者則在園子裏以丁香花

　首倡昂貴的風尚。在園子裏，

　這種植物得以把根鬚穩扎。　　129

例外的還有另一群；跟他們一起，

　阿山諾的卡恰，揮霍了葡萄園、大森林；

　大糊塗呢，則表現了乖巧的靈機。　　132

不過，要是你想知道，一心

　跟你抨擊錫耶納人的是誰，請定睛

　望著我，我的臉會給你正確的回音；　　135

讓你知道，我是卡坡基奧的幽靈，

　生時以煉金術僞造黃金的燦爛。

　我沒有錯認吧？你呀，該記得分明，　　138

我模仿自然的工夫是多麼精湛。」

註　　釋：

6.   **傷殘**：遭妖魔的劍砍劈而傷殘。參看《地獄篇》第二十八章三七—四二行。

8.   **二十二英里的圓周**：圓周和直徑的比例大概是二十二比七。因此這一囊的直徑約爲七英里。《地獄篇》第三十章第八十六行指出，在該章裏面，地獄的圓周是十一英里，可見地獄的結構由寬而狹，形如漏斗。有些論者指出，但丁提到圓周時，大概會想到圓周率。

10.   **月亮已在我們的腳下俯伏**：《地獄篇》第二十章第一二七行說：「月亮在昨夜已經盈滿」。這裏說月亮在但丁和維吉爾腳下，等於說月亮在耶路撒冷的對極，即南半球煉獄山之上的子午線。這時，太陽在兩個旅人的頭頂。耶路撒冷的時間約爲聖星期六下午一時。按但丁時期的說法，地獄旅程必須在二十四小時之內完成。因此《地獄篇》的描寫也依循這個時限。但丁在受難節的黃昏開始地獄旅程，此刻跟維吉爾走了十八個小時左右，剩下五至六小時。

18.   **窩穴**：指第九囊。

20.   **同宗**：即第二十七行的傑里・德爾貝洛。

27.   **傑里・德爾貝洛**：全名傑里・德爾貝洛・德里阿利格耶里(Geri del Bello degli Alighieri)，阿利格耶里一世的孫子，但丁父親的堂兄弟。傑里・德爾貝洛爲人精明，喜歡挑撥離間，搬弄是非，被薩克提(Sacchetti)家族的成員殺害。一三一零年，但丁家族阿利格耶里爲傑里復仇。一三四二年，兩個家族再度修好。

29.   **一度在世上擁有高堡的人**：**高堡**：原文"Altaforte"，指奧特福(Hautefort)。**一度在世上擁有高堡的人**：指貝特洪・德波恩。參看《地獄篇》第二十八章第一三四行註。

30. **現在他已經走了**：指傑里・德爾貝洛。

32. **跟他受辱的人當中**：傑里受辱，其家族的成員也受辱。這句的意思是：他的家族成員當中。

38. **另一個山谷**：指第十囊。

41. **隱修院**：指第十囊。稱爲「隱修院」，有諷刺意味。

42. **世俗弟兄**：原文爲"conversi"（原著第四十一行），相等於英語的 lay-brothers，天主教隱修會會士的一種，穿會服，遵守會規，在田間勞動以維持生計。但丁稱第十囊的亡魂爲「世俗弟兄」，也有諷刺意味。

43-44. **聽到……利鈎**：這兩行的比喻生動而鮮明，不過略嫌著跡。至於但丁有否受韻腳牽掣，則不得而知。

47. **格阿納谷**：原文"Valdichiana"，即 Val di Chiana，意譯爲「格阿納河谷」。在托斯卡納郡東南。格阿納河爲阿爾諾河的支流。在但丁時代，由於水流緩慢，河谷多虐疾，七月到九月特別骯髒。

48. **沼澤區**：原文"Maremma"，指托斯卡納郡的近海沼澤區，多瘧疾。參看《地獄篇》第十三章八—九行註；《地獄篇》第二十五章第二十一行註。

55. **至尊的君王**：指上帝。

57. **由她在世間登記的僞黨**：凡人在世間犯了罪，會由公義登記，最後在地獄受刑。參看《啓示錄》第二十章第十二節："Et libri aperti sunt, et alius liber apertus est, qui est vitae： et iudicati sunt mortui ex his quae scripta erant in libris secundum opera ipsorum."（「案卷展開了，並且另有一卷展開，就是生命册。死了的人都憑著這些案卷所記載的，照他們所行的受審判。」）此外參看《但以理書》第七章第十節；《瑪拉

基書》第三章第十六節。

58-64. **我相信……群蟻之屬：埃癸納島**：河神阿索波斯的女兒埃癸娜(Αἴγινα, Aegina)爲宙斯所迷戀，遭他擄到奧諾涅(Oἰνώνη, Oenone)島強姦，生下兒子埃阿科斯(Aἰάκός, Aeacus)。埃阿科斯爲了紀念母親，把該島改名爲「埃癸納」。宙斯之妻赫拉出於妒忌，給該島降下瘟疫，結果除了埃阿科斯，島上的人全部死光。後來，宙斯應埃阿科斯的祈求，把櫟樹下的螞蟻變爲人，稱爲密爾彌冬人（Μυρμιδών，Myrmidon；複數 Μυρμιδόνες，拉丁文 Myrmidones，英文 Myrmidons）。「密爾彌冬」，源出希臘文"Μύρμηξ"（螞蟻），有「螞蟻人」之意。參看 Bosco e Reggio, *Inferno*, 431; Singleton, *Inferno 2*, 532;《變形記》第七卷四七二—六六零；*Convivio*, IV, XXVII, 17。但丁的描寫大致以《變形記》爲藍本。

66. **幽谷裏，一堆一堆的陰魂在受苦**：此行回應《變形記》第七卷五四七—四八行的描寫："omnia languor habet：silvisque agrisque viisque / copora foeda iacent, vitiantur odoribus aurae."（「慵倦征服了所有的人：森林裏，田野間，道路上，／腐臭的屍體枕藉，空氣中惡臭瀰漫。」）引文中的重讀詞後詞(enclitic)"que" 在 "silvisque agrisque viisque" 裏一再重複，充分發揮了拉丁文的特性，使節奏加速堆疊，叫讀者透不過氣，大大加強了場面的緊迫感和恐怖感。

74. **兩個鎧**：但丁再度用日常生活所見描摹地獄的景象。

83. **鯉魚**：淡水魚的一種，學名 *Cyprinus latus*。

85. **你呀，用手指把甲冑抓刮剝掀**：參看《埃涅阿斯紀》第十一卷四八七—八八行："iamque adeo rutilum thoraca indutus aënis / horrebat squamis"（「他〔圖爾諾斯〕已經披上胸甲，

形然／閃耀著，片片銅鱗在堅聳。」）

89-90. **告訴了我們，／……勝任其工作**：這兩行的挖苦意味極濃。

109. **其中一人……阿雷佐是我的故地**：說話的人是格里佛利諾 (Griffolino)，阿雷佐(Arezzo)人，是個煉金術士。因貪財而欺騙阿爾貝羅・達錫耶納(Albero da Siena)，自稱能教他飛翔。結果因阿爾貝羅告發，被控修煉妖術，受炮烙之刑而死。約卒於一二七二年前。另一些論者指出，格里佛利諾只是開玩笑，卻被阿爾貝羅當眞，然後遭他陷害。參看 Bosco e Reggio, *Inferno*, 434; Sapegno, *Inferno*, 330-31; Singleton, *Inferno 2*, 535-37。

110. **錫耶納的阿爾貝羅**：Albero da Siena，據說是錫耶納主教的私生子或門徒，爲人憨直，容易受騙。後來成爲薩克提 (Sacchetti)《短篇小說集》(*Novelle*)的人物。參看Bosco e Reggio, *Inferno*, 434。novelle（單數 novella）又譯「中篇小說」。

111. **但我的死罪，沒有送我來這裏**：格里佛利諾雖因欺騙阿爾貝羅而受炮烙之刑，但是進入第十囊，卻有別的緣故。參看本章一一八──一九行。

116. **我沒有使他變成代達羅斯**：代達羅斯：參看《地獄篇》第十七章第一零九行註。這行的意思是：我沒有使他飛行。

119. **煉金術**：在中世紀的歐洲，煉金術有兩種：一種是提煉金屬的過程，正當而合法；一種是騙術，用來提煉所謂的「點金石」，歪邪而違法。這裏的「煉金術」指後者。參看 Bosco e Reggio, *Inferno*, 435。

120. **米諾斯**：參看《地獄篇》第五章第四行註。

123. **法國人遠非他們的匹儔**：在古代的歐洲，法國人以浮淺著稱。本文努托(Benvenuto)說過：

Galli sunt genus vanissimum omnium ab antiquo, sicut patet saepe apud Iulium Celcum, et hodie patet de facto…Portant enim catenam ad collum, circulum ad brachium, punctam ad calceum, pannos breves…et ita de multis vanitatibus.

自古以來，法國人是最浮淺的民族。尤利烏斯・凱撒也常常這樣説。這一點，今日已有事實證明……。法國人頸上戴鏈，臂上扣鐲，腳踏尖鞋，身穿短衣……此外還有許多別的浮飾。

參看 Singleton, *Inferno 2*, 538。

124.　**另一個麻風病人**：即一三六行的卡坡基奧。

125.　**斯特里卡**：這一亡魂的身分迄今未有定論。有人認爲是錫耶納的斯特里卡・迪卓凡尼・德薩利姆貝尼(Stricca di Giovanni de' Salimbeni)，即尼科洛（一二六行）的兄弟。也有論者認爲，亡魂屬於托洛美(Tolomei)馬雷斯科提(Marescotti)家族，名字是 Stricca Baldastricca 的縮寫。參看 Singleton, *Inferno 2*, 538。但丁時期，錫耶納有一個「揮霍俱樂部」(Brigata Spendereccia)，由十二個年輕人組成，斯特里卡也許是成員之一。參看 Sinclair, *Inferno*, 365。

126.　**尼科洛**：這個亡魂的身分也未有定論。有的論者認爲是錫耶納卓凡尼・德薩利姆貝尼(Giovanni de' Salimbeni)之子，是城中揮霍俱樂部成員。參看 Singleton, *Inferno 2*, 538-39。麻風病人的話，顯然有諷刺味道。

127-28.　**後者……昂貴的風尙**：指尼科洛以丁香花蕊調味。當時，丁香花蕊極其名貴。**在園子裏**：在錫耶納。

129. **這種植物**：指豪奢的風尚。

130. **例外的還有另一群**：指一二五行的註釋所提到的「揮霍俱樂部」。該俱樂部成立於十三世紀下半葉，成員競尚豪奢，吃喝玩樂後把金銀器皿當作垃圾丟出窗外。兩年之內，成員花光了錢財，成為笑柄；有的更要靠賑濟方能度日。參看 Bosco e Reggio, *Inferno*, 436; Sapegno, *Inferno*, 332; Singleton, *Inferno 2*, 539-41。

131. **阿山諾的卡恰**：原文 Caccia d'Ascian，阿山諾(Asciano)人，又名 Caccianemico，揮霍俱樂部成員，屬沙冷基(Scialenghi)家族的一支，曾揮霍森林和葡萄園。

132. **大糊塗……靈機：大糊塗**：全名巴爾托洛美奧・德佛爾卡基耶利(Bartolomeo de' Folcacchieri)，錫耶納賴尼利・德佛爾卡基耶利(Rainieri de' Folcacchieri)之子，卒於一三零零年，生平事跡不詳；如何「表現……乖巧的靈機」，也無從考證。

133-35. **不過……正確的回音：跟你抨擊錫耶納人的**：指說話的亡魂本身。亡魂的臉上有痂皮，不易為觀者辨認；不過但丁細加察看，就能看出他的真面目。

136. **卡坡基奧**：Capocchio，據翡冷翠無名氏(Anonimo fiorentino)的說法，是但丁的相識，與但丁是同學，善於偽裝身分，以煉金術行騙，一二九三牟在錫耶納死於炮烙刑。其籍貫是翡冷翠還是錫耶納，迄今未有定論。參看 Sapegno, *Inferno*, 332-33。

138-39. **我沒有錯認吧……多麼精湛**：這兩行鮮明而生動，寫卡坡基奧恬不知恥，以騙術為榮，毫無悔過之心。

第三十章

但丁看見兩個蒼白的幽靈,全身赤裸。一個咬住卡坡基奧的後頸猛拖。格里佛利諾哆嗦著告訴但丁,咬嚙者叫詹尼・斯基吉,另一個叫密拉。兩者在陽間都偽裝過別人的身分。之後,但丁看見鑄造偽幣者亞當。亞當向但丁介紹了席農和波提乏的妻子,跟著與席農吵起架來。但丁傾聽間遭維吉爾輕責;表示慚愧後獲維吉爾原諒。

從前,朱諾因瑟美蕾之故
　　勃然遷怒於忒拜王的家族、子息;
　　並一再把她的激情展露,　　　　　3
使阿塔瑪斯的精神錯亂癡迷,
　　見妻子抱著兩個孩子,一手
　　一個在面前走過,就聲色俱厲,　　6
大叫道:「撒網啊!這樣,我就能夠
　　把母獅和幼獅抓住——它們過來啦。」
　　說完,就伸出無情的爪來攫扣,　　9
把那個叫雷阿科斯的緊抓,
　　然後把他一甩,擲向大石上;
　　其妻則抱著另一子投海自殺。　　　12
特洛亞人曾無所不敢;他們的囂張
　　被命運之輪低轉時,特洛亞的君主
　　和他的王朝同時煙消滅亡;　　　　15

赫卡貝慘惻淒涼，成了俘虜，

　　見女兒波麗瑟娜被人擊斃，

　　並且在海灘之上戚然認出　　　　　　　18

波呂多洛斯被棄置的屍體。

　　她神經失常，像狗一般狂吠，

　　精神也由於悲傷而狂亂不已。　　　　　21

可是，忒拜和特洛亞的狂怒行為

　　也沒有我當時所見的兇殘猙獰；

　　把野獸——甚至把人的肢體——撕毀，　24

也不如我所見：兩個蒼白的幽靈，

　　全身赤裸，邊跑邊咬嚙，一如

　　兩隻豬從豬圈裏溜出來的光景：　　　　27

一個衝向卡坡基奧，用獠牙咬住

　　他的後頸，接著就把他猛拖，

　　讓堅硬的地面刮磨他的腹部。　　　　　30

那個阿雷佐人，一直在哆嗦，

　　這時對我說：「那小鬼叫詹尼・斯基吉。

　　他四處怒奔，對別人也這樣折磨。」　　33

「啊，」我答道：「但願另一個見了你，

　　不會用利齒咬你。但請你惠告，

　　它是誰——趁它這一刻還留在此地。　　36

阿雷佐人說：「這幽魂年代古老，

　　前身是淫邪的密拉。她對父親

　　付出的感情，曾經偏離正道。　　　　　39

她挖空心思，設法跟父親行淫，

　　扮成另一個人誘父親入彀。

作偽者

「那小鬼叫詹尼‧斯基吉。／他因憤怒奔，對別人
也這樣折磨。」
（《地獄篇》，第三十章，三二一三三行）

密拉

「這幽魂年代古老，／前身是淫邪的密拉。她對父
親／付出的感情，曾經偏離正道。」

（《地獄篇》，第三十章，三七—三九行）

　　那邊的人也差不多：他背信　　　　　42
棄義，為了騙取種馬之后，
　　竟然把自己扮成波索・多納提，
　　並立下遺囑，循正式條文去承受。」　45
我望著兩個怒鬼，一直沒轉移
　　視線。到他們走了，才轉過身來，
　　看別的孽種向前方推擠。　　　　　48
其中一個，沿著腹股溝切開，
　　去掉兩股孿分為雙腿的一截，
　　看起來，就是琵琶一般的身材。　　51
嚴重的水腫，可以擾亂體液，
　　使病者的四肢失衡脹大，
　　臉孔和肚子失去比例的諧協。　　　54
也使陰魂張著口，兩唇奇拉，
　　就像患癆病的人，因口渴
　　而一唇上翹，一唇翻向下巴。　　　57
「啊，真不知道，你們為何
　　能置身地獄而完全不須受罪，」
　　陰魂說：「請看我怎樣受磨折；　　60
看亞當師傅的處境多麼可悲。
　　生時，我得到了一切想要的東西；
　　現在呢，唉，只渴望一滴水。　　　63
發源自卡森提諾的眾溪，逶迤
　　潺湲，從翠巒向阿爾諾河流瀉，
　　途中，涼涼地滋潤了溪邊和澗底。　66
溪影一直在我面前——在我面前，

也並非徒然；因為這幻象煎熬我，

甚於這疾病消損我的容顏。　　　　　　69

嚴峻不阿的法律把我尋索，

利用我昔日作歹之地為把柄，

使我欷歔不已，嘆息得更多。　　　　72

那邊是羅美納。在那裏，我曾經

製造印著施洗者肖像的偽幣，

並因此在陽間遭受焚身之刑。　　　　75

圭多、亞歷山德羅跟他們的弟弟

如果也在這裏，且慘然受罰，

而我又得睹，不看布蘭達泉也可以。　78

要是繞圈的惡魂說的是眞話，

這些昆季中，已有一個人在此──

但有甚麼用呢？ 肢體這樣遭捆紮！　81

要是我輕靈如故，像當日的樣子，

就算走一吋的路程需要一百年，

我也上路了，不會再滯留於斯；　　　84

儘管這傷殘的人叢，至少橫連

半英里，圍成十一英里的圓圈，

為了找他，我也會鑽入裏面。　　　　87

因為他們，我成了這大戶的一員；

因他們慫恿，我鑄了弗羅林金幣；

以三開的雜質去行使詐諼。」　　　　90

我答道：「那兩個陰魂眞可憐，一起

挺直地躺近你右邊。他們是甚麼人？

竟這樣冒煙，如手掌在冬天被洗。」　93

「我隨大雨下瀉時，就看見他們
　置身壕溝，」陰魂說：「一動也不動，
　相信以後也永遠翻不了身。　　　　　96
一個是淫婦，約瑟曾遭她誣控。
　一個是希臘的壞席農，來自特洛亞。
　他們的高燒使身體的惡臭上沖。」　99
其中一人，也許見言辭欠佳，
　聽了這番話，不禁勃然大怒，
　揮拳就向亞當的硬肚皮擂下。　　　　102
謷的一聲，那肚皮彷彿是一面鼓。
　亞當師傅呢，也舉臂向陰魂的面孔
　捶擊。那手臂的硬度，不遜於大腹。　105
臂落處，亞當罵道：「我的行動，
　雖然遭沉重的肢體牽制，不過，
　我還有一隻手臂供我運用。」　　　　108
被打的陰魂反駁道：「當日蹈火，
　那隻手臂倒沒有這麼自由；
　鑄錢呢，就自由了，比現在自由得多。」111
患水腫的答道：「這話倒不是胡謅。
　不過，在特洛亞，須要說真話、
　當證人時，反而不見你誠實開口。」　114
「我說假話；你鑄假錢。我受罰，
　是犯了一次過錯；你的過錯，
　卻比群鬼都犯得多。」席農這樣答。　117
「別忘了那匹馬，發假誓的傢伙！」
　肚子腫脹的陰魂反唇相譏：

「活該呀，舉世都知道你怎樣墮落。」　120
「你渴得舌頭坼裂，也渴得有理。」
　　那希臘漢子說：「臭水在你眼前
　　叫肚子腫脹成籮笆，也何其得宜！」　123
鑄幣者答道：「你的嘴唇翻掀
　　如故，叫你的過失無從隱藏。
　　我呢，是口渴，而且被體液塞填；　126
你呢，在發高燒，頭昏腦漲；
　　要你舔那喀索斯的水鏡，
　　也不必費唇舌慫恿，勞動喉嗓。」　129
我正在聚精會神地傾聽，
　　老師對我說：「欸，還在看嗎？
　　再看下去，我就會不高興。」　132
聽見他帶著生氣的語調說話，
　　我馬上轉向他，感到滿臉羞慚。
　　到現在，我仍記得那羞慚的一霎。　135
做夢的人，在夢中受傷遇難，
　　會在夢中盼自己置身夢中，
　　把真正的現實當作虛幻來期盼。　138
我被老師斥責後，處境也相同：
　　想道歉而不能言，卻的確在連連
　　道歉，只是不相信自己的行動。　141
「洗滌再大的過失，也不必愧歉
　　羞慚得像你那樣。」老師對我說：
　　「那麼，且放下一切憂思疚念。　144
以後，如果命運又要你經過

類似的地方，目睹相同的吵嚷，

要記住，你的身邊總會有我，　　　　　　147

因爲，偷聽的欲望是卑劣的欲望。」

註　釋：

1. **朱諾**：羅馬神話中的女神(Iuno)，即希臘神話中的赫拉
(Ἥρα，Hera)，奧林坡斯最重要的女神，克洛諾斯和瑞亞的
女兒，宙斯的妹妹兼妻子。曾遭克洛諾斯吞噬，其後梅提斯
(Μῆτις，Metis)把仙藥交給宙斯。宙斯以仙藥迫克洛諾斯吐
出所吞的孩子，其中包括赫拉。後來，赫拉由奧克阿諾斯和
忒提斯撫養長大，成爲宙斯的第三位妻子。赫拉妒忌心重，
而宙斯又生性風流，到處惹草拈花。與宙斯發生關係的人
神，都遭赫拉報復。**瑟美蕾**：Σεμέλη(Semele)，一譯「塞墨
勒」，卡德摩斯(Κάδμος, Cadmus)和哈爾摩尼亞(Ἁρμονία,
Harmonia)的女兒。宙斯愛上了她，跟她發生關係，生下酒
神狄奧尼索斯(Διόνυσος, Dionysus)。赫拉爲了報復，教瑟
美蕾要求宙斯全副武裝現身。由於宙斯曾經許諾，答應滿足
瑟美蕾的任何要求，結果被迫挾雷霆霹靂顯示眞顏，刹那間
把瑟美蕾燒成灰燼。瑟美蕾卒後，獲兒子從地獄救出・升上
天堂，成爲提奧涅(Θυώνη, Thyone)。

2. **忒拜王的家族、子息**：指遭朱諾報復的，都是忒拜王卡德摩
斯的子息。參看本章第一行註和四—十二行註。

4-12. **使阿塔瑪斯的精神錯亂……投海自殺**：瑟美蕾死後，姐姐伊
諾(Ἰνώ, Ino)求丈夫阿塔瑪斯(Ἀθάμας, Athamas)照顧狄奧

尼索斯，把他與自己的兩個兒子——雷阿科斯(Λέαρχος，
Learchus)、梅利克爾忒斯(Μελικέρτης，Melicertes)——一起
撫養，獲丈夫答應。朱諾遷怒於阿塔瑪斯，令他發瘋，把妻
兒當作母獅和幼獅，要張網獵捕。阿塔瑪斯追上伊諾後，從
她的懷裏把大兒子雷阿科斯奪過來擲向大石。伊諾見大兒子
撞石而死，抱著幼兒投海自盡。其後，母子均獲波塞冬變爲
海神：伊諾變爲琉科忒亞(Λευκοθέα, Leucothea)，司泉水和
溪流。梅利克爾忒斯變爲帕萊蒙(Παλαίμων, Palaemon)。在
羅馬神話中，帕萊蒙相等於坡爾圖奴斯(Portunus)，負責掌
管海港。但丁的敘述主要以《變形記》第四卷四六四—五三
零行爲藍本。參看《變形記》第四卷五一二—三零行：

> Protinus Aeolides media furibundus in aula
> clamat "io, comites, his retia tendite silvis!
> hic modo cum gemina visa est mihi prole leaena"
> utque ferae sequitur vestigia coniugis amens
> deque sinu matris ridentem et parva Learchum
> bracchia tendentem rapit et bis terque per auras
> more rotat fundae rigidoque infantia saxo
> discutit ora ferox⋯⋯
> ⋯⋯⋯⋯
> occupat hunc (vires insania fecerat) Ino
> seque super pontum nullo tardata timore
> mittit onusque suum; percussa recanduit unda.
> 於是，埃奧羅斯〔即風神〕的兒子〔指阿塔瑪斯〕暴怒間，
> 　　在殿中

> 大喊：「嗨，同袍們，快在林中撒網！
> 我找到了母獅跟兩個幼獅，——就在這裏！」
> 説完就狂追妻子，如追蹤獸跡一樣。
> 他的兒子雷阿科斯，邊笑邊伸出小手；
> 卻被他從媽媽懷裏奪過來，投石器般
> 在空中劇旋了兩三周，狂擲向堅硬的
> 石頭，小臉首當其衝……
> …………
> 瘋狂中，伊諾力氣陡增，再無所懼，
> 毫不猶疑地爬上了崖頂，抱著兒子
> 投入大海中，入水處湧起白浪。

5-6. **一手／一個**：指伊諾兩手分別抱著雷阿科斯和梅利克爾忒斯。

13. **特洛亞人曾無所不敢**：特洛亞人最強盛的時候，可說無所不敢。譬如海神波塞冬和太神陽阿波羅曾惠及特洛亞，特洛亞王拉奧梅冬(Λαομέδων, Laomedon)卻拒絕回報；特洛亞王子帕里斯(Πάρις, Paris)，則膽敢拐走梅涅拉奧斯的妻子海倫，引起特洛亞之戰。

14. **命運之輪**：在西方不少神話中，命運是個轉輪，不斷旋動，叫世間盛衰無常。

14-15. **特洛亞……滅亡**：特洛亞之戰的結果，是特洛亞陷落，持洛亞王朝滅亡。

16. **赫卡貝**：Ἑκάβη (Hecuba)，特洛亞王普里阿摩斯的第二任妻子，有五十個兒子，十二個女兒。特洛亞陷落後，卻要目睹多個兒女慘死。最後，自己也變成了母狗。在西方文學傳

統中，赫卡貝是不幸女子的典型，是希臘悲劇作家歐里庇得斯(Εὐριπίδης, Euripides)同名劇本的主角。

17. **波麗瑟娜**：Πολυξένη (Polyxena)，普里阿摩斯和赫卡貝的女兒。特洛亞陷落後，成爲希臘人祭祀阿喀琉斯的犧牲。不過波麗瑟娜這一角色，在《伊利昂紀》之後的史詩裏才出現。

19. **波呂多洛斯**：Πολύδωρος (Polydorus)。波呂多洛斯的故事有不同的版本。在荷馬的作品裏，波呂多洛斯獲父親普里阿摩斯送離戰場，卻自恃迅捷，膽敢向阿喀琉斯挑戰，結果被阿喀琉斯殺死。根據另一版本，波呂多洛斯是普里阿摩斯和赫卡貝之子。波呂梅斯托爾(Πολυμήστωρ, Polymestor)是色雷斯(Θράκη，拉丁文 Thracia，Thraca 或 Thrace；英文 Thrace)國王，普里阿摩斯女兒的丈夫。特洛亞戰爭中，普里阿摩斯把波呂多洛斯和財物送到波呂梅斯托爾那裏暫避。不料波呂梅斯托爾見財心起，殺了波呂多洛斯，把財物奪去。赫卡貝見波呂多洛斯的屍體被波浪浴上海灘，決心爲他報仇：殺了波呂梅斯托爾的兩個兒子，再挖掉波呂梅斯托爾的雙眼。

22. **忒拜和特洛亞的狂怒行爲**：指阿塔瑪斯和赫卡貝的狂怒行爲。

31. **阿雷佐人**：指格里佛利諾。參看《地獄篇》第二十九章第一零九行註。

32. **詹尼・斯基吉**：原文"Gianni Schicchi"，出身翡冷翠卡瓦爾坎提(Cavalcanti)家族，善於模仿。其友西莫内・多納提(Simone Donati)爲波索・迪溫奇圭拉(Buoso di Vinciguerra)之姪。波索死後，斯基吉爲了叫西莫内多得遺產，與西莫内隱瞞死訊，然後躺在床上，僞冒波索向律師立遺囑，把遺產的一部分傳給自己，其中包括波索的名馬。本章四二—四五

行所描寫的，就是詹尼・斯基吉。

34.　**另一個**：指第二十五行「兩個蒼白的幽靈」中的另一個。

38.　**密拉**：Μύρρα (Myrrha)，塞浦路斯國王基尼拉斯(Κινύρας, Cinyras)的女兒，由於母親誇口，說她比愛神阿芙蘿狄蒂 ('Αφροδίτη, Aphrodite)更美，觸怒了阿芙蘿狄蒂。結果阿芙蘿狄蒂向她施咒，令她對父親產生淫念，趁母親不在家時，由保姆設計，把她扮作母親，到寢室與父親歡好。父親發覺亂倫行為後，要把密拉殺死。密拉懷著孕逃到阿拉伯，變成一株沒藥樹，由分娩女神劈開，生下俊美的阿多尼斯 ("Αδωνις, Adonis)。參看《變形記》第十卷二九八—五一三行。密拉的神話有多種版本，往往同中有異，異中有同。《變形記》只是版本之一。

41.　**另一個人**：指密拉的母親。

42.　**那邊的人**：指詹尼・斯基吉。密拉和斯基吉生時都偽冒別人的身分，進了地獄後要受報應式懲罰：改變自己原來的身分，像豬一般長著獠牙。

43.　**種馬之后**：斯基吉要騙取的馬，是傳種的名馬，十分珍貴，有「種馬之后」的稱呼。

44.　**波索・多納提**：即本章第三十二行註裏的波索・迪溫奇圭拉 (Buoso di Vinciguerra)。有的論者認為，波索可能是溫奇圭拉・迪多納托・德爾帕佐(Vinciguerra di Donato del Pazzo)的兒子，本身沒有後嗣，只有一個姪兒。參看 Singleton, *Inferno* 2, 553。

46.　**兩個怒鬼**：指密拉和詹尼・斯基吉。

48.　**別的孽種**：指別的陰魂。從這裏開始，但丁所寫是製造偽幣者。

49-51. **其中一個……琵琶一般的身材：其中一個**：指第六十一行的
亞當。亞當上身肥胖，腹部向兩邊擴大，體形活像琵琶。

52. **水腫**：據論者考證，亞當的水腫是鼓型(timpanite)水腫：由
於肝臟失調，患者極度口渴。同時，失調的肝臟會製造不潔
的體液，使腹部腫脹，其他部分（尤其是臉部）則會消瘦。
參看 Dowling, *Inferno*, 475。

56. **癆病**：原文"etico"，也指消耗熱、肺病熱。

58-61. **啊，真不知道……多麼可悲**：這幾行使人想起《耶利米哀歌》
第一章第十二節："O vos omnes qui transitis per viam，
attendite et videte, si est dolor sicut dolor meus."（「你們一切
過路的人哪……／你們要觀看：／有像這臨到我的痛苦沒
有……」）。又與《新生》第七章第三節相近：

> O voi che per la via d'Amore passate,
>
> > attendete e guardate
> >
> > s'elli è dolore alcun, quanto 'l mio, grave…
>
> 你們哪，沿愛神之路經過，
>
> > 請稍候，看看我，
> >
> > 看哀愁有否像我的沉重……

參看《地獄篇》第二十八章一三一——三二行註。

61. **亞當師傅**：亞當的身分一直未有定論。不過大多數箋註家認
爲英國人，是卡森提諾(Casentino)羅美納(Romena)孔提・圭
迪(Conti Guidi)家族的僱員。圭迪兄弟（見本章第七十六行）
管轄翡冷翠以東的地區，與翡冷翠對抗，僞造翡冷翠的弗羅
林(florin)金幣，含金量只有二十一開，與弗羅林金幣相差三

開（參看本章第八十九行）。負責鑄幣的亞當，於一二八一年在翡冷翠被活活燒死。

62-63. **生時，我得到了一切想要的東西⋯⋯只渴望一滴水**：亞當生時鑄偽幣，得到了金錢，甚至黃金，無異得到了一切想要的東西。參看《路加福音》第十六章第十九—三十一節有關財主和拉撒路的寓言：生時，拉撒路要吃「財主桌子上掉下來的零碎充飢」（"saturari de micis quae cadebant de mensa divitis"）。死後，拉撒路到了天堂，在亞伯拉罕懷裏；財主則到了陰間受苦，徒然盼拉撒路「用指頭尖蘸點水，涼涼我的舌頭」（"ut intinguat extremum digiti sui in aquam ut refrigeret linguam meam"）。在地獄裏，亞當的處境與財主相彷彿。

64-66. **發源自卡森提諾的眾溪⋯⋯溪邊和澗底**：卡森提諾在阿爾諾河上游，位於托斯卡納的亞平寧山脈，風景優美，有多條溪澗從那裏發源。在這裏，卡森提諾與地獄的苦況形成鮮明的對比。有的論者指出，亞當的名字使人想起伊甸園，想起人類犯罪前和犯罪後的處境。參看 Dowling, *Inferno*, 476。

67-68. **溪影一直在我面前⋯⋯這幻象煎熬我**：這種刑罰與坦塔羅斯（Τάνταλος, Tantalus）所受的相似。坦塔羅斯把諸神的食物送給凡人，偷盜了宙斯的金狗，並且宰殺自己的兒子佩羅普斯（Πέλοψ, Pelops）供眾神食用。結果宙斯把他打落陰間，在他頭頂的上空放一塊隨時會下墜的巨石，讓水淹到他的脖子，讓果子懸在他的頭頂。坦塔羅斯渴了，彎身要喝水，水就後退；餓了，想摘頭上的果子，果子就上升。結果要永遠忍受飢渴。荷馬的《奧德修紀》第十一卷五八二—五九二行這樣描寫坦塔羅斯所受的刑罰：

"Καὶ μὴν Τάνταλον εἰσεῖδον κρατέρ᾽ ἄλγε᾽ ἔχοντα
ἑστεῶτ᾽ ἐν λίμνη· ἡ δὲ προσέπλαζε γενείῳ·
στεῦτο δὲ διψάων, πιέειν δ᾽ οὐκ εἶχεν ἑλέσθαι·
ὁσσάκι γὰρ κύψει᾽ ὁ γέρων πιέειν μενεαίνων,
τοσσάχ᾽ ὕδωρ ἀπολέσκετ᾽ ἀναβροχέν, ἀμφὶ δὲ
    ποσσὶ
γαῖα μέλαινα φάνεσκε, καταζήνασκε δὲ δαίμων.
δένδρεα δ᾽ ὑψιπέτηλα κατὰ κρῆθεν χέε καρπόν,
ὄγχναι καὶ ῥοιαὶ καὶ μηλέαι ἀγλαόκαρποι
συκέαι τε γλυκεραὶ καὶ ἐλαῖαι τηλεθόωσαι·
τῶν ὁπότ᾽ ἰθύσει᾽ ὁ γέρων ἐπὶ χερσὶ μάσασθαι,
τὰς δ᾽ ἄνεμος ῥίπτασκε ποτὶ νέφεα σκιόεντα."

「是的，我還看見坦塔羅斯站在海中
受著慘酷的折磨。海水淹到了下巴，
就像口渴的人，想喝水而喝不到。
因為，只要那老人彎身去吸呷，
海水就後退沉沒；他的雙腳之下，
就露出黑土；一切因神力而乾涸。
高茂的眾樹，在他的頭頂垂下果子：
梨樹、石榴，還有蘋果在燁燁閃光，
以及甜美的無花果和蓊鬱的橄欖樹。
但老人一伸出手來，要把果子採摘，
大風就紛紛把果子吹入黝黮的雲間。」

奧維德的《變形記》第四卷四五八—五九行則說：

tibi, Tantale, nullae

deprenduntur aquae, quaeque inminet, effugit arbor.

坦塔羅斯呀，水嗎，一點

也不讓你喝到；你頭頂的樹也會逃逸。

73.　**那邊**：指卡森提諾。**羅美納**：卡森提諾羅美納村莊的一個城
　　　堡，在但丁時期爲孔提・圭迪（Conti Guidi，也可譯作「圭
　　　多伯爵一族」）所有。孔提・圭迪的一支，以該城堡爲名。
　　　第七十六行所提到三兄弟（「圭多、亞歷山德羅跟他們的弟
　　　弟」）就是該支的後裔。亞當受僱於他們，爲他們鑄造僞幣。

74.　**製造……僞幣**：翡冷翠的金幣，一邊鑄有該城的百合花市
　　　徽，一邊鑄有施洗者約翰的肖像。

76.　**圭多、亞歷山德羅跟他們的弟弟**：指羅美納的圭多二世、圭
　　　多二世的兩個弟弟（其中之一是亞歷山德羅）。

78.　**而我又得睹，不看布蘭達泉**：錫耶納和羅美納城堡附近各有
　　　一泉，都叫布蘭達泉。至於這裏指哪一條，迄今未有定論。
　　　泉水能夠解渴；但是亞當認爲，只要看到圭迪家族受罪，得
　　　不到布蘭達泉解渴也不要緊，可見他如何痛恨圭迪一家。

79.　**繞圈的惡魂**：作僞者在第十囊要繞圈受罪。

81.　**肢體這樣遭捆紮**：亞當有「嚴重的水腫」（第五十二行），
　　　行動不便，有如身體被綁。

84.　**我也上路了**：指亞當會上路，設法看圭多昆季受罪。

86.　**圍成十一英里的圓圈**：第十囊的圓周，相等於第九囊圓周的
　　　一半。參看《地獄篇》第二十九章第八行。

87.　**爲了找他，我也會鑽入裏面**：亞當對圭迪家族的仇恨有多
　　　深，這行再加以強調。

88.　　**成了這大戶的一員**：指受僱於圭迪家族。

89.　　**弗羅林金幣**：原文 fiorini（fiorino 的複數），源自意大利語
　　　fiore（花），指翡冷翠的金幣（因幣上有翡冷翠市徽的百合
　　　花而得名）。意大利語的 fiore，則源自拉丁語的 flos（「花」
　　　的意思，屬格為 floris，賓格為 florem）。在弗羅林金幣鑄
　　　有百合花徽的一面，有拉丁文 Florentia（即今日的翡冷翠）
　　　一詞。英語的 florin 原為法語，而法語的 florin，又出自意
　　　大利語的 fiorino。參看本章第六十一行註。亞當所鑄，當然
　　　是偽幣。

90.　　**以三開的雜質去行使詐譌**：翡冷翠真正的弗羅林金幣含金量
　　　為二十四開（意大利文 carato，英文 karat）；亞當所鑄的偽
　　　幣含金量為二十一開，其餘的三開為雜質。

93.　　**竟這樣冒煙，如手掌在冬天被洗**：在寒冷地區的冬天洗手，
　　　手未乾，水分在空中遇冷，會有「冒煙」現象。

97.　　**一個是淫婦，約瑟曾遭她誣控**：波提乏的妻子，因勾引約瑟
　　　不遂而誣告約瑟強姦。參看《創世記》第三十九章第七—二
　　　十一節。

98.　　**席農**：西緒福斯(Σίσυφος，Sisyphus)的兒子，特洛亞戰爭中
　　　希臘聯軍的戰士，裝作俘虜，以謊言令特洛亞人接受木馬，
　　　結果特洛亞陷落。參看《地獄篇》第二十六章五九—六三行
　　　的註釋。

109-11.　**當日蹈火，／……比現在自由得多**：這幾行譏諷亞當在陽間
　　　遭炮烙之刑，也重提他鑄造偽幣的罪行。

112.　　**患水腫的**：指亞當。

113-14.　**不過……開口**：這兩行嘲諷席農在特洛亞說謊騙人。

118.　　**別忘了那匹馬，發假誓的傢伙**：那匹馬：指希臘人的木馬。

特格亞因接受木馬而陷落。席農欺騙特洛亞人之前，曾指天
發誓。參看《埃涅阿斯紀》第二卷一五二—五九行：

"……ille, dolis instructus et arte Pelasga,
sustulit exutas vinclis ad sidera palmas：
'vos, aeterni ignes, et non violabile vestrum
testor numen,' ait, 'vos arae ensesque nefandi,
quos fugi, vittaeque deum, quas hostia gessi：
fas mihi Graiorum sacrata resolvere iura,
fas odisse viros, atque omnia ferre sub auras,
si qua tegunt：teneor patriae nec legibus ullis."

「……他〔席農〕嫻於騙術，充滿希臘人的狡詐，
把剛從束縛釋放的手掌舉向天空，說：
『永恆的星火呀，你的大靈不容褻瀆，
請爲我作證；爲我作證啊，祭壇和本人
逃躲的凶刀，還有綑我的犧牲之巾：
毀掉那僅屬希臘的聖約，我不會有罪；
我應該恨希臘人，把他們的陰謀全部
揭露；按祖國的任何法例，我都無罪。』」

119. **肚子腫脹的陰魂**：指亞當師傅。

128. **那喀索斯的水鏡**：有關那喀索斯(Νάρκισσος，Narcissus)的
神話有多種，其中以《變形記》所載最爲流行。據《變形記》
的說法，那喀索斯是河神克菲索斯(Κηφισός, Cephisus)和仙
女莉里奧佩(Λιριόπη, Liriope)之子，俊美非凡，爲許多仙女
愛戀追求，其中包括厄科('Ηχώ, Echo)。可惜那喀索斯無動

於衷。厄科見拒，感到無限憂傷，最後在林間化爲回聲。其
他見拒的女子心有不忿，乃上稟天庭，以雪見拒之仇。報應
女神涅梅西斯(Νέμεσις, Nemesis)答應了眾仙女的請求，使
那喀索斯俯望水中，迷戀自己的倒影，最後憔悴而死，化爲
同名的水仙花(νάρκισσος, narcissus)。參看《變形記》第三
卷四零七—五一零行。**水鏡**：指那喀索斯俯望的水。

136-38. **做夢的人……期盼**：在夢中受傷的人，在夢外（即現實）沒
有受傷。因此在夢中盼自己沒有受傷，等於把現實當做虛幻
來期盼。這幾行頗有「莊生曉夢迷蝴蝶」的意味。

140-41. **想道歉而不能言……不相信自己的行動**：維吉爾知道但丁想
甚麼，因此才說出一四二—四八行的話。

第三十一章

但丁和維吉爾離開第十囊的時候，聽到一聲號角響徹群山。暗昧中，
但丁隱約看見許多高塔；後來才知道所見的不是塔，而是沿崖而立
的巨人。其中包括寧錄、厄菲阿爾忒斯、安泰奧斯。除了安泰奧斯，
其餘的巨人都被鎖鏈捆綁。安泰奧斯應維吉爾的指示，把維吉爾和
但丁放到地獄的最底層，也就是科庫托斯冰湖——背信棄義者受刑
的地方。

　　同樣的話語，首先是向我刺戮，
　　　　使我兩頰因羞慚而泛紅發燒；
　　　　然後，同樣的話語給我藥物。　　　　3
　　聽說阿喀琉斯和他父親的長矛
　　　　也是這樣：先給人送來苦頭，
　　　　接著就爲他帶來療傷的酬報。　　　　6
　　我們轉身，離開了淒慘的谷口，
　　　　沿著四周的懸崖繼續上攀，
　　　　途中沒有說話，只管向前走。　　　　9
　　這裏是介乎白天和夜晚的黑暗，
　　　　距離一遠，景物就看得不明晰。
　　　　只聽到一聲號角響徹群山，　　　　12
　　足以叫一切焦雷顯得沉寂。
　　　　我聽了號角聲，眼睛沿來路回望，

只盯著一處，目光不再他移。　　　　　15
昔日，查理大帝的聖軍在戰場
　　敗亡，士兵慘遭潰散的災厄，
　　羅蘭的號角也沒有這麼高亢。　　　18
我轉過身來，向後只望了片刻，
　　就隱約看見許多巍峨的高塔。
　　我說：「老師呀，這是甚麼城呢？」　21
「置身這裏，」老師這樣回答：
　　「距離太遠了，目光要穿過陰霾，
　　乃產生幻覺，所見有了偏差。　　　24
到了那邊，你就會瞭然明白，
　　官能會怎樣受到距離眩惑。
　　那麼，快點向前走，別再久待。」　27
之後，就和藹地拉著我的手，說：
　　「為避免使你對真相驚奇太甚，
　　在繼續這段旅程前，讓我　　　　　30
告訴你，那些影子不是塔；是巨人
　　沿崖壁而立，肚臍以下，全部
　　隱沒；他們都在深坑裏陷沉。」　　33
霧靄盈空時，景物就會模糊，
　　被覆於瀰漫的水氣；到霧靄消散，
　　眼睛才會把景物慢慢重組。　　　　36
我透過厚重而黯黷的空間遠看，
　　情形也相同：接近崖邊時，錯覺
　　消散，心中則感到驚恐不安。　　　39
蒙特雷卓內古堡，四周的城闕

有高塔從圍牆之上矗立。

　　我所見的景物也如是：在坑穴　　　　42

周圍的崖岸，可怕的巨人聳起

　　上半身。當宙斯在天上行雷閃電，

　　他們在威靈下猶懼怕轟擊。　　　　　45

我認出了一個巨人的容顏、

　　肩膀、胸膛以及肚子的大部分。

　　他的雙手，垂於身軀的兩邊。　　　　48

對極了，自然之母，不再讓戰神

　　有這樣的幫手，不再製造

　　這樣的巨人，實在明智得很。　　　　51

她造了大象、鯨魚而不懊惱，

　　那麼，我們對事情細加思量，

　　就益覺大自然決定得準確周到。　　　54

因為替心靈之智服務的意匠，

　　一旦和惡意和暴力結成一派，

　　就銳不可當，人人都要遭殃。　　　　57

巨人的臉又大又長，看起來

　　就像羅馬聖彼得教堂的松果，

　　其餘的骨骼是同一比例的形骸。　　　60

結果，儘管崖岸像一條圍幄

　　覆蓋了中腰以下，他上身仍露出

　　一大截。三個弗里斯蘭人要觸摸　　　63

他的頭髮，仍欠缺足夠的高度。

　　我發覺，自斗篷繫扣的部位算起，

　　他的高度整整達三十拃之數。　　　　66

「拉發爾麥阿美扎比阿爾彌，」
　　狂野的嘴巴開始大嚷大吵——
　　唱更美的頌歌反而不得體。　　　　　　69

「蠢物！」導師聽後，大聲喝道：
　　「你自吹自擂好了。遭喜怒哀傷
　　折磨的時候，不妨這樣發牢騷！　　　72
你這個失魂鬼，號角用帶子緊綁；
　　摸摸你的脖子，不就行了嗎？
　　你看，它就飾在你的闊胸上。」　　　75
然後，導師說：「他叫寧錄，在叱咤
　　自己。今日，世人的語言不再
　　統一，完全歸咎於他的鬼辦法。　　　78
不要徒耗唇舌了；讓我們離開。
　　別人說的語言，他一竅不通；
　　他所說的，也沒有誰會明白。」　　　81
於是我們轉左，向前方移動，
　　在一箭之遙處，見另一個陰魂，
　　兇猛巨大得多，也置身坑中。　　　　84
是哪一個巧匠把他緊捆，
　　我也說不出了。不過一條鎖鏈，
　　把他自頸項以下牢牢綁穩；　　　　　87
他的右手綁在後，左手綁在前，
　　結果，露出深坑的一截，慘遭
　　鎖鏈一圈一圈的圍捆了五遍。　　　　90
「這個陰魂曾經囂張驕傲，
　　要跟至尊的宙斯較臂力的高低。」

巨人——寧錄

「蠢物！」導師聽後，大聲喝道：／「你自吹自擂好
了。遭喜怒哀傷／折磨的時候，不妨這樣發牢騷！」

（《地獄篇》，第三十一章，七零—七二行）

厄菲阿爾忒斯

「這個陰魂曾經喜歡驕傲，／要跟至尊的宙斯較量
力的高低。」

（《地獄篇》·第三十一章·九一~九三行）

導師說：「這，就是他的酬報。　　　93
他叫厄菲阿爾忒斯，巨人族嚇得眾神祇

　　驚詫震恐時，他施展過大動作。

　　他用過的雙臂再也不能上提。」　　96
「要是可能的話，」我對老師說：

　　我希望可以用自己的眼睛，覷窺

　　碩大無朋的布里阿柔斯那巨魔。」　99
老師答道：「離這裏不遠，你會

　　見到安泰奧斯說話，不受捆綁。

　　他會帶我們往底層看邪惡之最。　102
你要觀看的妖魔還遠在前方。

　　他也是被捆，跟這個妖魔無異；

　　只是樣子會比他兇猛囂張。」　　105
突然，厄菲阿爾忒斯狂搖著身體。

　　其猛烈程度，一座巍峨高塔

　　被大地震撼動也無從比擬。　　　108
我對死亡的恐懼，從不像這剎那。

　　如果看不見妖怪被鎖鏈絪綁，

　　光是這恐懼就足以把我宰殺。　　111
之後，我們繼續走向前方，

　　見到了安泰奧斯從岩坑矗起，

　　不計頭部，體高也整整有三丈。　114
「你呀，曾在利比亞的山谷裏

　　獵捕過一千隻獅子進食。那山谷

　　是決戰場，有漢尼拔軍隊的敗績。　117
敗軍遁竄時，斯克皮奧是榮光所屬。

昔日，你的弟兄曾大戰天神。

你當時如果在場，也許已幫助　　　　　120

那群大地的兒子打敗了敵人。

把我們放到下面去，到寒冷

緊鎖科庫托斯的地方；別發嗔；　　　　123

別把我們帶向提提奧斯或提風。

這裏渴求的，這個人能給你供應。

那麼，彎身吧，不要把嘴巴上撐。　　　126

他仍能恢復你在世上的聲名。

他是活人。如果聖恩在上方

不提前寵召，他仍會享受高齡。」　　　129

老師說完了這番話，安泰奧斯連忙

伸手把他舉起。那雙手的箝逼，

赫拉克勒斯以前曾經親嚐。　　　　　　132

維吉爾見身在安泰奧斯手裏，

就對我說：「來，讓我把你抱住。」

然後摟住我，把兩人捆成一體。　　　　135

在噶里森達塔傾斜的一邊，舉目

從塔底仰望，如上方有雲衝斜角

飄過，就覺得高塔剎那間會傾覆。　　　138

我抬起頭，望著安泰奧斯彎腰，

所見的情形也相同。在那一瞬間，

我真的希望沿另一條路跑掉。　　　　　141

幸好安泰奧斯把我放到那吞嚙

撒旦和猶大的坑底時，動作輕靈。

之後，也沒有讓身體繼續傾前，　　　　144

安泰奧斯——降落地獄最底層

幸好安泰奧斯把我放到那吞嚥／撒旦和猶大的坑底時，動作輕靈。

（《地獄篇》，第三十一章，一四二—四三行）

就伸直了軀體，如船桅上挺。

註　釋：

1-3. **同樣的話語⋯⋯藥物**：指《地獄篇》第三十章維吉爾的話語
（一三一—一三二行；一四二—一四八行）。

4-6. **聽説⋯⋯酬報**：阿喀琉斯的父親佩琉斯所用的長矛可以傷
人，傷人後又可以療傷。這枝長矛，後來傳給了阿喀琉斯。
參看《變形記》第十三卷一七一—一七二行。

7. **淒慘的谷口**：指地獄第八層的第十囊。

16-18. **昔日，查理大帝⋯⋯這麼高亢**：**查理大帝**：Charlemagne（公
元七四二—八一四），一譯「查理曼」，法蘭克王國卡洛林
朝的統治者，在位期間（公元七六八—八一四）征服歐洲廣
大的領土，其帝國的版圖東至易北河、多瑙河，西南至埃布
羅(Ebro)河，北至北海，南至地中海。於公元八零零年的聖
誕由教皇利奧三世在羅馬加冕稱帝。在位期間不斷與阿拉伯
人（即撒拉遜人）爭戰，捍衛基督教利益。一一六五年獲教
皇諡聖。**羅蘭**：查理大帝的外甥兼勇將，是法語史詩《羅蘭
之歌》(*La Chanson de Roland*)的主角。作品敘查理大帝征討
西班牙，除薩拉戈薩(Saragossa)外，全國已經攻克。後來，
撒拉遜王瑪西爾(Marsile)計誘查理大帝退出西班牙。查理大
帝向謀臣諮詢。謀臣的意見分歧：岡涅隆(Ganelon)贊成接
受瑪西爾的條件；羅蘭極力反對。結果是岡涅隆的主張獲得
接納。全軍撤退間，羅蘭率兩萬士兵殿後，不幸遭岡涅隆出
賣，越過比利牛斯山脈時，在隆斯沃(Roncevaux)要隘被四

十萬撒拉遜人包圍。奧利維埃(Olivier)勸羅蘭吹號向前行的
大軍求救，遭羅蘭拒絕。結果查理大帝的十二武士(Les
Douze Pairs)和部下寡不敵眾，全軍只剩六十人幸免於死。
這時，羅蘭才吹響號角，但為時已晚；查理大帝的救兵到達
時，羅蘭已全軍覆滅。其後，查理大帝打敗了撒拉遜軍隊，
攻入薩拉戈薩。羅蘭的未婚妻歐蒂(Aude)得悉未婚夫的噩
耗，當場氣絕身亡；岡涅隆則被肢解。在歷史上，查理大帝
於公元七七八年撒退時，殿後的軍隊的確在隆斯沃要隘遭巴
斯克人殲滅，一人不留。羅蘭的事跡也是英國、德國、意大
利作家的題材，其中以意大利的普爾奇(Pulci)、波亞爾多
(Boiardo)、阿里奧斯托(Ariosto)的作品最為有名。但丁的比
喻大概出自《羅蘭之歌》。參看 *Chanson de Roland* 一七五
三行及其後的描寫。

32. **沿崖壁而立**：一個個靠著崖壁而立。

40. **蒙特雷卓內古堡**：一二一三年由錫耶納人建成，位於錫耶納
和恩坡利(Empoli)之間的一座小山上。一二六零年，錫耶納
人打敗了翡冷翠的圭爾佛黨後，增建城牆。牆上十四座城樓
彼此相望，距離均等。

42. **我所見的景物也如是**：但丁以城堡比喻狄斯城（參看《地獄
篇》第八章第六十八行）有外牆（參看《地獄篇》第八—九
章），有城壕（即罪惡之囊），有城堡矗立於中央（科庫托
斯）。核心是撒旦倒懸。

43-45. **可怕的巨人……轟擊**：在古希臘神話中，巨人族又稱「提坦」
(Τιτάν, Titan)或巨神族，是烏拉諾斯(Οὔρανος, Uranus)和
蓋亞(Γαῖα, Gaia)的兒女，曾與奧林坡斯諸神大戰，企圖推
翻宙斯，戰敗後永囚地獄底層，即塔爾塔洛斯(Τάρταρος,

Tartarus)。巨人被囚後，仍懼怕宙斯的雷霆轟擊。在但丁心目中，巨人族反抗宙斯，猶撒旦反抗上帝。在中世紀，有些論者認爲，《聖經》裏面的偉人就是巨人族。參看《舊約．創世記》第六章第四節。此外，《聖經次經.巴錄書》第三章第二十六—二十八節有這樣的描寫：

Ibi fuerunt gigantes nominati illi, qui ab initio fuerunt, statura magna, scientes bellum; non hos elegit Dominus, neque viam disciplinae invenerunt, propterea perierunt. Et quoniam non habuerunt sapientiam, interierunt propter suam insipientiam.

從前在那裏〔指上帝的宇宙〕曾誕生了出名的巨人族。那是個驍勇善戰的種族。但上帝沒有選擇他們作爲自己的人民，也沒有指給他們通往知識的路徑。他們由於沒有知識和見地而滅絕了。

46.　　**我認出了一個巨人的容顏**：指下文描寫的寧錄。參看本章第七十六行。

49-51.　**對極了……明智得很**：意思是：大自然不再造這類巨人，戰神就不再有幫手。

55-57.　**因爲……遭殃**：參看 Singleton (*Inferno 2*，568) 所引的亞里士多德《政治學》I，I，1253ᵃ：

Sicut homo, si sit perfectus virtute, est optimus animalium, sic si sit separatus a lege et iustitia, pessimus omnium, cum homo habeat arma rationis.

人類如果德行完美，會是萬物之靈；同理，如果偏離律
法、公義，就是萬惡之最，因爲他有理性爲武器。

阿奎那《＜尼可瑪可斯倫理學＞解讀》(*Ethicorum ad
Nicomachum expositio*, VII, lect. 6, n. 1403)：

Unus homo malus decies millies potest mala facere quam
bestia, propter rationem quam habet ad excogitandum
diversa mala.

一個壞人爲惡，可以萬倍於禽獸，因爲他有理智，可以
用來想出各種罪惡。

59.　**就像⋯⋯松果**：但丁時期的聖彼得大教堂，有一個用青銅鑄
造的松果，高約十二英尺。起先放在羅馬的萬神殿，後來被
教皇辛瑪古（Symmachus,公元四九八—五一四年在位）運到
聖彼得大教堂。目前仍在梵蒂岡。

63.　**弗里斯蘭人**：弗里斯蘭(Friesland)人以身材魁梧著稱。

65.　**自斗篷繫扣的部位算起**：即從頸部算起。由於巨人的中腰以
下被崖岸覆蓋，只露出上身，這裏指頸部到中腰。

66.　**三十拃**：原文爲"trenta gran palmi"。"palmo"（複數"palmi"）
等於漢語的「拃」，即張開的大拇指和中指（或小指）兩端
之間的距離。

67.　**拉發爾麥阿美扎比阿爾彌**：這行的意義迄今沒有定論。一般
的箋註家認爲，但丁故意藉不知所云的音節模擬巨人說話。
由於寧錄企圖造通天塔，人類的語言遭到干擾，說出莫名其
妙的話，也符合作品的主題。

69. **唱更美的頌歌反而不得體**：指巨人配不起更美的頌歌。

76. **寧錄**：挪亞的曾孫，是個出色的獵手，也是通天塔的設計者。
《創世記》第十章第九節說："robustus venator coram
Domino"（「在耶和華面前是個英勇的獵戶」）；第十節說：
"Fuit autem principium regni eius Babylon et Arach et Achad
et Chalanne in terra Senaar."（「他國的起頭是巴別、以力、
亞甲、甲尼，都在示拿地。」）《創世記》第十一章第七和
第九節這樣描寫耶和華：

> "Descendamus et confundamus ibi linguam eorum, ut non
> audiat unusquisque vocem proximi sui…"Et idcirco
> vocatum est nomen eius Babel, quia ibi confusum est
> labium universae terrae.
> 「我們下去，在那裏變亂他們的口音，使他們的言語彼
> 此不通。⋯⋯因為耶和華在那裏變亂天下人的言
> 語，⋯⋯所以那城名叫巴別。」

寧錄既然設計了通天塔，話語混亂不清，也是理所當然。不
過《聖經》並沒有說過寧錄是巨人。在這裏，神話的寧錄和
《聖經》的寧錄重疊。在神話中，巨人族與奧林坡斯諸神戰
爭時，寧錄也為巨人族造了一座通天塔，情形跟《聖經》的
描寫相似。

82. **於是我們轉左**：在地獄中，旅人但丁和維吉爾前進時通常轉
左。

94. **厄菲阿爾忒斯**：意文"Fialte"，希臘文 Ἐφιάλτης，英文
Ephialtes，巨人之一，海神波塞冬和伊菲梅得亞（Ἰφιμέδεια，

Iphimedia 或 Iphimedeia）的兒子，奧托斯(ˇΩτοs, Otus)的兄弟。攻打奧林坡斯時年僅九歲，身寬四公尺，身高十七公尺。能把奧薩 (ˇOσσα, Ossa) 山堆到奧林坡斯 (ˇOλυμπos, Olympus)山之顛，再把佩利昂(Πήλιον, Pelion)山堆到其餘兩山之上，企圖攀登天堂。厄菲阿爾忒斯和奧托斯分別對赫拉和阿爾忒彌斯動了淫心，要向她們施暴，結果都被宙斯以雷霆殛斃。一說阿爾忒彌斯化身爲雌鹿，誘兩兄弟獵捕時自相殘殺。兩人進了地獄後，被蛇群縛在巨柱上，由一隻貓頭鷹向他們啄剝，永不休止。在但丁的《地獄篇》，捆綁巨人的不是蛇，而是鎖鏈。

99. **布里阿柔斯**：意文"Briareo"，希臘文Βριάρεωs，拉丁文和英文 Briareus，三個百手巨怪之一，烏拉諾斯和蓋亞的兒子，又稱埃蓋翁(Αἰγαίων, Aegaeon)。在《埃涅阿斯紀》第十章五六五—六八行，布里阿柔斯不但有一百隻手，而且有五十個頭。攻打奧林坡斯時被宙斯以雷霆殛斃，埋在埃特那（Αἴτνα, Etna 或 Aetna）山的地底。

101. **見到安泰奧斯説話，不受捆綁**：安泰奧斯：意文"Anteo"，希臘文Ἀνταῖοs，拉丁文和英文 Antaeus，海神波塞冬和地母蓋亞的兒子。居於利比亞，是摔跤能手，只要他一直與大地接觸，力量就無盡無窮。過路的人都被迫跟他摔跤，輸了就遭他殺害，屍骸用來裝飾其父的神廟。最後遭赫拉克勒斯舉到空中扼死。安泰奧斯出生時，巨人族與奧林坡斯諸神的戰爭已經結束，因此在地獄「不受捆綁」。

102. **底層**：指地獄第九層，也就是地獄的最底層。

103. **你要觀看的妖魔**：指布里阿柔斯（見本章第九十九行）。

106-08. **突然……無從比擬**：厄菲阿爾忒斯聽見維吉爾說布里阿柔斯

比自己兇猛（第一零五行），就發起怒來，狂搖身體。

115-16. **你呀……獵捕過一千隻獅子進食**：參看盧卡努斯的《法薩羅斯紀》第四卷六零一——六零二行："Haec illi spelunca domus; latuisse sub alta/Rupe ferunt, epulas raptos habuisse leones."（「那邊的山洞就是他〔指安泰奧斯〕所居；／據說他埋伏在高崖之下，以攫來的衆獅爲餐。」）維吉爾在這裏用美辭爭取安泰奧斯的好感。

116-17. **那山谷／是決戰場：山谷**：在歷史上，羅馬與迦太基之間有過三次布匿戰爭，分別於公元前二六四——公元前二四一年、公元前二一八——公元前二零一年、公元前一四九——公元前一四六年發生。在第二次布匿戰爭中，羅馬的大斯克皮奧（Publius Cornelius Scipio Africanus，一譯「大西庇阿」，公元前二三六——公元前一八四）於公元前二零四年率軍進攻迦太基本土（在非洲北部），於公元前二零二年在扎馬(Zama)之役打敗迦太基統帥漢尼拔，結束第二次布匿戰爭。在扎馬附近，突尼斯以北，有一條叫巴格拉達斯(Bagradas)的河流（今日叫邁傑爾達(Medjerda)河）。河谷是羅馬與漢尼拔軍隊決戰之地。廣義說來，也是安泰奧斯昔日的居所。

118. **斯克皮奧是榮光所屬**：大斯克皮奧戰勝了漢尼拔之後凱旋，獲頒「阿非利加」之姓，稱爲「阿非利加斯克皮奧」。

119. **昔日，你的弟兄曾大戰天神**：指巨人族與奧林坡斯諸神大戰。

120-21. **你當時如果在場，也許已幫助／那群大地的兒子打敗了敵人：大地的兒子**：巨人族是地母蓋亞所生，所以稱爲「大地的兒子」。這句話也是美辭，用來爭取安泰奧斯的好感。

123. **科庫托斯**：意文"Cocito"，希臘文"Κωκυτός"，拉丁文和英文 Cocytus，指泣川，是冥界五河之一。在《地獄篇》裏，

科庫托斯則是地獄第九層的一個冰湖，異常寒冷。

124. **提提奧斯**：Τιτυός (Tityus)，宙斯和厄拉拉之子，是個巨人，
因侵犯麗酡而被宙斯殛斃，永囚地獄底層的塔爾塔洛斯，肝
臟永遭兩隻禿鷲啄噬；肝臟被噬後，隨月亮的盈虧更生；更
生後又遭啄噬。一說提提奧斯是地母蓋亞的兒子，因侮辱麗
酡而被阿波羅兄妹射死，擲落塔爾塔洛斯。提提奧斯躺臥
時，覆蓋的面積超過兩英畝。有關提提奧斯的描寫，參看荷
馬的《奧德修紀》第十一卷五七六——八一行：

> "Καὶ Τιτυὸν εἶδον, Γαίης ἐρικυδέος υἱόν,
> κείμενον ἐν δαπέδῳ· ὁ δ᾽ ἐπ᾽ ἐννέα κεῖτο πέλεθρα,
> γῦπε δέ μιν ἑκάτερθε παρημένω ἧπαρ ἔκειρον,
> δέρτρον ἔσω δύνοντες, ὁ δ᾽ οὐκ ἀπαμύνετο χερσί·
> Λητὼ γὰρ ἥλκησε, Διὸς κυδρὴν παράκοιτιν,
> Πυθώδ᾽ ἐρχομένην διὰ καλλιχόρου Πανοπῆος."
> 我還目睹提提奧斯——赫赫蓋亞的兒子——
> 躺在地上，覆蓋的面積超過兩英畝。
> 兩隻禿鷲踞坐兩邊，正撕開他的肝臟，
> 啄入腸子深處；他的手哇，欲擋無從。
> 因為，往皮托途中，宙斯榮顯的配偶麗酡，
> 曾在帕諾佩奧斯的蔥蔥草地遭他侮辱。

維吉爾的《埃涅阿斯紀》第六卷五九五——六零零行則這樣描
寫：

nec non et Tityon, Terrae omniparentis alumnum,

cernere erat, per tota novem cui iugera corpus
porrigitur; rostroque inmanis vultur obunco
inmortale iecur tondens fecundaque poenis
viscera rimaturque epulis habitatque sub alto
pectore, nec fibris requies datur ulla renatis.
是的，我還目睹提提奧斯。他是大地——
萬物之母——的養子，身軀伸展時，面積
廣達九畝。一隻巨大的禿鷲，以鈎喙
剝割其不死之肝，並撕啄其內臟，收獲
豐盛的劇痛；在裏面覓食，長駐於胸中
深深的傷口。其肌肉，則一直長痛又重生。

此外尚可參看奧維德《變形記》第四卷四五六——五八行。

124. **提風**：Τυφών (Typhon)，又稱「提福奧斯」或「提法翁」。
地母蓋亞和塔爾塔洛斯的幼子，生於巨人族被奧林坡斯諸神
打敗之後；是個巨人，半人半獸，身上有翼，眼睛噴火，手
指是一百個龍頭，腰部以下全叫群蛇纏繞，身體高於群山，
頭顱上摩星穹，兩手伸展時可以直達東西二極。攻打奧林坡
斯時，除了宙斯和雅典娜，所有的神祇都嚇得化身遁逃。他
與宙斯鏖戰時，曾奪過宙斯手中的鐮刀，割下他手足的肌
腱，把他囚在山洞裏，再命巨龍把守。後來，宙斯獲赫爾梅
斯（一譯「赫爾墨斯」）和潘(Πάν, Pan)救出，再與提風鏖
戰，以雷霆向提風轟擊。提風以大山朝宙斯擲去，宙斯就以
雷霆把大山撞向提風，最後把他壓在埃特那山之底。提風的
身世有不同的說法。一說赫拉沒有跟男性交媾，就生下了提
風。提風與半人半蛇女怪厄基德娜("Εχιδνα, Echidna)生下

許多怪物，其中包括三頭狗怪克爾貝羅斯(Κέρβερος, Cerberus)、格里昂（Γηρυονεύς, Geryon，又譯「革律奧涅斯」或「革律翁」；參看《地獄篇》第六章十三——十八行註）、勒爾那的許德拉(Ὕδρα, Hydra)、雙頭狗怪奧爾特洛斯(Ορθρος, Orthrus)、獅頭、羊身、蛇尾的噴火怪物基邁拉(Χίμαιρα, Chimaera)、毒龍拉冬(Λάδων, Ladon)。

125. **這裏渴求的，這個人能給你供應：這裏**：指地獄。整行的意思是：地獄的陰魂渴求陽間的名聲，但丁能滿足他們的渴求。

128-29. **如果……高齡**：意思是：但丁如果不提早死亡，仍會安享高齡。

136. **噶里森達塔**：波隆亞的兩座斜塔之一，意文"Garisenda"。一一一零年由噶里森迪(Garisendi)家族建造，高一百六十三英尺。

第三十二章

維吉爾和但丁置身於地獄第九層。兩人首先經過該隱界，在那裏看見出賣親人的陰魂。但丁與卡米緒內・德帕茲談話，並且認出了別的陰魂。之後，兩人進入安忒諾爾界，看見出賣國土、出賣個人所屬團體的陰魂受刑。但丁抓住博卡的後脖，逼他招供，認出了更多的陰魂；離開博卡後，看見兩個頭顱在一個洞裏凝堆，上面的頭顱在狂咬下面的頭顱。

眼前陰沉的深坑，所有的巨石
　　都壓向那裏。如果我的詩夠嘶啞，
　　夠刺耳，描寫深坑的情景時稱職，　　3
我會榨盡印象的精髓，記下
　　當時所見；但我沒有這詩才，
　　敘述起來不免恐懼倍加。　　6
因為，形容宇宙最底層的狀態，
　　是艱巨的工作，不可以兒戲，
　　咿呀學語的舌頭也勝任不來。　　9
安菲翁建造忒拜城牆時，有神祇
　　幫助。此刻，盼她們也這樣助我，
　　使我的話不致與事實乖離。　　12
啊，你們這堆壞蛋，深墮
　　這描述維艱的處所而低於眾鬼。

你們當綿羊或山羊，會更加好過！　　　15
我們置身黑暗的深坑，其層位
　　遠遠低於巨人的兩隻腳掌。
　　我正在仰望，驚視著高牆巍巍，　　18
聽到有聲音說：「走路要提防，
　　舉步時，別讓你的腳掌踩到
　　兩兄弟的頭顱。他們既可憐，又頹喪。」21
我回過頭來，見一個湖沼
　　在腳下向前方伸展，冰封的湖面
　　彷彿被玻璃，而非被湖水覆包。　　24
奧地利的多瑙河，或那條映著寒天
　　在更遠處奔流的頓河，在嚴冬
　　鋪起帷幔，也厚不過眼前的白帘。　27
坦貝尼基或皮埃特拉帕納山隆隆
　　塌落湖面，恐怕厚幔的邊緣
　　也不會在重壓下破裂穿孔。　　　30
農婦不斷在夢中拾穗，畦畎
　　就會有青蛙蹲在水中，讓嘴部
　　露出水面，發出閣閣的闐喧。　　33
寒冰中，受刑的陰魂也這樣潛伏，
　　自臉紅的部位以下，全部蒼白。
　　他們敲著牙，像鸛鳥一般鳴呼。　36
每個陰魂的臉，都俯了下來。
　　他們的嘴巴，見證了天氣的嚴寒；
　　他們的眼睛，見證了內心的悲哀。　39
我環視了一會，再向腳下察看，

科庫托斯——眾叛徒

「走路要提防，/舉步時，別讓你的腳掌踩到/兩兄弟的頭顱。他們既可憐，又招惹。」

（《地獄篇》‧第三十二章‧十九─二一行）

見兩個陰魂緊緊地貼在一起，

　　兩個頭顱的亂髮在彼此糾纏。　　　　　42

「請見告，你們是誰呀，要貼胸緊擠？」

　　我問道。陰魂聽後，就抬高頸部，

　　朝我仰起了臉。他們的眼裏，　　　　45

一直只有點濕潤；這時竟汩汩

　　有淚水湧出眼瞼。不過淚水

　　瞬即被寒霜凍結，在中間封住。　　　48

陰魂相壓，比木板閂成一對

　　還要緊。他們按不住強烈的怒火，

　　竟像兩頭公羊般牴牾撞推。　　　　　51

其中一個陰魂，兩隻耳朵

　　因酷寒而喪失，這時仍向前俯首。

「幹嗎這樣緊盯著我們？」他說：　　　54

「你們想知道這兩個人的來頭？

　　比森佐河谷，是他們的產業，

　　原是他們的父親阿爾貝托所有。　　　57

他們是同母所出，即使該隱界

　　尋遍，你也找不到更佳的幽靈，

　　向這一池寒冰之內嵌揳。　　　　　　60

那個被亞瑟王一矛貫穿身影

　　和胸膛的人，那個佛卡恰，以至

　　這個用頭顱擋著我，使我的眼睛　　　63

看不遠的陰魂，都不會更配這冰池。

　　他叫薩索爾‧馬斯克羅尼。如果

　　你是托斯卡納人，該熟悉他的身世。　66

不勞你相問，讓我對你實說：

　「我是卡米緄內・德帕茲，此際

　　正等待卡利諾。他會替我開脫。」　　69

之後，我看見一千張面龐被寒氣

　凍得發紫，不禁渾身噤抖，

　　此後見了冰池也同樣顫慄。　　72

我們繼續朝著中央行走。

　那裏是一切重量所聚。正當

　　我在無盡的陰寒中哆嗦的時候，　　75

不知是命，是運，還是天上

　注定如此，我在頭顱中前進間，

　　竟猛然一腳，踢中了一張臉龐。　　78

那人哭嚷道：「幹嗎踩我的臉？

　是爲蒙塔佩爾提之役報仇

　　而加上一腳？不然怎會叫我煩厭？」　　81

於是我說：「老師，請在此稍候，

　讓我問問他，好解開我的疑團。

　　之後，你要多快，我都跟你走。」　　84

導師聞言而止步。陰魂仍不斷

　厲聲咒罵。於是，我對他這樣說：

　　「你是誰呀？這樣罵個沒了沒完！」　　87

「哼，你又是誰呢？這樣越過

　安忒諾爾界，」他說：「還踢人家的面頰，

　　力度比活著的人還要大得多。」　　90

「我當然是活的。你要名傳邇遐，」

　我答道：「我活著，會給你帶來幸福，

能使尊名列入群賢的流亞。」　　　　　93
「這樣做，恰巧跟我的願望相忤，」
　　陰魂說：「你走吧，別再煩擾我。
　　這深坑的取悅之道，你怎會清楚？」　96
於是，我一手抓住他的後脖，
　　說道：「你還是報上名字來好，
　　不然你的頭髮會全部脫落。」　　　99
「你拔光我的頭髮，」他聽後答道：
　　「也不告訴你我是誰；就算你拷打
　　我的腦袋千遍，我也不會供招。」　102
這時候，我的手已握著他的頭髮
　　用力絞扭，並且拔掉了好幾撮；
　　而他則兩眼下翻，狂吠著漫罵。　105
「又瘋啦，博卡？」另一個人嚷著說：
　　「用上頜下頜一起唱歌還不夠？
　　還要這樣狂吠！你著了什麼魔？」　108
「你聽著，」我說：「我不要你張口！
　　你這個卑鄙的叛徒！無論你怎樣，
　　我都會如實揭發你的醜陋。」　　111
「去吧，」他說：「隨便你怎麼講；
　　只是你一旦離開，也不要忘記
　　為剛才那個饒舌的傢伙開腔。　　114
在這裏，他為法國人的白銀哭泣。
　　你可以說：『我看見過杜埃拉
　　那個人，置身於罪人乘涼之地。』　117
如果有人問，還有誰在一起受罰，

出賣所屬團體者——博卡‧德利阿巴提

於是，我一手抓住他的後腦，／說道：「你還是報
上名字來好，／不然你的頭髮會全部脫落。」

（《地獄篇》‧第三十二章‧九七一九九行）

你還有貝克里亞這個人在旁邊。

　　遭翡冷翠人割開咽喉的就是他。　　　120

而詹尼・德索爾達涅里，我看，就在前面，

　　跟岡涅隆、特保爾德洛爲伍。

　　法恩扎沉睡時，因後者開城而淪陷。」　123

我們離開了博卡，前行了一段路，

　　見兩個陰魂在同一個洞裏凝堆：

　　一個頭像帽子，把另一個罩覆。　　　126

如餓漢在吞嚥麵包解決饞餒，

　　上面的頭正向下面的嚙咬；

　　齒落處，是腦袋和頸背相接的部位。　129

當年，在希臘，提德烏斯怒火內燎，

　　狂噬美納利普斯的顱骨，與幽靈

　　嚼囓腦殼等部分時神情畢肖。　　　132

「啊，你要用吞噬腦袋的獸行，

　　來發洩内心對他的憎恨，告訴我，

　　是什麼原因？我們一言爲定：　　　135

如果你對他恨得有理，」我說：

　　「回到凡間，只要這說話的舌頭

　　不萎，而我又知道他的罪過、　　　138

你的身分，我就會給你報酬。」

註　釋：

1.　　**眼前陰沉的深坑**：指地獄的第九層，也就是最深的一層。

烏戈利諾與大主教魯吉耶里

上面的頭正向下面的啃咬：人齒落處，是腦袋和頸
背相接的部位。

（《地獄篇》·第三十三章·一二八一二九行）

1-2. **所有的巨石／都壓向那裏**：第九層在地心，上面的巨石都彷彿向那裏下壓。

2-3. **如果我的詩夠嘶啞，／夠刺耳**：但丁爲了暗示嘶啞、刺耳的效果，原詩一至九行儘量用嘶啞、刺耳的音素、韻腳："aspre"、"chiocce"、"converrebbe"、"tristo"、"buco"、"rocce"、"suco"、"l'abbo"、"conduco"、"gabbo"、"babbo"。

5. **但我沒有這詩才**：但丁在這裏自謙，更叫讀者覺得，地獄底層不容易描寫。

10. **安菲翁**：’Αμφίων (Amphion)，宙斯和安提奧珀(’Αντιόπη, Antiope)的兒子。茲迭托斯(Ζῆθος, Zethus)是他的孿生兄弟。獲赫爾梅斯賜贈里拉琴。兄弟二人統治忒拜城時爲該城建造城牆。茲迭托斯負責運磚，安菲翁獲繆斯（「神祇」）之助，負責以里拉琴奏樂，使磚塊從基泰隆(Κιθαιρών, Cithaeron)山下降，各就其位而成爲城牆。安菲翁娶妮歐貝(Νιόβη, Niobe)爲妻。後來因妮歐貝誇口，說自己勝過麗酡。結果安菲翁與子女一起被阿波羅殺死。一說安菲翁發了瘋，要毀壞阿波羅的神廟，被阿波羅射殺。安菲翁的事跡，荷拉斯的《詩藝》(*Ars poetica*)三九四—九六行、斯塔提烏斯的《忒拜戰紀》第十卷八七三—七七行都有記載。

11. **她們**：指第十行的「神祇」，即九繆斯。但丁在這裏再向九繆斯求助。在《地獄篇》第二章第七行，但丁已向繆斯直接祈求。

15. **你們當綿羊或山羊，會更加好過**：綿羊或山羊沒有心智，也沒有不滅的靈魂，不會墮入地獄的最深處。

19-21. **聽到有聲音說……又頹喪**：說話的人是誰，迄今仍無定論。一般論者認爲是第五十七行的阿爾貝提兄弟單獨或同時發

聲。參看 Sapegno, *Inferno*, 356; Singleton, *Inferno 2*, 584。

22. **湖沼**：指科庫托斯，即地獄最底層的冰湖。這個冰湖分成四個同心圓區域，用來懲罰四種叛徒。撒旦的巨翼扇風，使湖水結冰。

25. **多瑙河**：歐洲第二大河，全長二千八百五十公里，由德國西南部的黑林山發源，流經歐洲中部的奧地利、捷克、匈牙利、南斯拉夫、羅馬尼亞、保加利亞，在羅馬尼亞和蘇聯交界處流入黑海。

26. **頓河**：在歐洲南部的中俄羅斯丘陵發源，先向東南，再向西南奔流，最後注入亞速海。全長一千九百七十公里。每年的結冰期約爲四個月。古代的歐洲人視爲歐亞分界。

28. **坦貝尼基或皮埃特拉帕納山**：但丁所指是哪一座山，迄今仍無定論。一般論者認爲指今日的坦布拉(Tambura)和帕尼亞・德拉克羅齊(Pania della Croce)山，在意大利托斯卡納郡西北部，是阿爾卑斯山脈的一部分。

31-33. **農婦……闐喧**：但丁再度用日常景物描摹地獄經驗。《地獄篇》第二十二章二五—二八行有類似的描寫。**農婦……在夢中拾穗**：指收穫季，時間是初夏。

36. **他們敲著牙，像鸛鳥一般鳴呼**：鸛鳥無舌，只能以喙部砸打發聲。

38. **他們的嘴巴，見證了天氣的嚴寒**：陰魂敲著牙，冷得發抖，說明冰湖嚴寒。

39. **他們的眼睛，見證了內心的悲哀**：陰魂流淚，說明他們的內心有多哀傷。

41. **見兩個陰魂**：指第五十五行及其後所描寫的陰魂。

52. **其中一個陰魂**：即本章第六十八行的卡米緯內・德帕茲。

56.　　**比森佐**：原文"Bisenzo"，指比森茲奧(Bisenzio)河，流過普
　　　　拉托(Prato)附近，在翡冷翠以西十英里注入阿爾諾河，河谷
　　　　有阿爾貝提伯爵(Conti Alberti)家族的城堡。比森茲奧河谷由
　　　　該家族統轄。

58.　　**他們是同母所出，即使該隱界**：**他們**：指阿爾貝提家族中的
　　　　納坡雷奧內(Napoleone)和阿列山德羅(Alessandro)兄弟。兄
　　　　弟倆是維爾尼奧(Vernio)和切爾拜亞(Cerbaia)的僭主，父爲
　　　　曼戈納(Mangona)伯爵阿爾貝托・德里阿爾貝提(Alberto
　　　　degli Alberti)，母爲伯爵夫人瓜爾德拉達(Gualdrada)。兩人
　　　　因爭奪父親的產業而自相殘殺，結果同歸於盡。**該隱**：該隱，
　　　　亞當和夏娃被逐出伊甸園後所生的第一個兒子，種地爲業。
　　　　其弟亞伯，則以牧羊爲生。兄弟二人向耶和華獻祭時，該隱
　　　　獻谷物，亞伯獻羊羔、脂油。該隱見耶和華偏喜亞伯的祭品，
　　　　心生妒忌，謀殺了亞伯，結果被耶和華逐往伊甸園以東的挪
　　　　得之地。該隱殺亞伯，是人類第一宗謀殺案，也是骨肉相殘
　　　　之始。參看《創世記》第四章。**該隱界**：原文爲"Caina"，
　　　　是科庫托斯的一部分，用來懲罰出賣骨肉親人的陰魂。在《地
　　　　獄篇》第五章第一零七行，芙蘭切絲卡提到該隱界時，說「該
　　　　隱界在等候毀滅我們的人」，意思是：科庫托斯的這一部分，
　　　　在等著懲罰她的丈夫詹綽托(Gianciotto)，因爲詹綽托謀殺了
　　　　弟弟保羅(Paolo)，即芙蘭切絲卡的情夫。

61-62.　**那個被亞瑟王一矛貫穿身影／和胸膛的人**：指亞瑟王的姪兒
　　　　（一說是兒子）摩德勒德（Mordred，法語爲 Mordret），因企
　　　　圖弒君篡位，與亞瑟王交戰時被長矛貫胸刺死。由於亞瑟王怒
　　　　盛力猛，長矛貫穿摩德勒德的胸膛時，陽光透過大洞干擾了身
　　　　影。這一事件，《湖上騎士蘭斯洛特傳奇》(*Histoire de Lancelot*

du lac)及該書的意大利文版都有記載，大概是但丁所本。

62. **佛卡恰**：原名凡尼・德坎切利耶里(Vanni de' Cancellieri)，
皮斯托亞(Pistoia)人，佛卡恰(Focaccia)是其綽號，曾謀殺堂
兄弟。"focaccia"是意大利語「蛋糕」或「烤餅」的意思。

63-64. **這個用頭顱擋著我，使我的眼睛／看不遠的陰魂**：指第六十
五行的薩索爾・馬斯克羅尼。

65. **薩索爾・馬斯克羅尼**：Sassol Mascheroni，翡冷翠人，托斯
基(Toschi)家族的成員，爲掠奪遺產而謀殺親人。

68. **卡米綽內・德帕茲**：原文 Camicion de' Pazzi（Camicione de'
Pazzi 的縮略），曾謀殺親人烏貝爾提諾(Ubertino)，以吞併
兩人共有的城堡。

69. **正等待卡利諾。他會替我開脫**：**卡利諾**：全名卡利諾・德帕
茲(Carlino de' Pazzi)，居於阿爾諾河谷（Val d'Arno，音譯
「瓦爾・達爾諾」），屬翡冷翠白黨。一三零二年，翡冷翠
黑黨和盧卡人圍困皮斯托亞(Pistoia)時，負責據守阿爾諾河
谷的皮安特拉維耶(Piantravigne)城堡，因受賄而出賣白黨，
把城堡獻給敵人。其事跡見 Villani, *Cronica di Giovanni
Villani* (Bosco e Reggio, *Inferno*, 476; Sapegno, *Inferno*, 359;
Singleton, *Inferno* 2, 592-93 均有引述）。卡米綽內這話的意
思是：卡利諾的罪惡比我重，死後會墮進科庫托斯第二圈。
相形之下，我的罪惡就會減輕，結果他會替我「開脫」。

70. **之後……寒氣**：從這句開始，但丁已進入科庫托斯第二圈。

74. **那裏是一切重量所聚**：根據《神曲》的宇宙結構，地獄中央
也是宇宙中央，一切重量都聚向那裏。

78. **一張臉龐**：指博卡・德利阿巴提(Bocca degli Abati)的臉。本
章一零六行會提到博卡的名字。一二六零年，在蒙塔佩爾提

(Montaperti)之戰中，博卡是翡冷翠圭爾佛黨的成員。當時
圭爾佛黨遭西西里王曼弗雷德(Manfred)的軍隊進攻，博卡
把己方的軍旗砍下，導致全軍惶恐，結果圭爾佛黨大敗，吉
伯林黨大勝，再度統治翡冷翠。參看 Toynbee, 101, "Bocca"
條。

80.　**蒙塔佩爾提**：原文"Montaperti"，托斯卡納郡的一個村莊，
　　　在錫耶納以西數英里，位於阿爾比亞(Arbia)的一座山上。一
　　　二六零年九月四日，翡冷翠的圭爾佛黨與錫耶納、翡冷翠的
　　　吉伯林黨在這裏決戰，圭爾佛黨大敗。參看 Toynbee, 454,
　　　"Montaperti"條。對於這場戰爭，《地獄篇》第十章八五—
　　　八六行有這樣的描寫：「大屠殺和蹂躪，／染紅了阿爾比亞
　　　河的水波。」

89.　**安忒諾爾界**：意文"Antenora"（原文八十八行）。**安忒諾爾**
　　　('Aντήνωρ, Antenor)：特洛亞王普里阿摩斯的朋友兼謀士，
　　　梅涅拉奧斯和奧德修斯的朋友，特洛亞戰爭爆發前主張和
　　　平，建議把海倫送還希臘，讓帕里斯與梅涅拉奧斯獨鬥，以
　　　解決兩國的紛爭。特洛亞陷落，希臘人在他的家門前懸掛豹
　　　皮一張，以資識別，結果沒有遭希臘軍隊劫掠。在荷馬以後
　　　的傳說裏，安忒諾爾是個叛徒，幫助希臘人偷去特洛亞的智
　　　慧女神像，並且打開木馬，讓希臘戰士湧出。特洛亞陷落後，
　　　安忒諾爾去了意大利北部，建立帕多瓦城。安忒諾爾界是地
　　　獄第九層第二圈，以安忒諾爾為名，用來懲罰叛徒。

93.　**能使尊名列入群賢的流亞**：指但丁能在自己的著作中提及這
　　　個陰魂，使他們與群賢同列。

106.　**另一個人**：指波索・達多維拉(Buoso da Dovera)，即第一一
　　　六行的杜埃拉(Duera)。波索是克雷摩納(Cremona)吉伯林黨

的領袖。一二六五年，獲西西里國王曼弗雷德委派，抵抗法國安茹的沙爾一世(Charles I d'Anjou)入侵，因爲受賄，出賣曼弗雷德，讓法軍進入帕爾馬(Parma)。次年，曼弗雷德戰敗身死。

109-11. **你聽著……醜陋**：但丁仍在斥責博卡。

114. **剛才那個饒舌的傢伙**：指一零六行的波索（「另一個人」）。

117. **乘涼**：陰魂身在地獄的冰湖而說「乘涼」，反諷的味道頗濃。

119. **貝克里亞這個人**：全名忒騷羅・德貝克里亞(Tesauro dei Beccheria)，瓦洛姆布羅薩(Vallombrosa)的住持，也是教皇駐托斯卡納的使節。屬吉伯林黨。一二五八年出賣圭爾佛黨。次年，吉伯林黨被逐出翡冷翠，他本人也被斬首。

121. **詹尼・德索爾達涅里**：Gianni de' Soldanieri，翡冷翠貴族，屬吉伯林黨。一二六六年，曼弗雷德卒；翡冷翠群眾向吉伯林黨造反時，詹尼加入了造反派行列。

122. **岡涅隆**：意文"Ganellone"；法文"Ganelon"，曾出賣查理大帝的殿後部隊。參看《地獄篇》第三十一章十六—十八行註。

122-23. **特保爾德洛……淪陷**：特保爾德洛："Tebaldello"，出身法恩扎(Faenza)扎姆布拉斯(Zambrasi)家族，吉伯林黨成員。與波隆亞的拉姆貝爾塔茲(Lambertazzi)家族有仇。一二八零年十一月十三日，趁拉姆貝爾塔茲被逐出波隆亞而受庇於法恩扎時，打開法恩扎城門，迎接波隆亞的圭爾佛黨軍隊，出賣了吉伯林黨。

130-31. **提德烏斯……美納利普斯的顱骨**：提德烏斯(Τυδεύς，Tydeus)，攻打忒拜城的七將之一，卡呂冬(Καλυδών，Calydon)王奧紐斯(Οἰνεύς，Oeneus)和佩里玻亞(Περίβοια，Periboea)的兒子。曾獲阿戈斯王阿德拉斯托斯收留。攻打忒

拜城時，爲美納利普斯（又稱「美拉尼坡斯」(Μελάνιππος，Melanippus)）所傷，死前悍然還擊，殺了美納利普斯，擘開他的頭顱，啖食裏面的腦髓。提德烏斯卒前，雅典娜曾獲宙斯准許，準備賜他永生；後來見他如此兇殘，臨時改變初衷。提德烏斯啖腦的情節，見斯塔提烏斯的《忒拜戰紀》第八卷七三九—六二行。

139. **給你報酬**：指但丁爲陰魂公佈眞相。

第三十三章

烏戈利諾伯爵向旅人但丁敘述，他和四個兒子怎樣遭大主教魯吉耶
里出賣，如何被囚於監獄中；父子五人，最後又如何活活餓死。但
丁和維吉爾繼續前進，來到科庫托斯的第三界，也就是多利梅界，
見另一批陰魂被寒冰狠裹，因生時出賣客人而受懲，其中包括阿爾
貝利戈和布蘭卡。

那個罪人放下野蠻的宴餐，
　　仰起口來，用腦袋的頭髮拭嘴。
　　那腦袋的後部，早已被他咬爛。　　　　3
罪人拭嘴後，說：「你要我回歸
　　極度的慘痛嗎？那經驗，光是憶記
　　而不言宣，就叫我肺裂心摧。　　　　6
不過，假如我的話是種子，可以
　　結惡名之果給我所咬的叛徒，
　　那就讓你看我邊說邊哭泣。　　　　9
我不知道你是誰，也不知道什麼路
　　帶你來這裏；不過，聽口音，我的確
　　覺得，翡冷翠該是你籍貫所屬。　　　12
告訴你，我當年是烏戈利諾伯爵。
　　而這個人，是大主教魯吉耶里。
　　讓我告訴你，爲甚麼我跟他同穴。　　15

我怎樣信賴他，怎樣因他的詭計

　　被囚，又怎樣遭到殺身之禍，

　　在這裏，我想再沒有必要重提。　　　18

不過我死前所受的殘酷折磨，

　　你還沒有聽過；現在說給你聽，

　　你就知道，他是否對得起我。　　　21

囚禁我的密室因我而出名，

　　叫做『飢餓』；此後，裏面還會

　　有別的人被囚。外面的月亮，曾經　24

從小孔的隙縫照入密室之內。

　　當一個惡夢爲我把未來的紗幕

　　撕開，月亮已多次向我俯窺。　　　27

夢中，此人是老爺兼領主，正追捕

　　一頭公狼和崽兒。他出獵的山頭

　　遮住了盧卡，比薩人無從得睹。　　30

他帶著儦捷、勇猛而幹練的獵狗，

　　令瓜蘭迪、西斯蒙迪、蘭弗冉基三家衝刺，

　　爲他在隊伍的前方開路奔走。　　　33

雙方竄逐了俄頃，狼父和狼子

　　已顯得筋疲力盡；我彷彿看到

　　它們的兩脅遭利齒咬噬擘撕。　　　36

當我天亮前醒來，時間尚早，

　　我聽見跟我一起的衆兒在睡眠裏

　　哭泣，並且嚷著要吃麵包。　　　39

你知道我心中的兆頭而不哀戚，

　　你就眞正是鐵石心腸了；你現在

不流涕，還有什麼值得你流涕？　　42
這時候，我的孩子們已醒了過來，
　　而敵方也快要給我們送飯了。人人
　　都因剛才的惡夢而感到惶駭。　　45
我聽到凶堡樓下的出口之門
　　被人釘了起來。於是，我一言
　　不發，只望著兒子的臉龐出神。　　48
我沒有哭，彷彿有石頭梗於胸間；
　　孩子們卻哭了。我的小安塞姆問道：
　　『爸爸沒事吧？幹嗎老盯著我的臉？』　　51
我聽後沒有回答，也沒有哭號，
　　而且整個晝夜都是如此，
　　直到太陽再度向世界映照。　　54
當微弱的陽光像一條細絲
　　射進慘惻的監獄，讓我從四張
　　臉孔的反映中看到自己的樣子，　　57
我咬著雙手，感到無限哀傷。
　　幾個孩子看見我這樣，以為
　　我想吃東西，都倏地在我身旁　　60
站起來，說道：『爸呀，把我們撕毀
　　吃掉，我們會好過些。這癟肉體
　　是你披上的，也該由你撕褪。』　　63
我強作鎮定，以免叫他們更悲戚。
　　當天和翌日，我們都不發一言。
　　——幹嗎不擘裂呀，硬邦邦的大地？——　　66
然後，當我們在獄中捱到第四天，

乌戈利诺

「我強作鎮定，以免叫他們更悲戚。」
（《地獄篇》·第三十三章·第六十四行）

噶多仆在我跟前，四肢張開，

　　說道：『爸爸呀，怎麼不幫我脫險？』　69

說完就死了。剩下的三個小孩，

　　到了第五六天，也在我眼前逐一

　　喪生，就像你看見我一樣。我摸來　72

摸去，瞎著眼摸索每個屍體，

　　一連兩天呼喚著他們。最後，

　　還是飢餓的力量戰勝了哀戚。」　75

陰魂說完了這番話，就斜睨著雙眸，

　　繼續用利齒咬噬那可憐的顱骨。

　　那利齒像狗牙，最善於啃囓骨頭。　78

啊，比薩，在說 sì 的美麗國度，

　　你使各族的黎庶感到羞恥。

　　既然鄰邦都緩於把你懲處，　　　81

就讓卡普萊亞和戈爾戈納改換位置，

　　把阿爾諾河之口堵塞起來，

　　讓大水把全城的居民淹溺吞噬。　84

即使烏戈利諾伯爵曾經有出賣

　　比薩城堡的名聲，你也不應

　　叫他的兒子受那樣的折磨之災。　87

新忒拜啊，他們年紀尚輕，

　　都是無辜；烏圭綽內、布里噶塔，

　　以及上述兩個都不該受刑。　　　90

我們繼續前進。不一會，到達

　　另一處時，見寒冰狠裏的另一批

　　陰魂仰躺著，並沒有低首俯趴。　93

烏戈利諾與噶多

噶多仆在我跟前，四肢張開，／說道：「爸爸呀，
怎麼不幫我脫險？」
（《地獄篇》·第三十三章·六八一六九行）

諾戈利烏

還是飢餓的力量戰勝了哀戚。

（《地獄篇》·第三十三章·七五行）

那裏，哭泣本身使他們無從哭泣，

　　痛苦也在眼裏遭到阻礙

　　而流回眼內，使至痛變得更猛厲。　　96

因爲，先流的眼淚會凝結成塊，

　　結果呢，就恍如一個水晶臉盔，

　　在眉毛之下把整個眼眶覆蓋。　　99

由於酷寒的緣故，我對周圍

　　失去了感覺，彷彿置身於跡中，

　　臉上沒有了冷熱。然而，這一會，　　102

我好像感到有一絲微風在吹動。

　　於是說：「老師呀，這裏怎會有風呢？

　　這裏的蒸氣，早就消散一空。」　　105

老師答道：「你一會就明白了。

　　在前面看了狂風下颳的原因後，

　　你的眼睛是會給你答案的。」　　108

這時，冰層裏的一個哀魂張口

　　喊叫：「你們這些人，眞是狠毒，

　　竟被遣到這最深的壕溝！　　111

你們哪，快扯開我臉上的硬幕，

　　在眼淚再度凝結前，讓我

　　把充塞心中的悲哀稍稍傾吐。」　　114

「你要我幫忙，得先告訴我，」我說：

　　「你是誰。之後，要是我不讓你舒弛，

　　就讓我墮進寒冰，在底層沉没。」　　117

陰魂說：「我是阿爾貝里戈修士，

　　因壞果園中的壞水果而出名；

我投了壞桃，結果遭壞李回擲。」　　　　120
「哦！」我說：「你已經變成幽靈？」
　他聽後說：「我也不知道，在凡間，
　我的肉體現在是怎樣的光景。　　　　123
多利梅界這一帶獲得優先：
　陽間的靈魂常常向這裏下墮，
　而不必先等阿特羅坡斯差遣。　　　　126
為了使你更樂意為我洗脫
　玻璃般黏在我臉上的淚水，
　就告訴你吧：靈魂一旦像我　　　　129
把客人出賣，肉體就馬上叫魔鬼
　奪取，然後就一直受魔鬼控制，
　到刑期結束才可以返回原位。　　　　132
當靈魂飛快地直墮這個冰池，
　肉體也許仍然在上方出現，
　但幽靈已在我後面歡度冬日。　　　　135
如果你剛到這下界，且聽我一言：
　他是布蘭卡先生，屬多里亞家族，
　遭這樣的禁錮已經有多年。」　　　　138
我回答說：「你在欺我耳目；
　布蘭卡・多里亞從來沒死過，
　而且一直在吃喝、睡眠、穿衣服。」　141
「在上面，在眾邪爪的深溝，」幽靈說：
　「膠黏的瀝青在沸騰。米凱勒・贊凱
　還沒有向上面那條深溝下墮，　　　　144
這個傢伙的靈魂就離開了形骸，

把魔鬼留在體內。跟他一起

幹陰險勾當的親屬也同樣可哀。　　　　　147

不過，請你伸手向這裏前移，

擘開我的眼睛。」我沒有這樣做；

對他無禮，就等於對他有禮。　　　　　150

啊，熱那亞人哪，你們這一伙，

背離了所有嘉風，惡貫滿盈，

應該嚐嚐遭世界放逐的苦果。　　　　　153

因爲，我看見你們的一個幽靈，

與羅馬亞最壞的陰魂爲伍。

他作惡多端，陽軀似乎有生命；　　　　　156

靈魂早已在地獄的冰池沉浮。

註　釋：

1.　　**放下野蠻的宴餐**：指罪人放下他啃噬的腦袋。

13-18.　**烏戈利諾……沒有必要重提**：烏戈利諾，全名烏戈利諾・德
拉格拉爾德斯卡(Ugolino della Gherardesca)，約生於一二二
零年，於一二八九年活活餓死。是多諾拉提科(Donoratico)
伯爵，出身吉伯林黨家庭，祖裔屬倫巴第。在世的大部分時
間，所屬城鎮比薩(Pisa)都由吉伯林黨統治。烏戈利諾十分
富有，在撒丁島和比薩的近海沼澤區擁有大量土地。一二七
五年，與屬於圭爾佛黨的親人卓凡尼・維斯孔提(Giovanni
Visconti)串謀造反，企圖奪取吉伯林黨在比薩的統治權，事
敗後被放逐。一二七六年獲翡冷翠圭爾佛黨支持，重返比

薩，取回財產，恢復昔日的權位。一二八四年八月十日，比薩與熱那亞在美洛里亞(Meloria)發生海戰，大敗。在該場戰役中，烏戈利諾負責指揮比薩的戰船。儘管在戰爭中敗績，戰後仍獲任最高行政官。烏戈利諾爲了保存比薩的實力，離間熱那亞、翡冷翠、盧卡，曾把若干城堡讓與翡冷翠和盧卡的圭爾佛黨，結果敵對者指他出賣比薩利益。一二八五年，其孫子尼諾・維斯孔提(Nino Visconti)獲邀，與他分擔最高行政官一職。尼諾屬圭爾佛黨，立場有別。一二八八年，祖孫二人因權力鬥爭被逐出比薩。其後，大主教魯吉耶里・德利烏巴爾迪尼(Ruggieri degli Ubaldini)打敗了圭爾佛黨，重建吉伯林黨。在外流放的烏戈利諾答應與圭爾佛黨斷絕關係，然後應大主教魯吉耶里之邀返回比薩。魯吉耶里是吉伯林黨成員，本已答應調停本黨與烏戈利諾之間的嫌隙。最後卻出賣了烏戈利諾，把他和兒子噶多(Gaddo)、烏圭緽內(Uguiccione)、孫子尼諾（Nino，並非 Nino Visconti，而是緽號 "il Brigata"（大伙）的 Nino il Brigata。參看本章第八十九行註）、安塞姆(Anselm)囚禁，於一二八九年三月把五人活活餓死，。烏戈利諾要在科庫托斯受刑，是因爲他串同圭爾佛黨謀反，出賣了自己所屬的黨派。魯吉耶里則因爲出賣烏戈利諾而致罰。一二八九年，魯吉耶里辭去最高行政官一職。不久，繼任者退下，由圭多・達蒙特菲爾特羅(Guido da Montefeltro)取代。關於達蒙特菲爾特羅的生平，參看《地獄篇》第二十七章第十九行註。**魯吉耶里**：魯吉耶里・德利烏巴爾迪尼(Ruggieri degli Ubaldini)，烏巴爾迪諾・達拉皮拉（Ubaldino dalla Pila，參看《煉獄篇》第二十四章第二十八行）的兒子，紅衣主教奧塔維阿諾・德利烏巴爾迪尼

（Ottaviano degli Ubaldini，參看《地獄篇》第十章第一二零行）的姪兒。一二七八年出任比薩大主教；其後更憑權術奪得該城最高行政官(podestà)之職。烏戈利諾在陽間遭魯吉耶里活活餓死，死後咬嚙魯吉耶里的頭顱，是報應式懲罰的另一例。烏戈利諾說「沒有必要重提」（第十八行），是因爲托斯卡納人都熟悉他的經歷。

22-23. **囚禁我的密室因我而出名，／叫做『飢餓』**：「密室」，原文是"muda"，可直譯爲「鷹籠」，是鷹用來換羽的地方。由於烏戈利諾和子孫都在這個密室裏餓死，密室又稱「飢餓之塔」("Torre della Fame")。該塔原爲瓜蘭迪(Gualandi)塔，原址成了今日比薩的騎兵廣場(Piazza dei Cavalieri)。

23-24. **此後，裏面還會／有別的人被囚**：這是預言，指烏戈利諾之後，還會有別的囚犯被關進去。

26-27. **當一個惡夢爲我把未來的紗幕／撕開**：這裏用了借喻（「未來的紗幕」），指惡夢向烏戈利諾預示未來。根據第三十七行的描寫，烏戈利諾的夢大概在破曉時發生。中世紀的人相信，破曉的夢最靈驗。參看《地獄篇》第二十六章七—十二行註。

27. **月亮已多次向我俯窺**：烏戈利諾和兒孫於一二八八年七月被囚，於一二八九年二月餓死。因此說「月亮……多次」（數月）向他俯照。

28. **此人**：指魯吉耶里。

29. **一頭公狼和崽兒**：「公狼」指烏戈利諾；「崽兒」指烏戈利諾的兒子和孫子。

29-30. **他出獵的山頭／遮住了盧卡**：「山頭」可能指比薩山(Monte Pisano)，也可能指朱利阿諾山(Monte Giuliano)。後者在比薩和盧卡之間。

31.	**獵狗**：象徵比薩的民眾，由大主教魯吉耶里唆使。

32. **瓜蘭迪、西斯蒙迪、蘭弗冉基**：比薩的大族，屬吉伯林黨，受大主教魯吉耶里唆使。

38. **眾兒**：據但丁的說法，與烏戈利諾一起被囚的，是四個兒子；根據史實，是兩個兒子、兩個孫子。

44-45. **人人／都因剛才的惡夢而感到惶駭**：指烏戈利諾的幾個兒子（孫子）也做了惡夢，而且夢境相同。

46. **凶堡**：指囚禁烏戈利諾和兒孫的城堡，即二二—二三行註的「飢餓之塔」。

50. **小安塞姆**：原文"Anselmuccio"。安塞姆(Anselm)是烏戈利諾大兒子圭爾佛(Guelfo)之子，尼諾(Nino)之弟，卒時約十五歲。"-uccio"是意大利語中的暱稱或小稱(diminutivo)。

54. **直到太陽再度向世界映照**：也就是說，過了一日一夜。

56-57. **讓我從四張／臉孔的反映中看到自己的樣子**：烏戈利諾可以從兒子的臉孔猜測自己的樣子，因為五個人的處境相同。

62-63. **這癯肉體／是你披上的，也該由你撕褪**：兒子是父親所生，肉體由他賦形，該由他褪去。這句話的構思，使人想起《約伯記》第一章第二十一節："Nudus egressus sum de utero matris meae, et nudus revertar illuc. Dominus dedit, Dominus abstulit."（「我赤身出於母胎，也必赤身歸回；賞賜的是耶和華，收取的也是耶和華。」）參看 Singleton, *Inferno 2*, 616。

66. **幹嗎不擘裂呀，硬邦邦的大地**：這句是修辭學所謂的呼語(apostrophe)。烏戈利諾感情激動悲憤，突然離開正題，對大地說話。Vandelli 指出，這行使人想起《埃涅阿斯紀》第十卷六七五—七六行："Aut quae iam satis ima dehiscat / terra mihi?"（「此刻呀，哪一片大地能擘開，／深得能把我吞

629

噬？」）；第十二卷八八三—八四行："o quae satis ima dehiscat / terra mihi"（「啊，哪裏有深壑擘開？好讓我撲進去」）。

68. **噶多**：烏戈利諾的四兒。

69. **爸爸呀，怎麼不幫我脫險**：Durling (528)、Mandelbaum (*Inferno*, 392)、Singleton (*Inferno 2*, 617)等論者指出，這句與耶穌卒前的呼號相近。參看《馬太福音》第二十七章第四十六節："Eli, eli, lamma sabacthani？ hoc est：Deus meus, Deus meus, ut quid dereliquisti me?"（「以利！以利！拉馬撒巴各大尼？」就是說：「我的神！我的神！爲甚麼離棄我？」）

74-75. **最後，／還是飢餓的力量戰勝了哀戚**：有些論者（如 Allen Mandelbaum, *Inferno*, 392）認爲，最後，烏戈利利諾雖然哀戚，卻忍不住飢餓，被迫吃兒孫的屍體。不過大多數論者（如 Fredi Chiappelli, 175)認爲，此句的意思是：最後，叫烏戈利諾喪生的是飢餓，並不是哀戚。

79. **説 sì的美麗國度**：指意大利。在拉丁系語言中，意大利語的肯定式副詞是 sì。參看但丁的《俗語論》(*De vulgari eloquentia*, I, VIII, 6)：

Totum autem quod in Europa restat ab istis, tertium tenuit ydioma, licet nunc tripharium videatur; nam alii *oc*, alii *oïl*, alii *si* affirmando locuntur; ut puta Yspani, Franci et Latini.

不過，在歐洲的另一地區，還有第三種語言，流行於各處，而又跟其餘兩種語言有別，儘管這第三種語言，今日已分爲三種形式。因爲說這種語言的人，使用肯定式的時候，有的說 *oc*，有的說 *oïl*，有的說 *si*。他們就是

西班牙人、法國人、意大利人。

81. **鄰邦**：指翡冷翠人和盧卡人。他們當時屬圭爾佛黨，與比薩爲敵。

82. **卡普萊亞和戈爾戈納**：地中海的兩個小島，位於科西嘉東北，接近阿爾諾河的出口，在但丁時期屬比薩。

85-86. **出賣／比薩城堡的名聲**：指烏戈利諾曾被指控，把比薩的城堡讓與敵方。參看本章十三—十八行註。

88. **新忒拜**：古希臘的忒拜城，儘多罪惡、殺戮、倫常慘變。現在比薩變成了另一個忒拜。有關忒拜典故，參看《地獄篇》第十四章第四十六行；第二十章第三十四行；第二十六章五二—五四行；第三十章一—十二行；《煉獄篇》第二十二章五六—五八行；《天堂篇》第二十一章第六行。

89. **烏圭綽內、布里噶塔**：烏戈利諾的兒子和孫子。烏圭綽內是烏戈利諾的幼子，排行第五，也是噶多的弟弟。布里噶塔是烏戈利諾大兒子尼諾(Nino)的綽號，原文"Brigata"（意爲「一伙」，「一群」，「一幫」；「隊」；「旅」）的譯音。參看本章十三—十八行註。

90. **上述兩個**：指小安塞姆(見第五十行)和噶多(見第六十八行)。

92. **另一處**：指科庫托斯的第三圈，即多利梅界（參看本章第一二四行）。生時出賣朋友、客人的陰魂，都在這裏受刑。

94-96. **那裏……流回眼內**：陰魂一流淚，眼淚立刻凝結，結果要哭也哭不成。

105. **這裏的蒸氣，早就消散一空**：但丁時代的人相信，太陽的熱量能使蒸氣變成風。這行的言外之意是：這裏沒有蒸氣，又沒有太陽，怎會有風呢？

109.　**一個哀魂**：指第一一八行的阿爾貝里戈修士。

116-17.　**之後⋯⋯在底層沉沒**：旅人但丁在欺騙陰魂，以其人之道還治其人之身，因爲到了後來，但丁並沒有履行諾言（參看本章一四九—五零零行）。這是報應式懲罰的另一例子。

118.　**阿爾貝里戈**：原文"Alberigo"。阿爾貝里戈是個修士，快樂修士會(Frati Godenti)成員（參看《地獄篇》第二十三章第一零三行註），出身法恩扎(Faenza)的曼弗瑞迪(Manfredi)家族，屬圭爾佛黨。其近親曼弗瑞多陰謀跟他爭權，因此得罪了他。阿爾貝里戈佯作大方，不計前嫌，設宴款待這個近親及其子。宴畢，阿爾貝里戈以暗號「拿水果來」("Vengan le frutta")呼召刺客，把近親父子殺害。意大利語 "le male frutta di frate Alberigo"（「阿爾貝里戈的壞水果」），成了有名的諺語。

119.　**因壞果園中的壞水果而出名**：指阿爾貝里戈以「拿水果來」一語爲暗號殺人。這行有反諷意味。

120.　**我投了壞桃，結果遭壞李回擲**：原文是："che qui riprendo dattero per figo"。"dattero"是「海棗」，"figo"即fico，指「無花果」。句子的直譯是：「我投了海棗，結果遭無花果回擲」。意思是：我犯了罪，現在惡有惡報。

121.　**哦⋯⋯你已經變成幽靈**：阿爾貝里戈約於一三零七年卒；一三零零年三月尚在人間，置身意大利拉溫納。此刻，但丁見他的靈魂已經到了地獄，不禁大詫。

122-23.　**我也不知道，在凡間，／我的肉體現在是怎樣的光景**：在《地獄篇》第十章一零零——零八行，法里納塔指出，陰魂「只看見⋯⋯較遠的景物」；「近一點或眼前的東西，⋯⋯就全部／理解不到」。這裏的話印證了法里納塔的說法。

124. **多利梅界**：多利梅(Ptolemaeus)，亞巴巴之子，由岳父大祭司西門任命爲耶利哥平原的司令官。出於野心，要奪取全國的統治權，於是設宴埋伏殺手，謀殺了西門和西門的兩個兒子（瑪他提亞和猶大）。參看《聖經次經・馬卡比傳上》第十六章第十一——十七節。科庫托斯的多利梅界以他命名。多利梅界，專門懲罰出賣朋友、客人的陰魂。有些論者認爲，多利梅界原文爲"Tolomea"，以埃及國王托勒密十二世（Ptolemaios XII，或 Ptolemaeus XII，或 Ptolemy XII，）爲名。托勒密十二世於公元前五一——公元前四七年在位。龐培被凱撒打敗，逃往埃及，遭托勒密十二世謀殺。如果"Tolomea"以托勒密爲名，漢譯應爲「托勒密界」。二說之中，以第一說較爲可信，因此譯者以「多利梅界」譯"Tolomea"。參看 Bosco e Reggio, *Inferno*, 497; Sapegno, *Inferno*, 373; Singleton, *Inferno 2*, 622-23; Sisson, 570。

126. **阿特羅坡斯**：古希臘語 Ἄτροπος(Atropos)。古希臘神話有命運三女神，即所謂摩賴（Μοῖραι，拉丁語 Parcae，或 tria Fata，英語爲 the three Fates），是三姐妹，父母爲厄瑞玻斯(Ἔρεβος, Erebus)和夜神尼克斯(Νύξ, Nyx)。三姐妹分別叫克羅托(Κλωθώ, Clotho)、拉克西斯(Λάχεσις, Lachesis)、阿特羅坡斯。塵世有人出生，克羅托就爲他紡織生命之線；拉克西斯就拿著繞線桿，決定生命線的短長；最後由阿特羅坡斯手持剪刀，把生命之線剪斷。生命之線一斷，這個人的壽命就會結束。有時候，陽間的人如果太邪惡，陽壽未完，其靈魂就會提前向地獄第九層第三界下墮。Sapegno (*Inferno*, 373)指出，這一安排，是但丁所創，曾引起宗教人士非議。但丁的兒子皮耶特羅爲父親辯護，指出這一描寫只是寓意，

不必當眞。

128. **玻璃般**：此語強調眼淚結冰，視覺效果鮮明。

132. **返回原位**：指肉體與靈魂再度結合。

135. **歡度冬日**：原文爲"verna"，有諷刺意味。

137. **布蘭卡先生，屬多里亞家族**：布蘭卡，全名布蘭卡・多里亞
(Branca d'Oria)，生卒年份約爲一二三三——一三二五，出身
熱那亞多利亞家族，屬吉伯林黨，岳父米凱勒・贊凱（參看
《地獄篇》第二十二章第八十八行註）是洛戈多羅的總督。
一二七五年（一說一二九零年），布蘭卡爲了奪取岳父的職
權，邀岳父赴宴，然後串同一名親屬，把他殺害。見 Sapegno
(*Inferno*, 374) 引 Anonimo fiorentino。

142. **在眾邪爪的深溝**：指地獄第八層罪惡之囊的第五囊。

146-47. **跟他一起／幹陰險勾當的親屬**：指幫助布蘭卡謀殺岳父的
人。**同樣可哀**：這名親屬的靈魂也墮進了科庫托斯第三界。

150. **對他無禮，就等於對他有禮**：意思是：出賣出賣者，不算出
賣。但丁時期，大家都認爲，對於叛徒不必守信。因此，儘
管旅人但丁在本章一一五——一一七行答應幫阿爾貝里戈修士
的忙，現在食言，也完全正確。參看《地獄篇》第二十章第
二十八行：「在這裏，憐憫死透了才長得繁茂。」有關這一
論點，參看 Bosco e Reggio, *Inferno*, 499; Sapegno, *Inferno*,
374-75; Vandelli, 335; Singleton, *Inferno 2*, 624-25。

151. **熱那亞人哪**：在這裏，但丁向凡間的熱那亞人講話。

154. **你們的一個幽靈**：指布蘭卡・多里亞。

155. **羅馬亞最壞的陰魂**：指阿爾貝里戈修士。

第三十四章

但丁和維吉爾離開多利梅界後，到了地獄第九層的最深處，也就是
科庫托斯的第四界，又叫猶大界。在猶大界受刑的，是背叛恩人的
罪魂。但丁和維吉爾目睹身軀龐大的撒旦冰封在湖中，用三個口分
別啃齧猶大、布魯圖、卡西烏。然後，兩人沿撒旦身體的粗毛下降，
穿過地心，循一條深入地下的天然通道攀上南半球，再度看見了群
星。

「Vexilla regis prodeunt inferni，

　　正朝著我們的方向。」老師說：「如果

　　你認得他，就把視線前移。」　　　　　3

這時候，空間彷彿有濃霧鬱勃，

　　又彷彿地球的這一邊暝色下覆，

　　遠處有風車隨風旋轉、起落。　　　　　6

我見到的，就是類似的建築。

　　由於風太強，周圍又沒有牆壘，

　　我退到導師的背後求庇護。　　　　　　9

我置身的地方，此刻要悚然吟誦：

　　那裏，所有的幽靈都全身被罩，

　　看來就像麥稈密封在玻璃中。　　　　　12

躺著的；豎直的；有的頭足顛倒；

　　有的以腳底站立，上首下足；

有的弓著身，面龐向雙腳緊靠。　　　　15
我們向前方走了一段路途，
　　老師覺得時辰已屆，該讓我
　　觀看一個不再嘉美的生物。　　　　18
於是駐足，叫我停下來，說：
　　「這就是冥王狄斯。在這裏，
　　你得以堅忍之志加強心魄。」　　　21
當時，我如何心寒得全無力氣，
　　讀者呀，別問我了，我寫不出來，
　　因為一切言語都難以描記。　　　　24
我沒有死，也不再是活形骸。
　　如果你稍微聰明，就會領悟，
　　生死都被奪去是什麼狀態。　　　　27
苦國之帝立在自己的疆土，
　　只有胸膛的上部從寒冰矗起；
　　其手臂之於巨人，遠遠超出　　　　30
巨人與我在身型上的比例。
　　那麼，請想想，要與這手臂相配，
　　苦國之帝得有多大的軀體。　　　　33
如果他的醜陋相等於昔日之美，
　　如果他膽敢對創造者橫眉怒目，
　　成為眾苦之源也在意料內。　　　　36
我眼前的景象啊，叫我大為驚怵。
　　我看見他頭上有三張面孔：
　　長在前面的一張鮮紅如朱；　　　　39
另外兩張，分懸在雙肩的正中，

鬼魔──界大牆

「這就是冥王狄斯。在這裏，／你得以堅忍之志加
強心魄。」
（《地獄篇》·第三十四章·二○一二行）

　　與第一張面孔緊緊相連，

　　　　然後全在頭顱的頂部聚攏。　　　　　42

　右邊的一張介乎黃白之間；

　　　　左邊的一張，在樣貌和膚色上，

　　　　恍如尼羅河源頭部族的顏面。　　　　45

　每張臉的下方，有兩隻巨大的翅膀。

　　　　翅膀的面積配得上一隻大鳥；

　　　　我見過的海帆，都無法和它頡頏。　　48

　那些翅膀都沒有羽毛，卻酷肖

　　　　蝙蝠之翼。撒旦把巨翅鼓動，

　　　　巨翅的下面就湧出三股寒飆；　　　　51

　科庫托斯，就全部凝結在冰中。

　　　　撒旦的六隻眼睛都在哭泣，

　　　　眼淚和血涎向三個下巴滴湧。　　　　54

　每個口裏的牙齒恍如打麻機，

　　　　正在把一個罪人嚙齘壓碾，

　　　　使三者的苦痛互相匹敵。　　　　　　57

　對前邊的一個而言，咬嚙嚼研

　　　　和刮抓相比，真是輕微難侔：

　　　　他背脊的皮膚，有時候不剩一片。　　60

　「上面那亡魂，受的是刑罰之首，」

　　　　老師對我說：「他是加略人猶大，

　　　　頭顱在口內，雙腳在口外猛抖。　　　63

　其餘兩個罪人，頭顱倒掛。

　　　　一個是布魯圖，懸吊在黑嘴外──

　　　　你看，他扭著身體，一語不發。　　　66

另一個是卡西烏，有粗壯的形骸。

　　又是黑夜了，我們什麼景物

　　都已經看過，現在就得離開。」　　　　69

我聽了指示，就抱住老師的頸部。

　　於是，老師覷準時間和著足點，

　　待兩隻巨翅向外邊充分展舒，　　　　72

就攀著長滿了粗毛的肋脊兩邊，

　　然後，沿簇簇粗毛降落下方，

　　穿過亂毛叢和冰封的硬皮之間。　　　75

當我們降到撒旦的大腿之上，

　　也就是腿臀相接而隆起的部位，

　　導師掉頭沿撒旦的毛腿上望，　　　　78

氣喘吁吁的，顯得十分疲累，

　　然後緊抓著粗毛，彷彿要上蹐，

　　叫我以為，我們向地獄回歸。　　　　81

「抓緊哪，我們要沿著這些階梯，」

　　老師彷彿筋疲力盡，喘著氣說：

　　「才能離開這充滿罪惡之地。」　　　84

說完，就穿過一塊巖石的孔豁，

　　把我抱起來，讓我坐在石畔；

　　然後舉步，小心翼翼地靠近我。　　　87

我舉目上望，以為看到的撒旦，

　　處境和姿勢會像先前所見；

　　卻見他雙腳朝上，身體倒翻。　　　　90

這時候，我如何叫困惑拘牽，

　　蠢人也可以猜想——儘管他們

不知道我越過了空間的哪一點。 93
「站起來吧，」老師說：「用你的腳跟。
　　行程可艱辛哪，路途也很長，
　　而太陽已到了第三課的一半時辰。」 96
我們置身處，並非宮殿的走廊，
　　而是深入地下的天然通道——
　　路面崎嶇，而且黑暗無光。 99
「老師呀，我從這個地獄的黑牢
　　上升前，跟我說幾句解惑的話吧。」
　　我站了起來，就向老師啓告： 102
「寒冰在哪裏？這個傢伙要倒掛，
　　是什麼回事？爲什麼俄頃之間，
　　太陽已經從黃昏向黎明飛跨？」 105
「你還以爲自己在地心的另一邊——
　　我緊抓害蟲粗毛的地方——」老師說：
　　「那條蟲，囓穿了世界，滿身罪愆。 108
我下降時，說你在那邊並沒錯。
　　不過我轉身時，你已經穿過地心——
　　所有的重量都向那一點飛墮。 111
此刻，你置身南半球，與北半球爲鄰。
　　北半球燾覆乾陸，人類之主
　　在那裏出世、生活；他不是罪民—— 114
卻在那裏的天頂下遭到殺戮。
　　你的雙腳正踏著一個小球體。
　　猶大界的另一邊，由小球蓋覆。 117
在時間上，這邊是朝，那邊就是夕。

　　那個給我們毛髮之梯的傢伙，

　　　身體仍然倒掛，跟往昔無異。　　　　　　120

當年，他從天堂向這邊下墮。

　　　這裏的土地，本來挺拔高舉，

　　　由於懼怕他而隱沒於海波，　　　　　　　123

然後來到我們的半球。也許，

　　　那邊的陸地見他飛墜，就逃往

　　　上方，在此留下這空虛的一隅。」　　　　126

在我們下面，有一個地方，

　　　在魔鬼墳墓的盡頭，遠離魔鬼，

　　　眼睛看不見，只傳來水聲的激盪。　　　　129

在一個不太陡的斜坡上，溪水

　　　蜿蜒而去，在一塊石上沖出

　　　缺口，再沿缺口向該處下墜。　　　　　　132

我和導師沿這條隱蔽的道路

　　　踏上歸途，向光明的世界進發；

　　　沒有稍息，我們也滿不在乎。　　　　　　135

我跟著導師一直往上方攀爬，

　　　到後來，透過一個圓洞，眼睛

　　　看見了天堂的一些麗景光華；　　　　　　138

一出來，史冉度看見了群星。

註　釋：

1.　　**Vexilla regis prodeunt inferni**：這行是拉丁文，意為「地獄

通往陽間的道路
我和導師沿這條隱蔽的道路／踏上歸途，向光明的
世界進發……

（《地獄篇》，第三十四章，一三三──三四行）

兩位詩人從地獄出來
一出來，更再度看見了群星。
（《地獄篇》，第三十四章，第一三九行）

之王的旗幟在向前」。改編自天主教歌頌十字架的一首拉丁文讚美詩。原詩於聖周（又稱「受難周」，即復活節前的一周）誦唱，由苦難主日前的星期六晚課誦唱到濯足節。原詩為法國普瓦捷(Poitiers)主教溫南提烏斯・佛圖納圖斯（Venantius Fortunatus，公元五三五—六零零）所作，用來迎接十字架。第一節第一、二行的原文如下：

> Vexilla regis prodeunt，
> fulget crucis mysterium…
> 君王的旗幟向前，
> 十字架的奧秘輝耀……

但丁引用這首讚美詩，並稍加改動，反諷的味道極濃。經改動的引文與原詩呼應間，叫讀者覺得，地獄是天堂的扭曲，撒旦是基督的反面。參看 Bosco e Reggio, *Inferno*, 505; Sapegno, *Inferno*, 378; Tommaseo, *Inferno*, 404; Vandelli, 337; Singleton, *Inferno 2*, 626-27。

2. **正朝著我們的方向**：讀者在下面就會發覺，第一行的所謂「旗幟」，並不能移動，與讚美詩中的旗幟有別。唯其不能移動，兩者的對比更鮮明，反諷的意味也更強烈。

5. **地球的這一邊**：指北半球，即翡冷翠所在。根據《神曲》的地理體系，耶路撒冷位於北半球中央。

10. **我置身的地方**：指地獄第九層（科庫托斯）的第四界，也就是猶大界(Giudecca)。這一界專門懲罰出賣恩人的陰魂。猶大界一名到本章第一一七行才出現。

18. **不再嘉美的生物**：指魔鬼撒旦。撒旦墮落前，有"Lucifer"

（意爲「曉星」、「明亮之星」、「早晨之子」）的美稱。
Lucifer 一詞，源出拉丁文，由拉丁文 lux（光）和 fero（攜；
帶）組成，直譯是「攜光者」、「帶光者」。

20. **冥王狄斯**：指撒旦。參看《地獄篇》第十一章第六十五行；
第十二章三八—三九行。

25. **我沒有死，也不再是活形骸**：這行強調旅人但丁如何駭怖。

28. **苦國之帝**：原文"Lo 'mperador del doloroso regno"，是《地
獄篇》第一章第一二四行"quello imperador che là su regna"
（「統治天界的皇帝」）的顛倒、扭曲。撒旦爲帝，所統的
地獄是痛苦的狹土；上帝爲君，所治的天堂是永樂的廣疆。

30. **巨人**：參看《地獄篇》第三十一章有關巨人的描寫。

34-35. **如果……橫眉怒目**：指撒旦驕傲嫉妒，背叛上帝。

36. **成爲眾苦之源也在意料內**：撒旦是人類眾苦的源頭。Vandelli
(339-40)、Bosco e Reggio (*Inferno*, 507)、Sapegno (*Inferno*,
380)均引奧古斯丁的話說明這一論點："Omnia mala mundi
sua sunt pravitate commixta"（「世間萬惡都源於他〔撒旦〕
的邪惡」）。此外，參看《啓示錄》第十二章第九節："Et
proiectus est draco ille magnus, serpens antiquus qui vocatur
diabolus et Satanus, qui seducit universum orbem."（「大龍就
是那古蛇，名叫魔鬼，又叫撒旦，是迷惑普天下的。他被摔
在地上……」）；《耶利米書》第一章第十四節："Ab aquilone
pandetur malum super omnes habitatores terrae."（「必有災禍
從北方發出，臨到這地的一切居民。」）；米爾頓《失樂園》
第一卷一—三行：

…Man's first disobedience, and the fruit

Of that forbidden tree, whose mortal taste

Brought death into the world, and all our woe,

With loss of Eden…

……其始也，人類首度忤逆；那棵

禁樹之果，一啖就已經致命，

把死亡，把眾苦帶進世界裏，

而伊甸之園也同時失去……

38.　**三張面孔**：撒旦有三張面孔，是三位一體的顛倒、扭曲。此外，三張面孔的「三」，與三位一體的「三」也形成對比。

45.　**恍如尼羅河源頭部族的顏面**：「尼羅河源頭部族」，指非洲的埃塞俄比亞人。非洲人臉黑，撒旦左邊的臉也如是。

49.　**那些翅膀都沒有羽毛**：撒旦的翅膀與墮落前有別：墮落前，他是六翼天使，也就是最高一級的天使，翅膀有羽毛；墮落後，翅膀失去了羽毛，就像蝙蝠的翼。

54.　**血涎**：撒旦因咬嚙罪人，涎沫有血。

62.　**加略人猶大**：一譯「依斯加略人猶達斯」。耶穌十二門徒之一。十二門徒之中，只有他不是加利利人。猶大精明能幹，負責掌管錢袋。由於貪婪，為了三十塊錢而出賣耶穌。他帶領大祭司的差役到達客西馬尼園後，以親吻為捉拿耶穌的信號。結果耶穌被捕，在十字架上受難。後來猶大悔疚莫名，自縊身亡。

65.　**布魯圖**：Marcus Junius Brutus，古羅馬政治家，生年約為公元前八十五年，卒年為公元前四十二年。公元前四十九年，龐培與凱撒的內戰爆發時，布魯圖支持龐培，與凱撒為敵。公元前四十九年，龐培戰敗，布魯圖獲凱撒赦免、寵信，於

公元前四十六年、公元前四十四年分別出任山南高盧總督和
城市法官。爲了恢復共和政體，於公元前四十四年與卡西烏
（參看本章第六十六行註）刺殺獨裁者凱撒，其後逃往希
臘。於公元前四十二年在腓利比附近與安東尼、屋大維鏖
戰。首役得勝，次役戰敗自殺。

67. **卡西烏**：Gaius Cassius Longinus，曾任羅馬平民的護民官，
內戰期間支持龐培與凱撒爲敵。龐培敗亡後，獲凱撒赦免，
並於公元前四十四年出任執政官。凱撒待他甚厚，答應把敍
利亞省賞賜給他。儘管如此，他仍忘恩負義，成爲行刺凱撒
的主謀。凱撒卒後，卡西烏和布魯圖聯合抵抗安東尼和屋大
維，在腓利比附近兵敗自殺。

68. **又是黑夜了**：旅人但丁的地獄之行始於受難節黃昏。此刻大
約是聖星期六下午六時，但丁已走了二十四小時。有關地獄
之旅所需的時間，參看《地獄篇》第二十九章第十行註。

77. **也就是腿臀相接而隆起的部位**：指撒旦身體的中部，位於地
獄最深處，即宇宙的中央。

80-81. **然後緊抓著粗毛……向地獄回歸**：撒旦在地球的中心倒懸，
頭向北半球，腳向南半球，身體的中心（即「腿臀相接而隆
起的部位」）剛好是南北半球的分界。因此旅人但丁和維吉
爾越過了這點，就要上攀，進入南半球。兩人向地獄下降的
時候，是腳部向下，頭部向上；現在改變方向（頭部向上，
腳部向下）離開地獄，上攀時但丁以爲維吉爾帶他「向地獄
回歸」，重走來路。

84. **離開這充滿罪惡之地**：指離開地獄。

93. **空間的哪一點**：指地球的中心。

96. **第三課的一半時辰**：指早上七時半。天主教於第三時（上午

九時）舉行的祈禱儀式叫第三課。第三課的一半，就是上午
六時到九時的中間，也就是七時半。

103.　**寒冰在哪裏？**：但丁和維吉爾離開了科庫托斯，再見不到冰
　　　　湖，因此但丁提出這一問題。**這個傢伙要倒掛**：「這個傢伙」
　　　　指撒旦。在南半球看來，撒旦是腳上頭下，身體倒懸。

106.　**地心的另一邊**：指北半球。維吉爾回答但丁時，身在南半球，
　　　　所以提到北半球時說「地心的另一邊」。

107.　**害蟲**：指撒旦。

110.　**不過我轉身時**：指維吉爾的頭部轉向、朝南半球上攀時。

111.　**所有的重量都向那一點飛墜**：在《神曲>的天文體系（即亞
　　　　里士多德和托勒密天文體系）中，地獄的中心也是宇宙的中
　　　　心，是一切重量所聚。參看 Bosco e Reggio, *Inferno*, 512;
　　　　Singleton, *Inferno 2*, 638-39。

112.　**與北半球爲鄰**：指南半球的另一邊是北半球。

113.　**北半球燾覆乾陸**：這裏所說的北半球，指地心天球(celestial
　　　　sphere)的北半球而言。參看《中國大百科全書・天文學》，
　　　　頁三七八，「天球條」。**人類之主**：指耶穌基督。

114.　**他不是罪民**：耶穌基督聖潔無罪，因此維吉爾說「他不是罪
　　　　民」。在《地獄篇》裏面，但丁不曾直言過「耶穌」或「基
　　　　督」一詞。第十九章九零—九一行的「我們的／主」("Nostro
　　　　Segnore"原文第九十一行) 也不過是間接的稱謂。

115.　**卻在那裏的天頂下遭到殺戮**：耶穌在耶路撒冷遇害。在基督
　　　　教傳統中，耶路撒冷在北半球陸地的中央，因此維吉爾說：
　　　　「在那裏的天頂下遭到殺戮」。參看《以西結書》第五章第
　　　　五節："Haec dicit Dominus Deus：Ista est Ierusalem, in medio
　　　　gentium posui eam, in circuitu eius terras." (「主耶和華如

此說：這就是耶路撒冷。我曾將她安置在列邦之中；列國都在她的四圍。」）在中世紀的世界地圖(mappae mundi)上，耶穌在十字架上受形的形象，都繪於北半球的中央。

但丁旅程時間示意圖

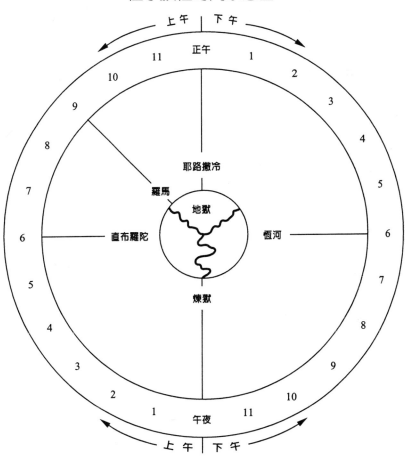

116. **一個小球體**：這個小球體的另一面，是科庫托斯的第四界（即本章第一一七行的猶大界）。

117. **猶大界**：意文 "Giudecca"，因猶大而得名。身在地獄的時候，維吉爾沒有用過「猶大界」一詞。

118. **在時間上，這邊是朝，那邊就是夕**：南半球的朝夕恰巧與北半球相反。此刻，維吉爾身在南半球，站立的地點與北半球的耶路撒冷相對。南半球的時間是聖星期六早晨，耶路撒冷是黃昏。

121-26. **當年……空虛的一隅**：撒旦當年背叛上帝，被上帝擲出天堂，一直墜落南半球。南半球的陸地恥與撒旦的身體接觸，一部分逃往北半球，使北半球的海拔上升；一部分逃往南極，成爲煉獄山。南半球的陸地逃逸後，留下的虛空被海水覆蓋。因此《神曲》中的南半球，除了煉獄山，全是茫茫大海。這一說法爲但丁所創，但丁以前的文獻（包括《聖經》）都沒有類似的記載。參看《以賽亞書》第十四章第十二—十五節：

Quomodo cecidisti de caelo lucifer, qui mane oriebaris? Corruisti in terram, qui vulnerabas gentes, qui dicebas in corde tuo： In caelum conscendam, super astra Dei exaltabo solium meum, sedebo in monte testamenti in lateribus aquilonis; ascendam super altitudinem nubium, similis ero Altissimo. Verumtamen ad infernum detraheris, in profundum laci.

明亮之星，早晨之子啊，
你何竟從天墜落？

你這攻敗列國的何竟被砍倒在地上？

你心裏曾説：

我要升到天上；我要高舉我的寶座在　神眾星以上；

我要坐在聚會的山上，在北方的極處。

我要升到高雲之上；

我要與至上者同等。

然而，你必墜落陰間，

到坑中極深之處。

此外參看《路加福音》第十章第十八節："Et ait illis： Videbam Satanan sicut fulgur de caelo cadentem."（「耶穌對他們說：『我曾看見撒旦從天上墜落，像閃電一樣。』」）《啓示錄》第十二章第九節："Et proiectus est draco ille magnus, serpens antiquus, qui vocatur Diabolus, et Satanas, qui seducit universum orbem： proiectus est in terram, et angeli eius cum illo missi sunt."（「大龍就是那古蛇，名叫魔鬼，又叫撒但，是迷惑普天下的。牠被摔在地上，牠的使者也一同被摔下去。」）

背叛者被擲離天堂的主題，可以上溯至荷馬的《伊利昂紀》第一卷五九零—九三行火與冶煉之神赫菲斯托斯 (Ἥφαιστος, Hephaestus)所說的話：

ἤδη γάρ με καὶ ἄλλοτ᾽ ἀλεξέμεναι μεμαῶτα
ῥῖψε ποδὸς τεταγὼν ἀπὸ βηλοῦ θεσπεσίοιο,
πᾶν δ᾽ ἦμαρ φερόμην, ἅμα δ᾽ ἠελίῳ καταδύντι
κάππεσον ἐν Λήμνῳ....

還記得在此之前，我極想幫你；
卻被他〔宙斯〕抓著腳，甩出了天門。
我下墜了一整天，太陽西墮時
跌落列姆諾斯島……

稍後於荷馬的赫西奧德（Ἡσίοδος，拉丁文 Hesiodus，英文 Hesiod），在《神譜》（Θεογονία，拉丁文 Theogonia，英文 Theogony）第七二零行及其後的描寫，則提到巨人族（Τιτᾶνες，拉丁文 Titanes，英文 Titans）如何被宙斯從天上甩出，墜了九日九夜才到達地面；然後再墜九日九夜，才到達地獄的最底層塔爾塔羅斯(Τάρταρος, Tartarus)。

英國詩人米爾頓的《失樂園》第一卷四四—四七行提到撒旦時，有類似的描寫：

Him the Almighty Power
Hurled headlong flaming from th' ethereal sky
With hideous ruin and combustion down
To bottomless perdition....

　　　　他被全能的偉力
從天堂倒擲而出，熊熊
焚燒著，可怕地潰敗毀滅，
直墜無底的永死。

127. **在我們下面**：詩人但丁說這句話時，採取的是北半球觀點。「我們下面」，指維吉爾和旅人但丁在南半球的立足處。參看 Singleton, *Inferno 2*, 643。

130.　**溪水**：但丁沒有交代溪水的名字或源頭。一般論者（如 Fredi Chiappelli, 181-82; Chimenz, 320）認為，溪水從煉獄下瀉，也許源出忘川。參看《煉獄篇》第二十八章第二十五行：「接著呢，是一條小溪把去路阻擋」("ed ecco più andar mi tolse un rio")。

139.　**一出來，更再度看見了群星**：原文"e quindi uscimmo a riveder le stelle"。《神曲》的《地獄篇》、《煉獄篇》、《天堂篇》都以「群星」("stelle")一詞結尾。論者指出，自荷馬開始，星星成了文學作品中常見的自然界壯觀景物；其光芒也有超自然的壯觀本質，能夠把人類導向造物之主。參看 Bosco e Reggio, *Inferno*, 514; Chiappelli, 182; Chimenz, 320; Vandelli, 346; Mandelbaum, *Inferno*, 394; Musa, *Inferno*, 387; Singleton, *Inferno 2*, 644。

【譯者簡介】

黃國彬

黃國彬耗時二十餘年，完成首部由意大利文譯成的三韻體《神曲》中文全譯本；不但精確地曲達原詩精神，更輔以百科全書般的詳細註釋，幫助華文讀者領略前所未見的世界。

黃國彬，廣東省新興縣人，一九四六年在香港出生；香港大學英文與翻譯學士，英文系碩士，多倫多大學東亞學系博士；先後在香港中文大學英文系、香港大學英文與比較文學系、加拿大約克大學語言、文學及語言學系任教；曾在意大利翡冷翠大學進修意大利文，並研究但丁；目前為香港嶺南大學翻譯系教授兼主任。

黃國彬的詩和散文，多年來為香港校際朗誦節的朗誦材料；詩作《聽陳蕾士的琴箏》列入香港中學會考中國語文科課程；已出版詩集十一本、散文集五本、評論集六本、翻譯評論集兩本；翻譯除《神曲》中譯外，尚有中詩英譯一本和未結集的中文作品英譯，英文、法文、意大利文、德文、西班牙文詩歌中譯多篇；中、英學術論文，常見於香港及海外出版的學報。

九歌文庫 927

神曲❶：地獄篇（全三冊）
La Divina Commedia : Inferno

著者	但丁·阿利格耶里（Dante Alighieri）
譯註者	黃國彬
插畫	古斯塔夫·多雷（Gustave Doré）
發行人	蔡文甫
出版發行	九歌出版社有限公司
	臺北市105八德路3段12巷57弄40號
	電話／02-25776564·傳真／02-25789205
	郵政劃撥／0112295-1
九歌文學網	www.chiuko.com.tw
印刷	晨捷印製股份有限公司
法律顧問	龍躍天律師·蕭雄淋律師·董安丹律師
初版	2003（民國92）年9月
訂正版4印	2011（民國100）年3月
本冊定價	**平裝600元** **精裝700元**

書號	F0927
ISBN	957-444-031-1（平裝）；957-444-035-4（精裝）

（缺頁、破損或裝訂錯誤，請寄回本公司更換）

國家圖書館出版品預行編目資料

神曲／但丁·阿利格耶里（Dante Alighieri）著．
　；黃國彬譯註．--初版．--臺北市：九歌，
2003[民 92]
　　冊；　　公分．--（九歌文庫：927-929）
第 1 冊地獄篇；第 2 冊煉獄篇；第 3 冊天堂篇．
參考書目：面
譯自：La divina commedia
--ISBN 957-444-031-1（第 1 冊：平裝）．
--ISBN 957-444-032-X（第 2 冊：平裝）．
--ISBN 957-444-033-8（第 3 冊：平裝）．
--ISBN 957-444-035-4（第 1 冊：精裝）．
--ISBN 957-444-036-2（第 2 冊：精裝）．
--ISBN 957-444-037-0（第 3 冊：精裝）．

877.51　　　　　　　　　　　　　　92004323